W0379907

reverie

MERIT NIEMEITZ

Starling Nights

IM GLANZ DER EWIGKEIT

reverie

1. Auflage 2024
Originalausgabe

Gesetzt aus der Stempel Garamond
von GGP Media GmbH, Pößneck
Druck und Bindung von CPI books GmbH, Leck
Printed in Germany
ISBN 978-3-7457-0409-9
www.reverie.de

Klimaneutral
Druckprodukt
ClimatePartner.com/15109-2009-1001

FSC
MIX
Papier
FSC® C083411

Für meine Freundinnen.
Für die Geschichten, die Geheimnisse, das Gesehenwerden.

Liebe Leser*innen,

dieses Buch enthält potenziell triggernde Inhalte.
Deshalb findet ihr am Romanende eine Themenübersicht,
die demzufolge Spoiler enthalten kann.

Wir wünschen euch das bestmögliche Erlebnis
beim Lesen dieser Geschichte.

Eure Merit und euer Team von reverie

PROLOG

Damals

Wir sahen das Licht fallen, und ich liebte es.

Auch nachdem der Meteorschauer vorüber war, glaubte ich noch, die silbrigen Schlieren am Nachthimmel zu erkennen. Ich hob die Hand und zeichnete sie mit meinen Fingerkuppen nach. Im Grunde hinterließen wir unsere Spuren ganz ähnlich auf der Welt: durch dünne Lichtlinien, die nicht immer sichtbar waren – und schon gar nicht für alle. Genau deswegen waren sie, waren wir, so besonders.

Langsam drehte ich den Kopf zur Seite. Mein Nacken schmerzte, weil ich seit Stunden auf dem Flachdach lag und hinauf starrte. Mittlerweile allein, die anderen hatten sich schon verabschiedet. Nur Heaven stand noch am Rand des Dachs, seit sie ihnen nachgesehen hatte, wie sie sich über den Campus von uns entfernt hatten. Fast so, als hätte sie Sorge, die Dunkelheit könnte sie verschlucken. Dabei war das nichts, was wir zu befürchten hatten: Wir waren in ihr zu Hause, wir fühlten uns von ihr behütet, nicht bedroht. Sobald das Helle verblasste, konnten wir aufatmen. Erst dann war es uns möglich, die aus Mimik, Gestik und Angewohnheiten gebundenen Masken sinken zu lassen. Masken, die wir über unsere Gesichter gezogen hatten, um zu verbergen, dass wir sie ihren eigentlichen Besitzern gestohlen hatten.

Glühwürmchen, so nannte uns Heaven, wenn wir nachts unterwegs waren. *Weil unsere eigenen Seelen erst im Schutz der Dunkelheit leuchten dürfen.*

Die besten Momente in diesem Schwarzblau waren die, in denen sie bei mir war. Wenn Heavens Umrisse hinter dichtem Nachtstoff verschwammen, konnte ich darin für kurze Zeit alle Körper erkennen, in denen sie je gelebt hatte. Ein Mosaikbild unserer Ewigkeit.

Normalerweise beruhigte mich dieser Anblick, normalerweise war dieser aber auch nicht so *ruhig*. Heavens Seele war laut und schillernd und immer in Bewegung, auch dann, wenn das Äußere, das sie umgab, stillstand. Heute hingegen wirkte alles an ihr vollkommen reglos. Und das wiederum machte mich nervös.

Ich stand auf und ging zu ihr. »Was ist los?«

Sie löste den Blick vom Abgrund unter sich. Ihre Fußspitzen waren nur wenige Zentimeter von der Kante des Dachs entfernt. Das Institut, auf das wir geklettert waren, befand sich am Rande des Trinity Colleges. Direkt gegenüber von dem Wohnheim, in dem Heaven lebte, seit sie in Amelias Leben geschlüpft war. Ihre Augen wirkten blasser als sonst, ihr Lächeln auch. »Nichts, ich denke nur an … sterbende Sterne.«

Ich legte einen Arm um ihre Schultern und deutete nach oben. »Meteorschauer haben nichts mit Sternen zu tun, das weißt du, oder?«

Sie verdrehte die Augen, lehnte sich aber enger an mich. »Ich hab in letzter Zeit einfach viel darüber nachgedacht. Darüber, dass nicht einmal die angebliche Ewigkeit der Sterne von Dauer ist. Sie sterben auch, sobald ihre kleine Unendlichkeit vergangen ist.«

»Hm, ich weiß. Und die hellsten von ihnen gehen mit einer Supernova.«

Heaven nickte sacht. »Sie leuchten Milliarden Mal heller als die Sonne. Das mächtigste Ende der Welt.«

»Ein Grund mehr, warum die Nacht schöner ist als der Tag.« Ich küsste sie auf die Schläfe, wie immer, wenn ich eigentlich gern dahintergeblickt hätte. Auch nach all den Jahren war sie mir noch ab und zu ein Rätsel. Vielleicht war es das, was ich am meisten an ihr liebte.

Heaven drehte sich zu mir, ihr Fuß stand nun genau auf der Kante. »Ich liebe dich«, sagte sie, als hätte sie meine Gedanken gehört. Aber im Grunde musste sie das nicht, um zu wissen, was in mir vorging. Wir kannten einander auf tiefste, innigste Weise. Ihre Seele war das Spiegelbild der meinen – und umgekehrt. Und genau deswegen brauchte sie auch keine Antwort auf ihre nächste Frage: »Das weißt du, oder?«

Beiläufig zog ich sie ein Stück an mich heran, vom Abgrund fort. Unsterblich zu sein, bedeutete nicht, nicht sterben zu können, auch wenn Heaven gern so tat. »Ich weiß vor allem, dass du dicht bist, wenn du sentimental wirst«, spottete ich und fuhr über ihre glühende Haut, die unter dem verrutschten Pullover hervorblitzte. Dahinter pochte kein Alkohol, sondern pure Energie.

»Arthur.« Sie umfasste mein Gesicht mit beiden Händen und sah mir mit feierlichem Ernst in die Augen. »Ob dicht oder nicht, ich liebe dich.«

Ich musste lachen, und der aufgesetzte Ausdruck in ihren Zügen verwandelte sich in etwas Zärtlicheres, Echteres.

»Das ist mein Lieblingsgeräusch«, murmelte sie und strich mit den Fingerspitzen über meine Wangen. »Ganz gleich, mit welcher Stimme oder in welchem Körper, es gibt nie etwas vergleichbar Schönes wie dein Lachen. Wie dich.«

Ich lehnte meine Stirn gegen ihre, sodass ihre Hitze auf mich überspringen konnte. Es war seltsam: Ein Körper fühlte sich immer erst dann wie meiner an, wenn sie mich berührte. Heaven fühlen hieß, mich fühlen – egal, wie fremd mir die Haut war, in der ich steckte. »Ich liebe dich auch, Amelia.«

»Nenn mich nicht so«, flüsterte sie. »Nicht heute.«

»Ich dachte, wir haben die Regeln in letzter Zeit genug gebeugt.« Immerhin hatten wir in den vergangenen Monaten so viel Energie in uns aufgenommen, dass ich das Gefühl hatte, permanent unter Strom zu stehen. Es kümmerte mich nicht, was die anderen dazu sagten. Was niemand zu verstehen schien, war: Heaven war die große Ausnahme meines Daseins. Wie hätte ich mich mit ihr um so etwas wie Regeln scheren sollen?

Sie ließ mich los und senkte den Blick auf den schwarzen Fleck unterhalb meines Schlüsselbeins. Seine Kanten spiegelten genau die von ihrem. Unsere Tattoos waren Puzzleteile, die perfekt zueinanderpassten – so wie unsere Seelen. »Ja, haben wir.« Da war ein ungewohnter Funken Traurigkeit in ihrem Gesicht, der mir nicht behagte.

Wir alle hatten unsere stillen Momente, die, in denen uns dieses Dasein zu entgleiten drohte, weil es zu bizarr, zu seltsam, zu absurd erschien. Aber auch die vergingen jedes Mal nach einigen Wimpernschlägen wieder. So, wie alles verging. Alles, bis auf uns.

»Du bist die Liebe meines Lebens, Heaven. All meiner Leben, um genau zu sein.« Ich lächelte und küsste sie kurz und sanft auf den Mund. Sie schmeckte in jedem Körper anders und doch immer nach sich selbst. »Genug Kitsch für eine Nacht?«, raunte ich uns beiden zu.

»Genug Kitsch für eine Ewigkeit«, bestätigte sie leise und zog mich zu sich heran, küsste mich aufs Kinn, auf die Mundwinkel, wieder auf die Lippen.

Mein Kinn, *meine* Mundwinkel, *meine* Lippen. Mein Körper gehörte wirklich nur mir, wenn sie mich berührte. Die ganze Welt gehörte mir.

»Schläfst du bei mir?«, fragte ich, als wir uns wieder voneinander lösten. Es fing bereits an zu dämmern. Fliederfarbene Wolken begannen dicht über uns am Himmel aufzublühen und verfingen sich in den kupferfarbenen Gebäudespitzen Cambridges.

Heaven schüttelte den Kopf, griff in ihre Hosentasche. »Heute nicht. Aber ich hab noch was für dich.«

Stirnrunzelnd betrachtete ich den Briefumschlag, den sie mir hinhielt. »Ich dachte, das war's mit dem Kitsch?«

Sie lächelte schwach, aber sie sah mir nicht in die Augen. »Lass mir die Freude. Und ... öffne ihn erst später, ja?«

Ich fragte nicht nach. Heaven war nicht nur ein Rätsel, sie liebte es auch, in solchen zu sprechen. »Was immer du befiehlst.« Seufzend verstaute ich das Kuvert in der Tasche meines Sakkos. »Dann geh ich jetzt mal.«

Ehe ich zurücktreten konnte, umfasste sie erneut mein Gesicht und küsste mich. »An diesem Augenblick hängt die Ewigkeit. Nur an diesem. Vergiss das nicht«, flüsterte sie, ehe sie mich losließ und sich wieder abwandte.

Ich sah wiederholt über meine Schulter, ehe ich das Dach verließ, doch sie schaute nicht mehr zurück. Es wunderte mich nicht: So war Heaven eben. Sie sah nie zurück, nicht einmal für mich. Das war der Grund dafür, dass ich seit über einhundert Jahren darauf achtete, an ihrer Seite zu bleiben.

Die Nacht atmete mich tief ein, als ich den Campus des Trinity Colleges hinter mir ließ. Ihr Atem roch nach Rhododendren und blühenden Birken, nach dem frisch-herben Duft der Cam und regenfeuchtem Stein.

Kurz vor meinem Wohnheim klopfte ich meine Taschen auf der Suche nach meinen Zigaretten ab und erstarrte, als meine Finger stattdessen den Papierumschlag ertasteten. Da war diese Wölbung. Diese Wölbung, deren Kontur mir die vertrauteste von allen war, weil ich sie jeden Tag etliche Male nachfuhr. An meinem Hals, an der dünnen Goldkette, an der ein Ring hing – unser Ring.

Ohne zu zögern, zerrte ich den Umschlag hervor, riss ihn auf und schüttete den Inhalt in meine Hand. Das Gold glänzte matt, das wolkenverhangene Licht brach sich an der winzigen Gravur im inneren Rand. Nur ein einziger Buchstabe: A.

Automatisch griff ich an meinen Hals und zog die Kette hervor, presste den Daumen auf das dort eingravierte H.

Der Meteorschauer war zwar längst vorbei, doch in diesem Augenblick fühlte es sich an, als würden dennoch etliche Gesteinsbrocken auf mich niederprasseln. Sie zertrümmerten jegliches Glücksgefühl, das ich in den letzten Stunden empfunden hatte, das ich jemals empfunden hatte. Sie zertrümmerten *alles*. Ich wusste es, bevor ich es verstand. Meine Gedanken verschlangen sich zu einem Knäuel ohne Anfang und Ende, und obwohl sie im Gegensatz zu meinem Körper immer nur mir gehört hatten, schaltete dieser schneller. Ich zerknüllte den Umschlag mit einer Hand, drehte mich um und rannte.

Noch bevor ich es sah, hörte ich es. Das Knistern, das Knacken, das Zischen. Feuer hatte viele Stimmen, ihr Tonfall war trotzdem immer derselbe: Schmerz.

Die lilablauen Wolken am Himmel waren von purpurroten Kratzern zerfurcht. Ich spürte, wie sich ebensolche durch mein Inneres zogen, als ich ihr Wohnheim erreichte. Ein efeuüberhangener Backsteinkasten, zerfressen von Flammenzungen, die mich die Augen zusammenkneifen ließen. Meine Schritte wurden langsamer, meine Knie weich. Auch ohne nach dem Zimmerfenster zu suchen, wusste ich es.

Ich wusste es, weil ich es fühlte – diese Leere, die sich in meinem Zentrum ausdehnte, genau dort, wo bisher meine Seele gewesen war.

Und ich wusste auch, woran das lag: Wenn ein Stern starb und die Supernova verebbte, verschwand all sein Licht.

Was blieb, war ein Schwarzes Loch.

Ein Nichts.

Und das für immer.

1

ASHTON

Man konnte gleichzeitig alles und nichts fühlen.

Mein Körper summte vor Hitze, die Energie in ihm floss lavaglühend durch Adern und Venen. Träge hob ich die Hand und betrachtete meine Fingerkuppen. Die Wärme hatte sie rot gefärbt, so wie sicher auch mein pochendes Gesicht. Mein Zentrum vibrierte, so sehr versuchte es, die Balance zu halten, um nicht zu viel Energie auf einmal in den Körper freizugeben. Was verheerend gewesen wäre, sehr verheerend.

All das spürte ich, aber was mich hätte beruhigen müssen, löste ein Gefühl der Leere in mir aus. Im Prinzip war das seit ein paar Monaten mein Dauerzustand: Ich sorgte dafür, dass ich alles fühlte, damit ich nichts fühlen musste.

Mühsam drehte ich den Kopf, presste die Wange gegen den kühlen Backstein des Gebäudes. Der Bass der Musik hämmerte von innen dagegen, der Schwindel machte dasselbe an meinen Schläfen. Beides zusammen zerpflückte meine Wahrnehmung, deswegen bemerkte ich die Stimme erst, als sie dicht neben meinem Ohr ertönte. »Endlich.«

Meine Mundwinkel verzogen sich automatisch zu einem schwachen Lächeln. Wenn das hier das Ende war, gab es nur eine Seele, die jetzt vor mir stehen konnte. Die einzige, die ich überhaupt noch sehen wollte. Die ich immer hatte sehen wollen.

Ich blinzelte und betrachtete die Umrisse, die sich direkt neben mir abzeichneten. Brauchte zwei, drei Sekunden, bis ich erkannte, dass das Gesicht, das mich missbilligend betrachtete, keines von ihren war. Natürlich nicht. Das war noch nicht das Ende, das war einfach nur mein beschissenes Leben.

Norah schnalzte mit der Zunge. »Ich hab dich in der ganzen Stadt gesucht.«

Ohne ein Wort stieß ich mich von der Wand ab und wankte auf die Tür des Hinterausgangs zu, durch den ich das Gebäude vorhin verlassen hatte. Zwei fahrige Schritte und Norah versperrte mir wieder den Weg. »Du gehst zu weit.«

»Nicht weit genug, wenn du mich immer noch findest.« Ich wischte mit dem Handrücken über meine Stirn. Mir war bewusst, dass der Schweißfilm nicht von der Hitze im Club kam, sondern von der, die ich seinen Besuchern zu verdanken hatte.

Norah mit Sicherheit auch. Sie zog die fuchsroten Augenbrauen zusammen. »Ich hab dich schon zwei Straßen vorher gespürt. Deine Seele leuchtet wie ein Inferno. Du glühst, Ash.«

Sie streckte den Arm nach mir aus, ich wich nach hinten. »Dann fass mich nicht an.«

Ich fixierte den Ausgang des Hinterhofs. Es waren nur ein paar Meter, aber ich traute meinen Beinen nicht zu, sie schnell genug zu überbrücken. Ich hätte es nicht zugegeben, auch wenn ich wusste, dass Norah recht hatte. Ich war zu weit gegangen. In den letzten Wochen hatte ich so viel Energie in mich aufgenommen wie seit Jahren nicht mehr. Seit vierzig Jahren, um genau zu sein. Ich balancierte auf einer Kante und schaffte es mittlerweile nicht einmal, mich selbst davon zu überzeugen, das Gleichgewicht halten zu können. Das Ding war: Es war mir schlichtweg egal.

Was machte es für einen Unterschied, wenn ich stürzte? Wir befanden uns alle längst im freien Fall, es war nur noch eine Frage der Zeit, bis der Aufprall uns endgültig vernichtete. Und einer der Menschen, die dafür verantwortlich waren, stand in diesem Moment vor mir und sah mich mit vorwurfsvoll geweiteten Augen an.

»Die Uni hat vor zwei Tagen wieder angefangen, und du warst seitdem nicht mal auf dem Campus, geschweige denn in einem deiner Seminare.«

Ich lehnte mich mit dem Rücken gegen die gegenüberliegende Wand des schmalen Hinterhofs und schloss die Augen. »Überwachst du mich jetzt?«

»Lieber ich als Henry, oder?«

Meine Mundwinkel verzogen sich zu einem unechten Lächeln. Die anderen hatten den Namen meines Vaters schon öfter für den Versuch genutzt, mich zu kontrollieren. Nie hatte mich das weniger beeindruckt als jetzt. »Ehrlich gesagt, nein. Derzeit wäre er mir lieber als einer von euch.«

Das war nur ein Teil der Wahrheit. Der andere war: Ganz gleich, welche Strafe sich Henry oder die anderen Ratsmitglieder für diese Missachtung der Regeln überlegen würden, es konnte nicht schlimmer sein als das, was ohnehin auf uns zukam. Abgesehen davon, dass der Rat derzeit andere Probleme hatte. Seit der Zerstörung des Artefakts waren knapp zwei Monate vergangen. Monate, in denen ich jeden Tag damit gerechnet hatte, meinen Vater vor meiner Tür anzutreffen. Es spielte keine Rolle, was Norah ihnen erzählt hatte, um Cliffs Motte zu schützen, man würde dennoch eine Ermittlung einleiten. Und diese würde auf direktem Weg nach Cambridge führen und damit zu mir.

Auch wenn ich nichts mit alldem zu tun gehabt hatte, würde Henry mir das nie abkaufen. In seinen Augen war mein Name seit Beginn unserer Existenz an den von Cliff gebunden. Bis vor wenigen Monaten hatte ich gedacht, dass das so ziemlich das Einzige wäre, bei dem wir uns einig waren. Aber das war gewesen, bevor Cliff unsere gesamte Familie verraten und zum Tode verurteilt hatte, nur weil er sich in dieses dumme Mädchen *verliebt* hatte.

Die Wut kroch zähflüssig durch meinen Körper und drosselte den Energiestrom ein wenig. Mit ganzer Kraft schaffte ich es, die Kontrolle über meine Muskeln wiederzuerlangen. Ich stieß mich von der Wand ab und drehte mich in Richtung Ausgang.

Norah war wieder vor mir, kaum dass ich den ersten Schritt gemacht hatte. In den letzten Wochen hatte sie sich mit solchen Annäherungsversuchen zurückgehalten, auch wenn kein Tag vergangen war, an dem mir ihr Fokus auf dem Campus entgangen wäre. Immer mit dieser Anspannung in den Zügen, als würde sie damit rechnen, dass ich die Kontrolle verlieren könnte. Dabei war ich nicht derjenige, der sich über unsere elementarste Regel hinweggesetzt hatte: *Familia ante omnia – die Familie steht über allem.* Ich war mir sicher, Cliff und Norah hatten gewusst, dass das beinhaltete, sie nicht zu zerstören.

Norahs Blick wurde weicher, Reue mischte sich unter das blasse Blau. »Komm schon«, sagte sie sanft. »Es reicht langsam. Wie lang willst du noch schmollen?«

»Schmollen?« Ich lachte hart und richtete mich auf. Mir war die Größe meines Körpers nie sonderlich wichtig gewesen – es gab sowieso nichts, das einen eindrucksvoller erschienen ließ als Macht –, aber in diesem Moment war ich dankbar dafür, dass ich ihren um fast zwei Köpfe überragte. »Cliff, seine dumme Motte und du, ihr tragt die Schuld daran, dass wir bald alle in diesen Hüllen krepieren werden.«

Sie kniff die Lippen aufeinander, auch wenn ich mir wünschte, sie würde widersprechen und mir irgendeine glaubhafte alternative Wahrheit erzählen, in der sie ebenso betrogen worden war wie ich. Es wäre mir lieber gewesen, nur einen meiner angeblich besten Freunde hassen zu müssen. Doch Norah gab mir auch dieses Mal zu verstehen, wessen Seite sie gewählt hatte.

»Wir sind trotzdem deine Familie. Wir lieben …«

»Wage es nicht, von Liebe zu sprechen«, zischte ich. »Nicht nach dem, was ihr getan habt.«

»Wir haben versucht, das Richtige zu tun. Das, was wir da machen, ist falsch, Ashton. Wir zerstören Leben, und das seit über einem Jahrhundert. Wir stehlen Menschen ihr ganzes Dasein, wir *ermorden* sie – und das alles in dem Wissen, dass wir auch ihre Familien und Freunde in wenigen Jahren mit dem Schmerz ihres Verlusts konfrontieren werden. Wir sind die egoistischste, hinterhältigste Spezies, die es gibt. Ich hatte das einfach satt, ich bin das alles so leid, und ich bin so … müde.« Sie hob schwach die Schultern. »Ich will das nicht mehr. Ich will kein Leben mehr führen, das nicht mir gehört. Zum einen, weil ich es jemandem genommen habe, und zum anderen, weil der Rat mir vorschreibt, wie ich es zu leben habe. Cliff und ich wollten doch nur ein letztes Mal wir selbst sein dürfen, bevor es zu Ende geht – was eigentlich schon vor langer Zeit hätte passieren müssen. Kannst du das denn gar nicht verstehen?« Ihre Stimme brach in einem flehenden Ton.

Ich ballte die Hände zu Fäusten, hielt mich mühsam davon ab, gegen die Wand zu schlagen. Ja, natürlich, unser Dasein war moralisch gesehen vermutlich nicht einwandfrei – aber wen kümmerte das? Moral war vom Menschen erdacht, sie existierte per se nicht. Wenn man die Regeln des Universums herunterbrach, dann ging es immer nur darum, zu überleben. Wir mussten uns alle an unserem eigenen Vorteil festkrallen und damit über Wasser – *am Leben* – halten, wenn wir nicht untergehen wollten. Die Welt war nun einmal nicht fair. *Gut sein* oder das vermeintlich *Richtige* tun, brachte dir nichts. Niemand schenkte dir etwas. Wenn man etwas wollte, musste man es sich nehmen. Macht bekamen nur die, die danach griffen. Und ganz gleich, wie oft meine Freunde und ich uns über den Rat und seine Anweisungen beschwert hatten: Er hatte uns immer genau gezeigt, wohin wir unsere Hände ausstrecken mussten, um sie zu erreichen. Was wir alle sehr lange bereitwillig getan hatten – ohne auch nur den Funken eines schlechten Gewissens.

Natürlich war mir aufgefallen, dass Cliff in den vergangenen

Jahrzehnten immer mehr damit gehadert hatte, aber das wäre wieder vorübergegangen. Normale Menschen durchlebten ständig irgendwelche existenziellen Krisen. Und da unsere *Existenz* deutlich dauerhafter war als ihre, war es völlig logisch, dass sie auch länger anhielten. Hätte er Zeit verstreichen lassen, wäre alles wieder in Ordnung gekommen. *Tempus curat omnia – die Zeit heilt alles.* Gott, wie oft hatte ich ihm das gesagt? Aber nein, statt auf mich zu hören, hatte er sich dazu entschieden, das unmöglich zu machen. Doch wenn ich ehrlich war, war es nicht mal das, was ich nicht verzeihen konnte. Dass er diese Entscheidung aus dem Affekt heraus getroffen hatte, hätte ich noch auf seine idiotische Verliebtheit oder die Auswirkungen seiner depressiven Verstimmung schieben können. Aber dass er mich gezielt hintergangen hatte … das konnte ich nicht erklären oder vergeben.

Allein bei dem Gedanken an den Moment, in dem Cliff mich darum gebeten hatte, Henry dazu zu bringen, aus Mabel einen Wirtskörper zu machen, flammte die Wut stärker auf. Ich wusste nicht, ob Norah von Anfang an eingeweiht gewesen war, aber ich war mir sicher, dass sie es geahnt hatte. Spätestens als ich von der Zerstörung des Artefakts erfahren hatte, gab es keine Zweifel mehr. Mabel allein hätte nie die Chance gehabt, unseren heiligsten Gegenstand in die Finger zu bekommen – vor allem nicht dann, wenn sie zu dem Zeitpunkt, in dem sie ihn zu Gesicht bekam, eigentlich längst völlig leer hätte sein sollen. Wenn Norah neben ihr im Zeremonie-Raum gestanden hatte, dann war ihr nicht entgangen, dass Mabel noch bei Bewusstsein gewesen war. Seit sie Henry erzählt hatte, das Artefakt wäre versehentlich durch Victor im Fall zerstört worden, woraufhin sie Panik bekommen und mit Mabel abgehauen wäre, war mir klar, dass ihr Anteil an dieser Sache nicht nur Unaufmerksamkeit gewesen war. Sondern Absicht. Sie und Cliff hatten sich dazu entschieden, unsere Unendlichkeit zu opfern. Und mich zu hintergehen.

Ich neigte mich zu Norah vor, bis meine Nasenspitze dicht vor ihrer schwebte. »Ihr habt mich ausgenutzt. Ihr habt uns alle verraten. Ihr habt uns *umgebracht.*«

Sie wich nicht zurück, aber ihr Gesicht wurde blasser. Norah hatte keine Angst vor mir, sie wusste, dass ich ihr nie etwas tun würde. Trotzdem merkte ich, wie sich ihr Fokus auf mein wummerndes Zentrum richtete, als wollte sie abwägen, wie kurz davor ich war, endgültig die Kontrolle zu verlieren. Selbst wenn für sie keine Gefahr bestand, so galt das nicht für die Menschen um mich herum. Oder für mich selbst. »Wir …«, setzte sie beschwichtigend an, doch ich fiel ihr ins Wort.

»Es gibt kein *Wir* mehr, das mich einschließt, Norah.« Mit einem grimmigen Lächeln zog ich mich zurück. »Weißt du was? Ich verstehe jetzt, warum Nox abgehauen ist. Unser sogenanntes *Wir* ist bereits vor vierzig Jahren gestorben.«

Norah zuckte zusammen, wie jedes Mal, wenn man seinen Namen erwähnte, weshalb ich es in den vergangenen Jahrzehnten weitestgehend vermieden hatte. Jetzt spielte es keine Rolle mehr. Ich würde nicht länger auf jemanden *Rücksicht* nehmen, der mir mit voller *Absicht* ein Messer *in den Rücken* gerammt hatte.

Ich war schon fast am Ausgang des Hinterhofs, als mich ihre Stimme noch einmal zurückhielt. »Und du denkst, das hätte Heaven gewollt? Dass du dich von deinen besten Freunden abwendest? Ausgerechnet jetzt?«

Ich hielt inne. Einfach, weil dieser Name für mich das war, was der von Nox für Norah war: eine schmerzhafte, kaum aushaltbare Erinnerung daran, was ich verloren hatte. Sie und mich, das echteste, beste Ich, das ich je hatte sein können und das ich nie wieder werden würde.

Meine Finger tasteten nach meinem Portemonnaie, das in meiner Hosentasche steckte. Eine Schicht aus rauem Leder, trotzdem spürte ich die Wölbung darunter. Eigentlich brauchte ich die Berührung nicht einmal: Meine Seele hatte eine Brandmarke in exakt dieser Form. Ich zog die Hand zurück, presste sie auf mein wummerndes Zentrum, in dem sich ein leichtes Brennen ausbreitete – wie immer, wenn ich in einem Moment der Unachtsamkeit zuließ, dass sich eine Erinnerung an die Oberfläche meiner Gedanken grub.

»Sie hat sich doch auch von uns abgewandt«, erwiderte ich etwas verzögert, völlig tonlos. »Ich wähle nur den etwas weniger drastischen Weg.«

»Ash, komm schon.«

Ich hörte, wie Norah näher kam, und lief ebenfalls weiter. Das hier war vielleicht erst der Anfang vom Ende, aber das galt nicht für alles. »Lasst mich einfach in Ruhe. Egal, wie lang uns noch bleibt, für mich seid ihr bereits gestorben.«

Norah versuchte nicht mehr, mich zurückzuhalten. Dafür spürte ich ihren Blick noch auf mir, als ich mich schon längst in Cambridges Gassennetz verfangen hatte. Mit jedem Schritt, den ich sie weiter hinter mir ließ, spürte ich, wie die Wut wieder vom tröstlichen Gefühl der Leere abgelöst wurde.

Sobald sich die Gemäuer des Trinity Colleges vor mir auftaten, schaffte ich es, den Gedanken an meine sogenannten Freunde in die hinterste Ecke meines Bewusstseins zu schieben. Und ich würde alles dafür tun, damit sie dort blieben – bis zum verdammten Schluss.

Ich hatte immer gewusst, dass Liebe schwach machte. Doch jetzt, da ich jeden verloren hatte, für den ich dieses dumme Gefühl – auf unterschiedliche Weise – je empfunden hatte, gab es nichts mehr, das mich beeinträchtigte. Ich konnte den Rest meines Lebens so verbringen, wie *ich* es wollte.

Bisher hatten wir die Anweisung erhalten, in unseren Rollen zu bleiben, was der einzige Grund dafür war, dass ich die Stadt noch nicht verlassen hatte. Ein paar Tage lang war ich zwar nicht in den Kursen gewesen und hatte nicht im Wohnheim geschlafen – eigentlich hatte ich so gut wie gar nicht geschlafen –, aber abgehauen war ich trotzdem nicht. Ganz gleich, wie kaputt alles um mich herum längst war, eine Gewissheit in mir war nach wie vor stabil: Es stand nicht in meiner Macht, über mein Leben zu bestimmen. Nicht einmal jetzt. Ich konnte nur hoffen, dass der Rat bald einsehen würde, dass unsere Tage gezählt waren und die letzten paar unserem eigenen Willen überließ. Dann gab es für mich keinen Grund mehr, in dieser Stadt oder an dieser beschissenen Universität zu bleiben.

Ich würde verschwinden und mich jeden Tag zudröhnen, bis die Energie alle schattengeflochtenen Erinnerungen an diesen Ort und alles, was ich hier verloren hatte, zerfressen würde.

Der Gedanke daran war das Einzige, was mich dazu brachte, die Tür zum Wohnheim aufzuschließen. Der Rat wollte, dass wir uns wie *normale Studierende* benahmen – das schloss ein, dass wir uns an die Gepflogenheiten hielten. Die meisten in Cambridge lebten direkt in ihren Colleges, und auch wenn es mich nervte, war das eine der Regeln gewesen, die ich kommentarlos befolgt hatte. Cliff war der Einzige von uns, der sich eine eigene Wohnung in der Innenstadt gemietet hatte – etwas, das ich Idiot bereitwillig vor Henry und den anderen verheimlicht hatte, um ihm Nachfragen zu ersparen. Um ihm Zeit zu geben, zu heilen. Es war fast ironisch, wenn man bedachte, dass er sie für das Gegenteil genutzt hatte.

Mit ganzer Kraft drängte ich die wiederaufkeimende Wut zurück, während ich das Ende der Treppe erreichte und in den Flur einbog, in dem mein Zimmer lag. Ich hasste alles hieran. Ich hasste den Geruch nach Desinfektionsmitteln und trocknender Wäsche, nach abgestandenen Parfumresten und altem Papier. Ich hasste die Stimmen, das Lachen, die unterdrückten Geräusche und Musikfäden, die unter allen Türschwellen hindurchkrochen und sich in den engen Fluren miteinander verknoteten, sodass meine Gedanken ständig über die unmöglichsten Geräuschkombinationen stolperten. Ich hasste die Menschen, die einfach *immer* da waren. Ich hasste ihre interessierten Blicke, wenn ich morgens aus dem Duschraum kam und noch kein Hemd anhatte, ich hasste ihre neugierigen Fragen, wenn ich mir einen Kaffee in der Gemeinschaftsküche kochte, ich hasste ihre geistlosen Gespräche, die ich durch die dünnen Wände mit anhören konnte. Sie waren allesamt so naiv und ... belanglos. Das einzig Gute an ihnen war, dass ich ihnen Energie abzapfen konnte, wann immer mir danach war.

Beim Aufschließen meiner Zimmertür warf ich einen Blick auf mein Handy. Es war schon nach sieben, bald würden die ersten müden Gesichter in der Küche auftauchen. Vielleicht sollte ich es ihnen gleichtun. Kaffee und ein bisschen Seele – der perfekte Start in den Tag. Mein wummerndes Zentrum sagte mir überdeutlich, dass ich eine Weile warten sollte, bis ich mich wieder an jemandem nährte. Aber allein der Gedanke an Norahs vorwurfsvoll-besorgtes Gesicht vernichtete diesen Funken Vernunft wieder.

Missmutig warf ich die Tür hinter mir zu und tastete mich an der Wand entlang. Ich nahm den Schatten auf meinem Schreibtischstuhl genau in dem Moment wahr, als meine Finger den Lichtschalter fanden. Noch bevor ich ihn betätigte, wusste ich, wer dort saß. Die Energie in mir bäumte sich spürbar auf, mein Körper spannte sich an. Es war, als würde man einen Marionettenfaden durch jeden meiner Muskeln schieben und sie gleichzeitig allesamt anziehen.

Ich atmete laut aus, starrte zu meinem Schreibtisch vor dem Fenster, hinter dem sich die Morgendämmerung als rosagelbes Tuch ausgebreitet hatte. Das Licht ließ seine Haare glänzen, seine ebenmäßigen Züge wurden vom Orange der Deckenlampe benetzt, besonders seine hellen Augen. Der Ausdruck in ihnen – Desinteresse, milde Verachtung, unverhohlene Herablassung – war sein ganz persönliches Markenzeichen. Mehr hätte ich nie sehen müssen, um ihn zu erkennen.

Er verzog die Mundwinkel zu einem winzigen Lächeln, während sein Blick mich taxierte, als würde er mich sezieren wollen. Nicht meinen Körper, nur meine Seele. Dabei wussten wir beide, dass das, was er dort sah, sowieso nie gut genug sein würde. Wenn er mir in den vergangenen hundertachtzig Jahren etwas beigebracht hatte, dann das.

»Hallo, mein Sohn.«

Von den meisten anderen Vätern hätten diese Worte sicher wie eine liebevoll gemeinte Floskel geklungen. Aus dem Mund meines Vaters – ganz gleich, welchen er derzeit auch nutzte – klang es wie eine Drohung.

Meine Marionettenlippen verzogen sich zu einem unverfänglichen Lächeln. »Hallo, Henry.«

Es spielte keine Rolle, wie er in dieses Zimmer gekommen war. Das Einzige von Bedeutung war der Grund für diesen Besuch. Und dieser war eindeutig: Der Rat war in Cambridge angekommen. Die Stare waren hier. Es fing an.

2

ASHTON

In jeder Familie gab es bestimmte Strukturen. Verhaltensmuster und Umgangsweisen, die sich im Laufe der Zeit festigten, Rollen, in die man schlüpfte und verlernte, sie abzulegen, weil man miteinander in ein nie endendes Spiel rutschte und es Zusammenleben nannte.

In meiner Familie waren diese Strukturen so ausgeprägt, dass ich eher von einer Hierarchie sprechen würde. Der *Bund der Stare* nannte sich offiziell eine Gemeinschaft, doch für mich war sie immer mehr gewesen. Das lag vielleicht auch an meinem Vater. Er war, von Cliff abgesehen, der einzige Blutsverwandte, der mir geblieben war. Außerdem war er der Vorsitzende unserer Verbindung. Gespräche mit ihm waren immer auch Gespräche mit dem Rat. Ich hätte gern gesagt, dass es daran lag, dass ich mich in seiner Nähe nie entspannen konnte. Tatsache war aber, dass ich das schon vor dem ersten Sprung nicht getan hatte.

Im Laufe der Jahrzehnte hatten sich die Erinnerungen an damals immer mehr ausgefranst, als würde man einem Schal nach und nach seine Fäden entziehen. Doch das änderte nichts daran, dass ich den Stoff dieses Lebens nach wie vor auf meiner Haut fühlen konnte.

Kratzig, kantig, aufschürfend, als wären winzige Scherben zwischen die Fasern gebunden worden – einfach nur, weil vor allem mein Vater derjenige gewesen war, der meine Tage gestrickt hatte. Dass ich damals keine ernsthaften Verletzungen davongetragen hatte, hatte einzig und allein an meiner Mutter gelegen. Meiner Mutter, in deren Nähe alles weichgezeichnet wurde – selbst die Ecken meines Vaters. Gemeinsam mit Cliffs Eltern und einigen anderen hatte sie sich bei der Zeremonie geopfert, um mithilfe ihrer Seelenenergie das Artefakt zu erschaffen – seitdem waren Henrys Konturen spitzer als je zuvor.

Ich spürte, wie sie an meiner Seelenhaut kratzten, während wir über den Campus des Trinity Colleges liefen. Ich wagte es kaum, richtig zu atmen, dabei war mir bewusst, dass er die Energie, die in mir pulsierte, ohnehin spüren konnte. Früher oder später würde er darauf zu sprechen kommen, und mit jeder Sekunde, die er es nicht tat, schnürte sich mein Hals enger.

Er hatte mir gerade genug Zeit gegeben, um zu duschen und mich umzuziehen, ehe wir das Wohnheim verlassen hatten. Mittlerweile war es fast acht Uhr und der Campus füllte sich allmählich mit den ersten, überambitionierten Studierenden, die vor den Kursen noch in die Bibliothek gingen oder an zu frühen Lerngruppentreffen teilnahmen.

Ich konnte mich nicht mal mehr daran erinnern, wann ich das letzte Mal versucht hatte, den Inhalt aus einem meiner Kurse wirklich zu begreifen. Wozu auch, wenn ich nur zwei Minuten allein mit dem Dozierenden brauchte, um ihn dazu zu bringen, mir jede beliebige Note einzutragen. In manchen Kursen tauchte ich nie auch nur auf und blickte am Ende des Semesters trotzdem auf die volle Prozentzahl auf meinem Schein. Ein bisschen gestohlene Energie, ein paar eindringliche Worte und sie taten, was ich wollte. Oder was ich laut meiner Rollenbeschreibung wollen sollte, um nicht in Schwierigkeiten zu geraten, weil ich das Schauspielern nicht ernst genug nahm.

Das Skript, das uns mit jedem neuen Körper übergeben wurde, war nicht weniger als ein ganzes Leben. Textzeilen in verbliebenen Gedankengängen, die sich in die Innenseite des Bewusstseins der ursprünglichen Seele gebrannt hatten und die mit der Zeit mehr und mehr verblassten. Regieanweisungen in der Art, wie die Familie und die Freunde des Wirtskörpers auf uns reagierten und uns dadurch etwas über ihre Charaktere erzählten. Zugegeben, ich neigte seit ein paar Jahrzehnten dazu, sie zu ignorieren und zu improvisieren, weil ich keine Lust mehr hatte, nette, langweilige, angepasste Kerle zu spielen, die ihren Eltern hörig waren. Diese Rolle hatte ich bereits seit meinem ersten Leben, ich brauchte sie also nicht doppelt. Sie war mir auf den Leib geschneidert worden, und ich hatte es nie geschafft, sie trotz all der anderen abzuschütteln. Dennoch achtete ich darauf, dass der Rat nie erfuhr, wie sehr ich die Regeln dahin gehend beugte. Henry hatte kein Interesse daran, mit meinen Wirtseltern zu sprechen, solange sie taten, was ich ihnen sagte. Andererseits hatte er bisher auch nie das Interesse gehabt, an der Uni vorbeizukommen. Nicht, ehe im letzten Semester alles ins Chaos gestürzt war. Victors Eskapaden, das Herumschnüffeln von Mabel und ihrem Zeitungsfreund und zu guter Letzt … die Vernichtung unserer Lebensgrundlage.

»Du weißt, warum wir hier sind«, schnitt Henrys kühle Stimme in meine Gedanken, als hätte er genau gewusst, wo sie festhingen. Wir hatten mittlerweile das Zentrum von Trinity College erreicht, die Grasflächen des großen Hofs glänzten im Morgenlicht. Der Frühling knabberte mit goldenen Zähnen an den Gebäuden, die unzähligen Fensteraugen zwinkerten mir zu, feiner Kopfschmerz ließ mich blinzeln.

»Ich nehme an, ihr wollt noch einmal Gespräche darüber führen, was während der letzten Zeremonie passiert ist«, erwiderte ich nach kurzem Zögern bemüht gleichgültig.

»Gespräche.« Henry lächelte schmal und betrachtete seine Hände. Sie sahen gepflegt aus, so wie der Rest seines Körpers. Weißblondes Haar, auffallend hellblaue Augen, kaum sichtbare Fältchen daneben, weil Henry sie selten mit einem Lachen beanspruchte. Er trug schlichte Stoffhosen, Hemd und Sakko – alles in Schwarz, passend zu der kleinen Vogelbrosche am Kragen. Henrys Körper war Ende dreißig, doch der Ausdruck in seinen Augen konnte nie verbergen, wie alt er wirklich war. Oder wie mächtig. Je länger er schweigend auf seine sauber manikürten Fingernägel blickte, desto mehr spannte ich mich an. Nur um leicht zusammenzuzucken, als er schließlich die nächsten Worte sagte: »Wo ist Blake?«

Es klang sachlich, fühlte sich jedoch bedrohlich an. Mein Mund reagierte schneller als mein Verstand. »Nicht auf dem Campus.« Henry zog die Augenbrauen zusammen und blieb stehen. Widerwillig tat ich es ihm gleich und drehte mich in seine Richtung. Ich wusste nicht, was schwerer auszuhalten war: die Sonne hinter seinem Kopf oder sein Blick.

»Wie bitte?«

Diesmal gab er sich keine Mühe, die Drohung zu verbergen. Direkt nach den Geschehnissen während der Zeremonie hatte Henry mich angerufen und dazu angehalten, dafür zu sorgen, dass wir alle in Cambridge blieben. Keine Reisen, keine unautorisierten Ausflüge, kein Abtauchen. Ich hatte den anderen nicht mal etwas davon gesagt – wozu auch, sie hörten ja eh nicht auf mich –, aber nicht einer von ihnen hatte versucht, zu gehen. Nicht einmal Cliff. Ich räusperte mich, um den Namen nicht auszusprechen. Die Einzigen, die bei ihren ursprünglichen Seelennamen genannt werden durften, wenn wir unter uns waren, waren Mitglieder des Rats. Der Rest von uns ließ Mal aufs Mal mit der Identität des dazugehörigen Körpers auch einen Namen zurück. Bei den meisten von uns konnte ich nicht mal mehr sagen, welche sie einst getragen hatten. Nur bei Cliff war das von Anfang an anders gewesen. Ich hatte immer gewusst, wie viel ihm diese eine Silbe bedeutete. Als würden sie die wertvollsten Erinnerungen an sein Ich enthalten und er könnte sie nur bewahren, indem er daran festhielt. Auch wenn ich ihn selten so nannte, hatte ich nie aufgehört, mit diesem Namen an ihn zu denken. Nicht einmal jetzt, da ich das Gefühl hatte, diesen *Cliff* nicht mehr zu erkennen.

»Blake hat die Stadt verlassen, um die Familie seines Wirts zu besuchen.«

»Hm.« Henry neigte den Kopf zur Seite, das Licht dahinter stach stärker in meine Augen, ich traute mich nicht zu blinzeln. »Wie lange?«

Ein paar Studierende liefen an uns vorbei, der Blick einer Frau kitzelte an meiner Schläfe. Wortlos, aber vieldeutig; ich hätte sie am liebsten angeschrien. »Keine Ahnung, ich bin nicht sein Kindermädchen«, erwiderte ich scharf in Richtung meines Vaters. Eine hochgezogene Augenbraue seinerseits, ein Kloß in meinem Hals. Ich senkte den Kopf und die Stimme mit dazu. »Entschuldige bitte. Er ist morgen wieder hier. Ich kann ihm ausrichten, dass ihr mit ihm sprechen wollt.«

Henry schnalzte mit der Zunge, machte jedoch keine Anstalten weiterzugehen. »Wir kündigen uns schon selbst an. Was ist mit seiner Motte, ist sie hier?«

»Gut möglich, aber ich kann dir nicht sagen, wo. Tut mir leid.« Erneut antwortete ich, ehe ich darüber nachdenken konnte. Ganz gleich, warum ich angefangen hatte, diese Lüge zu erzählen – jetzt musste ich es zu Ende bringen. Natürlich war mir bewusst, wo Mabel gerade war. Nämlich dort, wo sie seit zwei Monaten so gut wie immer war, wenn ich ihr begegnete. An Cliffs Seite.

»Hat sie noch einmal Probleme gemacht?«

Ein bitteres Lachen baute sich auf meiner Zunge auf. Dieses Mädchen machte keine Probleme, sie *war* eines. Hätte ich das früher erkannt, wären wir alle nicht in dieser Situation. Ich täuschte ein Husten vor, um den Ton herunterzuschlucken und mein Zögern zu kaschieren – von dem ich nicht einmal selbst verstand, woher es kam. Die Vorstellung, ihm die Wahrheit zu sagen, reizte mich: dass Mabel nach wie vor eine Bedrohung für uns war, weil sie alles über uns wusste, dass sie der Grund dafür war, dass wir allesamt zu Tode verurteilt waren, dass ich ihr am liebsten eigenhändig dieselbe Ehre zuteilkommen lassen würde. Ich *wollte* es ihm sagen, und, was bei Gesprächen mit Henry immer entscheidender war, ich *sollte* es tun. Doch aus irgendeinem Grund *konnte* ich es nicht. Denn Mabel verraten würde auch bedeuten, Cliff zu verraten. Und auch wenn ich wusste, dass er es verdient hatte, brachte ich es einfach nicht über mich. Ich hasste es, wie schwach mich die Jahrzehnte an seiner Seite gemacht hatten. Ich hasste es, ich hasste ihn, ich hasste mich – trotzdem hob ich die Schultern und sah gelassen in Henrys wachsames Gesicht.

»Nein, überhaupt nicht. Die Energie, die Norah ihr vor der Zeremonie genommen hat, hat ihr Gedächtnis offenbar nachhaltig beschädigt. Sie erinnert sich an nichts. Und Blake hält sich fern von ihr.« Das war die größte Lüge von allen. Es war lächerlich und peinlich, aber Cliff haftete an ihr, als wäre er die Motte, klebend am Laternenglas, und als wäre ihr Licht alles, was ihn am Leben hielt und nicht zufällig das, was es ihn gekostet hatte.

Henry sah mich kurz prüfend an, ehe er nickte. »Gut. Ein Problem weniger. In unserer jetzigen Situation müssen wir vorsichtiger sein denn je. Wir können es uns nicht leisten, Aufmerksamkeit auf uns zu ziehen.«

»Ich weiß.« Erleichtert entspannte ich mich etwas und ließ die Schultern sinken – ein Fehler. Henry hatte ein Gespür dafür, wann ich die Deckung fallen ließ. Und schlug jedes Mal genau dann zu.

»Sicher?« Mit einem unechten Lächeln trat er auf mich zu. »Wieso vibriert dein Zentrum dann so heftig vor Energie, dass man es in deiner Nähe kaum aushalten kann?«

Mein Körper erstarrte, Kälte schwappte bis in meinen Nacken hinauf. »Ich …«

»Ganz genau«, unterbrach er mich schneidend und kam noch näher. Sein Atem auf meinem Gesicht, sein Blick, der es aufschnitt, darunter kroch und nichts als Eis hinterließ. »*Ich, ich, ich* – etwas anderes existiert in deinem Kopf nicht. Du denkst wie immer nur an dich, an dein eigenes Vergnügen. Du verhältst dich verantwortungslos, kindisch und erbärmlich. Ich bin keinen halben Tag in der Stadt und muss mich schon wieder für dich schämen. Weißt du, was das für ein Gefühl ist?«

Ja. Ja, ich wusste es, weil ich es selbst spürte. Die Scham, die sich in mir ausbreitete, sich bei mir allerdings sicher aus ganz anderen Bestandteilen zusammensetzte als bei ihm. Ein kalt brennendes Gemisch aus Selbsthass und Reue und dem kindlichen Wunsch, zu weinen und ihn um Vergebung zu bitten. Für alles, was ich je getan hatte, für alles, was ich je gewesen war. Und vor allem für das, was ich nie sein würde: genug.

Ich schluckte. »Es tut mir leid. Ich habe nicht …«

»Was? Nachgedacht? Daran gedacht, dass du mein Sohn bist? Dass alles, was du tust, auf mich zurückfällt? Die Schande, die du mir bringst, haftet immerzu an mir. Du bist der Schatten, den ich mir niemals von den Fersen scheiden kann, *Arthur*.«

Ich zuckte zusammen, wie jedes Mal, wenn er sich über die Regeln hinwegsetzte und diesen Namen benutzte. Den, den er und meine Mutter mir damals gegeben hatten. Der, der mir immer verhasst gewesen war, bis Heaven angefangen hatte, ihn auf ihre Weise auszusprechen. Seit sie das nicht mehr tat, klebte an diesem Namen nur noch der Tonfall meines Vaters, durchtränkt von Abscheu, Wut und, besonders schwer auszuhalten: Enttäuschung. Getunkt in genau dieses Gefühl war Henry *mein* Schatten, den ich mir nicht von den Fersen schneiden konnte.

Ich sagte es nicht, stattdessen wiederholte ich nur: »Es tut mir leid.«

Ein paar Sekunden lang standen wir nur so da, ehe Henry einen Schritt zurücktrat und den Kragen seines Sakkos richtete. Der Star daran blitzte auf, als wollte auch er mir zu verstehen geben, dass ich unwürdig war, mich so zu nennen. »Reiß dich ab jetzt zusammen. Verstanden?« Henry wartete mein Nicken ab, dann ging er an mir vorbei. »Gibt es hier irgendwo genießbaren Kaffee?«

Ich verkniff mir ein erleichtertes Aufatmen und führte ihn durch einen efeuumrankten Torbogen in den nächsten Hof des Colleges. Der Kaffeewagen stand am Rande eines Weges, von dem die Eingangsstufen zum Institut der Geisteswissenschaften abgingen. Offenbar richtete es heute irgendeinen Informationstag aus: Girlanden mit silbernen und blauen Wimpeln hingen über der wuchtigen Doppeltür, ein Aufsteller mit aufwendig gestaltetem Plakat stand davor.

Henry ging zum Kaffeewagen, ohne mich zu fragen, ob ich auch etwas wollte. Wir wussten beide, dass Koffein meinen Zustand nur zugespitzt hätte. Ich fühlte mich sowieso schon überreizt und unangenehm zittrig. Meine Sinne waren so aufgeschürft, dass ich bei jedem Gesprächsfetzen, jeder Geruchsspur, jedem Farbklecks in Form von vorbeilaufenden Studierenden dagegen ankämpfen musste, zusammenzuzucken. So war das immer, wenn der Rausch seinen obersten Lack aus Endorphinen verlor: Sobald diese Schicht abblätterte, splitterten winzige Fetzen der eigenen Seele mit ab. Normalerweise heilten diese Risse schneller, normalerweise musste ich diesen Zustand aber auch nicht in der Nähe meines Vaters aushalten. Henry hatte eine einzigartige Art, Wunden durch bloße Blicke tiefer werden zu lassen.

Ich stellte mich neben die Treppe in den Schatten des Gebäudes und strich gedanklich über mein aufgerautes Inneres. Genau in diesem Moment spürte ich, wie sich etwas darüberlegte – eine Decke aus Samt, die das wunde Pochen abschwächte. Irritiert tastete ich danach und musste ein Seufzen unterdrücken, als sich in mir ein angenehmes Prickeln ausbreitete. Es war so verwirrend und so … gut, dass ich gedankenlos einen Schritt zur Seite wich – und prompt gegen jemanden prallte.

Noch beim Umdrehen begriff ich, wer es war. Es lag weder an ihrem Duft – Jasmin, Veilchen, Gardenien – noch an dem weißblonden Haar, das mir zuerst in die Augen fiel, nicht mal an dem überraschten Ton, der ihr über die Lippen rutschte, als wir gegeneinanderstießen, und der überdeutlich die Klangfarbe ihrer Stimme hatte. Vielmehr lag es an der Art, wie sich das weiche Gefühl innerhalb von Sekunden auf all die Risse in meinem Inneren legte und sie verschloss. Und das nur, weil mein Zentrum sie wahrnahm: Zoe, mein letztes Mottenmädchen. Die Seele, an der ich mich am längsten in meinem ganzen Dasein genährt hatte, und die, die das am besten von allen verkraftet hatte, weil sie … anders war. Stärker, heller, intensiver. Besser.

Trotz all der Energie, die noch in mir vibrierte, sehnte sich mein Inneres danach, ein bisschen von ihrer zu kosten. Ich hatte bisher noch nie jemanden getroffen, der sich so anfühlte wie sie. Das war mein erster Gedanke gewesen, als ich sie letzten Herbst bei einer dieser langweiligen Studierendenpartys in einem der Pubs gespürt hatte. Ich war nur dort gewesen, um mich in der Menschenmenge unbeobachtet zuzudröhnen, doch als ich Zoe beim Vorbeigehen beiläufig gestreift hatte, hatte ich stehen bleiben müssen. Es war kein einfaches Kribbeln, wie bei den anderen, sondern ein intensives und doch unsagbar weiches Glühen. Samt, der in Flammen stand – so fühlte sich Zoes Seele an.

Selbst jetzt, da ich nicht bewusst nach ihr tastete, konnte ich es spüren. Es kostete mich alles an Selbstbeherrschung, die Finger lediglich um ihre Schultern zu schließen, damit sie nicht das Gleichgewicht verlor. Die Pailletten ihrer Jacke leuchteten silbrig, der Glanz in ihren blauen Augen auch, als sie fahrig den Blick hob.

»Gott, tut mir leid, ich hab nicht …« Sie verstummte, sobald sie mein Gesicht erreichte. Innerhalb von Sekunden verschwand ihr einnehmendes Lächeln, sie presste die Lippen so fest aufeinander, dass sich winzige Schluchten neben ihre Mundwinkel gruben. Beinahe instinktiv hob Zoe eine Hand und drückte sie auf ihren Hals – genau auf die Stelle, unter der ich ihre Schlagader erahnen konnte. Ich musste daran denken, wie weich sich die Haut darüber angefühlt hatte, vor allem aber, wie unglaublich wohltuend die Energie gewesen war, die darunter floss. Mein Zentrum pochte auf, ich musste mich erneut gegen den Drang stemmen, die Hände nach ihr auszustrecken – in jeder Hinsicht.

Stattdessen setzte ich ein betont charmantes Lächeln auf. »Hallo, Anima.«

Röte stieg in Zoes Wangen. So wie früher, aber anders. Diesmal sorgte nicht Verlegenheit dafür, sondern Wut. Ich musste nicht fragen, um zu wissen, woran das lag. Es konnte nur einen Grund dafür geben, dass sie der typischen Anziehungskraft, die mein Nähren bei ihr ausgelöst haben musste, trotzte. Normalerweise klebten unsere Motten auch dann noch an uns, wenn ihre Flügel längst angekohlt waren und wir sie deshalb von uns gestoßen hatten. Zoe hingegen ging mir seit über zwei Monaten aus dem Weg. Und das bedeutete: Sie wusste es. Alles. Das, was ich getan hatte, und das, was ich war.

Mir war klar, dass ich mich eigentlich darum hätte kümmern müssen, aber nach allem, was mit Mabel und meinem angeblich besten Freund passiert war, war Zoe mir noch gleichgültiger geworden als ohnehin schon. Ein Blick in ihr zugegeben ziemlich hübsches Gesicht, und ich wusste, dass für sie nicht dasselbe galt. Ganz egal, wie unbeeindruckt sie zu wirken versuchte – sie rang sichtlich um Fassung.

Ohne ein Wort zu erwidern, löste sie sich von mir, machte ein paar Schritte rückwärts und ging langsam in einem weiten Bogen an mir vorbei. Ich sah trotzdem, dass ihre Schultern vor Anspannung bebten, und konnte mir ein Grinsen nicht verkneifen. Es fiel mir von den Lippen, sobald sie auf Henrys Höhe war – offensichtlich zu fokussiert auf meine Anwesenheit, um seine zu bemerken. Sie stieß gegen seine Schulter, der Kaffeebecher in seiner Hand wackelte, ein paar Tropfen schwappten über den Rand.

Henry erstarrte, ehe er sich umdrehte und ihr nachsah. Er wandte den Blick nicht einmal ab, als ich neben ihn trat. »Wer war das?« In seiner Stimme lag eine unterschwellige Nervosität, die mir fremd war.

»Niemand. Nur eine Studentin, die eine Weile meine Motte war. Seit ich sie abgeschüttelt habe, ist sie nicht gut auf mich zu sprechen. Sie war ein bisschen zu vernarrt in mich.«

Ich rechnete auch hierfür mit den nächsten Vorwürfen, immerhin war diese *Vernarrtheit* etwas, das wir zumindest bedingt steuern konnten. Hätte ich Zoe gehen lassen, sobald ich die ersten Anzeichen ihrer Abhängigkeit bemerkt hatte, wäre sie innerhalb weniger Tage darüber hinweggekommen. Ich konnte Henry schlecht sagen, dass Zoes Abneigung mir gegenüber nicht auf meiner Abweisung beruhte – sondern darauf, dass sie über uns Bescheid wusste.

Doch statt darauf einzugehen, drückte er mir lediglich seinen Becher in die Hand und sagte: »Ich kontaktiere dich später«, ehe er sich umdrehte und ebenfalls den Weg hinablief.

Ich machte mir keine Mühe, ihn darum zu bitten, das zu konkretisieren. Henry kam und ging, wie er wollte. Er hatte mich dazu erzogen, immer damit zu rechnen, dass er in der nächsten Sekunde vor mir stehen könnte. Auch wenn ich in den vergangenen Jahrzehnten alles getan hatte, um das ab und zu auszublenden, so war ein Teil von mir trotzdem permanent angespannt.

Was er vorhin gesagt hatte, stimmte. Henry und ich waren Schatten füreinander. Letztlich ergab das nur Sinn. Meine Mutter war das Licht unserer Familie gewesen, und seit sie fort war, war zwischen uns eben nur noch Dunkelheit. Ich hatte mich bereits vor langer Zeit damit arrangiert, aber ein Teil von mir – ein wirklich *kindischer, erbärmlicher* Teil – wünschte sich nach wie vor, ich könnte hell genug werden, um etwas daran zu ändern. Also versuchte ich es. Ich versuchte *so sehr*, ihn stolz zu machen. Doch mit jedem neuen Leben, in das ich schlüpfte, fühlte es sich an, als würde ich mich mehr von ihm entfernen. Und, auch wenn ich mich kaum traute, es zu denken, galt für mich dasselbe: Meine Seele wurde mir mit jedem neuen Körper fremder. Das lag allerdings nicht so sehr an Henry. Sondern vielmehr an ihr, an Heaven. An dem, was sie gewesen war, und an dem, was sie jetzt nicht mehr war. An dem, was ich mit ihr gewesen war, und an dem, was ich mit ihr verloren hatte. Es war zehn Sprünge her, dass meine Finger Heavens berührt hatten. Vierzig Jahre, in denen meine Seele manchmal immer noch nach ihrer tastete und ins Leere griff. Es fühlte sich an, als würde sie jedes Mal ein bisschen von diesem Nichts an sich ziehen und zwischen ihre eigenen Fäden weben. Mein Inneres war durchlöchert, und auch wenn ich an Tagen wie heute bis oben hin voll mit fremder Energie war, war das Nichts dazwischen dennoch so viel lauter, wenn ich es mir gestattete, hinzuhören.

Also tat ich das auch diesmal nicht. Ich verdrängte all die Gedanken und warf den vollen Kaffeebecher in einen Mülleimer. Ein paar Tropfen perlten über meine Finger, schwarzbraun, für mich trotzdem rot. Henrys Worte hatten eine Blutspur auf meiner Netzhaut hinterlassen, und ich wusste, auf wessen Haut sie sich als Nächstes abzeichnen würde. Es gab nichts, was ich tun konnte, um Cliff vor einem Gespräch mit dem Rat zu schützen – selbst wenn er es nicht verdient gehabt hätte. Und doch zog sich mein Magen bei der Erinnerung an Henrys Lächeln bei dem Wort *Gespräch* derart zusammen, dass ich es nicht einfach passieren lassen konnte.

Gott, wirklich, ich hasste Cliff dafür, dass es mir so verdammt schwerfiel, ihn sich selbst zu überlassen.

Cliffs Wohnung lag etwas außerhalb des Stadtkerns von Cambridge: ein backsteinrotes Haus, dessen Fassade von Blauregenranken bedeckt war. Im Erdgeschoss befand sich ein Café, das mit dem beginnenden Frühling wieder ein paar Tische auf den Gehweg gestellt hatte. Ich schob mich ungeduldig zwischen umherstehenden Gästen hindurch, die ihre blassen Nasen der ausgewaschenen Aprilsonne entgegenstreckten. Die Haustür stand offen, im Flur roch es nach Reinigungsmitteln und Curry.

Eine Weile hatte ich öfter hier geschlafen als auf dem Campus. Cliff gegenüber hatte ich meine häufigen Besuche damit begründet, dass mir die anderen im Wohnheim auf die Nerven gingen, was zwar nicht gelogen, aber auch nicht der Kern der Wahrheit gewesen war. Denn die Nähe der anderen Studierenden machte mich zwar unruhig, doch wenn ich nicht in Cliffs war, spürte ich ein deutlich drängenderes Gefühl: Angst. Ich hatte Angst davor, dass er ging – auf die einzige Weise, die ihm möglich war, wenn er nicht wollte, dass ich ihn zurückholte. Also hatte ich alles getan, um ihn an meiner Seite zu halten, ohne aussprechen zu müssen, warum. Ich war mir sicher, dass er es im Grunde trotzdem gewusst hatte. Weil wir diese Situation auch einmal andersherum gehabt hatten und weil er genau wusste, wie es sich anfühlte, wenn dir jemand durch die Finger glitt, ganz gleich, wie sehr du auch versuchtest, dich an ihm festzuhalten. Wie es aussah, hatte er den festeren Griff von uns beiden. Er hatte mich gehalten, damals. Und diesmal hatte er mich mit sich in den Abgrund gezogen.

Oben angekommen, atmete ich tief durch, versuchte, die Gefühlsfäden zu ignorieren, die unter der Türschwelle hindurchkrochen und sich meine Fußknöchel hinaufschlängelten. Weder mein Körper noch meine Seele hatten vergessen, was bei meinem letzten *Besuch* passiert war. Meine Finger ballten sich automatisch zu Fäusten, ein Gemisch aus Wut und Verrat brannte in meinem Nacken – hitzig, drückend.

Bevor ich mich entscheiden konnte, ob ich wieder gehen oder anklopfen sollte, wurde die Tür geöffnet. Statt in Cliffs Gesicht blickte ich in ein anderes – eines, das meine Stimmung sogar noch weiter verfinsterte. So, wie sich Mabels dunkle Brauen zusammenzogen, beruhte das immerhin auf Gegenseitigkeit. Ich dachte daran, dass Victor sie *Anna Karenina* genannt hatte, weil sie immer so ernst und verbissen aussah, und meine Mundwinkel zuckten. Dann dachte ich daran, dass Victor tot war, einzig und allein wegen dieses dummen Mädchens, und musste dagegen ankämpfen, ihr hier und jetzt das Genick zu brechen.

Mabel kniff die Augen kaum merklich zusammen und machte eine Bewegung auf mich zu. »Geh mir aus dem Weg, oder ich zerkratze dir das falsche Gesicht.«

Mein Kiefer knackte, ich zwang mich zu einem gelangweilten Lächeln, auch wenn meine Fäuste noch bebten. »Wie immer bist du die Liebenswürdigkeit in Person, Mabel.«

Sie verzog keine Miene, als ich einen Schritt zur Seite machte, um sie an mir vorbeizulassen. Unsere Schultern berührten sich, ich musste mich davon abhalten, auch gegen ihr Inneres zu stoßen. Nur so fest, dass sie daran erinnert wurde, mit wem sie es zu tun hatte. Einfach, um ihr ein bisschen mehr Respekt beizubringen. Gern auch Angst. Irgendeine andere Reaktion als diesen unerschütterlichen Trotz, den sie seit unserer ersten Begegnung aufrechterhielt.

Stattdessen sah ich ihr nach, bis sie auf der Treppe und damit aus meinem Sichtfeld verschwunden war, ehe ich die Wohnung betrat und die Tür hinter mir zuwarf. »Deine Freundin ist echt entzückend«, meinte ich spöttisch. »Ich will mir gar nicht ausmalen, wie euer Liebesleben so aussieht.«

Cliff stand in der Mitte des großen Raums am Küchentresen und rührte in einem Kaffeebecher. Sein Blick streifte mich nur kurz, doch ich wusste, dass er auch mein wummerndes Zentrum wahrnahm. Zu seinem Glück verkniff er es sich, etwas dazu zu sagen. Mit Sicherheit hatte Norah ihm eh schon längst von unserem Aufeinandertreffen heute Nacht erzählt. »Seit wann redest du wieder mit mir?«

Ich schlenderte an der Wand entlang, betrachtete die Schwarz-Weiß-Bilder, die dort hingen. Mir war nie klar geworden, warum Cliff sie so mochte. Dem Leben absichtlich alle Farben zu entziehen, war, als würde man sich selbst sabotieren. Als würde man nur das Schlechte sehen wollen. Vielleicht war das ja der Grund dafür, dass Cliff irgendwann angefangen hatte, unser Leben zu hassen. Mit ausdruckslosem Gesicht drehte ich mich zu ihm um. »Sieh es als letztes Überbleibsel einer Freundschaft, die du mit bloßen Händen vernichtet hast.«

Er schmunzelte und nippte an seinem Kaffee, der mit Sicherheit viel zu süß war. »Du wurdest schon immer pathetisch, wenn du wütend bist.«

Mein Kiefer knackte, so fest spannte ich ihn an. »Ist dir handgreiflich lieber? Ich bin einen deiner dummen Kommentare davon entfernt.«

Cliff seufzte leise, machte eine auffordernde Handbewegung.

»Gut.« Ich setzte mich auf die Lehne des Sofas, verschränkte die Arme. »Ich bin nur gekommen, um dir zu sagen, dass sie hier sind. In Cambridge. Henry war gerade bei mir. Ich hab dir ein bisschen Zeit verschafft und ihnen erzählt, dass du auf einem Wirtshausbesuch bist, aber spätestens morgen werden sie dich holen.«

Aufmerksam betrachtete ich sein Gesicht, doch Cliffs Züge regten sich kaum. Keine Sorgenfältchen, kein verzogener Mund, keine geweiteten Augen. Da war nur ein Blinzeln, mehr nicht. Es wirkte nicht nervös, eher … erleichtert. Als hätte er seit Wochen auf diesen Tag gewartet, um ihn endlich hinter sich bringen zu können. Ich verstand das sogar. Man sagte, Vorfreude war die schönste Freude. Was nie jemand aussprach, aber alle fühlten, war: Angst vor der Angst war die schlimmste Angst.

»Das wird nicht nötig sein«, sagte er ruhig und stellte den Becher in die Spüle. »Ich gehe zu ihnen.«

Ich runzelte die Stirn. »Hätte nicht gedacht, dass du dieses Treffen herbeisehnst.«

»Darum geht es nicht.« Er war wieder beim Tresen, nahm eine Haarspange in die Hand, die dort neben einem Stapel Bücher lag. Die Perlen darauf reflektierten das Deckenlicht, winzige Tupfer besprenkelten Cliffs Züge. Da war dieses sanfte, traurige Lächeln, das mir verriet, an wen er dachte. Zwei, drei Sekunden lang, dann legte er die Klammer beiseite und konzentrierte sich wieder auf mich. »Wenn sie mich suchen müssen, liegt die Wahrscheinlichkeit nahe, dass sie auch Mabel finden.«

Ich lachte hart auf. Wenn er ernsthaft glaubte, das wäre vermeidbar, war er verblendeter, als ich geahnt hatte. Wir wussten beide, dass unser Rat Mittel und Wege kannte, um jemanden zum Reden zu bringen – sogar jemanden, der so stur war wie Cliff. Früher oder später würden sie erfahren, was während der Zeremonie wirklich vorgefallen war. Und auch, dass Mabel trotz allem noch immer zu seinem Leben gehörte. Seit er dieses Mädchen kannte, hatte Cliff gegen jede einzelne unserer Regeln verstoßen. Selbst wenn ich den Gedanken akzeptierte, dass er in sie verliebt war, konnte ich nicht begreifen, was er deswegen alles getan hatte. Es hätte ihm vielleicht das Herz gebrochen, sie von sich zu stoßen, gut. Aber dass er es nicht getan hatte, würde ihnen beiden *ganz sicher* das Genick brechen. Und das musste er von Anfang an gewusst haben. Ich war der beste Beweis dafür, dass Liebe schwach machte. Cliff hingegen … er war der beste Beweis dafür, dass sie manchmal sogar tödlich sein konnte.

»Du denkst nicht ernsthaft, dass du ihren Namen da raushalten kannst«, zischte ich. »Sie war diejenige, die das Artefakt zerstört hat. Sie wird sich früher oder später dafür verantworten müssen und das ist auch gut so.«

Cliff umrundete den Tresen, sodass er nur noch ein paar Meter von mir entfernt war. »Warum hast du Henry dann nicht längst gesagt, was wirklich passiert ist?«

Es war offensichtlich, dass ich geschwiegen hatte. Andernfalls hätte der Rat zwei Tage und nicht zwei Monate gebraucht, um ihn zu verdächtigen. Ich erhob mich, funkelte ihn an. »Denk nicht, dass ich das nicht noch tun würde. Ich schulde dir nichts. Und deiner kleinen Motte erst recht nicht. Welches Recht hat sie, weiterzuleben, wenn wir ihretwegen sterben?«

»Jedes Recht«, sagte er leise, aber bestimmt. »Aus dem einfachen Grund, dass wir keines haben, überhaupt noch zu leben.«

Ich machte einen unkontrollierten Satz auf ihn zu, bis wir so dicht voreinanderstanden, dass ich sicher war, sein gesamtes Sichtfeld einzunehmen. Etliche Leben lang hätte ich geschworen, ihn immer allein an dem Ausdruck in seinen Augen erkennen zu können. Es hatte Zeiten gegeben, da war mir seine Seele vertrauter gewesen als meine eigene. Und jetzt … jetzt war mir alles, was ich in seinem Blick fand, nur fremd. Ich rang mir ein spöttisches Lächeln ab. »Tja, wie gut, dass du dieses Recht vielleicht schneller verwirkt hast, als du ahnst. Was du dir selbst zuzuschreiben hast, nicht?«

Cliff schüttelte sacht den Kopf. »Ich bereue nichts. Auch wenn es mir leidtut, dass ich dich verletzen musste.«

Die Wut in mir flammte erneut auf, leckte über meine Muskeln. Es kostete mich alles an Kraft, einen Schritt von ihm zurück- und nicht auf ihn zuzumachen. Ich wollte es so sehr: auf ihn einschlagen, bis dieser Körper in sich zusammenfiel und sich zwischen all den Knochen vielleicht doch noch ein Hauch der Seele erhob, die ich mal meinen besten Freund genannt hatte. Meine beste Familie. Meinen Seelenverwandten. Für die Welt waren wir immer Lügner gewesen; wandelnde, atmende Illusionen. Ich hatte nur gedacht, dass das, was wir füreinander waren, durch und durch ehrlich war und echt und … unsterblich. Was für ein beschissener Irrtum.

»Du hast mich nicht verletzt«, erwiderte ich so nüchtern ich konnte – er verdiente meinen Schmerz nicht, er verdiente nichts von mir, »du hast mich verraten.«

Zum ersten Mal in diesem Gespräch regte sich etwas in Cliffs Zügen. Da waren feine Linien, die sich um seine Augen gruben, als er sie leicht verengte. Andere Menschen hatten Lachfältchen, Cliff hatte Trauerfältchen. Er hätte sich die Narbe neben der Schläfe nicht jedes Mal neu zufügen müssen, um ein Gesicht als seines zu markieren – diese Linien machten das nach wenigen Monaten für ihn.

»Ashton«, setzte er an, aber da drehte ich mich schon um und lief ohne ein weiteres Wort zur Tür.

Es war gut, wenn er *trauerte*. Denn es stimmte, was ich zu Norah gesagt hatte: Wir waren füreinander gestorben.

3

ZOE

Ich bin schön genug.

Der Spiegel im Waschraum vor mir war zerkratzt und halb blind, ich sah trotzdem zu viel von mir, um meiner Gedankenstimme zu glauben.

Ich bin schön genug.

Meine Fingerspitzen tasteten nach meinen Wangenknochen, drückten sich leicht in die Haut, die um einiges weicher und irgendwie … mehr war als noch vor wenigen Monaten. Alles war mehr geworden. Mehr Haut, mehr Fett, mehr Gewicht.

Ich bin schön genug.

Meine Gedankenstimme wurde brüchiger, eine andere legte sich darüber. Eine, die schon immer stärker Zugriff auf meine Gefühle gehabt hatte als meine eigene.

»Ich meine es nur gut. Wenn du noch mehr wirst, ist es irgendwann zu viel, Liebling.«

Mit ganzer Kraft verdrängte ich sie und umklammerte das Waschbecken vor mir, atmete tief durch. Laut dem Psychologie-Podcast, den ich mir heute Morgen angehört hatte, beruhte ein positives Selbstbild zu großen Teilen auf positiven Gedanken. Affirmationen waren der Schlüssel zum Glück. Bevor ich das Wohnheim verlassen hatte, hatte ich deswegen dieselben Sätze wieder und wieder im Stillen aufgesagt.

Ich bin schön genug.
Ich bin klug genug.
Ich bin interessant genug.

Die Worte waren halbherzig in ein Gefühl gesickert, ich hatte mich wirklich irgendwie gut gefühlt. Gut genug. Genau so lang, bis ich die erste Ladung Cupcakes im Institut abgegeben hatte und vor der Tür ausgerechnet in den Menschen gestolpert war, dem ich seit Monaten am gründlichsten aus dem Weg ging.

Nicht Mensch, korrigierte ich mich sofort. *Unsterblicher Serienmörder, der fremde Körper besetzt und sich an den Seelen anderer stärkt, um ewig leben zu können.*

Auch wenn es mir nach wie vor schwerfiel, zu begreifen, was Mabel und ihr Freund mir vor rund zwei Monaten erzählt hatten, zweifelte ich eigentlich nicht daran, dass es wahr war. Ich war schon immer der Meinung gewesen, dass das Universum aus mehr als nur Logik und Wissenschaft bestand. Wenn ich davon ausging, dass der Grund für meinen Wunsch nach Zugehörigkeit darin bestand, dass Uranus zu meiner Geburt rückläufig gewesen war, konnte ich auch daran glauben, dass es eine uralte, geheime Verbindung gab, die die gesamte britische Oberschicht infiltriert hatte. Oder dass ein paar von ihnen an einer der besten Universitäten des Landes studierten und sich auf Kosten anderer ein gutes Leben machten.

Wenn ich ehrlich war, war das die einzige Erklärung, die mir begreiflich machen konnte, was zwischen Ashton und mir vorgefallen war. Wir waren uns monatelang nahe gewesen, ohne dass er je versucht hatte, mit mir zu schlafen oder in sonstiger Weise von meinem Körper oder meinem Namen zu profitieren. *Er muss mich wirklich mögen*, hatte ich gedacht und nie verstanden, wieso ich mich insgeheim dafür geschämt hatte. Jetzt wusste ich es: Ich hatte immer gefühlt, dass das nicht stimmte. Nicht stimmen konnte.

In den letzten Monaten hatte ich alles getan, um die Erinnerungen an Ashton zu verdrängen. Nachdem Mabel mir die

Wahrheit erzählt hatte, war in mir dieser tiefe Riss entstanden, eine offene Wunde, die jedes weiche Gefühl, das ich mit ihm verband, verschluckt hatte. Sorgsam hatte ich jeden Momentbildabzug unserer Zeit mit hineingestopft, den Riss mit notdürftigen Entschuldigungen für meine eigene Naivität zugenäht und gehofft, dass sie damit für immer fort sein würden.

Bis vorhin hatte das ganz gut funktioniert, nur ab und zu hatte sich eins der Negativbilder – im wahrsten Sinne des Wortes – vor meine Augen geschoben. Und dann ... fünf Sekunden Hautkontakt, zwei Wörter aus seinem Mund und die Wunde riss auf. Alles war zurück und fühlte sich so roh und wund und schlimm an wie vor zwei Monaten. Jedes bisschen Schmerz, Selbsthass und Scham war noch da. Und über alledem die Erkenntnis, dass es egal war, wie viele positive Affirmationen ich aufsagte. Sie konnten nichts daran ändern, wie ich war: entweder zu viel oder zu wenig. Und für Ashton eben nie *genug*.

Ich schloss die Augen und dachte es entschieden ein drittes, letztes Mal: *Ich bin schön genug*. Anschließend setzte ich ein breites Lächeln auf, kontrollierte seinen Sitz im Spiegel, wischte ein bisschen goldenen Lidschatten aus den Augenwinkeln und verließ den Waschraum.

Wir hatten unseren Tisch im Foyer eines der größten Seminargebäude am Trinity College aufgebaut. Ringsherum befanden sich mehrere Aufsteller mit Plakaten, auf der Holzplatte selbst standen Teller Cupcakes und etliche Stapel der Flyer, die ich gestern ausgedruckt hatte.

Auf der Vorderseite war das Foto eines leicht verwahrlost wirkenden Hauses abgebildet. Im Vorgarten wucherten Gras und Unkraut, an den schwarz gestrichenen Außenwänden wuchs Efeu zwischen vertrocknetem Wein. Auch wenn das Foto in Farbe aufgenommen war, hing ein leichter Sepiaton über allem.

Das sogenannte Hickory House, das seinen Namen den knochigen Bäumen im Garten verdankte, lag am Rande des Campus vom St Catharine's College. Ganz früher hatten dort ebenfalls Seminare stattgefunden, doch seit der Vergrößerung des Campus war das schmale Gebäude nahe der Cam in Vergessenheit geraten und stand leer.

Es war ein paar Wochen her, seit ich einen unserer Professoren gefragt hatte, warum man die leer stehenden Zimmer nicht den ehrenamtlichen Serviceangeboten der Universität zur Verfügung stellen konnte – immerhin verfügten viele von diesen über keine festen Räumlichkeiten. Nach mehreren Argumentationsrunden hatten wir die Erlaubnis erhalten, das Haus als Standort für das Krisentelefon zu nutzen: unter der Voraussetzung, dass wir uns selbst um das Aufräumen und Neuorganisieren kümmerten. Die Universität stellte zwar geringfügige Gelder zur Verfügung, doch die Umsetzung lag bei uns. Und mit *uns* meinte ich die Handvoll Studierender, die sich bisher bereit erklärt hatten, mitzuhelfen. Offenbar nahm der Drang, sich ehrenamtlich zu engagieren, deutlich ab, sobald die manikürten Fingernägel in Gefahr waren. Klar, immerhin konnte man *Ausmisten von angesammeltem Universitätsmüll* nicht so gut auf dem Lebenslauf herausstellen – zumindest war das die Meinung meiner Mutter gewesen, als ich ihr hiervon erzählt hatte.

Nicht an Mum denken.

Ich kniff kurz die Augen zusammen und schob dann meine Mundwinkel ein bisschen höher, ehe ich am Tisch ankam. Nick stand dahinter und nippte an einem Kaffeebecher. Wir kannten uns seit dem ersten Semester, als ich selbst beim Krisentelefon mitgearbeitet hatte. Bevor ich letzten Herbst das Interesse daran verlor, weil ich … Teile von mir verlor. Oder eher: weil sie mir gestohlen wurden.

Nicht an Ashton denken.

»Da bin ich wieder«, meinte ich, so gut gelaunt ich konnte. »Hab ich was verpasst?«

»Nee, hier ist gerade eh nichts los.« Nick deutete vielsagend um sich. Es war früher Nachmittag, und viele Studierende saßen noch in ihren Kursen. Es waren zwar schon einige vorbeigekommen, und wir hatten durch den Verkauf der Cupcakes ein wenig zusätzliches Geld gesammelt, aber die Liste der Helfenden wies erst zwei neue Namen auf.

»Gut für mich, weil ich dich eh noch was fragen wollte.« Nick stellte seinen Becher ab und drehte sich zu mir. »Gehst du zum Ball?«

Verständnislos runzelte ich die Stirn. »Bis Juni ist es noch eine Weile hin, oder?« Die May Balls – die für die angemessene Verwirrung seit dem 19. Jahrhundert im Juni stattfanden – waren eines der wichtigsten Ereignisse in Cambridge. Zumindest hatten meine Eltern das wieder und wieder gesagt, ehe ich hergekommen war. Ich fragte mich, ob sie gewusst hatten, dass dieser Abend letztlich nur dazu diente, sich in teurer Abendgarderobe zu betrinken und den Prüfungsstress aus den geschundenen Gehirnzellen zu brennen. Meine Eltern dachten, es ginge bei diesen Events um Ansehen und Würde, ich hatte das Gefühl, sie waren genau dafür da, um diese für eine Weile vergessen zu können.

Ich würde trotzdem wieder hingehen, natürlich. Meine Mutter hatte schon an Weihnachten angefangen, mir mögliche Kleider zu zeigen. Nicht ohne mir zu verstehen zu geben, dass ich in den nächsten Monaten ein bisschen *auf meine Linie achten* musste, wenn ich auch hineinpassen wollte. Unwillkürlich strich ich über meine Hüfte, in die der Bund der Jeans deutlich fester einschnitt als noch vor wenigen Wochen. Es wunderte mich nicht: Ich war schon immer einer dieser Menschen gewesen, die bei Liebeskummer eher zu- als abnahmen.

Kein Liebeskummer. Es war nämlich keine Liebe. Nur Abhängigkeit. Eine kranke Sucht, hervorgerufen durch einen übernatürlichen, narzisstischen Mistkerl.

»Zoe?« Nick berührte mich am Arm, ich zuckte schwach zurück und rang mir einen entschuldigenden Blick ab.

»Tut mir leid. War grad kurz weg.«

»Dann nimm mich das nächste Mal mit.« Er lächelte, auf diese Weise, die sich wie eine zu intime Berührung anfühlte.

Ich richtete beiläufig den Stapel Flyer vor uns neu. »Was hattest du gesagt?«

»Dass ich nicht die May Balls meine. Sondern einen der Benefizbälle in ein paar Wochen. Ich dachte, du hättest schon davon gehört. Du weißt schon, weil deine Eltern bei so was doch immer so großzügig sind.«

»Ja, das sind sie«, murmelte ich und hoffte, dass er den zynischen Unterton nicht heraushörte. Es stimmte, was so etwas anging, waren meine Eltern wirklich überaus *großzügig*. Was andere Dinge anging, hatte ich eher das Gefühl, ihre Nähe wäre irgendwie … *kleinmachend.*

Als ich nichts weiter sagte, räusperte Nick sich. »Also, gehst du hin? Vielleicht … mit mir?«

Resigniert schloss ich die Augen. Die Frage überraschte mich nicht wirklich, mir war in den letzten Monaten durchaus aufgefallen, wie Nick sich mir gegenüber verhielt. Die beiläufigen Berührungen, die Umwege, die er in Kauf nahm, um mehr Zeit mit mir zu verbringen, die subtilen Komplimente, die er mir machte … Sein Interesse war offensichtlich, nur hatte er bisher keinen Versuch unternommen, dieses zu verfolgen. Ich hatte gehofft, mein Nichteingehen auf jeden seiner Flirtversuche wäre Antwort genug.

»Oh«, machte ich und suchte nach einer freundlichen Möglichkeit, abzusagen. »Ich weiß ehrlich gesagt nicht, ob ich momentan Lust auf so etwas habe.«

»Auf Bälle oder aufs Ausgehen?«

Auf jedwede Interaktion mit Männern, weil sie am Ende nur verlogene, egoistische Mistkerle sind. »Beides.«

Nick schürzte leicht die Lippen. Natürlich konnte er es nicht gut sein lassen. Ein einfaches Nein war für viele offenbar keine ausreichende Erklärung dafür, kein Interesse zu haben. »Läuft da noch was mit diesem Typen, mit dem du letztes

Semester ständig unterwegs warst? Wie heißt er noch mal … Archie?«

Es war absurd: Selbst dieser für mich unbedeutende Name löste in mir das Echo eines anderen aus. *Ashton, Ashton, Ashton.* Dabei wusste ich mittlerweile, dass es nicht einmal sein richtiger war. Archie, Ashton, Arthur – es spielte keine Rolle, weil er keine Rolle mehr spielte.

Nicht an Ashton denken.

Ich warf Nick einen grimmigen Blick zu. »Das ist das 21. Jahrhundert, Nick. Ich brauche keinen Mann als Begründung dafür, ob ich etwas will oder nicht.«

Er hob die Hände. »Schon gut, tut mir leid. Überleg es dir einfach, okay? Ich würde mich freuen. Und jetzt hol ich mir noch einen Kaffee von draußen, willst du auch was?« Er wartete mein Kopfschütteln ab, ehe er sich an mir vorbeischob und das Gebäude verließ.

Es war gerade Kursende, die ersten Studierenden kamen über die breite Holztreppe nach unten und füllten das Foyer mit Absatzklackern, Gesprächsfetzen und Lachen. Mich überkam leichte Wehmut, während ich sie betrachtete. Trotz der bibliotheksblassen Gesichter und stressbedingter Augenringe konnte man ihnen ansehen, wie sehr sie es liebten, hier zu sein. In Cambridge, an dieser Universität, um deren Studienplätze sich jedes Jahr unsagbar viele Menschen bewarben, mit dem Wunsch, in ihrem Glanz baden zu können.

Ich hingegen hatte mittlerweile das Gefühl, zu viel über die dunkle Seite dieses Ortes zu wissen, um mich weiterhin in seinem Licht wohlfühlen zu können. Das, was vergangenes Semester passiert war, hatte die Schatten fallen lassen – sie schwebten seitdem über allem, was ich sah. Und – ich traute mich nicht, es auszusprechen – irgendwie auch über dem, was ich fühlte.

»Er mag Sie.«

Ich brauchte einen kurzen Moment, ehe ich begriff, dass die Stimme sich an mich richtete. Langsam drehte ich den Kopf zur

Seite und bemerkte den Mann, der an einer der deckenhohen Säulen neben unserem Tisch stand. Er war älter als die meisten Studierenden, aber deutlich jünger als die Dozierenden, die ich kannte. Mitte dreißig vielleicht, mit blonden Haaren und auffallend blauen Augen, die mich freundlich musterten.

»Bitte?«, fragte ich verzögert nach.

Der Mann deutete in die Richtung, in die Nick gegangen war. »Er war ziemlich unruhig, als Sie nicht da waren. Hat die ganze Zeit den Flur hinabgeguckt, als würde er nach Ihnen suchen.« Noch mit dem letzten Wort verzog er den Mund und lächelte verlegen. »Entschuldigen Sie, das geht mich natürlich nichts an. Ich kann bei so etwas nur nicht still zusehen, weil ich mir immer vorstelle, dass Sie es nie aussprechen und irgendwann bereuen, einander verpasst zu haben.«

Ich lächelte ebenfalls und machte einen Schritt in seine Richtung. »Das ist ziemlich nett von Ihnen.«

»Sicher? *Aufdringlich* wäre die Alternative, die andere dafür wählen würden.«

Ich musste lachen. »Ich bleibe bei *nett*. Es ist doch schön, wenn Menschen aufeinander achten. Die meisten haben es vollkommen verlernt, sich auf irgendjemanden außer sich selbst zu konzentrieren.« Erneut musterte ich ihn: das gepflegte Äußere, der gut sitzende Anzug – ich erkannte wohlhabende Menschen, wenn ich sie sah. Immerhin war ich in ihrer Mitte aufgewachsen. Er passte gut nach Cambridge, nur dass er es dann auch wieder nicht tat. Nicht nur sein Alter war ungewöhnlich, etwas in seiner Ausstrahlung auch. Obwohl er sich gerade mittendrin befand, hatte ich das Gefühl, er würde diese Szene – mich – irgendwie von außerhalb beobachten. Ich wusste nicht, ob mich etwas an ihm beunruhigte oder nur neugierig machte. »Studieren Sie hier?«

Er schüttelte den Kopf. »Ich besuche meinen Sohn.«

»Ihren Sohn? Wann haben Sie den bekommen, mit fünfzehn?« Er lachte warm auf, sofort stieg Hitze in mein Gesicht.

»Entschuldigen Sie, ich meine nur … wow, Sie haben sich sehr gut gehalten. Sie sollten Werbedeals für Anti-Faltencremes erhalten, ehrlich.« Ich biss mir auf die Unterlippe, aber da war es schon gesagt. Mein Mund war oft viel schneller als mein Verstand, das war schon immer so gewesen. Meine Eltern hatten früher bei wichtigen Veranstaltungen deswegen stets das Schweigelächeln-Spiel mit mir gespielt. Wenn ich es schaffte, einen ganzen Abend lang nur zu lächeln und nichts zu sagen, durfte ich mir etwas wünschen. Ich war neun, als ich erkannte, dass sie das nicht machten, weil sie mich liebten, sondern weil sie Angst hatten, sich für mich schämen zu müssen. So, wie sie es ganz bestimmt in diesem Augenblick getan hätten.

Der Mann hingegen schmunzelte nach wie vor, nicht im Geringsten pikiert. »Sie haben eine einnehmende Persönlichkeit. Ich kann verstehen, was der junge Mann an Ihnen findet.«

Meine Verlegenheit verrutschte, mein Lächeln auch. »Er wird bei mir gar nichts finden. Ich habe mit diesem ganzen Thema abgeschlossen.«

Mitfühlend runzelte er die Stirn. »Wurde Ihnen das Herz gebrochen?«

Schlimmer, dachte ich. *Mir wurde die Seele abgeschöpft.* Mühsam hob ich die Mundwinkel wieder an. »Etwas in der Art. Sagen wir einfach: Mein Vertrauen in Männer ist fürs Erste erloschen. Nicht, dass sie alle gleich sind, aber … ich gerate aus irgendeinem Grund immer an dieselbe Art von Typ. Meine beste Freundin meint, ich sehe Licht auch dort, wo die Schatten nur ein wenig heller sind.« Ich brach ab und wich seinem Blick aus, richtete erneut den Flyer-Stapel zwischen uns aus. »Und das interessiert Sie bestimmt brennend. Tut mir leid, mir wird oft gesagt, dass ich zu offenherzig bin.«

»Ich glaube nicht, dass ein offenes Herz eine Schwäche ist. Wenn Sie mich fragen, ist es das Mächtigste, was ein Mensch haben kann. Sie sollten sich von niemandem sagen lassen, dass es ein Fehler wäre, zu lieben. Oder zu verzeihen. Ganz gleich, was man Ihnen angetan hat: Manche Menschen verdienen eine zweite Chance, um es besser zu machen.« Ehe ich reagieren konnte, legte er seine Hand auf meine – zart, flüchtig, kaum mehr als zwei Sekunden lang und trotzdem seltsam spürbar. Seine Haut war ungewöhnlich warm, ich nahm wahr, wie die Temperatur auch in mein Gesicht stieg, da ließ er mich schon los und trat einen Schritt zurück.

Ich verschränkte die Hände vor meinem Bauch, versuchte, das flaue Gefühl darin zu vertreiben. Die Art, wie er mich ansah, hatte nichts Anzügliches. Er war bloß ein freundlicher Mensch mit auffallend weichen Händen und einem Blick, der mir seltsam unter die Haut kroch. Ich räusperte mich. »Und andere verdienen einen Tritt in den Hintern.«

»Wohl wahr.« Er schmunzelte, ohne dass es seine Augen erreichte. Der Ausdruck in dem strahlenden Blau wirkte plötzlich trüb, als würden zu viele dunkle Gedanken darin umhertreiben.

Gerade als ich noch etwas sagen wollte, offnete sich erneut die Tür zum Foyer und ein Schwall Studierender trat ein. Die sonnengetränkte Frühlingsluft wehte ein paar Flyer vom Tisch, ich fluchte und bückte mich danach. Als ich wieder aufsah, war der Mann verschwunden, dafür sahen zwei bekannte Gesichter auf mich hinab. Stirnrunzelnd blickte ich mich um, aber von dem anderen war weit und breit nichts mehr zu sehen.

Ich verscheuchte den letzten Rest eines unguten Gefühls, richtete mich auf und konzentrierte mich auf Mabel und Cliff. »Hey, was macht ihr denn hier?«

»Wir wollten nur vorbeischauen und fragen, ob du Hilfe brauchst.« Mabel schob die Flyer, die der Wind durcheinandergebracht hatte, auf dem Tisch zusammen. Ihre Fingerspitzen waren mit Tinte besprenkelt, ein paar Flecken erkannte ich auch an ihrer Schläfe. Mabel verbrachte so viel Zeit in Bibliotheken, dass es manchmal wirkte, als würden sie versuchen, sie sich einzuverleiben.

Ich warf einen Blick auf mein Handydisplay. »Lieb von euch, aber ich werde eh gleich abgelöst.«

»Warst du erfolgreich?«

Ich seufzte und deutete auf die traurig leere Liste. »Es gibt leider nicht viele Leute, die Lust haben, ihre Freizeit in einem heruntergekommenen Uni-Gebäude zu verbringen.«

Mabel runzelte unzufrieden die Stirn. »Soll ich doch mithelfen?« Es war nicht das erste Mal, dass sie das anbot, aber wie immer winkte ich ab.

»Lass mal. Du hast genug mit der Uni zu tun. Außerdem hast du gerade wirklich … Wichtigeres, um das du dich kümmern musst.« Mein Blick huschte zu Cliff, der neben meiner besten Freundin stand und das Foyer abscannte. Seine Kiefermuskulatur wirkte angespannt, sein Gesicht so blass, dass die Narbe an seiner Schläfe unnatürlich hervorstach. Cliff strahlte stets eine gewisse Melancholie aus, aber heute wirkte er bedrückend ernst.

»Alles okay bei dir?«

Er blinzelte und wandte sich mir langsam zu. Manchmal fiel es mir immer noch schwer, zu realisieren, dass das nicht sein richtiges Gesicht war. Dass er es gestohlen hatte – so wie das gesamte Leben, das er führte. Es war schwierig, ihn dafür nicht zu verachten, und dann wieder überhaupt nicht, weil man ihm so oft anmerken konnte, dass er das selbst zur Genüge tat. Seit Mabel und er offiziell zusammen waren, hatte ich das Gefühl, dass die unterschwellige Traurigkeit in seinem Blick mehr und mehr verblasste und etwas Schönerem, Hellerem, Lebendigerem Platz machte. Nur heute war davon nicht viel zu erkennen.

Er nickte knapp. »Ich bin nur ein bisschen angespannt.«

Fragend blickte ich zu Mabel, in deren Augen sich derselbe Ernst spiegelte. »Wir warten jeden Tag darauf, dass sie kommen. Es ist nur eine Frage der Zeit.«

Aus dem Mund eines jeden anderen hätte mich dieser pathetische Satz sicher zum Lachen gebracht, aber aus Mabels klang er so nüchtern, dass ich mich unwillkürlich verspannte. Es war keine düstere Vorahnung, sondern eine pechschwarze Tatsache, dass der *Bund der Stare* irgendwann in Cambridge auftauchen würde. Immerhin lebten hier die Personen, die für das Zerstören ihres wichtigsten Artefakts verantwortlich waren. Auch wenn der Rat dank Norah nicht wusste, was genau vorgefallen war, hatte auch Cliffs beste Freundin nicht alles vertuschen können.

»Ich bin nach wie vor dafür, dass ihr abtaucht«, schlug ich zum wiederholten Male vor. »Meine Familie hat ein niedliches Ferienhaus an der Küste, in das ihr für eine Weile ziehen könntet.«

Cliff schüttelte sacht den Kopf. »Sie würden mich immer finden, dafür sind wir zu sehr miteinander verbunden. Und Mabel weigert sich, ohne mich zu gehen.«

»Korrekt.« Sie verflocht ihre Finger mit seinen, ein stilles *Ich lass dich nicht allein*, das diesen verräterischen Knoten in meiner Brust reflexartig enger werden ließ. »Außerdem hast du selbst gesagt, dass es am unauffälligsten ist, wenn wir hier sind, sobald sie nach uns suchen«, fuhr Mabel fort. »Wenn wir abhauen, wirkt das wie ein Schuldeingeständnis. Aber wenn wir uns ihren Fragen stellen, können wir auf Norahs Version beharren.«

»Richtig.« Cliff lächelte zwar, doch es wirkte unecht. Er hob die Hand und strich über die dunklen Flecken auf ihrem Wangenknochen. »Du hast immer noch Tinte im Gesicht, Pica.«

Mabel verzog den Mund und rieb sich mit dem Ärmel ihres Pullovers über die Haut – vergebens. »Entschuldigt mich kurz.«

Cliff wartete, bis seine Freundin in Richtung der Waschräume verschwunden war, dann fokussierte er mich. Innerhalb von Sekunden schärfte sich sein Blick, und die seltsame Angespanntheit wich einem Ausdruck tiefer Konzentration. Und damit war mir klar, was jetzt folgte. Im Grunde hatte ich schon länger auf so etwas wie das hier gewartet. Cliff hatte zugelassen, dass Mabel ihm dabei half, die Verbindung zu zerstören, ja – aber so, wie er sie ansah, war mir immer bewusst gewesen, dass er die Konsequenzen nicht mit ihr teilen würde. »Du hast nicht vor, zuzulassen, dass sie ihr Fragen stellen, oder?«

Seine Mundwinkel hoben sich leicht. »Nein. Genau deswegen brauche ich jemanden, der Mabel von mir fernhält. Von ihnen.«

»Und welchen Superhelden hast du dafür vorgesehen?«

Ich liebte Mabel, aber sie war der sturste, hartnäckigste und entschiedenste Mensch, den ich kannte. Wenn sie sich etwas in den Kopf gesetzt hatte, war es unmöglich, sie davon abzuhalten. Wäre sie anders, wäre ich vermutlich nicht einmal mehr hier. Alles, was sich vergangenes Semester abgespielt hatte, war letztlich eine Folge meiner Abhängigkeit von Ashton gewesen. Und auch wenn er mich manipuliert hatte, konnte ich nicht leugnen, dass ich im ersten Moment dennoch bewusst seine Nähe gesucht hatte. Die Wahrheit, an der ich seit zwei Monaten fast erstickte, war diese: Alles, was Mabel und Cliff noch passieren würde, war meine Schuld.

Cliff lächelte schief. »Ein rotes Cape würde dir sicher gut stehen.«

Entgeistert starrte ich ihn an. »Vergiss es. Sie würde sich nie dazu überreden lassen, dich das allein durchstehen zu lassen. Sie liebt dich.«

»Und ich liebe sie.« Cliff sagte den Satz so schlicht und ernst, als würde daran keinerlei Zweifel bestehen – als wäre das Gefühl, das er für Mabel hegte, unmissverständlich und unwiderruflich. Manchmal fragte ich mich, ob er weniger Zeit brauchte, um seine Emotionen zu erkennen, weil er schon so lange mit ihnen und sich selbst verbracht hatte. »So, wie du es auch tust«, fuhr er eindringlich fort. »Genau deswegen musst du sie beschäftigen, wenn ich dir Bescheid sage. Sie lässt mich momentan kaum aus den Augen.«

Das stimmte allerdings. In den letzten Wochen hatte ich Mabel selten allein angetroffen, und wenn, behielt sie permanent unruhig ihr Handy im Blick. Ich machte ihr keinen Vorwurf daraus, immerhin wusste ich, dass Mabel nicht aufgrund von purer Verliebtheit an ihm klebte, sondern vor allem aus Angst. Angst, die ich durchaus verstehen konnte.

»Ich kann sie nicht anlügen. Sie ist meine beste Freundin. Und wir haben uns gerade erst versprochen, nur noch ehrlich miteinander zu sein und uns zu vertrauen.« Hätte ich damals auf Mabels Warnungen gehört, hätte das uns allen einiges erspart.

»Ich weiß, dass das viel verlangt ist, aber sobald der Rat sie in die Finger bekommt, kann ich sie nicht beschützen. Und wenn sie auch nur vermuten, dass Mabel diejenige war, die das Artefakt zerstört hat, werden sie nicht nur *reden* wollen. Unsere einzige Chance ist, dass ich sie von einer Lüge überzeuge, die die Wahrheit irrelevant erscheinen lässt.«

»Und wer sagt, dass sie mit dir netter umgehen werden?«, fragte ich skeptisch.

»Ich bin einer von ihnen. Sie werden mir nichts tun.« Cliff zuckte nicht mal mit der Wimper, aber mir entging nicht, dass sich seine Wangenmuskulatur etwas anspannte. Ich wusste, dass er ein guter Lügner war – das setzte sein Leben quasi voraus –, und ich wünschte, es würde mir leichter fallen, zu erkennen, ob er die Wahrheit sagte. Dadurch, dass ich selbst meist offen und geradeheraus war, glaubte ich in der Regel das, was andere behaupteten. Und wir sahen ja, wohin mich das gebracht hatte.

Cliff machte einen Schritt auf mich zu. »Bitte, Zoe. Ich kann vieles ertragen, aber wenn ihr etwas passiert … das nicht.«

Sein Flehen weichte meine Entschiedenheit auf. Mabel würde mich umbringen, wenn ich Cliff half, das vor ihr zu verheimlichen, aber wenn die Alternative war, dass der Rat *Mabel umbrachte*, erschien mir das dennoch wie die beste Alternative. Sie hatte mich beschützt, jetzt musste ich das Gleiche für sie tun.

»Okay, schon gut. Schreib mir, und ich versuche mein Bestes.« Ich neigte mich zu ihm vor. »Aber nur, wenn du mir versprichst, dir die größte Mühe zu geben, heil aus der Sache rauszukommen. Das würde sie mir sonst nie verzeihen. Und ich mir auch nicht.« Auch wenn ich Cliff noch nicht lange kannte und alles, was seine Verbindung seit über einem Jahrhundert tat, nicht nur vollkommen verrückt, sondern auch abscheulich war, war Cliff einer der besten Menschen, die ich kannte. Er hatte sein eigenes Leben und das seiner Familie geopfert, um das Richtige zu tun. Die Vorstellung, dass er deswegen in ein paar Jahren sterben würde, war schlimm genug. Die, dass der Rat ihn vorher noch für diesen Verrat bestrafen würde, unerträglich.

Cliff lächelte erleichtert. »Natürlich, keine Sorge.«

Ich nickte langsam und griff nach dem Tablett mit den Cupcakes neben mir, um sie neu anzuordnen. Das flaue Bauchgefühl war noch da, aber ich erlaubte es mir nicht, darauf zu hören. Wenn mich die vergangenen Monate eines gelehrt hatten, dann, dass meine Gefühle nicht verlässlich waren. »Sag mir Bescheid, wenn sie da sind.«

»Ja, was das angeht«, er holte tief Luft, »Bescheid.«

Ich erstarrte und ließ die Hand samt Cupcake mit rosafarbenem Zuckerguss sinken. »Sie sind in Cambridge?«

Cliff warf einen prüfenden Blick über seine Schulter und senkte die Stimme. »Seit heute früh, ja. In einer leer stehenden Villa am Stadtrand, in der früher eine Art Galerie war. Sie gehört uns seit Jahrzehnten und«, er brach ab und schüttelte den Kopf, »ist egal. Ashton hat mich gewarnt und mir Zeit verschafft, aber ich werde mich nicht länger vor ihnen verstecken. Du musst Mabel für den Rest des Tages beschäftigen, damit ich zu ihnen kann, okay?«

»Cliff«, setzte ich an, obwohl ich wusste, dass ich seinen echten Namen in der Öffentlichkeit nicht nennen durfte. Er zuckte zusammen, dabei war niemand in Hörweite. Niemand bis auf Mabel, die gerade wieder auf uns zukam. Ihre Schuhe klackerten hohl auf dem steinernen Boden, vermutlich war die Sohle wieder lose. Ich hätte alles dafür getan, um ihr ein neues Paar kaufen zu dürfen, aber meine beste Freundin hasste es, wenn ich Geld für sie ausgab. Und bei Schuhgrößen konnte ich weniger schummeln als bei Kleidung, wenn es darum ging, ihr unauffällig etwas unterzujubeln.

Mabels Lächeln verrutschte, als sie bei uns ankam und das Schweigen zwischen uns registrierte. »Hab ich was verpasst?«

Cliff sah zu mir – auffordernd, bittend. Ich rang mir ein Lächeln ab. »Nein, gar nicht. Ich hab deinen Freund nur gefragt, ob er heute ohne dich auskommt. Ich hätte Lust auf ein bisschen Gesellschaft. Die letzten Wochen waren irgendwie … schwer.« Meine Stimme knickte weg, ich schämte mich so. Aus zwei Gründen: weil es die Wahrheit war und weil ich sie benutzte, um zu lügen.

Eine warme Spur Mitgefühl mischte sich in Mabels Ausdruck. »Ja, klar. Nur …« Ihr Blick huschte zu Cliff, er seufzte und zog sie an sich heran.

»Ich komme bestens einen Abend lang allein klar. Immerhin bin ich deutlich älter als du, schon vergessen?«

Sie verdrehte die Augen, konnte sich ein schwaches Grinsen jedoch nicht verkneifen. »Gut, aber ruf mich an, wenn …«

Cliff unterbrach sie mit einem Kuss auf den Mundwinkel. »Hab einfach eine schöne Zeit mit deiner besten Freundin und denk für ein paar Stunden an was anderes, in Ordnung?«, murmelte er, so leise, dass ich es kaum hören konnte.

»Aber nur, weil ich es selbst will, nicht, weil du es befiehlst«, wisperte sie zurück, ehe sie sich auf die Zehenspitzen stellte und ihn auf den Mund küsste – flüchtig, ich wandte dennoch den Blick ab. Der Knoten in meiner Brust war wieder da und zog sich fester, ich hasste mich dafür.

Es gab nichts, was ich schöner fand, als Mabel glücklich zu sehen. Und es gab nichts, was ich schlimmer fand, als dass mich das trotzdem immer daran erinnerte, dass ich selbst unglücklich war. Nicht im Allgemeinen, aber in dieser einen, gewissen Hinsicht eben doch. Ich war beliebt, wurde jedoch nicht *geliebt*. Nicht so, wie Cliff Mabel liebte, nicht so, wie ich es mir gewünscht hätte. Mir war klar, wie schwach und erbärmlich das klang: *geliebt werden zu wollen.* Ich wusste, dass es wichtiger war, sich selbst zu lieben. Ich wusste nur nicht, wie ich das schaffen sollte, wenn mir ständig gespiegelt wurde, dass ich nicht gut genug war.

Ich verscheuchte die Gedanken und rang mir ein Lächeln ab, als ich bemerkte, dass Cliff gegangen war und Mabel mich abwartend ansah. Egal, wer mich *nicht* liebte, ich wusste, dass Mabel mich liebte – und ich sie. Und deswegen würde ich das hier durchziehen, ganz gleich, wie falsch es mir vorkam. »Na dann, machen wir uns einen ganz normalen Abend.«

Es funktionierte nicht, aber im Grunde überraschte mich das auch nicht. Wie konnte man sich *normal* fühlen, wenn man etwas wusste, das dem Rest der Welt entging? Cambridges Blase war für Mabel und mich geplatzt, die Schatten drangen von allen Seiten durch die feinen Risse hindurch. Starschwarz, düster drückend. Ganz gleich, wie gut ich mir selbst einredete, dass Cliff die Sache im Griff hatte … Ich rechnete permanent damit, dass er oder ein anderes Mitglied der Stare in unsere Wohnheimküche platzen und verkünden würde, dass Mabel und er für die Vernichtung des Artefakts angeklagt wurden. Dabei wusste ich nicht einmal, ob das ging. Ich hatte keine Ahnung, ob ihr Rat ein Gericht hatte. Wie lang waren die Gefängnisstrafen für Unsterbliche? Zehn Leben statt zehn Jahre? Und jetzt, da sie nicht mehr unsterblich waren … was hätten sie für eine Strafe verhängen können, die schlimmer war als das?

Am liebsten hätte ich Mabel danach gefragt, aber ich traute mich nicht, das Thema anzuschneiden. Mir war ohnehin bewusst, dass sie die ganze Zeit über an nichts anderes dachte. Nach meiner Schicht beim Freiwilligendienst waren wir Kaffee trinken gegangen und hatten uns anschließend in die Küche unseres Wohnheims gesetzt. Es war fast fünf, und die Sonne hatte sich draußen orangestichig über dem Nachmittagsblau ausgewrungen. Wir hatten die Terrassentür einen Spalt geöffnet, sodass die Frühlingsluft zu uns hereinkriechen konnte. Die Girlanden, die vom letzten Geburtstag über der Schiebetür hängen geblieben waren, raschelten leise, der Tee-Nebel verdichtete sich zwischen Mabel und mir zu einem verschleiernden Vorhang.

Ein paar unserer Mitbewohnenden hatten bis eben noch ihre Kaffeebecher abgespült und winkten uns zu, ehe sie den Raum verließen. Ich lächelte ihnen halbherzig zu, Mabel bemerkte es nicht einmal. Sie saß auf der Bank an der Wand und starrte auf ihr Handy, tippte in regelmäßigen Abständen auf das Display. Ich musste nicht hinsehen, um zu wissen, welchen Chat sie geöffnet hatte.

»Alles okay?«, fragte ich beunruhigt.

Mabel blinzelte mehrmals und sah auf. Ihr Blick wirkte konzentriert und glasig zugleich, so wie sonst nur, wenn sie mit einer Literaturrecherche beschäftigt war und ich sie dabei störte. Noch bevor sie antwortete, ahnte ich, dass sie diesmal nicht in Gedichtinterpretationen oder Epochenanalysen versank, sondern in Albtraumbildern. Sie wurden in ihren Iriden reflektiert – *starschwarz, düster drückend.* »Cliff antwortet mir nicht, und er war seit zwei Stunden nicht mehr online. Ich weiß, dass ich wie eine anstrengende, klammernde Freundin klinge, aber ich mache mir Sorgen.«

Mein Gewissen wurde so schwer, dass es mir in den Magen sackte. Auf dem Weg dorthin zog es mein Herz mit, es schlug in meinem Bauch um sich, mir wurde übel. »Es wird schon nichts sein«, beeilte ich mich zu sagen. »Vielleicht macht er einen Abend wie in den guten alten Zeiten – ohne Handy oder Elektrizität.« Ich lachte auf, so hoch, dass meine Stimme brach und in sich zusammenfiel. Hastig nippte ich an meinem Tee. *Schneetreiben und Kaminfeuer* stand auf dem kleinen Zettel, der aus der Tasse hing. Ich liebte die ausgeschmückten Bezeichnungen und trank meine Weihnachtssorten bis in den Hochsommer hinein. Doch jetzt hinterließ selbst der künstlichsüße Geschmack nach Zimtstangen und Spekulatius einen bitteren Film auf meiner Zunge.

Mabel runzelte die Stirn und legte das Handy beiseite. »Okay, was ist los?«

»Was soll denn sein?« Ich kaufte mir den Tonfall selbst nicht ab, natürlich tat sie es auch nicht.

»Tu das nicht. Wir haben uns geschworen, nur noch ehrlich zueinander zu sein – und ich merke, dass du mir gerade etwas verschweigst.«

Sie starrte mich so anklagend an, dass mein Herz noch weiter hinabsackte. Ich fühlte sein Schlagen in meinen Zehen – am liebsten wäre ich aufgestanden und gegangen. Ich wollte Mabel nicht anlügen, ich wusste selbst, wie schrecklich es war, von jemandem belogen zu werden, den man gernhatte. Und sosehr ich Cliff auch mochte – meine Loyalität galt eben doch mehr meiner besten Freundin. Ich gab mir einen Ruck und schob den Tee zur Seite. »Ich musste ihm versprechen, es dir nicht zu sagen.«

»Wem, Cliff?« Noch während sie seinen Namen aussprach, sickerte Farbe aus ihrem Gesicht. Innerhalb von Sekunden wirkte sie vor der dunkelgrünen Wandfarbe in ihrem Rücken unnatürlich bleich. »Sie sind hier, oder?«, sagte sie tonlos. »Der *Bund der Stare* ist in Cambridge. Und er ist … zu ihnen gegangen. Ohne mich.«

»Er versucht, dich zu schützen. Und ganz ehrlich, seine Argumentation klang vernünftig. Wenn er in Ruhe mit ihnen redet und ihnen erklärt, dass das alles ein Unfall war, dann seid ihr beide aus der Gefahrenzone.« Ich versuchte, über den Tisch hinweg nach ihrer Hand zu greifen, doch sie zog ihre fort, starrte mich an. Sie wirkte nicht wirklich wütend, viel eher … bestürzt. Als könnte sie nicht fassen, wie ich so etwas Naives sagen konnte. Und aus irgendeinem Grund war das fast schwerer zu ertragen.

»In Ruhe mit ihnen redet?« Sie beugte sich zu mir vor. »Zoe, diese Verbindung *foltert* ihre eigenen Mitglieder, sobald sie die harmlosesten Regeln übertreten oder auch nur den Gedanken äußern, auszusteigen. *Das* ist deren bevorzugte Sprache. Also, was denkst du, machen sie mit jemandem, von dem sie denken, dass er ihr wichtigstes Artefakt zerstört hat? Der dafür verantwortlich sein könnte, dass sie allesamt sterben?«

Mein Mund wurde trocken, ich schluckte. »Ich …« Meine Stimme splitterte, weil alle Satzenden zu scharfkantig waren. *Ich habe Cliff geglaubt. Ich habe wieder nicht nachgedacht. Ich war wieder nicht klug genug. Ich war wieder nur naiv und manipulierbar und dumm.*

Mabel schüttelte den Kopf und erhob sich so ruckartig, dass ihre Tasse wackelte. Etwas Tee schwappte über den Rand, blutrote Sprenkel benetzten das Tischholz und gesellten sich zu Kerzenbrandnarben und halb verblichenen Bleistiftskizzen. »Ich muss zu ihm. Jetzt, sofort.«

Als sie an mir vorbeigehen wollte, hielt ich sie am Arm fest. »Und was denkst du, werden die mit dir machen, sobald du ihnen die Wahrheit sagst?« Wenn diese Verbindung schon dermaßen skrupellos mit ihren eigenen Mitgliedern umging, traute ich mich nicht einmal, darüber nachzudenken, was sie einer externen Person antun würden.

Mabel zuckte nicht mal mit den Wimpern. »Das ist mir egal. Ich werde ihn nichts allein ausbaden lassen, was wir gemeinsam zu verantworten haben!«

Sie versuchte, sich von mir loszumachen, aber ich hielt sie mit beiden Händen fest. »Mabel, warte«, bat ich und stand auf.

»Du kannst mich nicht davon abhalten, Zoe. Erinnerst du dich an deine Reaktion, als ich das letzten Herbst bei dir versucht habe?«

Mein Kiefer knackte, so fest spannte ich ihn an. »Das war etwas anderes, und das weißt du genau. Ich war ihm *hörig* und nicht in ihn verliebt.« Wie immer versagte meine Stimme beim letzten Wort. Ich wusste, dass es stimmte, und ich wollte auch, dass es stimmte, aber … ich fühlte nicht, dass es stimmte. Egal, wodurch meine Gefühle für Ashton hervorgerufen worden waren – sie waren da gewesen. Manipulation, Abhängigkeit, Sucht: Ich wusste, dass es das gewesen war. Aber es hatte sich eben doch wie Liebe angefühlt. Und das machte mir solche Angst, weil ein Teil von mir befürchtete, dass das bedeutete, dass diese Gefühle für mich einfach miteinander verwoben waren. Dass Ashton zwar der Auslöser, aber ich die Ursache gewesen war. Dass ich das Problem war.

Mabel und ich hatten nie wirklich darüber geredet, aber ein Blick in ihr Gesicht machte deutlich, dass sie mehr ahnte, als mir lieb war. Ihre Miene wurde etwas sanfter, zwischen die Sorge mischte sich feine Reue und – auch wenn sie es sicher hübscher genannt hätte – Mitleid. »Tut mir leid, ich wollte nicht ... ich kann nicht mehr klar denken.«

Ich nickte und fokussierte mich auf das, was wirklich zählte. Das ganze letzte Semester über hatte ich gedacht, ich würde mich in einer Liebesgeschichte aus einem meiner Lieblingsfilme befinden. Mittlerweile wusste ich, dass das gestimmt hatte – nur dass es eben nicht meine gewesen war. Es war nie um Ashton oder mich gegangen, sondern immer um Mabel und Cliff. Und auch wenn ich nur eine Nebendarstellerin in ihrer Geschichte war, würde ich dennoch alles dafür tun, um die Handlung zu beeinflussen. Ich würde alles dafür tun, damit sie möglichst viel Glück erlebten – ganz gleich, welches Ende auf sie zukam. Der erste Schritt dafür lautete: Cliff helfen.

»Dann übernehme ich das ausnahmsweise für dich«, sagte ich streng und griff nach meinem Handy. »Cliff hat vorhin ein paar Andeutungen über ihr Verbindungshaus gemacht. Ich glaube, ich kann herausfinden, wo sie sind.«

4

ASHTON

Dreh um.

Der Satz pendelte seit zwanzig Minuten durch mein Bewusstsein, doch er schaffte es nicht, nach ein paar Muskeln zu greifen, um auch wirklich etwas zu bewirken.

Dabei wusste ich, dass Umdrehen die bessere, die logischere Option gewesen ware. Das Problem war nur, dass meine Logik ausgesetzt hatte. Und zwar in dem Moment, in dem ich festgestellt hatte, dass Cliffs Handy ausgeschaltet war.

Ich hatte nicht vorgehabt, ihn anzurufen – im Grunde gab es nichts mehr zu sagen. Doch nachdem ich mein letztes Seminar verlassen hatte und das Dröhnen der Energie endlich verblasst war, hatte ich dieses leichte Ziehen in mir wahrgenommen.

Man sagte, biologische Zwillinge konnten den Schmerz des anderen empfinden. Was auch immer Cliff und ich waren, wir hatten eine Verbindung, die ähnlich funktionierte. Ich verstand nur selten, warum es ihm schlecht ging, aber ich spürte oft, dass es so war.

Ich spürte es jetzt. Immer deutlicher, je weiter ich den Stadtkern mitsamt Universität hinter mir ließ und mich dem Gebäude näherte, das seit Jahrzehnten in unserem Besitz war. Die meiste Zeit über stand es leer und wurde nur notdürftig sauber und warm gehalten. Für den Fall, dass der Rat nach Cambridge kam, um sich um Angelegenheiten zu kümmern.

Bei dem Gedanken daran, dass es sich dabei diesmal um Cliff handelte, beschleunigte sich mein Gang von allein. Dabei gab es wirklich keinen Grund für mich, mich einzumischen. Ich hatte ihn gewarnt und damit mehr getan, als er von mir erwarten konnte. Wenn er sich dazu entschied, zu ihnen zu gehen, bitte schön. Nicht mein Problem. Je länger ich mich aus der Sache heraushielt, desto höher war die Chance, dass Henry mich für all das nicht mitverantwortlich machte.

Andererseits könnte es auch für mich gefährlich werden, wenn Cliff die falschen Dinge erzählte. Nicht nur darauf bezogen, wie sehr ich letztes Semester die Regeln gebeugt hatte, sondern auch darauf, dass ich sehr genau wusste, was mit dem Artefakt geschehen war.

Ich wünschte, ich hätte mir einreden können, dass das der einzige Grund für mein Handeln war. Fluchend bog ich um die Ecke und in die Straße, an deren Ende sich das Verbindungshaus abzeichnete. Ein Eisentor mit spitzen Zacken schirmte die Villa von dem Gehweg ab, ein paar hochgewachsene Kastanien verdeckten Teile seiner Fassade und besprenkelten diese mit Schatten.

Ich war nur noch wenige Meter entfernt, als mich ein seltsames Flimmern stutzen ließ. Mein Inneres ziepte, als würden sich einzelne Fäden daraus lösen wollen, um nach etwas anderem zu greifen. Nach *jemand* anderem.

Noch bevor ich mich auf die Person vor dem Tor konzentrierte, wusste ich, wer es war. Die Sache mit der Motte und dem Licht war nämlich folgende: Die Anziehung war nicht einseitig. Je mehr Zeit man mit einer Quelle verbrachte, desto stärker stellte sich das Zentrum auf genau diese Energie ein. Wenn man sich schließlich von ihr trennte, fühlte es sich kurzzeitig so an, als würde man einen kalten Entzug durchleben. Ein Grund mehr, warum wir dazu angehalten waren, die Bindungen zu unseren Motten nicht zu tief werden zu lassen.

Ich stieß ein Knurren aus, als ich nah genug dran war, um zu erkennen, wer unter dem Torbogen stand. Es war tatsächlich Zoe, nur war sie nicht allein. Natürlich nicht, weil diese nervtötenden Mädchen *immer* zusammen waren.

Je näher ich ihnen kam, desto langsamer wurde ich. Mein Gehirn brauchte einen Moment, um zu realisieren, dass sie nicht unter sich waren – aus dem einfachen Grund, dass ich nicht begreifen konnte, wie bescheuert man sein konnte.

Mabel und Zoe sprachen mit jemandem. Mit jemandem, der mit verschränkten Armen direkt vor dem Tor stand, außerhalb des Gebäudes und doch überdeutlich ein Teil davon. Von uns. Um das zu erkennen, reichte ein Blick auf das Symbol an seiner Jacke. Die silbernen Fäden, mit denen der Star auf den Stoff gestickt war, glänzten schwach im Nachmittagslicht. Es war Jahrzehnte her, dass der Bund beschlossen hatte, diese Symbolik nicht mehr so präsent zu nutzen, um unsere Existenz besser zu verschleiern. Seither war es nur noch Ratsmitgliedern erlaubt, sie dermaßen offen zur Schau zu stellen. Und das bedeutete: Mabel und Zoe sprachen mit exakt so einem. Wenn Cliff mir noch einmal erzählen wollte, dass seine Freundin ja so *klug* wäre, würde ich ihn an diese Situation erinnern. Sollte es überhaupt jemals wieder dazu kommen.

Dreh um.

Der Gedanke bäumte sich ein letztes Mal in mir auf, ich schob ihn energisch beiseite und kam ein paar Schritte hinter den Mädchen zum Stehen. »Gibt es hier ein Problem?«

Der Typ sah auf. Mitte zwanzig, auf unauffällige Weise gut aussehend, vielleicht eine Spur mehr Verwegenheit in Frisur und Blick, als ich es von Ratsmitgliedern kannte. Das Gesicht kam mir nicht bekannt vor, aber das musste nichts heißen. Unsere Zyklen waren nicht synchron, man wusste nie, wann jemand das letzte Mal gesprungen war. Außerdem neigte unsere Oberschicht dazu, ihre Körper häufiger zu wechseln als wir anderen – oder als es nötig gewesen wäre. *Sie sind mehr Schlangen als Menschen*, spottete Norah manchmal darüber, natürlich nur dann, wenn sie es nicht hören konnten. Über diese Leute lachte man nicht, das machte auch der Gesichtsausdruck des Mannes vor mir deutlich.

»Wer will das wissen?«

Ich lächelte bemüht freundlich. »Ganz ruhig. *Familia ante omnia*, nicht wahr?«

Der Typ blinzelte und musterte mich erneut – nicht länger oberflächlich, sondern im wahrsten Sinne des Wortes *eindringlich*. Ich konnte spüren, wie er seine innere Hand nach meiner Seele ausstreckte, und musste dem Drang widerstehen, sie abzuwehren. Oder ihm meine äußere einfach gegen die Nase zu schlagen. Stattdessen biss ich die Zähne zusammen und ließ es zu, dass er mein Zentrum inspizierte. Vor dem Rat war es uns nicht erlaubt, irgendeine Form von Mauer aufrechtzuerhalten – nicht einmal, wenn sie so dünn war wie Haut.

Je länger die Verbindung anhielt, desto unruhiger wurde ich. Ich konnte spüren, wie meine Seele sich vor Wut und Ungeduld zusammenzog – und wie die fremde Hand in mir das genau registrierte. Doch statt eines Zeichens von Missbilligung spiegelte sich in dem Ausdruck des Mannes vor mir plötzlich so etwas wie Verblüffung und … Wiedererkennen.

Er löste sich aus mir und machte gleichzeitig einen Schritt auf mich zu. »Arthur?«

»Ashton«, korrigierte ich reflexartig und eine Spur zu bissig. Ich strich über meinen Pullover, als könnte das das dumpfe Pochen in mir abmildern. Dann erst erwiderte ich seinen Blick und stutzte.

Es lag nicht an seinem Aussehen, sondern daran, was er damit machte. Wie er die Augenbrauen so zusammenzog, dass sie sich beinahe berührten, und gleichzeitig die Nase krauszog. Wie er schmunzelte, ein flüchtiges Heben der Mundwinkel, das zugleich freundlich und spöttisch wirkte. Wie er beiläufig mit seinem Handrücken über den Dreitagebart an seinen Wangen strich und mit den Fingerkuppen über den Kieferknochen fuhr.

Jede kleine, noch so unbedeutend wirkende Angewohnheit war ein Seelenpixel. Winzige Merkmale, die das Kernbild eines Menschen einzigartig werden ließen. Je mehr Zeit man mit ihnen verbrachte, je mehr man sie liebte, desto deutlicher stachen diese Einzelheiten hervor. Details, die man überall wiedererkennen würde, in jedem noch so fremden Gesicht.

Und dieser Mensch, diese *Seele*, die hatte ich eine halbe Ewigkeit lang geliebt. Bis sie von einem auf den anderen Tag beschlossen hatte, aus meinem Leben zu verschwinden – und das nur kurze Zeit, nachdem eine andere es auf ganz andere Weise getan hatte.

Perplex blinzelte ich. »Nox?«

Sein Schmunzeln wandelte sich in ein schiefes Grinsen. »Leibhaftig. Na ja, so weit das geht.«

Mein Blick wanderte erneut über seine Erscheinung: haselnussbraunes Haar, graugrüne Augen, eine breite Nase, die offensichtlich mehrmals gebrochen worden war. Etwas sagte mir, dass Nox diesen Körper nicht so übernommen hatte. Er hatte schon immer ein Händchen dafür gehabt, in Streit zu geraten. Seltsamerweise freute es mich, dass er diese Angewohnheit offensichtlich selbst noch nach seinem Eintritt in den Rat beibehalten hatte.

Ehe ich etwas erwidern konnte, räusperte sich jemand neben mir. Jemand, den ich schon wieder halb vergessen hatte – weil sie verdammt noch mal nicht hier sein durfte. Mabel schien das nicht zu kümmern. Ihre Stimme klang so laut und entschieden, als würde sie sich wünschen, direkt durch das Gemäuer vor uns dringen zu können. »Ich will eure Wiedersehensfreude nicht stören, aber ich hab keine Zeit hierfür.« Sie machte eine Bewegung auf Nox zu. »Ich war es.«

Er wandte ihr widerwillig den Blick zu. Sein Gesichtsausdruck schwankte sichtlich zwischen Belustigung und Verwirrung. »Du warst … *was*?«

»Diejenige, die euer mystisches Ding zerstört hat. Euer Artefakt. Die Grundlage für das Seelenspringen.«

Nox' überhebliches Lächeln fiel in sich zusammen, seine Augen weiteten sich leicht. »Moment. *Was?*«

»Hör nicht hin, sie ist nur ein dummes Mädchen, das nicht weiß, wovon es redet.« Ich warf Mabel einen warnenden Blick zu, Zoe fing ihn ab und funkelte mich an.

»Nenn sie noch einmal *dumm*, und ich trete dir zwischen die Beine, du Psychopath!«

Beinahe hätte ich vor Frust aufgestöhnt. »Was willst *du* eigentlich hier?«

»Du denkst doch nicht ernsthaft, dass ich meine beste Freundin allein in euer gruseliges Sektenvereinshaus laufen lasse!«

Gott, ich würde sie …

Diesmal war es Nox, der mit einem Räuspern dazwischenging. Die Wiedersehensfreude war aus seinem Gesicht verschwunden, der Ausdruck, der jetzt darin lag, gehörte nicht zu meinem alten Freund, sondern zu einem Ratsmitglied, dem ich zu Gehorsam verpflichtet war.

»Erklärst du mir, was das alles zu bedeuten hat?«

Es war keine richtige Frage, nur ein höflich verpackter Befehl. Trotzdem weigerte sich etwas in mir, ihn zu befolgen. Ich hob die Schultern und stellte mich beiläufig vor Mabel. »Gar nichts. Das sind nur ein paar verwirrte Studentinnen, die jetzt wieder nach Hause gehen.«

Mabel schob mich grob beiseite. »Ich gehe nirgendwohin, ehe ich Cliff nicht aus diesem Gebäude kommen sehe!«

Nox atmete laut ein. »*Cliff?*«

Ich lächelte schmal, auch wenn ich am liebsten geschrien hätte. Wie sehr konnte man es einem erschweren, das Leben gerettet zu bekommen? »Lange Geschichte.«

»Mir reicht vorerst eine Kurzfassung.«

Ich öffnete den Mund, doch Mabel kam mir erneut zuvor. »Gut, dann hör mir zu: Ich war es. Ich habe dieses Artefakt während der Zeremonie zerstört. Also bin ich allein der Grund dafür, dass ihr jetzt quasi alle zum Tode verurteilt seid. Cliff hatte nichts damit zu tun, also wenn ihr jemanden dafür bestrafen wollt, dann gefälligst mich. Nicht ihn.«

Nox starrte sie sekundenlang an, dann blickte er überfordert zu mir. »Ist sie seine Motte?«

Mabel stieß ein Schnauben aus. »Ich bin seine *Freundin.*«

Die Verwirrung in Nox' Mimik wandelte sich zunehmend in etwas Begreifendes – und ziemlich Alarmiertes. Bevor er reagieren konnte, ging ich dazwischen. »Entschuldige uns kurz«, meinte ich knapp und packte Mabel am Arm, zog sie ein Stück beiseite.

Ich versuchte es zumindest, kam allerdings keine zwei Schritte weit, weil Mabel ein wütendes »Hey« ausstieß und Zoe sich mir in den Weg stellte.

»Lass sie sofort los!«

Zähneknirschend ließ ich von Mabel ab und ging auf Zoe zu. Dafür, dass sie mich immer ein wenig an eine zu Leben erwachte Feenzeichnung erinnerte, wirkte der Ausdruck in ihren himmelblauen Augen beinahe beeindruckend finster. »Eins muss dir klar sein, Anima«, zischte ich. »Wenn deine *beste Freundin* dieses Gebäude betritt, wird sie es nie wieder verlassen. Willst du das?«

Zoes Züge wurden weicher, Unsicherheit mischte sich unter die Wut. Ihr Blick huschte zu Mabel, die uns längst nicht mehr zuhörte, sondern stattdessen die Fassade des Gebäudes absuchte, als würde sie überlegen, durch welchen offenen Spalt sie sich hineinschleichen könnte.

»Was ist mit Cliff?«, fragte Zoe zögerlich.

Gute Frage. Mit etwas Pech war da nicht mehr viel, was ich retten könnte. Ich horchte auf das Ziehen in mir, aber Zoes Nähe schwächte auch dieses Warnzeichen zu sehr ab. Es hätte tröstlich sein können, wäre es nicht so lästig gewesen. »Ich kümmere mich darum, versprochen.«

Sie lächelte bitter. »Deine Versprechen bedeuten nichts. Wenn ich eines gelernt habe, dann das.« Kurz noch zögerte sie, als würde sie abwägen, welche Optionen ihr sonst blieben – ehe sie schließlich zu dem einzig richtigen Schluss kam: gar keine.

Ohne ein weiteres Wort machte sie auf dem Absatz kehrt und griff nach Mabels Arm. Ich wartete nicht ab, sondern drehte mich direkt wieder um und lief zurück zu Nox.

Sein Blick verharrte kurz auf den diskutierenden Frauen hinter mir, dann wandte er sich wieder mir zu. Es hatte Zeiten gegeben, da hätte ich sofort erkannt, was er dachte. Cliff verglich unsere Seelen manchmal mit Büchern. Jede einzelne geschrieben in einer individuellen Sprache, die man nur lernen konnte, wenn sie einem vertraut war. Ich hatte nie viel darauf gegeben, doch in diesem Moment glaubte ich zum ersten Mal, dass da etwas dran war. Vielleicht war Nox mir einfach zu fremd geworden, sodass ich seine Sprache wieder verlernt hatte. Aneinanderklebende Seiten, fremd klingende Buchstaben, verblasste Tinte – Nox war kaum noch leserlich für mich.

»Cliff hat eine *Freundin*?«

Noch während er sprach, spürte ich, wie die beiden gingen. Das weiche Gefühl löste sich aus meinem Zentrum, als würde Zoe eine Decke von meinem Inneren runterziehen. Der Samt hatte Stacheln: winzige Fetzen, die daran hängen blieben; meine Seele wummerte müde. »Sieht so aus.«

»Eine Freundin, die Bescheid weiß?«

Licht wurde in meinem Augenwinkel reflektiert, ich hob den Blick und bemerkte gerade noch, wie sich der Vorhang vor einem der gewölbten Doppelfenster bewegte. »Lass uns nicht jetzt darüber reden, okay? Nicht hier.« Ich machte einen Schritt zur Seite, sodass sich die Zweige der Bäume zwischen das Haus und mich schoben. »Ist er da drinnen? Hast du ihn gesehen?« Nox nickte nur, sah an mir vorbei. Allein das sagte mir mehr, als ich wissen wollte. Meine Zähne knirschten abermals, so fest spannte ich den Kiefer an. »In welchem Zustand?«

»Sie verhören ihn.« Es war keine Antwort auf die Frage und dann wieder doch, weil wir eben beide wussten, wie das ablief. Der Rat liebte Traditionen, und seine Art, *Gespräche* mit potenziell Ungehorsamen zu führen, hatte sich seit über einem Jahrhundert nicht großartig verändert.

»Wer, *sie*?«

»Sincere und Hudson.«

Mir wurde übel. Von allen Möglichkeiten war das die verheerendste, und doch wunderte es mich nicht. Henry bezeichnete die Callaghan-Brüder als *die beste Option für das Unvermeidliche*. Eine galante Beschreibung für: die Ratsmitglieder, die nicht nur kein Problem damit hatten, sich die Finger schmutzig zu machen, sondern die es regelrecht liebten. Insbesondere, wenn der Schmutz aus Blut bestand.

»Und du lässt das zu?« Fassungslos starrte ich Nox an. Er war mir noch nie so fremd gewesen wie jetzt, und das hatte absolut nichts mit seinem Körper zu tun.

Er verzog den Mund. »Ich bin erst seit dreißig Minuten hier. Und ich habe keine Befugnis …«

»Scheiß auf irgendeine Befugnis«, unterbrach ich ihn und machte einen Schritt auf ihn zu. »Er ist dein Freund. Zumindest war er das mal.«

Nox schnaubte. »Komm mir nicht so.«

»Dann hilf mir, ihn da rauszuholen.« Es war mir egal, dass ich sauer auf Cliff war. Es war mir egal, dass der Teil von mir, in dem der Stolz lebte, dachte, dass er sich das selbst zuzuschreiben hatte. Es war mir egal, weil *das hier* einfach keine Option war. Ich wusste genau, wie Sincere und Hudson in ihren Verhören vorgingen. Das, was Cliff gerade widerfuhr, war keine Lektion, es war sein sicheres Ende.

»Ich hab schon versucht, es ihnen auszureden, glaub mir. Was denkst du, warum sie mich rausgeschickt haben? Sie hören mir nicht zu, solange ich ihnen keinen guten Grund nennen kann. Soll ich ihnen stattdessen sagen, dass seine Mottenfreundin für alles verantwortlich ist? Sie würden sie auf der Stelle exekutieren.«

Ich lächelte bitter. »Lieber sie als ihn.«

»Denkst du, er sieht das genauso?«

Nein, natürlich nicht. Weil er ein liebeskranker, selbstzerstörerischer Idiot ist. Ich kniff mir in die Nasenwurzel und zwang mich, durchzuatmen. Nox hatte recht. Ich brauchte eine gute Begründung, wenn ich den Rat dazu bringen wollte, Cliff gehen zu lassen. Wenn ich es glaubhaft klingen lassen wollte, dass er nichts mit der Vernichtung des Artefakts zu tun hatte, ohne die Wahrheit zu sagen, blieb mir nur eine Wahl: Ich musste lügen. Und das besser, als Norah es getan hatte.

»Lass mich zu ihnen.«

Nox runzelte die Stirn. »Du hast keine …«

»Nimm das Wort Befugnis noch mal in den Mund und ich stopfe es dir in den Rachen«, unterbrach ich ihn barsch und machte gleichzeitig einen weiteren Schritt auf ihn zu.

Nox blinzelte mehrmals, ehe sich ein winziges Grinsen auf seinen Lippen ausbreitete. Er zog den rechten Mundwinkel dabei ein Stückchen höher als den linken. So wie schon immer. Ein weiterer Seelenpixel, wegen dem ich nie eins seiner Tattoos sehen musste – weder das, das uns allen vom Rat gestochen worden war, noch das, das er sich selbst seit damals jedes Mal aufs Neue in die Haut gravieren ließ. Wobei ich nicht davon ausging, dass er das immer noch tat. »Du hast dich kein Stück verändert.« Es klang nicht anklagend, eher ein bisschen wehmütig, als hätte er das hier vermisst. Mich, uns, was auch immer.

Ich hätte ihm sagen können, dass es seine Schuld war, dass wir uns seit knapp zehn Jahren nicht gesehen und seit etwa vierzig nicht mehr richtig miteinander gesprochen hatten, aber ich verkniff es mir. »Du dich schon«, erwiderte ich stattdessen nüchtern und nickte an ihm vorbei. »Was ist jetzt?«

Nox zögerte ein letztes Mal, dann drehte er sich mit einem Seufzen um und öffnete das Tor. »Auf deine Verantwortung.«

Es sah alles noch genauso aus wie damals. Dunkelgrün gestrichene Wände, Ölgemälde und antike Lampenfassungen an den Wänden. Eine dünne Staubschicht auf dem Dielenboden, mit jedem Schritt wirbelten wir etwas davon auf. Es brannte in den Augen, aber das lag vor allem an den Erinnerungen, die irgendwo zwischen den winzigen Körnern hafteten. Das letzte Mal, dass ich dieses Haus betreten hatte, war in jener Nacht gewesen. Sobald ich blinzelte, war alles noch da: der Geschmack nach Asche auf meiner Zunge, das Gefühl von Ruß auf den Fingerkuppen, der Geruch von angebranntem Haar in meiner Nase, diese taub pochende Leere in meiner Brust. Es war ein anderer Körper, doch derselbe Schmerz. Und ich hasste das. Ich hasste es, dass Menschen von einem gebrochenen Herzen redeten – wenn es so einfach wäre, hätte ich dieses Gefühl bereits vor vierzig Jahren hinter mir gelassen. Eine gebrochene Seele, die schleppte man hingegen deutlich länger mit sich herum. In meinem Fall für immer.

Ich verdrängte die gefühlsbeklebten Bilder und konzentrierte mich auf den Moment. Nox führte mich ins Kellergeschoss des Hauses. Jede Stufe hinab bedeutete einen Stein in meinem Bauch. Als wir unten vor einer schlichten, rustikalen Holztür innehielten, fühlte es sich an, als würde ein ganzer Trümmerhaufen auf meinen Magen drücken. Ich war es nicht gewohnt, Angst zu haben. Wir waren unantastbar, wir waren unbesiegbar, wir waren unsterblich. Das war es, woran ich immer geglaubt hatte. Vor vierzig Jahren hatte ich den ersten Riss in dieser Überzeugung miterlebt. Vor rund vierzig Tagen war ein Teil von ihr schließlich ganz zersprungen. Wir waren nicht länger unsterblich, also waren wir auch nicht mehr unantastbar. Und im Grunde hatte das schon immer gegolten – zumindest, wenn es um die Hände des Rates ging. Hände, die hinter dieser Tür sicherlich nicht zimperlich mit Cliff umgingen. Ich drängte die Angst zurück und überschüttete sie mit Wut. Das war mein Gefühl, mein Antrieb, mein Freund. Mit einem tiefen Atemzug drehte ich mich zu Nox um, der am Ende der Treppe stehen geblieben war.

Er betrachtete die Tür mit einem Hauch von Zögern im Blick. Ein Teil von mir hasste ihn dafür, ein anderer verstand ihn. Er hatte sein altes Leben – all die Leben – mit uns aufgegeben, um zu diesem zu gehören. Es verlangte danach, seine eigenen Bedürfnisse hinten anzustellen, wenn man von meinem Vater geliebt werden wollte. Oder, was um einiges schwerer war, respektiert.

»Bleib hier und sag Bescheid, wenn Henry kommt«, meinte ich knapp, um ihm die Entscheidung abzunehmen. Ohne eine Antwort abzuwarten, drehte ich mich um und stieß die Tür auf.

Silberrotes Licht fiel aus breiten Röhren an der Decke und besprenkelte das Kellergewölbe. Es gab keine Fenster, nur Backstein, der die Wände, den Boden und die hohe Decke auskleidete. Keine Ketten an den Seiten, keine Foltergeräte oder sonstige betont Furcht einflößenden Gerätschaften, nur ein nackter, kühler, runder Raum. Mein Puls beschleunigte dennoch innerhalb von Sekunden. Es gab kaum etwas, das ich mehr fürchtete als Leere. Dabei war mein Problem nicht die Kahlheit des Raums, sondern das, was in ihm war. *Wer* in ihm war.

Mein Blick flog instinktiv an den zwei stehenden Personen vorbei, hin zu dem leblosen Körper, der auf den Steinen lag. Ich konnte nicht mehr als Cliffs Hinterkopf sehen, seinen Rücken, die unnatürlich verdrehten Beine – doch das reichte aus. Die Wut in mir vermengte sich mit Sorge und zog feste Knoten in meinen Hals, ich konnte kaum noch atmen.

Das Gefühl nahm zu, als einer der Männer einen Schritt zur Seite trat und mir damit die Sicht auf Cliff nahm. »Ashton. Was führt dich her?« Er wischte sich die Hände an einem Lappen ab, ein bisschen Blut blieb dennoch an den Fingerknöcheln haften. Es kostete mich alles an Selbstbeherrschung, nicht dafür zu sorgen, dass meine ähnlich aussahen.

Ich erkannte Sincere sofort, auch wenn mir seine Seele bei Weitem nicht so vertraut war wie die von Nox. Es lag an der dünnen Goldkette, die unter dem Saum seines Shirts hervorblitzte, und die er bereits an seinem eigenen Körper getragen hatte.

»Ich nehme an, dass du dir das denken kannst.« Ich genehmigte mir ein Nicken an ihm vorbei auf Cliff. Er hatte sich auf den Rücken gerollt, seine Lider flatterten. Immerhin war er noch bei Bewusstsein.

»Wir unterhalten uns nur.«

Ich schüttelte den Kopf. »Nicht mehr. Dieses Gespräch ist beendet.«

Sincere tauschte einen belustigten Blick mit Hudson, der gegen die Wand gelehnt stand. Seine Hände waren sauber, doch ich wusste, dass das nicht für das Messer galt, das er zwischen zwei Fingern drehte. »Und das befiehlst du uns? Nichts für ungut, aber ganz gleich, wer dein Vater ist – du bist ein Nichts.«

Die Worte verfehlten ihr Ziel. Sie konnten mir nichts sagen, was Henry mich nicht bereits seit Jahren spüren ließ. Mein Vater würde mir in dieser Situation nicht weiterhelfen. Also musste ich mich auf mich selbst verlassen, auf das, was ich am besten konnte: lügen. »Und doch bin ich derjenige, der euch sagt, was an diesem Nachmittag wirklich passiert ist.«

»Ashton.« Cliff atmete rasselnd ein, ich musste nicht hinsehen, um zu wissen, dass dabei ein bisschen Blut aus seinem Mund lief. Mir war bewusst, dass er lieber daran erstickt wäre, als zuzulassen, dass ich Mabel verriet.

»Spar dir den Atem«, befahl ich ihm knapp und machte einen Schritt auf Sincere zu. »Ich war dort. Ich wollte verhindern, dass Norah die Hülle seiner Motte übernimmt.«

Sincere und Hudson sahen einander erneut kurz an, ehe Ersterer auf mich zukam. Seine Seele loderte, ich spürte die Hitze, die von ihm ausging, und wusste, woher sie kam. Er hatte etwas getan, das er liebte – er brannte hierfür. Und ich hasste ihn dafür.

»Wieso solltest du das tun?«

Ich zuckte mit den Schultern und vermied es, in Cliffs Richtung zu blicken. »Weil ich dieses Miststück hasse. Und weil ich keine Lust hatte, die nächsten Jahre dieses Gesicht ertragen zu müssen. Ich liebe Norah.« Meine Stimme brach an der Wahrheit dieser Worte, weil ich sie in den letzten Wochen gern verdrängt hätte. »Ich wollte nicht permanent den Reflex unterdrücken, ihr das Genick zu brechen, wenn ich sie ansehe.« Das war der einfache Teil, weil es nicht wirklich gelogen war. Ich war nicht begeistert davon gewesen, dass Norah Mabels Körper übernehmen wollte. Doch ich war bereit gewesen, damit zu leben – Cliff zuliebe. Man sah ja, wohin uns das gebracht hatte.

Sincere musterte mich skeptisch. »Woher wusstest du, wo die Zeremonie stattfindet? Ich bezweifle, dass Henry dich über diese Dinge informiert.«

»Ich bin in der Lage, selbst an gewisse Informationen heranzukommen. Ich könnte dir jedes Passwort, das er je angelegt hat, nennen. Mein Vater mag nicht viel von mir halten, aber er kann ebenso wenig vor mir *geheim halten.*« Ich verdrehte die Augen und zwang mich, nicht zurückzuweichen, als er auf mich zukam. Der Geruch von Eisen haftete an ihm, sein Shirt klebte schweißfeucht an seiner breiten Brust. Er hielt so dicht vor mir inne, dass sie fast meine berührte. Ich hasste das, und das war ihm klar – das hier war der Versuch, mich aus der Fassung zu bringen, um mich beim Lügen zu erwischen. Wir wussten beide, dass Sincere nur zu gern dafür sorgen würde, dass meine Anwesenheit in diesem Raum gerechtfertigt wäre.

»Schön, spielen wir das Spiel. Du warst da, und …?«

Gute Frage. Lächeln, Schulter hochziehen, improvisieren. »Ich kam zu spät. Die anderen waren bereits im Zeremonie-Raum. Ich wollte trotzdem nachsehen, ob Norah bereits gewechselt hatte. Hatte sie nicht, dafür war Victor gerade kurz vor dem Sprung. Horatio hat mich entdeckt, das Prozedere abgebrochen und ist auf mich zugekommen, aber Victor hat nicht aufgehört. Er hat seinen alten Wirtskörper verlassen und das, obwohl Horatio ihm noch keine Erlaubnis dazu gegeben hatte. Dummerweise hat Vic sich nicht an die vorgegebenen Sicherheitsabstände gehalten, du weißt, wie er sein konnte. Der bewusstlose Körper ist gegen den Sockel gestoßen, und das Artefakt ist gefallen und zersprungen, bevor seine Seele im Transmitterkästchen war. Sie hat sich aufgelöst, das Artefakt ist zersplittert, das Geschrei war groß und so weiter und so fort.« Nicht meine beste Idee, aber sie musste reichen. Das, was beim Lügen am wichtigsten war, war sowieso nicht, *was* man sagte. Sondern *wie* man es sagte. Wenn mich unser Leben eines gelehrt hatte, dann das: Du konntest jede Illusion zu einer Wahrheit machen, wenn du sie überzeugend genug rüberbrachtest.

Hudson räusperte sich und stieß sich von der Wand ab. »Wenn das stimmt, warum kann Horatio sich dann an nichts erinnern?«

Ich warf ihm einen genervten Blick zu. »Weil ich dafür gesorgt habe. Ich wollte nicht, dass er sich an mich erinnert. Deswegen habe ich Norah auch dazu gebracht, mir zu versprechen, dass sie diese dämliche Geschichte erzählt. Im Gegenzug habe ich die Motte am Leben gelassen – Blake zuliebe. Wenn wir schon sterben, kann er ihr Gesicht wenigstens noch eine Weile anstarren.« Ich nickte in Cliffs Richtung, ohne richtig hinzusehen. Trotzdem nahm ich wahr, dass er auf die Knie gekommen war. Eine Hand auf den Boden vor sich gepresst, die andere auf seine Schulter, schwarz-rote Flüssigkeit zwischen den Fingern.

»Wieso glaube ich dir das nicht?«, fragte Sincere gedehnt, sodass meine Aufmerksamkeit auf ihn zurücksprang.

»Weil du Vertrauensprobleme hast?«

»Nein, weil ich dich kenne, Arthur.«

Ich lächelte ebenso schmal, auch wenn ich ihm allein für diese zwei Silben am liebsten die Zunge herausgerissen hätte. »Nicht mehr mein Name, Sincere. Ich bin kein Mitglied des Rats.«

»Ganz recht. Und deswegen hast du auch kein Recht darauf,

hier zu sein. Oder darüber zu bestimmen, was mit ihm passiert. Ganz gleich, was du erzählst.«

Wir starrten einander fest in die Augen. Ich hatte nicht viel mit Sincere gemeinsam, aber in diesem Moment wusste ich, dass wir beide nicht bereit waren, nachzugeben. Das Problem war nur, dass er am längeren Hebel saß. Ich konnte ihn nicht dazu zwingen, Cliff gehen zu lassen. Ich musste ihm etwas geben, das ihm wichtiger war als die Wahrheit und lieber als die Freude am Foltern. Und mir fiel nur eins ein, das das schaffen könnte: sein eigenes Leben.

»Schön, dann macht weiter. Foltert Henrys Neffen, bis seine Hülle unbrauchbar geworden ist. Jetzt, da wir keine Möglichkeit mehr haben, diese auszutauschen, bringt ihr ihn damit um – das ist euch bewusst, oder?« Ich deutete auf Cliff, dessen Gesicht zunehmend an Farbe verlor. Sie sickerte mit jedem bisschen Blut, das zwischen seinen Fingern hindurchtrat, aus ihm heraus. »Und das, obwohl ihr keine eindeutigen Beweise für irgendwas habt. Was denkt ihr, wie gut wird das ankommen, sobald Henry erkannt hat, dass Blake unschuldig ist?«

Es war ein Bluff und kein sonderlich guter. Die Mitglieder des Rats kannten Henry besser als ich, sicher wussten sie, dass ihm die Familie niemals wichtiger war als unsere Verbindung. Und doch wussten sie auch, dass bei Henry stets zehn Prozent Unberechenbarkeit übrig blieben. Ein Teil seiner Seele, die er von uns allen abschottete, auch wenn wir eigentlich keine Geheimnisse haben durften. Die Regeln galten nicht für Henry. Er machte sie nur.

Zehn, fünfzehn Sekunden lang blieb es still. Cliffs kesselnder Atem, das Auf- und Zuschnappen von Hudsons Messer, mein Puls, der in meinen Ohren dröhnte, mehr nicht. Schließlich stieß Sincere einen Ton aus, der irgendetwas zwischen Seufzen und Knurren war, und trat einen Schritt zurück. »Gut, von mir aus. Nimm ihn mit. Fürs Erste.«

»Sin«, zischte Hudson.

Sincere brachte ihn mit einem Blick zum Schweigen. »Was? Hast du Lust, dich vor Henry zu erklären?«

Hudson murrte noch etwas, ließ jedoch zu, dass ich auf Cliff zuging und ihn auf die Beine zog. Ihre Blicke hingen uns noch im Nacken, als wir das Kellergewölbe längst verlassen hatten. Kaltfeucht und wortgetränkt: *Das ist noch nicht vorbei.* Ich wusste, dass sie recht hatten. Unsere Leben waren an die Ewigkeit gebunden. Es würde mich nicht wundern, wenn unser Ende ebenfalls endlos wäre.

5

ASHTON

Meine Hände waren rot von Cliffs Blut, als wir seine Wohnung erreichten. *Eigentlich ist es andersherum*, dachte ich und wischte mir die Finger an der Hose ab, während er sich das Shirt über den Kopf zog.

Ich spannte den Kiefer an, als ich sah, was Sincere und Hudson angerichtet hatten: Cliffs Brustkorb war von unzähligen, feinen Wunden überzogen – oberflächliche Messerschnitte, schmerzhaft, aber nicht so drastisch, als dass sie ihn schnell außer Gefecht setzen würden. Obwohl er sie hätte professionell versorgen müssen, fragte ich nicht, ob ich ihn ins Krankenhaus bringen sollte. Cliff hasste es zu lügen, und so, wie er aussah, hatte er es während des Verhörs bereits eine Weile tun müssen.

Er öffnete eine Schublade und presste kurz darauf ein sauberes Geschirrtuch auf die tiefste Wunde an seiner Schulter. Dreimal atmete er durch, ehe er sich zu mir umdrehte. »Wieso hast du uns nicht verraten?«

Uns. Das Wort hatte mal alles bedeutet, was wir waren, jetzt sah ich darin nur, was wir verloren hatten. Mein Blick wanderte zu dem winzigen schwarzen Tattoo an seinem Schlüsselbein. »Ich hasse Sincere«, erwiderte ich schlicht.

Cliff lächelte, Blut löste sich aus seiner offenen Lippe. »Und ich dachte, es wäre, weil du mich liebst.«

Ich antwortete nicht, weil es letztlich egal war. Es war irgendwie alles dasselbe, die unterschiedlichsten Gefühle waren in hoher Intensität gleich zermürbend, schmerzhaft und fatal. Das war der Grund dafür, wieso ich seit Jahrzehnten versuchte, ihnen aus dem Weg zu gehen. Und jetzt stand ich hier und war von ihnen umzingelt – Wut, Erleichterung, Sorge, Genervtheit, Hass und, ja, vielleicht auch Liebe. Im Grunde genommen war auch das nur ein schönes Wort für eine hässliche Sache: Schwäche.

Wortlos wandte ich mich zur Tür. Meine Hand lag bereits auf der Klinke, als mich Cliffs Stimme zurückhielt. »Danke, Ash. Und … es tut mir wirklich leid.«

Ich reagierte nicht. Ohne zurückzublicken, öffnete ich die Tür und verließ die Wohnung. Blutstriemen an meinen Händen, in meinem Sichtfeld, über meinen Gedanken. Ich glaubte Cliff, aber das änderte eben nichts. Offensichtlich wollte ich nicht, dass er starb. Aber ich wusste trotzdem nicht, wie ich ihn in meinem Leben ertragen sollte, wenn er der Grund dafür war, dass ich es verlieren würde.

Die Nacht legte sich über Cambridge, als ich mich auf den Rückweg machte. Touristen und Studierende blockierten die schmalen Gehwege vor den Pubs, schwarze Taxis warteten auf den Straßen, ihre Blinklichter malten falsche Sternenhimmel in die Pfützen des Asphalts.

Der Campus der Universität sah weicher aus als die Stadt, das war immer so. Edler, freundlicher, gemütlicher. Es wirkte, als hätte man Bronzeschimmer über alle Farben gepustet, und aus irgendeinem albernen Grund ließ mich das immer kurz an Zoe denken. An ihren Schmuck, ihre unterschwellig glitzernden Tüllkleider, ihren Lidschatten und irgendwie auch einfach an sie. An ihre Energie, ihr ganzes Wesen, das in ihrer Seele ebenso überdeutlich nistete wie in ihren Augen. Zoes Glanz hatte sich als feine Schicht über meine Netzhaut gelegt, selbst jetzt noch, obwohl die Welt aus meinem Blickwinkel mehr denn je in

Schatten versank. Ich fand mich selbst lächerlich, wann immer ich mich dabei erwischte, so zu denken. So zu fühlen. Und das für eine völlig irrelevante Frau, die mir nichts bedeutete. Dieser kalte Entzug war vermutlich das Romantischste, was ich in den letzten Jahrzehnten empfunden hatte – oder je wieder empfinden würde.

Diesmal bemerkte ich Henry, bevor ich meine Zimmertür aufschloss. Vielleicht lag es an dem Hauch des Eau de Cologne, den ich bereits im Flur wahrnehmen konnte. Vielleicht auch nur daran, dass ich mit ihm gerechnet hatte. Ich zögerte dennoch nicht, die Tür zu öffnen – es gab keine Möglichkeit, sich hiergegen zu wappnen.

Henry stand am Fenster und sah nach draußen. Sein Gesicht wurde in der Scheibe reflektiert, sobald ich das Licht einschaltete. Sein Blick haftete an den Ästen der Birke, die nach meinem Fenster griffen, und den Spatzen, die daraufsaßen. Ich war fast sicher, dass er Stare darin erkannte. Meine Eltern waren damals diejenigen gewesen, die den Namen für unsere Verbindung ausgesucht hatten. Meine Mutter hatte die Vögel schon immer geliebt, hatte aus verlorenen Federn Ketten gebunden und aus den Himmelsformationen Zukunftsbilder abgelesen, um mich zu unterhalten.

Ich erinnerte mich nicht an viele Details meiner Kindheit, sie war so lang her, dass die Erinnerungen mit der Zeit an den Rändern stark ausgefranst waren, aber ich erinnerte mich an den Klang ihrer Stimme, wann immer wir gemeinsam im Garten vor unserem Haus gestanden und ihnen zugesehen hatten. Ehrfurchtsvoll, betont tragend, mit einem feinen Hauch Belustigung unter jedem Wort. Und ich erinnerte mich an das Lächeln meines Vaters, wenn er uns dabei zugesehen hatte. Er hatte es mit ihr verloren.

»Ich habe gehört, dass du dich in Dinge eingemischt hast, die dich nichts angehen«, sagte er ruhig, nachdem ich die Tür hinter mir ins Schloss gezogen hatte.

»Dann hast du sicher gehört, dass sie mich eben doch etwas angehen. Ich war dort an jenem Nachmittag, ich …«

»Ja.« Henry drehte sich langsam zu mir um. »Sincere hat mir deine alternative Wahrheit wiedergegeben.«

Ich hielt mitten im Zimmer inne, zwang mich, ihm in die Augen zu sehen. »Und glaubst du mir?«

Er schwieg für einen Moment. »Ich glaube, dass es Wichtigeres gibt als die Frage, wie es dazu kam«, antwortete er dann und deutete mir, mich zu setzen. Da er neben dem Schreibtisch stand, wählte ich die Kante des Bettes. Er selbst blieb stehen. Als bräuchten wir das, um unser Verhältnis deutlich zu machen. »Zum Beispiel, wie wir damit umgehen wollen. Nehmen wir an, ich bestrafe Blake, Norah, die Motte und von mir aus auch dich gleich dazu – das ändert nichts an dem Problem.«

Mein Herzschlag beschleunigte sich. Was er sagte, stimmte, und doch klang es nicht nach etwas, das Henry denken würde. Unsere Strafen dienten in der Regel nicht dazu, Dinge wiedergutzumachen. Sie dienten dazu, ein Exempel zu statuieren. »Richtig«, sagte ich vorsichtig.

Henry betrachtete seine Fingerknöchel. »Wenn ich dir also die Möglichkeit gebe, die Folgen dieses Vorfalls wiedergutzumachen, und du diese ergreifst … dann wäre ich gegebenenfalls bereit, zu vergessen, wie es dazu kam.«

Irritiert versuchte ich, seine Worte zu deuten. »Du weißt, dass ich alles tun würde, aber das Artefakt ist zerstört. Es gibt keine Möglichkeit, es zu reparieren.« Wäre es anders gewesen, hätte der Schutz dieses Gegenstandes nicht seit Anbeginn unserer Existenz an oberster Stelle gestanden.

»Das nicht, nein. Aber es gibt eine Möglichkeit, ein neues zu erschaffen.«

»Was? Wir können unmöglich eine Zeremonie wie damals wiederholen. Es war so viel Vorbereitung nötig, so viele Opfer, so viel …« Meine Stimme brach, weil ich noch so rational darüber nachdenken konnte und es sich trotzdem alles durch und durch persönlich und schmerzhaft anfühlte. Ich hatte damals nichts von alledem mitbekommen, wusste nur das, was uns im Laufe der Zeit erzählt worden war. Doch das reichte aus, um zu wissen, welches Maß an … Verlust nötig gewesen war, um dieses Artefakt zu erschaffen.

Unsterblichkeit hatte einen Preis, und dieser bestand aus unzähligen Leben. Unsere Existenz hatte Hunderte andere gefordert. Für eine Ewigkeit, von der sie nie Teil sein konnten. Hundertsiebenundsiebzig Stare hatten an jenem Tag das Fliegen gelernt – weitaus mehr hatten Federn und Blut dafür gelassen.

Henry schüttelte den Kopf. Mir fiel auf, dass seine Augen irgendwie anders aussahen als sonst. Unruhiger, als würde das Augenblau Wellen schlagen. »Wenn man das richtige Opfer hat, braucht es nur eines.«

Mir wurde kalt, mein Herz schlug jetzt so langsam, dass ich es kaum noch spüren konnte. »Was willst du mir damit sagen?«, brachte ich tonlos hervor.

Henry stutzte, dann stieß er ein kurzes Lachen aus. »Nein, deine Seele ist bei Weitem nicht wertvoll genug, um das leisten zu können. Wir brauchen die Energie von tausend Seelen, gegossen in eine einzige.«

Ich versuchte, Erleichterung zu empfinden, doch die Kränkung legte sich zu schwer darüber. »Das ist unmöglich.«

»Es ist *ungewöhnlich*. Aber nicht unmöglich.« Er stützte sich am Tisch hinter sich ab, schob die Bücher beiseite, die ich zum Schein ausgeliehen und nie aufgeschlagen hatte. »Man nennt sie Lichterseelen. Wir gehen davon aus, dass es weltweit nur etwa fünf bis zehn pro Generation gibt.«

Fast hätte ich gelacht, verkniff es mir aber. Ich hatte mich nie sonderlich für unsere Legenden interessiert, aber ich wagte es auch nicht, sie anzuzweifeln. Hätte es das Übernatürliche nicht gegeben, wäre ich seit über hundert Jahren tot. Außerdem kannte sich kaum jemand so gut mit diesen Dingen aus wie mein Vater. Immerhin war er es gewesen, der damals überhaupt auf die Möglichkeit eines unsterblichen Daseins gestoßen war. Er war der Initiator der Zeremonie gewesen und über jede mythische Verästelung unserer Existenz im Bilde. Wenn jemand wissen konnte, dass es so etwas wie eine *Lichterseele* gab, dann er.

Doch selbst wenn ich davon ausging, dass er recht hatte, bedeutete das letztlich nichts. Was brachte uns eine extrem seltene, extrem kostbare Variante einer Seele, wenn wir nicht die Möglichkeit hatten, über sie zu verfügen? Meiner Erfahrung auf dieser Welt nach zu urteilen, war es deutlich leichter, eine schwache Seele zu finden als eine starke.

»Und wie sollen wir so eine dann auf die Schnelle finden?«

»Das müssen wir nicht. Ich kenne eine. Und du auch. Wir sind ihr heute begegnet.«

Sekundenlang starrte ich ihn nur an. Es war seltsam, ich wusste sofort, von wem er sprach – und wollte es trotzdem nicht wahrhaben. Der Gedanke war so nah und gleichzeitig so absurd, dass ich ihn in einem Reflex von mir stieß. »Redest du etwa von … *Zoe*?«

Mein ungläubiger Tonfall ließ ihn die Augenbrauen heben. »Ist dir nie etwas an ihr aufgefallen? Dass sie auf besondere Weise … wohltuend ist? Dass sie sich schneller erholt als andere? Dass du dich stärker als gewöhnlich nach ihrer Energie sehnst?«

Wieder zögerte ich mit einer Antwort. Ich fragte mich, wie er all das wissen konnte, und hatte gleichzeitig Angst, ihn danach zu fragen. Die Vorstellung, er könnte Zoe vorhin gefolgt sein und von ihrer Energie gekostet haben, war mir dermaßen zuwider, dass ich mir in die Innenwange beißen musste. Eifersucht gehörte offenbar ebenfalls zum kalten Entzug, großartig.

Es war seltsam, aber ich empfand auf einmal diesen unsagbar

starken Reflex, es zu verneinen. Und das, obwohl jedes Wort stimmte. »Doch, schon«, zwang ich mich zu sagen. »Ich dachte nur, das läge … einfach an ihr. Dann heißt das, sie ist eine *Lichterseele*? Und mithilfe ihrer Energie könnten wir ein neues Artefakt erschaffen?«

»Unter den richtigen Voraussetzungen, ja. Eine Lichterseele entfaltet nur dann ihr gesamtes Ausmaß an Energie, wenn sie es freiwillig tut.«

»Und was bedeutet das für sie?«, fragte ich zurück, ehe ich darüber nachdenken konnte.

Henrys Augenbrauen wanderten noch ein Stück weiter nach oben. Die Wellen in seinen Iriden glätteten sich, unter ihrer Oberfläche sah ich eine Ahnung schimmern – düster, warnend. »Wieso sollte das eine Rolle für dich spielen?«

Keine Ahnung, dachte ich, und presste beiläufig einen Handballen auf mein Zentrum, das unangenehm zog. Ich verstand selbst nicht, warum dieser Gedanke dermaßen unangenehm war. Sicher, ganz gleich, wie sehr mir Zoe manchmal auf die Nerven gegangen war, ich hatte nie in Erwägung gezogen, so weit zu gehen. Der einzige Mensch, bei dem ich den Drang verspürt hatte, ihn endgültig loszuwerden, war Mabel gewesen. Trotzdem: Das, was Victor und Jack letztes Jahr mit June und Paulina gemacht hatten, war kein Einzelfall gewesen und im Grunde auch nichts Dramatisches. Jeder von uns wusste, wozu wir imstande waren, und wir hatten es alle auf die eine oder andere Weise schon ausgenutzt. Und wieso auch nicht? Im Vergleich zu uns waren die Leben der Menschen um uns herum nur Wimpernschläge. Ich hatte mir vor Jahrzehnten antrainiert, sie als bedeutungslos anzusehen – denn das mussten sie für uns sein.

Henry schwieg kurz, ehe er nickte. »Sie wird nicht sterben, wenn es das ist, was du wissen willst. Eine Seele wie ihre würde sich selbst von diesem Ausmaß an Energieverlust erholen. Es würde dauern, aber sie würde es überleben. Das Problem ist, dass sie dieses Opfer selbst wollen muss. Und zwar aus tiefster Überzeugung, aus tiefstem Gefühl heraus.«

Ich verzog den Mund, als ich daran dachte, dass Zoe mit Sicherheit alles lieber tun wollte, als mir zu helfen. Andererseits war ich nicht darauf angewiesen, sie darum zu bitten. »Okay, ich meine … ich hab sie monatelang tun lassen, was ich will. Es dürfte nicht allzu schwer sein, sie zu manipulieren.«

Henry schnalzte ungeduldig mit der Zunge. »Wenn ich *freiwillig* sage, dann meine ich es auch so. Sie muss sich aus freien Stücken dazu entscheiden, uns diesen Teil ihrer Energie, ihrer Seele zu geben. Und das nicht aus Druck, Zwang oder Angst, sondern aus einem echten, selbstlosen Gefühl heraus. Nenn es Liebe, wenn du willst. Mithilfe ihrer Energie könnten wir eine neue Zeremonie abhalten. Ein neues Artefakt erschaffen. Unser Leben weiterführen. Dafür muss sie sich nur in jemanden verlieben, für den sie alles zu tun bereit ist.« Die Art, wie er mich dabei ansah, war so vielsagend, ich verstand trotzdem kein Wort. Aus dem einfachen Grund, dass das absolut unmöglich war.

Liebe. Das Wort schoss wild durch meinen Kopf, stieß immer wieder in die Löcher in meinem Gedanken- und Gefühlsgewebe, die sich bereits vor vierzig Jahren hineingegraben hatten. Ruckartig erhob ich mich vom Bett und machte einen Schritt in seine Richtung. »Ich hoffe, du denkst dabei nicht an mich, Henry. Sie *hasst* mich. Wie soll ich sie dazu bringen, sich in mich zu verlieben, wenn ich sie nicht mal manipulieren kann? Wenn ich nur … mich habe?«

Mein Flehen prallte an ihm ab, er blinzelte nicht einmal. »Ich gebe zu, dass das nicht viel ist, aber es ist der einzige Weg. Sie kennt dich, und von dem ausgehend, was ich in ihr gesehen und gespürt habe, ist sie darüber noch nicht hinweg. Sie empfindet noch etwas für dich.«

Ich lachte – viel lauter und kälter, als ich es mir sonst in seiner

Gegenwart erlaubte. »Ja, den Drang, mir die Augen auszukratzen.«

»Dann arbeite damit«, erwiderte er scharf. »Bring sie dazu, dir zu verfallen. Rette uns, und ich kann vielleicht endlich aufhören, mich dafür zu schämen, dein Vater zu sein.«

Seine Stimme machte deutlich, dass das Gespräch beendet war, aber ich schaffte es nicht, mich damit abzufinden. Diesmal nicht. Es lag nicht nur daran, dass ich meine Erfolgschancen als extrem gering ansah, ich *wollte* es auch nicht tun. Ja, ich hatte Zoe monatelang ausgenutzt und dabei nie auch nur die Spur eines Gewissensbisses gehabt, aber das war etwas anderes gewesen. Ich hatte mir keine Mühe gegeben, aufrichtige Gefühle in ihr zu wecken, ich hatte sie schlichtweg so manipuliert, dass sie sich einbildete, etwas für mich zu fühlen. So etwas heilte deutlich schneller ab als etwas … Echtes. »Henry, ich kann wirklich nicht …«

»Das ist keine Bitte, Arthur«, fiel er mir grob ins Wort. »Das ist die einzige Option, die ich dir biete, um nicht nur dein Leben, sondern auch das deiner dummen Freunde zu retten. Sag Nein, und ich exekutiere Blake noch heute Nacht mit eigenen Händen.«

Überrumpelt starrte ich ihn an. »Er hat nichts …«

»Hast du es immer noch nicht begriffen? Das ist mir egal.« Henry machte einen Schritt auf mich zu, sodass wir uns dicht gegenüberstanden. Sein Körper war nicht größer als meiner, dennoch schrumpfte ich in mir zusammen. »Tu, was ich sage, oder sieh zu, wie noch jemand, den du liebst, auf diesem Campus stirbt.«

Die Worte trafen diesmal keine kleine Aushöhlung, sondern einen Krater. Dieses Schwarze Loch, das Heaven in meinem Inneren hinterlassen hatte. Henry und ich hatten nie darüber geredet, aber in diesem Augenblick begriff ich, dass er sich dessen die ganze Zeit über bewusst gewesen war. Er wusste Bescheid über diese überdimensionale, unheilbare Wunde, die ihr Verlust in mir ausgelöst hatte. Und in die er ohne zu zögern alle zehn Finger legte und sie so fest hineingrub, dass ich mich am liebsten zusammengekrümmt hätte.

Ich tat es nicht. Wieso auch? Es hätte ihn nicht berührt, nur angewidert. Henry interessierte sich nicht für Gefühle, sondern für Taten. Und genau deswegen würde er nicht zögern, seine Drohung wahrzumachen, wenn ich nicht gehorchte.

Ich hatte keine Ahnung, wie sein Plan funktionieren sollte, aber ich wusste, dass es keine Option war, es nicht zu probieren. Nein: es nicht *möglich zu machen.*

»Wie lange habe ich Zeit?«, fragte ich tonlos.

Henry wich zurück, eine Spur Genugtuung im Blick. »Die ersten unserer Wirtskörper werden vermutlich in einigen Monaten anfangen, zu verfallen.«

»Ich gebe mein Bestes.«

»Dann hoffen wir in unser aller Willen, dass das ausnahmsweise genug ist. Und nur, damit das klar ist: Du wirst kein Wort darüber zu irgendwem verlieren, verstanden? Dieser Auftrag existiert ausschließlich zwischen uns beiden.« Er wartete mein Nicken ab, dann musterte er mich kurz – das war die einzige Form einer Umarmung, die ich zum Abschied je bekam. Schließlich schob er sich berührungslos an mir vorbei Richtung Tür. »Richte Blake meine Grüße aus. Und vergiss nicht, dass ich immer in der Nähe bin.«

Henry ging und löschte das Licht hinter sich. Dabei wäre das gar nicht nötig gewesen, seine Worte waren finster genug, sie krochen teerdunkel und klebrig durch mein Bewusstsein.

Ein paar Sekunden lang ließ ich sie zu, dann schob ich sie beiseite. Mit ganzer Kraft kratzte ich an der pechschwarzen Spur aus Verachtung und Gefahr, die sie hinterließen, bis dieser feine, perlmuttartige Glanz darunter zum Vorschein kam. Den gab es immer, ganz gleich, wie düster etwas wirkte. Ich kniff die Augen zusammen.

Sieh das Gute.

Hoffnung. Eine Aussicht auf eine bessere Zukunft – auf überhaupt eine Zukunft. Eine Chance. Nicht nur darauf, uns alle zu retten, sondern auch darauf, einmal in meinen vielen Leben *gut genug* zu sein. Wenn es sich für etwas lohnte, etwas Schlechtes zu tun, dann dafür.

6

ZOE

Lyla
Niedliches Kleid.

Die zwei Worte blinkten mir von meinem Handy entgegen, als ich nach meinem Portemonnaie suchte. Mein Finger schwebte über dem Gruppenchat meiner Familie, der bei mir mehrmals die Woche den Wunsch auslöste, ihn stummzuschalten oder schlichtweg zu verlassen. Ich tat es nicht, natürlich. Das hätte eine Diskussion zur Folge gehabt, von der ich wusste, dass ich sie nicht gewinnen konnte. Wie auch? *Du hast nie Argumente, nur Gefühle*, pflegte mein Bruder Liam mit diesem liebevollen Spott in der Stimme zu sagen, der mich jedes Mal mindestens zehn Jahre jünger machte. Und Gefühle waren eben nie genug, nicht wahr? Und ich auch nicht.

Ganz sicher war ich nicht *hübsch genug* auf dem Foto, das meine Schwester in die Gruppe geschickt hatte. Ich musste mehrmals hinsehen, ehe ich erkannte, was es zeigte: mich auf einer Benefiz-Veranstaltung des Clare Colleges letzten Monat. Ich trug ein Kleid mit Federn, das ich in einem Vintage-Store gekauft hatte, in dem ich mit Mabel gewesen war. Es passte nicht perfekt – die Schultern waren zu weit, der Ausschnitt etwas zu tief, aber ich war nicht davon ausgegangen, dass an diesem Abend irgendwelche Fotos entstehen würden. Zumindest keine, die meine Familie zu Gesicht bekommen würde. Anscheinend hatte ich die Treue meiner Schwester zur *Blue News* unterschätzt. Lyla hatte während ihrer Studienzeit bei der Universitätszeitung gearbeitet. Das war Jahre her, doch ihr Abonnement hatte sie offensichtlich nicht gekündigt.

Niedliches Kleid. Die Worte flimmerten vor meinen Augen, während ich das Foto nach sämtlichen Fehlern absuchte: überschüssiges Bauchfett, das den Stoff spannen ließ, weiche Oberarme, die mich breit wirken ließen, undefinierte Beine, die durch die Wildleder-Stiefel kürzer aussahen. Ich presste die Zähne aufeinander, während ich mir vorstellte, in welchem Tonfall meine Schwester diese Worte gesagt hätte. Mit einem Lächeln, das nicht nach *Anlächeln*, sondern nach *Belächeln* aussah, und in einer Stimmlage, die auf dieser dünnen Schwelle zwischen Herablassung und Gutmütigkeit balancierte, die eigens für Lyla Haywood erschaffen worden war. Sie meinte es nicht böse, aber fehlendes Kalkül machte es nicht weniger schmerzhaft. *Wenn deine Schwester dich so oft verletzt, dann liegt das vielleicht nicht an ihren Absichten, sondern lediglich daran, dass du aus allem, was sie dir hinhält, eine Waffe formst.* Das waren die Worte meines Vaters gewesen, als ich versucht hatte, mit ihm darüber zu sprechen. Statt eines Gesprächs mit meinem Dad hatte ich eine Audienz mit dem gefragtesten Paartherapeuten Londons erhalten. *»Das macht dann tausendfünfhundert Pfund«*, hatte er am Ende gescherzt, und ich hatte gelacht und gesagt: *»Das kann ich mir nicht leisten«*, während ich mich innerlich gefragt hatte, ob er mir nicht ansehen konnte, wie verdammt *arm*selig ich mich ohnehin schon fühlte.

Liam
Sieht ein bisschen aus, als hätte man dich gerupft, Zazu.

Ich überflog Liams Nachricht nur kurz, weil meine Aufmerksamkeit oben festhing. Dort, wo angezeigt wurde, dass meine Mutter tippte.

> **Mum**
> Ich fürchte, wir müssen deine Maße noch mal nehmen, bevor wir dir neue Kleider machen lassen.

Mein Magen sackte hinab, ich atmete zischend aus und bemerkte erst dann, dass ich die ganze Zeit die Luft angehalten hatte. Das passierte mir oft: Ich zog sogar dann den Bauch ein, wenn Mum aus drei tänzelnden Punkten auf meinem Display bestand.

»Hallo?« Die Stimme des Typens vor mir riss mich zurück ins Hier und Jetzt. Ich stand vor dem Kaffeewagen auf dem Campus des Trinity Colleges und wartete auf meine Bestellung. Der Barista hielt den hohen Becher mit meinem Chocolate Mocha bereits in der Hand und schwenkte die Spraydose in der anderen. »Mit Sahne oder ohne?«

»Mit«, antwortete ich aus dem Bauch heraus, bis meine Finger nach ebendiesem tasteten. Mein Blick flog zurück zum Bildschirm, wo ich Mums Worte noch immer ganz unten im Chat wiederfand. So weit unten, wie sie sich bereits in meinem Bewusstsein niedergelassen hatten. »Oder … nein, lieber ohne.«

Der Typ hielt in der Bewegung inne, verdrehte die Augen und stellte die Dose wieder ab. »Macht dann 6,50 Pfund.«

Ehe ich nach meinem Portemonnaie greifen konnte, schob sich jemand neben mich. »Ich zahle das.«

Verwirrt sah ich auf und setzte bereits zu einem höflichen, aber bestimmten *Nein, danke* an, als mir klar wurde, wer da gerade einen Zehner an mir vorbeireichte. Mein Herz machte einen Hüpfer, nur um sich kurz darauf schmerzhaft zusammenzuziehen. Als Kind war ich ein einziges Mal Achterbahn gefahren, das hatte sich genauso angefühlt. Erst das Hochgefühl, dann das Fallen und diese düstere, schwere Gewissheit, dass der Aufprall mit einem Zerbrechen einhergehen würde. Natürlich war das damals nicht passiert, ich war trotzdem nie wieder in eine Achterbahn gestiegen. Dafür hatte ich mich auf diesen jungen Mann eingelassen, der mich ohne zu zögern mit voller Wucht hatte zerschmettern lassen.

Vielleicht ergab es deswegen Sinn, dass ich den Eindruck hatte, mich in Einzelteile zu zersetzen, sobald er mir so nah war. Ich spürte Splitter in meiner Brust, in meinen Gedanken, in meinem ganzen Ich. Winzige Bruchteile von etwas, das ich geglaubt hatte, in ihm gefunden zu haben, und die mir jetzt das Gefühl gaben, verloren zu haben. Oder … zu sein.

Ashton nahm sein Wechselgeld entgegen, steckte es in die Trinkgeldbox und hielt mir meinen Kaffeebecher hin. Ich war so perplex, dass ich kommentarlos danach griff. Er hob die Mundwinkel zu einem charmanten Lächeln. »Das Wort, das du suchst, ist *Danke*.«

Seine Stimme klang warm, dabei fühlte sie sich an wie ein Eimer Eiswasser. Ich blinzelte und reckte das Kinn. »Nein, das Wort, das ich suche, ist *Geh weg*.«

»Das sind zwei Worte«, erwiderte er, aber da machte ich schon auf dem Absatz kehrt und stapfte über die Wiese in Richtung meines Instituts, das in der Ferne im Morgenlicht schimmerte.

Ich kam fünf Schritte weit, bis Ashton mich einholte. Er schloss an meiner Seite auf – so nah, dass seine Wärme unter meine dünne Jacke schlüpfte. Eine Gänsehaut breitete sich auf meinen Armen aus und irgendwie auch in mir: Ich spürte, wie sich all meine Sinne aufrichteten, um nach ihm zu tasten. Ich schlug mir auf jeden einzelnen Gefühls- und Wahrnehmungsfinger und verschränkte die Arme vor der Brust.

»Komm schon, gib mir fünf Minuten.«

Am liebsten hätte ich gelacht, geschrien oder angefangen zu rennen. Ich verbot es mir, weil Ashton das nicht verdiente. Er verdiente es nicht, zu wissen, was er noch immer in mir auslöste. *Das sind nur Folgen der Manipulation. Ein Reflex meines Schmerzgedächtnisses, mehr nicht.*

Ich beschleunigte, Ashton seufzte. Mit zwei langen Schritten überholte er mich und blieb vor mir stehen, sodass ich innehalten musste. Mitten auf der Wiese in einem der großen Höfe, direkt im Sichtfeld etlicher Studierender. Ich wusste, dass er mir in so einer Situation nichts antun konnte, andererseits wusste ich, dass es niemandem auffallen würde, wenn er es versuchte. Als könnte er hören, was ich dachte, hob er die Hände. Vielleicht, um mir beweisen zu wollen, dass er keine Waffe darin hielt. Dabei wusste ich doch längst, dass er keine brauchte, um gefährlich zu sein. Seine Finger auf meiner Halsschlagader, seine Hand in meiner Seele, mehr hatte es nie gebraucht, um mir wehzutun.

Unruhig sah ich an ihm vorbei. Das Gras war durchsetzt von etlichen Silberpfützen. Seit gestern Nacht hatte es immer wieder geschauert, doch mittlerweile hatte sich die Frühlingssonne durch die Wolkendecke gekämpft. Zerfranste Schlieren hingen über den Dächern der Institute, verbliebene Regentropfen fielen von den Vorsprüngen über den breiten Eingangstüren und den Blättern der umherstehenden Bäume, die allmählich zu grünen begannen. Gott, ich wünschte, es würde wieder anfangen zu regnen. Die Sonne schien direkt auf Ashtons Kopf und benetzte sein Haar, das sowieso schon viel zu golden war und jetzt regelrecht blendete. Es war so unfair, wie attraktiv er war.

Das ist nicht er. Das ist nicht sein Gesicht. Das ist nicht sein Körper. Das ist nicht sein Duft. Das ist alles nicht echt. Das Lächeln, mit dem er dich ansieht, ist nicht echt. Das Kribbeln in deinem Bauch ist nicht echt.

Ich atmete tief aus und zwang mich, ihm in die Augen zu blicken. Was auch immer das hier werden sollte: Besser, wir brachten es direkt hinter uns. »Was willst du?«

Mein bissiger Unterton führte dazu, dass Ashtons Lächeln breiter wurde. »Nur kurz mit dir reden. Ich dachte, es interessiert dich vielleicht, dass ich Cliff gestern heil aus dem Verhör geholt habe.«

Diesmal konnte ich das Lachen nicht zurückhalten. Es war schwer und kalt, ebenso wie die Erinnerung an den gestrigen Tag, die mir auf den Magen und das Herz drückte. Nachdem ich Mabel endlich dazu überredet hatte, zurück nach Hause zu gehen, war sie anderthalb Stunden lang unruhig in ihrem Zimmer auf und ab gelaufen. Ich hatte mit verschränkten Händen und flauem Gefühl auf ihrem Bett gesessen, damit sie nicht doch noch auf die Idee kam, Cliff auf eigene Faust zu retten. Mabel hatte mir keinen Vorwurf mehr aus meiner Lüge gemacht, aber mein schlechtes Gewissen war trotzdem von Minute zu Minute schlimmer geworden. Besonders, als Cliff schließlich anrief und Mabel zu ihm ging – um mir eine halbe Stunde später zu schreiben, dass er verletzt, aber am Leben sei.

Verletzt, aber am Leben. Ich fragte mich nicht zum ersten Mal, was passiert war, damit das neuerdings ausreichte, um mich Erleichterung empfinden zu lassen. Ein Blick in das abwartende Gesicht vor mir, und es fiel mir wieder ein. *Ashton war passiert.*

»Interessante Auffassung von *heil.* Mabel hat mir erzählt, wie sie ihn zugerichtet haben.«

»Glaub mir, das hätte deutlich schlimmer ausgehen können. Wenn ich nicht dazwischengegangen wäre, hätten sie ihn vermutlich umgebracht – wenn auch versehentlich. Wir sind es nicht gewöhnt, an die Endlichkeit eines Körpers gebunden zu sein.« Ashton zuckte nicht mal mit der Wimper. Wieso auch?

Cliffs Verletzungen waren nichts im Vergleich zu denen, die June erlitten hatte, als sie vergangenes Semester vom Institutsdach gesprungen war. Der *Bund der Stare* ging über Leichen, ein paar Blessuren im Gesicht seines besten Freundes waren für Ashton vermutlich nicht mehr als eine Lappalie. Insbesondere, weil er vor wenigen Wochen selbst erst für welche verantwortlich gewesen war, nachdem er von der Zerstörung des Artefakts erfahren hatte. Seitdem ging er sowohl Cliff und Mabel als auch Norah und mir aus dem Weg, was die Situation jetzt nicht nur unangenehm, sondern auch bedrohlich erscheinen ließ. Wenn Ashton das Gespräch suchte, dann sicher nicht, weil er nette Absichten hatte. Und nur, weil er Cliff gestern geholfen hatte, machte das noch lange keinen neuen, geschweige denn guten Menschen aus ihm.

»Was willst du jetzt von mir hören?«, fragte ich unwirsch.

Er biss sich auf die Unterlippe, ich sah das Schmunzeln dennoch. »Ein Danke vielleicht? Ich habe auch das Leben deiner Freundin gerettet, indem ich für sie gelogen habe.«

Meine Hand schloss sich fester um den Becher in meiner Hand, ich machte eine unkontrollierte Bewegung auf ihn zu und bereute es, als sein Duft mir in die Nase stieg. Zitrone, Nelke, Zeder. Der Geruch, den ich so genau benennen konnte, weil ich ständig in der Parfumabteilung im Kaufhaus gewesen war, sobald ich herausgefunden hatte, welches Parfum Ashton benutzte. Der Geruch, der so intensiv in meinem Zimmer festgehangen hatte, dass ich wochenlang mit offenem Fenster geschlafen hatte, bis auch noch das letzte bisschen davon zwischen meinen Duftkerzen und Lavendelkissen verloren gegangen war. Der Geruch, der so dicht mit meinen Erinnerungen verwoben war, dass ich für einen kurzen Moment in seinem trügerisch weichen Stoff versank.

Entschieden zerschlug ich ihn. »Das Letzte, was du in diesem Leben noch von mir hören wirst, ist ein *Danke.*«

»Und ich dachte, Höflichkeit wäre dir so wichtig. Immerhin habe ich gerade dein …« Er hielt inne und betrachtete den Schokoladenkaffee in meiner Hand, der sicher längst lauwarm geworden war. »… was auch immer das eigentlich ist gezahlt.«

Ich lächelte grimmig. »Du hast recht. Das Ding ist nur, dass ich nichts will, was dir gehört.« Ohne weiter darüber nachzudenken, hob ich die Hand und drehte sie mitsamt Becher um.

Die Flüssigkeit ergoss sich direkt auf Ashtons Lederschuhe, ein paar Spritzer benetzten seine und meine Hosenbeine. Die verbliebene Hitze kroch durch den Stoff, aber ich spürte sie kaum, weil die in mir so viel heftiger brannte. Ashton starrte ungläubig auf seine Füße, dann in mein Gesicht. Ich machte eine letzte kleine Bewegung auf ihn zu. »Falls das nicht deutlich genug war: Lass mich in Ruhe, Ashton-Arthur-Arsch.«

Er versuchte nicht noch einmal, mich aufzuhalten, als ich mich an ihm vorbeischob und weiterging. Den zerknüllten, tropfenden Becher in einer Hand, mein schnell schlagendes Herz in der Brust. Mir war klar, dass es nicht klug war, Ashton zu provozieren, aber in diesem Moment konnte ich es dennoch nicht bereuen. Ich hatte mich schon lang nicht mehr so lebendig gefühlt wie in diesem Moment.

Verletzt, aber am Leben.

Vielleicht konnte ich in seiner Gegenwart wirklich nicht mehr erwarten.

Manche Gebäude veränderten ihr Aussehen, wenn man es mit etwas Erlebtem verknüpfte. Die Erinnerungen, die ich im vergangenen Semester gesammelt hatte, lagen seitdem wie ein düsterer Vorhang über dem Gemäuer.

Wenn ich früher hier vorbeigekommen war, war es für mich ein helles, freundliches Gebilde aus zahlreichen Stockwerken und breiten Fensterflächen gewesen. Krankenhäuser waren für mich Orte der Hoffnung gewesen, die, an denen Menschen geholfen wurde.

Seit einigen Monaten wusste ich, dass das nicht immer stimmte. Dass es Menschen gab, denen nicht geholfen werden konnte – ganz gleich, wie sehr man sich bemühte.

Ich warf einen Blick auf meine Uhr. Die Kurse waren seit anderthalb Stunden vorbei und ich seit einer halben mit Mabel verabredet. Der Grund für meine Verspätung klemmte unter meinem Arm und verströmte einen süßlichen Duft, der nicht zu den Gefühlen passte, die sich in mir ausbreiteten, je länger ich das Gebäude vor mir anstarrte. Genau darum ging es: Wenn ich schon keinen Trost innerhalb dieser Wände finden konnte, musste ich ihn eben mitbringen. Das schuldete ich mir. Und … ihm.

Gerade als ich auf die Doppeltür zugehen wollte, begann mein Handy zu klingeln. Ein Blick auf das Display verriet mir, dass es Professor Walsh war – derjenige, der mich bei der Umsetzung des Hickory House-Projekts unterstützte. Ich entfernte mich ein paar Schritte vom Eingang des Krankenhauses und nahm den Anruf entgegen.

»Ms. Haywood«, begann er ohne Umschweife, »habe ich es richtig in Erinnerung, dass Sie für nächste Woche das erste Projekttreffen einberufen haben?«

Innerlich seufzte ich. Ich hatte mir den Termin für die Schlüsselübergabe bereits dreimal von seinem Sekretariat bestätigen lassen. »Genau, für Freitagnachmittag. Ich habe allen Freiwilligen bereits eine Mail geschrieben.«

Im Hintergrund hörte ich ein Räuspern, so leise und flüchtig, dass es sofort von Professor Walshs tiefem Basston geschluckt wurde. »Dann müssten Sie diese an eine weitere Person weiterleiten. Ich habe gerade von Professor Byrne erfahren, dass er einen seiner Studenten dazu angehalten hat, mitzuarbeiten.«

Ich runzelte die Stirn. »Das klingt nicht sehr freiwillig.« Das Letzte, was ich gebrauchen konnte, war jemand, der unmotiviert und aus einem Zwang heraus teilnahm. Dieses Projekt war mir wichtig – ich hatte keine Lust, meine Zeit mit jemandem zu verschwenden, der noch von der Arbeit überzeugt werden musste.

»Nun, ich denke, Sie können jede Hand gebrauchen, oder?« Das Fragezeichen war rein rhetorisch, es klang vielmehr wie eine stumme, genervte Erinnerung an all die Male, die ich ihn nach den Kursen abgefangen und auf ihn eingeredet hatte, damit er mir half.

»Ja, sicher«, erwiderte ich widerwillig. »Wollen Sie mir die Adresse sofort diktieren? Dann leite ich die Mail gleich weiter.« Ich stellte den Lautsprecher an und rief meine Notizen-App auf.

»a.griffin@cam.ac.uk.«

Meine Finger waren schneller als meine Gedanken. Sie stolperten über den letzten Buchstaben des Nachnamens, während ich bereits das @-Zeichen setzte. Sofort hielt ich inne und starrte auf mein Display. Versuchte, die aufkeimende Befürchtung klein zu halten. Das war unmöglich. Es gab an der University of Cambridge so viele Studierende, und Griffin war kein außergewöhnlicher Name. Mit Sicherheit war das ein Zufall. Alles andere wäre … nein.

Ich schluckte mehrmals und stellte den Lautsprecher aus, presste das Handy wieder ans Ohr. »Sie meinen aber nicht Ashton Griffin, oder?«

Ich kannte die Antwort, bevor er sie aussprach. Aus dem einfachen Grund, dass es keine Zufälle gab, wenn es um Ashton ging. *Irgendetwas an dir fühlt sich wie Schicksal an*, hatte er mir damals bei unserer allerersten Begegnung ins Ohr geraunt. Stickige Bar-Luft und Stimmenlärm um uns herum, goldenes Licht in seinen Locken und meiner Brust, als ich ihn angesehen hatte und nur denken konnte: *Er hat recht.* Ich hatte es gespürt, dieses Gefühl, dass ich ihn einfach hatte treffen müssen, dass irgendetwas an ihm – an uns – dafür bestimmt war, zu sein. Dieses Gefühl, das er, wie ich mittlerweile wusste, in mich gepflanzt und das dort so heftig gewuchert hatte, dass mir entgangen war, wie er mir andere Teile entriss.

Meine Sicht verschleierte, die Worte in der Leitung kämpften sich nur halbherzig zu mir durch. »Doch. Professor Byrne hat ihn für das Projekt vorgeschlagen. Offenbar hat Mr. Griffin ein paar Pluspunkte zu sammeln, um sein Engagement für die Universität unter Beweis zu stellen.«

Ich konnte mich nicht zwischen Lachen und Weinen entscheiden. »Aber doch nicht bei meinem Projekt!«

»*Ihrem* Projekt?« Ich konnte förmlich sehen, wie er missbilligend die breiten Augenbrauen zusammenzog. »Ich dachte, es geht Ihnen darum, den Ehrenämtern zu helfen? Um etwas Gutes für die Allgemeinheit zu tun?«

Ich presste einen Handballen auf meine pochende Stirn. »Ja, aber …«

»Denken Sie dann nicht, dass Sie im Interesse aller Ihre persönlichen Befindlichkeiten hinten anstellen sollten?«

»Doch, aber …«

»Aber was?«, fiel er mir ungeduldig ins Wort. Seltsam ungeduldig. Professor Walsh war ein rücksichtsvoller und verständnisvoller Mensch – weitaus umgänglicher als die anderen Dozierenden, die ich kannte.

»Ashton Griffin ist …« Meine Stimme stockte, als mir klar wurde, dass ich meine Abneigung nicht erklären konnte. Oder besser gesagt: durfte. *Ein Mistkerl, ein Manipulator, ein Psychopath, ein Serienmörder, eine unsterbliche Seele, die fremde Körper und Leben stiehlt.* »Er ist … kein sehr netter Mensch.«

Aus dem Hörer drang ein leises Seufzen. Gleichzeitig knarrte es, weil er sich vermutlich im Schreibtischstuhl zurücklehnte. Da war noch ein anderer Ton im Hintergrund, der fast wie ein unterdrücktes Lachen klang, aber ich schaffte es nicht, mich darauf zu konzentrieren. »Solang er ein *lebendiger* Mensch ist, können Sie seine Hilfe sicher dennoch gebrauchen. Sind wir uns da einig?«

Nein, kann ich nicht. Ich kann seine Hilfe nicht gebrauchen, ich kann ihn nicht mal ansehen, ich kann nicht in seiner Nähe sein, ich kann nicht! Die Worte drängten sich auf meiner Zunge dicht aneinander, doch ich schluckte sie allesamt herunter und zwang mich zu einer ausdruckslosen Stimme. »Doch. Natürlich.«

»Gut, dann schicken Sie ihm die Mail. Und viel Erfolg.«

Nach dem Auflegen blieb ich noch ein paar Minuten lang vor dem Krankenhaus stehen, bis die Gefühlswellen in mir zur Ruhe gekommen waren. Ich würde nicht noch mehr Hoffnungslosigkeit in dieses Gebäude bringen, als es ohnehin schon beherbergte.

Mabel sah auf, als ich gegen den Türrahmen klopfte und ins Zimmer trat. Sie saß auf einem Stuhl am Fenster, das spärliche, trübgoldene Nachmittagslicht ließ ihr Haar matt schimmern. In ihrem Schoß lag eine Zeitung, in ihrem Blick überdeutliche Müdigkeit. Vermutlich hatte sie nachts kaum ein Auge zugetan, nach allem, was gestern vorgefallen war.

»Ich hab dich gerade entdeckt.« Mabel hob das Papier hoch und streckte mir ausgerechnet das Foto entgegen, das ich in den vergangenen Stunden versucht hatte, zu verdrängen.

Mit Mühe hielt ich mein Lächeln aufrecht und ging zu ihr, legte meine Sachen auf dem Tisch neben ihr ab. »Hab's schon gesehen, offenbar verzichtet die *Blue News* neuerdings auf das Einholen von Abdruckgenehmigungen.«

Ich ging zum Bett, das an der Wand stand. Alles an diesem Zimmer war hell: die Tapete, die Bettwäsche, die Schläuche, die Geräte. Und trotzdem fühlte es sich an, als würde man mit jedem Atemzug sichtbare Düsternis einatmen. Sie verwob sich innerhalb von Sekunden mit jeder Faser meines Seins. So intensiv, dass ich mich manchmal nicht traute, etwas zu sagen, aus Angst, dass die Worte, die ich rauslassen würde, ebenso finster wären.

Vorsichtig streckte ich die Finger aus und berührte Davies Handrücken, während ich sein Gesicht betrachtete. Die trockenen Lippen einen Spalt geöffnet, die dunklen Haare mittlerweile viel länger, als er selbst es gewollt hätte, feiner Schlafsand in den Augenwinkeln. Als Kind hatte ich wirklich geglaubt, dass diese Körnchen der Grund dafür waren, dass wir schlafen mussten. Vielleicht hätte ich sie selbst jetzt noch deswegen am liebsten aus seinen Augen gewischt. Ich hätte gern jedes bisschen von Davie genommen, das ihn daran hinderte, aufzuwachen. Dabei wusste ich, dass das, was ihn festhielt, kein gewöhnlicher Schlaf war.

Nach dem Unfall vergangenes Semester, bei dem Davie durch Victor und Jack schwer verletzt wurde, hatten die Ärzte ihn in ein künstliches Koma versetzt. Obwohl sie die Medikamente vor einiger Zeit langsam abgesetzt hatten, war er bisher nicht zurückgekommen. Wachkoma war ein weiches Wort für eine grausame Wahrheit: Davie war nicht ganz weg, aber auch nicht ganz da. Er war irgendwo in einem Dazwischen gefangen, in dem ihn niemand so recht erreichen konnte. Davies Mutter hatte uns erzählt, dass die Ärzte den Grad seines Komas als leicht einstuften. Bei den Tests, die sie durchgeführt hatten, waren sie in der Lage gewesen, Reflexe festzustellen, die auf Gehirnaktivität hinwiesen. *»Das bedeutet Hoffnung«*, hatte Darleen gesagt, und ich versuchte immer, mich daran festzuhalten, wenn ich hier war.

Trotzdem brach es mir jedes Mal aufs Neue das Herz, zu wissen, dass ich ihn zwar sehen und mit ihm reden konnte, aber nie wusste, ob er mich wahrnahm. Meine Finger berührten seine Haut, doch meine Nähe griff ins Leere.

»Es wird Zeit, dass du zurückkommst und deinen Untertanen erklärst, wie sie ihre Arbeit machen müssen, Commander«, flüsterte ich und beugte mich zu ihm herunter, um ihn auf die Wange zu küssen. Seine Haut roch nach neutraler Creme und dem Hygienespray der Klinik. Nicht mehr nach ihm.

Verletzt, aber am Leben, dachte ich, doch mit Davie vor Augen wirkten selbst diese Worte welk. Wie die Tulpen, die auf dem Nachttisch standen. Vermutlich stammten sie vom letzten Besuch seiner Mutter. Sie kam mindestens zweimal die Woche vorbei, so wie ich. Nur Mabel war noch öfter hier.

Ich wusste nicht mehr, wie oft ich sie bereits hier gefunden hatte, über ihre Bücher gebeugt am Tisch, eingenickt auf dem

Sessel neben dem Bett oder mit der Zeitung auf dem Schoß wie jetzt. Sie las Davie jedes Mal aus der neusten Ausgabe der *Blue News* vor. »*Wenn ihn etwas motivieren kann, zurückzukommen, dann die Tatsache, wie schlecht die Artikel ohne seine Arbeit geworden sind*«, witzelte sie jedes Mal, während ich ihr ansehen konnte, dass sie lieber geweint hätte. Ihre dunklen Augen waren auch jetzt glasig, aber darunter lagen dennoch Entschiedenheit und Überzeugung, dem nicht nachzugeben. Mabel war stur, auch was Gefühle anging.

Ich wusste, dass sie sich nach wie vor die Schuld dafür gab, dass Davie damals in diesen Unfall mit Ashtons Freunden geraten war – ganz gleich, wie oft ich sie daran erinnerte, dass niemand außer Victor und Jack dafür verantwortlich war. Einer von ihnen hatte dafür letztlich mit seinem Leben bezahlt, den anderen sah ich ab und zu auf dem Campus und musste jedes Mal dem Drang widerstehen, auf ihn zuzustürmen. Dabei wusste ich, dass er ebenfalls in Kürze bezahlen würde.

Ein Teil von mir wünschte sich, ich könnte bei dem Gedanken Genugtuung empfinden, aber die Aussicht, dass alle Stare bald sterben würden, erfüllte mich selbst in meinen wütendsten Momenten nie mit Zufriedenheit oder Erleichterung. Wie hätte es das auch, wenn ich wusste, dass das ebenfalls Cliffs Tod bedeuten würde? Mabel und ich sprachen nie darüber, aber allein die Vorstellung, was es mit ihr machen würde, ihn zu verlieren, tat unerträglich weh.

»*Wir haben noch Zeit*«, sagte Mabel oft mit diesem verbissenen Unterton, sobald das Thema in Griffweite rückte. »*Uns fällt schon etwas ein.*« Ich nickte jedes Mal und drückte ihre Hand. Wortlos, weil ich wusste, dass alles, was ich sagen würde, wie eine Lüge geklungen hätte. Eine, die ich gern glauben wollte, aber nicht konnte. Eigentlich war ich die Optimistin von uns beiden. Ich glaubte daran, dass es immer Licht gab – ganz gleich, wie finster eine Situation auch sein mochte. Ich war gut darin, in jedem Moment und jedem Menschen etwas Helles zu finden.

Etwas, an dem man sich festhalten konnte, um nicht in Dunkelheit zu versinken. Aber hierbei schaffte selbst ich es nicht. Um die Stare zu retten, hätte man ein neues Artefakt erschaffen müssen. Was, laut Cliff, unmöglich war.

Es war absurd: Meine Familie hatte mir beigebracht, dass es kein Problem gab, das man nicht mit guten Kontakten und ausreichend Geld lösen konnte, aber in diesem Fall war auch ich vollkommen machtlos. Ich konnte nichts tun, nur da sein – für Mabel, ganz gleich, was noch passierte. So, wie sie es für mich gewesen war. Vielleicht musste man, wenn man nichts Helles finden konnte, eben selbst versuchen, es zu sein.

Ich strich erneut über Davies Hand, dann ging ich zum Tisch. »Ich war bei Bridget's Bakery. Schokoladenkuchen für dich, ein Eclair für mich und einen dieser ekligen Müsli-Cookies für Davie.«

Mabels Blick wurde weicher, als ich die Schachtel mit dem Kuchen vor sie stellte, gleichzeitig verzog sie leicht das Gesicht. »Ich gebe dir das Geld …«

»Wenn du irgendwann fünfmal so erfolgreich und vor allem reich bist wie ich – einverstanden.« Ich setzte mich auf den freien Stuhl, befreite den Rest der Sachen aus dem Papier.

Mabel betrachtete das Ungetüm von Cookie – keine Schokolade, dafür grobe Müslikörner, Nüsse und Rosinen. »Wenn Davie wüsste, wie viele davon er in den letzten Wochen verpasst hat, würde er sich ärgern.«

Grinsend pflückte ich eine Erdnuss aus dem Keks. »Ich glaube, er würde sich eher freuen, weil er weiß, dass wir sie essen, wenn er es nicht tut. Er würde doch alles tun, um uns ein paar von diesen angeblich so gesunden Dingern unterzujubeln.«

Mabel lächelte, bis ihr Blick das Bett erreichte. »Ich vermisse ihn.«

»Ich weiß, ich auch. Aber er kommt schon zurück zu uns. Er wartet sicher nur auf den richtigen, zeitungsreifen Auftritt.« Ich sah zu Davie, obwohl ich es kaum ertrug. »Auch wenn du uns echt lang genug hast sitzen lassen.«

Mabels Mundwinkel zuckten nicht mal. Sie sah wieder aus dem Fenster, hinter dem sich der Abend mit lavendelfarbenem Nebelatem über den Köpfen der Buchen niederließ. »Sie denken nicht, dass er wieder aufwacht«, flüsterte sie tonlos.

Mein Herz zog sich zusammen. »Hast du das gehört?«

Sie schüttelte den Kopf. »Muss ich nicht. Die Art, wie sie einander ansehen, wenn ich zu Besuch komme. Diese mitleidigen Mienen. Als wäre ich verblendet, weil ich immer noch Hoffnung habe.«

»Hoffnung haben ist niemals verkehrt. Es ist das Wichtigste von allem.« Ich umfasste ihre Hand. Tintenflecke über vereinzelten Leberflecken, winterblass und trotzdem warm. »Du und ich«, sagte ich streng, »wir werden hier sein, wenn Davie aufwacht. Ganz egal, wie viele Nachmittage wir dafür noch mit Kuchenessen verbringen müssen.«

Ich wartete ihr zögerliches Nicken ab, ehe ich sie losließ und ihr die Schachtel vor die Nase schob. Während Mabel nach einer der Holzgabeln aus der Tüte griff, wickelte ich das Eclair aus. Schokoladenguss, Vanillefüllung, mein Magen zog sich verlangend zusammen, wenn ich ihn nur ansah. Und trotzdem brachte ich es nicht über mich, danach zu greifen. Mein Blick schwirrte zu der Zeitung, zu dem Foto, das obenauf lag. Aus dem Magenknurren wurde ein Kopffauchen, ich wusste genau, wessen Tonfall es hatte. *Wenn du noch mehr wirst, ist es irgendwann zu viel.* Zu viel und trotzdem nicht genug. Nie genug. Nie …

»Alles okay?«

Ich entdeckte ein paar Schokoladenkrümel, die an Mabels Mundwinkeln klebten, ich hob meine mühsam an. »Ja, klar.« Ich zögerte und zwang mich, zu einem anderen, unangenehmen Thema umzuspringen. »Es ist nur … ich fürchte, ich werde demnächst weniger Zeit für das hier haben.«

»Richtig, dein Projekt. Du siehst nicht begeistert aus, dabei hattest du dich doch darauf gefreut.«

Am liebsten hätte ich das Thema gewechselt, aber früher oder später musste ich es Mabel sowieso erzählen. Auch wenn sie offiziell nicht mithalf, war ich sicher, dass sie mich ab und zu dort besuchen würde. Außerdem wollte ich es nicht vor ihr geheim halten. Ich wollte nie wieder mit Ashton allein sein – egal, auf welche Weise.

»Es geht nicht so sehr um das Projekt, als vielmehr um ... denjenigen, mit dem ich daran arbeiten soll.«

»Was meinst du?«

»Professor Walsh hat vorhin angerufen, um mir mitzuteilen, dass es noch einen Freiwilligen gibt. Und das ist ... Ashton.«

Mabel ließ die Gabel sinken und starrte mich ausdruckslos an. »Ashton.«

Ich nickte. »Seelenspringer-Ashton. Ex-Bester-Freund von deinem Freund. Ex-Ich-knabbere-an-deiner-Seele-herum von meiner Wenigkeit.« Der halbherzige Spott entlockte ihr nicht mal ein Schmunzeln. Sie wirkte so entgeistert, wie ich mich fühlte. Im Grunde passte das Wort perfekt: Ashton war wie ein verdammter Geist, den ich seit Monaten nicht loswurde. Ich hatte seine Nähe nie gebraucht, um ihn zu spüren – dazu hatte er zu viele leere Stellen in mir hinterlassen, in denen die Erinnerung an seine Anwesenheit nachhallte. Aber dass er sich jetzt auf so eine Weise wieder in mein Leben zu drängen drohte, war nicht nur unangenehm, sondern gruselig. Und unlogisch.

Mabel schien dasselbe zu denken. Sie zog die Augenbrauen so weit hoch, dass sie unter den Strähnen ihres herauswachsenden Ponys verschwanden. »Ashton nimmt freiwillig an einem ehrenamtlichen Projekt teil?«

Ich zuckte mit den Schultern und fuhr mit dem Finger durch die Sahne des Eclairs, wissend, dass ich es nicht über mich bringen würde, ihn abzulecken. »Offenbar hat er Stress mit einem seiner Professoren.«

»Und deswegen tut er irgendetwas, das von ihm verlangt wird? Das glaubst du doch selbst nicht.«

Sie hatte recht, natürlich. Selbst wenn Ashton Probleme in der Uni hatte, gab es für ihn andere Wege, sich darum zu kümmern. Wege, die normalerweise einen weiten Bogen um mich schlagen würden. Für ihn reichte ein Fingerschnippen und er konnte gehen, wohin er wollte, er konnte tun, wonach ihm war.

Ich hielt die Luft an, als mir einfiel, welche Richtung er vorhin erst eingeschlagen hatte. »Wahrscheinlich hat er deswegen vorhin versucht, mit mir zu reden«, murmelte ich.

Mabel richtete sich alarmiert auf. »Er hat *was*?«

»Nur kurz, auf dem Campus. Ich hab ihn stehen lassen.« Ich winkte ab, die Sahne fiel von meinem Finger auf die Zeitung, direkt auf mein Foto. *Wie passend*, dachte ich und hasste mich dafür.

»Das macht mir Angst, Zoe.« Mabels dunkle Augen wirkten wieder glasig. Oder eher verspiegelt. Als würden sie Erinnerungen reflektieren, die sie eigentlich verdrängen wollte.

Ich wusste, welche das waren. Die, die ich zwar nicht mehr so klar sehen, dafür aber umso deutlicher spüren konnte. Ich rang mir dennoch ein Lächeln ab. »Muss es nicht. Ich meine, was hätte er davon, meine Nähe zu suchen? Wenn er mir wieder etwas antun wollen würde, könnte er doch einfach so weitermachen, wie er im Frühling aufgehört hat.«

»Keine Ahnung, was er sich davon verspricht, aber solange es auch nur den Hauch einer Chance gibt, dass er irgendwelche Absichten verfolgt, musst du ihm aus dem Weg gehen. Du musst das Projekt verlassen.«

Entschieden schüttelte ich den Kopf. »Ich hab dieses Projekt initiiert. Wenn ich jetzt abspringe, wirft das ein furchtbares Licht auf mich. Außerdem will ich Ashton auf keinen Fall diese Genugtuung geben. Er hat kein Recht darauf, zu bestimmen, was ich tue.« Ganz gleich, wer Ashton sonst noch war, im Grunde war er eben doch nur ein Mann, der mich belogen, belächelt und ausgenutzt hatte. Seinetwegen empfand ich bereits

Selbsthass, Reue und Schmerz – Angst würde ich ihm nicht auch noch zugestehen. Wenn er mir etwas hätte antun wollen, hätte er es längst getan.

Mabel verzog unglücklich den Mund. »Zoe …«

»Mabel«, unterbrach ich sie sanft, aber entschieden. »Ich weiß jetzt, wer er ist, und ich werde mich so weit von ihm fernhalten wie möglich. Ich pass auf mich auf. Und vielleicht kann Cliff ja ab und zu mal … nachfühlen, ob bei mir alles noch am rechten Fleck sitzt.« Ich machte eine vage Geste über meinen Brustkorb. Keine Ahnung, wo die Seele oder das *Zentrum*, von dem Cliff manchmal sprach, genau saß. Im Grunde war es leider doch immer nur mein Herz, das wehtat, wenn ich an Ashton dachte.

Mabel nickte, auch wenn ich ihr ansehen konnte, dass sie über Alternativen nachdachte, um Ashton von mir fernzuhalten. Allein bei dem Gedanken, sie könnte versuchen, mit ihm zu reden, wurde mir übel. Ashton in meiner Nähe zu ertragen war schwer, ihn in Mabels zu sehen selbst in Gedanken unmöglich. Nicht, nachdem er vor wenigen Monaten versucht hatte, sie wahrhaftig *umzubringen*.

»Mach dir keine Sorgen. Ich komme klar.«

»Ich mach mir *immer* Sorgen, wenn es um dich geht. Du bist zu gut für diese Welt.«

So etwas sagte sie öfter, und ich brachte es nie über mich, sie zu korrigieren. Ein Teil von mir hatte selbst nach anderthalb Jahren, in denen sie mich ihre *beste Freundin* nannte, noch Angst, dass sie eines Morgens aufwachte und erkannte, dass ich auch dafür nicht *gut genug* war.

»Einigen wir uns auf: Ich bin zu gut für Ashton«, erwiderte ich und tunkte meinen Finger erneut in die Sahne. Diesmal leckte ich ihn ab.

Vielleicht, um es mir selbst ins Gedächtnis zu brennen: Ganz gleich, *wie viel oder wenig oder gut* ich war, ich war auf entscheidende Weise immerhin *besser* als Ashton. Und das musste fürs Erste eben *genug* sein.

7

ASHTON

Häuser alterten wie Menschen, nur langsamer. Die Zeit nagte ihnen gemächlich die Fassade von den Holzknochen und schmirgelte Farbe von ihren Steingelenken ab.

Ich hatte das Haus, vor dem ich seit zehn Minuten stand, das letzte Mal bewusst angesehen, als es deutlich jünger gewesen war. Mittlerweile war die schwarze Fassade dermaßen von Efeu überwuchert, dass die Fenster im ersten Stock kaum noch auszumachen waren. Der Putz hatte feinen Schmutzschnee im verwilderten Vorgarten hinterlassen, und die Holztür ächzte im Frühlingswind, als würde sie nicht einmal ihm den Eintritt verwehren können.

Das Gebäude war nicht sonderlich breit, dafür aber recht hoch: drei Stockwerke mit jeweils zwei Fenstern in Ausbuchtungen, die wie hervorstehende Augen aussahen. Samtvorhänge verbargen die Sicht hinein, als hätten sich die Lider bereits vor langer Zeit geschlossen. Vor vierzig Jahren, um genau zu sein. Eine schmale Treppe führte ein paar Stufen hinauf auf eine Plattform zur Tür, die von einem Giebeldach überdeckt wurde. Ganz oben ragte ein Turmzimmer hinaus, in dessen Verglasung sich die diesige Nachmittagssonne spiegelte.

Flemming hatte dieses Haus geliebt. So sehr, dass er kurzerhand nicht nur sein Büro hierherverlegte, als er den Körper des Rektors der Universität Cambridge übernahm, sondern direkt ganz einzog. Mit Sicherheit hätten die Leute mehr Skepsis deswegen empfunden, hätte Flemming nicht wie wir alle die Möglichkeit gehabt, unliebsamen Fragen aus dem Weg zu gehen.

Damals war ich oft hier gewesen. Um ihm Bericht über die Vorkommnisse auf dem Campus zu erstatten und um Nachrichten von Henry entgegenzunehmen, der schon damals lieber über Ratsmitglieder mit mir kommunizierte, als das persönliche Gespräch zu suchen. Ich hatte das Haus weder gemocht noch gehasst, ich verband keine intensiven Erinnerungen an diese vier Wände. Das Problem war, dass ich das letzte Mal, als ich hier gewesen war, andere Erinnerungen gesammelt hatte. Erinnerungen, die so stark waren, so düster und intensiv, dass sie sich jeden Ort einverleibt hatten, den ich mit dieser Zeit verband.

Hätte ich gewusst, dass Zoes ehrenamtliches Projekt ausgerechnet das sogenannte Hickory House betraf, hätte ich mir noch mal überlegt, ob ich das hier machen wollte. Wobei von *wollen* sowieso keine Rede sein konnte. Es gab vieles, das ich lieber getan hätte, als meine Freizeit damit zu verbringen, ein heruntergekommenes Gebäude zu entrümpeln.

Ich hatte gedacht, es würde nicht allzu schwer sein, Zoe dazu zu bringen, etwas mit mir zu unternehmen. Ganz gleich, wie wenig ich von dem Plan auch hielt, ich wusste, dass Henry recht hatte: Sie war noch nicht über uns hinweg. So falsch unsere Beziehung auch gewesen war, so echt waren die Spuren, die unsere Zeit in ihr hinterlassen hatte. *Und in mir.* Der Gedanke pochte auf, so wie mein Zentrum, als ich das Tor zum Vorgarten öffnete und dem Haus näher kam. Luft und Wände zwischen uns, aber Zoes Nähe streckte bereits jetzt zielstrebig ihre Fingerspitzen nach mir aus.

Es war fast amüsant, wie sehr ihre Seele mich anzog, obwohl Zoe selbst alles dafür tat, um mich von sich zu stoßen. Seit meinem Gesprächsversuch auf dem Campus letzte Woche war mir bewusst, dass sie nicht vorhatte, es mir leicht zu machen. Sie war nicht gerade bereit gewesen, mir ihr Herz auszuschütten – dafür ihren Kaffeebecher über die Füße.

Es hatte mich überrascht und auf schräge Weise ein wenig beeindruckt, vor allem aber hatte es mir klargemacht, dass ich diese Herausforderung nur mit etwas Einsatz meistern können würde. Glücklicherweise hatte ich genau in diesem Moment den Aushang vor Augen gehabt, vor dem wir am Tag zuvor ineinandergeprallt waren. Ich konnte mich dumpf daran erinnern, dass Zoe früher beim Krisentelefon mitgearbeitet hatte und wie wichtig ihr die Ehrenämter und Sozialangebote der Universität waren.

Ein paar Anrufe später wusste ich es sicher. Zoe arbeitete nicht nur an diesem Projekt, sie leitete es sogar. Ich wusste genug über sie, um mir sicher zu sein, dass sie lieber meine Anwesenheit ertrug, als es aufzugeben. Und tatsächlich: Keine zwei Stunden, nachdem ich ihrem Professor einen Besuch abgestattet und ihn dazu gebracht hatte, Zoe anzurufen, schickte sie mir eine Mail mit allen Informationen zum Projektbeginn. Und das, obwohl ich selbst durch das Telefon hatte hören können, wie sehr ihr alles an dieser Vorstellung missfiel. Immerhin hatten wir, was das anging, etwas gemeinsam.

Ich kam zu spät. Als ich eintrat, bekam ich gerade noch mit, wie sich die Gruppe auflöste und ein halbes Dutzend Studierende das Foyer verließen.

Zoe blieb mit einem Klemmbrett in den Händen direkt unter einem zerfledderten Lampenschirm zurück. Sie sah erst auf, als ich die Tür hinter mir zufallen ließ. Sofort verschloss sich ihr Gesicht zu einer betont kühlen Maske. »Du bist dreißig Minuten zu spät.«

»Jetzt bin ich ja hier«, erwiderte ich freundlich und schlenderte auf sie zu. »Wo willst du mich?«

»Unter der Erde.«

Ich fasste mir ans Herz und versuchte inständig, nicht zu lachen. »Ich bin schockiert. Ist das eine Morddrohung?«

Sie atmete tief durch. »Nein, ich bin ja nicht du. Ich präzisiere: im Keller. Ich bin mir fast sicher, dass es dort Ratten gibt. Bei denen fühlst du dich bestimmt wohl, oder?«

Ehe ich etwas erwidern – oder lachen – konnte, räusperte sich jemand hinter mir. Auch ohne hinzusehen, wusste ich, dass es Professor Walsh war. Die Anwesenheit seiner Seele zwickte sacht in meine – ein leises Hallo, weil er der Letzte war, von dem ich mich genährt hatte. »Ms. Haywood, kann ich kurz mit Ihnen reden?«

Zoe funkelte mich ein letztes Mal an, dann folgte sie seinem Wink in eines der Zimmer.

Ich machte mir nicht die Mühe, hinzuhören. Ich wusste, dass er ihr die Anweisung geben würde, ein Auge auf mich zu haben. Immerhin hatte ich ihm genau das aufgetragen.

Es dauerte nur wenige Minuten, dann trat Zoe wieder ins Foyer. Das Gesicht hochrot, das Klemmbrett fest vor ihre Brust gepresst. Der Widerwille zeichnete sich überdeutlich in ihren Zügen ab, doch sie erwiderte kommentarlos das Nicken des Professors, ehe er ging.

»Offenbar brauchst du ein Kindermädchen.« Sie lief in weitem Bogen an mir vorbei – als könnte das verhindern, dass unsere Seelen reflexartig nacheinander griffen. »Komm mit.«

Ich folgte ihr in das Zimmer, das am Ende des Flurs lag. Noch bevor wir es erreichten, wusste ich, welches es war. Aus dem einfachen Grund, dass meine wenigen Besuche mich stets dorthin geführt hatten.

Schwarze Bücherregale bedeckten die Wände, die Rücken lehnten dicht und sichtlich von der Zeit mitgenommen aneinander, ein breiter Schreibtisch mit aufwendigen Holzverzierungen stand vor zwei Sprossenfenstern. Das Zimmer ging zum Garten raus, der hinter dem Haus ebenso verwildert aussah wie der davor. Selbiges galt für den Raum selbst: Der Boden war mit Unterlagen bedeckt, aufgeschlagene Ordner, ein Meer aus Aufzeichnungen und Rechnungen, Bücher, die aus dem Regal gefallen und nie wieder aufgehoben worden waren. Vertrocknete Zimmerpflanzen, benutzte Kaffeebecher, ausgelaufene Fässchen, deren Tintenblut in den Dielen versickert war.

Meine Sicht verschleierte, für ein paar Sekunden schoben sich Erinnerungsfetzen vor meine Augen. Flemming, wie er an diesem Schreibtisch saß, die Handflächen aneinandergepresst, der Blick mitfühlend und gleichzeitig seltsam leer.

»Ich wünschte, ich könnte dir etwas sagen, was es leichter macht, Arthur. Aber so funktioniert das nicht. Das ist das Leben. Und das Leben ist nicht darauf ausgerichtet, leicht zu sein. Auch wenn wir alles dafür getan haben, um ebendas zu verdrängen.«

Die Worte schwirrten lose durch mich hindurch, wie auch schon in dem Moment, in dem ich sie gehört hatte. Sie hatten mich nicht gekümmert. Mich hatte nichts mehr gekümmert. Weil da nur noch dieser *Kummer* war, der alles andere verschluckte.

Hätte ich gewusst, dass ich Flemming an dem Tag das letzte Mal sehen würde, hätte ich vielleicht etwas erwidert. Vielleicht wäre ich nicht einfach aufgestanden und gegangen und hätte eine Stunde später in meinem Wohnheimzimmer sämtliche Schlaftabletten geschluckt, die ich in den Schränken meiner Mitbewohnenden gefunden hatte. Vielleicht wäre ich nicht beinahe gestorben, hätte Cliff mich nicht dabei erwischt und sofort in die Notaufnahme gebracht, um mich in den nächsten Monaten keine Minute mehr aus den Augen zu lassen. Vielleicht hätte ich mich Flemming anvertraut, wenn ich geahnt hätte, dass er das alles mehr nachvollziehen konnte, als mir bewusst gewesen war. Doch ich tat es nicht. Ich ging, versuchte zu sterben und überlebte. Und wenige Wochen später war Flemming tot, und das Erste, was ich empfand, als ich davon hörte, war Neid.

Neid, weil ihn niemand aufgehalten hatte, als er von der Brücke gesprungen war. Neid, weil ihn der Zorn der Ratsmitglieder, als sie seinen Abschiedsbrief fanden, nicht mehr treffen konnte. Neid, weil er frei war. Zumindest ganz am Ende. Das Gefühl hatte sich im Laufe der Jahre verflüchtigt, war zu einem dünnen Schleier geworden, den ich in den allermeisten Momenten ausblenden konnte, um zu dem vorzudringen, was darunter lag: Erleichterung und Dankbarkeit. Dafür, dass ich jemanden gehabt hatte, der mich im wahrsten Sinne des Wortes am und im Leben gehalten hatte, bis ich selbst wieder genug Kraft hatte, um mich daran festzuhalten. Jetzt, vierzig Jahre später, musste mein Griff stark genug sein, um uns alle am Leben zu halten.

Ich nahm an, dass die Stare für all das Chaos hier gesorgt hatten. Vermutlich hatte der Rat Sorge gehabt, Flemming hätte irgendwelche Unterlagen über uns aufbewahrt. Nach der Durchsuchung hatte man offenbar keine Versuche unternommen, wieder aufzuräumen.

Ich fuhr mit dem Daumen über ein Regalbrett und betrachtete die Schmutzspur, die an meiner Haut haften blieb. Der ganze Raum glänzte silbrig, weil Sonnenlicht hereinfiel und den Staubflaum benetzte. Die Luft schmeckte nach altem Papier, Tinte und Holz – nach Vergangenheit, nach Erinnerungen, nach Einsamkeit und … Traurigkeit.

Entschieden stemmte ich mich gegen die aufsteigenden Gefühle und atmete durch den Mund ein. Ich wischte die Hand an meinem Hemd ab und drehte mich zu Zoe, die mit dem Fenster kämpfte, um es zu öffnen. »Wieso legen wir nicht einfach zusammen und organisieren einen Putzdienst hierfür? Wir kommen doch beide aus wohlhabenden Familien.«

»Meine Familie ist wohlhabend, deine besteht aus einem Haufen Lügnern, Mördern und Dieben«, erwiderte sie, ohne mich anzusehen. Der Griff in ihrer Hand knirschte, bewegte sich aber keinen Zentimeter. Röte stieg in Zoes Gesicht, je länger sie es versuchte, doch sie presste die Lippen fest aufeinander – vermutlich, weil sie sich davon abhalten wollte, mich um Hilfe zu bitten.

Belustigt lehnte ich mich gegen das Regal in meinem Rücken. »Geld hat sie trotzdem mehr als deine.« Ich wusste, dass die Haywoods über viel altes und neues Vermögen verfügten: Der Vater war Paartherapeut mit Preisen, die auf die Oberschicht zugeschnitten waren, die Mutter ein ehemaliges erfolgreiches Model. Zoe hatte es mit Sicherheit nie an etwas gefehlt, gesprochen hatte sie darüber allerdings nie wirklich. Weder über das Geld noch über ihre Familie an sich.

»Was genau an *ehrenamtlichem Engagement* verstehst du nicht?« Mit einem unterdrückten Stöhnen ließ sie los und schüttelte ihre Hand aus. Rote Schlieren zogen sich über die Innenfläche, ein Ausdruck von Schmerz über ihr Gesicht.

Mit einem Seufzen stieß ich mich vom Regal ab und ging zu ihr. Zoe versteifte sich, als ich dicht hinter ihr innehielt und zum Fenster griff. Meine Hand berührte ihre Schulter, sie erschauderte. Ich musste mir ein triumphierendes Lächeln verkneifen, weil ich genau spüren konnte, wie sehr alles in ihr auf mich reagierte. Eine Gänsehaut in ihrem Nacken, leicht geweitete Nasenflügel, ein rosafarbener Schleier auf ihren Wangen. Zoe wollte mich vergessen, aber ihr Körper wollte sich mit allem, was er hatte, an mich erinnern. Vielleicht war ich in dieser Sache tatsächlich einmal genug. Vielleicht würde das hier einfacher werden, als ich befürchtet hatte.

Ich lebte ausreichend lange, um zu wissen, dass Verliebtsein mit Chemie zusammenhing. Für gewöhnliche Menschen ging es nur darum, als wie attraktiv sie jemanden erachteten, wie ansprechend sie sein Aussehen, seinen Duft, sein Lächeln fanden. Hinzu kamen andere Attribute wie Bildungsstand, Vermögen, eventuell oberflächliches Verhalten. Niemand musste *gut* sein, um gewollt zu werden – wenn jemand das wusste, dann ich.

Ich hatte mich durch diverse Leben gelebt und war in jedem Einzelnen geliebt worden, ohne dass mein Inneres dem hätte entsprechen müssen, was andere darin auszumachen glaubten. Menschen, die liebten, sahen in ihrem Gegenüber nur einen

Spiegel, in dem reflektiert wurde, was sie sehen wollten. Liebe war letztlich eine Illusion – so wie ich, nicht wahr? Bevor ich es in den letzten Jahrzehnten aufgegeben hatte, mich darum zu bemühen, war es mir so leichtgefallen, in die Rolle eines geliebten Menschen zu schlüpfen. Sohn, Bruder, Freund ... für ein paar Jahre war ich gewesen, wer ich sein musste – *wie* ich sein musste. Und das war eben auch eins gewesen: liebenswert.

Ich hatte deutlich komplexere Persönlichkeiten getäuscht als eine zwanzigjährige Englisch-Studentin, die bereits einmal auf mich reingefallen war. Und das, obwohl ich mir nicht mal sonderlich viel Mühe gegeben hatte, ihr etwas vorzuspielen. Im Großen und Ganzen war ich einfach ich gewesen – der Teil von mir, den ich gefahrlos zeigen konnte –, und für Zoes Zuneigung hatte es gereicht. Zu meinem Glück waren ihre Ansprüche offenbar überschaubar.

Zugegeben, der Ausdruck auf ihrem Gesicht, als sie sich langsam umdrehte, wirkte trotzdem nicht allzu angetan. Eher angestrengt und angewidert. Sie sah von meinem Arm, den ich Richtung Fenster ausstreckte und sie so zwischen der Wand und mir einkesselte, zu meinen Augen. »Okay. Was soll das?«

Ohne große Anstrengung drehte ich den Griff herum. Der Rahmen ächzte, als das Fenster aufging. »Ich dachte, ich helfe dir, bevor du noch anfängst, alles kaputt zu machen.« Ich schob den Rahmen ein Stück auf und ließ die Hand sinken, wich allerdings nicht zurück.

Nicht nur, weil ich sehen konnte, dass Zoes Atmung flach war, um mich nicht einatmen zu müssen – auch, weil es mir gefiel, eben das bei ihr zu tun. Der frische Windzug wehte ihr das Haar über die Schulter und ihren Duft in meine Richtung: das süßschwere Parfum aus Maiglöckchen und Jasmin, eine Spur Zimt irgendwo darüber, vermutlich ein letzter Hauch ihrer Duftkerzen. Ich war ihr seit Monaten nicht derart nah gewesen, doch dieser Geruch war mir so vertraut, dass meine

Schultern ein bisschen hinabsackten. Zoe roch so, wie ihre Seele war, warm und weich und … wohltuend.

»Das meine ich nicht«, unterbrach sie meine Gedanken und reckte das Kinn. »Wieso bist du hier?«

Ich biss mir auf die Unterlippe. Ich sollte das hier nicht witzig finden, dafür war es zu wichtig, aber ich konnte nichts daran ändern, dass mich ihre Reaktion amüsierte. Und erneut auch ein bisschen beeindruckte. Bei den meisten anderen hätte die Wahrheit über den *Bund der Stare* und damit auch unsere gemeinsame Vorgeschichte sicher andere Gefühle ausgelöst als Wut und Trotz.

Betont arglos zog ich die Augenbrauen hoch. »Weil in deiner Mail stand, dass wir uns heute treffen. Sehr unhöfliche Mail übrigens. Ich hab nicht unbedingt mit *herzlichen Grüßen* gerechnet, aber bin ich dir nicht mal *freundliche* wert?«

Zoe wippte auf die Zehenspitzen, neigte sich zu mir vor. *»Wieso bist du hier?«*

Ich wich zurück, verschränkte die Hände hinter dem Rücken. Es war einfacher zu lügen, je weiter ich mich von ihr entfernte. In der Nähe ihrer Seelenenergie war es zu leicht, sich zu entspannen. Seltsam leicht. Gefährlich leicht. »Glaub mir, ich wäre auch lieber woanders, aber ich wurde hierzu verdonnert. Hab ein paar Kursstunden zu viel verpasst. Mein Professor lässt mich durchfallen, wenn ich nicht bereit bin, Engagement für die Universität zu zeigen.«

»Dann verlass die Uni eben. Du interessierst dich doch eh nicht für dein Studium.«

Je früher wir das hier hinter uns bringen, desto eher kann ich das tun. »Tja, da dies neuerdings mein letztes Leben ist, muss ich es auch anständig führen.«

»Dann bring den Professor dazu, dich hiervon freizusprechen. Du bist doch sonst so gut darin, anderen deine Meinung aufzuzwingen.« Beinahe hätte ich gelacht. Wenn sie gewusst hätte, *wie gut* ich darin war – insbesondere bei unseren Dozierenden. Die meisten waren erschreckend einfach zu manipulieren. Manchmal kamen sie mir vor, als hätten sie so viel gelesen, dass ihre Seelenwände längst aus Papier bestanden.

»Bedaure. Wir haben momentan schon ein paar Schwierigkeiten zu viel. Es ist mir leider untersagt, irgendein noch so kleines Risiko einzugehen und Aufmerksamkeit auf uns zu ziehen.« Ohne es bewusst zu steuern, machte ich wieder eine Bewegung auf sie zu. »Im Übrigen: Du machst dir etwas vor, wenn du denkst, dass all deine Gefühle für mich erzwungen waren.«

Noch mehr Röte in ihren Wangen, diesmal sah sie nicht fort. »Und du machst dir etwas vor, wenn du ernsthaft denkst, dass ich dieses Projekt mit dir durchziehe.«

»Okay. Dann geh. Denn ich werde bleiben.«

Ich wollte mich von ihr abwenden, sie hielt mich am Arm fest. Die Berührung war ein Impuls, ich spürte, dass sie am liebsten direkt wieder losgelassen hätte, aber sich dazu zwang, stattdessen zuzudrücken. Genauso wie sie sich zwingen würde, das hier auszuhalten, *mich auszuhalten*.

Ich hatte es nie darauf angelegt, Zoe kennenzulernen, aber ihre Persönlichkeit war so aufgeschlossen, dass sie einem regelrecht entgegensprang. Wäre sie eine von uns gewesen, hätte sie mit Sicherheit nur Probleme verursacht, weil es ihr schwergefallen wäre, sich für etwas auszugeben, das sie nicht war. Es war fast ironisch, dass ausgerechnet sie nun unsere Lösung sein sollte.

»Wenn du versuchst, mir zu nahe zu kommen …« Ihre Stimme brach ab.

Interessiert sah ich sie an. »Ja?«

»Dann landet der Kaffee das nächste Mal in deinem Gesicht und nicht auf deinen Schuhen.« Sie lächelte grimmig. »Und davon kannst du dir ja aktuell leider kein neues besorgen.«

»Schon gut, ich hab nicht vor, mich deiner Seele zu nähern. Ist mir sowieso zu viel Chaos momentan. Du wirkst ziemlich … aufgewühlt. Liegt das nur an mir, oder ist noch etwas?« Ich betrachtete ihr Zentrum, das heftig pochte. Ein zweites Herz, ein ehrlicheres Herz, weil dort nicht Blut floss, sondern alles, was wir waren. Das von Zoe wirkte mehr als unruhig, fast wund. Ein komisches Gefühl machte sich in mir breit, je länger ich mich darauf konzentrierte. Fast so, als würde der Schmerz, den ich in ihr erahnen konnte, auf mich überspringen. Ich spürte, wie er sich mit brennenden Fingern eine Kuhle in meine eigene Seele graben wollte, und wich einen weiteren Schritt nach hinten.

Zoe atmete aus und ging zum Schreibtisch, der vor lauter Kram kaum noch auszumachen war. Ohne mich anzusehen, zeigte sie zu den Aktenschränken und Regalen auf der anderen Seite des Zimmers. »Du arbeitest da drüben, ich hier. Kein Small Talk, keine Blicke, kein irgendwas. Verstanden?«

Ich seufzte, folgte ihrem Wink jedoch. Mir war bewusst gewesen, dass Zoe mir nicht innerhalb von Minuten genug vertrauen würde, um ihre Abwehr sinken zu lassen. Ganz gleich, wie eilig Henry es hatte – um ein bisschen Vorbereitungszeit würde ich nicht drum herum kommen. Selbst wenn ich diese mit dem Herumwühlen im Abfall verbringen musste. Ich hatte deutlich Schlimmeres überstanden als das.

Zwei Stunden später war ich mir damit nicht mehr sicher.

Zoe und ich hatten schweigend nebeneinanderher gearbeitet, während es draußen immer weiter dämmerte. Golden-violettes Abendlicht kroch über die Cam und färbte ihre Wiesen in einen satten Ton. Meine Augen pochten vom aufgewirbelten Staub, mein Rücken schmerzte vom Bücken. In der Mitte des Raums lagen verschiedene Mülltüten und Kartons, in die wir sortierten, was – nach Zoes Kriterien – aufgehoben werden musste oder wegdurfte.

Ich konnte mich nicht erinnern, wann ich das letzte Mal etwas dermaßen Anstrengendes und Langweiliges hatte tun müssen. Ich blätterte gerade alibimäßig durch ein altes Jahrbuch, als

Zoe in meinem Rücken einen erschreckten Laut von sich gab. »Gott, hast du mich überrascht. Willst du noch mithelfen?«

Jemand räusperte sich, ich erstarrte. Noch bevor er antwortete, erkannte ich ihn: diesen Ton voller subtiler Verachtung. Jeder im Rat beherrschte ihn, jeder, der lang genug von meinem Vater gelernt hatte.

Mit ausdruckslosem Gesicht drehte ich mich um und entdeckte Sincere, der im Zimmereingang stand und in meine Richtung sah. Er lächelte unecht und ließ den Blick an mir hinabwandern. Ich konnte spüren, wie er die Staubflecken auf meiner Kleidung und meiner Haut registrierte, die die vergangenen Stunden dort hinterlassen hatten. »Nein, sicher nicht. Ich interessiere mich nicht für Schmutz.«

Ich biss die Zähne aufeinander. Keine Ahnung, was er hier wollte, aber es war offensichtlich, wie sehr es ihm gefiel, mich in dieser Situation zu sehen. Nachdem ich ihm beim letzten Mal seine Autorität abgesprochen hatte, musste ihm das hier wie eine angenehme Revanche vorkommen. Als wüssten wir nicht, wer von uns beiden mehr zu sagen hatte, sowohl in den Augen unserer Gemeinschaft als auch vor allem in denen meines Vaters.

Zoe stieß einen zischenden Laut aus und ging in seine Richtung. »Dann solltest du auf dein Benehmen achten, das ist nämlich auch nicht gerade sauber.«

Sincere drehte sich stirnrunzelnd zu ihr. »Redest du mit mir?«

»Keine Ahnung«, erwiderte sie betont freundlich und stellte einen halb vollen Müllsack neben sich ab, »siehst du hier noch einen anderen großkotzigen, unhöflichen Mistkerl?«

Ich hätte gleichzeitig am liebsten gelacht und ihr den Mund zugehalten. Zoe hatte nie ein Problem damit gehabt, ihre Meinung zu sagen, es jedoch vor diesem Menschen zu tun, war weitaus gefährlicher, als ihr klar sein konnte.

Ehe ich dazwischengehen konnte, hatte Sincere schon einen Schritt auf sie zugemacht. Sein Blick glitt von ihrem Gesicht über den Kragen ihres Pullovers und blieb dicht darunter hängen.

Auch ohne danach zu suchen, spürte ich, wie ihr Zentrum wummerte, kaum dass seine innere Hand darüberstrich. Er neigte den Kopf. »Das ist interessant. Irgendetwas an dir ist … anders.«

»Das ist kein Kompliment. Dieses ganze Anders-als-die-anderen-Gedöns ist nichts Erstrebenswertes, das ist …«

Ihre Stimme erstarb, als er im selben Moment seine *richtige* Hand hob und ihr das Haar aus dem Gesicht schob. Mit einer Bewegung klemmte er es ihr hinters Ohr und ließ seine Finger die Halsbeuge hinabwandern.

Zoe erstarrte, innerhalb von Sekunden sickerte Farbe aus ihren Zügen. Ich wusste, woran das lag: Die Erinnerungen an die letzten Male, als jemand – *ich* – das getan hatte, kratzten winzige Risse in ihre Selbstsicherheit. Darunter schimmerte grellrot und unangenehm intensiv nichts als pure, tiefgehende Angst.

»Nimm sofort deine Hände von ihr.« Die Worte klangen so laut und wütend, dass ich einen Moment brauchte, ehe ich begriff, dass es meine waren. Es fühlte sich nicht an, als hätte ich sie gesagt, eher als hätte ich sie … gefühlt. Vielleicht pochte mein Herz deswegen so heftig, genau wie meine Wange, in die ich biss, um nicht weiterzusprechen.

Sincere sah irritiert über seine Schulter zu mir, ohne Zoe loszulassen. »Bitte?«

Meine Finger bebten, ich versteckte sie in den Hosentaschen und ging auf sie zu. »Keine Bitte. Ein Befehl.«

Sincere lachte. »Du Prinz hast immer noch nicht verstanden, dass du uns nichts zu sagen hast.« Er ließ seine Hand auf Zoes Schulter gleiten, ich konnte sehen, wie sie sich weiter verspannte.

Meine Finger ballten sich so heftig zusammen, dass die Nägel unangenehm in die Haut drückten. Ich stellte mir vor, sie stattdessen in sein Gesicht zu schlagen, als ich dicht vor ihm stehen blieb. »Sie ist meine Motte, Sincere. Sie gehört mir.«

Ein Ruck ging durch Zoes Körper. Offenbar war das Einzige, was sie aus dem Meer voller schlechter Erinnerungen ziehen konnte, eine frischere dieser Art. »Du bist doch …«

»Verstehe, mein Fehler«, fiel Sincere ihr sachlich ins Wort, als würde sie nicht existieren. Und im Grunde tat sie das auch nicht. Menschen waren für uns nur so lange von Belang, wie sie uns einen Vorteil bringen konnten. Und den einzigen Vorteil, den Sincere in dieser jungen Frau erkennen konnte, hatte ich ihm hiermit genommen. Er ließ sie los und trat zur Seite, sodass ich zwischen ihnen stand. Seine Miene glättete sich und nahm einen kühlen, aber weniger feindseligen Ausdruck an. »Ich soll dir von Henry ausrichten, dass er die Stadt vorerst verlassen hat.«

»Und das konnte er mir nicht selbst sagen?«

»Wieso sollte er? Er meinte, es wäre alles geklärt.«

Richtig, weshalb dieser Auftritt noch weniger Sinn ergab. Henry hatte mit seiner Ansage vor ein paar Tagen deutlich gemacht, was er von mir erwartete. Wie ich das umsetzte, interessierte ihn in der Regel nicht. »Womit habe ich deine Gesellschaft dann verdient?«

Sincere lächelte und legte mir eine Hand auf die Schulter – und die innere auf mein Zentrum. Ich spürte den Druck seiner mentalen Kraft auf mir lasten, als würde er seine scharfen Fingernägel in mich hineindrücken. Ein Knurren baute sich in mir auf, ich unterdrückte es. Ich verstand selbst nicht, wieso, aber ich ertrug den Kontakt lieber selbst, als ihn auf Zoe zu wissen.

»Henry hatte Sorge, du könntest dich allein gelassen fühlen. Ich bin nur hier, um dir zu signalisieren, dass du das nicht bist. Wir bleiben, und wir sind immer da.«

Die Worte klangen unverkennbar nach Henry, ich spannte mich unwillkürlich an. Dabei hätte ich diesen Hinweis nicht gebraucht, um das zu wissen. Das war das Besondere an meiner Familie: Alles um uns herum konnte sich noch so sehr verändern, bis es irgendwann ganz verschwand, aber wir waren wirklich *immer da*. Ich hatte trotzdem gehofft, dass die Ratsmitglieder Cambridge gemeinsam mit Henry verlassen würden. Wie naiv, immerhin hätte er mir dann zutrauen müssen, dass ich ohne Überwachung klarkam. Auch wenn er Sincere offensichtlich nichts von seinem Auftrag gesagt hatte, reichte seine Einweisung wohl aus, damit er mich im Auge behielt.

»Reizend.« Ich lächelte steif. »Und jetzt wäre ich dir sehr verbunden, wenn du eure Anwesenheit subtiler gestalten und von hier verschwinden würdest.«

»Natürlich.« Er schmunzelte und sah noch einmal zu Zoe. Da war ein unterschwelliges, gieriges Leuchten in seinem Blick, das ich am liebsten für immer ausgeschaltet hätte.

Bevor ich etwas tun konnte, das ich später bereuen würde, nickte er mir zu und ging in Richtung Tür.

Zoe wartete, bis seine Schritte auf der Treppe verklungen waren, dann fuhr sie zu mir herum. *»Ich gehöre dir?«*

Ich seufzte. »Komm runter, Anima. Das war der einzige Weg, um ihn davon abzuhalten, dir zu nahe zu kommen.«

Zoe blinzelte und presste eine Hand auf ihr Schlüsselbein. »Du meinst, sich an meiner Seele zu schaffen zu machen?«

Ich nickte und verschränkte die Arme vor der Brust. »Das ist ein Grundsatz zwischen uns: Wir lassen unsere Finger von den Motten anderer. Es sei denn, derjenige bietet das Teilen an.«

Entsetzt starrte sie mich an. »Teilen? Das ist so ... widerlich.« Das Wort sprang so holprig aus ihrem Mund, dass ich mir denken konnte, wie viele andere sich unhörbar daran festklammerten. »Ist dir eigentlich klar, wie krank das ist? Wir sind Menschen! Wir haben Gefühle und Rechte und ...«

»... in deinem Fall Schokolade am Kinn«, vollendete ich ihren Satz und wischte ihr mit dem Daumen über die Haut.

Es war nicht überlegt, eher wieder gefühlt. Alles in mir wollte, dass sie aufhörte zu reden, aber vor allem, dass sie sich entspannte. Ihre Unruhe machte mich kribbelig, auf eine nervennagende Weise. Ich konnte es nicht erklären, aber es fühlte sich einfach falsch an, wenn es ihr nicht gut ging. Gott, diese Motten-Verbindungssache war schlimmer, als ich mir hätte vorstellen können.

Mein Finger verwischte die Schokolade und blieb dicht neben ihrem Mundwinkel liegen. Ihre Haut war pfirsichweich und warm, mein Daumen streichelte sanft darüber. Ich fühlte, wie wir uns beide entspannten – für etwa fünf Sekunden.

Ehe Zoe ausholte und mir gegen die Schulter schlug. Reflexartig ließ ich sie los, da traf mich erneut ihre flache Hand, diesmal unterhalb des Brustbeins.

»Was tust du denn da?«, fragte ich überrumpelt.

»Ich hab dir gesagt, ich tue dir weh, wenn du mich noch einmal anfasst.« Zoe stieß jedes Wort zwischen ihren Zähnen hindurch, während sie immer wieder nach mir schlug.

Ich hätte es für einen Scherz gehalten, wenn ihr Gesichtsausdruck nicht so wild entschlossen gewirkt hätte. »Dann gib dir mehr Mühe, denn das tut nicht im Ansatz weh. Zumindest nicht mir, deine Hand dagegen ist jetzt schon rot.« Ich zog die Augenbrauen zusammen, als mich diesmal ihre Faust an der Schulter traf. Der Knochen pochte leicht, meine Mundwinkel krochen hinauf. »Ernsthaft, ist das alles? Vielleicht trinkst du in Zukunft lieber Protein-Shakes als dieses Sahnezeug, mit dem ich dich ständig sehe.«

Zoe stieß ein atemloses Knurren aus. Etliche Strähnen hingen ihr im Gesicht, ihre Wangen waren längst wieder zartrosa, und aus irgendeinem unerfindlichen, albernen Grund war es mir unmöglich, sie anzusehen und nicht zu lächeln. Ich lebte seit etwa hundertachtzig Jahren diverse Leben und hatte noch nie erlebt, dass eine Frau so auf mich reagierte. Schon gar nicht, sobald sie wusste, wozu ich imstande war. Ich hatte Menschen angelogen, betrogen, ausgenutzt und sogar getötet, und dieses Mädchen schlug auf mich ein, als hätte sie auch nur den Hauch einer Chance gegen mich. Es war absolut naiv, unbedacht, selbstgefährdend und auf wirklich, wirklich schräge Weise wieder mal beeindruckend.

Der Moment, in dem Zoes Blick mein Gesicht streifte, war der, in dem sie innehielt. Die Wut in ihren Augen wich einem anderen Ausdruck: Irritation. Ich merkte es selbst. Das Lächeln, das ich an meinen Mundwinkeln spürte, war ein bisschen zu echt. Ein bisschen zu wenig gewollt und zu sehr gemusst. Es fühlte sich seltsam fremd an auf diesen Lippen, vielleicht, weil es einzig und allein *mir* gehörte, nicht dem Körper, der es ausführte. Und etwas an der Art, wie Zoe mich anstarrte, ließ mich denken, dass sie das auch begriff.

Schlagartig zog sie die Hände zurück und wich vor mir zurück. Ihre Wangen wurden noch röter, sie wandte sich ab und ging zum Schreibtisch, schnappte sich ihre Sachen. »Gut, wir sind hier fertig.« Sie sah kurz zu mir, seltsam flatterig, als hinge da irgendwo in ihr doch noch ein klitzekleines Danke fest, das sie unter allen Umständen von mir fernhalten wollte. »Bis dann«, fügte sie schließlich knapp hinzu und verschwand etwas zu gehetzt aus dem Raum.

Mit ganzer Kraft zog ich mir das Lächeln vom Mund. Während ich meine Jacke und Tasche vom Stuhl nahm, versuchte ich zu verdrängen, dass es sich anfühlte, als wäre es mir stattdessen in die Brust gerutscht.

8

ASHTON

Der Campus am Trinity College war beinahe verlassen, als ich ihn kurz darauf erreichte. Die Dämmerung hing neblig zwischen den Gebäuden, über einem der Dächer war eine silbrige Mondsichel zu sehen.

Trotzdem bemerkte ich den Schemen am Pavillon schon von Weitem. Ich wusste, wer das war, noch bevor meine Augen ihn fokussieren konnten. Es war seltsam, aber Nox' Anwesenheit schaffte es nie, mich zu überraschen. Ebenso wenig wie die Tatsache, dass er eigentlich nicht wissen konnte, wo ich entlanglaufen würde, und trotzdem eindeutig auf mich wartete. Schließlich hatte es eine Zeit gegeben, in der er und die anderen irgendwie immer da gewesen waren.

Während ich auf ihn zuging, ließ ich den Blick über sein Outfit wandern: schwarze Stoffhose, schwarzes Shirt, schwarze Bomberjacke. Wäre auf der Brusttasche nicht unser Symbol gestickt, hätte man vergessen können, dass er im Auftrag des Rats in Cambridge war. Dass er so leger herumlief, war nur ein weiteres Zeichen dafür, dass Henry die Stadt verlassen hatte. Alles, was kein Anzug war, löste bei ihm Missbilligung aus.

»Was willst du?«, fragte ich ohne Umschweife, kaum dass er in Hörweite war. »Sincere hat mir schon einen Besuch abgestattet und die Grüße meines Vaters übermittelt.«

Mit einem Seufzen schloss er an meiner Seite auf, sobald ich an ihm vorbeiging. »Ich bin nicht wegen Henry hier. Oder wegen des Rats.«

»Und mit *hier* meinst du diesen Campus oder Cambridge selbst?«

»Die Tatsache, dass du diese Frage stellst, bedeutet, dass du die Antwort schon kennst.« Nox stieß mir in die Seite, damit ich zu ihm hinübersah. Das Licht, das die Gebäude der Universität umfloss, war mittlerweile von einem satten und gleichzeitig zarten Graublau. Eine bestimmte Nuance zwischen Kühle und Wärme, die nur am frühen Abend auftrat. *»In diesem Dazwischen versteckt die Welt ihre Geheimnisse«*, hatte Norah früher manchmal mit pseudodramatischer Stimme gesagt, wenn wir zu dieser Stunde unterwegs gewesen waren. Betrunken von Energie oder Wein, in allerwahrstem Sinne des Wortes *beseelt*. Es war außerdem Nox' Lieblings- und Norahs Augenfarbe, schon immer gewesen. Ich wusste, dass auch er daran dachte – an sie –, noch bevor er antwortete. »Ich meine, ich bin gedanklich eh nie gegangen. Und vom … Gefühl her auch nicht.«

Interessiert musterte ich seinen sichtlich angespannten Gesichtsausdruck. »Du hängst also immer noch an ihr. Und das nach all den Jahren, in denen du sie ignoriert hast?«

Als wir Heaven verloren hatten, hatte unser fein verwobenes Wir ein Loch bekommen. Lose Fäden, abgerissene Stücke, eine so tiefgehende Wunde, dass niemand wusste, wie er sie flicken sollte. Wir waren alle unterschiedlich damit umgegangen. Norah und Cliff hatten sich fester aneinandergebunden, ich war damit beschäftigt gewesen, meine eigenen Fasern zusammenzuhalten, Nox hingegen hatte sich, wenn vielleicht auch nicht bewusst, losgerissen. Er hatte aufgehört, richtig mit uns zu sprechen, und stattdessen alles getan, um vom Rat gehört zu werden.

Selbst nachdem Norah sich von ihm getrennt hatte, hatte sie versucht, das vollständige Loslassen zu vermeiden. Aber man konnte niemanden halten, der längst gegangen war. Niemand wusste das besser als ich. Die Leere in den Händen, wenn man es versuchte, kroch früher oder später direkt in einen hinein. Norah war klüger als ich. Sie hatte irgendwann aufgegeben. Hatte aufgehört, ihn anzurufen und auf seine Mailbox zu sprechen, dem Rat Besuche abzustatten, nur um von Nox gemieden zu werden, und Briefe zu schreiben, die ungeöffnet zurückkamen. Seit einigen Jahren sprach sie kaum noch über ihn, Cliff und ich hörten seinen Namen dennoch ständig aus ihrem Schweigen heraus. Die Geschichte der beiden war kompliziert, das waren all unsere Geschichten, aber sie war nicht vorbei. Das würde sie nie sein, solang wir lebten. Auch dann nicht, wenn es Jahrzehnte her war, dass Nox mit uns zusammengelebt hatte, waren unsere Existenzen eben trotzdem miteinander verwoben. Es gab Fäden, die konnte man nicht durchtrennen. Und Norah und Nox hatte nie nur Stoff verbunden, eher eine Kette aus Stahl.

»Erinnerst du dich an die Sache mit Platons Kugelmenschen?«

Ich nickte langsam. In den letzten Leben hatte Cliff mehr als einmal Philosophie studiert, und auch wenn ich mich nicht sonderlich für diese abstrakten Theorien interessierte, hörte ich ihm trotzdem mehr zu, als ich zugeben würde. Cliff hatte schon immer diese spezielle Art der Hingabe gehabt, um die ich ihn insgeheim beneidete. Er interessierte sich für viele Dinge, die ihn nicht im Geringsten betrafen oder irgendeinen Nutzen für ihn hatten. Die Seelen der Menschen faszinierten ihn auf eine Weise, die sich mir einfach nicht erschloss. Vermutlich war das einer der Gründe, wieso es ihm oft nicht gut ging. Zu viel zu denken machte unglücklich, deswegen hatte ich vor langer Zeit damit aufgehört. Trotzdem bewunderte ich ihn auch irgendwie. Ich konnte nicht sagen, wann ich mich das letzte Mal für etwas interessiert hatte, das nicht unmittelbar mit unserem Leben oder Überleben zusammengehangen hatte.

Ich brauchte einen Moment, ehe ich mich an die Kugelmenschen-Theorie von Platon erinnerte. Irgendetwas in die

Richtung, dass Menschen früher vier Arme und Beine gehabt hatten, bis die von den Göttern geteilt worden waren. Seitdem waren sie immerzu auf der Suche nach ihrem verloren gegangenen Gegenpart. »Du willst mir also sagen, dass Norah deine zweite Hälfte ist?«

Selbst sein Lächeln wirkte graublau gefärbt: es hing in einem ganz eigenen Dazwischen, liebevoll und traurig in einem. »Natürlich ist sie das. Egal, ob wir zusammen sind oder nicht. Das ändert nichts daran, wer sie für mich ist. Es war nur … leichter, ihr aus dem Weg zu gehen, wenn wir nicht alles sein können, was wir für mich eben sind.«

Ich runzelte die Stirn. »Dann musst du dich in den letzten Jahrzehnten ziemlich unvollständig gefühlt haben.«

»Hast du das etwa nicht?«

Nein, weil ich es mir nicht erlaube, überhaupt etwas zu fühlen. Etwas gröber als nötig kickte ich einen Stein die Wiese hinunter, sodass er ein paar Vögel aufschreckte. Spatzen, keine Stare.

Nox seufzte, als wüsste er noch, dass das meine bevorzugte Art einer Antwort war. »Gut, anderes Thema. Ich bin neugierig: Wieso hast du Sincere vorhin angelogen?«

Betont gelassen sah ich zu ihm. Henry hatte mir vor ein paar Tagen geschrieben, dass er dem Rat meine Version der Ereignisse als wahr und den Vorfall dementsprechend als abgeschlossen erklärt hatte. Was nicht bedeutete, dass ihm alle glaubten. Vor allem Nox nicht, immerhin hatte er Mabel und Zoe gesehen und wusste, dass es Teile der Wahrheit gab, die unerwähnt geblieben waren. Trotzdem konnte ich ihm unmöglich sagen, wieso mein Vater gelogen hatte – oder ich vor Sincere. Ich musste Henrys Beweggründe für die Geheimhaltung meines Auftrags nicht verstehen, um sie zu befolgen. »Keine Ahnung, wovon du sprichst.«

»Doch, weißt du«, erwiderte er spöttisch. »Aber das meine ich gerade nicht mal. Hab ihn vorhin getroffen, er hat gesagt, das Mädchen, das mit dir an diesem komischen Hausprojekt arbeitet, wäre deine Motte. Cliff hat mir allerdings erzählt, wer sie ist. Was ihr für eine Geschichte habt. Ich kenne dich: So leichtsinnig bist selbst du nicht.«

Offenbar hatte Cliff ihm längst die Wahrheit gesagt. Wie interessant, dass er ausgerechnet jetzt damit anfing – und das vor jemandem, den wir im Grunde nicht mehr kannten, geschweige denn vertrauen konnten. »Ich wollte, dass er seine Finger bei sich behält. Sie weiß alles über uns, das ist nichts, was sie Sin gegenüber erwähnen sollte, wenn ihre Abwehr fällt.« Ich stockte, weil das eigentlich alles war. Der Teil der Wahrheit, den ich vor ihm zugeben konnte. Und doch drängte sich da noch etwas anderes mit ganzer Kraft gegen meine Lippen. »Außerdem … hat sie genug durch. Ich war letztes Jahr nicht gerade zimperlich mit ihr.« Die Worte klangen weicher als beabsichtigt, ein Hauch davon verteilte sich in Nox' Ausdruck.

»Ist das etwa Mitgefühl, Arthur?«

»Ashton«, korrigierte ich barsch. »Und nein, es ist einfach nur Vernunft. Hättet ihr mehr davon, würdet ihr hier nicht einfach so auftauchen.« Ich deutete auf den silbergestickten Vogel auf seiner Brusttasche.

Nox verdrehte die Augen und zog sich die Jacke aus, klemmte sie unter seinen Arm. »Bin eh nicht dienstlich hier.«

Misstrauisch beäugte ich ihn, während wir den Torbogen durchquerten, hinter dem mein Wohnheim lag. »Sondern?«

Ich spürte ihn eine Sekunde, bevor ich ihn sah. Cliff lehnte an einem blühenden Kirschbaum, der auf der Wiese vor dem Eingang stand. Seine Silhouette war ein konturloser Schemen in den Abendfarben, sein Gesichtsausdruck eine Maske mit feinen Rissen. Leichte Unruhe, ein Hauch Reue, aber auch unleugbare Wachsamkeit, als rechnete er damit, dass ich jederzeit auf ihn losgehen würde.

»Was tust du hier?«, brachte ich hervor.

»Ich hab ihn darum gebeten, zu kommen.« Nox lächelte ihm zu, ehe er mir in den Weg trat und mich damit zwang, stehen zu bleiben. »Cliff und ich haben zwar schon miteinander geredet, aber ich wollte auch noch mal mit euch beiden sprechen. Um mich zu entschuldigen.«

Ich schnaubte innerlich. »Wofür genau?«

»Für ... alles. Alles, was ich getan hab oder eher nicht getan hab. Ich bin abgehauen damals, weil ich einfach das Gefühl hatte, hier wegzumüssen. Nach Heavens ... Ich hab das alles nicht ausgehalten. Zu fühlen, dass alles irgendwie kaputtgeht, das war ... zu viel. Ich dachte, ein bisschen Abstand von alledem, von euch, würde es besser machen, aber ich hätte wissen müssen, dass ich es damit im Endeffekt nur noch schlimmer mache. Ich hab euch im Stich gelassen.«

»Und für diese Erkenntnis hast du vierzig Jahre gebraucht?« Ich versuchte, einen Schritt an ihm vorbeizumachen, er legte die Hände auf meine Schultern.

»Gib mir wenigstens die Chance, es wiedergutzumachen, okay? Lass uns was trinken gehen, nur wir drei. Wie früher.«

»Vergiss es.« Impulshaft versuchte ich, mich von ihm zu lösen.

Nox hielt mich fest und sah mir ernst in die Augen. »Hör zu. Ich weiß, du bist sauer auf Cliff und mich.«

Ich lachte. »Natürlich bin ich das! Ich meine, wie stellt ihr euch das vor? Wir trinken ein paar *Scotch on the rocks* und diskutieren darüber, wer von euch der größere Verräter ist?«

»Wir haben alle Fehler gemacht, Ashton«, erwiderte Cliff so unerträglich ruhig, dass ich nur noch wütender wurde. »Auch du.«

»Meine Fehler haben *euch* nie geschadet, oder? *Ich* bin nicht abgehauen, als wir eigentlich am dringendsten hätten zusammenbleiben sollen.« *Als ich euch am dringendsten gebraucht hätte.* Die Worte blieben mir als schmerzende Splitter im Hals stecken, aber ich wusste, dass Nox sie trotzdem hören konnte. Er blinzelte, als würden sie ihm ebenfalls wehtun, senkte jedoch nicht den Blick. Ich wich zurück und funkelte erst ihn, dann

Cliff an. »Und, bevor wir es vergessen: *Ich* habe nicht dafür gesorgt, dass wir alle sterben werden!«

Es war mir mittlerweile egal, ob Cliff Nox auch diesen Teil der Wahrheit bereits erzählt hatte. Doch die Tatsache, dass er nur die Schultern hob, machte deutlich, dass ihn nichts daran überraschte. »Hör mal«, meinte er beschwichtigend, »ich sage nicht, dass das nicht alles echt beschissen ist. Denn das ist es. Und ich bin auch … wütend. Auf mich selbst, auf ihn und manchmal auch auf dich. Aber diese Wut ändert nichts an allem anderen. Es ändert nichts daran, dass ihr die wichtigsten Menschen all meiner Leben wart. Immer, auch wenn wir sie nicht gemeinsam verbracht haben.«

Die tiefe, fast verletzliche Ehrlichkeit seiner Stimme steigerte das Brennen in meiner Brust nur noch. Es fühlte sich an, als würde sich unter all der Wut etwas aufbäumen – und ich gab alles dafür, um es nicht durch die Oberfläche aus flammendem Zorn brechen zu lassen. Ich machte eine ruppige Handbewegung in Cliffs Richtung. »Und was ist mit dir? Hast du auch beschlossen, ihm das alles zu verzeihen? Er hätte dich in diesem Verhör ausbluten lassen, ohne einzuschreiten. Das ist dir bewusst, oder?«

Nox seufzte. »Das hätte ich nicht getan.«

Ich lächelte unecht. »Du warst nicht unbedingt voller Tatendrang.«

»Du warst eben schon immer entschiedener als wir alle zusammen. Das bedeutet nicht, dass ich nicht alles für euch tun würde, wenn es wirklich darauf ankommt, okay? Ich würde mich am Ende *immer* für euch entscheiden. Was denkst du, wieso ich alles dafür gegeben habe, herkommen zu dürfen? Kannst du dir überhaupt vorstellen, wie sehr ich darum betteln musste?« Er verzog den Mund, als wäre ihm alles an dieser Tatsache zuwider. »Ich verstehe, dass du mir nicht sofort wieder hundertprozentig vertrauen kannst, aber glaub mir: In Henrys Augen habe ich nie aufgehört, einer von euch zu sein. Vierzig Jahre im Rat und er behandelt mich immer noch wie einen Anfänger. Und ich weiß, das hätte mich stören sollen, aber … das Absurde ist, ich fand es irgendwie okay. Weil ich letztlich selbst gespürt hab, dass ich woanders hingehöre. Deswegen bin ich hier. Deswegen wäre ich auch dann gekommen, wenn der Rat es mir nicht erlaubt hätte.« Er hob Mundwinkel und Schultern gleichzeitig an. »Das Ding ist, dass weder Cliff noch du oder ich ändern können, was bis hierher passiert ist. Wir können nur entscheiden, wie wir weitermachen. Ich hab euch vermisst, Arth… Ash. Ich hab euch alle echt vermisst.« Er lächelte etwas breiter, unangenehm traurig. »Und ich dachte, dass uns noch so viel Zeit bleibt, um das wieder hinzubekommen – uns *zurückzubekommen*. Aber vielleicht stimmt das eben nicht, vielleicht ist da keine Zeit mehr, und vielleicht ist das eben nicht nur scheiße, sondern auch eine Chance, etwas zu begreifen. Weil ich jetzt keine Ausrede mehr hab, das hier zu verdrängen und wegzurennen und mir zu sagen, dass ich noch hundert Leben Zeit dafür hab. Wenn wir nur noch dieses eine haben, dann will ich es mit meinen besten Freunden verbringen – bis zum Schluss. Und ob du willst oder nicht, du bist einer davon.«

»Deine Zeit beim Rat hat dich unangenehm dramatisch werden lassen, weißt du das?« Ich verzog das Gesicht, auch wenn ich nicht verhindern konnte, dass meine Schultern etwas hinabsackten. Das Gewicht seiner Worte wog plötzlich mehr, als jedes Paar Hände das könnte. Vor allem das der Wahrheit darin. Selbst wenn ich davon ausging, dass ich einen Ausweg für unsere Lage finden würde, war da immer noch diese Restmöglichkeit, dass auch dieser in einer Sackgasse enden würde. Ich schob den Gedanken beiseite, weil ich ihn mir nicht erlauben durfte. Ich würde nicht scheitern. Nicht diesmal.

Nox grinste und legte mir abermals eine Hand auf die Schulter. Das war seine bevorzugte Art einer Umarmung, die ich in jedem Leben wiedererkannt hätte. »Was soll ich sagen, dein Vater färbt ab. Was ist jetzt?«

Ich wollte erneut ablehnen, aber ich schaffte es nicht. Ja, ich war sauer auf beide. Auf Nox, weil er gegangen und jetzt wieder hier war, als wäre noch etwas da, zu dem er zurückkehren konnte – und auf mich, weil es sich tatsächlich so anfühlte. Weil vierzig Jahre Abstand, Kränkung und Wut mir wie ein Wimpernschlag Zeit und ein Herzschlag Gefühl vorkamen, sobald er vor mir stand. Weil mein Kopf ihm nicht trauen wollte, mein ganzes Inneres das aber so deutlich spürbar tat.

Und natürlich war ich sauer auf Cliff wegen *einfach allem.* Ich wusste nicht, ob und wie sich das jemals ändern würde. Am liebsten hätte ich ihn ignoriert, bis das Problem, das er verursacht hatte, behoben war. Vielleicht würde meine Wut nach ein, zwei Jahrzehnten abklingen, wenn ich erst dafür gesorgt hatte, dass wir seinetwegen nicht mehr zu Tode verurteilt waren. Doch ich wusste selbst, dass es keine Möglichkeit gab, ihm bis dahin aus dem Weg zu gehen. Ich konnte Cliff nicht aus alledem heraushalten, weil er ein Teil davon war. Er war der Freund der besten Freundin des Mädchens, das sich in mich verlieben musste. Wenn jemand dafür sorgen konnte, dass Zoe mich nicht nur als Monster sah, dann derjenige, der mich auf dieser Welt am meisten liebte. Und dass Cliff das tat, daran zweifelte ich nicht. Auch wenn er eine wirklich beschissene Art hatte, es zu zeigen.

Es war nur fair: Er hatte mich belogen, jetzt würde ich dasselbe mit ihm machen. Ich war ein besserer Lügner als er. Ich war ein hervorragender Schauspieler. Ich war die geborene Illusion. Genau deswegen würde ich es schaffen, ihm vorzumachen, dass ich ihm verzieh. Ich würde es schaffen, ihm vorzumachen, dass ich mich mit unserem Schicksal arrangierte.

Ich würde nicht scheitern.

Sobald Cliff irgendwann herausfand, dass ich Zoe erneut benutzt hatte, wäre er wütend. Doch damit könnte ich leben. Solang er am Leben blieb, konnte er mich von mir aus hassen, und wir könnten die nächsten Jahrhunderte damit verbringen, einander zu verzeihen. Hauptsache, ich verschaffte uns mehr Zeit dafür. Ich würde niemanden mehr sterben sehen, der mir etwas bedeutete. *Nicht noch einmal.*

Ich atmete tief durch und all die Zweifel mit aus. »Gut, ich komme mit. Unter einer Bedingung: Keiner von euch erwähnt meinen Vater auch nur mit einem Wort.«

Nox küsste mich auf die Stirn. »Genau das, was ich hören wollte.«

Für den Bruchteil eines Moments erlaubte ich es mir, die Augen zu schließen. Mein Zentrum fühlte sich an, als hätte man Hefe hineingegeben: warm, fluffig und seltsam angenehm breitete es sich aus und schmiegte sich um all die kantigen Gefühle und Gedanken. Es war lästig und tröstlich zugleich, wie sich meine Seele in der Nähe dieser beiden anderen sofort entspannte. Als würde ihr Licht Schatten aus mir ziehen, die ich zuvor nicht mal wahrgenommen hatte.

Ich sah zu Cliff hinüber, das Lächeln auf seinem Mund wurde ein wenig breiter. Es erreichte seine Augen, sodass sich die Fältchen daneben vertieften und die Narbe an seiner Schläfe verschob. »Also dann … schön, dich zu sehen, Ash. Die letzten Male hat das auf die eine oder andere Weise immer blutig geendet, es kann also eigentlich nur besser werden, nehme ich an.«

Ich verdrehte die Augen, fühlte aber, wie meine Mundwinkel ebenfalls leicht hinaufzuckten. Ich musste mich nicht einmal darum bemühen. Das war kein richtiges Schauspielern, weil die Rolle, in die ich schlüpfte, die war, die sich etliche Leben lang wie mein wahres Ich angefühlt hatte. Die eines Freundes. Seines Freundes.

Es war leicht, sich an das zu erinnern, was wir einst gewesen waren. Wenn man so viele Jahre miteinander verbracht hatte, war es beunruhigend einfach, ein paar davon auszublenden, als würde man ein paar winzige Perlen von einer endlosen Kette abziehen und in der Tasche verbergen. Das, was übrig blieb, war unser ganz eigener Glanz.

Ich nahm ihn wahr, auch jetzt, trotz all des Staubs, der sich in den letzten Jahrzehnten angesammelt hatte. *Ruß*, dachte ich, *vor allem Ruß*. Ich kniff die Augen zusammen, weil ich es kurz wieder sehen, schmecken und riechen konnte: das Feuer, das sich vor rund vierzig Jahren nur wenige Meter von diesem Ort entfernt in einen ähnlich düsterblauen Himmel erhoben hatte. Das Feuer, durch den ein Teil von uns für immer zerstört worden war. Und doch waren wir jetzt hier, lebendig und atmend – noch. Die Ruine von etwas, das einst mein Zuhause gewesen war. Ich würde alles tun, um wenigstens das, wenigstens uns, zu retten.

»Schön, euch *beide* zu sehen«, korrigierte Nox freudestrahlend. »Ihr habt mir echt gefehlt. Und nachdem wir den unschönen Teil jetzt erst mal abgehakt haben, will ich alles hören, was ich verpasst habe.« Er winkte uns auffordernd zu, während er durch den Torbogen lief.

»Klingt das für dich auch wie eine komplizierte Weise, Norahs Namen zu sagen?«, murmelte Cliff mir zu, während wir ihm folgten. Sein Körper neben meinem reichte aus, damit der Geruch nach Feuer, der sich aus meiner Erinnerung gelöst hatte, verblasste. Da waren nur noch die Kirschblüten, das trübe Wasser der Cam, das etwas entfernt gegen die Gemäuer schwappte, und dieser ganz eigene Duft nach altem Papier und würzigem Oud, den Cliff in jedem Körper mit sich herumtrug.

Ich musste grinsen, doch Nox kam mir mit einer Antwort zuvor. Er drehte sich im Laufen zu uns um und bedachte uns mit einem warnenden Blick. »Das hab ich gehört. Und nein, heute gibt es keine Frauen-Probleme, klar? Überhaupt keine Probleme. Nur uns drei. So wie früher.«

Fast hätte ich gelacht. Ganz gleich, welchen Teil unseres *Früher* er meinte, er machte sich etwas vor, wenn er dachte, dass es jemals nicht problembehaftet gewesen war. Unsere Existenz war überwuchert davon wie von einer lästigen Flechtpflanze. Wir hatten Probleme verursacht, wir hatten Probleme gelöst, wir waren Probleme gewesen und hatten Probleme gelebt – immerzu.

Cliff und ich tauschten einen vielsagenden Blick, aber wir widersprachen nicht. Vielleicht, weil auch das etwas war, das schon immer so gewesen war: Egal, wie schwierig etwas erschien, am leichtesten war der Umgang damit, wenn wir zusammen waren. Und dieses alles gerade, das war so schwierig, dass ich fast das Gefühl hatte, das Gewicht nicht tragen zu können. Ich sehnte mich nach einer Pause, nach etwas oder jemandem, der all das *erträglich* machte, indem er mir eben etwas von diesem Gewicht abnahm und *für mich trug*. Ich würde es nie zugeben, aber ich brauchte das. Ich brauchte sie.

9

ZOE

Je mehr Menschen mich ansahen, desto stärker wurde das Gefühl, mich selbst nicht mehr im Blick zu haben. Als würde ich mir selbst entrücken, je stärker ich in den Mittelpunkt eines Moments rückte.

Jede Sekunde, die ich hier stand und unruhig von einem Fuß auf den anderen wippte, fühlte ich mich fremder und unwohler in meiner eigenen Haut. Dabei wusste ich, dass es nicht einmal an mir lag, wie viele Augen mich in dieser Situation streiften: Es lag an ihr selbst.

Bälle wie dieser waren eben tatsächlich dafür gemacht, um zu sehen und gesehen zu werden. Das war der Grund dafür, wieso meine Mutter mich darin bestärkt hatte, heute Abend hierherzugehen. Obwohl ich nicht gewollt und sie daran erinnert hatte, dass das meine Zeit auf der Universität war und dass ich sie so verbringen sollte, wie es mir am liebsten war. Meine Mutter hatte nur lang gezogen in den Hörer geseufzt und erwidert: *»Du repräsentierst trotzdem immer auch unsere Familie.«*

Also hatte ich nachgegeben und ihr meine Maße durchgegeben, die sie mit einer wenig beiläufigen Frage nach meinen Essgewohnheiten kommentiert hatte. Ein paar Tage später war das Kleid in einer Schneiderei in Cambridge abholbereit gewesen. Es saß gut, nur an der Brust zu eng, weil ich mich nicht getraut hatte, vor meiner Mutter zuzugeben, dass auch meine BH-Größe eine Nummer nach oben geklettert war. Lieber riskierte ich einen Abend lang Atemprobleme, als mir ihre Meinung dazu anzuhören. Fühlen konnte ich sie sowieso schon, sie zwickte mir bei jedem Atemzug ins Zwerchfell.

Ich trank meinen Sekt aus und stellte ihn auf den Beistelltisch, an dem ich wartete. Es war nach zwölf und damit endlich spät genug, um nach Hause zu gehen.

Nick hatte zwar etwas enttäuscht reagiert, dass ich loswollte, war jedoch bereitwillig zur Garderobe gegangen. Mir war bewusst, dass er sich von diesem Abend vermutlich etwas anderes erhofft hatte, dabei hatte ich von Anfang an klargemacht, dass das hier kein Date war. Wir hatten gegessen, uns mit Kommilitonen und Professoren unterhalten, für Fotos posiert und eine Weile getanzt. Für mehr war ich nicht gekommen.

Ich rang mir ein Lächeln ab, als sich jemand an meinen Tisch stellte – und erstarrte, sobald mir klar wurde, dass ich nicht in Nicks Gesicht sah, sondern in Ashtons.

»Hallo, Anima.«

Er lächelte mir zu, auf diese unfair charmante Weise, bei der mein dämliches Herz trotz allem jedes Mal diesen Hüpfer machte. Ein zweiter stahl sich hinterher, als mein Blick ihn automatisch scannte. Er trug einen schwarzen Anzug mit gleichfarbigem Hemd und sah darin so gut aus, dass Wärme in meine Wangen schoss.

Meine Stimme klang trotzdem erstaunlich kühl. »Was tust du hier?«

Er war mir den ganzen Abend über nicht aufgefallen, doch das bedeutete nichts. Der Saal, in dem der Ball stattfand, war groß, schlecht beleuchtet und gut besucht. Dennoch überraschte es mich nicht, ihn hier zu sehen.

In letzter Zeit war er oft dort, wo ich war. Wir sahen uns mehrmals die Woche im Hickory House und liefen uns auch auf dem Campus ständig zufällig über den Weg. Ashton registrierte diese kurzen Treffen immer zumindest mit einem Blick in meine Richtung, ich tat jedes Mal so, als würde ich ihn nicht bemerken. Dabei spürte ich ihn meistens sogar, kurz bevor ich ihn richtig wahrnahm. Mein Inneres atmete in seiner Nähe auf, auch wenn ich selbst am liebsten die Luft angehalten hätte. Selbst jetzt fühlte ich, wie meine Anspannung in dieser aufmerksamkeitsbegossenen Situation nachließ. Vielleicht, weil Ashtons Fokus den aller anderen abschwächte, vielleicht, weil er meine Aufmerksamkeit sofort auf sich zog.

»Was denkst du denn? Das ist ein Benefizball.« Ashton hob die Schultern und nippte an seinem Drink. Der Farbe nach war es ein *Old Fashioned*. Sein bevorzugtes Getränk, obwohl es ihm eigentlich zu bitter war, das hatte er mir damals erzählt.

»Wieso trinkst du es dann?«, hatte ich gefragt, und er hatte mit einem Grinsen erwidert: *»Ist eine Art selbstironische Tradition.«* Damals war es für mich faszinierend gewesen, nicht alles an ihm verstehen zu können. Mittlerweile wusste ich immerhin genug über ihn, um es zu tun – und um zu wissen, wie absurd es war, ihn hier zu treffen.

»Dir ist selbst klar, wie paradox deine Anwesenheit genau deswegen ist?«, hakte ich zynisch nach.

Ashton seufzte und lehnte sich so weit vor, dass er unter seinen dichten Wimpern zu mir hinüberblinzeln konnte. »Wie oft muss ich dir noch sagen, dass du mich nicht so gut kennst, wie du denkst?«

Er versuchte es zumindest oft. Zu oft. Bei jedem Gesprächsversuch, den er unternahm, wappnete ich mich insgeheim gegen einen Angriff. Welcher Art auch immer. Doch er tat nie etwas. Er blieb zurückhaltend, höflich und für seine Verhältnisse … nett. Das wiederum war so seltsam, dass mein Misstrauen von Mal zu Mal wuchs.

»Und wie oft muss ich dir noch sagen, dass ich alles dafür geben würde, dich *überhaupt nicht* zu kennen?«, zischte ich zurück.

Er schmunzelte, doch ehe er antworten konnte, trat jemand

neben uns. »Ich hab unsere Jacken, wir können …« Nick stockte, als sein Blick auf Ashton fiel. Sofort verzog er den Mund. »Oh. Du.«

Ashton hob belustigt die Augenbrauen und sah von Nick zu mir. »Hast du deinem Kumpel etwa von mir erzählt, Anima?« Er betonte das Wort *Kumpel* mit solchem Spott, dass Nick die Augen verengte.

»Da gibt es nichts zu erzählen«, erwiderte ich kühl und nahm meiner Begleitung den Mantel ab. »Lass uns gehen, *Archie* kann jemand anderem auf die Nerven gehen.«

Draußen umhüllte uns lauwarmer Mai-Atem, duftend nach blühenden Magnolien und Kastanien. Der Ball fand am Rand des King's Colleges statt. Es war surreal, wie schnell die Menschenmenge mit all ihren Geräuschen und Gerüchen hinter uns verblasste, sobald wir den nachtstillen Campus überquerten. Ich atmete tief durch und versuchte, die Anwesenheit der anderen – vor allem die dieses einen – mit dem basspochenden Haus in meinem Rücken zurückzulassen.

Der Tüll meines graublauen Kleides raschelte bei jedem Schritt, meine Gedanken auch. Nick redete den gesamten Weg über, doch er war einer dieser Menschen, die es nicht störte, wenn ein Dialog sich zu einem Monolog wandelte. Mir war den ganzen Abend über schon aufgefallen, dass er mich lieber ansah, statt mich reden zu hören. Andernfalls hätte er mir mit Sicherheit mehr als fünf Fragen gestellt, die auch noch allesamt um meine Familie gekreist waren.

Innerlich seufzte ich erleichtert auf, als wir einen Torbogen passierten und damit Trinity Hall betraten. Ich wusste, dass Nicks Wohnheim am anderen Ende des Campus lag, und drehte mich noch im Durchgang zu ihm um. »Ab hier schaff ich es allein«, unterbrach ich ihn mitten im Satz. Eine Unhöflichkeit, die ich mit einem gezwungenen Lächeln kaschierte. »Also dann … vielen Dank für den netten Abend.«

Nick stutzte, dann grinste er schief. »Er muss noch nicht vorbei sein.«

Mein Kiefer spannte sich an. Ein Teil von mir hatte befürchtet, dass wir dieses Gespräch erneut würden führen müssen. Ganz gleich, wie direkt ich meine Absichten an diesem Abend kommuniziert hatte. »Für mich schon. Ich bin müde und …«

»Hör zu, Zoe«, fiel Nick mir ins Wort und machte gleichzeitig einen Schritt auf mich zu. »Wir wissen beide, dass da etwas zwischen uns ist. Und ich hab keinen Bock mehr auf diese Spielchen.«

Perplex starrte ich ihn an. »Spielchen?«

Er nickte und hob die Hand, zupfte mir einen Fussel vom Mantelkragen. »Ich meine … dieses Zieren ist ja irgendwie heiß, aber es reicht langsam.«

Bitte? Ich war so überfordert, dass mir kurz die Worte fehlten. »Nick«, brachte ich schließlich hervor und sah ihm so fest in die Augen, wie es die dämmrigen Lichtverhältnisse zuließen, »ist dir in den Sinn gekommen, dass ich schlichtweg kein Interesse an dir habe? Gott, das ist so … ich werde nicht mal darüber diskutieren, so absurd ist das.«

Ich versuchte, mich abzuwenden, er hielt mich an der Schulter fest und drückte mich beiläufig zurück. Mein Rücken stieß gegen die Wand, Hitze stieg in meine Wangen. Ich hasste es. Ich hasste es, dass mein Körper innerhalb von Sekunden in einen Alarmmodus verfiel, einfach nur, weil ein Mann mir mit einer simplen Handlung bewusst machen konnte, dass er stärker war als ich.

»Wieso bist du dann mit mir ausgegangen, wenn du nicht wolltest, dass ich mir Hoffnungen mache?«, fragte er jetzt mit hörbarer Ungeduld in der Stimme.

»Ich …«

»Wieso hast du mit mir getanzt, wenn du nicht wolltest, dass ich dich anfasse?«

»Das ist …«

»Wieso hast du so ein Kleid angezogen, wenn du nicht wolltest, dass ich mir vorstelle, wie du darunter aussiehst?« Seine Hand lag immer noch auf meiner Schulter, schob sich jetzt ein paar Zentimeter tiefer. Seine Finger unter dem Mantel, direkt auf dem spitzenbehafteten Kragen des Kleides. Der Stoff war dünn, die Berührung brannte sich hindurch, so spürbar, dass mir eiskalt wurde. Es war paradox, in jeder Hinsicht.

Ich verstand nicht, wie das hier passieren konnte. In meinem Kopf spielten sich innerhalb von Sekunden sämtliche Situationen der letzten Monate ab, in denen Nick und ich allein gewesen waren. Ja, mir war bewusst gewesen, dass er Interesse an mir hatte, aber ich hatte dieses nie gespiegelt. Stattdessen hatte ich die Einladung zu diesem Ball mit den Worten *»Lass uns gern als Freunde zusammen hingehen«* angenommen. Und selbst wenn ich das nicht getan hätte: Ich schuldete ihm nichts. Eine Abendverabredung war kein Versprechen für eine Nacht. Ein Tanz war kein Versprechen für Sex. Es gab dafür überhaupt *gar keine* Versprechungen. Ich würde mir von ihm nicht einreden lassen, dass irgendetwas hieran meine Schuld war.

Mit ganzer Kraft drängte ich die aufkeimende Nervosität zurück und richtete mich auf, wissend, dass ich trotz meiner Absätze anderthalb Köpfe kleiner war als er. »Ich werde jetzt gehen und vergessen, dass du das gesagt hast.«

Abermals versuchte ich, mich an ihm vorbeizuschieben, abermals hielt er mich auf. Diesmal landete seine flache Hand auf dem Backstein dicht neben meinem Kopf. Der Widerhall dröhnte in meinen Ohren und landete direkt in meinem Herzen. Es summte schrill, mein ganzer Körper fing an zu zittern.

»Du gehst nirgendwohin, bevor du dich nicht so bei mir bedankt hast, wie ich es verdient habe.« Seine Worte klangen heiser, ein bisschen angetrunken, vor allem aber wütend.

Fassungslos starrte ich in sein viel zu nahes Gesicht. Ich wusste, dass es unklug war, ihn weiter zu provozieren, aber es war unmöglich, hierbei nicht laut zu werden. »Verdient? Womit? Damit, dass du dich wie ein verdammtes Arschloch benimmst? Ist dir klar, wie du dich gerade aufführst? Das ist Belästigung, Nick.«

Seine Miene wurde gelassener, er hob die Mundwinkel zu einem leicht genervten, herablassenden Lächeln. Eines, das *»Du übertreibst«* sagte. »Komm schon, ich war in den letzten Monaten doch verdammt geduldig und nett, oder? Ich hab gewartet, während du dich mit diesem beschissenen Engelstypen getroffen hast, ich hab dir Zeit gegeben, ich hab …«

Weiter ließ ich ihn nicht kommen. Zwei Atemzüge, zwei Bewegungen: meine Hand, die flach von unten gegen seine Nase stieß, mein Knie, das ihn direkt zwischen den Beinen traf. Mein Bruder war das so oft mit mir durchgegangen, dass ich ihm irgendwann angedroht hatte, diese Abwehrmechanismen zuallererst an ihm auszuprobieren. Was ich nie getan hatte. Ich hatte sie überhaupt nie ausprobiert: bis jetzt. Mein Puls hämmerte so heftig, dass ich kaum wahrnahm, wie Nick reagierte. Er gab ein ersticktes Stöhnen von sich und sackte zusammen. Mehr brauchte ich nicht. Ohne zu zögern, schob ich mich an ihm vorbei und rannte los.

Der Nachtwind fuhr mir mit groben Bewegungen durch das Haar, riss einzelne Strähnen aus der Hochsteckfrisur, ich stolperte mehrmals über die Schleppe meines Kleides. Fluchend hielt ich inne und zerrte mir die Schuhe über die Hacken, ehe ich weiterlief. Irgendetwas grub sich in meine Fußballen, Kieselsteine oder winzige Scherben, ich hielt trotzdem nicht an, bis sich wenige Minuten später der Torbogen vor mir auftat, hinter dem mein Wohnheim lag.

Ich verlangsamte meinen Schritt, atmete, schluchzte, hätte am liebsten geschrien. Die Panik war nur noch ein dünner Schleier, das Gefühl darunter hingegen war wie in Beton gegossen. Ich war so *wütend*. Wütend, dass ich es war, deren Herz raste, deren ganzer Körper von Gänsehaut überzogen war, deren Augen tränten, deren Inneres sich zusammengezogen hatte und wund wummerte. Nichts daran war meine Schuld. Wieso musste ich dann die Konsequenzen ertragen? Wieso wusste ich, dass Nick gerade vermutlich nur dachte, was für eine *hysterische Zicke* ich war – und nicht im Ansatz daran, dass er das Problem sein könnte? Wieso …

Der Gedanke fiel in sich zusammen, als ich die Schritte hinter mir wahrnahm. Nicht rennend, aber schnell. Entschieden. Zielstrebig. Es war mitten in der Nacht, der Campus um mich herum verlassen. Mir fiel nur ein Ziel ein, das er anstreben könnte. Mich.

Mein Herz stolperte und hielt dann ganz inne. Es waren noch rund zehn Meter bis zum Eingang meines Wohnheims. Wer auch immer hinter mir war, war deutlich näher. Ich würde nicht wegrennen können. Also würde ich kämpfen. Ohne groß darüber nachzudenken, griff ich in meine Tasche, umfasste die kleine Sprühdose darin, fuhr herum und drückte so kräftig ich konnte auf den Auslöser.

Noch in dem Moment, in dem sich die Staubwolke löste und die Dunkelheit mit dünnen weißen Fäden durchzog, erkannte ich meinen Fehler. Der Mensch, der einen knappen Meter hinter mir stand, war nicht Nick.

Sofort nahm ich den Finger vom Auslöser, aber da war es schon zu spät. Der Typ schlug sich die Hände vor die Augen und fuhr fluchend herum, dabei hatte sich das Spray mit Sicherheit längst wie ein brennender Teppich über seine Netzhaut gelegt. »So ein beschissener …« Er brach ab, fluchte erneut, drehte sich wieder zu mir herum.

Seine Hände verbargen nach wie vor einen Großteil seines Gesichts, doch das, was ich von ihm sah, reichte aus, um mich die Luft anhalten zu lassen. Ein pechschwarzer Mantel mit gleichfarbigem Jackett und Hemd darunter, gut sitzende Anzughose und matt glänzende Lederschuhe. Schmaler Körperbau mit sichtbar definiertem Oberkörper … und vor allem diese unverkennbaren wirren Locken.

»Ashton?« Entsetzt starrte ich ihn an, während er nach wie

vor die Handballen auf seine Augäpfel presste. »Du … ich wollte … es tut …« Ich brach ab. Das war Ashton Griffin. Jemand, der mir deutlich Schlimmeres angetan hatte als Nick. Ich würde mich *nicht* bei ihm entschuldigen. »Wieso zum Teufel folgst du mir?«, fauchte ich.

»Ich wollte nur …« Seine Stimme verebbte in einem Stöhnen, als er die Hände von den geschlossenen Augen löste. Ich sah trotz des mattorangen Lichts der umstehenden Laternen, dass sie stark tränten. »Verflucht, was für ein Zeug ist das?«

»Desinfektionsspray«, erwiderte ich ungewollt kleinlaut und verstaute die Dose wieder in meiner Handtasche.

Ashton öffnete die Lider einen Spaltbreit *»Was?«*

»Was sollte ich machen? Pfefferspray ist illegal.«

»So wie das brennt, ist das auch illegal. Ich kann absolut nichts sehen.« Ashton fluchte erneut und legte den Kopf in den Nacken, die Tränen rannen seine Haut hinab. Feuchte Bahnen, die das schlechte Gewissen in mir aufbauschten.

Lass ihn einfach stehen, raunte eine Stimme in mir. *Es ist nicht deine Schuld, wenn er gegen eine Wand läuft oder in der Cam versinkt. Nichts hieran ist deine Schuld.*

Ich wusste, dass es stimmte. Es war nicht meine Schuld, aber das nahm mir nicht das Gefühl, Verantwortung zu tragen. Vielleicht nicht unbedingt dafür, wie Ashton nach Hause kam, aber doch dafür, was für ein Mensch ich war. Ganz gleich, was er mir angetan hatte, ich war immer noch ich. Und ich konnte ihn nicht so stehen lassen, wissend, dass er Schmerzen hatte und litt. Ich wollte es so gern können, aber es ging nicht.

Resigniert machte ich einen Schritt auf ihn zu. »Komm mit«, befahl ich kühl und umfasste seinen Unterarm. »Du kannst es bei mir rauswaschen.«

Das Wohnheim schlief längst. Unter ein paar Zimmern war ein schmaler Lichtspalt zu sehen, vereinzelt konnte man das Rascheln von Papier oder Musik erahnen, ansonsten waren die grauen Flure verlassen und still. Bei Mabel war es dunkel, ich bemühte mich trotzdem, meine Tür geräuschlos aufzuschließen. Das Letzte, was ich gebrauchen konnte, war, dass sie plötzlich in meinem Zimmer stand und mich fragte, was ich mir hierbei dachte. Ich hätte keine Antwort gehabt.

Das war kompletter Irrsinn, im wahrsten Sinne des Wortes. Der einzige Grund, weswegen ich Ashton monatelang hier hereingelassen hatte, war der gewesen, dass ich mich in ihm *geirrt* hatte. Aber das war vorbei. Damals war ich jedes Mal ungeduldig geworden, sobald er nicht bei mir war, jetzt duldete ich ihn nur noch. Genau so lange, bis er sich die Augen ausgewaschen hatte.

Ich bugsierte ihn zu dem winzigen Waschbecken neben der Tür und drehte den Hahn auf, ehe ich beiseitetrat. Während Ashton sich stöhnend das Gesicht wusch, schaltete ich sämtliche Lampen an. Normalerweise machte ich nur meine Lichterketten und die Kerzen auf meinem Nachttisch an, aber mit Ashton in diesem Raum erschien mir Dämmerlicht zu gefährlich. Es war leichter, die Konturen eines Menschen weicher zu zeichnen, wenn man ihn nicht richtig sehen konnte – auch die unter der Haut. Und ich durfte keine einzige seiner Kanten vergessen, nicht, wenn ich spüren konnte, wie viele Wunden sie in mir hinterlassen hatten.

Angespannt schob ich meine herumliegende Wäsche mit dem Fuß unters Bett und rückte meine Überdecke zurecht. Als ich hörte, wie das Wasser abgedreht wurde, wandte ich mich mit einem tiefen Atemzug zu ihm. »Geht es?«

»Wie sieht es denn aus?« Ashton presste je einen Finger auf die geschlossenen Lider, unter denen nach wie vor Tränen hervorliefen.

Sein ganzes Gesicht glänzte feucht, seine Locken hatte er aus der Stirn gestrichen. Es war wirklich *so unfair*: Selbst mit verquollenen Augen, vor Kälte rot gefleckten Wangen, im unvorteilhaften Licht meines Zimmers, war er immer noch unsagbar schön. Mein Herz flatterte, ich hätte ihm am liebsten jeden Flügel herausgerissen. Ich wollte, dass es sich wund in einer Ecke zusammenrollte, nicht, dass es sich aufplusterte, wenn er nur fluchend vor mir stand.

Ich verschränkte die Arme vor der Brust und zwang mich zu einem neutralen Ton. »Siehst du genug, um heimzukommen?«

Sichtlich mühsam blinzelte er zu mir rüber. »Kommt drauf an. Hast du neuerdings drei Köpfe?«

Ich kniff die Lippen aufeinander und zog den Stuhl vom Schreibtisch heran. Wortlos schob ich Ashton darauf zu und ging zum Waschbecken, um einen sauberen Waschlappen aus dem Unterschrank zu holen.

»Augen zu«, befahl ich streng und trat vor ihn. Ashton seufzte, gehorchte aber. Unsanft zog ich seinen Kopf in den Nacken und tupfte seine Lider ab. »Du schuldest mir noch eine Antwort. Wieso bist du mir gefolgt?«

»Ich hab bemerkt, wie dieser Kerl dich angesehen hat, und hatte kein gutes Gefühl. Also dachte ich, ich gehe lieber sicher, dass dir nichts passiert. Ich hab euch kurz aus den Augen verloren, und als ich euch wiedergefunden hatte, hab ich nur noch gesehen, wie du losgerannt bist.«

»Ich soll dir glauben, dass du besorgt um mich warst?«, hakte ich misstrauisch nach.

»Glaub, was du willst. Ich wollte nur sichergehen, dass mit dir alles in Ordnung ist.« Er zuckte mit den Schultern, meine Hand rutschte an seiner Wange hinab, sein Bartschatten kratzte an meiner Haut.

Hastig zog ich die Finger zurück, um den Waschlappen umzuschlagen und die Gänsehaut zu unterdrücken. »Tja, offensichtlich war deine Sorge unbegründet, denn ich bin die Einzige, die unversehrt aus dieser Situation herausgekommen ist.«

Meine Stimme klang selbstsicherer, als ich mich fühlte. Weil das eben nie stimmte. Auch wenn nichts passierte, passierte etwas. Solche Beinahe-Situationen schabten feine Schichten von einem ab. Von dem, was man glaubte zu sein: selbstbestimmt, meinungsstark, entschieden. Von dem, womit man sich *so sicher* war – weil sie einem zeigten, dass man eben *nie sicher* war.

»Ich konnte nicht wissen, dass du einen Waffenschein für gefährliche Haushaltsmittel hast.« Ashton keuchte, als ich den Lappen fester als nötig auf seinen Augenwinkel drückte. »Also … ist alles in Ordnung mit dir? Ich hab nicht gesehen, was er …«

»Mir geht's gut«, fiel ich ihm ins Wort. »Ich kann mit aufdringlichen Typen umgehen. Hatte die beste Übung in letzter Zeit.« Ich zögerte und legte den Waschlappen in ganzer Breite über seine Augen, damit er mich bei den nächsten Worten nicht ansehen konnte. »Wobei ich natürlich nicht sagen kann, ob ich das dir gegenüber immer gut genug unter Beweis gestellt habe.«

Oberhalb des Stoffs bildeten sich feine Fältchen auf seiner Stirn. »Was meinst du damit?«

Hitze stieg in meine Wangen, als würde dieser Gedanke, den ich seit Monaten verdrängte, Feuer fangen. »Ich erinnere mich nicht an alles. Also nicht im Detail. Vieles ist verschwommen.« Meine Stimme wurde heiser, ich räusperte mich. »Ich bin manchmal nicht sicher, was genau passiert ist. Was wir … getan haben.«

Ein paar Sekunden lang war es ganz still. Schließlich hob Ashton die Hände und zog meine mitsamt Waschlappen von seinem Gesicht. Anstrengung zeichnete seine Züge, als er die Augen öffnete. Nicht nur einen Spalt, sondern so weit, wie es ihm möglich schien. Als wäre es wichtig, dass er mich dafür direkt ansehen konnte. Das Weiß seiner Augäpfel war rot, seine Pupillen verkleinert, der Ausdruck im Blick sowohl schmerzerfüllt als auch todernst. Kein Spott, kein charmantes, zweideutiges Lächeln. »Wir haben *gar nichts* getan. Ich hätte dich nie …« Er schüttelte den Kopf. »So was tue ich nicht.«

»Ach, da verläuft also die Anstandsgrenze, ja? Wieso sollte ich dir das glauben?« Ich lächelte bitter und sah an ihm vorbei zu meinem Bett. Ich konnte nicht sagen, wie oft wir darin gelegen hatten. Mein Kopf auf seiner Brust, mein Arm an seiner Hüfte, seine Hand in meinem Haar, sein Herzschlag unter meinem Ohr. Er war mir so nah und dabei doch nie mehr als ein Fremder gewesen.

»Zoe.« Er umfasste meinen Unterarm und ließ sofort wieder los, als er sah, wie ich zusammenzuckte. Langsam hob er die Hände, suchte meinen Blick. »Ich schwöre es dir. Ich habe dich nie auch nur geküsst, sobald ich etwas von deiner Energie genommen hatte. Wenn, dann nur vorher. Wenn du noch ganz du warst und entscheiden konntest.«

Ich wich zurück, umklammerte meine Ellbogen. Plötzlich fühlte ich mich trotz all des Tülls nackt. Denn das war das Problem, nicht wahr? Egal, wie genau ich versucht hatte hinzusehen, war ich nie über Ashtons glatte, trügerisch perfekte Fassade hinausgekommen. Er hingegen hatte selbst mit geschlossenen Augen in mein tiefes, unvollkommenes Wesen geblickt, direkt in meine Seele.

»Es war trotzdem falsch«, flüsterte ich. »Meine Entscheidungen haben auf einem Gefühl beruht, das nur eine Illusion war.«

Ashton lächelte schwach. »Ich sage nicht, dass es moralisch einwandfrei war, aber du machst es dir ein bisschen zu einfach, Anima. Du hast schon auf mich reagiert, bevor ich mich deiner Seele genähert hatte. Als da nur du und ich waren, da wolltest du es bereits. Und wenn alles von mir beeinflusst gewesen wäre, dann würdest du jetzt anders empfinden.« Sein Blick wanderte von meinem Gesicht über meinen Hals hin zu der Stelle, an der ich meinen Herzschlag spürte. Obwohl seine Augen immer noch gerötet und glasig waren, war es, als würde er unmittelbar unter den Stoff meines Kleides gleiten.

Entschieden presste ich eine Hand auf mein Bustier und hatte so stark wie nie zuvor das Gefühl, nicht atmen zu können. »Du weißt nicht, was ich fühle.«

»Sagen wir, ich habe eine Ahnung. Ich kann spüren, dass du

dich mir gern öffnen würdest. Du versuchst alles, um die Tür zu deiner Seele vor mir zu verschließen, aber je länger wir miteinander reden, desto größer wird der Spalt.« Er deutete eine Lücke zwischen zwei Fingern an, ehe er aufstand. Zwei Meter Abstand zwischen uns, dennoch fühlte es sich an, als würde er mich berühren. Er hatte recht. Sosehr ich es auch leugnen wollte: Mein Körper und meine … Seele reagierten eben immer noch auf ihn.

Ich hatte keine Ahnung, wie ich meine Seelentür zuwerfen sollte, also würde ich mit der vorliebnehmen müssen, die mir zur Verfügung stand. Entschieden deutete ich zum Zimmerausgang. »Dann ist das jetzt der Moment, in dem du gehst. Wir sehen uns beim Hickory House. Ich bin die mit den neuen Schlössern vorm Seelentor.«

Ashton seufzte leise. »Ich fürchte, ich bin der mit den roten Augen.« Er machte zwei Schritte, ehe er wieder stehen blieb und sich zu mir drehte. »Schönes Kleid übrigens. Das wollte ich dir vorhin schon sagen.«

Ich schnaubte und grub die Finger fester in den graublauen Stoff. »Es sieht aus wie ein Barbiepuppen-Kleid.«

»Dir steht es trotzdem.« Er zögerte, dann huschte ein Grinsen über sein Gesicht. »Das mit den Federn fand ich allerdings noch schöner. Hat mich irgendwie an meine Familie erinnert.«

»Pass auf, sonst rupfe ich das nächste Mal wirklich ein paar Stare«, konterte ich ungerührt, obwohl meine Mundwinkel sich ebenfalls anheben wollten. »Heißt das … du hast das Foto in der Zeitung gesehen?«, fügte ich dann widerwillig hinzu. Ashton grinste nur etwas breiter. *Großartig.* »Dann rahm es dir ein, denn du wirst mich nie wieder darin sehen.«

»Nicht schlimm.« Er kam wieder auf mich zu, senkte die Stimme. »Soll ich dir ein Geheimnis verraten?«

Ich hielt die Luft an, weil ich spüren konnte, wie seine Nähe sich warmweich um mich schmiegte. Nicht um meine Haut, sondern um etwas Darunterliegendes.

Ashton deutete auf den Kleiderhaufen, den ich notdürftig unters Bett geschoben hatte. »Am allerbesten hast du mir immer in diesen albernen Schlafshorts gefallen. Denen mit den kleinen Planeten und Orangen.«

Die Hitze floss von meiner Brust direkt in mein Gesicht. Winzige Flammenwerfer, die meine Wangen entzündeten. Die Tatsache, dass ich vor Ashton in meinen Schlafsachen rumgelaufen war, machte mehr als deutlich, wie sehr ich neben mir gestanden hatte. Ich hatte mir nie Gedanken darüber gemacht, ob er mich unattraktiv finden könnte, weil ich mich in seiner Nähe so … schön gefühlt hatte. *Schön blöd*, dachte ich und reckte das Kinn. »Kürbisse. Es sind Kürbisse.«

Ashton lachte. »Mein Fehler.« Ohne meine Reaktion abzuwarten, ging er zur Tür. Als er die Hand schon auf der Klinke hatte, warf er einen letzten Blick über die Schulter. Auf einen Schlag war jedes bisschen Belustigung aus seinen Zügen verschwunden. Obwohl die Haut rund um seine Augen noch immer geschwollen war, schaffte er es, kuhl und fokussiert zu wirken. »Wenn er dir noch mal zu nahe kommt, sag mir Bescheid. Ein Wort von dir und ich kümmere mich darum.«

Mein Herz machte einen sanften Sprung – als würde es geradewegs in ein Bett aus Samt hüpfen. Mir war klar, wie er das meinte: Mabel hatte mir erzählt, wie Cliff sich auf ebendiese Weise letztes Semester um ihren Tutorien-Partner *gekümmert* hatte. Bemüht spöttisch verzog ich den Mund. »Ich dachte, ihr dürft keine Aufmerksamkeit mehr riskieren.«

Ashton lächelte. Und auch wenn ich wusste, dass ich das nicht mit Sicherheit sagen konnte, sah es ziemlich ehrlich aus. »Für dich würde ich gegen die Regeln verstoßen. Das habe ich ohnehin schon. Mehr als einmal.«

Ich ahnte erneut, worauf er hinauswollte. Cliff hatte mir erzählt, dass die Stare eindeutige Regeln hatten, wenn es darum ging, wie lang sie sich an der Seele eines Menschen nähren durften. Ashton hatte es bei mir deutlich länger getan. »Und …

wieso hast du das gemacht?«, fragte ich, bevor ich es mir verkneifen konnte. »Wieso … würdest du es tun?«

Er hob die Schultern, fuhr sich mit den Fingern durch die Haare, dann über die roten Augen, atmete laut ein und unhörbar wieder aus, als würde sich die Luft in ihm in Buchstaben wandeln, die er doch nicht greifen konnte. All das war irgendwie zu viel Geste für Ashton. Ich kannte niemanden, der vergleichbar kontrolliert wirkte wie er. Der Körper, den er eingenommen hatte, schien für ihn nicht mehr als eine Marionette zu sein. Eine, deren Fäden er beliebig bewegen konnte. Doch nichts von dem, was er gerade zeigte, wirkte einstudiert oder gezielt eingesetzt. Es wirkte unschlüssig, unsicher, unruhig. Es wirkte … echt.

»Weil du es bist«, sagte er schließlich gedehnt.

»Und was bedeutet das?« Ich machte einen Schritt auf ihn zu, er öffnete die Tür und drehte sich um.

Seine Stimme war kaum zu hören, als er antwortete. Gepresst, zweifelnd, unzufrieden, aber auch seltsam nachdenklich. Als wäre er durch unser Gespräch mit den Gedanken an etwas gestoßen, das schon seit Langem in seinem Bewusstsein herumlag und dem er bisher keinerlei Beachtung geschenkt hatte. »Wenn ich das so genau wüsste, Anima.«

Nachdem er fort war, stand ich noch eine Weile so da. Die Finger im Tüll vergraben, die Gedanken in diesen letzten Worten. Und obwohl sie so wenig Sinn ergaben und eher eine Frage als eine Antwort waren, hatte ich das Gefühl, sie waren das Ehrlichste, was ich je aus Ashtons Mund gehört hatte. Ich wusste, dass es keine Rolle spielte. Aber ich fühlte, dass es das eben doch tat. Denn als ich kurz darauf in meine Schlafshorts mit dem Kürbismuster schlüpfte, war mir trotz all der kalten Momente dieses Abends tröstlich warm.

10

ZOE

Es gab kaum ein schlimmeres Gefühl als das, etwas sagen zu müssen – und nicht zu wissen, was.

Seit Stunden schon hockte genau dieser Impuls auf meiner Brust und pikte mir von Zeit zu Zeit in die Stimmbänder. Doch alles, was statt einem Wort herauskam, war maximal ein Räuspern oder ein zu tiefes Luftholen. Jedes Mal rutschte das Ungesagte tiefer und vermengte sich in meinem Bauch zu einem Klumpen aus Unsicherheit und Unruhe.

Meine Finger bebten verräterisch, als ich nach ein paar Büchern griff. Zum zweiten Mal innerhalb von Minuten fiel mir eins der Exemplare aus der Hand und mit einem Knall auf den Dielenboden von Flemmings Büro.

»Gibt es etwas, das du mir sagen möchtest?«

Ertappt zuckte ich zusammen. »Was meinst du?«, erwiderte ich betont irritiert. Schon beim Aussprechen wusste ich, dass ich ihn damit nicht täuschen konnte.

Manchmal fürchtete ich, dass Ashton genug von meiner Seele gesehen hatte, dass er mittlerweile ihren Zustand aus meinem Gesicht ablesen konnte. Dabei sah er mich momentan nicht einmal an, sondern war damit beschäftigt, am Schreibtisch Akten in einen Karton zu ordnen.

Wir waren seit etwa einer Stunde hier und hatten bisher kaum ein Wort miteinander geredet. Was vermutlich vor allem daran lag, dass ich ihm nach einer knappen Begrüßung sofort den Rücken zugedreht hatte.

Seit dem Ball waren ein paar Tage vergangen. Ashton und ich hatten uns seitdem nicht gesehen, weder im Hickory House noch auf dem Campus. Dafür hatte ich an jedem Einzelnen den Drang verspürt, mich bei ihm zu melden.

Nicht, um mich doch noch für die Sache mit dem Spray zu entschuldigen oder mich zu bedanken, schlichtweg um mit ihm zu reden. Ich wusste nicht, worüber, dafür sehr gut, warum. Diese Seite von ihm, die an diesem Abend flüchtig aufgeblitzt war, war mir fremd und gleichzeitig vertraut gewesen. Es war die, die ich letztes Semester geglaubt hatte an ihm zu entdecken, ganz gleich, wie widersprüchlich er sich manchmal verhalten hatte. Und es war genau die, die ich in den vergangenen Wochen als Illusion abgehakt hatte.

Mein Verstand wusste natürlich, dass sein ungewöhnlich nettes Verhalten an jenem Abend nichts daran änderte. Doch das konnte trotzdem nicht verhindern, dass ich das Bedürfnis, mit ihm darüber zu sprechen, umso stärker empfand, seit wir wieder in einem Zimmer standen. Was Ashton natürlich nicht entgangen war. Weil ihm ja *nie* etwas entging.

»Du fühlst dich nervös an«, teilte er mir sachlich mit, als wäre es normal, dass er so etwas bemerken konnte. Aber das war eben der Punkt: Er musste mich nicht ansehen, um in mich hineinsehen zu können. »Irgendwelche neuen Vorkommnisse mit deinem *Kumpel*?«

Bei der Erinnerung an Nick breitete sich ein bitterer Geschmack auf meiner Zunge aus. »Nenn ihn nicht so.«

Ashton hob den Blick. »Wie sonst? Er ist nicht dein Freund, hoffe ich.«

»Hoffst du?« Mein Spott kippte leicht. Vielleicht, weil ich automatisch wieder an die Situation in meinem Zimmer denken musste, in der eben auch etwas gekippt war. Etwas zwischen uns, etwas in mir. Sosehr ich es auch leugnen wollte, wusste ich, dass er recht hatte. Ein Teil von mir wollte sich ihm immer noch öffnen. Oder … ein Teil von mir hatte sich ihm gegenüber nie verschlossen, trotz allem, was ich dafür gegeben hätte.

»Nach dem, was er getan hat …«

Hastig schüttelte ich den Kopf und verscheuchte damit die unangebrachten Gedanken. »Er ist gar nichts für mich. Seit dem Ball hab ich auch nicht mehr mit ihm gesprochen. Ich glaube, er hat mein letztes Wort so verstanden, wie ich es gemeint habe.«

»Dein letztes Wort?«

Ich lächelte süffisant. »Mein Knie zwischen seinen Beinen.«

Ashton schmunzelte. »Die klarste Ansage, die es gibt.« Er wandte sich wieder den Akten zu, als wäre das Gespräch damit beendet.

Ich hätte es darauf beruhen lassen sollen, aber mein Mund öffnete sich wie von selbst. »Und … wie ist es bei dir?«

Er verschloss den Karton mit einem Deckel und stellte ihn auf zwei andere neben das Fenster. »Mir blieben solche Ansagen in jüngster Zeit glücklicherweise erspart, danke der Nachfrage.«

»Du weißt, was ich meine. Ist mit deinen Augen wieder alles gut?« Mir war zwar keine Rötung aufgefallen, aber ich konnte den leichten Gewissensbiss trotzdem nicht aus meiner Brust vertreiben.

»Du kannst gern nachsehen.«

»So weit reicht meine Besorgnis nicht«, erwiderte ich spitz und stellte die zugeklappten Bücher mit etwas zu viel Schwung ins Regal. Als ich mich umdrehte, keuchte ich erschrocken auf. Ich hatte nicht gehört, dass Ashton auf mich zugekommen war.

»Sicher?«, fragte er betont arglos und sah mich aus diesen großen, dicht bewimperten, viel zu schönen Augen an.

Er stand so nah vor mir, dass mein Oberkörper seinen streifte, als ich tief einatmete. Ein Fehler: Sein Duft trieb sofort Hitze in meine Wangen und meine Gedanken.

Seine Lippen verzogen sich zu einem Grinsen. »Kein Grund, rot zu werden, Anima. Wir reden immerhin nur über meine Augen und nicht über irgendetwas zwischen meinen Beinen.«

»Weder das eine noch das andere gehört dir«, erinnerte ich ihn gepresst, während ich mühsam versuchte, die Wärme in meinem Gesicht zurückzudrängen. »Du hast es gestohlen.«

Sein Lächeln wurde eine Spur spitzbübischer, was ihn jünger und … harmloser aussehen ließ. »Bedeutet nicht, dass ich damit nicht umgehen kann.«

»Ja, ich bin sicher, in deinem hohen Alter kannst du auf genug Übung zurückblicken, Großväterchen.« Meine Stimme klang kratzig. Ich wünschte, es läge ausschließlich am Spott, aber ich wusste es besser. Die Erinnerungen ans letzte Semester waren Schleifpapier für mein Inneres. Alles in mir kribbelte, sobald sie durch mich hindurchkrochen.

Auch wenn Ashton und ich uns nur ein paarmal geküsst hatten, wusste ich noch genau, was das mit meinem Körper angestellt hatte. Es hatte nie viel gebraucht: seine Fingerspitzen auf meinem nackten Schulterknochen, um einen Träger zurechtzurücken, und mein Herz schlug schneller. Seine Lippen an meiner Wange und ich spürte Hitze, die sich zentnerschwer in meinen Bauch sinken ließ. Ich wusste all das noch. Und er mit Sicherheit auch.

Das Lächeln auf seinem Mund war so wissend und … nah, dass ich schlucken musste. Entschieden wich ich zurück, ohne zu bedenken, dass das Regal direkt hinter mir stand. Es polterte, als gleich mehrere Bücher herunterfielen. Fluchend fuhr ich herum und schob ein paar, die gefährlich nah an die Kante gerutscht waren, mit Kraft gegen die Rückwand. Und da passierte es.

Das Klacken war kaum hörbar, im ersten Moment glaubte ich, es mir nur eingebildet zu haben. Zumindest so lang, bis im nächsten Augenblick das Regal anfing, sich nach vorn und auf mich zuzuneigen. Ashton zog mich gerade noch rechtzeitig an sich, sodass das Holz mich nicht traf.

»Was zur …« Er brach ab, und ich schaffte es ebenso wenig, den Satz zu beenden. Alles, was ich wahrnahm, war der Spalt, der sich zwischen zweien der Regalwände gebildet hatte. Da war eine Öffnung. Ein … Durchgang.

Kurz entschlossen löste ich mich von Ashton und griff nach der hervorgesprungenen Kante des Regals. Mit ganzer Kraft zog ich daran, sodass sie mit einem Ächzen nachgab und sich weiter aufziehen ließ.

»Warte, lass mich …« Weiter kam Ashton nicht, weil ich mich da schon hindurchschob. Nicht weit, gerade so, dass ich einen Fuß in den Hohlraum dahinter stellen konnte. Ich tastete nach meinem Handy, und kurz darauf benetzte das bläuliche Taschenlampenlicht dunkle Wände und … einen Treppenabsatz, von dem aus es nach unten ging.

Reflexartig wollte ich darauf zugehen, Ashton hielt mich an der Schulter zurück. »Du wirst da nicht reingehen, du weißt doch gar nicht, was da ist.«

Er klang ungewohnt nervös, doch meine Neugierde plusterte sich zu sehr auf, um so etwas wie Unruhe durchzulassen. Ich hatte die Grundrisse vom Hickory House gesehen und etliche Fotos aus seiner Vergangenheit, aber von einem Untergeschoss jenseits des Kellers hatte ich nie etwas gehört. Schon gar nicht von einem, das durch ein Bücherregal betreten werden konnte.

Ich schüttelte seine Hand ab. »Na und? Viel gruseliger als deine Gesellschaft kann es nicht werden.«

Ashton sagte noch etwas, aber da war ich schon im Dunkeln verschwunden. Meine Hand fasste in Spinnweben, als ich nach dem Geländer griff, um vorsichtig die Stufen hinabzugehen. Je weiter ich kam, desto deutlicher schlug mir ein muffiger Duft entgegen: feuchtes Holz, altes Papier, abgestandene Luft. Unten angekommen, erwartete mich tiefe Schwärze. Ich schwenkte das Handy herum, bis ich neben mir an der Wand einen Schalter entdeckte. Ich legte ihn um und blinzelte, als mit einem Summen mehrere Lampen am niedrigen Deckengewölbe ansprangen.

Ich konnte ein ungläubiges Keuchen nicht zurückhalten. Das hier war weitaus mehr als ein Keller. Es war ein unterirdisches … Büro. Papier türmte sich auf dem Boden und einem breiten Schreibtisch, dessen Oberfläche kaum noch auszumachen war. Benutztes Geschirr stand neben vertrockneten Blumen und achtlos geöffneten Kartons. Postkarten lugten aus einem hervor, Fotografien in Sepiatönen aus einem anderen. Die Wand hinter dem Tisch wurde von einem breiten Regal verdeckt. Alt wirkende Bücher standen darin, die schwarzen Rücken mit Staub und goldener Stanzschrift verziert.

Es wirkte wie das Büro ein Stockwerk über uns und doch ganz anders. Als hätte das Zimmer dort oben einen eigenen Schatten geworfen.

Beeindruckt drehte ich mich im Kreis, während ich mich an das seltsame Licht gewöhnte. Es brannte im Gesicht, wobei das vermutlich eher an den Luftverhältnissen lag. Mit Sicherheit war seit Jahren niemand mehr hier gewesen. Dichter Staub bedeckte den steinernen Boden und tanzte in Flusen um mich herum, kribbelte bei jedem Atemzug in der Nase, kitzelte Tränen meine Augen hinauf. Ich wischte sie mir grob von den Wangen und versuchte, alles um mich herum zu erfassen. Was schwierig war, weil es … *so viel* war.

Ich bemerkte Ashton erst, als er mitten im Raum stand und sich umsah. »Ist das nicht faszinierend?«, fragte ich begeistert. »Ich meine … was ist das?«

Mit langsamen Schritten näherte er sich dem Schreibtisch. »Offenbar so eine Art Geheimzimmer.«

»So was gibt es im echten Leben?« Ich unterdrückte ein Niesen, als er nach dem Ziehfaden einer Tischlampe griff und damit weiteren Staub aufwirbelte. Das Zimmer war so klein, dass er mir geradewegs ins Gesicht flog.

Ashton hob die Augenbrauen, das Licht betonte die Fältchen auf seiner Stirn. »Kommt dir das unrealistischer vor als meine Existenz?«

Punkt für ihn. Schweigend ging ich auf eine Wand zu, die mit etlichen Zeichnungen beklebt war. Die meisten davon waren halb verblasst, andere konnte ich zwar erkennen, aber nicht verstehen. Ornamente, Schriftzüge, Skizzen.

An einer, die zur Hälfte von den anderen verborgen wurde, blieb mein Blick hängen. Vorsichtig löste ich die Stecknadel und zog das porös wirkende Papier hervor. Der Vogel war nur mit groben Bleistiftstrichen gezeichnet worden, trotzdem erkannte ich ihn auf Anhieb. Immerhin zuckte ich immer zusammen, wenn ich einen davon auf dem Campus vorbeifliegen sah. Weil ich jedes Mal an ihre Namensvetter denken musste. Vor allem an den einen, der sich in diesem Moment nur wenige Schritte von mir entfernt aufhielt.

Fragend hielt ich den Zettel in Ashtons Richtung. »Das ist ein Star, oder?«

»Unser Symbol.« Er nickte, als würde ihn meine Entdeckung nicht weiter überraschen. Generell wirkte er gefasster als noch vor wenigen Minuten. Ihm schien längst klar zu sein, was es mit diesem verborgenen Raum auf sich hatte.

Und da begriff ich, was das bedeuten musste. »Heißt das … Professor Morton war einer von euch?«

»Einer von uns hat sein Leben zu Ende geführt, ja. Sein Seelenname war Flemming.« Ashton verschränkte die Arme vor der Brust und betrachtete das Chaos auf dem Tisch vor sich. »Er war ein Einzelgänger, soweit das für uns überhaupt möglich ist. Er galt als ziemlich … eigensinnig. Deswegen wurde das Haus auch so zurückgelassen. Als Flemming es verlassen hat, hatte der Rat Sorge, er könnte hier Unerlaubtes aufbewahrt haben. Was er offenbar getan hat.«

»Wieso nutzt du die Vergangenheitsform? Was ist mit ihm passiert?«

Ashtons Mund spannte sich an. Er griff nach einem altmodischen Teelichthalter, der auf einem Papierhaufen stand. »Er ist ausgestiegen.«

»Ich dachte, bei euch kann man nicht aussteigen.«

Ashton lächelte unecht, während er das schwarze Glas in der Hand drehte. Das Licht wurde darin reflektiert und blendete mich. »Nun, es gibt eine Möglichkeit. Wir versuchen zwar, es zu verhindern, dass jemand sie ergreift, aber es ist nicht unmöglich.«

Mir wurde kühl, ich zog die Strickjacke enger. »Du meinst ... er hat sich das Leben genommen?«

»Ja. Er ist in London von der Tower Bridge gesprungen. Seine Wertsachen wurden dort gefunden, und er hat einen Abschiedsbrief für uns hinterlassen.«

»Wann war das?« Interessiert betrachtete ich ein paar Zeitungsschnipsel, die an der Wand hafteten. Fetzen von Artikeln und Fotos, das meiste davon so vergilbt, dass es unleserlich geworden war.

»1982.« Ashtons Stimme war mit einem Mal so leise, dass ich sie kaum hören konnte.

Irritiert drehte ich mich zu ihm um. Er stand noch immer am Schreibtisch, sein Blick lag auf dem Zeitungsstapel, der unter Tassen voll mit trockenem Kaffeesatz hervorlugte. Je länger er auf das verblichene Papier starrte, desto mehr passte sich seine Gesichtsfarbe diesem an.

Besorgt ging ich einen Schritt auf ihn zu. »Ist alles ...«

»Wir sind fertig hier unten«, fiel er mir ins Wort und wandte sich Richtung Ausgang. »Wir vergessen, dass wir es jemals gesehen haben, klar?«

Ein fassungsloser Ton rutschte mir über die Lippen. »Wie bitte? Das Zimmer gehört zum Haus, wir können es nicht so lassen.«

»Wieso nicht? Es wurde doch bisher auch nie entdeckt.« Er runzelte die Stirn, doch selbst diese Regung wirkte fahrig und irgendwie gespielt. Als würde er seinen Ausdruck mit Absicht verschleiern, damit ich nicht sehen konnte, was wirklich in ihm vorging.

»Aber ... interessiert dich all das gar nicht?«

»Nein.« Er verbarg die Hände in den Taschen seiner Stoffhose, ich sah dennoch, dass sie leicht bebten. So wie seine Nasenflügel. Instinktiv wusste ich, dass das nicht an den herumwehenden Staubflusen lag, sondern an irgendetwas, das in ihm selbst aufgewirbelt worden war. »Es ist spät, ich muss los. Wir gehen hoch.« Er nickte mir auffordernd zu, als erwartete er allen Ernstes, ich würde mich deswegen in Bewegung setzen.

Herausfordernd stemmte ich die Hände in die Hüften. »Und du verfällst in den Plural, weil ...«

»... ich dich nicht allein hier unten lasse«, beendete er meinen Satz gereizt. Sein Blick schwirrte immer wieder zum Treppenabsatz, als wäre er am liebsten hinaufgerannt. Ich hatte ihn noch nie so unkontrolliert und nervös gesehen. »Am Ende sperrst du dich ein oder gerätst sonst wie in Schwierigkeiten.«

»Nicht dein Problem.«

»Oh, doch. Ich hab Cliff versprochen, dass dir in meiner Anwesenheit nichts passiert.« Er zwickte sich in die Nasenwurzel, seine Stimme wurde gepresster. »Ich kann das jetzt nicht diskutieren, Zoe.« Mein Name brach auf seinen Lippen entzwei, die Buchstabensplitter pikten mir unangenehm ins Herz.

Ich hätte gedacht, es würde in mir Genugtuung auslösen, sollte ich ihn jemals etwas Echtes fühlen sehen. Doch jetzt stand er vor mir, sichtlich angespannt, vielleicht sogar ... leidend, und ich fühlte nicht im Ansatz Zufriedenheit. Viel eher sprang seine Unruhe auf mich über und biss sich in meinem Nacken fest. Am liebsten hätte ich ihn gefragt, was los war, aber alles an ihm strahlte aus, dass er nicht darüber reden wollte. Dass er nur noch wegwollte. Er stand in diesem Moment nur meinetwegen hier, und diese winzige Geste löste etwas so Großes in mir aus, dass ich mich nicht länger dagegenstemmen konnte.

Ich gab mir einen Ruck. »Okay, schon gut.«

Beim Rausgehen blieb mein Blick an der Zeitung hängen, die ganz oben auf dem Tisch lag. Die Seite, die Ashtons Gesicht Farbe entzogen hatte, zeigte ein anderes. Freundliche Augen, ein schön geschwungener Mund mit einer feinen Zahnlücke und tiefen Grübchen.

Der Name in der Artikelüberschrift wurde von Kaffeespritzern verdeckt, aber ich hatte das Gefühl, er stand Ashton ins Gesicht geschrieben. Selbst dann noch, als wir das Zimmer verlassen und das Regal wieder zugedrückt hatten, er sich einsilbig von mir verabschiedete und schließlich das Hickory House verließ. Diese Gefühlsbuchstaben hatten sich so fest in seine Haut gedrückt, dass ich sie die ganze Zeit über erkennen konnte, ohne in der Lage dazu zu sein, sie zu einem Wort zusammenzusetzen. Es war seltsam und beklemmend, aber das, was ich in diesen Minuten in seinen Zügen erkannte, war das Menschlichste, was ich je dort gesehen hatte.

Es war nach neun, als ich das Wohnheim wieder erreichte und einen Blick an der Fassade nach oben warf. In Mabels Zimmer brannte noch Licht. Mir war klar, dass sie auf mich wartete. Im Laufe des Nachmittags hatte sie mir mehrere Nachrichten geschickt und betont beiläufig gefragt, wie es lief. Das machte sie meistens, wenn sie wusste, dass ich bei einem Projekttreffen war. Mit Ashton.

Ich hatte ihr noch nichts von unserer Entdeckung erzählt. Aus irgendeinem Grund sträubte sich etwas in mir dagegen. Vielleicht, weil dieses seltsame, unterirdische Büro mich weniger beschäftigte als Ashtons Reaktion darauf.

Ich schüttelte den Kopf, um das Gefühl der Beklemmung loszuwerden, und wickelte mir den Schal vom Hals, während ich in Richtung Küche ging. Mein Kopf steckte noch im Stoff, als ich über die Schwelle und direkt in jemanden hineinlief.

Ich zuckte zurück und fiel nur nicht um, weil meine Oberarme umfasst wurden. Sofort löste ich mein Gesicht aus dem Schal und blinzelte zu dem Typen hinauf, der mich behutsam festhielt. Erleichtert atmete ich aus. »BC, du hast mich erschreckt.«

»Wie oft muss ich dich noch bitten, mich nicht so zu nennen?« Cliff verzog das Gesicht zu einem schwachen Lächeln und ließ mich los. Er trug seinen Mantel geöffnet, mir fiel auf, dass der Rollkragenpullover darunter falsch herum war. Ganz offensichtlich war er bei Mabel gewesen.

»Bis du tot umfällst«, erwiderte ich grinsend und hätte mir im nächsten Moment am liebsten die Zunge abgebissen. »Gott, ich bin so … ich hab nicht nachgedacht«, ich schluckte, »tut mir leid.«

»Schon gut.« Er winkte ab, aber mir entging nicht, dass sein Lächeln trüber wurde. Manchmal kam es mir vor, als würde er vor Mabel jeden Schatten aus seinen Zügen fernhalten, wodurch sie umso kräftiger zurückkamen, sobald er allein war. »Wie war es heute im Hickory House?«

Ich seufzte und schob mich an ihm vorbei zum Küchentresen. Meine Packung mit Spekulatius-Teebeuteln war fast leer, ich fischte den letzten heraus und hängte ihn in eine Tasse, ehe ich den Kocher anmachte. »War Mabel sehr nervös?«

»*Besorgt* trifft es eher.«

»Hat sie Grund dazu?«

Cliff schwieg einen Moment, dann hörte ich, wie er ein paar Schritte in die Küche hineinmachte. »Wir waren letztens etwas trinken, und ich hab ihn gefragt, warum er an dem Projekt teilnimmt. Er hat mir dasselbe gesagt wie dir.«

Mit einem zynischen Lächeln drehte ich mich zu ihm um und stützte mich hinter mir am Tresen ab. »Und glauben wir Ashton das?«

»Hat er irgendwas getan, das dich beunruhigt?«

Alles, was er tut, beunruhigt mich, dachte ich, aber ich wagte es nicht, es auszusprechen. Es hätte sich wie Kapitulieren angefühlt. Wie ein Geständnis, dass Ashton mir trotz allem noch näherging, als mir lieb war.

»Nein, aber … na ja, das hab ich damals auch nicht bemerkt, richtig?«

Cliff hob fragend eine Hand. »Soll ich nachsehen?«

Ich brauchte einen Moment, ehe ich begriff, worauf er hinauswollte. In einem ersten Reflex wich ich zurück, bis die Kante der Spüle in meine Haut drückte und ich mir klarmachte, wer da vor mir stand. Wenn ich jemandem erlauben konnte, nach meiner Seele zu schauen, dann Cliff.

Langsam ging ich wieder auf ihn zu. »Okay, aber ich warne dich: Ich hab nicht aufgeräumt.«

Cliffs Finger waren kühl, als er sie kaum spürbar an meine Halsschlagader legte. Ich schloss die Augen und atmete tief durch, dreimal, da ließ er mich auch schon wieder los und trat einen Schritt zurück. »Er hat deine Seele nicht angefasst. Alles noch am rechten Fleck und so beeindruckend intensiv wie immer.«

»Du Charmeur«, witzelte ich halbherzig und verschränkte die Arme vor der Brust.

Cliffs Worte beruhigten mich, gleichzeitig überraschten sie mich nicht. Ich war nicht sicher, woran es lag, aber ich hatte das Gefühl, dass ich es gespürt hätte, wenn Ashton wieder etwas von meiner Energie genommen hätte. Ich fühlte mich in seiner Nähe bei Weitem nicht so verklärt wie damals, und dadurch sah ich ihn eben viel klarer. Sein Körper war immer noch makellos, doch seine Seele schimmerte mittlerweile überdeutlich zwischen feinen Rissen in seiner Fassade hindurch. Wobei das, was wir vorhin entdeckt hatten, offensichtlich einen tiefen Krater hinterlassen hatte. Die Emotionen, die dahinter aufgeblitzt waren, hatte ich zwar nicht deuten können, doch ihre Intensität war für mich innerhalb von Sekunden spürbar gewesen.

Unsicher suchte ich Cliffs Blick. Ich wollte ihm nichts von dem Geheimzimmer erzählen, ehe ich nicht entschieden hatte, was ich damit vorhatte. Doch manche meiner Fragen konnte ich nicht herunterschlucken. »Wir haben vorhin ein paar Sachen gefunden und … Ashton hat seltsam reagiert, als es um den Rektor ging, der damals in diesem Haus gelebt hat. Er war einer von euch, richtig? Ashton hat angedeutet, dass er sich das Leben genommen hat. Irgendwie scheint ihn das ziemlich getroffen zu haben.«

Ein seltsamer Ausdruck trübte Cliffs Gesicht: Trauer, ruhig und blass, als wäre sie uralt. Wenn das Schmerzgedächtnis ein Lächeln hätte, hätte es mit Sicherheit so ausgesehen. »Flemming, ja.« Er zögerte, dann zog er den Stuhl am Tisch zurück und setzte sich. »Wobei ich nicht glaube, dass es Ashton darum ging. Flemming verschwand, kurz nachdem Heaven … ging.«

Bei dem Namen klingelte etwas in mir. »Mabel hat sie erwähnt. Sie war eure Freundin, oder?«

Ich erinnerte mich nicht im Detail an das, was Mabel mir über sie gesagt hatte, aber ich wusste, dass Cliff, Norah und Ashton früher kein Dreier-, sondern ein Fünfergespann gewesen waren. Mabel hatte mir ein altes Foto von ihnen gezeigt, doch ich hatte eher mit der Tatsache gehadert, dass sie damals alle anders ausgesehen hatten, als mich auf die zwei weiteren Personen zu konzentrieren. Mittlerweile wusste ich von ihr, dass einer von ihnen Nox gewesen war. Der Mann, der gerade erst wieder als Ratsmitglied in Cambridge aufgetaucht war. Von Heaven wiederum konnte ich nur sagen, dass sie sich vor vierzig Jahren das Leben genommen hatte. Nachdem sie ihrem Körper zu viel fremde Energie zugeführt und gewusst hatte, dass sie das bald umbringen würde.

Cliff tastete nach dem Kragen seines Pullovers, legte den Daumen auf das fingernagelgroße, schwarze Tattoo. Ein winziger Bruchteil des Star-Symbols – das Wappen ihrer Verbindung. Ich erinnerte mich daran, wie ich mit meinen Fingern oft über Ashtons ganz ähnliches gestrichen hatte, und kniff hastig die Augen zusammen.

»Ja, sie war unsere Freundin, aber für Ashton war sie mehr. Ich weiß nicht, welches Wort passend wäre. Sie hatten mehr als eine Beziehung, sie hatten eine … verschmolzene Existenz.«

Ein Teil von mir wollte lachen. Einfach, weil die Vorstellung,

Ashton könnte etwas anderes als sich selbst lieben, absurd war. Ein anderer wollte weinen. Aus Gründen, die ich nicht ganz auseinanderziehen konnte. Ein paar fühlten sich nach Mitleid an, andere nach … Verletztheit. Ich drängte alles davon beiseite und umarmte mich fester. »Es muss furchtbar für ihn gewesen sein, sie zu verlieren.«

Cliff schwieg lang, ein Zeichen dafür, dass er viel dachte. Oder fühlte. Dann nickte er abermals. »Es rechtfertigt nicht, was er danach alles getan hat, aber es erklärt vieles. Er erlaubt es sich nicht, stehen zu bleiben, weil er Angst hat, dass es ihn dann einholt.«

»Was meinst du mit *es*?«

Er hob die Mundwinkel. »Das Gefühl, wie es ist zu leben. Zu lieben. Und … zu verlieren.«

Mein Herz zog sich unangenehm zusammen. »Das schlimmste Gefühl von allen, nicht?«

Cliff stand wieder auf, zuckte mit den Schultern. »Ja. Aber auch das kostbarste.«

Ohne groß darüber nachzudenken, machte ich einen Schritt nach vorn und umarmte ihn. Sein Herz schlug kräftig und gleichmäßig an meinem Ohr. Ich begriff weder, dass es im Grunde nicht seines war, noch, dass es in wenigen Jahren oder sogar Monaten auf irgendeine Weise aufhören würde zu schlagen. Das war so absurd. Und es war einfach nicht fair. »Du darfst nicht sterben.«

Cliff schob eine Hand auf meine Schulter und streichelte sie sacht. Als ich den Kopf von ihm löste und zu ihm aufsah, lächelte er. »Ich will auch nicht sterben, noch nicht. Aber es ist trotzdem in Ordnung, weißt du? Es ist in Ordnung, weil ich Mabel getroffen habe. Wenn ich bald sterbe, dann habe ich wenigstens vorher noch mal gelebt. Ich wünsche mir das auch für Ashton. Dass er noch einmal etwas Echtes findet, bevor …« Er brach ab, als er meinen angespannten Gesichtsausdruck bemerkte. »Tut mir leid, du hast jedes Recht, ihn zu hassen, nur …«

»Schon gut«, fiel ich ihm ins Wort und trat zurück. »Ich wünsche es mir auch für ihn. Für euch alle.« Es erstaunte mich selbst, wie wahr es war. »Spricht wahrscheinlich dafür, dass ich wirklich dumm bin«, fügte ich hinzu und drehte mich um, damit er nicht sehen konnte, dass die Bitterkeit der Worte auch meine Züge verzerrte.

»Sag so was nicht, Zoe«, erwiderte Cliff sanft. »Mitgefühl ist mit das Schönste, was einen Menschen auszeichnen kann.«

Der Wasserdampf brannte in meinen Augen, als ich den Tee aufgoss. Mir war trotzdem klar, dass die Tränen nicht daher kamen. »Sei ehrlich zu mir«, meinte ich mit dem Absetzen des Kochers und drehte mich wieder zu ihm um. »Denkst du wirklich, es besteht die Chance, dass ihr einen Weg findet, zu überleben? Oder erzählst du das Mabel nur, damit sie etwas hat, woran sie sich klammern kann?«

Ich kannte die Antwort, bevor ich die Frage gestellt hatte. Ich hatte sie in dem Moment gekannt, in dem Mabel mir von alledem erzählt hatte. Es lag an der Art, wie Mabel und Cliff wirkten, sobald das Thema auf all das fiel. In den Augen meiner Freundin glänzte jedes Mal etwas auf, das nach Kampfgeist, Entschlossenheit und Hoffnung aussah. In Cliffs hingegen lag eine tiefe Ruhe, eine fast greifbare Resignation. Da war auch Hoffnung in seinem Blick, aber immer nur dann, wenn er Mabel ansah. Seine Worte eben hatten meinen Verdacht bestärkt: Die Hoffnung bestand für Cliff nicht darin, einen Ausweg zu finden. Sondern darin, dass er Mabel auf diesem einen Pfad gefunden hatte – auch wenn dieser geradewegs in einen Abgrund führte.

»Ich weiß nur, dass ich keine Minute damit verschwenden möchte, zu versuchen, meine Zukunft zu retten. Nicht, wenn das Jetzt zum ersten Mal seit langer Zeit erlebenswert ist«, sagte er und hob die Schultern. »Der Rest … wird sich zeigen.« Er verbarg seine Hände in den Hosentaschen und ging zur Tür, als wüsste er genau, dass mir danach war, eine Diskussion anzufangen. »Mach dir keine Sorgen wegen Ashton. Er ist kein einfacher Mensch, aber er ist nicht aus Langeweile heraus grausam. Wenn er etwas von dir gewollt hätte, hätte er längst versucht, es sich zu nehmen. Zurückhaltung und Geduld sind nicht gerade seine Stärken.« Er hob eine Hand zum Abschied, ehe er im Flur verschwand.

Ich blieb am Fenster stehen, bis ich ihn draußen im Innenhof ausmachen konnte. Eine Kontur aus Schattenfarben, die innerhalb von Sekunden mit der Nacht verschmolz. Es war so absurd, wie schnell ein Mensch verschwinden konnte. Absurd und grausam.

Ich presste die Hand mit dem Teebecher gegen meine Brust und nahm trotz seiner Wärme vor allem wahr, wie es darunter wummerte. Cliffs Fingerabdrücke pochten sacht auf meinem Inneren, und ich konnte nur daran denken, was für Blutergüsse es in Mabels hinterlassen würde, wenn er ging. Richtig ging, endgültig ging, für immer ging.

Ich hätte meine Seele gegeben, um ihre davor zu bewahren. Aber ich fürchtete, mit dem Tod konnte man nicht verhandeln.

11

ASHTON

Ich hatte mich nie für Gesichter interessiert.

Es ging nicht darum, wie man aussah, nur darum, was man ausstrahlte. Natürlich, ein attraktives Äußeres verschaffte einem im Alltag Vorteile, einfach, weil Menschen oberflächlich waren. Sie konnten nichts dafür, so funktionierte die Psyche: Jemand, den man als attraktiv betrachtete, erschien einem automatisch sympathischer. Man schrieb ihm aufgrund seiner Fassade positive Eigenschaften zu, ohne je auch nur einen Blick auf seinen Charakter geworfen zu haben. Es war lächerlich simpel, aber Geld und Schönheit waren die wirksamsten Blendemittel. Die Dummheit der Menschen war seit mehr als einhundert Jahren der größte Trumpf unserer Gemeinschaft.

Vielleicht war genau dieses Wissen, dass das Äußere manchmal absolut nichts mit dem Inneren zu tun hatte, der Grund dafür, dass ich mir nichts aus Schönheit machte. Gesichter waren austauschbar, Gesichter waren vergänglich, Gesichter waren Masken.

Ich hob die Finger und tastete über das markante Kinn der Skulptur vor mir. Die Wölbung war mir vertraut, weil sie sich fast genauso anfühlte wie die in dem Gesicht, das ich trug. *Ein Marmor-Engel*, das war mir durch den Kopf geschossen, als ich

Ashton Griffin erstmals gesehen hatte. Prägnante Wangen- und ein kräftiger Kieferknochen, symmetrische Züge. Jedes Augenbrauenhärchen wirkte gezeichnet, jede Locke weich und wild zugleich. Keine Hautunreinheiten, keine sichtbaren Poren, keine Augenringe.

Zwei Jahre später konfrontierte mich jeder Blick in den Spiegel mit einer unschönen Wahrheit: Ich hatte dem Körper nicht gutgetan. Meine Zigaretten hatten die Haut spröder werden lassen, mein Schlafmangel hatte die Schatten unter den Lidern vertieft. Ich achtete nie mehr als nötig auf die Hülle, in die ich schlüpfte, immerhin wusste ich, dass ich nicht lang bleiben würde. Und wenn unser Plan funktionierte, würde sich daran auch nichts ändern.

Ich schnippte der Statue gegens Kinn, ehe ich zur nächsten trat. Das Turmzimmer im Hickory House wirkte wie ein in Vergessenheit geratenes Museum. Der Boden war mit dunklen Dielen ausgelegt, das Abendlicht schien durch die Sprossenfenster und malte ein Karomuster aus verschiedenen Orangetönen darauf. Im Gegensatz zu den anderen Räumen wirkte dieser hier beinahe aufgeräumt. Ein paar Schränke standen an den Wänden, ansonsten waren da nur die Kalkstatuen, die scheinbar wahllos verteilt herumstanden. Eine Armee aus makellosen, gesichtslosen Gestalten. Ich dachte die ganze Zeit über an meine Familie, während ich mit einem Lappen Spinnenweben von ihrer falschen Haut wischte.

Von hinten wirkte Zoe fast wie eine von ihnen: Ihr beiges Frühlingskleid flatterte um ihre nackten Waden, das hellblonde Haar fiel in einem geflochtenen Zopf auf ihren Rücken. Ihre Glitzerfäden-Ohrringe reflektierten immer wieder das Licht der untergehenden Sonne, während sie nacheinander Kartons aus dem Schrank nahe dem Fenster nahm und öffnete. Ich hatte angeboten, mitzumachen, aber ihr war es immer noch lieber, mich ans andere Ende des Zimmers zu schicken, als meine Hilfe anzunehmen.

Mit den Arbeiten im Büro im Erdgeschoss waren wir vor ein paar Stunden im Großen und Ganzen fertig geworden. So wie die meisten der anderen mit ihren zugeteilten Bereichen im Laufe der letzten Woche. Ihre Schichten wurden dementsprechend immer kürzer, heute waren bereits alle gegangen. Nur Zoe hatte beschlossen, dass wir uns noch ansahen, was im bisher unangetasteten Dachzimmer zu tun war.

Ich hatte mich nicht beschwert. Jeder Meter, den wir uns vom Kellergewölbe des Hauses und dem dort verborgenen Raum entfernten, war mir mehr als recht. Es war ein paar Tage her, dass wir ihn entdeckt hatten, doch ein Teil von mir hing immer noch dort fest. Zoe hatte ihn nicht mehr erwähnt, und ich selbst versuchte alles, um seine Existenz zu verdrängen. Es funktionierte nur nicht. Bei jedem Schritt über den Dielenboden glaubte ich, das Zimmer in der verborgenen Tiefe des Hauses aufatmen zu hören. In jedem Knarren und in jedem aufgewirbelten Staubflaum hörte und roch und schmeckte ich eine Vergangenheit, die ich nur vergessen wollte.

Ich wusste selbst nicht, wieso mich Flemmings verstecktes Büro so mitnahm. Vielleicht, weil ich in den fünf Minuten dort unten das Gefühl gehabt hatte, unzählige Geheimnisse einzuatmen. Es war uns untersagt, Unterlagen zu sammeln, die mit dem *Bund der Stare* in Verbindung gebracht werden konnten. Victor hatte vor Jahrzehnten einmal spaßeshalber angefangen, seine alten Ausweise aufzuheben. Daraufhin hatte der Rat ihn so stark ausgepeitscht, dass er den Wirtskörper wechseln musste, um zu überleben. Hätten sie gewusst, dass Flemming ein ganzes Zimmer voller Informationen über uns angesammelt hatte … er würde vermutlich immer noch in einem Verlies irgendwo unter der Erde sitzen. Andererseits hätte ihm das womöglich das Leben gerettet.

Der Gedanke hatte Eisenfinger, er drückte sie grob in meinen Kehlkopf. Atmen war schwer, Denken war schwer, alles war schwer.

Ich bemerkte erst, dass ich mich in Zoes Richtung bewegt hatte, als ich ihren Arm mit meinem streifte. Nicht zum ersten Mal heute. Meine Seele suchte ihre Nähe, weil in dieser alles leichter wurde. Zoe zuckte jedes Mal zusammen, aber bis auf einen wachsamen Blick reagierte sie kaum. Ich hatte das Gefühl, sie ahnte, was in mir vorging. Ich konnte es spüren: Ihre Seele streckte sich mir entgegen. Nicht impulshaft wie sonst, sondern bedacht. Aufmerksam, vorsichtig … mitfühlend?

Ein Teil von mir hasste das, weil mir klar war, dass sie meinen Abgang beim letzten Mal richtig gedeutet haben musste. Ein anderer dachte, dass das für mich nur von Vorteil sein konnte. Mitgefühl war immerhin irgendein Gefühl, das Zoe scheinbar für mich hegte. Wir befanden uns seit Wochen alle paar Tage in diesem Haus, und bisher hatte ich es nicht geschafft, ihr ein Gespräch zu entlocken, das über Putzmittel und Mülleinteilungen hinausging. Wenn man von dem absah, was wir nach dem Ball in ihrem Zimmer gehabt hatten – und über das wir seitdem ebenso schwiegen wie über alles andere auch. Ich hatte gedacht, es wäre der richtige Weg, ihr Zeit zu lassen, aber leider war *Zeit* so ziemlich das Einzige, was mir ausging.

Kurz entschlossen hängte ich den Lappen über den ausgestreckten Arm einer Statue und wandte mich an Zoe. »Was machst du heute noch?«

Sie hielt in der Bewegung inne. Einen zerfledderten Pappkarton vor der Brust, misstrauensgetränkte Überforderung im Gesicht. »Was?«

Belustigt musterte ich sie. »Was an der Frage hat dich verwirrt?«

»Die Tatsache, dass du sie mir stellst.«

»Ich dachte nur, wenn du noch nichts vorhast …«

»Nein.« Sie schüttelte entschieden den Kopf und stellte die Kiste auf einem Holztisch vor dem Fenster ab.

»Du weißt doch gar nicht, was ich vorschlagen wollte.«

Sie stützte die Hände in die Hüfte. »Hätte der Vorschlag deine Anwesenheit eingeschlossen?«

»Ja.«

»Dann nein.«

Ich biss mir auf die Unterlippe, wissend, dass ihr Blick immer eine Millisekunde an meinem Mund hängen blieb, wenn ich das machte. »Und ich dachte, du fängst an, dich an mich zu gewöhnen.«

»Ich hab mich auch an meine Erdnussallergie gewöhnt, trotzdem rufe ich sie nicht spaßeshalber hervor.«

Ich musste lachen, der Knoten in meiner Brust lockerte sich ein bisschen. »Warst du schon immer so gemein?«

»Entweder das, oder du hast das aus mir gemacht.«

Ihre Stimme klang kühl, doch ich erahnte das Zucken ihrer Mundwinkel, ehe sie sich zum Fenster drehte und den Karton aufschlug. Zoes Gefühle waren so intensiv und ineinander verwickelt, dass ich sie nicht auseinanderflechten konnte. Trotzdem nahm ich deutlich wahr, dass da eben mehr war als pure Abneigung. Was ich brauchte, war Zeit mit ihr. Zeit, in der wir nicht in Altpapier und Staub versanken, Zeit, in der sie sich wirklich auf mich konzentrierte.

Die angenehme Möglichkeit wäre gewesen, dass sie sich dazu bereit erklärte, mit mir essen zu gehen. Kerzenlicht, Klaviermusik, Wein … ein paar Stunden, mehr hätte es sicher nicht gebraucht, um ihre Abwehrhaltung zu lockern. Zumindest so weit, damit ich ihr ein Bild von mir zeigen konnte, das die Umrisse aufweichte, die sie sich zuletzt von mir gezeichnet hatte. Aber es war Zoe. Und eines hatte ich mittlerweile begriffen: Sie würde es mir nicht einfach machen. *Dann eben Plan B.*

Gemächlich schlenderte ich zu der Tür, die zur Treppe führte. Dem einzigen Ausgang aus dem Turmzimmer. Ich warf einen Blick über die Schulter – Zoe war immer noch über den Karton gebeugt. Möglichst lautlos umschloss ich die Klinke und zog daran. Es knackte, ein eindeutiges Zeichen, dass der Druck zu hoch war. Statt loszulassen, zog ich noch fester daran und hielt Sekunden später das Metallstück in der Hand. Ein triumphierendes Grinsen schob sich auf meine Lippen. Ich verscheuchte es, sobald ich Zoes Schritte hinter mir hörte.

»Es ist spät. Wollen wir los?«

»Ich fürchte, das wird schwierig.« Ich drehte mich zu ihr und hielt ihr die Klinke hin.

Zoe starrte auf meine Hand. Innerhalb von Sekunden wurde sie blass. Fahrig schob sie mich beiseite und tastete nach dem Loch im Holz, drückte gegen die Tür, klopfte dagegen. Das Poltern verebbte im Nichts, ebenso wie ihr unterdrücktes Keuchen, als sie ebendas erkannte.

Kurz stand sie da, die Handflächen gegen den Ausgang gepresst, dann fuhr sie herum und funkelte mich an. »Wieso hast du das getan?«

»Oh, komm schon. Du denkst nicht ernsthaft, das war Absicht, oder?« Meine Stimme klang eine Spur zu empört, ich räusperte mich. »Ohne dir zu nahe treten zu wollen, aber das hier ist auch nicht meine erste Wahl für einen Freitagabend. Hast du dein Handy dabei?«

Die Frage war rein rhetorisch, ich wusste genau, wo es lag: auf dem Schreibtisch im Büro, direkt neben meinem. »Scheiße«, murmelte sie, »es ist unten. Deins?«

Ich fuhr mir alibimäßig über die Hosentaschen. »Auch.«

Zoe fluchte und fing wieder an, gegen die Tür zu schlagen. Kurz sah ich ihr dabei zu, ehe ich ihr eine Hand auf die Schulter legte. »Das bringt nichts, die anderen sind vor zwei Stunden gegangen.«

Sie schüttelte mich ab. »Okay. Dann anders.«

Interessiert folgte ich ihr zum Fenster. »Was hast du vor?«

»Wir klettern raus«, erklärte sie entschieden und schob den Tisch beiseite, um die breiten Holzflügel aufzuschlagen. Es knarrte, als sie das Fenster so weit wie möglich öffnete. In dem

Moment, in dem sie sich auf das Brett davor hievte, machte ich einen Satz auf sie zu und umfasste ihre Handgelenke.

»Entschuldige, aber ich kann dich das nicht tun lassen. Das ist der dritte Stock. Es gibt nur diesen Flachdachvorsprung, und darunter ist nichts mehr. Bis zum Boden sind es etliche Meter. Was hast du vor, springen? Falls ich dich daran erinnern darf: Du bist nicht die mit der Vogel-Affinität, und selbst ich werde das nicht tun.«

Zoe kniff die Lippen so fest aufeinander, dass die Worte nur ganz dünn hindurchkamen. »Ist mir egal.«

Ihr Puls raste unter meinen Fingerspitzen, ihr ganzer Körper vibrierte vor Anspannung. Trotzdem wagte ich es nicht, sie loszulassen. So, wie sie gerade aussah, traute ich ihr tatsächlich zu, dass sie sich ohne zu zögern aus dem Fenster schwang. »Du riskierst lieber, dir das Genick zu brechen, als mit mir hierzubleiben?« Ich konnte nicht verhindern, dass meine Stimme fasziniert klang. Vermutlich hätte mich ihre Reaktion kränken sollen, doch ich war eher beeindruckt. Von ihrer Entschlossenheit, aber auch von meiner Wirkung auf sie.

»Was soll ich sagen, es erscheint mir weniger gefährlich.«

»Muss es nicht, ich hab dir gesagt, dass dir in meiner Gegenwart nichts mehr passieren wird.« Ich streichelte beruhigend über ihre Handgelenke, aber aus irgendeinem Grund sorgte das dafür, dass sie sich nur noch mehr anspannte. Ihre Wangenmuskulatur ließ nach wie vor kein bisschen Entspannung in ihrem Gesicht zu. Das war keine Angst. Es war … Nervosität. »Aber das ist es gar nicht, wovor du dich fürchtest, oder?«, schlussfolgerte ich gedehnt. »Es geht nicht darum, was ich aus unserer Nähe mache, sondern was du daraus machst.«

»Ein Mordmotiv ist alles, was ich daraus machen würde.« Energisch zog sie an ihren Handgelenken, diesmal ließ ich los.

Statt zurückzuweichen, stützte ich mich links und rechts von ihr am Brett ab und beugte mich zu ihr vor. Ihr Blick fing an zu flattern, als ich versuchte, ihn einzufangen. »Tja«, raunte ich, »dann liegt das Risiko wohl ganz auf meiner Seite.«

Sie schloss die Augen und atmete tief durch, ehe sie mich direkt ansah. »Du willst ernsthaft hierbleiben? Wie lang?«

Ich trat neben sie und lehnte mich vor, um am Dach vorbeizusehen. Die Sonne war fast verschwunden, ihr orangeroter Schatten hatte sich zwischen den Baumspitzen des Gartens verfangen. Die Straßen vorm Haus waren verlassen, dunkelgraue Pfade, die sich im Nichts verloren. Perfekt.

»Bis jemand vorbeiläuft, den wir rufen können, wird es sicher morgens sein.«

»Das ist doch ein Scherz.«

»Ich hab nichts dagegen, wenn du dir ein Lächeln abringst.« Mit einem Grinsen ging ich zum Schrank.

Zoes Blick brannte sich in meinen Nacken. »Wie kannst du so gelassen bleiben? Das ist … pure Folter.«

Ich seufzte und zog zwei Decken aus dem untersten Fach, die ich vorhin dort gesehen hatte. »Langsam nehme ich es persönlich. Es gibt deutlich Schlimmeres als das hier.« Ich schlenderte zurück zu ihr. »Komm schon. Es gab Zeiten, da haben wir ganze Nächte miteinander verbracht.«

»Unglücklicherweise erinnere ich mich nicht mehr im Detail daran.«

Die Worte klangen weniger feindselig als beim letzten Mal. Ein Zeichen dafür, dass sie mir immerhin glaubte, dass währenddessen nichts Körperliches zwischen uns passiert war. Die Erinnerung an die Unruhe in ihrer Stimme, als sie mich indirekt danach gefragt hatte, löste in mir ein flaues Gefühl aus. Bei all den Dingen, die ich in meinem Leben getan hatte, hatte ich so etwas nicht einmal in die Nähe meiner Gedanken – geschweige denn meiner Taten – kommen lassen. Es war eine Sache, jemandem etwas anzutun, was derjenige später wieder vergaß. Eine ganz andere war es, ihm etwas anzutun, an das er sich auf ewig erinnern würde. Ich bewunderte Cliff dafür, dass er sich zuletzt einen Körper ausgesucht hatte, der von seiner ursprünglichen Seele für so etwas benutzt worden war. Auch wenn ich wusste, wie nichtssagend Gesichter waren, war nicht einmal ich mir sicher, ob ich es mit so einem ertragen hätte, weiterhin in den Spiegel zu sehen.

»Umso besser, dann ist das hier unsere zweite Chance, dir eine erste Erinnerung an eine Nacht mit mir zu verschaffen.«

Zoe rutschte vom Fensterbrett. »Gut. Aber es gibt Regeln.«

»Ich liebe Regeln. Es gibt fast nichts, das so viel Spaß macht, wie sie zu übertreten.«

»Nummer eins: keine Zweideutigkeiten, keine Flirts, kein … das da.« Sie deutete vielsagend auf mein Gesicht.

»Was da?«

Zoe kam auf mich zu und presste je einen Finger auf meinen Mundwinkel. Erst da fiel mir auf, dass ich sie zu einem breiten Lächeln verzogen hatte. Unter ihrer Berührung sackten sie erst ein Stück weit hinab, ehe sie umso weiter hinaufkletterten.

»Mein Lächeln macht dich nervös?«

»Eher aggressiv. Also lass es.«

»Gut. Von jetzt an gucke ich ebenso desinteressiert wie diese Statuen.« Ich nickte zu den bleichen Gestalten, während ich die Decken auf dem Tisch ablegte.

»Nummer zwei«, fuhr Zoe unbeirrt fort, »wir halten Abstand.«

»Soll ich mich in den Schrank setzen?«

»Du sollst einfach deine Hände bei dir behalten.«

Ich seufzte. »Alles klar. Aber ich verspreche dir nicht, dich fallen zu lassen.«

»Wieso sollte ich …« Zoe stockte, als ich mich aufs Brett schwang und die Füße hochzog, um sie auf der anderen Seite aufs Dach setzen zu können. »Was hast du vor?«

Ich blieb vorm Fenster stehen und drehte mich zu ihr um. Die Oberfläche war rutschig, aber stabil. Der Vorsprung war etwa drei mal zwei Meter groß, darunter ging es steil hinab in den Vorgarten. »Ein bisschen frische Luft atmen und den Sonnenuntergang ansehen.«

Ich hielt ihr meine Hand hin, sie schüttelte den Kopf. »Du bist verrückt.«

»Gerade wolltest du selbst noch hier runterspringen.«

»Ja, weil du so verrückt bist, dass du sogar *mich* verrückt machst«, konterte sie empört.

Es ging nicht anders, ich musste lachen. »Wer flirtet jetzt? Komm schon, machen wir das Beste aus der Situation.« Ich lehnte mich über das Brett und griff nach den Decken. Als ich mit ihnen einen Schritt vom Fenster zurückwich, trat Zoe widerwillig darauf zu.

Wortlos kletterte sie zu mir und ließ sich an der Hauswand hinabsinken. Ich legte ihr eine der Decken in den Schoß, ehe ich mich mit etwas Abstand neben sie setzte.

Der Abend war lau, die Luft roch nach den Magnolien, die nur wenige Meter von uns entfernt blühten. Die Spitzen der weit entfernten Gebäude des Campus schimmerten in einem weichen Roséton im Licht der Sonne, die hinter den Bäumen glühte. Ich lehnte den Hinterkopf gegen die Fassade, betrachtete Zoes angespanntes Profil. »Mir ist langweilig. Komm schon, Anima. Rede mit mir.« Ich stupste mit dem Fuß gegen ihren. »Du bestimmst auch die Themen.«

Ich konnte sehen, wie sie zu einer unfreundlichen Antwort ansetzte, ehe sie es sich im letzten Moment anders zu überlegen schien. Ein grimmiges Lächeln schob sich auf ihren Mund. »Gut, aber dann darfst du mir nur die Wahrheit sagen.«

»Woher willst du wissen, dass ich nicht trotzdem lüge?«

»Ich bin gutgläubig. Und … ich bin bereit, etwas auf dein Versprechen zu geben. Eine letzte Chance.«

Ich schmunzelte. »Gut, von mir aus. Ich schwöre dir, dass ich nur die Wahrheit sagen werde. Ganz gleich, was du mich heute Nacht fragst, du wirst ausschließlich ungeschönte Ehrlichkeit zu hören bekommen. Ich fürchte nur, dass sie dir manchmal nicht gefallen wird.«

Zoe musterte mich kurz, ehe sie mit einem Nicken den Stoff

fester vor ihrer Brust zusammenzerrte. Einen Moment lang starrte sie reglos vor sich hin, dann holte sie tief Luft. Oder vielleicht auch nur Mut. »Wieso ich?«

Mir war klar, welche Form von Antwort ihr gefallen hätte: *Du warst etwas Besonderes.* Und obwohl das stimmte – wie sehr, wusste ich erst jetzt –, wäre es trotzdem nicht wahr gewesen. Wenigstens bei dieser ersten Frage wollte ich versuchen, ehrlich zu sein. »Anfangs war es Zufall. Ich hab dich gesehen, deine Energie gespürt, und du hast mir gefallen. Und dann ... je mehr Zeit wir miteinander verbracht haben, desto mehr hab ich mich an dich gewöhnt. Das mit der Anziehung funktioniert in beide Richtungen, nenn es Co-Abhängigkeit, wenn du willst.«

Zoe blinzelte. »Oh.«

»Was?«

»Nichts, nur ... ich bin wirklich so dumm.« Sie lachte heiser und wischte sich mit dem Handrücken über die Augen, als wollte sie eigentlich lieber weinen. »Ein Teil von mir hat immer noch gehofft, es hätte einen uneigennützigen, natürlichen Grund dafür gegeben, dass du Zeit mit dir verbringen wolltest.«

In meinem Bauch bildete sich ein kalter Klumpen, und ich wünschte mir plötzlich, ich hätte doch gelogen. Nicht, damit sie mich mehr mochte, nur, damit sie ... sich mehr mochte. »Zoe ...«

»Lass es.« Ihre Stimme brach, sie grub die Fingernägel in ihre Knie. »Lüg mich nicht an. Du hast es mir versprochen.«

»Zoe, du ... ich muss dir nicht sagen, wie du auf andere wirkst, oder? Du bemerkst doch, wie Männer dich ansehen?« Es war unmöglich, dass ihr entgangen war, wie die Menschen in ihrem Umfeld auf sie reagierten. Und ganz abgesehen davon: Zoe hatte auf mich immer so selbstbewusst und stolz gewirkt, dass ich nie auf den Gedanken gekommen wäre, sie könnte dahin gehend irgendwelche Unsicherheiten hegen.

Sie betrachtete ihren Handrücken, auf dem ein bronzefarbener Schleier ihres Lidschattens hängen geblieben war. »*Ansehen.*

Das ist es ja. Sie sehen mich an, aber sie *sehen* mich nicht. Das wollen sie gar nicht, weil sie sich eigentlich nicht für mich interessieren. Sie interessieren sich für meine Familie, für meinen Namen, für meinen Körper, aber nicht für mich. Deswegen war das mit dir so bitter, weißt du? Du warst der erste Kerl, der sich wirklich für meine Seele interessiert hat – wortwörtlich.« Sie lachte erneut auf. »Und doch … hat das wieder absolut gar nichts mit mir zu tun gehabt.« Zoe verdrehte die Augen, als wäre es unwichtig, aber ich sah den Röteschleier auf ihren Wangen, als würden die Worte von innen dagegenkratzen. Ich verstand, woher das kam. Manchmal verletzte unsere eigene Ehrlichkeit am allermeisten uns selbst.

Ein paar Sekunden lang sah ich sie einfach nur an. Sie hatte die Lippen zusammengekniffen, leicht bebend, so wie ihre Schulter unter der Wolldecke. Ihr Haar hatte sich zu großen Teilen aus dem Zopf gelöst, da waren etliche Silberfäden, die vor ihrem Profil tanzten.

Ich machte mir nichts aus Gesichtern, ehrlich nicht, aber ich konnte nicht leugnen, dass ihres mir gefiel. Ich mochte es, wie weich ihre Züge waren und wie entschieden sie trotzdem mit ihnen aussah, allein durch das, was sie in ihren Blick legen konnte. Ich mochte ihre Augen, weil sie in jeder Hinsicht klar waren: klarblau, fensterklar. Man hatte das Gefühl, durch sie hindurch geradewegs in ihr Inneres hineinsehen zu können. Manchen Menschen konnte man ansehen, dass sie nachdachten, Zoe konnte man ansehen, was sie fühlte. Und sie fühlte *so viel*, ich hätte nicht in ihre Seele blicken müssen, um das zu erkennen. Ich mochte außerdem ihr Lachen und ihren Duft, ich mochte ihre Art, tief Luft zu holen, wenn sie zu schnell gesprochen hatte, ich mochte das Sanftgezeichnete an ihrem Körper und die Art, wie er auf jede noch so flüchtige Berührung reagierte, als wäre er ebenso sensibel wie ihr Wesen.

Aber am liebsten mochte ich die Wölbung über ihrer Oberlippe, in die man perfekt eine Fingerkuppe legen konnte. Was ich wusste, weil ich genau das getan hatte, bevor ich sie das erste Mal geküsst hatte. Flüchtig nur, beides. Trotzdem erinnerte ich mich daran. Intensiv, *an beides*. Vielleicht zu intensiv, weil es doch eigentlich nichts bedeutete.

Ich hatte gewusst, dass sie darauf gewartet hatte, und ihr keinen Grund geben wollen, sich von mir zu entfernen. Mir war nicht mal möglich, zu sagen, ob es mir gefallen hatte. Ich meine, natürlich war es angenehm gewesen. Zoe war schön und fühlte sich in jeder Hinsicht gut an, und am Ende war ich eben auch an einen Körper gefesselt, der Hormone in Sehnsüchte umwandelte. Es war nur … ich verband kein drängendes Verlangen mit ihr, weder mit ihrem Äußeren noch mit ihrer Seele. Da war von Anfang an einfach diese weiche, heilsame Ruhe gewesen, wenn ich bei ihr gewesen war. Das hatte nichts mit ihrer Hülle zu tun, nur mit ihrem Wesen.

Aber wie hätte ich ihr das erklären sollen? Letztlich spielte es sowieso keine Rolle, weil sie recht hatte. Ich hatte nicht an ihre Empfindungen gedacht, nur an die, die sie in mir hervorrief. Alles, was mir wichtig gewesen war, war ich.

»Es tut mir leid«, sagte ich leiser als beabsichtigt.

Sie lächelte bitter. »Du sollst nicht lügen.«

»Ich lüge nicht.« Es war seltsam, wie ernst ich das meinen konnte. »Ich hab währenddessen nie an deine Gefühle gedacht, sie waren mir schlichtweg egal. Du warst mir egal. Aber hier und jetzt, in diesem Moment tut es mir leid. Das hast du nicht verdient.«

Es stimmte: *Manchmal verletzte unsere eigene Ehrlichkeit am allermeisten uns selbst.* Ich fühlte es, das unangenehme Kratzen in meinem Inneren, das durch diese Erkenntnis ausgelöst wurde. Am liebsten hätte ich irgendetwas getan, um ihm zu entkommen – um *Zoe* zu entkommen. Aber wir saßen auf einem Dach, um uns herum nur das Nichts und in mir zum ersten Mal seit langer Zeit ein brennendes Alles, das ich weder wollte noch verstand.

»Nein«, erwiderte Zoe tonlos. »Hab ich nicht. Oder vielleicht doch, keine Ahnung.«

Ich runzelte die Stirn und fokussierte mich auf sie. Wenigstens in diesem Augenblick sollte sie mir wichtiger sein als ich mir selbst. »Wieso sagst du so was?«

Sie zupfte ein paar Fussel von ihrer Decke. »Ich glaube ans Universum, weißt du? Ich … glaube daran, dass uns passiert, was uns passieren soll. Und ich weiß, … dass ich nicht einfach bin. Ich bin sensibel, wenn es um mich geht, und gleichzeitig manchmal so verdammt unsensibel, wenn es um andere geht. Ich bin launisch und schlecht darin, das zu überspielen, ich bin nicht sonderlich clever, weil ich lieber Lügen glaube, als mir vorstellen zu müssen, dass mir nicht die Wahrheit gesagt wird.«

»Das alles deutet nur darauf hin, dass du ein ehrlicher Mensch bist. Was daran ist verkehrt?«

Sie stieß ein Lachen aus. Es kam mir bekannt vor, ebenso wie der Ton, in dem sie die nächsten Worte sagte. Gekränkt, wütend, traurig – der Tonfall eines Kindes, das sich ungewollt fühlte. Ungewollt, ungeliebt, ungesehen. »So ziemlich alles, wenn du meine Mutter fragst.«

Es war das erste Mal, dass Zoe von sich aus jemanden aus ihrer Familie erwähnte. Damals hatte ich mir nichts dabei gedacht – im Grunde war es mir recht gewesen, wenn sie nicht zu viel sagte, das ich mir merken musste –, jetzt fragte ich mich, ob mehr dahintersteckte. Man redete oft am wenigsten über das, woran man am meisten dachte. Ich wusste das. Ebenso wie ich wusste, dass sie abblocken würde, sobald ich nachfragte, was es damit auf sich hatte.

Kurz zögerte ich, dann hob ich die Hand und schob ihr mit zwei Fingern eine Haarsträhne hinters Ohr. Ich hatte die Abstands-Regel nicht vergessen, aber in diesem Moment war es mir wichtiger, sie daran zu erinnern, dass ich hier war. Dass sie nicht allein war, nicht in dieser Situation, nicht mit diesem Gefühl. »Ich frage deine Mutter aber nicht«, erwiderte ich ernst. »Und du solltest das auch nicht, sie klingt ziemlich einfältig.«

»Ashton.« Zoes Blick war warnend, das Beißen in ihre Unterlippe versteckte das Lächeln trotzdem nur halbwegs.

Grinsend ließ ich sie wieder los und mich gegen die Hauswand sinken. »Du wolltest, dass ich aufrichtig bin.«

Wir schwiegen, bis Zoe sich aufrechter hinsetzte. »Nächste Frage: Hast du nie ein schlechtes Gewissen? Ich meine, nicht nur, dass du Menschen ihre Energie klaust, du bringst auch regelmäßig welche um. Du löschst ihre Seelen aus, indem du ihre Leben stiehlst. Und all die Familien, deren Kinder du nimmst, all die Freunde, die jemanden verlieren, ohne es zu wissen – tun sie dir nicht leid?«

Es war offensichtlich, dass sie sich wünschte, ich würde Ja sagen. Dass sie immer noch nach etwas Gutem in mir suchte, vielleicht nach einer ähnlichen Zerrissenheit bezüglich unseres Daseins, wie Cliff sie fühlte. Aber obwohl ich wusste, dass es mir helfen würde, wenn ich es ihr vor die Füße warf, brachte ich es wieder nicht über mich zu lügen. »Nein. Ich denke einfach nicht an sie.«

»Aber … wie geht das?«

Ich betrachtete meine Fingerknöchel. Zwischen zwei davon war eine winzige Narbe zu sehen. Sie war schon da gewesen, als ich in diesen Körper geschlüpft war. Ashtons Bewusstsein hatte keine dazugehörige Erinnerung hinterlassen. Ich wusste nicht, wie er sie sich zugezogen hatte, und im Grunde war es auch egal, aber ich konnte trotzdem nicht verhindern, dass ich ab und zu darüber nachdachte. Ob er mit dem Fahrrad gestürzt, sich mit einem Messer geschnitten oder von einem Hund gebissen worden war. Ob er die Narbe gehasst und versteckt hatte oder ob er irgendein positives Erlebnis mit ihr verbunden hatte. Jedes Mal, wenn meine Gedanken in diese Richtung abdrifteten, spürte ich, wie sich in meinem Zentrum etwas veränderte. Ein dumpfes Stechen, als würde etwas versuchen, auszubrechen, das ich mühsam unterdrückt hielt. Also tat ich immer das, was ich auch jetzt tat: Ich entfernte mich von den Gedanken und dem Gefühl.

»Es gibt an allem zwei Seiten«, erwiderte ich bemüht gelassen. »Unser Leben hat unendlich viele Schatten, das kann ich nicht leugnen, aber da ist eben auch Licht. Grelles, unglaublich warmes und anziehendes Licht. Ich habe vor langer Zeit beschlossen, mich darauf zu konzentrieren.«

»Weil du Angst hast, dass du sonst im Schwarz ertrinkst?«

»Du wirst ja richtig poetisch.« Ich lächelte schwach. »Vielleicht. Ich meine ... nimm Cliff. Er sieht seit Jahren nur noch das Dunkle an unserer Existenz. Und jetzt schau mal, wohin uns das gebracht hat.«

Zoe legte das Kinn auf ihren Knien ab, musterte mich nachdenklich. Ihre Fensteraugen waren ein bisschen verhangen, ich konnte nicht sagen, was in ihr vorging. »Hasst du ihn dafür?«

»Ja«, erwiderte ich, ohne zu zögern. »Aber das ändert nichts daran, dass ich ihn liebe. Dass ich für ihn töten und sterben würde. Gefühle heben sich nicht gegenseitig auf.«

Wenn es so gewesen wäre, dann würde ich niemanden mehr lieben. Ich liebte Cliff, ich hasste ihn. Ich liebte Norah, ich war wütend auf sie. Ich liebte meinen Vater, ich fürchtete ihn. Das waren keine Aber-Sätze, sie schlossen sich nicht aus, sie bedingten sich nicht. Sie existierten einfach nebeneinander, und meistens wusste ich nicht, welchen von ihnen ich am zermürbendsten fand.

»Heaven.«

Das war der Beweis dafür, dass die Seele sich den Körper letztlich eben doch zu eigen machte: Ihr Name löste jedes Mal in beidem davon etwas aus. Mein Herz blieb stehen, mein Inneres wollte rennen. »Was ist mit ihr?«, erwiderte ich tonlos. Meine Sicht verschwamm, so angestrengt starrte ich nach vorn. Ich wollte Zoe nicht ansehen, weil ich wusste, dass mein Gesicht – egal welches – nicht im Ansatz versuchen konnte, etwas zu verheimlichen, wenn es um Heaven ging. Und obwohl wir uns auf die Wahrheit geeinigt hatten, gab es hierbei Teile, die ich nicht einmal vor mir selbst bekennen wollte. Ich konnte nicht sagen, wie viel Zoe wusste. Von Heaven und mir, von unserem Anfang, als wir noch ganz wir selbst gewesen waren, und unserem Ende, bei dem ich nicht nur sie, sondern auch fast mich verloren hatte.

»Liebst du sie immer noch?«

Wieder wusste ich, dass eine Lüge besser gewesen wäre. Es war nicht zielführend, dem Mädchen, das sich in mich verlieben sollte, zu erzählen, dass ich noch an einer anderen hing. Aber wieder brachte ich es nicht über mich. Es käme mir vor, als würde ich Heaven verraten. Denn ich hing im wahrsten Sinne an ihr, nicht wahr? Ich hatte schon immer so sehr an ihr gehangen, dass sie mich mit sich gezogen hatte, als sie im Nichts versunken war.

»Ich glaube, dass … Liebe nicht verschwindet«, begann ich zögerlich. »Niemals. Sie verändert sich, aber sie verschwindet nicht. Egal, wie viel Zeit vergeht, egal, ob wir mit demjenigen zusammen sind, egal, ob derjenige überhaupt noch da ist, egal, wie sehr wir es versuchen. Und glaub mir, ich habe es versucht.« Ich lachte heiser, ein Ton, der so brüchig war, dass er innerhalb von Sekunden zerbröselte. »Sie hat viele Schichten, und manche davon fühlen sich wie etwas anderes an, aber das ändert nichts daran, was es im Grunde ist. Wenn ich eines in diesem Dasein gelernt habe, dann, dass man Liebe nie ganz los wird. Deswegen ist sie das schlimmste Gefühl von allen.«

Zoes Haar verschleierte ihre Züge, ich spürte ihren Blick dennoch auf mir. »Das war das ehrlichste Ja, das ich je auf diese Frage gehört habe«, flüsterte sie.

Müde schloss ich die Augen. Das war einer der Gründe, wieso ich nie über Heaven sprach. An sie zu denken fühlte sich jedes Mal an, als würde mir etwas entzogen werden. Vielleicht war es so, wenn wir jemandem Seelenenergie nahmen. »Ich hab dich gewarnt, dir wird meine Ehrlichkeit nicht gefallen. Hatte ich unrecht?«

»Nein.« Sie zögerte. »Und … ja. Ich weiß, dass es seltsam ist, aber letztes Jahr, da hab ich mich danach gesehnt, dass mir Makel an dir auffallen. Du warst so perfekt, weißt du? Wie eine frisch restaurierte Fassade. Ich hab mir nichts mehr gewünscht, als dass ich ein paar Risse in deinem Fundament finden könnte. Irgendwelche Fehler oder Unperfektheiten.«

Interessiert blickte ich zu ihr rüber. Sie hatte den Kopf wieder angehoben, schaute zu den Bäumen, deren Blattkronen in der ansetzenden Nacht bläulich schimmerten. »Wieso?«

»Zum einen, um mich selbst nicht ganz so schlimm zu fühlen. Ich bin mir neben dir wie eine Ruine vorgekommen. Heruntergekommen, halb verfallen und so unvollkommen.« Ihre Stimme brach, sie räusperte sich. »Und zum anderen, weil ich so sehr wollte, dass du echt bist. Du und … das, was wir hatten. Und weil nichts Echtes perfekt sein kann.«

Im ersten Moment verstand ich das Gefühl nicht. Es war wie vorhin, nur intensiver. Drückender, unangenehmer. Nicht mehr leichte Reue, sondern tiefgehende Schuld. Schuld und ein *Tut mir leid*, das sich so intensiv anfühlte, dass ich wusste, es hätte niemals in diese schlichte Worthülle gepasst.

Wieder verstand ich nicht, dass mir so lange entgehen konnte, wie Zoe sich selbst sah. In was für einen verzerrten Spiegel sie blickte, der ihr ein Bild zeigte, das nichts mit dem gemein hatte, was ich in ihr sah. Eigentlich war ich ziemlich gut darin, Fehler in Situationen und Menschen zu finden. An Zoe hatte ich nie etwas entdeckt, das mir wie einer vorgekommen war. »Du warst nie eine Ruine für mich, glaub mir.«

Sie löste eine weitere Haarsträhne aus dem Zopf, sodass sich der Sichtschutz zwischen uns verdichtete. »Weil du nicht richtig hingesehen hast. Du hast gesehen, was ich dir zeigen wollte.«

»Dann haben wir uns gegenseitig getäuscht?«

Sie hob einen Mundwinkel, eher traurig als belustigt. »Aus verschiedenen Gründen zwar, aber … ja.«

Es stimmte vermutlich. Es gab verschiedene Arten, eine Maske zu tragen. Mir war nur nie in den Sinn gekommen, dass ausgerechnet Zoe – ein Mensch mit einer derart offenen Persönlichkeit – das tat. Alles an ihr war mir immer so glatt vorgekommen, doch was Zoe an mir gestört hatte, das hatte ich an ihr als beruhigend empfunden. Keine Wellen bedeuteten kein Risiko, überrascht zu werden. Kein Risiko, unterzugehen. Hier, auf diesem Dach, fühlte ich erstmals, wie ihre Oberfläche unruhig wurde. Und das beunruhigte mich ebenfalls, aber nur, weil ich spürte, dass es mich … faszinierte. Dass *sie* mich faszinierte.

»Aber das hier ist echt«, sagte ich leise, nicht wissend, ob mir der Gedanke gefiel.

Zoe warf mir einen warnenden Seitenblick zu. »Das hier ist gar nichts, Ashton.«

Es ist ein Anfang, dachte ich, schwieg jedoch.

Wir saßen lang so da, während die Nacht immer weiter nachdunkelte. Eine Handvoll Sterne leuchtete zwischen Wolkenschleiern hindurch, der Mond warf weißgelbes Licht auf das Dach und uns. Zoe hatte die Knie an die Brust gezogen und das Kinn erneut auf ihnen abgelegt. Ihre Augen waren nur noch halb geöffnet, ihr Mund angespannt – sie versuchte krampfhaft, wach zu bleiben. Ich spürte ihre Trägheit, weil sie auf mich überkletterte. Meine Muskeln, die schlaffer wurden, meine Lider, die immer wieder zufielen, mein Atem, der gleichmäßiger wurde.

»Wir sollten reingehen«, meinte ich, als ich das Gähnen nicht mehr unterdrücken konnte. »Bevor wir hier einschlafen und runterfallen.«

»Würde dich das kümmern?«, murmelte sie zurück.

»Ich hab dir gesagt, dass dir in meiner Nähe nichts mehr passieren wird.« Mühsam richtete ich mich auf und hängte mir die Decke über die Schulter, ehe ich Zoe eine Hand reichte. Diesmal griff sie danach und ließ sich von mir hochziehen.

Ich versuchte, an ihr vorbeizutreten, aber sie hielt mich fest und suchte meinen Blick. Auf einen Schlag wirkte er um einiges wacher als zuvor. »Hör zu. Mabel ist meine beste Freundin. Und Cliff ist ihr Freund. Und du … bist Cliffs bester Freund.«

Ich lächelte. »Möchtest du, dass wir einen Stammbaum aufzeichnen?«

»Ich *möchte*, dass unsere besten Freunde glücklich sind«, erwiderte sie unbeeindruckt. »Ich will nicht, dass wir es ihnen schwerer machen, als diese ganze Situation ohnehin schon ist. Wenn … euch tatsächlich nicht mehr so viel Zeit bleibt, dann solltet ihr dieses Leben so führen, wie ihr es euch wünscht. Und, auch wenn ich es nicht hundertprozentig nachvollziehen kann: Cliff wünscht sich darin offensichtlich dich.« Sie holte tief Luft, verstärkte ihren Griff ein wenig. »Also, wenn er mit dir Zeit verbringen will und ich mit Mabel und Mabel mit Cliff, dann …«

»… sollten wir auch Zeit miteinander verbringen können«, vollendete ich ihren Satz leise, aus Sorge, sie könnte sich klarmachen, wie absurd dieser Vorschlag für sie klingen musste. »Und du denkst, das bekommst du hin?«

»Ich bin stärker, als du denkst, Ashton.« Das Mondlicht besprenkelte ihre Züge und ließ ihre Augen dunkler und tiefer wirken als sonst. Ein Windzug wehte um uns herum, ihr Haar war eine Wolke aus Silber, die sich nach meinem Gesicht ausstreckte.

In mir kribbelte etwas. Mein Zentrum erhitzte sich. Für einen winzigen Augenblick glaubte ich, unterbewusst nach ihrer Energie gegriffen zu haben. Dann erst verstand ich, dass die Wärme, die sich in mir ausbreitete, nicht von Zoe stammte. Sie entstand schlichtweg in mir. Wegen … ihr. Mein Mund wurde trocken, ich musste mich räuspern. »An deiner Stärke habe ich wirklich nie gezweifelt, Anima.«

Sie nickte. »Wir werden niemals Freunde sein. Aber … vielleicht bekommen wir es hin, die Freunde unserer Freunde zu sein.«

»Ich wäre gern der Freund des Freundes deiner Freundin.«

»Gut. Dann haben wir einen Deal?« Zoe löste den Griff von meinem Arm und hielt mir ihre Hand hin. Die Decke über ihrer Schulter verrutschte dabei, entblößte einen nackten Streifen ihrer Haut über dem Kleiderkragen. Reflexartig zog ich den Stoff zurecht, meine Finger streiften ihre Halsschlagader, wir zuckten beide zusammen. Sie, weil sie sich bestimmt an die letzten Male erinnerte, als ich das getan hatte. Ich, weil mir klar wurde, dass ich es jetzt nicht im Ansatz vorhatte. Ich berührte sie nicht meinetwegen, ich berührte sie ihretwegen. Weil ich sah, dass sie fror, und weil mir selbst so unvertraut, fast unangenehm warm war.

Schnell ließ ich los und griff stattdessen nach ihrer Hand. »Ist es. Aber ich kann dir nicht versprechen, dass ich nicht doch noch versuche, auch dein Freund zu werden.« Ich trat an ihr vorbei zum Fenster, stieß es auf und deutete Zoe, voranzugehen.

Sie runzelte die Stirn. »Wieso?«

Weil ich es wollen sollte, damit du dich auf mich einlässt. Das war die Wahrheit, die ich dachte, aber nicht die, die ich fühlte. Und deswegen kam sie mir nicht über die Lippen. Stattdessen sagte ich: »Seit du nicht mehr versuchst, mich zu beeindrucken, muss ich zugeben, dass ich ziemlich beeindruckt bin.«

Das Brennen in mir wurde stärker, als Zoe wieder hineinkletterte – ein schlecht unterdrücktes Lächeln auf dem Mund. Ich konnte ihr ansehen, dass es ehrlich war. So, wie meine Worte es gewesen waren. Alle an diesem Abend.

Es war seltsam: Ich hatte gedacht, es würde einen Haufen Lügen brauchen, um einen Funken Licht in Zoes und meine dunkle Vergangenheit zu bringen. Dass stattdessen ausgerechnet Fragmente meiner finstersten Wahrheit dafür sorgten, löste ein Gefühl der Verwirrung in mir aus. Das und dieses Glühen in mir, das die ganze Nacht über anhielt.

Zoes Körper unter einer Wolldecke, die ausgestreckten Arme zweier Statuen direkt über ihr, Mondlicht auf ihrem Haar,

Staubkörnchen, die darüber hinwegtanzten, mein Herz, das sich mit jedem ihrer ruhigen Atemzüge zusammenzog. Und in mir dieser eine Gedanke, den ich einfach nicht loswurde:

Es stimmte.

Das hier war ein Anfang.

Die Frage war nur, von was.

12

ZOE

Unruhig lief ich im Zimmer auf und ab, während ich erneut mein Handy entsperrte. Mabel hatte mir vor zwanzig Minuten geschrieben, dass sie sich auf den Weg machte. Von der Wren Library brauchte man eigentlich nicht lang bis zum Hickory House, allerdings regnete es schon wieder. Normalerweise hätte ich ihr gesagt, dass sie lieber direkt heimgehen sollte, aber das hier war zu wichtig, um es weiter aufzuschieben.

Es war fünf Tage her, seit Ashton und ich auf das Geheimzimmer gestoßen waren, und auch wenn wir seitdem nicht mehr darüber gesprochen hatten, konnte ich nicht aufhören, darüber nachzudenken. Seit wir vor zwei Tagen diese Nacht im Skulpturenraum verbracht hatten, war es schlimmer geworden. Ich wusste, dass ich etwas tun musste. Ich musste mit jemandem darüber reden. Und es gab nur eine Person, die dafür infrage kam.

Ich warf einen Blick aus dem Fenster, hinter dem der Garten im Regen zu einer grüngrauen Fläche verschwamm. Die ersten Rosen rankten vor dem Sprossenfenster, ihr Duft kletterte durch das gesprungene Holz der Rahmen zu mir herein. Ich atmete tief ein – und etwas zu schnell wieder aus, als ich die Geräusche im Flur hörte.

Im nächsten Augenblick tauchte Mabel in der offenen Tür auf. Ihr ausgebeutelter Mantel hinterließ eine feine Spur aus Tropfen, als sie ins Zimmer trat. »Entschuldige, ich musste meine Bücher noch einschließen, damit sie nicht beschädigt werden.« Sie zog sich den nassen karierten Schal vom Kopf und schüttelte ihr dunkles Haar aus.

»Kein Problem. Danke, dass du gekommen bist.«

Sie winkte ab und schlüpfte aus ihrer Jacke, legte sie gemeinsam mit ihren anderen Sachen in die Ecke neben der Tür. »Also, wobei brauchst du meine Hilfe?«

Kurz zögerte ich, dann beschloss ich, mir das Vorgeplänkel zu sparen. »Eigentlich bei nichts. Ich wollte dir nur etwas zeigen.« Ich holte eins der Bilder vom Schreibtisch, die wir im Foyer von der Wand genommen hatten, und hielt es ihr hin. Es zeigte einen blassen Mann mit ernsten Augen und kerzengerader Haltung auf den Stufen vor diesem Haus. »Das ist Professor Morton.«

Mabel runzelte irritiert die Stirn und setzte sich auf die Kante des Schreibtischs. »Ich weiß. Er war in den Achtzigern Rektor der Universität. Du hast erzählt, dass er sein Büro und sein ganzes Zuhause hier hatte. Was ist mit ihm?«

»Hat Cliff dir gesagt, dass er auch ein Mitglied der Verbindung war?«

Sie wischte sich das feuchte Haar aus der Stirn. »Nicht direkt, aber ich konnte es mir denken. Immerhin besetzen die Stare die Leitung der Universität, in die sie aktuell *eingeflogen* sind, gern mit einem von sich. Damit sie es noch leichter haben, ihre Eskapaden zu verschleiern.« Mit missbilligendem Blick legte sie das Bild zurück auf den Tisch.

Ich nickte langsam. »Weißt du, was mit ihm passiert ist? Also nicht mit Professor Morton, sondern mit dem Seelenspringer, der in ihm gelebt hat? Sein Name war Flemming.«

Mabel schüttelte den Kopf, ich holte tief Luft. »Er hat sich 1982 das Leben genommen. Im selben Jahr, in dem auch Heaven gestorben ist, ein paar Monate später. Offenbar ist er von einer Brücke gesprungen. Seine Sachen wurden dort gefunden, und Ashton meinte, es hätte einen Abschiedsbrief an die Verbindung gegeben. Deswegen stand das Haus auch so lange leer. Der *Bund der Stare* hat anfangs dafür gesorgt, dass es unangetastet blieb, weil sie Sorge hatten, er könnte hier irgendwelche Beweise für ihre Existenz zurückgelassen haben. Nachdem sie alles durchsucht hatten, ist es irgendwie in Vergessenheit geraten.«

»Zoe, worauf willst du hinaus?«, hakte Mabel unruhig nach. Geduld war nicht ihre größte Stärke.

»Darauf, dass sie nicht gründlich genug gesucht haben.« Ich ging zum Regal und nahm die Bücher heraus, die ich vorhin lose reingestellt hatte. Mit ganzer Kraft drückte ich den winzigen Knopf im Holz. Mabel rutschte vom Tisch, genau in dem Augenblick, in dem die Buchwand zwei Zentimeter vorsprang.

Ich griff nach der Kante und zog daran, bis der Durchgang groß genug war. Die Dunkelheit dahinter war erneut so dicht, dass man keinen halben Meter weit sehen konnte. Nur schwach zeichneten sich die Umrisse der Stufen im Schwarz ab.

Mabel trat hinter mich und stieß einen zischenden Laut aus. »Was …?«

»Cambridge hat noch mehr Geheimnisse, als uns bewusst war.«

Ich schob mich durch den Spalt, während ich die Taschenlampe meines Handys einschaltete. Mabel folgte mir schweigend die Treppe hinunter. Unten angekommen, tastete ich nach dem Lichtschalter an der Wand. Mit einem Summen sprangen die Lampen an und tauchten den Raum in einen rotstichigen Schimmer.

Es sah alles noch genau so aus, wie ich es hinterlassen hatte, nachdem ich vor ein paar Tagen noch einmal allein hier gewesen war: ein Sammelsurium aus Papierbergen, aufgeschlagenen alten Büchern, an die Wand gelehnten Bilderrahmen und Wänden voller ausgeblichener Zeichnungen.

Mabel drehte sich mit großen Augen einmal um die eigene Achse, während ich zum Schreibtisch ging und die Tischlampe anmachte. Staubflusen tanzten im Lichtkegel, ein paar Motten schwirrten aus einem Papiernest. »Meinst du, dass dieses Zimmer Flemming gehört hat?«

»Ziemlich sicher.« Vielsagend hielt ich ihr eine silberne Vogelbrosche hin, die als Lesezeichen aus einem Buch hervorgelugt hatte. Der Star war derselbe, der von einigen Zeichnungen an der Wand auf uns hinabblickte.

Mabel ging auf das Regal neben dem Treppeneingang zu und betrachtete die verstaubten, schwarzen Buchrücken. Viele der Wörter waren in Sprachen, die ich nicht verstand, einige auf Latein oder Altgriechisch. »Und niemand hat dieses Zimmer in den letzten Jahrzehnten entdeckt? Das ist unglaublich.«

Ich lächelte. »Dachte mir, dass es dir gefällt.«

Sie nickte bestätigend und zog ein Exemplar aus dem Regal. »Davie würde das auch lieben«, murmelte sie – wie immer in diesem Tonfall zwischen Zuneigung und Traurigkeit, der für unseren Freund vorbehalten war.

»Warst du heute bei ihm?«, fragte ich vorsichtig.

Sie nickte erneut, ohne sich umzudrehen oder es auszuführen. Ich fragte nicht nach, ob es etwas Neues gab. Ihr Schweigen war Aussage genug.

Mabel stellte das Buch zurück und ging zu der Wand, die vor Papieren überquoll. Ihre Fingerspitzen strichen über ein Blatt mit verschiedenen Symbolen, das ich beim letzten Mal abfotografiert hatte. »Was sind das für welche?«

»Keine Ahnung. Ich hab versucht, etwas davon im Internet zu finden, aber irgendwie hab ich das Gefühl, das ist eine Art … eigens entwickelter Sprache. Vielleicht eine, die nur der *Bund der Stare* genutzt hat? Eine, in der sie … ich weiß nicht, ihre Geheimnisse aufgeschrieben haben?« Meine Stimme wurde höher, die Nervosität schlich sich hinein.

Mabel drehte sich langsam zu mir um. In ihren Augen lag

dieser Ausdruck, der sonst ihren Lernphasen vorbehalten war: Konzentration, Anspannung, Neugierde. »Denkst du, was ich denke?«

Es war angenehm, eine beste Freundin zu haben, der man nicht erst erklären musste, was in einem vorging. So unterschiedlich Mabel und ich auch waren – wir hatten einander immer verstanden. Und ich wusste, dass wir in diesem Zimmer dasselbe erkannten: eine Chance.

»Wenn es einen Weg gibt, die Mitglieder des Bundes zu retten, dann liegt er vielleicht irgendwo hier begraben. Ashton hat erzählt, dass Flemming als verschroben und ein wenig … eigenwillig galt. Vielleicht hat er an Dingen geforscht, von denen die anderen nichts wussten. Es wäre eine Möglichkeit, oder?«

Mabel drehte sich wieder zur Wand, doch ich konnte ihren angespannten Schultern ansehen, dass sie dasselbe dachte. Sie erlaubte sich nur noch nicht, es auch zu fühlen. Wo ich mit dem Bauch dachte, fühlte Mabel mit dem Kopf. Das bedeutete auch, dass sie keine voreiligen Schlusse, keine unbedachten Entscheidungen oder … Gefühle zuließ. Cliff war dahin gehend ihre allergrößte Ausnahme gewesen, gleichzeitig war er der Grund dafür, dass sie es sich jetzt nicht erlaubte, sofort Hoffnung zu empfinden – auch wenn sie offensichtlich nichts mehr wollte als das.

»Hat Ashton etwas zu diesem Zimmer gesagt?«

»Nein, er wollte nichts davon wissen.«

Erneut musste ich an Ashtons Ausdruck denken, als er vor der Zeitung gestanden hatte, die jetzt vor mir auf dem Tisch lag. Noch immer war die Artikelüberschrift unleserlich, aber ich wusste, dass ihr echter Name sowieso nicht draufgestanden hätte. Ebenso wie ich mittlerweile wusste, wer sie war. Heavens Gesicht – ihr letztes – lachte mir entgegen. Auf dem Papier war es verblasst, doch ich wusste, dass es in Ashtons Erinnerungen nach wie vor leuchtend grell war. Dass es alles überzog, was er sah oder fühlte.

Ich hatte diese Erkenntnis nicht zum ersten Mal, doch wie schon in jenem Moment auf dem Dach, als er mir von ihr erzählt hatte, löste sie ein seltsames Gefühl in mir aus. Ein Gewicht, das sich auf meine Brust legte und so viel wog, dass ich nur schwer atmen konnte. Ich verstand nicht, woher er kam, ahnte aber, dass ich das auch nicht wollte.

Also schob ich es auch diesmal beiseite und holte so tief Luft, wie ich konnte, damit der Druck nachließ. »Ich glaube, an Flemming zu denken bedeutet für ihn, an Heaven zu denken«, fügte ich so neutral wie möglich hinzu und schlug die Zeitung zu. Meine Stimme machte dennoch einen Knicks, als ich ihren Namen sagte. Mabel war jedoch zu sehr in Gedanken versunken, um es zu bemerken.

»Wir sollten Cliff davon erzählen.«

Unschlüssig setzte ich mich auf den Schreibtischstuhl. »Ich bin nicht sicher, was das bringen würde.«

Mabel drehte sich um und kam zu mir. »Was meinst du?«

»Ich hab nicht das Gefühl, dass die Rettung der Stare seine oberste Priorität ist. Er will die Zeit mit dir genießen und nicht mit so etwas vergeuden.« Ich versuchte, es möglichst vorsichtig auszudrücken, aber Mabel wirkte weder bestürzt noch sonderlich überrascht.

Sie lächelte grimmig. »Ja, ich hab so was schon befürchtet. Er wechselt immer das Thema, sobald ich darüber reden will.«

»Und außerdem, wenn wir nichts finden und …« Ich stockte. *Und sie am Ende doch sterben müssen* war kein Gedanke, den ich vor Mabel äußern wollte – ich wollte ihn nicht einmal selbst haben. Ich räusperte mich. »Dann haben wir ihre Zeit wirklich verschwendet. Vielleicht ist es besser, wenn wir uns das hier erst mal zu zweit angucken. Wenn wir auf etwas stoßen, können wir ihnen immer noch Bescheid geben.«

»Du hast recht.« Mabel nickte entschieden, eine Bewegung, die einem Ärmelhochkrempeln gleichkam. »Aber dann müssen wir herkommen, wenn niemand sonst hier ist. Das ist unser Geheimnis, okay?«

»Kein Wort zu niemanden, bis wir mehr wissen«, bestätigte ich.

Mabel fuhr sich mit dem Handrücken über die Schläfe und verteilte damit Staub auf ihrer Haut. Trotz des rotstichigen Lichts bemerkte ich, wie müde und dunkel ihr Blick wurde, während sie sich im Zimmer umsah. »Schon seltsam. Das waren so ziemlich die Worte, die Davie und ich letztes Semester zueinander gesagt haben. Als es darum ging, mehr über den *Bund der Stare* herauszufinden. Ich hatte wirklich gehofft, das wäre das letzte Geheimnis, auf das ich während meines Studiums stoße.«

Ich lächelte halbherzig. »Dabei liebst du sie doch.« Während ich als Kind mit Puppen gespielt hatte, hatte Mabel Rätselhefte gelöst und Detektivgeschichten gelesen. Sie liebte es zu lernen, für die Uni und einfach über die Welt. Vielleicht gerade dann, wenn es Dinge waren, die sonst niemand *begriffen* hatte, weil niemand wusste, wie er danach *greifen* sollte.

»Geheimnisse sind nicht das Problem«, murmelte sie. »Sie mit jemandem zu teilen ist eigentlich das Schönste, was es gibt. Wenn man etwas weiß, das nur wenige wissen, dann ist das, als würde die Welt nur für euch ein kleines bisschen anders existieren. Als hätte man gemeinsam ein ganz eigenes, verborgenes Universum entdeckt. Geheimnisse vor jemandem zu verheimlichen, den man liebt: Das ist es, was mir nicht gefällt.«

Ich verstand, was sie meinte. Immerhin wusste ich noch genau, wie es sich angefühlt hatte, auf der anderen Seite zu stehen. Letztes Semester war mir nicht entgangen, dass Davie und Mabel sich mit etwas beschäftigten, das sie vor mir verbargen. Ich hatte mich mehr als einmal so zurückgestoßen und ausgeschlossen gefühlt, dass ich am liebsten geweint hätte. Es fühlte sich wirklich so an, als würde man nicht ganz im selben Universum leben, wenn die Person, der du am allermeisten vertrautest, so offensichtlich etwas vor dir verheimlichte.

»Wir sagen es ihnen, sobald wir können.«

Mabel wischte sich abermals über die Stirn. Dann fokussierte sie sich auf mich. »*Ihnen*.«

»Was?«

»Du redest die ganze Zeit von ihnen.« Sie trat an den Tisch, um mich besser ansehen zu können. Ich wünschte, sie würde es lassen, weil ich ahnte, worauf das hinauslief. Was dazu führte, dass ich am liebsten weggelaufen wäre. »Willst du das nur Cliff zuliebe tun?«

Unbeirrt sah ich zu ihr auf. »Ich glaube, Norah ist auch ganz nett.«

»Du weißt, wen ich meine.«

Natürlich wusste ich es. Ashtons Name hing so überdeutlich in der Luft, dass ich glaubte, ihn im Surren der Elektrik erahnen zu können. Er pochte in meinen Ohren und irgendwie auch in meiner Brust, und ich verstand selbst nicht, wieso. »Er ist Cliffs bester Freund«, erwiderte ich nach einer etwas zu langen Pause.

Mabel atmete laut aus und stützte die Hände auf dem Pult ab, neigte sich zu mir vor. Ihre Augen wirkten fast schwarz, das Licht warf winzige Feuerfunken hinein. Sie brannten, so wie ihre Stimme, als sie die nächsten Worte ausstieß. »Er ist ein Mistkerl.«

»Er ist ein Mensch.«

»Er ist ein Serienmörder.«

»So wie dein Freund, Mabel. So wie sie alle.«

Das Dasein der Stare konnte man nicht moralisch rechtfertigen. Wie auch? Das, was sie getan hatten, war auf so vielen Ebenen furchtbar und falsch. Ja, Cliff haderte seit Langem mit ihrem Dasein, aber noch viel länger hatte er es genossen.

Die Frage war: *War man für immer ein schlechter Mensch, wenn man in der Vergangenheit Schlechtes getan hatte, auch wenn man im Jetzt versuchte, es besser zu machen?*

Ich wusste, dass Mabel sie sich gestellt hatte, nachdem sie die Wahrheit über Cliff herausgefunden hatte. Und ich wusste, dass sie für sich entschieden hatte, dass er mehr als das Düsterste an ihm war. Dass er mehr als seine Fehler war. Doch wenn das stimmte – und ich wollte, dass das stimmte, ich *glaubte*, dass das stimmte –, wie konnten wir dann denken, dass Ashton verloren war? Dass für ihn keine Hoffnung bestand, ein, wenn auch nicht durch und durch guter, aber immerhin besserer Mensch zu werden?

Mabels Finger krallten sich fester in das Holz. »Aber *sie alle* haben sich nicht monatelang von deiner Seele genährt. *Sie alle* haben nicht versucht, mich umzubringen.«

»Um fair zu sein, einen Fanclub hat niemand aus dem *Bund der Stare* für dich eröffnet, oder?« Ich zog die Unterlippe zwischen die Zähne, weil ich selbst merkte, wie defensiv ich wurde. Sie hatte recht, mit allem. Doch das änderte nichts daran, dass ich den Impuls verspürte, ihn in Schutz zu nehmen. Vor Mabel, aber auch vor dem Schicksal, das ebenso auf ihn wie auf alle Stare wartete.

Mabel starrte mich ein paar Sekunden lang nur an, dann richtete sie sich auf und ballte die Hände zu Fäusten. Der Ausdruck in ihrem Gesicht veränderte sich, verlor an Schärfe. Ich erkannte das Gefühl, das dafür sorgte. Sie hatte mich die letzten Monate nahezu permanent damit angesehen: Sorge.

»Zoe, ist da etwas zwischen dir und Ashton?«

Mein Mund öffnete und schloss sich sofort wieder. Ich wollte Nein sagen, aber es ging nicht. Denn das Problem war, dass da eben immer etwas gewesen war. Es hatte zwischen Ashton und mir keine Sekunde gegeben, in der da *nichts* gewesen war. Ich hatte ihn gesehen und etwas gefühlt. Etwas Glänzendes, etwas, das so schön gewesen war, dass es mir fast unwirklich vorgekommen war. Und auch wenn sich dieses Gefühl verändert hatte, als ich begriff, dass genau das der Fall war, konnte ich nicht leugnen, dass da immer noch etwas war.

Diesen Teil der Wahrheit hätte ich vor Mabel zugeben können, aber ich wusste, dass es nicht der entscheidende war. Dieser war, dass das Gefühl erneut angefangen hatte, sich zu verändern. An diesem Abend, als Ashton und ich auf dem Dach gesessen hatten. Während der Himmel von Orangerot in Schwarz gekippt war und unser Gespräch es ihm nachgemacht hatte. Nur Wind, Wolldecken, Wahrheiten und wir. Ich hatte ihn irgendwann kaum noch sehen können, aber dafür zum ersten Mal überhaupt eine Ahnung davon bekommen, wie es *in ihm aussah*. Kein beschönigendes, trügerisches Licht, nur ehrliche Dunkelheit. Dieser Moment war in allen Facetten echt gewesen – und Ashton auch. Ich konnte es nicht sicher sagen, natürlich nicht, aber ich spürte es. Auch wenn ich mir in den vergangenen Wochen immer wieder gesagt hatte, dass ich nicht auf mein Bauchgefühl vertrauen durfte, konnte ich nicht verhindern, dass ich es dennoch tat. Ich vertraute Ashton nach wie vor nicht, aber ich begann, mir zu vertrauen, was ihn anging. Und das machte mir Angst.

Ich wollte ihn hassen. Ich wollte mir wünschen, dass er bald endgültig aus meinem Leben – und dem aller Menschen – verschwand. Ich wollte, dass er mir egal war. Doch bei der Vorstellung, dass er in wenigen Monaten sterben würde, hatte ich das Gefühl, als würde etwas in mir zerreißen. Vielleicht war das nur Mitgefühl, aber selbst wenn: Auch Mitgefühl war ein *Gefühl*, das ich *mit* ihm verband. Also ja, da war etwas. Nur wie konnte ich das vor Mabel zugeben? Alles an ihr wirkte alarmbereit, als würde sie bei einem falschen Wort losstürmen und dafür sorgen, dass Ashton nicht mehr in der Lage dazu sein würde, irgendwelche Gefühle hervorzurufen.

Langsam schüttelte ich den Kopf und nahm erneut die Vogelbrosche in die Hand, um ihrem Blick auszuweichen. »Keine Sorge. Cliff sagt, meine Seele …«

»Ich rede nicht von deiner Seele«, unterbrach sie mich. »Ich rede von deinem … keine Ahnung, Herzen?«

Ich schnaubte kläglich. »Komm schon. Ich mache nicht denselben Fehler zweimal, Mabel.« Fast hätte ich geweint. Ich wollte es so meinen, ich *musste* es so meinen, aber die Worte schmeckten lügenbitter. Es war gar nichts passiert zwischen uns, trotzdem fühlte ich diese intensive Reue und Angst, wenn ich an jenen Abend auf dem Dach zurückdachte. Als hätte dort etwas begonnen, das ich nicht begriff und dessen Ende ich dennoch schon kannte.

Erneut schwiegen wir. Das Surren der Lampen in meinen Ohren nahm zu, Ashtons Name wummerte noch immer dazwischen, es war alles so laut in mir, und trotzdem hatte ich das Gefühl, nichts von all dem Lärm zu verstehen.

»Okay, gut. Er verdient dich nicht«, erwiderte Mabel schließlich sanfter. »Weder als Freundin noch als Projektpartnerin oder sonst irgendwas.«

»Ich weiß.« Wenigstens das war die Wahrheit. »Nur ... vielleicht hat er den Tod ja trotzdem ebenso wenig verdient.« Kurz entschlossen stand ich auf und machte eine allumfassende Geste. »Also, was machen wir hiermit?«

Mabel betrachtete mich nachdenklich, ehe sie meinem Wink folgte. »Wir machen es, wie du gesagt hast. Wir sehen uns um und versuchen, schlau aus alledem zu werden. Wenn wir etwas finden, reden wir mit Cliff. Und wenn wir nichts finden ...«

Sie ließ den Satz in der Luft hängen, das Ende kannten wir beide. Das des Satzes und das dieser Geschichte, wenn wir es nicht verhindern konnten. Ebenso, wie wir beide wussten: Wenn dieser Ausweg wegbrach, dann würde auch in Mabel etwas brechen. Trotzdem war sie bereit, dieses Risiko auf sich zu nehmen. Das war es, was Liebe bewirkte, nicht wahr? Sie ließ uns selbstlos werden. Doch wenn man sich selbst losließ, dann bestand immer auch die Gefahr, dass man sich letztlich nicht mehr ganz zu fassen bekam. Dass ein Teil von einem jedem Griff entglitt und für immer verschwand.

Lieben war gefährlich, Hoffen ebenso. Das hatte Mabel in dem Moment gewusst, in dem sie sich auf Cliff eingelassen hatte – in dem Wissen, dass sie ihn womöglich bald gehen lassen musste. Und das hatte ich gewusst, als ich ihr dieses Zimmer gezeigt und ihr eine Hoffnung hingehalten hatte. So fragil, dass die Wahrscheinlichkeit, dass sie zusammen mit Mabel zerbrechen würde, extrem hoch war. Und – auch wenn ich es nicht wagte, darüber nachzudenken – ich vielleicht auch. Wir wussten es beide, aber das würde uns nicht daran hindern, das hier durchzuziehen.

Die Vogelbrosche schnitt in meine Hand, als ich sie mit einem tiefen Atemzug zur Faust ballte. »Dann haben wir es wenigstens versucht.«

13

ZOE

Der feine Sprühregen benetzte mein Haar und die Tüte in meinem Arm, als ich den Bus verließ. Ich war zu spät dran, was zum einen daran lag, dass ich mich mehrmals umgezogen hatte, und zum anderen daran, dass ich ziemlich lang vor dem Geschenk gesessen und mich gefragt hatte, ob es passend war. Was schenkte man jemandem, der seit über einem Jahrhundert lebte und zudem immer über viel Geld verfügt hatte?

Ich drückte die Tüte enger an meine Brust, um sie vom Regen abzuschirmen, während ich die Straße überquerte. Der Duft von erhitztem Stein und feuchtem Asphalt lag in der Luft, im Abwasser der Straße schwammen Kastanienblüten davon und umspülten die Reifen parkender Autos.

Das Haus, in dem Nox lebte, seit er in Cambridge war, befand sich abseits des Stadtkerns. Ein gepflegter Bezirk, hübsche Gebäude, Straßen, gesäumt von akkurat gestutzten Hecken. Es war sein Vorschlag gewesen, das Essen bei ihm zu veranstalten. Eigentlich war der ganze Abend seine Idee gewesen. Er war vor ein paar Tagen auf der Terrasse unserer Wohnheimküche aufgetaucht und hatte Mabel dazu überredet, Cliff an seinem Geburtstag mit einem Abendessen zu überraschen. Seinem richtigen Geburtstag, dem seiner Seele, dem, den er Mabel verschwiegen hatte. Genau aus diesem Grund hatte sie gezögert zuzusagen, aber auch wenn wir Nox nur kurz kannten, hatten wir mittlerweile beide verstanden, dass er sehr hartnäckig sein konnte – auf eine unglaublich charmante Art. Es war ein wenig seltsam, mit welcher Selbstverständlichkeit er sich wieder im Leben der anderen bewegte, kaum, dass er in Cambridge angekommen war. Von Mabel wusste ich, dass Cliff und er sich ausgesprochen hatten und wieder mehr miteinander unternahmen, und ich war mir sicher, dass das auch Ashton einschloss. Und das, obwohl Nox sie vor vierzig Jahren verlassen hatte, um sich dem Rat anzuschließen.

»Woher wissen sie, dass sie ihm vertrauen können?«, hatte ich Mabel letztens gefragt.

Sie hatte nur mit den Schultern gezuckt. *»Ich glaube, sie wissen es nicht. Sie fühlen es nur.«*

Allein die Tatsache, dass sie diesen Satz sagen konnte, ohne selbst skeptisch zu klingen, hatte ausgereicht, um mich zum Lächeln zu bringen. Und dazu, zu beschließen, Nox eine Chance zu geben. Es war sowieso schwer, ihm gegenüber keine Sympathie zu empfinden. Oder eben, ihm etwas abzuschlagen.

Ebenso wie Mabel. Wäre es anders gewesen, wäre ich nicht hier gewesen. Nicht, dass ich nicht mit Cliff feiern wollte, aber ich wusste nur zu gut, wessen Gesellschaft das einschloss. Seit Cliff und Ashton wieder Kontakt hatten, flimmerte sein Name nahezu ständig an mir vorbei. Entweder, weil ich in der Küche stand und Gespräche zwischen Mabel und Cliff mitbekam, weil ich bei der Projektarbeit mit Ashton in einem Raum oder ganz allein mit ihm in meinen Gedanken festsaß. Es war so absurd. Vor wenigen Wochen hatte ich noch alles getan, um ihm aus dem Weg zu gehen, und jetzt war Ashton *überall* – und ich verbrachte sogar freiwillig meinen Freitagabend mit ihm.

Ich fischte mein Handy aus meiner Handtasche, um die Adresse zu überprüfen, die Mabel mir geschickt hatte. Kaum dass ich das Display sah, hielt ich mitten auf dem Gehweg inne. Mein Blick blieb an dem leuchtenden Familienchat kleben. Als ich das Wohnheim verlassen hatte, war es um die Planung des Hochzeitstags meiner Eltern gegangen. Die letzte Nachricht war von Mum selbst gewesen.

Mum
Wir erwarten euch und eure Begleitungen am besagten Samstag um vierzehn Uhr zum Mittagessen.

Während der Busfahrt hatte ich nicht mehr draufgeschaut und deswegen einige Mitteilungen verpasst. Genau diese gruben sich jetzt mit spitzen Zähnen direkt in meinen Magen.

Liam
Uns alle drei? Wen bringt Zoe mit?

Lyla
Diesen Typen aus der Uni. Ashton irgendwas. Sie hat uns an Weihnachten von ihm erzählt.

Liam
Und ihn seitdem nie wieder erwähnt. Dachte, das wäre nicht mehr aktuell.

Mum
Wenn sich etwas daran geändert hat, gib mir bitte Bescheid, Zoe. Wir wissen gern, wie viele Menschen in unserem Haus ein und aus gehen.

Je weiter ich nach unten scrollte, desto mehr Übelkeit stieg in mir auf. Mir wurde im Wechsel heiß und kalt, in meinem Nacken bildete sich Schweiß. Wie bezeichnend: Meine Familie vergaß ständig, was ich erzählte, aber ausgerechnet das, was ich verdrängen wollte, hatte sie in Erinnerung behalten.

Ich erinnerte mich nur vage an letztes Weihnachten. All

die Monate, in denen Ashton sich von mir genährt hatte, verschwammen in meinem Bewusstsein zu einem Band aus trüben Momentperlen. Farblos und gefühlsblass, glänzend nur dort, wo ein Wort sich mit Gefühlen verwoben hatte: Ashton.

Ich wollte denken, dass es allein an seiner Manipulation lag, dass ich Weihnachten von ihm gesprochen hatte, aber ich wusste es besser. Selbst in meinem dämmergleichen Zustand hatte ich meiner Familie beweisen wollen, dass ich es geschafft hatte. Dass ich jemanden gefunden hatte, der mich gernhatte – trotz all der Fehler, die sie und ich selbst in mir sahen. Dass ich mehr wert war als mein Name, dass ich *liebenswert* war.

Meine Unterlippe begann zu beben. Ein Auto fuhr vorbei, spritzte Regenwasser auf meine Stiefel und den Saum meines rauchblauen Tüllrocks, ich blieb trotzdem reglos stehen. Am liebsten hätte ich den Chat verlassen, nicht zum ersten Mal, diesmal allerdings so drängend wie nie zuvor.

Mir war klar, dass ich ihnen sagen musste, dass ich allein kommen würde. Aber ich wollte nicht. Ich wollte nicht gestehen müssen, dass Ashton nicht mehr mein … Freund war. Dass er es nie gewesen war. Dass er mich weder als *liebenswert* empfunden noch überhaupt einen Wert in mir gesehen hatte, der über meine Energie hinausgegangen war. Ich wollte nicht, und ich … konnte nicht. Nicht, wenn meine Familie sowieso jedes Mal, wenn ich von einem Typen sprach, damit rechnete, dass er bald wieder weg wäre. Ich wollte einmal mehr sein, als sie in mir sahen. Ich wollte einmal mehr sein, als ich selbst in mir sah.

Wie von allein flogen meine Finger über den Bildschirm.

Zoe
Mit Begleitung stimmt.

Noch während ich auf Senden tippte, bereute ich es und wollte die Nachricht wieder löschen. Zu spät, Liam begann in derselben Sekunde zu tippen.

Liam
Dann ist der Typ wirklich noch aktuell? Das ist ein neuer Rekord, oder?

Bevor ich reagieren konnte, kam Lyla mir zuvor.

Lyla
Sei nicht fies, Liam.

Liam
Was denn? Ich mach nur Spaß. Zazu weiß das. Bin gespannt auf Ashton irgendwas.

Ich schickte ihm einen lächelnden Smiley, weil mir das eben beigebracht worden war: lächeln, wenn man eigentlich schreien wollte. Familientreffen hinterließen bei mir nicht grundlos jedes Mal einen Gesichtsmuskelkater.

Ein paar Sekunden lang stand ich reglos im Regen, den Kopf zurückgelegt, die Tüte fest an die Brust gepresst, dann atmete ich durch und lief die letzten Meter auf das Haus am Straßenende zu. Die Fassade war dunkelgrau, Goldregen wuchs links und rechts von der Eingangstür. Es war zweistöckig und damit zu groß für einen einzigen Menschen, aber natürlich kümmerten den *Bund der Stare* Wohnungsknappheit und horrende Mietkosten nicht. Ich wollte nicht wissen, wie sie so kurzfristig an dieses Gebäude gekommen waren, insbesondere, weil sie es möbliert übernommen hatten. Laut Nox waren nur noch zwei andere Ratsmitglieder in Cambridge geblieben, um die Lage zu überwachen. Er hatte es nicht ausgesprochen, aber wir hatten auf Anhieb verstanden, dass Mabel, Cliff und Norah definitiv Teil dieser *Lage* waren.

Vielleicht lag es daran, dass ich das Gefühl, beobachtet zu werden, nicht abschütteln konnte. Auch jetzt warf ich zum wiederholten Male einen Blick über meine Schulter. Genau in dem Moment wurde die Tür vor mir geöffnet.

Ich drehte mich um und sah zu Cliff, der im Rahmen aufgetaucht war. Gerötete Wangen, ernste Augen, aber ein ehrliches Lächeln auf den Lippen. »Zoe, hey.«

Ich musste grinsen. »Haben sie dich dazu verdonnert, aufzumachen?«

Er seufzte. »Immerhin haben sie mir versprochen, nicht zu singen. Du warst also auch eingeweiht, ja?«

»Du darfst nicht böse sein. Man wird nur einmal ...«, ich zögerte, »entschuldige, wie alt bist du jetzt genau?«

»Ich verweigere die Aussage.« Er lächelte schief und trat zur Seite, damit ich an ihm vorbei ins Haus konnte.

»Du bist also eigentlich ein Zwilling. Das hat mich ziemlich überrascht, weißt du?«

Er schmunzelte. »Ja?«

»Sie gelten eher als flatterhaft und ungeduldig. Allerdings auch als sehr wissbegierig und anpassungsfähig – was ja ganz gut passt. Vielleicht hat das Alter deine Unruhe abgemildert.« Ich räusperte mich, um nicht noch weiter auszuschweifen. »Hier, ich hab dir was mitgebracht.« Ich hielt ihm die regenfeuchte Tüte hin. Während er sie öffnete, schlüpfte ich aus meiner nassen Jacke und hängte sie über Mabels Mantel am Garderobenknauf.

Cliff warf einen Blick hinein und stutzte. »Ist das ...?«

»Eine alte Kamera«, bestätigte ich, als er sie vorsichtig mitsamt Fake-Leder-Etui herausnahm. »Sie hat meinem Großvater gehört, ich hab sie gerettet, als meine Eltern sie wegtun wollten. Sie funktioniert noch, aber ich hab keine Verwendung dafür und dachte, du freust dich vielleicht. Mabel hat gesagt, du magst Schwarz-Weiß-Bilder lieber als welche in Farbe. Es sind auch noch ein paar Filme dabei. Ich dachte, damit kannst du ein paar Momente sammeln. Auf die Weise, auf die du es am meisten magst.« Meine Stimme brach, die unterschwellige Traurigkeit, die an den Worten haftete, trat zu fest gegen sie. *Solang du noch kannst* – das war der Zusatz, der an allem hing, was ich zu Cliff sagte.

Ich wusste, dass er es hörte, trotzdem lächelte er mich nur an. Nicht traurig, eher gerührt. »Das ist perfekt. Danke. Auch dafür, dass du gekommen bist. Das bedeutet mir viel.« Die Art, wie er mich dabei ansah, machte deutlich, dass er ebenfalls wusste, wie seltsam dieser Abend – beziehungsweise die Auswahl der Gäste – für mich war.

Mein Puls beschleunigte sich, ich wischte mir die feuchten Haare aus dem Gesicht. »Ich danke dir. Das ist der erste dreistellige Geburtstag, zu dem ich je eingeladen war. Bis auf den meiner Urgroßmutter, als ich sechs war. Aber meine Erinnerungen an dieses Event sind verwaschen, also hast du gute Aussichten darauf, das zu toppen. Vor allem, wenn es mehr gibt als Eierlikör und du nicht beim Essen deine dritten Zähne herausnimmst, weil …« Ich brach ab und holte tief Luft. »Habt ihr Sekt da?«

»Sekt und so ziemlich alles andere. Nox hat für zehn eingekauft. Im Kühlschrank findest du eine Auswahl. Die Küche ist ganz hinten.« Er deutete mir, ihm zu folgen.

»Toll«, erwiderte ich lahm, als wir in ein Wohnzimmer mit dunklen Holzmöbeln und Perserteppichboden bogen. Mehrere Zimmer gingen davon ab, an der Seite führte eine Treppe nach oben. Von irgendwoher drangen dumpfe Musik, mehrere Stimmen und das Klirren von Geschirr. »Und … ähm, ist Ashton schon hier? Ich müsste kurz was mit ihm bereden.«

Cliff musterte mich irritiert, ehe er langsam nickte. »Ebenfalls in der Küche.« Er deutete auf eine angelehnte Tür am Ende des Raums. »Er macht den Salat fertig.«

Ich stutzte. »Das ist ein Scherz, oder?«

»Sieh selbst. Wir warten im Esszimmer auf euch.«

Sobald Cliff im Nachbarraum verschwunden war, schob ich die Küchentür auf. Ashton stand an der Arbeitstheke mit dem Rücken zu mir vor einer Fensterfront, die zu einer Terrasse herausführte. *Cigarettes after Sex* dröhnte aus seinem Handy, eine meiner Lieblingsbands und eine, die wir oft gemeinsam gehört hatten. Ich fragte mich, ob er sich daran erinnerte. Und ich fragte mich, wieso ich mich so gut daran erinnerte, wenn ich doch so vieles vergessen hatte. So gut, dass mich eine Gänsehaut überkam, als würde mein Körper instinktiv in das Gefühl hineinrutschten, von Ashton im Arm gehalten zu werden.

»Willst du mich auch begrüßen oder nur anstarren?«, riss mich seine Stimme aus der Starre. Er hatte sich nicht umgedreht, aber als er aufsah, trafen sich unsere Blicke in der Fensterscheibe.

Ich ging auf ihn zu. »Du machst also wirklich einen Salat?«

In all den Monaten konnte ich mich nicht daran erinnern, Ashton je sonderlich gesund essen gesehen zu haben, was wiederum nicht dazu passte, dass er regelmäßig im Sportbereich der Universität trainierte. Das bewusste Aufrechterhalten seiner Fitness hatte ich nie ganz mit dem Rest seines Lebensstils übereinbringen können – den Partys, dem Alkohol, den Zigaretten –, aber mittlerweile verstand ich es. Das eine war das, was er sein sollte, das andere das, was er selbst war. Oder … glaubte zu sein.

»Cliff besteht darauf, dass ich auf *meine Gesundheit* achte. Sehr ironisch angesichts der Tatsache, dass er mein Leben so gravierend verkürzt hat.« Er lächelte spöttisch und schob einen Haufen geteilter Cherrytomaten in die Keramikschüssel vor sich.

Ich lehnte mich mit dem Rücken gegen die Theke neben ihm. »Das bedeutet ja nicht, dass du es in dieser Zeit nicht besser machen kannst.«

Ashton schnaubte, während er die nächsten Früchte teilte. »Willst du wissen, was er sich von mir zum Geburtstag gewünscht hat? Dass ich mit dem Rauchen aufhöre.«

»Er hat recht damit.«

»Er nervt damit.«

»Und trotzdem stehst du jetzt hier und schneidest Tomaten.« Ich nahm eine Hälfte und steckte sie mir zwischen die Lippen. Ashton sah auf, direkt auf meinen Mund, an dem ein wenig Saft hinuntertropfte. Hastig wischte ich darüber und wich seinem Blick aus. Dabei war dieser längst tiefer gerutscht, hin zu meiner wummernden Halsschlagader.

»Und du stehst hier und bist nervös.«

»Hör auf, in mich reinzugucken. Aber … ja. Ich muss mit dir reden. Würdest du dich kurz auf mich konzentrieren?«

»Gerade hast du mir das noch vorgeworfen.« Er wischte sich die Hände an einem Geschirrtuch ab, ehe er sich ganz mir zuwandte. »Also, Anima. Was gibt's?«

»Nenn mich nicht so, es geht um etwas Ernstes.«

Er verzog das Gesicht. »Sag mir bitte nicht, dass du das Hickory House jetzt auch noch renovieren willst.«

»Schlimmer.« *Tief durchzuatmen* zwang ich mich.

Auf dem Weg hierher hatte ich die Optionen mehrmals überschlagen und war zu dem Schluss gekommen, dass ich in dieser Sache nicht gewinnen konnte. Also ging es nur darum, den kleinstmöglichen Verlust hinzunehmen. *Das ist das kleinere Übel.*

»Du musst mich zu meiner Familie begleiten.«

Ashton stutzte, dann breitete sich ein Grinsen auf seinem Mund aus. »Willst du es etwa schon offiziell machen? Ist das nicht ein bisschen früh? Du hältst es erst seit ein paar Tagen in meiner Nähe aus, ohne mich mit dieser Mordlust in den Augen anzusehen.«

»Das ist nicht witzig. Meine Eltern feiern bald ihren Hochzeitstag, ein Wochenende lang, und sie bestehen darauf, dass alle ihre Kinder dafür nach Hause kommen. Ich hab ihnen vor Monaten gesagt, dass ich meinen Freund mitbringe, und ich kann ihnen nicht sagen, dass der nicht existiert.«

»Wieso nicht?«

Er sah mich abwartend an, ich presste die Lippen aufeinander. Selbst wenn ich gewollt hätte, wie hätte ich all das in ein paar Sätzen erklären sollen? Ich verstand selbst nicht, wieso es so schwer war, vor meiner Familie zu mir selbst zu stehen.

Vielleicht, weil ich mich in ihrer Nähe nicht *ausstehen* konnte. Und dafür gab es eben *keine Argumente, nur Gefühle*.

»Du könntest jemand anderen mitnehmen«, schlug er nach einem Moment der Stille vor. »Es gibt doch einige Typen, die dazu sicher mehr als bereit wären.«

»Das geht nicht. Ich hab ihnen einen Namen gesagt und Fotos gezeigt. Von … dir.«

Das Grinsen auf seinem Mund war zurück – breiter und unausstehlicher als je zuvor. »Ach, wirklich?«

Ich kniff die Augen zusammen. »Spar dir die Arroganz. Du hattest mich manipuliert.«

»Oh, bitte. Ich hatte dich nicht dazu gebracht, deiner Familie Fotos von mir zu zeigen. Was für welche waren es? Hast du sie ausgedruckt und unter dein Kopfkissen gelegt? Darf ich mal in deinem Portemonnaie nachsehen?« Er machte eine Bewegung auf mich zu, ich wich zur Seite, sodass ich gegen die Wand stieß.

»Dünnes Eis, mein Lieber.« Mein Rock raschelte, mein Atem stockte, als Ashton sich zu mir vorneigte und eine Hand neben mir an der Wand abstützte. An seinen Fingern klebte Tomatensaft, und ich versuchte wirklich, Blut darin zu sehen. Allein, um mir bewusst zu machen, warum es absolut nicht vertretbar war, dass mein Herz raste, nur weil er mich auf diese verschmitzte Weise anlächelte.

»Ich hab keine Angst, einzubrechen, Anima«, raunte er, sein Atem streifte mein Gesicht. »Ich liebe das Risiko.«

Mein Mund war so trocken, dass ich kein Wort herausbekam. Einfach, weil er mich so intensiv ansah und ich genau wusste, dass er auch in mich *hinein*sah – und bemerkte, was seine Nähe in mir auslöste.

Ehe ich reagieren konnte, ertönte eine Stimme an der Tür. »Störe ich?« Die Missbilligung in den zwei Worten klang so überdeutlich nach meiner besten Freundin, dass ich sie vor Augen hatte, ehe ich sie über Ashtons Schulter hinweg entdeckte.

Ashton reagierte zuerst. In einer fließenden Bewegung wich

er zurück und lehnte sich gegen den Küchentresen. »Nicht im Geringsten. Zoe hat mich nur gerade für ein Wochenende bei ihrer Familie eingeladen.«

Fassungslos starrte Mabel mich an. Der Ausdruck in ihren Augen färbte sich so dunkel, dass er perfekt zu ihrem schwarzen Samtkleid passte. »Du nimmst ihn mit zur Feier deiner Eltern?«

Ich zuckte mit den Schultern und ging zum Kühlschrank. »Lieber ertrage ich zwei Tage lang ihn als die mitleidigen Nachfragen meiner Familie.«

»Sehr charmant, danke.«

Mabel ignorierte Ashton und stellte sich neben mich, sodass ich sie zwangsläufig ansehen musste, sobald ich die Kühlschranktür mit einer Sektflasche in der Hand wieder schloss. »Ich kann auch mitkommen.«

Ashton räusperte sich. »Stimmt, die Ähnlichkeit zwischen uns ist verblüffend. Das fällt ihren Eltern bestimmt nicht auf.«

Mabels Kiefer spannte sich an. »Zoe …«

»Er schuldet mir was«, unterbrach ich sie sanft, aber entschieden. »Und er weiß, dass das ein rein platonisches Treffen ist. Richtig?« Ich warf Ashton einen eindringlichen Blick zu. Es war bewundernswert, dass Mabel es überhaupt aushielt, mit ihm in einem Raum zu sein, er sollte es nicht darauf anlegen, sie zu provozieren. In einer Hinsicht waren sich Ashton und sie auffällig ähnlich: Sie waren beide stur und forderten lieber einen Streit heraus, als ihre Meinung aufzugeben.

»Keine Rosenblätter, keine Heiratsanträge, und meine Geige lasse ich auch daheim. Versprochen.« Ashton nahm die Salatschüssel vom Tresen und wandte sich zum Gehen. Neben mir hielt er kurz inne und neigte sich zu mir herunter. Kein spöttisches Lächeln mehr, dafür ein sanfter Ernst in den Augen, der mir direkt unter die Haut kroch. »Sag mir, wann und wo, und ich bin da.« Er wartete mein Nicken ab, dann ging er an uns vorbei – nicht ohne Mabel mit einem übertrieben freundlichen Strahlen zu bedenken.

Kaum dass er aus der Küche verschwunden war, sah sie mich anklagend an. Ich seufzte und ging mit der Sektflasche zur Spüle, um sie zu öffnen. »Wäre es dir lieber, wenn ich gemein zu ihm bin?«

»Ja.«

»Es ist Cliffs Geburtstag, Mabel. Und Ashton ist nun mal sein bester Freund.«

»Warum auch immer«, murmelte sie.

Ich zerknüllte das Plastik des Verschlusses. »Komm schon. Findest du nicht, dass er sich Mühe gibt?«

»Wieso, weil er bei der Salatzubereitung hilft?« Sie verschränkte die Arme vor der Brust, der Stoff spannte ein bisschen. Ich ließ mir nicht anmerken, dass ich es registrierte, damit sie nicht böse werden konnte, wenn ich ihr bald ein angeblich altes Kleid von mir anbot.

»Die Tomaten hat er in mundgerechte Stücke geschnitten, das muss man ihm lassen.« Ich grinste, aber sie verzog keine Miene. Hätte ich sie nicht so gerngehabt, wäre mir ihr unerschütterlicher Ernst manchmal unangenehm gewesen. »Gib ihm eine Chance«, setzte ich sanfter hinterher. »Cliff zuliebe. Es ist sein Geburtstag.«

»Er hat jedes Jahr einen«, konterte sie ungerührt und verzog im nächsten Moment das Gesicht. Die Gefühle zu Ashton wurden von denen zu Cliff überschwemmt, eine Sintflut aus Zuneigung, Sorge und Hilflosigkeit. Sie rieb sich über die Augen. »Oder auch nicht.«

Ich hätte sie gern in den Arm genommen, aber ich wusste, dass sie das nicht wollte. *Es gibt keinen Grund, traurig zu sein*, hatte sie gesagt, als ich es einmal versucht hatte. *Noch ist gar nichts passiert. Und es wird auch gar nichts passieren.* Die Überzeugung, mit der sie diese Worte dachte, ließ nach. Ich konnte es in ihrem Blick lesen, darin, wie sich der Ausdruck aufweichte, auch wenn sie versuchte, es vor uns beiden zu verbergen.

»Hast du schon was gefunden?«, fragte ich leise.

Seit ich ihr das Zimmer gezeigt hatte, war noch keine Woche vergangen, doch wenn Mabel nicht lernte oder mit Cliff zusammen war, verbrachte sie ihre Zeit dort unten. Viel zu oft ging ich nach Ende meiner Arbeitsschicht hinunter und sah sie am Schreibtisch sitzen – dicht über Unterlagen oder halb zerfledderte Bücher gebeugt, im dämmrigen Licht und mit von Staub und Müdigkeit glasigen Augen.

Ich fragte selten nach, wie es lief. Ihr Schweigen verriet, was sie jetzt aussprach: »Nicht wirklich. Ich finde einfach kein System in den Aufzeichnungen. Vielleicht ist es wirklich eine Art Geheimsprache, aber wenn ja, kann ich den Code nicht …«

Sie brach ab, als sich die Tür abermals öffnete. Norah lugte zu uns herein. Ihr fuchsrotes Haar war zu einem strengen Dutt gebunden, was die feinen Züge ihres Gesichts betonte. Ihre Augen waren stärker geschminkt als sonst, und insgesamt wirkte sie irgendwie … leuchtender. Norah war mir immer wie eine Traumgestalt aus Pastelltonen vorgekommen, leise und zurückhaltend in allem, was sie sagte und tat. Seit einiger Zeit wirkte sie präsenter, als hätte jemand die Schattierungen ihres Wesens mit Fineliner nachgezeichnet.

»Kommt ihr?«, fragte sie. »Die Jungs reden über die Altersstufen von Whisky. Das hab ich noch nie ertragen.«

»Sofort.« Ich lehnte mich lächelnd gegen die Theke. »Verrätst du uns vorher ein paar Geheimnisse aus eurer Vergangenheit? Sonst können wir gar nicht mitreden.«

Abgesehen davon, dass ich Mabel Zeit verschaffen wollte, sich zu fangen, interessierte es mich wirklich. Die Tatsache, dass sich die vier Menschen im Nachbarzimmer seit über hundert Jahren einander kannten, war so schwer zu begreifen, dass ich mir nicht mal vorstellen konnte, wie viele Erinnerungen sie miteinander teilten.

Norah kam herein und zupfte am Ausschnitt ihrer Bluse. »Es war eine lange Vergangenheit. Was wollt ihr wissen?«

»Ist das nicht seltsam, ständig andere Menschen um sich herum seine besten Freunde zu nennen?«

Sie lächelte. »Es sind dieselben Menschen, egal, wie sie aussehen. Außerdem, wenn man sich so gut kennt wie wir, erkennt man sich in jedem Körper wieder. Und da wären noch unsere kleinen, eigenen Erkennungszeichen.«

Mabel drehte sich interessiert in ihre Richtung. »Cliff hat das mal erwähnt. Ihr habt alle so was wie er seine Narbe, oder?«

»Hm, genau. Cliff hat seine Narbe, ich war immer rothaarig und, wenn es ging, blauäugig, und Ashton hatte«, sie zögerte, »nun, zumindest die meiste Zeit über seinen ursprünglichen Namen, Arthur.«

»Und Nox?«, hakte ich nach.

Norahs Lächeln verrutschte. »Ich glaube nicht, dass Nox noch an seiner Tradition festhält.«

Genau in dem Moment, in dem sie seinen Namen aussprach, schwang die Tür hinter ihr auf, und ein ziemlich breit lächelnder Nox lehnte sich in den Rahmen. »Komm schon, Norah. Du solltest mich besser kennen.«

Bevor eine von uns etwas dazu sagen konnte, zog er sich das Shirt hoch. So weit, dass sein Brustkorb mitsamt recht beeindruckender Bauchmuskulatur freigelegt wurde.

Mabel zog fragend die Augenbrauen zusammen, doch ich bemerkte sofort die blassblaue Schattierung auf seiner Haut. Direkt an der Stelle, unter der sein Herz schlagen musste. Neugierig machte ich einen Schritt auf ihn zu und betrachtete sie genauer. »Ist das ein Veilchen?«

Nox nickte, sein Blick ruhte weiterhin auf Norah, die sich sichtlich verspannt hatte. »Veilchen generell gelten als Blumen der römischen Liebesgöttin, und blaue Veilchen im Speziellen stehen für Geduld. Davon abgesehen ist Veilchenblau die schönste Farbe der Welt.« Seine Stimme wurde mit jedem Wort weicher, so wie sein Lächeln. Vielleicht, weil er genau in ebendiese Farbe schaute, während er sprach: in Norahs Augen.

Sie betrachtete ein paar Sekunden lang das Tattoo, dann sah sie ihm ins Gesicht. »Wieso hast du es dir wieder auf diesen Körper tätowieren lassen?«

»Nicht nur dieser. Jeder Körper, Norah. Immer«, erwiderte er zärtlich, als hätte er vollkommen vergessen, dass sie nicht allein waren.

Mabel und ich tauschten einen vielsagenden Blick, Norah starrte ihn nur schweigend an. Etliche Emotionen huschten über ihr Elfengesicht, für Bruchteile von Sekunden nur, dann rang sie sich einen kühlen Ausdruck ab. »Zieh dich wieder an, Nox. Es sind Menschen mit Anstand anwesend.«

Er grinste, ließ das Shirt jedoch sinken. »Soll ich warten, bis wir allein sind?«

Feine Röte stieg in ihre Wangen, aber sie blickte starr an ihm vorbei, als sie zur Tür ging. »Das war genug Vergangenheit. Konzentrieren wir uns auf die Gegenwart.«

Nox trat beiseite, um sie durchzulassen. Sobald sie die Küche verlassen hatte, seufzte er zufrieden. »Wir machen Fortschritte. Die letzten Male, die ich versucht habe, mit ihr zu reden, hat sie entweder etwas nach mir geworfen oder mich einfach ignoriert. Wenn wir uns in diesem Tempo weiterentwickeln, ist sie vielleicht noch vor Weihnachten dazu bereit, sich mit mir zu unterhalten.«

»Und worüber?«, hakte ich interessiert nach. Ich wusste zwar, dass Nox und Norah lange Zeit zusammen gewesen waren, aber nachdem er sich auch vor ihr zurückgezogen hatte, konnte ich ihr nicht verdenken, dass sie ihm aus dem Weg ging.

Er hob die Schultern. »Darüber, dass ich einen Fehler gemacht habe, indem ich gegangen bin. Oder … sie dazu gebracht habe, aufzuhören, mir zu folgen. Wie man es nimmt. Ich würde alles dafür tun, das ungeschehen zu machen, aber da ich das nicht kann, konzentriere ich mich stattdessen darauf, ihr ab jetzt nicht mehr von der Seite zu weichen.«

Mabel beobachtete ihn spöttisch. Immerhin hatte sich die

Sorge aus ihrem Gesicht zurückgezogen. »Also ist das ein Eroberungsplan?«

»Es ist ein Erinnerungsplan«, korrigierte er gelassen und nahm ein paar Kristallsektkelche aus dem Schrank. »Ich liebe Norah. Und Norah liebt mich. Sie muss sich nur daran erinnern, dass das – dass *wir* – alles wert sind. Das ist der einzige To-do-Punkt, den ich für dieses Leben noch habe.«

»Ich weiß nicht, ob das berührend oder gruselig ist«, erwiderte Mabel gedehnt.

»Willkommen in unserem Dasein, ihr Lieben. Und jetzt kommt, es wird Zeit zu feiern. Solang wir noch können.« Er zwinkerte uns zu, ehe er die Tür mit dem Fuß aufstieß und die Küche verließ.

Der letzte Satz schwebte zwischen uns zu Boden, aber diesmal schaffte er es nicht, Mabels Mundwinkel mit sich hinabzuzerren. Sie schüttelte nur den Kopf, leichte Ungläubigkeit in den Augen.

»Fragst du dich manchmal, wie wir an diesen Punkt kommen konnten?«

Sie erwiderte mein Grinsen und nahm eine zweite Sektflasche aus dem Kühlschrank. »Also, soweit ich weiß, hat es damit angefangen, dass du unbedingt wolltest, dass ich dich auf eine Party begleite.«

»Mein Fehler«, erwiderte ich gespielt getroffen, doch wir konnten beide nicht aufhören zu lächeln.

Vielleicht, weil – so schwierig alles auch sein mochte – es in diesem flüchtigen Augenblick einfach unmöglich war, zu bereuen, was uns hierhergeführt hatte.

14

ASHTON

In den letzten Jahrzehnten hatte ich die eine oder andere Regel gebrochen, aber an eine hatte ich mich immer gehalten: Wir hielten nicht an unseren ursprünglichen Leben fest. Keine Aufzeichnungen, keine Bilder, keine Tagebucheinträge, keine Gespräche in der Öffentlichkeit. Und keine Feiern zu irgendwelchen Jubiläen oder Geburtstagen. Wenn wir solche feierten, dann die unserer Wirtskörper. Ich hatte etliche Kuchen angeschnitten, Sektempfänge abgehalten, Clubs gemietet, Geschenke ausgepackt – nie war etwas davon wirklich für mich gewesen. Im Laufe der Zeit hätte ich meinen Geburtstag mit Sicherheit vergessen, hätte Cliff mich nicht jedes Jahr am selben Tag ein bisschen länger als üblich umarmt. Kommentarlos, aber mit einem Lächeln, das sagte: *Gut, dass du noch da bist.* Es war trauriger geworden in den letzten vierzig Jahren. Seit wir wussten, dass es dafür eben selbst bei uns keine Sicherheit gab. Seit ich einmal versucht hatte, es nicht mehr zu sein.

Dieser Abend bei Nox war das erste Mal seit einer kleinen Ewigkeit, dass wir einen Tag feierten, der wirklich uns gehörte. Die Girlande aus goldenen Wimpeln, die Nox völlig unironisch über dem Tisch aufgespannt hatte, war für Cliff. So wie die Rosinen, die Mabel ihm gemeinsam mit einer Erstausgabe von

Sturmhöhe schenkte. So wie der Kuchen, den Norah nach dem Essen hereinbrachte und der so süß war, dass ich schon beim ersten Bissen den Mund verzog. So wie die Gespräche, so wie die Blicke, so wie das Lachen zwischen uns nur uns gehörte. Es war das erste Mal seit Langem, dass Norah, Nox, Cliff und ich so zusammen waren. Es war das erste Mal überhaupt, dass wir nur wir selbst waren, während zwei Außenstehende mit uns am Tisch saßen, die wir später nicht daran hindern würden, sich daran zu erinnern. Und es war definitiv das erste Mal, dass es mir nicht im Geringsten seltsam vorkam.

Vielleicht, weil dazu irgendwie alles zu … gut war. Ich wusste nicht, woher sie kam, aber über uns schwebte diese glänzende Decke, die sich mit jeder Minute, mit jedem Schluck Wein, mit jedem Wort dichter über uns legte. Draußen prasselte der Regen immer stärker gegen die Scheiben, vermengte sich mit unseren Stimmen und den Klavierklängen aus der blechern klingenden Anlage auf dem Schrank. Meine Sinne kamen mir vor, als wären sie in Magma getaucht worden. Alles, was ich wahrnahm, fühlte sich fast unerträglich warm an. *Ich* fühlte mich unerträglich warm an. Immer wieder schwirrte mein Blick über den gedeckten Tisch: die Porzellanteller, die Kristallkelche, die goldenen Schnörkel auf der hochwertigen Tischdecke, die verschiedenen Gesichter, von denen mir manche fast fremd waren und die sich doch alle vertraut anfühlten. Nur um schließlich jedes Mal an Zoe hängen zu bleiben.

Als Nox mich eingeladen hatte, hatte ich mir eingeredet, zuzustimmen, um vor ihm und den anderen den Schein zu wahren und um die Gelegenheit zu nutzen, Zoe näherzukommen.

Aber ab dem Moment, in dem sie die Küche betreten hatte, war das alles irgendwie vergessen gewesen. Das war ein Problem, ich wusste das. Ich durfte nicht zulassen, dass meine Abhängigkeitssymptome mich davon ablenkten, was ich zu tun hatte. Leider vergaß meine Seele das jedes Mal aufs Neue, wenn ich zu ihr hinübersah.

Sie saß mir gegenüber direkt unter den Glühbirnen, die von einer breiten Holzplanke über dem Tisch gedämmtes Licht auf uns hinabwarfen. Es war lächerlich, aber obwohl sie sich keine Mühe gab, das Gespräch in irgendeiner Art zu dominieren, achtete ich nur auf sie. Ihre Stimme, ihr Lachen, ihr Zuhören, ihre Augen, deren Fokus sich immer wieder mit meinem verhakte – alles daran zeichnete diesen Moment weicher und weicher, bis ich das Gefühl hatte, darin zu zerfließen. Ich wollte es hassen, wirklich, aber ich konnte nicht. Weil ich mich nicht mehr daran erinnern konnte, wann ich mich das letzte Mal so … geborgen gefühlt hatte wie in diesen paar Stunden.

Der Abend kroch in die Nacht hinein, sie breitete sich finsterblau hinter den Scheiben aus. Als Mabel mehrmals gähnte, fing Cliff an, die Teller zu stapeln, während er ihr etwas ins Ohr raunte, das ihr Röte ins Gesicht zeichnete. Zoe hörte Norah und Nox zu, die über unsere – und vor allem *ihre* – gemeinsame Vergangenheit sprachen. Im Grunde sprach nur Nox, Norah saß mit überschlagenen Beinen auf ihrem Stuhl und schwieg die meiste Zeit über.

Ein Teil von mir hatte damit gerechnet, dass sie die heutige Einladung ausschlagen würde – so wie jede einzelne, die Nox ihr seit seiner Rückkehr angeboten hatte. Vielleicht war das auch ein Grund für diese Feier: Nox hatte darauf gesetzt, dass Norah Cliff genug liebte, um zu überwinden, dass sie Nox eigentlich hassen wollte. Dass sie das sowieso nicht tat, war offensichtlich, egal, wie sehr sie sich auch um den Schein bemühte. Wir kannten uns zu lang und zu gut, um das nicht deuten zu können: Sie ging ihm nur so sehr aus dem Weg, weil sie wusste, dass sie sich nicht mehr von ihm entfernen würde, sobald sie in seine Nähe gekommen war. So war es immer zwischen ihnen gewesen, und so fing es jetzt wieder an. Um das zu bemerken, reichte ein Blick auf sie.

Ihr Haar badete im Schein der Stehlampe, ihr Gesicht in den Erinnerungen, die Nox in die Luft malte. So verschlossen ihre

Miene auch wirkte, vor uns konnte sie nicht verbergen, dass sich ihre Seele nach und nach öffnete. Natürlich merkte Nox das auch. Er war offensichtlich so sehr auf Norah konzentriert, dass ich mittlerweile keinen Zweifel mehr daran hatte, wieso er hier war. Es ging ihm nicht um irgendetwas, was den Rat betraf. Es ging ihm um uns und vor allem um sie. Das war der Grund dafür, dass er nicht aufhörte zu reden, auch wenn wir alle dabei waren, aufzubrechen. Und Zoe machte es ihm leicht, indem sie interessierte Nachfragen stellte.

»Eure einzigen richtigen Beziehungen habt ihr also wirklich immer unter euch?«, fragte sie gedehnt. »Ist das nicht ein bisschen inzestuös?«

Cliff lachte. »Die meisten von uns waren nie verwandt, und selbst wenn: So oft wie wir unsere Körper gewechselt haben, hat unsere DNA nichts mehr miteinander zu tun. Niemand würde je auf die Idee kommen, dass Ashton und ich ursprünglich miteinander verwandt waren.«

Norah betrachtete uns über den Rand ihres Sektkelchs hinweg. »Oh, das würde ich nicht sagen. Ihr benehmt euch trotzdem wie Brüder.«

Cliff lächelte nur, und ich musste meine Willensstärke in Gewichtform an meine Mundwinkel hängen, um es ihm nicht gleichzutun. »Wenn wir andere Beziehungen führen, dann nur, um den Schein zu wahren. Wir lassen uns nicht mit Menschen ein. Zumindest war das so, bevor …« Ich deutete auf Mabel, die mir schräg gegenübersaß und es schon den ganzen Abend über vermied, direkt zu mir zu sehen.

Jetzt tat sie es doch. »Bevor *was*?«

»Bevor du entzückendes Wesen aufgetaucht bist«, vollendete ich meinen Satz. Nicht ganz auf die Art, an die ich gedacht hatte, obwohl ich zugeben musste, dass es mir zunehmend schwerer fiel, sie zu hassen.

Es lag nicht an ihrem Wesen, das ich nach wie vor nicht unbedingt als *entzückend* beschreiben würde, dafür war sie zu stur, zu stolz, zu nervtötend eigensinnig. Es lag daran, was sie in Cliff auslöste. Es war mir schon damals aufgefallen, als Zoe angefangen hatte, Mabel mit zu unseren Partys zu bringen, aber ich hatte es nicht deuten können. Stattdessen hatte ich gedacht, dass das Leuchten in Cliffs Zentrum daher rührte, dass er sich für ihre Seelenenergie interessierte. Mir wäre nie in den Sinn gekommen, dass er sich schlichtweg für *sie* interessierte. Dass er auf simpelste Kraft aus ihr schöpfte, indem er mit ihr zusammen war.

Cliff hatte seit Jahrzehnten ein Band aus düstergrauen Wolken hinter sich hergezogen, doch seit er Mabel kannte, riss dieses beständig weiter auf. Ich würde nie auf die Idee kommen, dieses Mädchen mit einer Sonne zu vergleichen, aber was Cliff anging, war sie wohl so etwas wie ein Silberstreif. Und so gern ich sie für alles verachten wollte, was sie uns genommen hatte, konnte ich nicht vermeiden, dass ich ihr dankbar dafür war, dass sie meinen besten Freund zurückgebracht hatte. Denn er war eben, völlig unabhängig von der DNA, immer mein *Seelen*verwandter gewesen.

Mabel verdrehte die Augen, verzichtete jedoch auf eine Antwort. Für ihre Verhältnisse ein Friedensangebot.

»Mir kam das eigentlich immer entgegen«, fuhr ich fort und ließ den Finger über den Glasrand kreisen, sodass ein heller Ton entstand. »Ich ertrage Menschen in der Regel nicht allzu lang.«

»Ich kann aus Erfahrung sagen, dass das auf Gegenseitigkeit beruht«, erwiderte Zoe betont freundlich.

Ich musste grinsen und lehnte mich über den Tisch zu ihr vor. »Gibs zu, du fängst an, die Zeit mit mir zu genießen.«

»Ich fange an, nicht mehr die Sekunden, sondern die Minuten runterzuzählen. Mehr Zugeständnis bekommst du nicht.« Sie reckte das Kinn, ich sah trotzdem, dass ihre Wangen sich dunkler färbten. »Aber übertreiben will ich es trotzdem nicht. In diesem Sinne gehe ich jetzt die Spülmaschine einräumen.« Sie erhob sich und griff nach den Tellern. »Bleib sitzen«, meinte sie zu Cliff, als er ebenfalls aufstehen wollte. »Du hast Geburtstag.«

Mabel erhob sich und nahm ein paar der leeren Gläser. »Sie hat recht, wir machen das. Nox hat gekocht, und Ashton stört nur.« Sie lächelte mir süffisant zu, aber als ich beiläufig nach ihrer Seele tastete, bemerkte ich, was ich auch in meiner eigenen spüren konnte: Ihre Abwehrhaltung mir gegenüber hatte in den vergangenen Stunden ebenfalls einen Knacks bekommen.

Die beiden verließen das Esszimmer, Norah folgte ihnen mit einem Seufzen und dem Rest der Gläser. Kaum dass wir allein waren, konzentrierten sich Cliff und Nox auf mich.

»Gut«, meinte Letzterer und stützte das Kinn in einer Hand auf. »Bist du betrunken genug, um endlich ehrlich auf die Frage zu antworten?«

»Welche Frage?«, erwiderte ich misstrauisch.

Cliff drehte sich zu mir. »Was das mit Zoe soll.«

»Wieso fragst du mich das? Ich hab sie nicht eingeladen.«

»Und trotzdem siehst du sie den ganzen Abend über an, als wäre sie der einzige Grund für dich, hier zu sein.«

Mir wurde wieder so unangenehm warm. »Jetzt werde nicht eifersüchtig, mein Guter.«

Cliff ging nicht auf meinem spöttischen Tonfall ein. »Du bist anders, wenn sie da ist.«

Ich legte den Kopf in den Nacken und stöhnte. »Gott, kommt mir nicht so.«

»Es ist wahr«, schaltete Nox sich dazwischen und musterte mich so neugierig, dass ich seinen Fokus sogar unter meiner Haut spüren konnte. Seine Zeit mit dem Rat hatte ihn offenbar vergessen lassen, dass es übergriffig war, so etwas ohne Erlaubnis zu tun.

Ich schlug mit meiner inneren Hand kurz und fest nach seinem Zentrum, damit er bemerkte, dass mir das durchaus auffiel. »Sagt mir jetzt nicht so was wie *deine Augen beginnen zu leuchten …*«

»Vergiss deine Augen«, fiel Nox mir ins Wort, zog sich aber mit einem entschuldigenden Grinsen von meinem Inneren zurück. »Es geht um deine Seele. Sie … beruhigt sich, wenn Zoe da ist. Ich meine, nicht persönlich gemeint, aber du bist ein wandelndes Chaos. Warst du schon immer. Aber ich hab dich noch nie so geordnet erlebt wie in ihrer Nähe.«

Mein erster Reflex bestand darin, es zu leugnen, aber wer hätte mir das geglaubt? Selbst ich spürte, was Zoe mit mir machte, natürlich fiel es da auch meinen Freunden auf. »Kann sein«, gab ich deswegen zu. »Sie war lange Zeit meine Motte, ich hab mich an sie gewöhnt. Ich kann nicht leugnen, dass meine Seele ihre Energie vermisst.« Ich zögerte kurz. »Es ist … es fühlt sich an, als würde ich eine Wunde mit mir herumtragen, und das Einzige, was hilft, sie zu heilen, ist Zoes Nähe.« Ich zuckte mit den Schultern, weil das Gewicht dieser Worte zu schwer wog. »Aber das ist normal, oder?«

Kurz war es ganz still. Die Stimmen der anderen verebbten irgendwo hinter der geschlossenen Zimmertür, die Musik verstummte zwischen zwei Liedern, der Regen hatte nachgelassen, Cliff und Nox sahen einander an. Dann sagten beide gleichzeitig: »Nein.«

Ich runzelte die Stirn. »Ihr hattet doch auch beide schon mal längerfristige Motten.«

»Hatten wir«, bestätigte Cliff. »Aber … das ist nicht normal. Natürlich gewöhnt man sich an die Nähe und an die Energie eines Menschen, aber das hat etwas mit Bequemlichkeit zu tun und nichts mit Sehnsucht.«

Genervt verzog ich das Gesicht und schwenkte mein leeres Glas. »Ich habe nicht von *Sehnsucht* gesprochen. Ich bin kein Autor von Groschenromanen.«

»Das musst du auch nicht. Ich sehe, wie du sie ansiehst.«

Du siehst, was ich dir zeigen will, dachte ich wütend. Wütend auf ihn, weil er mich in eine Ecke drängte, die keine sein durfte, wenn ich doch immer einen Fluchtweg parat hatte. Wütend auf mich, weil ich so gereizt auf seine Aussage reagierte, wenn ich es doch besser wusste. Wenn ich doch wusste, dass ich alles, was zwischen Zoe und mir war, vortäuschte, wenn ich doch wusste, dass jeder Blick, jedes Lächeln, jedes Wort, jede Berührung nur ein Mittel zum Zweck war. Ein Spielzug, den ich genau steuern konnte, weil ich ein klares Ziel hatte.

Ich wusste das alles, aber … wieso vergaß ich es dann ständig? Wieso hatte ich dann vorhin nicht eine Sekunde daran gedacht, was für eine Chance es für mich sein könnte, Zoe zu ihren Eltern zu begleiten – sondern nur daran, dass ich schlichtweg *alles* tun würde, um den angespannten Ausdruck aus ihrem Gesicht zu vertreiben? Wieso musste ich mich ständig daran erinnern, dass das hier ein Spiel war, nur um mich dann zu fragen, wie man es eigentlich spielte? Wieso entglitten mir die Regeln jedes Mal mehr, wenn ich sie ansah? Wieso entglitt mir alles, wenn ich bei ihr war? Und wieso machte mir das keine Angst, weil ich das Gefühl hatte, dass ich *sie* dafür besser zu fassen bekam?

Ich kniff mir in die Nasenwurzel, um all diese Gedanken zu zerdrücken. »Und wenn schon«, erwiderte ich barsch. »Zoe ist anders als andere Menschen. Ihre Seele ist …«

»Intensiv, ja«, fiel Nox mir gelassen ins Wort. »Das merken wir auch. Das bedeutet nicht, dass es unmöglich für uns ist, uns von ihr fernzuhalten.« Er griff im Aufstehen nach dem Kuchenteller und warf mir einen vielsagenden Blick zu, ehe er das Zimmer verließ.

Genervt presste ich eine Hand auf meine Brust, in der es unangenehm wummerte. Es dauerte mehrere Sekunden, ehe ich verstand, dass das viel zu starke Pochen nicht von meinem Zentrum ausging, sondern von meinem Herzen.

Cliff legte die Arme auf dem Tisch ab und neigte sich zu mir vor. »Ich will glauben, dass du das wirklich alles ohne Hintergedanken tust. Dass du grundlos an diesem Projekt teilnimmst, mir verzeihst, dich gegenüber Mabel benimmst und zu Zoe so … nett bist.«

Ich zerrte am Kragen meines Hemdes, obwohl die zwei obersten Knöpfe bereits geöffnet waren. »Aber?«

Er sah mich unverwandt an, aus ernsten Augen, die in diesem Licht fast schwarz wirkten. »Ich kenne dich gut.«

»Was für Hintergedanken sollen das sein?« Meine Stimme klang zu tonlos. Ich brauchte kurz, um zu verstehen, was ihr den Klang entzog: mein Gewissen. Mein Gewissen, das sich so stark aufplusterte, dass ich kaum noch atmen konnte. Cliff gegenüber, weil ich ihn seit Wochen anlog, wenn er mich fragte, wieso ich Zoes Nähe suchte. Zoe gegenüber, weil … alles. Gott, was war bloß los mit mir?

»Keine Ahnung. Deswegen hoffe ich, dass es keine gibt. Benutze sie nicht für irgendeine Rache-Agenda, um deine Langeweile zu kompensieren oder … für irgendwas. Sie ist …«

»Zu gut für mich?«

Er lächelte schwach. »Ein Mensch. Aber ja, das auch.«

»Sehr nett.« Ich verzog das Gesicht, obwohl ich natürlich wusste, dass er recht hatte. In einem ganz schlichten Sinn, der nichts mit Selbsthass zu tun hatte. Es war nie meine Absicht gewesen, *gut* zu sein. Darum ging es in unserem Dasein nicht. Es hatte mich nie interessiert, wie schlecht es anderen gehen musste, damit es uns besser ging. Es war mir nie darum gegangen, geliebt zu werden. Ich hatte gesehen, wohin das führte. Du wurdest trotzdem verlassen, du warst am Ende trotzdem allein. Der Sinn des Lebens – *unseres* Lebens – bestand nicht darin, Gutes zu tun, auszulösen oder zu hinterlassen. Der Sinn unseres Lebens war es, zu leben. Auf die für uns beste Weise, die eben möglich war. Ich wollte nicht damit anfangen, mich dafür schlecht zu fühlen. Ich *durfte* nicht.

»Sie sind alle zu gut für uns. Darum geht es doch. Wir haben nichts hiervon verdient. Menschen, die sich um uns sorgen, die Geburtstagsfeiern für uns ausrichten, die … uns lieben. Wir verdienen es nicht. Aber wenn wir es trotzdem bekommen, dann müssen wir es wertschätzen. Wir dürfen das nicht ausnutzen oder für selbstverständlich halten. Das hier ist unsere letzte Chance, und ich will wenigstens versuchen, es richtig zu machen. Es wird sicher nicht dafür ausreichen, gut zu sein. Aber vielleicht zumindest besser.«

Seine Hand griff über den Tisch nach meiner. Sie war ungewohnt warm, wärmer als meine eigene. Mit einer Bewegung umfasste ich sein Handgelenk und drehte es so herum, dass ich zwei Finger auf seinen Puls legen konnte. Er klopfte kräftig und gleichmäßig gegen meine Haut. »Wenn du so sehr versuchst, alles *besser* zu machen – von wem hast du dich dann heute genährt?«, fragte ich mit halbem Spott.

Cliff entzog mir seine Hand. »Von Mabel.«

Fassungslos starrte ich ihn an. Das ganze letzte Semester über hatte Cliff mir vorgespielt, sich von ihr zu nähren, sie aber niemals angerührt. Und jetzt *das*? »Weiß sie davon?«

Cliff verzog den Mund, als würde ihm allein die Vorstellung, er könnte sie ohne ihr Wissen benutzen, wehtun. »Natürlich, es war ihr Vorschlag. Oder besser gesagt ihre Forderung. Es ist ihr lieber, wenn sie mir ab und zu freiwillig etwas Energie überlässt, als wenn ich sie heimlich von jemandem nehme.« Er stand auf. »Das meinte ich eben, verstehst du? Das hier ist unsere letzte Chance, das Richtige zu tun, auch wenn es nicht immer angenehm oder einfach ist. Und ich werde sie nutzen. Bis zum Ende.«

Im Vorbeigehen legte er mir eine Hand auf die Schulter, und diese Berührung formte aus seinen letzten drei Worten ein Versprechen. Und obwohl ich wusste, dass er von einem Ende sprach, das ich nicht akzeptieren wollte, war etwas daran so tröstlich, dass ich kurz die Augen schloss.

Der Regen hatte aufgehört, als wir uns kurz darauf auf den Weg machten. Norah blieb als Einzige zurück, was Nox ein reichlich zufriedenes Lächeln und ihr einen halbwegs verlegenen Blick ins Gesicht zeichnete. »*Wir reden nur*«, fauchte sie mir ins Ohr, als ich sie zum Abschied umarmte. Ich sagte nichts dazu. Wir wussten alle, dass es nur eine Frage der Zeit war, bis Norah und Nox in ihre bevorzugte *Sprache* verfielen, sobald sie an einem Ort waren. Insbesondere jetzt, da Nox sich bemühte, wirklich anwesend zu sein.

Als wir in die Straße abbogen, in der Cliffs Appartement lag, ließ Zoe fluchend ihr Handy sinken. »Es ist unmöglich, Freitagnacht ein Taxi zu bekommen.«

Mabel drehte sich zu ihr um. »Oh, okay. Dann komme ich doch mit zum Wohnheim.«

»Kommt nicht infrage.« Sie knuffte ihr in die Seite und senkte die Stimme. »Noch mal: Dein Freund hat heute Geburtstag. Ich bin sicher, dir fällt noch ein netterer Weg ein, diesen Abend mit ihm ausklingen zu lassen. Ich laufe einfach, es ist ja nicht so weit.«

Mabel runzelte die Stirn. »Nein, ich will dich nicht allein gehen lassen.«

Mit einem Räuspern schaltete ich mich ein. »Sie ist nicht allein. Ich bring sie heim.«

Misstrauisch beäugte Mabel mich. »Wieso?«

»Es liegt auf dem Weg.«

»Tut es nicht«, erwiderte Cliff ungerührt. Sein Schmunzeln nahm ich trotzdem deutlich wahr.

»Das ist nicht nötig«, ging Zoe dazwischen, »ich brauche keinen Babysitter.«

»Hierbei sind deine Freundin und ich uns ausnahmsweise einig. Ich lasse dich nicht allein über den dunklen Campus gehen.« Zoe holte tief Luft, ich schnalzte mit der Zunge. »Und bevor du es versuchst: Das ist wieder so etwas, das ich nicht diskutiere. Von mir aus laufe ich drei Meter hinter dir, aber ich bringe dich nach Hause.«

Ein paar Sekunden lang starrten wir uns fest in die Augen, dann gab sie mit einem Stöhnen nach. »Okay, von mir aus. Aber wenn du es wagst, mir deine Jacke anzubieten, werfe ich sie in die Cam.«

Mabel wirkte immer noch unzufrieden, ließ sich jedoch von Zoe in eine Umarmung ziehen. »Schreib mir, sobald du zu Hause bist«, murmelte sie, ehe sie mir einen flüchtigen Blick zuwarf und noch leiser hinzufügte: »Dein Desinfektionsspray hast du noch, oder?«

Zoe unterdrückte sichtlich ein Lachen, als sie sich von ihr löste, um Cliff zu umarmen. Er sah mich über ihren Kopf hinweg an, unübersehbar warnend. Ich verdrehte nur die Augen und nickte ihm zum Abschied zu, als er und Mabel auf sein Wohnhaus zugingen.

Zoe wartete, bis sie im Flur verschwunden waren, und lächelte mir verkrampft zu. »Dann los.«

Eine Weile liefen wir schweigend nebeneinanderher. An den Wochenenden war Cambridge bei Nacht ein atmendes Gewebe aus Dunkelheit und Lichttupfern in Form von beleuchteten Bars und Fenstern. Ab und zu schallte ein Lachen durch die Luft, Absätze auf Asphalt, losgelöstes Gelächter. Normalerweise hätte mich das alles genervt, aber dank Zoe war es leicht, es auszublenden.

»Also«, setzte sie nach einer Weile zögerlich an, »das war doch ganz schön.«

Ich verzog den Mund, weil sie recht hatte und mir das unangenehm war. »Ein bisschen schräg.«

»Ich finde, es hat sich gut angefühlt. Als wären wir … ganz normale Freunde.«

Interessiert warf ich ihr einen Blick zu. »Wir alle?«

Ihr Haar schimmerte im Licht der Straßenlaterne, an der wir gerade vorbeikamen, ihr Blick auch, als sie zu mir aufsah. »Wir alle.«

Mein Lächeln war viel zu ehrlich. Die Wärme in meiner Brust auch. Es war behaglich, es behagte mir nicht. Ich schüttelte die Schultern, doch da hatte es das Gefühl schon in Richtung Stimme geschafft. »Ich hab sie vermisst«, hörte ich mich plötzlich sagen. »Sie und das Gefühl, was ich mit ihnen verbinde. Als wäre alles in Ordnung. Nicht in der Welt oder im Leben, aber in mir selbst. Ergibt das Sinn?«

»Tut es, ja. So sollte sich Familie anfühlen, oder?«

Ich lachte auf, kickte einen Stein über den Asphalt. »Tut sie aber nicht. Meine zumindest nicht. Eher im Gegenteil.« Wir bogen um eine Ecke, verließen Cambridges wummernden Stadtkern. Der Nachtstoff zog sich dichter um uns, ich hätte ihn gern abgeschüttelt.

»Wieso nicht?« Zoe verlangsamte ihren Schritt, erst da fiel mir auf, dass ich meinen beschleunigt hatte.

Widerwillig passte ich mich ihrem Tempo an. »Nun … meine Mutter ist tot. Sie starb damals bei der Ursprungszeremonie. Hat sich für das alles hier geopfert.« Ich machte eine vage Geste, die alles an der lichtlosen Szene um uns herum, inklusive mir, einfangen sollte. »Und mein Vater ist …« Ich stockte, weil ich nicht wusste, wie ich es ausdrücken sollte. Ich wusste nicht mal, wie ich es fühlen sollte. »In erster Linie ist er mein Vorgesetzter. Er ist der Anführer des Rats, und das Wohl unserer Verbindung steht für ihn über allem.«

»Auch über dir?«, hakte Zoe vorsichtig nach.

»*Vor allem* über mir.« Bitterkeit sammelte sich in meinem Mund, ich schluckte. »Es steht so ziemlich *alles* über mir. Für Henry bin ich eine wandelnde Enttäuschung. Was denkst du, warum er mich seit über hundert Jahren irgendwelche Studentenleben ertragen lässt? Er verachtet mich.«

Zoe zögerte. Ihre Hand schwebte dicht neben meiner, ihr Finger strich über meine Haut. Flüchtig, es hätte ein Versehen sein können. Wir wussten beide, dass es keines war. »So was darfst du nicht denken. Ich bin sicher, er liebt dich. Eltern haben nur manchmal … eine seltsame Art, das zu zeigen. Ich glaube, sie wissen oft gar nicht, wie sehr sie uns mit ihren Erwartungen erdrücken. Dass unser ganzes Selbstbewusstsein, unsere *Selbstsicht* unter dem zerbröselt, was sie *in uns sehen* wollen.« Ihre Worte kamen langsamer als sonst. Als bräuchte sie Kraft, um sie aus ihrem Mund zu stoßen, weil sie so fest mit ihrem Bewusstsein verwachsen waren. Etwas in ihr bröckelte, ich spürte es, noch bevor sie schützend die Arme vor der Brust verschränkte.

»Willst du ihnen deswegen nicht die Wahrheit über mich sagen? Wegen ihrer Erwartungen und weil du Angst davor hast, sie zu enttäuschen?«

Sie lächelte schwach. »Ich dachte, deine Verbindung bringt mich um, wenn ich ihnen die Wahrheit über dich sage.«

»Wie oft muss ich das wiederholen? Ich werde nicht mehr zulassen, dass dir etwas passiert.« Ich hatte es nie mehr gemeint als in diesem Augenblick. Vielleicht, weil ich nie zuvor gespürt hatte, dass sie nicht nur verletzlich war, sondern … verletzt. Und das nicht nur meinetwegen. Ich atmete durch. »Aber das meinte ich auch nicht, und das weißt du.«

Zoe nickte. Wir hatten den Anfang des Campus erreicht, traten durch den Steinbogen hinein in diese Blase aus Ockertönen und falschem Glanz. »Familien sind kompliziert. Niemand weiß das besser als ich. Meine ist … du wirst es vielleicht verstehen, wenn du sie kennenlernt. Aber ich liebe sie, trotz allem. Und ich weiß, auch wenn sie es mir nicht immer so zeigen, wie ich es mir wünschen würde, dass sie dasselbe für mich empfinden.« Sie lächelte mich vorsichtig an. »Und ich bin ganz sicher, dass das ebenso für deinen Vater und dich gilt. Er ist stolz auf dich, und er liebt dich. Außerdem, ich meine, sieh es mal so: Hätte er dich nicht dieses Leben führen lassen, dann hätten wir uns nicht getroffen.«

»Hm. Allein dafür solltest du ihn wohl hassen, nicht wahr?«

»Sollte ich, ja.«

»Und … tust du es?« Ich betrachtete ihr Profil, ihre Lider, die selbst in der Dunkelheit schimmerten, ebenso wie ihre Wangen, als sich ein bisschen Röte darauflegte – ihre einzige Antwort darauf. Minutenlang liefen wir schweigend über den Campus, so dicht nebeneinander, dass meine Hand immer wieder ihre streifte. Sie zuckte ab und zu leicht zusammen, zog sich jedoch nie zurück. Erst als wir durch den Torbogen zu ihrem Wohnheim gingen und die Eingangstür nur noch wenige Meter entfernt war, blieb sie stehen. Mitten auf der Grasfläche des Innenhofs, mit geballten Fäusten und angespanntem Gesicht. Als wäre der Gedanke in ihr so groß, dass sie ihn unmöglich weiter im Kopf behalten konnte und deswegen aussprechen musste. Als sie es tat, passte er trotzdem in ein einziges Wort.

»Nein.«

Ich brauchte einen Moment, ehe ich begriff, dass sie auf meine Frage antwortete. Stirnrunzelnd blieb ich stehen und drehte mich zu ihr um. »Wieso nicht?«

Zoe schüttelte den Kopf, presste eine Handfläche auf ihr Brustbein, als würde sie versuchen, dem Ursprung des Wortes nachzufühlen. »Ich weiß es nicht. Ich weiß nur, dass … ich es nicht tue.«

Es klang ungläubig, ein wenig verwirrt, und ich fühlte mich auch so. Weil dieses Geständnis in mir nicht das richtige Gefühl auslöste. Ich sollte Triumph empfinden. Zufriedenheit, vielleicht Erleichterung. Ganz sicher nicht … Glück.

Ich schaffte es nicht, etwas zu sagen, ich schaffte es nicht mal, zu lächeln. Wir sahen uns an, und alles andere verschwamm. Zoe stand vor mir, und der falsche Glanz der Universität kam mir mit einem Mal nicht mehr falsch vor. Für den Bruchteil eines Augenblicks kam mir gar nichts mehr falsch vor. Der Gedanke war flüchtig, das Gefühl blieb.

Ihr Blick glitt von meinen Augen zu meinem Mund, zu dem Tattoo unterhalb meines Hemdkragens, als wollte sie sich daran erinnern. Dann wieder zu meinem Mund, als wäre trotzdem er das, was sie nicht vergessen konnte.

Mir wurde warm, weil ich natürlich verstand, was das bedeutete. Hätte ich versucht, sie zu küssen, hätte sie es vermutlich zugelassen. Mehr noch, sie hätte es gewollt. Sie *wollte* es. Ich sah es, ich fühlte es – in ihrem Zentrum war dieses watteweiche Wummern, das seine Finger nach mir ausstreckte.

In der Sekunde, in der ich das wahrnahm, kippte alles. Der Moment, in dem ich begriff: *Ich könnte es tun*, war der, in dem ich deutlich spürte: *Ich konnte es nicht tun.* Denn ich dachte: *Das ist gut*, aber ich fühlte mich schlecht. So schlecht, dass ich es kaum ertrug, Luft zu holen. Jeder Atemzug schmeckte nach Zoe. Nach Schuld und … Sehnsucht.

Ohne darüber nachzudenken, wich ich zur Seite, sodass der Weg zwischen ihr und der Tür frei war. »Du solltest gehen.«

»Sollte ich«, flüsterte sie. Die Stille danach fügte hinzu: *Aber ich will nicht.*

Ich spannte den Kiefer an, trat noch einen Schritt zurück – nicht, um sie von mir fernzuhalten, sondern um mich von ihr fernzuhalten. Meine Gedanken rauschten, versuchten mühsam, sich an meiner Vernunft festzuhalten. Vergebens. Es ergab keinen Sinn, aber Fakt war: Ich *sollte* sie küssen, aber ich *konnte* sie nicht küssen, weil ich sie küssten *wollte*. Es ging einfach nicht.

Ein paar Sekunden lang starrte Zoe mich an, dann schob sie sich wortlos an mir vorbei.

Ich blieb dort stehen, bis sie im Haus verschwunden war und Minuten später das Licht in ihrem Zimmer anging. Der Vorhang an ihrem Fenster wurde zur Seite gezogen, ihre Silhouette tauchte hinter der Scheibe auf. Ein paar Augenblicke lang verharrten wir beide reglos, und obwohl wir uns nicht einmal mehr richtig sehen konnten, wurde ich das Gefühl nicht los, dass sie mich deutlicher erkannte als je zuvor. Vielleicht war das der Grund dafür, dass ich mir selbst plötzlich so fremd vorkam.

Mit ganzer Kraft wandte ich mich ab und verließ den Hof. Auf dem Weg zurück zu meinem College konnte ich nur eines denken: Dieser Abend hatte mir gezeigt, dass alles nach Plan verlief. Wieso fühlte es sich dann an, als hätte ich die Kontrolle verloren und würde geradewegs auf eine Sackgasse zusteuern?

15

ZOE

Irgendetwas stimmte nicht.

Mein Blick hing am Wecker auf dem Nachttisch fest. Seine Anzeige war das einzig Helle in meinem Zimmer. Es war halb vier, und ich konnte nur daran denken, dass man die Stunde zwischen drei und vier als Stunde des Teufels bezeichnete.

Ich konnte nicht benennen, was genau es war, aber es fühlte sich an, als wäre etwas in meinem Schlafzimmer, das nicht dorthin gehörte. Etwas, das ich nicht sehen, dafür aber umso stärker fühlen konnte. Mein Herz raste, meine Handinnenflächen schwitzten, mein Nacken kribbelte, mein Bauch tat weh. Es war, als würde mein Körper mir befehlen wollen, zu rennen, dabei gab es nichts, wovor ich flüchten musste. Höchstens vor der Erinnerung, die mich verfolgte, seit ich mein Zimmer nach dem Geburtstagsessen betreten hatte.

Ashton und ich im Innenhof meines Colleges. Das nachtdunkle Gras zu unseren Füßen, nachtdunkler Himmel über unseren Köpfen, ein taghelles Gefühl zwischen uns. Oder nur in mir? Hätte er es auch gespürt, dann wäre dieser Moment dort unten anders verlaufen. Er hätte keinen Schritt zurückgemacht, als alles in mir danach verlangt hatte, auf ihn zuzugehen. Sein Gesicht in meine Hände zu nehmen und zu vergessen, dass es nicht wirklich seines war, meine Lippen auf seine zu legen, bis ich verdrängen konnte, dass alles, was er mir monatelang mit ihnen erzählt hatte, Lügen gewesen waren. Ich wollte es bereuen. Ich wollte es ebenso bereuen, wie ich alles bereuen wollte, was mit Ashton zu tun hatte. Aber sobald ich es versuchte, sah ich ihn wieder vor mir. Die großen Augen, der ernste, fast traurig wirkende Ausdruck darin.

»Und … tust du es?«

Dieses *Nein*, das ich minutenlang versucht hatte, als Lüge zu enttarnen, hatte etwas in mir abgezogen. Eine feine Schutzschicht, die ich sorgsam über etwas geklebt hatte, das in den letzten Wochen angefangen hatte, zu wachsen. Jetzt, da sie fort war, begann es zu wuchern.

Und ich begriff: Das, was mich gerade heimsuchte, waren weder Geister noch der Teufel. Es waren Gefühle, die ich für tot gehalten hatte. Ich selbst war diejenige gewesen, die sie unter einem Berg aus rationalen Gedanken begraben hatte. Vergebens, denn sie waren nicht gestorben. Sondern nur verschüttet gewesen. Ich hatte längst gespürt, wie sich einzelne Steine verschoben hatten. Doch irgendetwas, das an diesem Abend passiert war, hatte dafür gesorgt, dass sich das ganze Geröll auflöste und all das darunter Begrabene wieder an die Oberfläche kam.

Ich setzte mich auf, fuhr mir durch die feuchten Haare, presste die Handballen gegen meine Augen. Es brachte nichts. Es änderte nichts. Fakt war: Ich wollte nicht hier sein, ich wollte nirgendwo sein, wo er nicht war. Ich wollte zu Ashton. Ich wollte … Ashton.

Mein Herz raste so sehr, dass ich anfing zu zittern. Irgendetwas – oder irgendjemand – hatte diese sorgfältig begrabenen Empfindungen wieder ausgebuddelt. Jetzt lagen sie direkt in mir, schmutzig und dennoch so warm leuchtend, dass sie alles in mir einnahmen. Nichts daran war logisch. Nichts daran war natürlich. Nichts daran war … richtig.

Und das konnte nur eines bedeuten.

Ich hämmerte mit beiden Fäusten gegen das Holz, so fest, dass meine Fingerknöchel fast ebenso pochten wie mein Herz. Die Tür im Erdgeschoss war angelehnt gewesen, der Flur vor Ashtons Zimmer verlassen. Es war mir egal, dass die Menschen in den Nachbarräumen mich vermutlich hörten und aufwachten, es war mir egal, dass unter der Schwelle kein Licht hindurchtrat und Ashton wahrscheinlich schlief. Es war mir alles egal, bis auf diese eine Frage, die auf meiner Zunge vergor, seit ich Trinity Hall verlassen hatte.

In dem Moment, in dem die Tür geöffnet wurde, machte ich einen Satz nach vorn. Ich stieß Ashton mit beiden Händen vor die Brust, bevor er die Chance hatte, mich richtig zu erkennen. »Was hast du getan?«

Überrumpelt machte er zwei Schritte zurück in sein Zimmer. Lediglich die Lampe auf dem Schreibtisch war an und warf trübes Licht in den Raum. Es war trotzdem genug, damit ich Ashton innerhalb von Sekunden in allen Details wahrnehmen konnte. Die Locken waren durcheinander, an seiner rechten Wange war ein Kissenabdruck zu sehen, in seinen Augenwinkeln klebte Schlafsand. Er hatte nur ein Shirt und eine lange Jogginghose an, was ihn jünger und harmloser wirken ließ als die dunkle, teuer wirkende Kleidung, die er auf dem Campus zu tragen pflegte. Er sah so normal aus, er war so schön. Ich hasste ihn dafür, dass ich ihn nur ansehen musste, damit mein Herzschlag aufs Neue beschleunigte.

»Zoe, was …«

»Nein«, unterbrach ich ihn mit zitternder Stimme und warf die Tür hinter mir ins Schloss. »Was. Hast. Du. Getan?«

»Wovon …« Er brach ab und ließ den Blick über mich wandern: von meinen Stiefeletten mit dem offenen Reißverschluss über meine Pyjamahose mit den Planeten darauf bis hin zu dem Flanellhemd, das ich über mein Schlafshirt geworfen hatte. Ein alarmierter Ausdruck trat in seine Züge. »Zoe, sag mir bitte nicht, dass du so hergelaufen bist.«

Ich ging nicht darauf ein. Meine Hände bebten, so wie meine Brust, so wie das Herz darin, so wie alles in mir. »Hast du mich manipuliert?«

Er runzelte die Stirn. »Was?«

»Hast du mir etwas von meiner Seele genommen und mir irgendwelche Gefühle und Gedanken implantiert, damit ich tue, was du willst?«

Ein Lächeln schob sich auf seine Lippen – eher unsicher als spöttisch. »Ich wusste nicht, dass das eine neue Information für dich ist.«

»Ich meine es ernst«, zischte ich und machte einen Schritt auf ihn zu.

Er hob abwehrend die Hände. »Nein, habe ich nicht. Nicht mehr seit dem Frühjahr.«

Es hätte mich erleichtern sollen, doch ich fing beinahe an zu weinen. Meine Knie wurden weich, ich stützte mich am Sessel neben mir ab. »Nicht mal ein bisschen?«

»Kein winziges bisschen, Zoe. Versprochen. Ich hab dich nicht angefasst.« Da war kein Lächeln mehr in seiner Stimme oder seinem Blick, nur noch tiefer Ernst und Besorgnis.

Es hätte eine Täuschung sein können. Er hätte mich anlügen können, natürlich – ich wusste, dass er das am besten konnte. Aber ich *fühlte*, dass er nicht log. Ich fühlte es, ich fühlte ihn, ich fühlte mich, ich fühlte … so viel, einfach nur, weil er vor mir stand. Und genau deswegen wusste ich, dass es anders war als letzten Herbst.

In dieser Zeit, in der Ashton sich regelmäßig an meiner Seele genährt hatte, hatte ich mich beständig aufgelöst. Meine Gedanken, meine Instinkte, meine Persönlichkeit, all das war mit jedem Tag mehr verblasst. Ich hatte mich zwar dennoch nach Ashton gesehnt, aber selbst dieses Gefühl war träge gewesen – der letzte zaghafte Impuls, den ich noch gespürt hatte. Das, was ich jetzt empfand, war intensiver. Es war … echter. Es fühlte sich nicht an, als hätte er mir etwas genommen, eher, als hätte er … mir etwas gegeben. Ein Gefühl, das so riesengroß war, dass ich glaubte, daran zu ersticken, wenn ich nichts tat, um es zu lindern.

Und dafür fiel mir nur eine Möglichkeit ein.

Eine, die keine sein durfte.

Meine Augen brannten, da waren Tränen, die sich unter meinen Lidern aufbauten. »Und wieso wünsche ich mir dann, dass du es tust?«, wisperte ich, ohne ihn anzusehen.

Kurz war es ganz still, dann holte Ashton tief Luft. »Nun, Seelen sind sehr eigen. Sie reagieren aufeinander, und wenn sie eine Zeit lang in einer gewissen Verbindung stehen und dann voneinander getrennt werden, kann es sein, dass sie sich nacheinander …«

»Ich meine nicht meine Seele.« Wütend hob ich den Blick und wischte mir über die Wangen. »Ich meine … alles in und an mir. Alles davon will … dich.«

Das Verstehen brach seinen Blick. Brach seine ganze Mimik. Brach jede Maske, die ich je dort gesehen hatte. Das, was darunter zum Vorschein kam, war keine Genugtuung, sondern … Schmerz. Er schluckte, machte erst einen Schritt auf mich zu, dann zwei zurück. »Zoe«, sagte er leise.

»Du … du hast irgendetwas mit mir gemacht!«

Er schüttelte den Kopf. »Ich hab nichts gemacht. Ich schwöre dir, ich hab nichts gemacht.«

»Und wieso geht es dann nicht weg?« Ich fuhr mir mit beiden Händen in die Haare, presste die Handballen gegen meine pochenden Schläfen. Hinter ihnen rauschten alle Erinnerungen an das, was dieser Mann mir angetan hatte, jede einzelne eine Warnung, mich auch nur im selben Zimmer aufzuhalten wie er. Alles an dieser Situation sollte zu viel sein. Trotzdem fühlte es sich nicht mal nach *genug* an. Ich wollte mehr, ich wollte alles. Von ihm, mit ihm. Ich wollte es *so* sehr. Und das machte mich *so* wütend.

Ich ging auf ihn zu. »Hab ich dir nicht genug gegeben? Oder, nein: Hast du dir nicht genug genommen? Hab ich nicht genug durchgemacht *deinetwegen*?«

Ashton wich nicht zurück. »Doch. Doch zu allem.«

»Du verdienst es nicht, dass ich trotz allem hier bin. Dass ich hier bin und … hier sein will.«

»Nein. Tu ich nicht.«

»Ich hasse dich für das, was du mir angetan hast.«

»Ich weiß.«

Nur noch ein halber Meter zwischen uns, ich blieb stehen. Da waren Tränen auf meinen Wangen und brennende Hitze in meiner Brust, aber Ashtons Nähe legte sich beruhigend um mich und drosselte meinen Puls. Vor ihm zu stehen fühlte sich an, als würde meine Seele umarmt werden. Es war so angenehm, so wohltuend, so *verdammt* schön, dass ich schreien wollte.

»Und ich hasse es, dass du recht hattest«, brachte ich zittrig hervor. »Ich hasse es, dass Gefühle sich nicht gegenseitig aufheben. Dass ich dich hasse und trotzdem … *nicht nur* hasse.«

»Zoe.« Er schluckte, senkte den Blick und die Stimme. »Anima.« Zum ersten Mal, seit ich ihn kannte, klang dieses Wort weder nach einem betont charmanten Kosenamen noch nach einem leicht herablassenden Necken. Es klang sanft, nach einer Entschuldigung und einem Flehen. Er schloss kurz die Augen, dann sah er mich direkt an. »Bitte.«

Ich wusste nicht, was er von mir erwartete. Ich wusste nicht mal, was ich von mir erwartete. Weswegen war ich hergekommen? Um mir etwas bestätigen zu lassen, das ich insgeheim längst selbst gewusst hatte? Ich kannte die Antwort, ich traute mich nur nicht, sie zu denken. Sie zu *fühlen*. Mir war klar, dass ich gehen sollte. Das wäre das Richtige, *das einzig Mögliche*, wenn ich auch nur einen Funken Verstand hatte. Aber in diesem Moment, in dem ich ihn anblickte – direkt in dieses Gesicht, das erstmals aussah, als wäre es nur seines, nicht das einer Rolle, die er spielte –, wusste ich, dass es gleichzeitig *unmöglich* war.

Ich begriff erst, was ich getan hatte, als ich seine Lippen unter meinen spürte. Fast im selben Augenblick löste ich mich wieder von ihm und sackte zurück auf meine Fersen. Atmete schwer, fühlte schwerer, so schwer, dass mein Herz wummernd in meinen Unterleib rutschte. Meine Wangen glühten, so wie alles in mir. Vor Wut, vor Reue, vor Verwirrung. Vor Verlangen. Vor allem davon.

Ich presste eine Hand auf meinen Mund. »Tut mir leid, ich hätte nicht ...«

In dem Moment, in dem ich nach hinten treten wollte, umfasste Ashton mein Gesicht mit beiden Händen und neigte sich zu mir vor. So dicht, dass seine Nasenspitze meine berührte. So dicht, dass seine Züge vor mir verschwammen und ich deswegen das Gefühl hatte, ihn richtig *sehen* zu können.

Fünf Sekunden lang verharrten wir so, als wartete er darauf, dass ich ihn zurückstieß. Stattdessen hob ich die Hände und legte sie auf seine Brust. Eine auf die Stelle, unter der sein Herz schlug – schnell und hart. Eine auf die, unter der ich sein Zentrum vermutete. Obwohl ich es nicht spüren konnte, wusste ich, dass es im selben Rhythmus wummerte.

Ich wusste es, weil ich fühlte, dass meines das tat.

Ich wusste, dass wir dasselbe fühlten.

Ich wusste, dass wir dasselbe wollten.

Und deswegen wusste ich, dass er mich küssen würde, noch bevor er es tat.

Nicht zögerlich, aber ein bisschen vorsichtig. Das Zupfen an meiner Unterlippe war ein Fragezeichen, aber in meiner Brust fühlte ich unsagbar viele Ausrufezeichen pochen.

Ich wippte auf die Zehenspitzen, legte die Arme um seinen Hals, drängte mich gegen ihn. Meinen Mund an seinen, meinen ganzen Körper an seinen und meine Seele – es war absurd, aber es fühlte sich wahr an – an seine.

Das hier war neu und vertraut zugleich. Neu, weil wir uns nie auf so eine Weise geküsst hatten. Ashton hatte es jedes Mal unterbrochen, wenn es zu intensiv geworden war: meine Hand unter seinem Pullover – seine, die die Decke über meine Schultern zog. Mein Seufzen in seinem Mund – sein Wechseln von einem Kuss in ein unverfängliches Gespräch. Mein Körper, der sich fester an seinen drückte – ein Zurückweichen von ihm. Es hatte sich immer angefühlt, als würden wir auf einem Drahtseil balancieren und während ich mich am liebsten mit ihm gemeinsam heruntergeworfen hätte, tat er alles, damit wir nicht abrutschten. An meinen guten Tagen hatte ich gedacht, er täte das, weil er sich Zeit lassen wollte, weil ihm das mit uns zu wichtig war. Weil *ich* ihm zu wichtig war. An meinen schlechten Tagen, dass er schlichtweg nicht mit mir schlafen wollte, weil er mich nicht schön genug, interessant genug, gut genug fand.

Wenn ich ihm glaubte, dass er nie weiter gegangen war, weil ausgerechnet dort sein Gewissen eine Grenze zog, was bedeutete es dann, dass er sie jetzt übertrat?

Ich wollte darüber nachdenken, wirklich, aber ich konnte nicht. Dafür war dieser Kuss zu … gut. Denn obwohl das hier irgendwie unbekannt war, war es gleichzeitig wie Nachhausekommen. Kein Abstand zwischen uns, nur Samt, der all die verbliebenen Spitzen meiner Gedanken verschleierte. Keine Aufregung, nur Erregung, so viel davon, dass mein ganzer Körper pochte. Kein Rückblick in die Vergangenheit, nur ein Gefühl, das mich wünschen ließ, dass dieses Jetzt nie endete. Keine Reue, keine Zweifel, keine Sorge, nur wir.

Es war so schön, dass es wehtat. Wie extrem leuchtendes Licht, das unangenehm blendete, wie tröstliche Wärme, an der man sich langsam, aber sicher verbrannte. Ich wusste, dass es gefährlich war. Und es interessierte mich nicht.

Der Moment, in dem ich das begriff, war der, in dem ich mich ruckartig von Ashton löste.

Alles pochte, alles verschwamm. Ashtons Konturen wurden zu einem Schleier aus dunklen Farben und viel zu hellen Gefühlen.

»Zoe.« Er klang genauso verwirrt wie ich, und das machte alles irgendwie nur noch schlimmer.

Ich wollte, dass er mir irgendwie bewusst machte, dass ich erneut auf ihn hereingefallen war. Dass es nicht so echt gewesen war, wie es sich für mich anfühlte. Doch je länger er schwieg, desto mehr begriff ich, dass ich ihn hierfür nicht verantwortlich machen konnte. Ashton war von der ersten Minute an mein persönlicher Fehler gewesen. Ich hatte mir eingeredet, ihn zu bereuen. Jetzt erkannte ich: Das stimmte nicht. Nicht mehr.

Als er einen Schritt auf mich zumachte, wich ich zwei zurück. »Das hier ist nie passiert«, stieß ich hervor.

Ohne eine Antwort abzuwarten, fuhr ich herum und verließ das Zimmer. Ashton versuchte nicht, mich aufzuhalten. Während ich über den verlassenen Campus eilte, wusste ich, dass das auch nicht nötig war.

Denn so gern ich auch so tun wollte, als wäre all das nicht passiert, würde ich diesen Moment nie vergessen können. Ich konnte ihn nicht einmal verlassen.

Ganz egal, wie schnell ich lief, dieser Erkenntnis konnte ich nicht entkommen: Ein Teil von mir blieb dort. Bei ihm.

16

ZOE

Es dämmerte bereits, als ich den Karton mit den aussortierten Zeitungsartikeln über die Universität schloss. Meine Augen pochten von Staub und Müdigkeit. Etwas, das immer öfter vorkam, seit ich mir angewöhnt hatte, die Arbeit im Hickory House erst spätnachmittags zu beginnen. Und ich konnte niemand anderem die Schuld dafür geben als mir. In jeder verdammten Hinsicht.

Seit dem, was nach Cliffs Geburtstag passiert war, war ich nicht mehr mit Ashton allein gewesen. Ich hatte mir eine Ausrede nach der anderen einfallen lassen, weswegen ich unsere Projekttreffen nicht einhalten konnte und stattdessen nur herkam, wenn er schon wieder weg war. Das Absurde war: All die Essays und Lernverabredungen, die ich vorschob, existierten zwar, aber es fiel mir schwer, mich auf sie zu konzentrieren. Ich hatte gedacht, Abstand zwischen uns zu bringen, würde mir helfen, meine Gedanken zu klären, aber es funktionierte nicht.

Je länger ich Ashton nicht sah, desto stärker wuchsen in mir Gefühle heran, die ich mit der Distanz eigentlich vernichten wollte. Ganz besonders dieses eine. Sehnsucht. Sie war so stark, dass sie ihre Zweige längst in meinen Kopf ausgestreckt hatte. Es war peinlich und verwirrend und furchtbar, aber Fakt war: Meine Gedanken klärten sich nicht, sie fingen an, zu blühen.

Am liebsten hätte ich sie mir alle mitsamt Wurzelsträngen herausgerissen, aber solang ich nicht wusste, wie das funktionierte, blieb mir nur der Versuch, sie unter etwas anderem zu begraben.

Ich klemmte mir die Tüte mit den Scones unters Kinn, ehe ich den Knopf im Regal betätigte. Mabel hatte letztens eine Möglichkeit gefunden, die Geheimtür auch von innen zu öffnen. Mir war zwar nicht wohl dabei, sie stundenlang in dem beinahe sauerstofflosen Kellerraum sitzen zu lassen, aber bei all den Leuten, die das Hickory House ständig betraten, war die Gefahr, entdeckt zu werden, sonst zu groß.

Als sie mich kommen hörte, blickte sie sofort auf. In ihrem Gesicht hafteten Tinte und mehrere Farbstreifen Marker, aber sie wirkte ungewohnt wachsam. »Gut, dass du da bist.«

Ich legte die Tüte auf den Tisch und zog den Klappstuhl, den wir letztens runtergebracht hatten, vom Tisch weg. »Hast du etwas gefunden?«, fragte ich, während ich mich setzte.

»Nicht wirklich. Ich habe eingesehen, dass wir uns in eine falsche Richtung bewegen. Weißt du … als würden wir versuchen, einen Tunnel zu graben, ohne das richtige Werkzeug zu haben.« Sie machte eine fahrige Bewegung, ein paar Blätter segelten zu Boden. »Also habe ich noch mal ein bisschen allgemeiner über all das hier nachgedacht. Und ich glaube, ich habe eine Theorie. Es geht um Flemmings Ausstieg aus dem *Bund der Stare*.«

»Er hat sich das Leben genommen, das wissen wir doch.«

»Schon, ja. Es ist nur, ich hab Cliff letztens unauffällig gefragt, was in dem Abschiedsbrief stand, den er hinterlassen hat. Angeblich ist er gesprungen, weil er dieses Dasein nicht mehr weiterführen wollte.«

»Angeblich?«, hakte ich irritiert nach.

Mabel biss sich auf die Unterlippe, konnte das nervöse Beben jedoch nicht verbergen. »Seine Leiche wurde nie gefunden.«

»Das ist nicht so ungewöhnlich, oder?« Es kam immer wieder vor, dass Menschen in der Themse untergingen und erst lange Zeit später oder nie entdeckt wurden.

»Nein. Aber kommt dir das nicht komisch vor? Dass er so unbedingt wollte, dass man weiß, wo er gesprungen ist? Wenn er wirklich nur sterben wollte, hätte er es doch einfach tun können.«

»Vielleicht wollte er nicht, dass sich die anderen Sorgen machen. Dass sie damit abschließen können.«

Mabel klackerte mit ihrem Stift gegen die Schreibtischkante. »Schon, aber das passt nicht zu dem, was mir Cliff über Flemming erzählt hat. Er war Eigenbrötler, hat sich in den Jahren vor seinem Verschwinden nahezu von allen zurückgezogen.«

Ich versuchte, ihr zu folgen, gab aber schließlich mit einem Seufzen auf. Ich würde nie Mabels detektivisches Denken haben. »Okay, Nancy Drew. Sag mir, was du denkst.«

Sie grinste schief, ihre Augen blieben ernst. »Dass er nicht gesprungen ist. Er wollte, dass der *Bund der Stare* denkt, dass er es getan hat, damit sie nicht versuchen, ihn zu finden.«

»Du denkst, er hat seinen Tod vorgetäuscht? Aber … wozu? Ohne das Artefakt hätte er nie wieder den Körper wechseln können. Er wäre in ein paar Jahren gestorben.«

»Vielleicht wollte er diese paar Jahre eben auch in Freiheit verbringen.« Sie zuckte mit den Schultern, aber die Falte zwischen ihren Augen verriet mir, dass sich darin noch weitere Gedanken – oder Theorien – verbargen.

»Oder?«, fragte ich auffordernd nach.

»Oder … er hat eine andere Möglichkeit gefunden, zu überleben. Sieh dich hier mal um.« Sie machte eine vielsagende Geste, die das Chaos um uns herum einschloss. »Er hat so viel gesammelt und geforscht. Wozu das alles, wenn er vorhatte, auszusteigen? Ich meine, es könnte doch sein, dass er einen Weg gefunden hat, ohne das Artefakt weiterzuleben. Dass er seinen Tod vorgetäuscht hat, um sich abzusetzen.«

Ihre Stimme machte einen aufgeregten Knick, ich runzelte die Stirn. »Mabel …«

»Ich weiß, dass die Chance gering ist«, fiel sie mir ungeduldig ins Wort. »Sehr gering sogar. Wahrscheinlich irre ich mich, und er ist bei diesem Sprung gestorben. Es ist nur …« Ihr Blick verlor sich hinter mir, ich konnte sehen, wie er sich irgendwo verankerte. Vermutlich ging es ihr genau darum: Sie brauchte einen Fixpunkt, etwas, an dem sie sich festhalten konnte, um nicht in der Angst und Sorge um Cliff zu ertrinken. Sie brauchte Hoffnung. Und diese Möglichkeit, so unwahrscheinlich sie auch war, war genau das.

»*Wahrscheinlich* bedeutet nicht *ganz sicher*«, beendete ich leise ihren Satz.

Sie nickte fest. »Genau.«

Ein Teil von mir wollte widersprechen, aber ich brachte es nicht über mich. Sie würde so oder so verletzt werden, wenn sie sich irrte. Aber wenn es ihr half, sich an dieser Option festzuhalten, würde ich sie dabei unterstützen.

Energisch rutschte ich an die Kante meines Stuhls. »Also gut, was tun wir?«

Mabel lächelte mir dankbar zu, dann ersetzte sie es durch einen fokussierten Ausdruck. »Wir müssten irgendwie herausfinden, ob er nach seinem angeblichen Todestag noch mal irgendwo aufgetaucht ist.«

»Haben wir Anhaltspunkte?«

»Ich hab hier ein paar Reiseführer mit Markierungen gefunden, Notizen über Orte, Städte … Hinweise, aber nichts Konkretes. Wir bräuchten jemanden, der Einblicke in Polizeiakten, Melderegister und Buchungsunterlagen hätte. Jemanden, der besser recherchieren kann als wir.«

Ich lächelte traurig. »Wir bräuchten Davie.«

Es verging noch immer kein Tag, an dem nicht mindestens eine von uns im Krankenhaus vorbeisah oder dort anrief. Und es verging noch immer kein Tag, an dem unsere Hoffnung nicht einen Dämpfer bekam.

»Keine Neuigkeiten sind besser als schlechte Neuigkeiten«, sagte Mabel manchmal mit einem Schulterzucken, aber ich konnte ihr ansehen und -hören, dass auch ihre Entschiedenheit

immer stärkere Kratzer bekam. Nichts hatte so scharfe Gefühlskrallen wie Warten und Ungewissheit.

Mabel nickte. »Aber da Davie uns nicht helfen kann, habe ich jemand anderen angerufen. Nox sollte gleich hier sein.«

Gut, das hatte ich nicht kommen sehen. Mabel war es so wichtig gewesen, dass wir die Existenz dieses Zimmers für uns behielten. Ich hätte nicht gedacht, dass sie ausgerechnet einen von Cliffs besten Freunden einweihen würde. »Wieso gerade ihn?«

»Weil wir jemanden brauchen, der von alldem hier«, sie wiederholte die allumfassende Geste, »eine Ahnung hat. Und Nox kennt den Rat, ich meine, er ist einer von ihnen. Wenn jemand dieses Zeug begreift, dann er.«

»Das stimmt, aber du weißt, was das auch bedeuten könnte, oder? Ich meine, ich mag ihn, aber wir kennen ihn doch kaum. Und nachdem er mehrere Jahrzehnte mit dem Rat verbracht hat … wer sagt uns, dass er ihnen nicht auf der Stelle hiervon erzählen wird?«

»Niemand«, gab sie zu, so schnell und ruhig, dass ich begriff, dass sie diese Bedenken längst selbst in ihrem Kopf herumgewälzt hatte. »Ich kann nicht wissen, ob wir ihm vertrauen können, aber … ich glaube, wir müssen es versuchen. Er ist unsere beste Chance auf jemanden mit Insiderinformationen. Außerdem … wie wir wissen, haben die Mitglieder der Verbindung nicht nur ziemlich gute Kontakte, sondern auch besondere Möglichkeiten, andere zum Reden zu bringen.«

Entsetzt sah ich sie an. Wir hatten beide am eigenen Körper – in der eigenen *Seele* – erlebt, was es bedeutete, wenn sich jemand daran zu schaffen machte. Wie hätten wir wollen können, dass jemand anderem so etwas angetan wurde? Ganz gleich, wie sanft die Beeinflussung wäre – es bliebe trotzdem immer Manipulation. Es bliebe immer … falsch.

Mabel verzog den Mund. »Ich weiß, was du denkst, und ich bin nicht begeistert davon, das auch nur in Erwähnung zu ziehen, aber es ist die einzige Möglichkeit, die ich sehe.« Sie schluckte schwer. »Ich bin verzweifelt, Zoe. Ich will das nicht tun, ich will nichts von alledem. Aber … ich *kann* Cliff nicht aufgeben. Ich kann nicht.«

Sie hatte recht, natürlich. Vielleicht konnten wir in dieser Situation nicht immer das rundum Richtige tun, weil alles an ihr falsch war. Also mussten wir das Beste daraus machen, das kleinstmögliche Übel wählen und akzeptieren, dass es trotzdem schlecht war. Zwar weniger schlecht als die Alternative, aber dennoch nicht gut. Das Leben war eben nicht immer schwarz oder weiß. Und Menschen waren es auch nicht. *Wir* waren es auch nicht.

Meine Gedanken schwirrten zurück zu dem letzten Moment, in dem ich etwas verdammt Schlechtes getan und es sich so unsagbar richtig angefühlt hatte, dass ich es kaum ertragen hatte. Genau sieben Tage waren vergangen, seit ich Ashton geküsst hatte. Ashton mich. Wir uns. Sieben Tage, in denen ich ihn zwar nicht gesehen hatte, aber ihn trotzdem permanent sah, in Kopfbildern, in Gefühlsbildern. Alles in mir sehnte sich selbst jetzt danach, mich in sie hineinzustürzen und da weiterzumachen, wo ich uns unterbrochen hatte.

Ich wusste selbst nicht, was ich mir dabei gedacht hatte. Doch wahrscheinlich war genau das das Problem: Ich hatte gar nicht gedacht, sondern nur das getan, was mein Gefühl verlangt hatte. Wonach es immer noch verlangte, wie ich jedes Mal feststellen musste, sobald ich mich traute, in mich hineinzuhören. Genau das war der Grund dafür, weswegen ich es mir auch jetzt verbot, dieser bestimmten Erinnerung nachzufühlen.

Ich verdrängte sie mit aller Kraft, auch wenn das bedeutete, nicht einmal Mabel davon zu erzählen. Ein Teil von mir hatte das tun wollen, kaum dass ich aus Ashtons Zimmer geflüchtet war. Doch ich konnte mir vorstellen, wie sie reagieren würde, und wollte nicht, dass sie sich auch noch darüber Sorgen machen musste. Davon hatte sie bei Weitem genug.

Also schob ich dieses Chaos auch jetzt in eine Ecke meines Bewusstseins und konzentrierte mich auf das um uns herum. Mit einem schwachen Lächeln streckte ich die Hand über den Tisch nach Mabels aus. »Dann hoffen wir mal, Nox' Qualitäten als Geheimagent sind nur halb so gut wie Davies.«

Im selben Augenblick leuchtete ihr Handy auf. Mabel schluckte und erhob sich so schwungvoll, dass ein paar weitere Blätter vom Tisch segelten. »Gutes Timing. Er ist da.«

Nox' Miene blieb die ganze Zeit über eine ausdruckslose Maske. Ich hatte ihn noch nie so ernst und ruhig erlebt wie in dieser halben Stunde, in der Mabel ihm alles erzählte, was wir wussten – oder zu wissen hofften. Als ihre Stimme schließlich verebbte, drehte er sich vom Schreibtisch weg und ging langsam an den vollbehangenen Wänden entlang. Seine Arme waren verschränkt, seine Schultern angespannt. Es war unmöglich zu sagen, was in ihm vorging.

Nach ein paar Minuten fluchte er unterdrückt. »Ich bin ein Mitglied des Rats. Ich *muss* das hier melden.«

Unruhig sah ich zu Mabel hinüber, doch ihr Ausdruck blieb gelassen. »Wirst du aber nicht.«

Nox drehte sich zu uns um. »Ach, nein?«

»Nein.« Sie lächelte schief. »Cliff hat mir viel von dir erzählt. Du hältst dich nicht gern an Regeln, du liebst das Abenteuer und nutzt jede Möglichkeit zur Rebellion. Er meinte, du hast all das aufgegeben, als du dem Rat beigetreten bist, aber das glaube ich nicht. Du hast zwar gezögert, aber letztlich hast du ihm geholfen. Du deckst ihn, und du liebst ihn. Ihn, Norah und … Ashton.« Sie verzog den Mund beim letzten Namen, aber ihr Blick blieb stur auf Nox gerichtet. »Wenn auch nur ein Funken Hoffnung besteht, dass du sie retten kannst, wirst du alles dafür tun. Egal, ob es gefährlich oder verboten ist – wenn wir ganz ehrlich sind, dann vielleicht sogar noch ein bisschen lieber, *wenn* es das ist. Liege ich richtig?«

Ein paar Sekunden lang starrte er sie ausdruckslos an, dann legte er den Kopf in den Nacken und stieß ein tiefes Seufzen aus. »Cliff hat recht«, stellte er widerwillig fest und kam auf uns zu. »Du bist wirklich klug.«

»Also, hilfst du uns?«, fragte ich, während er den Stuhl an der Stirnseite des Tisches herauszog und sich setzte.

»Im Grunde helft ihr *uns*, oder?« Er zwinkerte mir zu. »Aber ja, ich bin dabei. Wir müssen nur dafür sorgen, dass das unter uns bleibt. Dieses ganze Zimmer ist ein enormer Regelverstoß. Wenn Sincere und Hudson davon erfahren und es dem Rat erzählen, brennen sie dieses Haus ab. Und mich vermutlich gleich mit, wenn es nach Henry geht.« Sein Blick blieb bei den letzten Worten an Heavens Gesicht hängen, das auf dem Zeitungsstapel noch immer ganz oben zu sehen war. Ein trüber Ausdruck huschte über seine Züge, ehe er sich in tiefe Entschlossenheit verwandelte. Als wäre eine Erinnerung an die Freundin, die er verloren hatte, eine daran, wen er beschützen wollte.

»Henry klingt wirklich wie der Teufel höchstpersönlich«, murmelte Mabel.

Nox zuckte mit den Schultern. »Er ist eine komplizierte Persönlichkeit.«

Meine Freundin warf mir einen vielsagenden Blick zu. »In der Regel sagen das Menschen über ihre Vorgesetzten, wenn sie das Wort Narzisst nicht in den Mund nehmen wollen.«

Ich grinste. »Oder Mistkerl.«

Nox verdrehte die Augen. »So einfach ist das nicht. Man hört auf, Menschen auf ein einziges Wort herunterzubrechen, wenn man so lange Zeit miteinander verbracht hat wie wir. Wir sind alle deutlich facettenreicher, als wir innerhalb eines Lebens ergründen könnten.«

»Verstehe.« Mabel nickte mir ernst zu. »Henry ist also ein Narzisst *und* ein Mistkerl.«

Ich seufzte verzückt. »Wie vielfältig, ein Mann zum Verlieben.«

Nox sah zwischen uns hin und her und schüttelte den Kopf – ein bisschen irritiert, sehr belustigt. »Allmählich verstehe ich, warum meine Freunde so an euch hängen. Ihr seid definitiv nicht weniger seltsam als wir.«

Mabel schnaubte, während sich in meinen Wangen unangebrachte Wärme ausbreitete.

»Dann sind wir uns einig?«, lenkte ich das Gespräch schnell um, ehe meine Gedanken sich wieder an Ashton und diesen verdammten Kuss *hängen* konnten. »Kein Wort zu den anderen. Weder zu Cliff noch zu Ashton oder Norah.«

»Einverstanden.« Mabel sah auffordernd zu Nox.

Er hob die Hände. »Ja doch, einverstanden. Aber schlagt euch das mit dem Blutsschwur gleich wieder aus dem Kopf. Ich war vielleicht mal unsterblich, aber ich bin kein Vampir.«

Ohne uns die Möglichkeit einer Antwort zu geben, schlug er auf den Tisch. Staub und getrocknete Lavendelblüten stoben auf, das Licht der Lampe flackerte und warf scharfkantige Schatten auf sein Gesicht. Es hätte bedrohlich wirken können, wäre da nicht das feierliche Lächeln auf seinen Lippen gewesen.

»Dann los, auf ins Abenteuer – hoffen wir mal, dass es nicht das letzte wird.«

17

ASHTON

Die Villa, die vor uns in den hellblauen Mittagshimmel ragte, wirkte beinahe wie ein Trugbild. Die Fassade war cremeweiß gestrichen, in jeder der drei Etagen wurde die Sonne in frisch geputzten Fenstern reflektiert, der Weg zwischen dem kameragesicherten Tor und der Haustür wurde von sattem Gras und blühenden Rosenbüschen umgeben.

Alles an dem Anwesen der Haywoods wirkte, als hätte man es aus einem Bilderbuch gestohlen. Genau deswegen konnte ich mir nicht erklären, warum Zoe neben mir stand, als würde sie dem Setting eines Horrorfilms entgegenblicken.

Wir waren am Bahnhof von einem Wagen abgeholt worden, der uns vor fünf Minuten vor der fünfstufigen Treppe, die zum Haus hinaufführte, rausgelassen hatte. Seitdem standen wir reglos dort und starrten nach oben.

Es war nicht nur dieser Moment, der mich nervös werden ließ. Die ganze Woche über hatte ich Zoe nicht gesehen oder gesprochen. Ich war davon ausgegangen, dass sie mir aus dem Weg ging, weil sie in unserer jüngsten Vergangenheit feststeckte – immerhin konnte ich selbst an kaum etwas denken als an diesen Moment in meinem Wohnheimzimmer. Doch heute Morgen am Bahnhof hatte ich mich dann gefragt, ob sie stattdessen in der Zukunft festgehangen hatte. In diesem Wochenende, das wir bei ihrer Familie verbringen würden.

»Raus damit, Anima. Was erwartet uns da drinnen? Wieso bist du so nervös?«, fragte ich, als Zoe keine Anstalten machte, sich zu rühren.

Sie blinzelte mehrmals. »Nichts weiter. Ich bereite mich nur mental auf alles vor, was gleich potenziell passieren könnte.«

Beunruhigt versuchte ich, in ihrem Gesicht nach einer ausführlicheren Antwort zu suchen. Alles, was ich wahrnahm, war jedoch das nervöse Zittern ihres Inneren. »Brauchen wir ein Codewort?«

»Nein.« Ihre Finger nestelten am Kragen ihres fliederfarbenen Kleides herum. Es wirkte zu steif für einen Familiengeburtstag, ebenso wie ihre strenge Flechtfrisur. »Wir können nicht abhauen, nur weil es schwierig wird.«

»Wir müssen ja auch nicht abhauen.« Ich stupste ihr gegen den Arm. »Ich könnte auch einfach ein bisschen randalieren.«

Sie verdrehte die Augen, ohne zu mir zu sehen. »Keine Randale, keine Flucht. Sei einfach nicht du selbst, okay?«

»Hervorragende Voraussetzungen für unsere Beziehung, Liebling.« Ich lachte und öffnete den obersten Knopf meines dunklen Hemdes. Zoe hatte mir keinen Dresscode für dieses Wochenende auferlegt, aber als sie mich heute früh gesehen hatte, war ein Ausdruck der Erleichterung über ihre Züge gehuscht. Zumindest für wenige Sekunden, ehe ihr Blick die nächsten Stunden in der staubigen Zugscheibe versunken war.

Jetzt hob ein zartes Lächeln ihre Mundwinkel an. »Du weißt, was ich meine. Bleib nett.«

»Bin ich doch immer.« Endlich wandte sie mir den Blick zu, er war durch und durch warnend. Ich grinste. »Versprochen. Ich werde schweigen und lächeln.«

»Gut.« Zoe nickte und wirkte, als würde sie fortfahren wollen. In dem Moment ertönte ein Pfiff von oben.

Eine junge Frau stand in der geöffneten Tür und sah zu uns

herunter. Sie trug ein eng geschnittenes Kleid und etliche Goldarmreifen, die klirrten, sobald sie uns zuwinkte. Dem weißblonden Haar und den leuchtend blauen Augen nach musste das Zoes Schwester sein.

Zoe atmete laut aus, ehe sie mir deutete, ihr die Treppe hinaufzufolgen. »Da seid ihr ja, wir haben uns schon gewundert.« Sie strahlte Zoe an, ehe ihr Blick zu mir wanderte. »Du musst Ashton sein. Ich bin Lyla.« Sie streckte mir die Hand entgegen, auf diese seltsame Art, die einen denken ließ, dass die Person auf einen Handkuss hoffte.

Ich drückte sie kürzer, als vermutlich höflich gewesen wäre. »Freut mich.«

»Und mich erst.« Sie musterte mich. Eine Spur zu intensiv dafür, dass sie die Schwester meiner angeblichen Freundin war. Meiner angeblichen Freundin, die sich mit jeder Sekunde mehr verspannte. Besonders, als Lylas Fokus wieder auf ihr lag. »Mir war nicht klar, *wie* attraktiv er ist. Wie hast du das gemacht, Zazu?«

Zoe stieß einen Ton aus, der zwischen Schnauben und Knurren hing. »Wirklich, Lyla?«

»Jetzt sei nicht so, das war nur ein Scherz.« Sie zog ihre Schwester an sich heran und umarmte sie. »Du siehst niedlich aus neben ihm«, meinte sie im Loslassen und betrachtete mich erneut ein wenig zu eindringlich. »Echt, total niedlich.«

Etwas daran machte es mir unmöglich, mein Versprechen zu halten: Ich *musste* etwas sagen. »*Niedlich* ist nicht das erste Wort, an das ich denke, wenn ich Zoe ansehe.«

Zoe runzelte die Stirn. »Sondern?«

Kurz entschlossen legte ich ihr einen Arm um die Schulter und zog sie an mich. »Ich glaube, deine Familienfeier ist nicht der richtige Rahmen, um das zu vertiefen.« Ich küsste sie auf die Schläfe. »Frag mich später noch mal«, raunte ich ihr zu – gerade so laut, dass ihre Schwester es noch hören konnte, »wenn wir allein sind.«

Röte stieg in Zoes Wangen, aber ehe sie etwas sagen konnte, lachte Lyla gekünstelt auf. »Kommt, lasst uns reingehen. Unsere Eltern und Liam warten schon.«

»Was ist mit Theo und Helena? Sind sie noch nicht da?«

»Mein Verlobter kommt erst heute Abend, er hat noch Termine. Und Helena reist morgen früh an, sie konnte ihre Schicht im Krankenhaus nicht mehr tauschen.« Sie zog die Tür auf und warf einen Blick über die Schulter, zusammen mit ihrem Haar. Ich hätte gern daran gezogen, um ihr das unangenehm überhebliche Lächeln von den Lippen zu wischen. »So ist das, wenn man erwachsen ist, Zazu. Genießt es, solang euch das Wort *Pflichten* noch nichts sagt.«

Zoe starrte ihr ein paar Sekunden lang hinterher, dann straffte sie die Schultern und ging hinein.

Während ich Zoe und ihrer Schwester durch ein eindrucksvolles Foyer folgte, stellte ich wieder einmal fest, dass Häuser allein ebenso wenig aussagekräftig waren wie Körper. Worauf es ankam, war in beiden Fällen die Einrichtung. Und dieses hier war zu … aufgeräumt. Das Innere der Villa wirkte ebenso makellos und glatt wie ihr Äußeres. Der Stil war minimalistisch, fast karg. Gedeckte Farben, gekonnt platzierte Vasen und Bilderrahmen, helle Stoffe vor den Fenstern und subtil gemusterte Teppiche, die teilweise den Holzboden verdeckten. Die Persönlichkeit dieser Villa wirkte so inszeniert und blass wie die, in die ich schlüpfte, wenn ich einen neuen Körper und damit ein neues Leben übernahm.

Lyla war bereits um eine Ecke verschwunden, als jemand neben uns die Treppe hinunterkam. Der Mann war Ende fünfzig und so in sein Handy vertieft, dass er uns erst bemerkte, als Zoe sich räusperte. »Dad, hi.«

»Oh, du bist hier.« Er küsste sie auf den Kopf, ehe sein Blick mich erfasste. »Und du hast tatsächlich jemanden mitgebracht. Ich dachte, Cornelia scherzt. Arthur, richtig?«

Ich verkrampfte innerlich, zwang mir aber ein Lächeln auf

den Mund, während ich seine Hand schüttelte. »Fast. Ashton Griffin. Freut mich sehr, Mr. Haywood.«

»Nenn mich John.« Er musterte mich flüchtig, nicht halb so interessiert wie Lyla vor wenigen Minuten. »Und mich freut es auch. Wir haben viel von dir gehört.«

»So viel, dass du dir nicht mal seinen Namen merken kannst«, murmelte Zoe.

Ihr Vater schien es nicht zu hören, er hatte sich längst wieder seinem Smartphone zugewandt, während er den Flur hinablief. »Kommt, das Essen sollte gleich serviert werden.«

Wir folgten ihm, und ich griff beiläufig nach Zoes Hand. Sie zuckte nicht zurück, stattdessen drückte sie meine Finger. Als wollte sie sich an ihnen festhalten, weil sie wusste, dass ihr gleich der Boden unter den Füßen weggezogen werden würde.

Eine gute Stunde später verstand ich, wieso.

Ich hatte Zoe versprochen, nett zu sein, und das war der einzige Grund, aus dem ich es nur dachte und nicht sagte: Ich hasste diese Menschen.

Es lag nicht mal daran, was sie taten. Immerhin waren sie alle sehr zuvorkommend und freundlich zu mir. Zoes Mutter Cornelia begrüßte mich mit Küsschen auf die Wange, ihr Bruder Liam mit einem Handschlag, der ein wenig zu fest geriet. Ich quittierte es mit einem Lächeln, weil Zoe es mir vermutlich übel genommen hätte, wenn ich denselben Druck auf sein Inneres ausgeübt hätte. Also beantwortete ich stattdessen möglichst höflich sämtliche Fragen, die mir während der Vorspeise über die Griffins gestellt wurden. Fast war ich erleichtert, als Liam mit dem Übergang zum Hauptgericht auch das Thema wechselte.

»Dann kommen wir jetzt doch mal zum interessanten Teil«, meinte er und nickte mir quer über den Tisch zu. »Wie hast du Zoe kennengelernt?«

»Wir sind uns in einem Pub über den Weg gelaufen. Auf einer Studierendenparty letztes Semester.«

Cornelia sah missbilligend zu Zoe hinüber. »Du trinkst?«

Ihre Schultern versteiften sich. Das war beinahe die erste Regung, die sie seit Beginn des Essens zeigte. Sie saß so gerade und still auf ihrem Holzstuhl, dass man ihre Anwesenheit beinahe hätte vergessen können.

Zumindest, wenn sie nicht alles gewesen wäre, was ich wahrnahm. Meine Sinne wachten automatisch über ihre Stimmung. Über das, was ich aus ihrer Körperhaltung ziehen konnte, und über das, was ihr wummerndes Zentrum verriet. Aus diesem Grund verkrampfte ich mich jetzt gemeinsam mit ihr.

»Nur ab und zu, Mum.«

Lyla sah sie über ein Blumengesteck aus Lilien hinweg mitleidig an. »Alkohol hat unglaublich viele versteckte Kalorien, Zazu.«

»Danke, das ist mir bewusst.«

Und genau in diesem Moment biss sich dieser eine Gedanke entschieden an die Oberfläche meines Bewusstseins: *Ich hasse diese Menschen.*

Dafür musste ich nichts über sie wissen, es reichte, zu spüren, was sie in Zoe auslösten. Während sie sich mit jeder Sekunde mehr aufrichtete, sank sie innerlich nach und nach weiter zusammen. Es war absurd, aber ein paar Minuten mit dieser Familie hatten ausgereicht, um zu spüren, dass Zoe die mit Abstand hellste Person von ihnen war. Trotzdem schafften sie es mühelos, sie so eng mit Wort- und Blickschatten zu umwickeln, dass ihr Licht sich immer stärker dimmte.

»Lasst Zoe in Ruhe«, schaltete sich ihr Bruder dazwischen, ehe ich es tun konnte. Er selbst nippte an einem Glas Wein, was natürlich mit keinem Wort kommentiert worden war. »Man ist nicht ewig auf der Universität. Sie wird früh genug den Ernst des Lebens kennenlernen.«

»Was denkt ihr eigentlich, was ich in Cambridge tue?«, schoss Zoe zurück. »Ich nehme mein Studium durchaus ernst.«

Rote Stressflecken tauchten unterhalb ihres Kinns auf, ihr Inneres bebte zunehmend. Das, was sie fühlte – diese Mischung aus Wut, Scham und Verzweiflung –, war mir dermaßen vertraut, dass ich schlucken musste.

Ihre Mutter seufzte und pikte eine Erbse auf die Gabel. »Deine Noten erzählen eine andere Geschichte. Franklin hat mir mitgeteilt, dass du letztes Semester deutlich abgebaut hast. Er war fast gezwungen, dich durchfallen zu lassen.«

Ich spannte mich an, weil mir klar wurde, woran das gelegen haben musste. Daran, dass Zoe im wahrsten Sinne des Wortes *abgebaut* hatte, weil ich ihr nach und nach Teile ihres Seelenfundaments genommen hatte. Ich rechnete mit einem wütenden Blick von ihr, doch sie fokussierte diesen abwechselnd auf ihre Eltern. Ihr Vater bemerkte es nicht, sondern betrachtete stattdessen nach wie vor sein Handy und tippte mit angestrengter Miene auf das Display.

»Du sprichst mit meinem Professor?«

Cornelia verdrehte die Augen. »Er ist ein alter Freund, natürlich spreche ich mit ihm.«

»Und ist dir in den Sinn gekommen, dass das für mich eventuell eine unangenehme Situation sein könnte?«

Liam legte den Kopf in den Nacken und stöhnte. »Gott, fangen wir bitte nicht jetzt schon mit dem Drama an.«

»Halt dich da einfach raus.« Zoes Stimme zitterte, so wie ihre Hand. Sie bemerkte es selbst und ließ die Gabel auf den Tisch fallen. Es klirrte unangenehm, aber der Ton ging in Lylas Stimme unter.

»Unser Bruder kann nichts dafür, dass du schon wieder überreagierst.«

»Es tut mir leid, dass ich mich unwohl damit fühle, wenn ihr hinter meinem Rücken mit meinen Dozierenden redet. Was kommt als Nächstes, besticht ihr den Hausmeister für Insider-Informationen über meine Schlafgewohnheiten?«

Cornelia räusperte sich und tupfte sich die Lippen mit der Serviette ab. »Deinen Augenringen zufolge sind diese nicht gerade optimal.«

Zoes Zentrum pulsierte. Ich war mir sicher, dass sie anfangen würde zu schreien. Ich *wünschte* mir, sie würde es tun. Stattdessen stand sie so ruckartig auf, dass ihr Glas beinahe umfiel. Ohne ein weiteres Wort verließ sie das Zimmer und verschwand nach nebenan, wo kurz darauf eine Tür ins Schloss fiel.

Liam stöhnte abermals und sah in meine Richtung. »Tut mir echt leid, Mann. Sie ist unglaublich sensibel, war sie schon immer. Man muss sie nur falsch angucken, und sie fühlt sich angegriffen.«

Angegriffen. Das beschrieb ganz gut, was ich gerade am liebsten getan hätte. Mein eigenes Zentrum hatte ebenfalls angefangen zu beben. Vielleicht, weil mir Zoes Gefühle so bekannt vorgekommen waren, vielleicht, weil ihre ausreichten, um welche in mir zu wecken. Es überraschte mich selbst, dass nicht einmal die Wut auf ihre Familie die Sorge um sie überdecken konnte.

Beherrscht stand ich auf und warf die Serviette auf den Tisch. »Entschuldigt mich.«

Ich fand Zoe auf der Veranda, die hinter dem Haus anschloss. Die steinerne Fläche war von einem hüfthohen Geländer umgeben, von dem aus man in den angrenzenden Garten ein paar Meter tiefer blicken konnte. Zoe stand mit dem Rücken zu mir und starrte hinab, reglos, als wäre sie eine der Statuen, die unten im Gras zwischen blühenden Dahlien standen.

»Das Angebot mit dem Randalieren steht noch.«

Ihre Schultern zogen sich zusammen, doch sie drehte sich nicht um. Ich sah auch so, dass sie geweint hatte. Sie rieb sich übers Gesicht, dann erst wandte sie sich um. Die Flecken auf ihrem Hals waren verblasst, dafür bedeckten jetzt welche ihre Wangen. Ihre Augen wirkten verquollen, ihre Nasenspitze schimmerte rot.

Der Anblick verstärkte sämtliche Gefühle in meiner Brust, ganz besonders die Wut. Wirklich, ich *hasste* diese Menschen.

»Ich meine es ernst, Zoe.« Mühsam kontrolliert trat ich einen Schritt auf sie zu. »Ein Wort von dir und ich …«

»Es ist alles okay«, unterbrach sie mich entschieden. »Sie schaffen es einfach immer, dass ich so schnell gereizt bin. Ich hab überreagiert.«

»Du hast *unterreagiert*«, korrigierte ich. »Wenn ich an deiner Stelle gewesen wäre oder wenn ich da drinnen auch nur ich selbst hätte sein dürfen, dann wäre diese Situation ganz anders verlaufen.«

Sie wischte sich mit dem Jackenärmel über die feuchte Wange. »Du bist auch nicht gerade der Maßstab für normales Verhalten, Ash.«

»Deine Familie aber auch nicht. Wie sie mit dir umgehen, das ist ... ich meine, was soll das?« Mit geballten Fäusten fuhr ich herum und starrte das Haus an, das so bilderbuchsauber vor uns lag. »Wenn dich noch einmal einer von denen *Zazu* nennt, dann rupfe ich ihnen die Federn aus.«

Zoe umfasste meinen Arm, sodass ich mich wieder zu ihr drehte. »Ich bin nicht die mit der Vogel-Familie«, erinnerte sie mich trocken, aber ihre Mundwinkel kletterten ein paar tröstliche Millimeter hinauf. »Und ich glaube, sie meinen das nicht mal böse. Es ist nur ... sie nehmen mich nicht ernst. Sie sehen in mir ein naives Mädchen, das es nicht hinbekommt, etwas richtig zu machen. Und aus irgendeinem Grund traue ich mich nie, ihnen ganz zu widersprechen. Ich hab das Gefühl, wenn ich versuchen würde, ihnen zu sagen, dass ich mehr bin, als sie in mir sehen, und sie dazu bringen zu wollen, mir eine Chance zu geben, das zu beweisen, dann ...« Sie hielt inne, als wüsste sie nicht, wie sie den Satz beenden sollte.

Dafür wusste ich es genau. »Dann bestünde die Gefahr, zu versagen und ihre Meinung zu bestätigen. Es ist leichter, nicht zu versuchen, Erwartungen zu übertreffen.«

Sie nickte, ehe sie mich nachdenklich musterte. »Geht dir das auch so? Mit deinem Vater?«

Mein erster Impuls war es, das Thema zu wechseln. Ich wollte nicht über Henry nachdenken, ganz besonders nicht jetzt. Doch aus irgendeinem Grund glaubte ich, dass es niemanden gab, vor dem ich darüber so offen sprechen könnte wie vor Zoe. Weil ich ihre Familie kennengelernt hatte und deswegen sicher war, dass sie es verstand. Nicht nur mit dem Kopf, wie meine Freunde das taten, sondern mit dem ganzen Bewusstsein.

»Ja … und nein«, setzte ich zögerlich an. »Er hat durchaus Erwartungen an mich, er gibt mir nur schon im Voraus das Gefühl, sie nicht erfüllen zu können. Also gebe ich immer wieder aufs Neue mein Bestes, obwohl ich genau weiß, dass es nicht reicht.«

»Wenn du seine Erwartungen nie erfüllen kannst, dann bist nicht du das Problem, sondern seine unrealistischen Anforderungen.« So wankend Zoes Stimme geklungen hatte, während wir von ihrer Familie gesprochen hatten, so fest klang sie, sobald es um meine ging. Seltsam, dass es immer leichter war, Gedanken- und Gefühlsklarheit zu empfinden, sobald es nicht das eigene Leben betraf.

Ich wusste, dass Zoe von außen betrachtet recht hatte, aber meine Familie konnte man eben nie auf diese Weise beurteilen. Sie würde nie begreifen können, wie verworren unser Inneres war. Dass wir alle so sehr aneinandergebunden waren, dass alles auseinandergefallen wäre, hätte ein Einziger versucht, sich daraus zu lösen.

Ich lächelte schwach. »Mir bleibt keine andere Wahl, als es zu versuchen.«

»Wieso?«

Ich drehte mich um, bettete die Unterarme auf der Balustrade. Unten im Garten waren die Rasensprenger angegangen, der Geruch des Wassers betonte den der blühenden Rosenbüsche. »Weil daran zu viel hängt. Es geht in unserem Dasein nie nur um eine einzelne Person. Es geht immer um uns alle. Um unsere ganze Verbindung. Um unser aller Leben. Wenn ich versage, hat das Konsequenzen für uns alle. Ich trage Verantwortung für sie.«

Zoe trat neben mich, ihr Blick bohrte sich in meine Schläfe. Und ich wusste, noch ehe sie sprach, dass ihre Worte dasselbe tun würden. Ob ich nun wollte oder nicht. Alles von und an ihr ging mir eben unter die Haut, so war es von Anfang an gewesen. »Aber du trägst trotzdem auch Verantwortung für dich. Für dein eigenes Leben. Das ist ein Recht und eine Pflicht, weißt du? Leben bedeutet, Entscheidungen zu treffen. Zu erkennen, dass man *immer* eine Wahl hat und es keine Ausrede gibt, um sie nicht bewusst zu treffen. Deine Entscheidungen haben Wert, Ashton. So wie du auch. Du bist nicht egal.«

Ihre Worte zwickten mir in die Brust – darunter, um genau zu sein. Ich stemmte mich gegen das seichte Brennen, das sich in meinem Inneren ausdehnte, und drehte mich in ihre Richtung. Es ging gerade nicht um mich. Und ich wusste, dass sie das Thema absichtlich von sich weggelenkt hatte, aber es gab eine Sache, die sie trotzdem hören musste. Weil ich mir sicher war, dass sie sie in diesem Haus noch nie so direkt gesagt bekommen hatte. »An dir ist nichts falsch, Zoe. Du bist nicht anstrengend, du reagierst nicht über, du bist nicht zu sensibel. Du bist du, und du bist gut, so wie du bist. Lass dir von niemandem jemals etwas anderes sagen. Am Ende bist du dein engster Mensch, und genau deswegen ist deine eigene Meinung letztlich die, die zählt. Also … bitte: Sieh dich so, wie du bist, nicht so, wie sie dich darstellen. Du bist liebenswert. Du bist … alles wert.«

Sie blinzelte mehrmals, ein paar ungeweinte Tränen blieben zwischen ihren dichten Wimpern hängen. »Das sagst du nur, weil du ein schlechtes Gewissen hast«, flüsterte sie mit einem halben Lächeln.

»Ich hab dir gesagt, dass ich so etwas nicht empfinde.«

»Wieso bist du dann hier? Ich dachte, du tust das, um deine Schuld zu begleichen.«

»Ich tue das nicht wegen irgendeiner Schuld, sondern weil …« Ich stockte. *Weil ich dafür sorgen muss, dass du mich magst*, vollendete mein Verstand den Satz, aber selbst gedacht fühlte er sich wie eine Lüge an. Sacht schüttelte ich den Kopf, bis ein wenig Wahrheit sich aus meinen widersprüchlichen Gedanken löste. »Deinetwegen.«

Zoe sah mich an, als suchte sie in diesem einen Wort nach der Antwort auf eine Frage, die sie gar nicht gestellt hatte. Etwas an dem Ausdruck in ihren klarblauen Augen ließ mich ahnen, welche es war, noch bevor sie den Mund öffnete. »Wo wir schon dabei sind …« Sie holte tief Luft. »Der Kuss.«

Ich zog die Augenbrauen hoch. »Welcher Kuss?«

»Ashton.« Zoe presste die Lippen fest aufeinander.

»Was?«, erwiderte ich gespielt ahnungslos. »Was mich angeht, ist da nie was passiert.«

Eine Lüge. Was mich anging, war es passiert, bevor es passiert war. Den ganzen Heimweg von Trinity Hall zum Trinity College war es passiert. Als ich mich unter die Dusche gestellt und versucht hatte, mir das Gefühl von der Haut zu waschen, war es passiert. Als ich in meinem unbequemen Wohnheimbett gelegen und versucht hatte, einzuschlafen, war es passiert.

Es war *so sehr passiert*, dass ich Mühe gehabt hatte, mich zu kontrollieren. Wenn man so lang lebte wie wir, gewöhnte man sich an körperliche Reaktionen. An Hormone, an Triebe, an rohes, physisches Verlangen. Man lernte, sie zu beherrschen und sich nicht von ihnen beherrschen zu lassen. In den vergangenen Jahren hatte ich kaum mit jemandem geschlafen. Es gab effektivere Möglichkeiten, um in Ekstase zu geraten, wenn man unsere Fähigkeiten hatte. Die Energie einer fremden Seele war viel intensiver als reiner Sex. Wenn ich mit jemandem schlief, dann eher, weil sich eine Situation ergab, in der es nicht viel Aufwand erforderte. Es war immer ein *Warum nicht*, niemals ein *Unbedingt*.

Doch in jener Nacht war es genau das gewesen. Ich hatte Zoe *unbedingt* küssen wollen. Ich hatte sie *unbedingt* berühren wollen. Ich hatte sie *unbedingt* bei mir haben wollen – in meinem Bett, unter mir, über mir, einfach bei mir. Dieser Kuss war so sehr passiert, bevor er passiert war, dass er sogar in meine Träume gekrochen war. Weswegen ich kurz gedacht hatte, dass dieser weiterging, als Zoe bei mir auftauchte.

Ich wollte denken, dass ich sie geküsst hatte, weil es mir gelegen kam. Weil ich wusste, dass jedes bisschen körperliche Nähe zwischen uns ihre Gefühle für mich begünstigte. Doch das war nicht der Grund. Dieser war viel simpler: Ich hatte sie einfach küssen *wollen*. Deswegen hatte ich sie vor ihrem Wohnheim erst weggeschickt und dann in meinem zurückgehalten.

Zum ersten Mal seit einer verdammten Ewigkeit waren meine körperlichen Sehnsüchte stärker gewesen als meine Selbstbeherrschung. Vielleicht, weil es – sobald es um Zoe ging – eben nie etwas rein Physisches sein konnte. Es war immer etwas anderes gewesen, aber plötzlich war es ein … *Sowohl-als-auch*. Spätestens, seit wir uns tatsächlich geküsst hatten, wusste ich, dass ich mich nach ihrem Körper plötzlich ebenso sehr sehnte wie nach ihrer Seele. Schlimmer noch, denn hätte ich jetzt, in diesem Moment, die Wahl gehabt zwischen einem Atemzug ihrer Energie und einem Kuss ihres Mundes, hätte ich nicht überlegen müssen.

»Es *ist* passiert«, widersprach Zoe entschieden. »Und … in meinem Kopf hört es nicht auf, sich zu wiederholen. Die ganze Zeit über.«

Ich schmunzelte, weil das leichter war, als uns beiden zu gestehen, dass es mir nicht anders ging. »Die ganze Zeit über? Selbst gerade beim Essen mit deiner Familie?«

Sie machte drohend einen Schritt auf mich zu. »Ashton.«

»Schon gut.« Ich lehnte mich mit dem Rücken gegen die Balustrade, nickte ihr zu. »Was ist mit dem Kuss?«

Zoe schwieg einen Moment lang, dabei wusste ich längst, was sie fragen würde. Ich wusste es, weil ihre Fensteraugen ein wenig schimmerten, auf diese besondere Weise, die exakt zwischen zwei Gefühlen balancierte – Unsicherheit und Hoffnung. »Hat er … dir etwas bedeutet?«

Ich hatte mir die Frage auch schon gestellt, aber mir nicht erlaubt, über eine Antwort nachzudenken. Es spielte keine Rolle, nicht wahr? Es war völlig egal, aus welchen Gründen oder auf welche Weise ich Zoe wollte. Solang es eben diesen einen Grund, diese eine Weise gab, auf die ich sie *brauchte*. Auf die meine Familie sie brauchte. Sie und ihre Gefühle für mich. Solang es das gab, war jede Bedeutung bedeutungslos, bis auf diese: Dieser Kuss *bedeutete*, dass Zoe auf dem Weg war, etwas für mich zu empfinden. Sich in mich zu verlieben. Genau so, wie Henry es gewollt hatte. Also, wie konnte ich hier stehen und ihr sagen, dass der Kuss mir etwas bedeutet hatte – viel mehr, als er sollte –, wenn ich wusste, dass das ein weiterer Stoß in die Richtung wäre, in der ich sie haben wollte?

Ihr die Wahrheit zu sagen, würde sich anfühlen, als würde ich lügen, um mein Ziel zu erreichen. Es spielte eigentlich keine Rolle, weil letztlich alles, was zwischen uns war, auf einer Lüge beruhte, aber dann irgendwie doch. Weil Zoe vor mir stand, mit großen, tränenschimmernden Augen, mit Bronze auf den Lidern und Wangenknochen und im Blick, und mein Herz sich so weich und groß anfühlte wie seit etlichen Leben nicht mehr. Cliff und Nox hatten mit einem sicher recht: *Das war nicht normal.*

All das war so verworren, dass ich nicht wusste, was ich tun sollte. Also sagte ich ihr die einzige Wahrheit, die sich erstaunlicherweise nicht nach einer Lüge anfühlte. »Ich will dir nicht wehtun, Anima.«

Sie blinzelte mehrmals, dann senkte sie den Blick. »Das ist dann wohl ein Nein.«

Als sie versuchte, zurückzuweichen, hielt ich sie an den Handgelenken fest. Zog sie ein Stück an mich heran, bis ihre Hände meine Brust berührten. So, wie sie es in jener Nacht getan hatten, eine Hand auf meinem Zentrum, die andere auf meinem Herzen. Beides pochte schneller, wenn sie so nah bei mir war. Und ich war sicher, dass wir beide wussten: Egal, was für ein guter Schauspieler ich war, das hier konnte ich nicht vortäuschen. »Ist es nicht. Es ist nur genau das, was es ist. Eine Wahrheit, die alles sehr kompliziert macht.«

Zoe biss sich auf die Unterlippe und starrte in mein Gesicht, als versuchte sie, jede Maske darauf fortzuziehen. Dabei trug ich gar keine. Ich war nur selbst so verwirrt, dass meine Züge vermutlich ebenso unleserlich waren wie meine Gedanken.

»Ich versteh dich nicht.«

Ich grinste schwach. »Und ich dachte, du hast dich an mein mysteriöses Wesen gewöhnt.«

Ich verstand mich auch nicht. Aber vielleicht musste ich das auch nicht. In diesem Moment traf ich eine Entscheidung. Was auch immer es war, das da zwischen Zoe und mir war – ob nun die Spätfolge unserer Vergangenheit oder doch nur eine Begleiterscheinung unserer intensiven Gegenwart –, ich würde nicht länger versuchen, es zu verstehen oder zu verdrängen. Ich würde es nutzen.

Ja, diese Situation war kompliziert, aber die einzige Möglichkeit, sie leichter zu machen, war, mich einfach darauf einzulassen. Regel Nummer eins: Die Rolle, die du spieltest, wurde für kurze Zeit alles, was du warst. Genau deswegen war Schauspielern nicht dasselbe wie Lügen. Es war nur das Leben der Wahrheit eines anderen.

Und die Wahrheit, die ich mit Zoe empfand, die ich mit Zoe *war*, die war vielleicht nicht meine – das konnte sie nicht sein –, aber das machte sie nicht weniger echt. Vielleicht musste ich die Rolle nicht verstehen, um sie gut zu spielen. Vielleicht musste ich nicht wissen, warum sie mir so lag, um sie überzeugend darzustellen.

Ich klammerte mich an diesen Gedanken und kappte damit all die Zweifel. Darin hatte ich immerhin jahrhundertelange Übung. Keine Gewissensbisse gegenüber Henry, weil ich nicht mehr permanent an seinen Auftrag dachte, keine gegenüber Zoe, weil ich in den entscheidenden Momenten eben doch daran dachte.

Ich hob die Hand und strich ihr eine Strähne hinters Ohr, verrieb ein bisschen verwischten Lidschatten auf ihrer Haut. »Komm, lass uns wieder reingehen und deiner Familie zeigen, wie großartig wir zusammen sind.«

Zoe seufzte, rang sich jedoch ein Nicken ab. »Tu mir nur einen Gefallen, ja? Sollte Lyla mit dir flirten – und das wird sie –, geh nicht darauf ein.«

»Gut. Tust du mir dann auch einen?«

»Und zwar?«

Ich neigte mich zu ihr vor, bis unsere Nasenspitzen sich beinahe berührten. Sie hielt die Luft an, ich lächelte. »Sollte ich mit dir flirten – und das werde ich –, geh darauf ein.«

»Du bist unmöglich.« Zoe verdrehte die Augen, aber ihre Wangen wurden rot. Auf diese bestimmte Weise, die in mir den Drang auslöste, ihr Gesicht zu berühren, damit die Wärme in mich hineinkriechen konnte.

Ich legte ihr einen Arm um die Schultern und küsste sie auf den Scheitel – weil ich es tun wollte und mir verbot, weiter darüber nachzudenken, ob das einen Manipulator oder einen Verräter aus mir machte. »Möglich.«

Ich wusste natürlich, dass das Gerüst aus Verdrängung und Illusion, das ich mir gerade gebaut hatte, nicht lang halten würde. Dass es früher oder später zusammenbrechen und einen Teil von mir – vielleicht einen größeren, als ich begreifen konnte – unter sich begraben würde. Trotzdem erschien mir alles in diesem Moment genau so: *möglich.*

18

ZOE

Das Wochenende verflog schneller, als ich es mir je erträumt hätte. Ich hatte mich darauf eingestellt, dass diese zwei Tage unsagbar zähflüssig dahinfließen würden – und dass ich in ihnen untergehen würde. Doch weder das eine noch das andere trat ein. Und das lag einzig und allein an Ashton. Ashton, der … eben Ashton war.

Er hatte diese Art an sich, einen Raum zu dominieren, einfach indem er da war. Während mich das in der Vergangenheit oftmals eingeschüchtert, fast eingeengt hatte, fühlte ich mich jetzt befreit. In meiner Familie fehlte mir so oft die Luft zu atmen, und Ashtons Nähe war eine Sauerstoffmaske. Er balancierte die ganze Zeit über auf einer Schwelle zwischen Dreistigkeit und Charme, von der ich nicht gewusst hatte, dass sie existierte. Vielleicht, weil sie schlichtweg für ihn gebaut worden war. Er fuhr meiner Schwester mit einem unverfänglichen Kompliment über den Mund, wenn sie anfing, mein Verhalten zu kommentieren. Er klinkte sich in die Vorträge meines Bruders über irgendwelche Aktienkurse ein, um ihm auf subtile Weise klarzumachen, dass er nicht so viel Ahnung von allem hatte, wie er selbst denken wollte. Er stellte meiner Mutter Nachfragen zu ihren Ehrenämtern, um sie davon abzuhalten, welche zu meinem Leben zu äußern. Er hielt jedes wenig verschleierte Prüfgespräch mit meinem Vater aus und flocht auf beiläufige Weise so viel Wissen ein, dass es Dad tatsächlich zum Schweigen brachte.

Zum ersten Mal wurde mir bewusst, wie unsagbar klug Ashton war. Ich hatte immer gedacht, dass er das Studium nicht ernst nahm, weil er kein Interesse am Lernen hatte. Jetzt begriff ich, dass er sich dort vermutlich schlichtweg langweilte, weil er eben schon so viel Zeit mit Lernen und … Leben verbracht hatte.

»Du siehst fasziniert aus«, raunte er mir irgendwann zu, als wir abends auf der Terrasse standen und Gimlets mit garteneigenem Lavendel tranken. Die Sonne ging jenseits des Waldes unter, eine zweite in meinem Bauch, als er mit den Fingerspitzen über meine Haut strich, um den Träger meines Kleides zurechtzurücken.

»Bilde dir nichts darauf ein«, flüsterte ich zurück. *»So uralt, wie du bist, ist es das Mindeste, dass ein bisschen Allgemeinwissen hängen geblieben ist.«*

Ashton lachte und nahm seine Hand weg, ich fühlte sie trotzdem. Die ganze Zeit über nahm ich sie wahr, als würde er sie über mir schweben lassen, um mich im entscheidenden Moment an sich zu ziehen. Stützend, unterstützend, schützend. Er berührte mich oft, immer unschuldig und sanft, nicht passend zu dem Gefühl, das es in mir auslöste. Ich wusste nicht, ob er das tat, um meiner Familie vorzuspielen, wir wären zusammen – oder weil es sich für ihn auf schräge Weise auch so anfühlte. Für mich tat es das. Es war lächerlich, aber ich fiel so sehr auf – und in – diese Illusion hinein, obwohl ich diejenige gewesen war, die sie ins Leben gerufen hatte. Und ich wollte mich dafür hassen, schon wieder, aber ich konnte nicht, weil ich es zu sehr liebte.

Ich liebte es, wie Ashton gedankenverlorenen mit meinen Fingern in seiner Hand spielte, während er sich mit meinem Bruder unterhielt. Ich liebte es, wie er neben mir am Tisch saß: durch die Kerzen goldgetunkter Blick, wenn er mich ansah, durch den Wein goldgetunkte Stimme, wenn er sich zu mir hinüberlehnte und irgendetwas Belangloses zuraunte. Ich liebte es, wie es mir trotzdem bedeutend vorkam, weil sich überhaupt nichts mehr belanglos anfühlte, sobald er mich ansah. Ich liebte es, dass *ich* mich nicht mehr belanglos fühlte. Dass ich es schaffte, jede Frage meiner Eltern, jeden Kommentar meiner Schwester, jede spitze Neckerei meines Bruders so viel ehrlicher und selbstbewusster zu beantworten, weil ich mich plötzlich so viel weniger dafür schämte, was ich dachte, empfand oder war. Und das nur, weil ich wusste, dass Ashton alles von mir gesehen hatte, jede unschöne, rohe Ecke meines Seelenzimmers, und trotzdem in diesem Moment bei mir war.

Mir war klar, dass das alles nichts zu bedeuten hatte. Zumindest nicht das, wonach es sich anfühlte. Andernfalls hätte Ashton anders auf meine Frage auf der Terrasse geantwortet. Aber die Tatsache, dass er genau das nicht getan hatte – dass er nicht einfach Ja oder Nein gesagt hatte, dass er nicht den leichtesten Weg gewählt hatte –, machte es noch schwieriger, in Erinnerung zu halten, dass das hier nichts bedeutete. Denn die echten Dinge waren eben nie leicht, richtig?

Letztlich spielte es natürlich sowieso keine Rolle. Es war egal, was es vielleicht für mich war, es war egal, was es vielleicht *sein könnte* – das änderte nichts daran, was es *nicht sein konnte*. Aus vielen Gründen, von denen einige mit unserer Vergangenheit zusammenhingen und andere mit unserer Zukunft. Mit *seiner* Zukunft, die womöglich nicht existierte.

Das Wochenende war dennoch genug Licht, um diesen Gedanken ebenso sehr wie jeden Zweifel auszublenden. Das Problem war nur: Schatten, die man eine Zeit lang mit ganzer Kraft aussperrte, hatten die Angewohnheit, umso dunkler und erstickender zurückzukommen.

Zunächst blieb der Glanz dieser zwei Tage flüchtig ans uns hängen, als wir zurück nach Cambridge kamen. Der Frühling war übers Wochenende endgültig auf dem Campus angekommen.

Auf den Wiesen zwischen den Instituten blühten Wildblumen in allen Farben, die Fassaden verschwanden unter Blauregen und wild wucherndem Wein. In der Luft schwebte der Duft nach Azaleen und erhitztem Stein, selbst die Wasserpfützen des immer wieder einsetzenden Sprühregens reflektierten den warmen Bronzeton der Gebäude.

Es war der Mittwoch nach dem Besuch bei meiner Familie, als Ashton und ich uns das erste Mal wiedersahen. Er hatte mir geschrieben, ob wir uns abends noch mal im Hickory House treffen wollten, um das Skulpturenzimmer fertig aufzuräumen, und ich hatte zugestimmt. Ich fragte mich, ob ihm ebenso bewusst war wie mir, dass der Raum eigentlich längst fertig war. Die gesamte Villa war so gut wie fertig.

Im Vorgarten stand ein Container, der bis oben hin mit Müll gefüllt war, im Haus roch es nach Putzmittel und frischer Farbe. Die anderen Gruppen hatten ihre Arbeiten letzte Woche weitestgehend abgeschlossen, trotzdem hatte ich Professor Walsh gestern erst gesagt, dass wir vermutlich bis Ende des Monats brauchen würden, ehe wir das Haus dem Krisentelefon zur Verfügung stellen konnten.

Ich hatte gelogen und dafür keine bessere Entschuldigung als eine Wahrheit, die falsch und gleichzeitig so echt war: Ich wollte noch nicht, dass das Projekt endete. Nicht, weil die Arbeit mir fehlen würde, sondern weil … Ashton mir fehlen würde.

Ich schämte mich dafür, und dann wieder gar nicht. Weil es Mittwochabend war und Ashton ein paar Meter von mir entfernt stand und längst saubere Skulpturen mit einem Lappen putzte und ich einfach fühlte, dass er das aus demselben Grund tat wie ich. Weil selbst die anstrengendste, sinnloseste Beschäftigung sich plötzlich wie die allerbeste Option anfühlte, solang wir sie gemeinsam machen konnten.

Ich war mir so sicher damit, dass ich mich nicht einmal albern oder naiv deswegen fühlen konnte. Nicht nach allem, was am Wochenende zwischen uns passiert war. Er war für mich da gewesen. Auf eine so pure und selbstlose Weise, dass es sich anfühlte, als wären wir tatsächlich Freunde. Mit dem winzigen Haken, dass ich ständig darüber nachdenken musste, ihn zu berühren – und das ganz sicher nicht auf so harmlose Weise, wie er es vor meiner Familie getan hatte. Und das Problem war: So winzig dieser Haken auch war, er verankerte sich jedes Mal grob in meinem Herzen und zog einen wummernden Kratzer bis hinunter in meinen Unterleib, wenn mein Blick Ashton streifte.

Ich bemerkte erst, dass ich es schon wieder getan hatte, als mein Handy auf dem Tisch am Fenster anfing zu klingeln. Ashton stand direkt davor und sah zu mir hinüber.

Ertappt wich ich ihm aus und räusperte mich. »Gibst du mir mal mein Handy?«

Er griff danach und stutzte. Stirnrunzelnd kam er zwei Schritte in meine Richtung und hielt es mir hin. »Woher hat Nox deine Nummer?«

»Oh.« Hitze stieg mir ins Gesicht, ich griff schnell nach meinem Smartphone und drückte den Anruf weg. »Wir … haben sie letztens mal ausgetauscht.«

Ashtons Blick wanderte eindringlich über meine pochenden Wangen, hin zu meiner Halsschlagader, die mit Sicherheit mehr über den Zustand meiner Seele verriet, als mir lieb war. »Wieso?«

Ich zuckte mit den Schultern und schob das Handy in die hintere Hosentasche. »Nur so. Er ist nett.« Eilig verschwand ich zwischen den Statuen und ging in Richtung Waschbecken.

Ashton folgte mir. »Und wieso ruft er dich an?«

»Und wieso bist du so neugierig?«, konterte ich und drehte den Hahn auf, damit er das Rauschen meines Pulses übertönen konnte.

Ashton griff an mir vorbei und drehte das Wasser wieder ab. »Es interessiert mich eben.«

Die Unruhe in seiner Stimme löste einen heiß überzogenen Sorgengedanken in mir aus: *Er ahnt es.* Dabei konnte er das gar nicht, immerhin wusste ich selbst nicht genau, was Nox von mir wollte. Allerdings hing es mit großer Wahrscheinlichkeit mit etwas zusammen, das er durch das Zimmer ein paar Etagen unter uns herausgefunden hatte. Dem Zimmer, von dem Ashton nichts hatte wissen wollen. Dem Zimmer, von dem Mabel, Nox und ich entschieden hatten, es weder vor ihm noch vor Cliff oder Norah zu erwähnen, solang es nicht mehr hergegeben hatte als weitere Fragen.

Hastig rang ich mir ein belustigtes Lächeln ab. »Bist du eifersüchtig?«

In dem Moment, in dem ich es sagte, passierte etwas in Ashtons Gesicht – es verzog sich leicht. Nicht spöttisch oder abwinkend, sondern ertappt wirkend. Fast … verlegen.

Ganz kurz nur, dann verscheuchte er den Ausdruck mit einem gelangweilten Seufzen. »Bitte. Davon abgesehen, dass Nox immer in Norah verliebt sein wird, weiß ich, dass Nox nicht dein Typ ist.«

»Und was ist mein Typ?«

Er lächelte, immer noch eine Spur angespannter als sonst, aber mit diesem unverkennbaren Charme, der meine Knie jedes Mal weich werden ließ. »Das ist uns beiden bewusst, Anima.«

Mir wurde warm, ich drängte die Verlegenheit mühsam zurück. »Mir ist nur bewusst, dass du ziemlich arrogant bist, Ashton.« Ich schüttelte den Kopf und griff abermals nach dem Wasserhahn. Diesmal hielt er meine Hand fest. Mit einem Ruck zog er sie an sich heran, sodass ich den Schwamm fallen ließ und einen Schritt auf ihn zustolperte.

Er senkte erst den Blick von meinen Augen zu meinem Mund, dann die Stimme. »Sag mir, dass ich mich irre.«

Meine Lippen öffneten sich, doch es kam kein Wort heraus. Vielleicht, weil dieses Wochenende all die Worte in mir mit zu viel Gefühl übergossen hatte. Ich wollte es nicht abstreiten. Ich wollte es nicht zugeben. Ich wollte nicht reden oder denken. Ich wollte nur etwas tun. Nicht etwas – *das hier*.

Ohne weiter zu zögern, wippte ich auf die Zehenspitzen und küsste ihn. Kein Fragen, kein Abwägen oder Abwarten, weil ich wusste, dass wir beide seit Tagen daran dachten, es zu tun. Jedes Mal, wenn wir einander flüchtig berührt hatten, und ganz besonders, während wir nachts in einem Zimmer geschlafen – er auf dem Sofa, ich im Bett – und stundenlang wach gelegen hatten. In jedem Herumdrehen, in jedem zu lautem Atemzug, in jedem Rascheln der Bettwäsche hatte dieser Kuss gelegen. Er hatte vor zwanzig Tagen angefangen, zu existieren, und war seitdem nicht mehr verschwunden.

Die Art, wie Ashton den Kuss sofort erwiderte, machte deutlich, dass auch er es wahrgenommen hatte. Dass mein Bauchgefühl diesmal wirklich auch *sein* Gefühl gewesen war.

Fehler, Fehler, Fehler, dachte ich, während ich die Arme um seinen Hals schlang und ihn näher an mich zog.

Gut, gut, gut, fühlte ich, während er mich nach hinten drängte, bis wir gegen etwas stießen.

Die kühle Statue in meinem Rücken, Ashtons warmer Körper vor mir. In diesem Moment, in dem wir einander immer drängender, gedankenloser, impulsiver küssten, begriff ich endgültig, dass Körper per se irgendwie genau dasselbe waren wie die Kalkfiguren um uns herum: leblose Hüllen. Erst durch ihre Seele bekamen sie Bedeutung. Ashtons makellose Haut, seine zarten Muskeln, sein weiches Haar, seine symmetrischen, engelsgleichen Züge … All das hatte nichts damit zu tun, dass ich vor Erregung zu zittern begann, einfach nur, weil er mich nach hinten und sich gegen mich drückte. Es lag an der Art, wie er leise stöhnte, während er mit der Nase und den Lippen über meine Wange strich, als würde er in meinem Geruch ertrinken und es lieben. Es lag an dem genau richtigen Druck, mit dem er sein Knie zwischen meine Beine drängte, und der Weise, wie ich sein Lächeln an meinem Mund spürte, als er bemerkte, dass ich dadurch erschauderte. Es lag an der Bestimmtheit, mit der er die oberen Knöpfe meiner Bluse öffnete und über die Spitze meines BHs strich, ehe er eine meiner Brüste umfasste und mit dem Daumen über meine Haut rieb. Es lag an allem, was Ashton war, und an allem, was er in mir auslöste.

Vielleicht war das also ein Fehler, aber, Gott, es war *ein guter Fehler.*

Er grub die Hände in mein Haar, zog meinen Kopf nach hinten, ich tastete mit meinen unter den Stoff seines lästigen Hemdes. In dem Moment, in dem die Jacke, die er darüber trug, verrutschte, polterte es.

Schwer atmend wichen wir auseinander und betrachteten das Portemonnaie, das sich gerade auf dem Boden ausleerte. Meine Wahrnehmung war ebenso silberbesprenkelt wie die Dielen durch den Münzregen, deswegen fiel mir erst nach ein paar Sekunden auf, dass sich Ashtons Blick verändert hatte. Er hing an einem Gegenstand fest, der zwischen den Münzen lag: so glänzend, dass er mir nicht aufgefallen wäre.

Kurz entschlossen löste ich mich von Ashton und bückte mich danach. Es waren zwei Ringe an einer feingliederigen Kette. Dezente Schmuckstücke, zentnerschwere Gefühlsabdrücke in Ashtons Gesicht. »Was ist das?«

Ashton fuhr sich durch die durcheinandergeratenen Haare. Ich konnte ihm ansehen, dass er am liebsten zumachen wollte, auf jede erdenkliche Weise. »Einer davon hat Heaven gehört, der andere mir«, erklärte er seltsam tonlos. »Sie hat sie mir … hinterlassen, als sie … gegangen ist.«

Die Hitze des Moments verpuffte, zurück blieb ein eisiger Windhauch in mir. »Wart ihr verheiratet?«

Er schüttelte den Kopf, rückte sein Hemd zurecht, ebenso wie seine Miene. »Unsere Leben waren nie dazu ausgelegt, dass unsere Wirte heirateten. Und es hätte sich auch nicht gelohnt für die paar Jahre. Das hier war unser symbolischer Kompromiss.« Zögerlich griff er nach der Kette, bettete sie in seine Handinnenfläche. Seine Beherrschung bekam feine Risse, ein zärtlicher Ausdruck breitete sich dahinter aus.

»Du hast sie die ganze Zeit über in deinem Portemonnaie aufbewahrt?«

Er hob die Schultern, ein *Egal* in Bewegungsform, das deutlich machte, wie wenig egal es war. Es bedeutete etwas und weil es um Heaven ging, konnte dieses Etwas nur Alles sein. Sie … bedeutete alles. Mein Herz rutschte in meinen Bauch, er zog sich unangenehm zusammen.

»Du liebst sie wirklich immer noch.«

Ashtons Augen waren ein wenig glasig. Ich konnte kaum hinsehen, weil ich nicht darüber nachdenken wollte, welche Erinnerungen darin reflektiert wurden. »Ich hab dir doch erklärt, wie das für mich ist. Außerdem erinnern mich diese Ringe nicht nur an Heaven. Sondern auch an … mich. An das Ich, das ich mit ihr verloren habe.«

»Wie meinst du das?«

Er ballte die Hand mit den Ringen zu einer Faust. So fest, dass die Knöchel weiß hervortraten, so fest, dass das Metall sicher Abdrücke in seiner Haut hinterließ. Aber das hatte es ja eh schon. »In vielen Kulturen gehen Menschen davon aus, dass die Seele ein Spiegelbild hat: den Schatten, das zweite Ich, das all das Dunkle und Schlechte verwahrt«, begann er langsam. »Manchmal glaube ich, dass ich nur noch das bin. Keine Seele, sondern ein Schatten. Und irgendwie ergibt das auch Sinn. Meine war so eng mit Heavens verbunden, dass ich sie mit ihr verloren hab. Sie war so was wie eine Supernova für mich. Und von denen bleibt nach dem Verglühen eben nichts weiter als ein Schwarzes Loch. Ergibt doch Sinn, wenn nicht mehr von meiner Seele übrig geblieben ist, oder? Ein verdammtes Nichts.«

Ein paar Sekunden lang konnte ich ihn nur fassungslos ansehen. Dann holte ich tief Luft. »Das ist Unsinn.«

Ashton drehte mir langsam das Gesicht zu. »Was?«

»Tut mir leid, ich will nicht respektlos über sie reden. Oder über das, was ihr hattet, das, was ihr wart. Aber ganz egal, wer

Heaven war … *Du* bist immer mehr als das, was eine andere Person aus dir macht.« Ich zögerte und griff nach seiner geballten Faust. »Deine Seele ist noch da, Ashton. Sie ist vielleicht ein bisschen eingestaubt, sodass das Licht nicht mehr ganz so hell durchscheint, aber sie ist ganz sicher kein Schatten.«

»Woher willst du das wissen?« Die Art, wie er mich ansah, sagte: *Gerade du müsstest es besser wissen.*

Und genau, weil das stimmte, hatte ich recht. »Weil … auch wenn du mir etwas *wirklich* Schlimmes angetan hast, auch wenn es mir wegen dir *wirklich* schlecht ging, auch wenn ich dich dafür *wirklich* hasse … ich eben nicht bereue, dass wir jetzt hier sind. Ich bereue es nicht, weil du trotzdem auch etwas Gutes bewirkt hast. Etwas Helles. In mir. Kein Schatten könnte so viel Licht erzeugen. Unmöglich.«

Es war alles wahr, zu wahr. Vielleicht hätte ich es genau deshalb nicht ausgesprochen, wenn ich nicht den Eindruck gehabt hätte, dass er es unbedingt hören musste. Ashton war so gut darin, anderen etwas vorzumachen, dass er sich selbst zum Opfer gefallen war. Er konzentrierte sich nur noch auf das Dunkelste in sich und hatte dadurch das, was er wirklich war – sein ganzes, kompliziertes, schatten- und lichtbeflecktes Ich –, vor langer Zeit gemeinsam mit Heaven aufgegeben.

Sein Blick sprach wieder mehr als er selbst. Er sagte: *Du irrst dich.*

Ich schüttelte den Kopf. »Weißt du … alle schweren chemischen Elemente auf der Erde und in uns bestehen aus Supernova-Überresten.«

»Was willst du damit sagen?«

»Dass Heaven gar nicht wirklich weg ist. Sie ist noch hier, überall, und … bei dir. Nur eben anders als früher. Und du bist das auch.«

Ich versuchte, ihm meine Hand zu entziehen, er hielt sie fest und schlüpfte mit den Fingern zwischen meine. Ein paar Sekunden lang starrte er auf sie hinab, schließlich schloss er die

Augen. »Ich hab mich nie so sehr gehasst, wie wenn ich mit dir zusammen bin.«

»Wieso sagst du so was?« Gekränkt zog ich an meiner Hand, doch er ließ mich immer noch nicht los.

»Aus vielen Gründen.« Er presste die Lider fester zu, als wollte er so einen davon zerbröseln, dann blinzelte er. »Zum einen, weil ich mich Heaven gegenüber schuldig fühle. Nach ihrem Tod hab ich versucht ... ihr zu folgen. Das hat allerdings nicht geklappt, und irgendwann hab ich mich damit arrangiert, weil ich dachte, dass es letztlich keine Rolle spielt, ob ich tot bin. Weil ein Teil von mir eh mit ihr gestorben ist. Und jetzt, in letzter Zeit fühl ich ... so viel. Nicht nur Gutes, eigentlich die meiste Zeit über nicht, aber es ist viel und einfach ... mehr. Ich bin mehr. Mehr wie das, was ich mal war.«

»Du fühlst dich lebendig und deshalb schlecht?«, hakte ich unsicher nach.

»Hm.« Er streichelte mit dem Daumen über meinen Handrücken. »Aber ich fühl mich eben auch gut. Und das ist das Schlimmste daran.«

»Also ... hasst du dich, wenn du mit mir zusammen bist, weil du anfängst, dich zu mögen?«

Er hob die Mundwinkel zu einem grimmigen Lächeln. »Ich bin eine komplizierte Persönlichkeit, nicht wahr?«

Ich musste daran denken, wie Nox diese Worte für Henry benutzt hatte und wie Mabel und ich sofort verstanden hatten, was er damit ausdrücken wollte. Doch obwohl ich Ashton nicht widersprechen konnte, konnte ich ihm ebenso wenig zustimmen. Denn Ashton war nicht wie sein Vater, den ich nur aus Erzählungen kannte und dennoch nicht ausstehen konnte. Ashton war mehr als das. Ashton war ... so viel, von dem ich nach wie vor nicht einmal die Hälfte verstand und trotzdem alles wissen wollte.

Die erneute Vibration meines Handys riss mich aus dem Moment. Dem viel zu intensiven Moment. Fahrig tastete ich danach und drückte die Seitentaste, um den Anruf abzulehnen. »Ich … sollte gehen.«

Halbherzig versuchte ich, mich von Ashton zu lösen, doch er hielt mich fest. Nicht grob, eher bittend. So, wie sein Blick nach meinem griff. »Schlaf bei mir.«

Drei Worte, ein heißer Stich zwischen meinen Beinen. Ich schluckte mehrmals, bis nur noch die Antwort da war, die mein Verstand geben wollte und nicht mein Gefühl. »Ich werde nicht mit dir schlafen.«

Ashton schüttelte den Kopf. »Das meinte ich auch nicht. Nur … schlaf bei mir.«

»Wieso?«

Er strich mit einer Hand über meine Schulter, rückte den Träger meines BHs zurecht. »Wenn ich dich jetzt gehen lasse und du zu Hause darüber schläfst, dann wirst du morgen früh so tun, als wäre das hier nicht passiert. Ich kenne dich, Zoe. Ich weiß vielleicht nicht alles über dich, vielleicht nicht mal viel, aber ich kenne dich.«

Seine Finger streichelten meinen Hals, und ich schaffte es nicht mal, mich anzuspannen. Ich hatte gar keine Angst vor ihm, und das machte mir solche Angst, dass ich kaum atmen konnte. »Und wenn ich bei dir schlafe?«

»Dann lasse ich nicht zu, dass du das hier morgen bereust.«

Ich bereue es jetzt schon, dachte ich – aber wieder prallte der Gedanke an etlichen Gefühlswänden in mir ab, die ihm widersprachen. Trotzdem …, wenn ich das hier aus einem flüchtigen Augenblick zu einem bewusst entschiedenen Zustand werden ließ, dann wäre das ein Schritt in eine Richtung, die ich bisher nicht mal in meine Gedanken gelassen hatte. Kurz kniff ich die Augen zusammen. »Ich kann das nicht.«

Er ließ mich los, wich jedoch nicht zurück. »Ich auch nicht. Aber … ich will es trotzdem.«

Ich verstand nicht, was er damit meinte, fragte aber auch nicht nach. Ich war viel zu verwirrt. Meine Lippen pochten, meine

Gedanken rasten, nur mein Herz schlug mit jeder Sekunde, die Ashton mich ansah, ruhiger. Das war das Problem: Mein Verstand wusste, wie gefährlich das hier war, aber der Rest von mir konnte nur wahrnehmen, wie sicher es sich anfühlte. Frustriert stieß ich die Luft aus. »Das ist verrückt, Ashton.«

Ein schwaches Grinsen schob sich auf seine Lippen. »Mehr als das.«

Er hatte recht. Was gerade passiert war, was wir hier taten, war mehr als *verrückt* – es war völlig *entgleist*. Ich wusste, dass wir geradewegs auf einen Abgrund zurasten. Trotzdem schaffte ich es einfach nicht, mich aus dem Wagen zu werfen. Ich schaffte es nicht, Ashton zurückzulassen, um mich selbst zu retten.

»Okay«, flüsterte ich. »Lass uns gehen.«

19
ASHTON

Das ist verrückt.

Zoes Worte schwirrten in meinem Kopf herum, während wir Flemmings Haus verließen und uns auf den Weg zurück zum Campus machten. Es stimmte natürlich: Das, was gerade zwischen uns passiert war, und vor allem das, was im Begriff war zu passieren, war verrückt. Aber gleichzeitig erschien es mir das einzig Logische zu sein. Es kam mir so sinnvoll vor, dass ich es nicht mal schaffte, Gewissensbisse zu empfinden, weil Zoe eben nicht die ganze Wahrheit kannte.

Wenn ich sie küsste, log ich nicht. Wenn ich sie berührte, war das mein ganz reines, wahres Wollen. Alles andere verdrängte ich in eine Ecke meines Bewusstseins und fokussierte mich auf Zoes Hand in meiner. Auf ihre Stimme und ihren Duft, die der laue Abendwind zu mir herübertrieb, auf ihre Wärme, ihre Nähe und … ihr ganzes Sein.

Für einen kurzen Zeitraum kam es mir vor, als würde mein Dasein sich aufspalten. Als würde all das Düstere rund um den *Bund der Stare*, meine Familie, verblassen. Henrys Auftrag, die Erwartungen, die damit einhergingen, die Verantwortung, die auf meinen Schultern lastete – all das löste sich auf, wenn Zoes Finger in meinen lagen.

Für einen kurzen Zeitraum dachte ich wirklich, ein Funken

Normalität wäre möglich. Eine Auszeit von all dem Chaos. Eine Pause von dem, was ich war, für das, was ich in einem anderen Leben, mit einer anderen Familie, mit einer anderen Geschichte, hätte sein können.

Für einen kurzen, wirklich kurzen Zeitraum.

Genau so lang, bis Zoe und ich die King's Bridge überquerten. Die Universitätsgebäude ragten scherenschnittartig in den dämmerungsvioletten Himmel hinein, ihre Dächer zerpflückten tief hängende Wolken. Schwarze Schwämme, die offensichtlich Regen verwahrten und darauf warteten, sich über unseren Köpfen auszudrücken. Stille hing über dem Campus und der Cam, dessen Wasser lichtlos unter uns floss.

Der Anblick ließ mich an letztes Semester denken, an Paulina, die von einer ähnlichen Brücke gesprungen war, weil Jack und Victor sie dazu gebracht hatten. Ich betrachtete die reglose Oberfläche, und ihre Dunkelheit sprang ohne Vorwarnung auf mich über. Meine Nackenhärchen stellten sich auf, meine Muskulatur spannte sich an, mein Puls beschleunigte.

Ich bildete mir ein, gute Instinkte zu haben. In der Regel sah ich eine Gefahrensituation kommen, ehe sie eintrat. Womöglich hätte ich diese leichte Unruhe schon eher gespürt, hätte ich mich nicht viel lieber in Zoes Nähe verloren. Doch jetzt, jetzt nahm ich wahr, wie sich die Schatten über uns zusammenzogen, bereit, uns in ihrer Schwärze zu ertränken. Obwohl noch nichts passiert war, wusste ich, dass es begann.

Langsam schaute ich auf und nach vorn. Ich bemerkte ihn im selben Augenblick, in dem der Regen einsetzte. Er stand am anderen Ende der Brücke. Die dünnen Wasserfäden verwischten seine Umrisse mit dem Grau des Abends, doch die Energie, die ihn umgab, flüsterte mir seinen Namen zu. Um einiges lauter, als normal gewesen wäre. Und das konnte nur eines bedeuten: Sincere hatte sich vor sehr kurzer Zeit an sehr vielen Seelen genährt.

Zoe redete nach wie vor, doch ihre Stimme ging im Pochen meines Herzens unter. Beiläufig umfasste ich ihre Hand fester und verlangsamte unseren Schritt. Die düstere Vorahnung in mir verdichtete sich, als ich einen Blick über meine Schulter warf und am anderen Ende der Brücke eine andere Gestalt ausmachen konnte.

Hudsons Zentrum war weniger überladen, aber dennoch auffällig gestärkt. Es gab nur zwei Gründe, um sich dermaßen vollzudröhnen. Einer davon war, man suchte Zerstreuung und wollte sich dem Vergnügen eines Rauschs hingeben, so, wie ich und die anderen es das letzte Semester über getan hatten. Doch bei Sincere und Hudson ergab das keinen Sinn. Ich war sicher, dass der Rat seine Anweisungen zur Zurückhaltung auch an seine Mitglieder weitergegeben hatte. Und das konnte nur bedeuten, dass sie sich aus dem zweiten Grund dermaßen gestärkt hatten. Weil sie sich auf etwas vorbereitet hatten. Das wiederum hieß: Das hier war kein Zufall. Sie waren meinetwegen hier. Ich sah zu Zoe, die noch immer sprach und dabei lächelte. In meiner Brust verkrampfte sich alles, als ich begriff: *oder unseretwegen.*

Abermals warf ich einen Blick über die Schulter. Hudson hatte die Brücke betreten, schlenderte langsam hinter uns her. Sincere stieß sich ebenfalls vom Geländer ab und kam uns entgegen. Ich blieb stehen und hielt Zoe fest, damit sie es mir gleichtat.

Sie brach mitten im Satz ab und sah irritiert zu mir. »Was ist los?« Noch während sie sprach, bemerkte sie Sincere und spannte sich fühlbar an.

Ich hätte sie gern beruhigt, wusste jedoch nicht, wie. Das hier war nicht gut. »Bleib still und tu, was ich dir sage«, murmelte ich, ehe ich sie mit dem Rücken gegen die Brüstung schob und mich so vor sie stellte, dass ich beiden entgegensehen konnte. »Was kann ich für euch tun?«

Sincere blieb zwei Meter neben uns stehen. »Wir wollten uns mit dir unterhalten.«

Wollt ihr nicht, dachte ich. Seit Wochen hatte ich keinen der beiden wiedergesehen. Ich wusste nur, dass sie Cambridge nicht verlassen hatten, weil Nox sie regelmäßig traf und ich ab und zu dieses kaltfeuchte Gefühl im Nacken verspürte, wenn ich über den Campus lief. Mir war bewusst gewesen, dass sie mich im Auge behielten – immerhin hatte Henry sie aus diesem Grund hierbleiben lassen. Aber ich verstand nicht, warum sie ausgerechnet jetzt ihre Deckung fallen ließen.

Ich sah von ihm zu Hudson, der sich auf der anderen Seite gegen die Brüstung lehnte. »Ihr dürft mich gern mal ausführen. Es gibt ein paar hübsche Restaurants in der Innenstadt.«

Hudson grinste. Seine Zähne blitzten auf, sein Blick blieb dunkel. »Nicht ganz das Ambiente für die Art von Unterhaltung, die uns vorschwebt.«

Ich neigte den Kopf zur Seite, mein Puls beschleunigte sich weiter. »Und wieso schwebt euch überhaupt etwas vor?«

»Nox hat uns die Wahrheit über die Vorkommnisse der Zeremonie erzählt. Du hast uns angelogen.«

Ich musste nicht mal eine Sekunde darüber nachdenken, ob er die Wahrheit sagte. »Nox hat euch gar nichts erzählt.«

»Du denkst wirklich, er gehört noch zu deinem kleinen Hofstaat? Und das, obwohl er jetzt schon seit mehreren Jahrzehnten einer von uns ist?«

»Er ist keiner von euch, Sincere.« Ich lächelte freundlich. »Vierzig Jahre haben nicht ausgereicht, um einen machthungrigen, rückratlosen Bastard aus ihm zu machen.«

Sincere machte einen Schritt auf mich zu, ich schob Zoe weiter hinter mich, sie umfasste meinen Arm. »Pass auf, was du sagst«, zischte er mir ins Gesicht.

»Pass du lieber auf, was du tust.«

»Mit was willst du mir drohen, Arthur?« Er spuckte mir den Namen fast vor die Füße. »Dein Vater würde mir immer mehr glauben als dir. Ich kann mit dir machen, was ich will, es wird für mich keine Konsequenzen haben. Und ich finde, das ist eigentlich nur fair, oder? Weil auch du offensichtlich denkst, dass du und deine kleinen Freunde tun können, was sie wollen, ohne dass es Konsequenzen hat.«

Mein Lächeln wurde schmaler, ich neigte mich zu ihm vor. »Glaub mir. Deine Anwesenheit in dieser Stadt ist Strafe genug für all meine Sünden.«

»Das sehe ich anders. Ich bin noch lang nicht fertig damit, dich bereuen zu lassen.« Sein Blick glitt an mir vorbei, Zoe gab einen erstickten Ton von sich. Ich brauchte kurz, um zu begreifen, dass ich ihn auslöste, weil ich ihre Hand reflexartig fester umschlossen hatte.

Sincere machte gar nichts, er sah sie nur an, aber in mir brannte etwas durch. Am liebsten hätte ich mich auf ihn gestürzt, auf jede erdenkliche Art. Ich hatte keine Angst vor ihm. Aber – die Erkenntnis kam plötzlich und so heftig, dass es sich anfühlte, als hätte man mir ins Gesicht geschlagen – ich hatte Angst um Zoe.

»Gut, von mir aus. Lass uns *reden.*« Ich lockerte meinen Griff und zwang mich zu einer gleichgültigen Stimme. »Anima, geh nach Hause.«

Sincere schnalzte mit der Zunge. »Deine Motte bleibt.« Sein Blick hing immer noch über meiner Schulter fest, am liebsten hätte ich ihm die Augen herausgerissen. *Oder die Zunge*, dachte ich, als er mit einem breiten Grinsen hinzufügte: »Ich will von ihr kosten, seit wir uns das erste Mal begegnet sind. Sie fühlt sich köstlich an.«

Zoe gab erneut einen erstickten Ton von sich, diesmal nicht, weil ich fester zupackte, sondern weil ich sie losließ, um den letzten Schritt auf Sincere zuzumachen. »Versuch es, und ich breche dir *all deine Hände.*« Meine Stimme klang erstaunlich ruhig, dafür, dass mein Inneres bebte.

»Ich hatte gehofft, dass du das sagst.« Er wich einen Schritt zurück, atmete tief aus.

Die Sekunde, in der ich spürte, wie er nach Zoes Seele griff, war die, in der ich mich mit ganzer Kraft dagegenwarf. Noch in dem Moment, in dem meine Energie gegen seine prallte, begriff ich, dass das ein Fehler gewesen war. Mehr noch, es war eine Falle gewesen. Und ich war bereitwillig hineingetappt, obwohl ich es doch eigentlich besser wusste: Man konnte nicht gleichzeitig angreifen und verteidigen. Mir war nur nicht in den Sinn gekommen, dass ich das derart tun müsste.

Sincere hatte nicht einmal die Hälfte seiner Kraft aufgebracht, um nach Zoe zu greifen. Die Energie, mit der er nach mir schlug, war so viel stärker. So stark, dass ich aufschrie. Mehr aus Überraschung als aus Schmerz, weil ich nicht fassen konnte, dass er das machte.

Wir griffen einander niemals auf diese Weise an. Selbst wenn der Rat seine Strafen verrichtete, konzentrierten sich diese immer auf die leibliche Hülle, nie auf die Seele. Das war unser oberstes Gebot: Unsere Seelen mussten um jeden Preis geschützt werden. Unsere Seelen waren *heilig*.

Ich taumelte einen Schritt zur Seite, von Zoe fort, presste eine Hand auf mein wild wummerndes Zentrum. Mit ganzer Kraft stemmte ich mich gegen Sinceres Energie und funkelte ihn an. »Das wagst du nicht. Das ist … gegen jede Regel.«

Sincere lachte verächtlich. »Wir machen die Regeln, Arthur. Wir brechen sie, wie es uns beliebt. Und ich breche dich, wie es mir beliebt.«

Ein Schritt auf mich zu, seine Seele, die nach meiner kratzte. Ich spürte die Striemen in mir: heftig pochende Wunden, deren Schmerz in jede Zelle und jeden Muskel meines Körpers schoss.

Keuchend wich ich weiter von ihm fort, dabei wusste ich längst, dass ich ihm nicht entkommen konnte. Ebenso wie ich wusste, dass ich ihm nicht gewachsen war. Nicht unter diesen Umständen. Er hatte die Energie etlicher Seelen in sich, und sein Zentrum brannte lichterloh, meines glühte lediglich matt vor sich hin. Ich war stark, aber ich war nicht gestärkt. Es war über eine Woche her, dass ich mich genährt hatte. Da war einfach kein Verlangen danach gewesen, wahrscheinlich, weil die Tage mit Zoe ein anderes in mir geweckt hatten. Eines, das mir den Fokus genommen hatte und das mir jetzt *alles* nehmen könnte. Oder … uns. *Ihr*.

Der Gedanke machte alles so viel schlimmer. Ich konnte mich nicht daran erinnern, jemals einen solchen Schmerz empfunden zu haben. *Mit einer Ausnahme*, dachte ich. Ein brennendes Wohnheim, eine brennende Seele. Es fühlte sich wirklich so an, als hätte Sincere ihre Wände auch jetzt in Brand gesteckt. Mich überkam ein unvertraut heftiges Panikgefühl, als ich spürte, dass sie bereits nach wenigen Sekunden anfingen zu bröckeln. *Nein.* Ich kniff die Augen zusammen und drückte mich gegen seinen Einfluss. Das durfte nicht passieren. Das *würde* nicht passieren.

»Hört sofort auf!« Zoes Stimme wurde vom Wind und ihrer eigenen Angst zerrupft. Nur verschwommen nahm ich wahr, wie Hudson sich ihr in den Weg stellte, als sie versuchte, auf mich zuzukommen. Er packte sie im Nacken und zog sie zu sich heran, ohne mich auch nur anzusehen.

Sie hingegen tat es, ich spürte es, auf alle erdenklichen Weisen. Ich spürte ihre Augen auf mir, aber vor allem ihre Energie, die verzweifelt die Hände nach mir ausstreckte. Die ins Leere griff, weil ich bereits dabei war, zu verschwinden.

Meine Beine wurden weich, ich sank auf die Knie. Presste die Handballen auf den Stein und versuchte, den meiner Seelenwände aufrechtzuerhalten. Um mich zusammenzuhalten. Um *ihn* aufzuhalten.

Sincere stieß ein ersticktes Knurren aus. Im nächsten Moment griff er in mein Haar, zog meinen Kopf in den Nacken. Auf seiner Stirn sah ich Schweiß, in seinen Augen Anstrengung und flammenden Hass. »Hör auf dich zu wehren, oder wir brechen ihr das Genick und werfen sie über die Brücke.« Er drehte mein Gesicht zur Seite, hin zu Hudson, der Zoe immer noch davon abhielt, zu uns zu kommen. Seine Hand um ihren Hals tat mehr weh als Sinceres innere Hand auf meinem Zentrum.

Das ergibt keinen Sinn.

Der Gedanke verzweigte sich in verschiedene Bedeutungen, weil alles hieran keinen Sinn ergab. Es ergab keinen Sinn, dass sie mich auf diese Weise angriffen. Es ergab keinen Sinn, dass sie Zoe als Druckmittel benutzten, um mich zu beeinflussen. Und es ergab keinen Sinn, dass es funktionierte. Dass ich nicht mal eine Sekunde darüber nachdenken musste, weil mein Gefühl im Bruchteil eines Moments entschied.

Es entschied sich für sie.

Ich entschied mich für sie.

Mein Blick griff ein letztes Mal nach Zoes, versuchte, sich an ihr festzuhalten. Nur kurz. Nur für ein tröstliches letztes Mal. Dann schloss ich die Augen und ließ alles los.

In diesen Sekunden des freien Falls war das Einzige, was ich noch dachte, hoffte, wollte, dass ich Zoe nicht mit mir in den Abgrund hinabzog.

20

ZOE

»Nein!« Mein Schrei durchriss die Stille – so grell und panisch, dass ich mich selbst kaum erkannte.

Ich versuchte erneut, mich gegen Hudsons Griff zu stemmen, doch er hielt mich mühelos fest, während er fast gelangweilt zu Ashton und Sincere hinübersah.

Sein Freund hatte Ashtons Kopf in den Nacken gezerrt und eine Hand um seinen Hals gelegt. Auch ohne spüren zu können, was sie spürten, wusste ich, was er tat: Er schöpfte Energie von Ashtons Seele ab.

Ich sah es, weil Ashton mit jeder Sekunde mehr in sich zusammensackte, weil seine Gesichtsmuskeln erschlafften, seine Lider flatternd zufielen, seine Schultern nach vorn ruckten. Ich fühlte es, weil sich mit jeder Sekunde mehr Kälte in mir ausbreitete … als würde meine Seele spüren, dass Ashton seine verlor.

Die Zeit verstrich quälend langsam, bis Sincere ein tiefes Seufzen ausstieß und Ashton losließ. Einfach so. Sofort sackte Ashtons Körper auf den Asphalt der Brücke. Seine hellen Locken hoben sich von der Dunkelheit ab, so wie seine Haut, die mit jedem Wimpernschlag mehr Farbe verlor.

»Nein«, flüsterte ich. Tränen verschleierten meine Sicht, weil ich mich so unglaublich hilflos fühlte. Die Panik, die ich empfunden hatte, als ich die beiden Männer auf der Brücke bemerkt hatte, war längst in etwas Seichteres, Dunkleres gekippt: rohe, pure Sorge. Sie wog so schwer, dass ich kaum noch stehen konnte.

Ich bemerkte Sincere erst, als er vor mir stand und Hudson knapp zunickte. Dieser ließ mich los und trat einen Schritt beiseite, noch immer mit diesem unerträglich desinteressierten Blick.

»Nun zu dir.« Sincere lächelte unecht und strich mit der Hand über meinen Hals. Seine Finger waren so heiß, dass ich spüren konnte, wie sie leichte Verbrennungen auf meiner Haut hinterließen.

Ohne darüber nachzudenken, schlug ich sie weg und wich zurück, bis mein Rücken gegen die Brüstung stieß.

Er schnalzte mit der Zunge und kam mir nach. Grob umfasste er mein Kinn und hob es etwas an, sodass ich ihm direkt in die Augen sehen musste. Ich wusste, dass er nicht auf sie achtete, dass er geradewegs in mich hineinsah. Da war dieser unangenehme Druck in meinem Inneren, unter dem alles zu wummern begann. Der Schmerz, den seine erhitzten Fingerkuppen auslösten, verblasste völlig darunter. Ich keuchte, genau in dem Moment, in dem Sincere seufzte.

»Ich würde wirklich alles dafür geben«, murmelte er und strich mit der Nasenspitze über meine Schläfe. Sein Daumennagel drückte gegen meine Schlagader, ich traute mich kaum, zu atmen.

Sein Freund räusperte sich. »Sin, du kennst die Anweisung.«

»Ja, schon gut. Es ist trotzdem sehr bedauerlich.« Sincere seufzte noch einmal, ließ jedoch von mir ab.

In der nächsten Sekunde riss ich mich los und stürzte auf Ashtons leblosen Körper zu, kniete mich neben ihn. Seine Augen waren geschlossen, seine Haut leuchtete blass, seine Lippen schimmerten bläulich. Als ich sein regenfeuchtes Gesicht mit beiden Händen umfasste, zuckte ich zurück. Er war eiskalt.

»Ashton«, wisperte ich und tastete nach seiner Halsschlagader. Der Puls war so schwach, dass ich ihn kaum unter dem Rauschen meines eigenen ausmachen konnte.

Ich sah erst auf, als Hudsons Beine in meinem Sichtfeld auftauchten. Er hatte die Arme vor der Brust verschränkt und betrachtete Ashton mit einem beeindruckten Lächeln. »Du hast nicht viel übrig gelassen«, stellte er fest. »Ich würde sagen, ohne Energiezufuhr bleiben ihm noch gut fünfzehn Minuten, bevor die Organe anfangen zu versagen.«

»Gut.« Sincere lachte und wandte sich zum Gehen.

Fassungslos starrte ich ihnen nach. »Ihr könnt ihn so nicht zurücklassen! Er wird sterben!«

Hudson wandte sich im Laufen zu mir um und zuckte mit den Schultern. »Tun wir neuerdings ja alle, Liebes. Darum geht es bei alledem doch.«

Ihre Silhouetten verschwammen mit der Dunkelheit, noch bevor ich es schaffte, etwas zu erwidern. Mein Herzschlag pulsierte auf meinen trockenen Lippen, in den zarten Brandwunden in meinem Gesicht, in meinen Augen. Ich drängte die aufsteigenden Tränen zurück, zwang mich zur Konzentration.

Er wird nicht sterben.

Panisch sah ich mich um, aber an keinem Ende der Brücke war jemand zu sehen. Die Cam floss lautlos, es war windstill, dennoch waren weder Schritte noch Stimmen auszumachen. Wir waren allein. Und selbst wenn jemand hier gewesen wäre, wie hätte er uns helfen sollen? Die beiden hatten es gerade selbst gesagt: Ashton brauchte keine gewöhnliche Erste Hilfe, er brauchte eine … Energiezufuhr. Ich wusste mittlerweile genug über das Dasein der Stare, um zu begreifen, was das bedeutete. Er brauchte die Seelenkraft eines anderen Menschen. Ich hätte ihm etwas von mir gegeben, aber wie, wenn er nicht mal in der Lage war, sie sich zu nehmen?

Meine Finger zitterten, als ich vorsichtig gegen seine Wange schlug. »Bitte, Ash. Bitte, wach auf.«

Er wird sterben.

Der Gedanke war kalt und klar, als bestünde er aus purem Eis. Mein Kopf begann zu prickeln, ich spürte, wie meine Impulse darunter einfrieren wollten, doch ich erlaubte es nicht. Es half nichts, zu betteln oder zu flehen. Hier war niemand, der Ashton helfen würde, und er selbst konnte es ebenso wenig. Alles, was ihm blieb, war ich.

Der Moment, in dem ich begriff, dass ich auf mich alleingestellt war, war wie ein Schlag ins Gesicht. In meinen Ohren begann es zu schrillen, meine Wangen brannten. Doch da war kein Schmerz, da war nicht einmal Panik. In diesem Augenblick konnte ich nur daran denken, wie Ashton mich auf der Veranda hinter dem Haus meiner Eltern angesehen und gesagt hatte: *Du bist liebenswert. Du bist alles wert.*

In jenem Moment hatte ich es nicht geglaubt, aber jetzt, in dieser Sekunde, zwang ich mich, daran zu glauben. Ich war alles wert. Und ich war … wertvoll. Ich war nicht machtlos. Ich war nicht hilflos. Ich war nicht schwach.

Ich konnte etwas bewirken, und ich konnte entscheiden. Also entschied ich. Ich würde ihn nicht sterben lassen. Ich würde ihn nicht verlieren.

Mit einem tiefen Atemzug legte ich meine Hände auf Ashtons Brustkorb, der sich schwach hob und senkte. Es gab keinen Schalter in mir, den ich umlegte, keinen klaren Gedanken, mit dem ich meinem Inneren befahl, zu handeln. Es war keine bewusste Entscheidung, es war einfach ein Gefühl. Das Gefühl, dass ich ihn retten wollte, musste und … konnte.

Meine Lider schlossen sich flatternd, in mir regte sich etwas. Ein angenehmes Brennen, das sich aus meinem Zentrum löste – als würde meine Seele sich rekeln und behutsam ihre Fingerspitzen ausstrecken. Und dann konnte ich sie fühlen: die Wärme, die sich aus meinen tatsächlichen Fingerspitzen löste und auf den Körper unter ihnen überging. Die Wärme, die sich samten auf Ashtons Haut legte und in ihr versank. Auch wenn ich es nicht sehen konnte, wusste ich, was das bedeutete. Meine Seele verwob sich mit seiner, meine Energie wurde zu seiner.

Es fühlte sich an wie Nachhausekommen. Als würde etwas in mir einrasten, und das, obwohl es gar nicht mehr in mir selbst war. Ich gab einen Teil von mir her, aber es kam mir keine Sekunde lang vor wie ein Verlust. Es kam mir einfach … richtig vor.

»Ashton.« Ich wusste nicht, ob er mich hören konnte, aber ich spürte, dass er mich fühlte. Mich und meine Kraft, die in ihn hineinsickerte. Seine Haut wurde wärmer, während meine an Temperatur verlor, seine Wangen gewannen an Farbe, während meine von Sekunde zu Sekunde klammer wurden. Es machte mir trotzdem keine Angst. Ich wusste, dass ich keine haben musste, weil Ashton bei mir war. Er war so sehr bei mir, wie er es noch nie gewesen war. In diesen flüchtigen Sekunden, in denen ich meine Seelenenergie mit ihm teilte, waren wir eins.

Vielleicht spürte ich deswegen noch bevor er sich rührte, dass er zu Bewusstsein kam. Ich löste die Finger von seiner Brust und umfasste sein warmes Gesicht. Mein Inneres pochte dumpf, ebenso wie meine Schläfen und die verbrannte Haut an meinen Wangen. Ich nahm all das kaum wahr, weil ich nur darauf achten konnte, wie Ashton die Augen aufschlug.

Sein Blick verhakte sich sofort mit meinem. Erst verwaschen, dann von Sekunde zu Sekunde klarer. Ich atmete erleichtert durch, lehnte mich zu ihm vor, küsste ihn auf die Stirn, verharrte mit den Lippen an seiner Haut, atmete ihn ganz tief ein.

»Anima«, wisperte er tonlos.

Ich musste lachen, dann weinen, einfach so.

Zum ersten Mal ergab dieser Spitzname für mich wirklich Sinn, denn das, was uns in diesem Moment verband, war nicht weniger als eine – *meine* – Seele.

So schwach Ashton auch auf den Beinen war, so entschieden lehnte er es ab, sich von mir in ein Krankenhaus bringen zu lassen. »Sollen sie mir eine Energie-Infusion legen?«, fragte er mit halbherzigem Spott, während wir die Brücke verließen. Mir fiel kein überzeugendes Gegenargument ein, also beobachtete ich ihn einfach wachsam, während wir mit langsamen Schritten in Richtung seines Wohnheims liefen.

Sobald wir sein Zimmer erreicht hatten, trat er sich die Schuhe ab und warf sie mit seiner feuchten Jacke in eine Ecke, ehe er sich aufs Bett fallen ließ. Seine Locken versanken im dunkelgrauen Kissen, seine Lider schlossen sich flatternd.

Unruhig musterte ich ihn. Seine Atmung ging relativ flach, aber gleichmäßig, seine Gesichtsfarbe hatte sich stabilisiert, ähnelte jedoch immer noch der weißen Tapete neben dem Bett. Auch wenn ich mich selbst ausgekühlt anfühlte, wusste ich, dass er stärker fror: allein, weil seine Schultern bei jedem Atemzug leicht zitterten.

»Ich sollte Cliff anrufen. Oder Nox und Norah, irgendwen, der dir helfen kann.«

»Du hast mir schon geholfen«, widersprach er und blinzelte, um mich anzusehen. »Ich komme klar. Alles, was ich brauche, ist ein bisschen Zeit. Und …«

Alarmiert machte ich einen Schritt auf ihn zu. »Und?«

Er streckte die Hand nach mir aus. »Komm her.«

Zögerlich ging ich zum Bett und setzte mich auf die Kante, drehte mein Gesicht so, dass er nur mein unverletztes Profil sehen konnte. Er hatte zwar nur die Nachttischlampe angemacht, aber der dämmrige Schein reichte sicher aus, um die zarten Flecken auf meiner Haut freizulegen.

»Du hast mir geholfen«, wiederholte er leiser. Es klang unsicher, fast verwirrt. »Wie … wieso hast du das gemacht?«

Ich wusste nicht, ob er Wie oder Wieso meinte, aber im Grunde war das egal. Es lief auf dieselbe Antwort hinaus. »Keine Ahnung. Ich hatte einfach solche Angst, dass du … ich konnte es nicht zulassen. Alles in mir wusste, dass ich das nicht zulassen konnte. Dass ich dich nicht sterben lassen konnte.

Dass ich dich nicht … verlieren konnte.« Meine Stimme verebbte, ihre Bedeutungswellen rollten zwischen uns aus.

Ashton schwieg, dann richtete er sich etwas auf, sodass er sich gegen das Kopfteil des Bettes lehnen konnte. »Zoe, sieh mich an.«

Ich schloss die Augen. »Ich kann nicht.«

»Wieso nicht?« Er setzte sich weiter auf, keuchte dabei schmerzerfüllt.

Am liebsten hätte ich ihn an den Schultern zurückgedrückt, aber auch dafür hätte ich ihn ansehen müssen. Und ich wusste, dass das keine gute Option gewesen wäre. »Weil ich nicht will, dass du dich aufregst«, murmelte ich und drehte mein Gesicht noch mehr zur Seite, als ich spürte, dass er näher kam.

»Sieh mich an«, forderte er erneut, diesmal mit intensiverem Nachdruck.

Kurz zögerte ich noch, dann wandte ich ihm den Blick zu. Nur so weit, dass ein Teil meiner rechten Gesichtshälfte zu sehen war. Es reichte aus.

Ashtons Augen weiteten sich entsetzt, ehe er sie konzentriert verengte. Sein Blick strich über meine Wange, über die Wunden, die noch immer pochten. »Was haben sie mit dir gemacht?«

Ich schüttelte den Kopf, sodass mein Haar über die Seite fiel. »Nichts.«

»Das ist nicht *Nichts*.« Ashton legte behutsam zwei Finger an mein Gesicht und drehte es zur Seite, sodass er all die Brandnarben sehen konnte, die Sinceres Fingerkuppen dort hinterlassen hatten. Er gab einen seltsamen Ton von sich, wenn er mehr Kraft gehabt hätte, wäre es vermutlich ein Knurren gewesen. »Ich bring sie um.«

»Das wird wieder verheilen, sie sind nicht tief«, flüsterte ich. »Und ansonsten haben sie mich nicht berührt, ehrlich nicht.«

Ashton schaute mir prüfend in die Augen. Ich wappnete mich auf eine ebensolche Musterung meiner Seele, doch er fasste mein Inneres nicht an. »Zu wissen, dass sie es tun wollten, reicht mir als Grund«, erwiderte er gepresst. »*Das hier* reicht mir als Grund.« Mit dem Daumen strich er vorsichtig über den dünnen Brandschatten, den Sinceres Nasenspitze ausgelöst hatte.

Ich griff nach seiner Hand, zog sie von meiner Haut. »Sie hätten *dich* gerade fast umgebracht, Ashton. Du wirst dich von ihnen fernhalten.«

Wir starrten einander fest an, bestimmt fünfzehn Sekunden lang. Ich spürte deutlich, dass Ashton widersprechen und am liebsten direkt aufstehen wollte – aber eben auch, dass er selbst wusste, dass er es nicht konnte. »Fürs Erste.«

Er ließ sich wieder gegen das Bett sinken und atmete tief durch. Allein dieses kurze Gespräch hatte seine Haut wieder fahler werden lassen. Am liebsten hätte ich es direkt beendet, aber es gab eine Sache, die mir einfach nicht aus dem Kopf ging.

»Irgendwas war komisch. Sincere war … ich glaube, er hätte sich am liebsten etwas von meiner Seele genommen, aber Hudson hat ihn davon abgehalten. Er hat gesagt: *Du kennst die Anweisung.* Welche Anweisung? Ich verstehe nicht, warum er sich an deine Motten-Ausrede hätte halten sollen, wenn er gerade dabei war, dich umzubringen. Das ergibt keinen Sinn, oder?«

Für einen flüchtigen Moment huschte irgendein Gefühl über Ashtons Züge, das ich nicht deuten konnte. Dann glättete er sie zu einem starren Ausdruck. »Nein, tut es nicht.«

»Das alles war so seltsam. Ich meine … wozu diese Show? Wenn sie dich hätten tot sehen wollen, dann hätten sie dich direkt umbringen können, oder? Es fühlt sich an, als wäre das ein … Test gewesen. Ich weiß nur nicht, was …« Meine Stimme stockte, als mir auffiel, wie Ashton zunehmend blasser wurde. Hastig lehnte ich mich zu ihm vor und legte eine Hand an seine Wange. »Was ist mit dir?«

»Nichts.« Es klang ebenso überzeugend wie mein *Nichts* vor ein paar Minuten. »Ich bin nur … müde. Ich brauche ein bisschen Ruhe«, fügte er tonlos hinzu.

»Okay. Soll ich lieber gehen?«

Ashton schüttelte den Kopf und zog mich an sich. Er war immer noch schwach, ich gab trotzdem sofort nach und ließ mich neben ihn fallen. »Du gehst nirgendwohin. Ich lasse dich mit Sicherheit nicht mehr allein, solang ich nicht weiß, was …« Er brach ab und vergrub sein Gesicht in meinem Haar, atmete tief ein. »Es tut mir leid, Zoe.«

»Wieso sagst du das? Nichts daran war deine Schuld.« Ich löste mich ein wenig von ihm und betrachtete irritiert seine angespannten Züge.

Er hatte die Augen zusammengekniffen, seine Stirn glänzte feucht, obwohl seine Haut nach wie vor unnatürlich kalt war. Vielleicht, weil alles, was er noch an Restwärme verspürte, in seine Stimme kroch. Sie ließ die Worte weich werden, weich und fast flüssig. Sie zerliefen so stark, dass ich sie kaum verstand. »*Alles* daran ist meine Schuld. Alles, was dir passiert ist, seit wir uns kennengelernt haben, ist meine Schuld. Ich hab den ersten Stein dieser Domino-Kette zu Fall gebracht und alles, was jetzt passiert, kann selbst ich nicht mehr aufhalten, und das ist …«

»Hör auf«, flüsterte ich an seiner Halsbeuge. Er roch nach sich, aber auch nach mir, und das war verwirrend und trotzdem tröstlich. Wir waren hier. Wir waren beide hier. *Verletzt, aber am Leben.* »Das alles spielt keine Rolle mehr. Ich verzeihe dir.« Ich hatte das schon vorher gespürt, jetzt wusste ich es. Meine Seele, mein ganzes Ich, hatte Ashton verziehen. Andernfalls hätte sie auf dieser Brücke nicht entschieden, ihn zu retten.

Ashton gab einen erstickten Ton von sich, als würde dieser Satz ihm mehr wehtun als alles andere, was heute Abend passiert war. »Das solltest du nicht.«

Meine Lippen verzogen sich an seiner Haut zu einem müden Lächeln. »Ich dachte, du hast langsam begriffen, dass das keine Rolle spielt.«

»Du musst etwas wissen«, murmelte er. »Aber wenn ich dir das sage, wirst du mich hassen. Noch mehr, als du es sowieso schon tust. Und es ist so verdammt egoistisch, schon wieder, aber ich will nicht …«

»Hör auf«, unterbrach ich ihn erneut. Zu bemerken, dass Ashton so etwas wie ein Gewissen entwickelte, war schön und beunruhigend zugleich. Warum auch immer er glaubte, irgendetwas von diesem Angriff heute verantworten zu müssen – es war mir in diesem Moment schlichtweg egal. »Ich hasse dich nicht. Und ich will nichts mehr davon hören. Du musst dich ausruhen und zu Kräften kommen.«

Er schluckte mehrmals, als wären die Gedanken in ihm zu groß, um ausgesprochen werden zu können. Schließlich vergrub er sein Gesicht tiefer in meinem Haar. »Bleibst du bei mir?«

Mein Lächeln wurde ein wenig breiter, ehrlicher, trauriger. Alles auf einmal, weil ich genau das fühlte, seit Ashton in mein Leben gekommen war. *Alles auf einmal.* »Ich bin doch seit unserem ersten Moment nicht mehr wirklich gegangen.«

»Weil ich dich nicht gelassen habe.«

»Und weil ich nicht wollte«, wisperte ich. »Weil ich nicht will.«

»Ich auch nicht. Und dafür hasse ich mich am meisten.« Seine Lippen an meiner Schläfe, seine Worte ganz tief in meiner Brust.

Mein Bewusstsein, mein Herz, meine Seele – es war alles so voll. Voll mit ihm. Voll mit uns. Mit jeder Sekunde, die ich in seinen Armen lag, wurde es mehr. Mit jeder Berührung, die wir austauschten, sanft, unschuldig, träge, wurde es mehr. Mit jedem seiner Atemzüge, die sich mit den meinen vermengten, wurde es mehr.

Mehr, mehr, mehr.

Und doch nie zu viel.

Sondern immer genug.

21

ASHTON

Ich wusste nicht, wie lang ich schon hier stand. Die Nachmittagssonne blitzte immer wieder zwischen den verbliebenen Regenwolken hindurch und ließ die Weinranken rings um die Tür rötlich schimmern. Die Farbe war zu intensiv für meine müden Augen, es tat weh. Mit ganzer Kraft wandte ich den Blick ab und lief auf den Eingang zu.

Das Gebäude, in das Henry mich bestellt hatte, lag zentral in Trinity College. Vor langer Zeit hatte der Rat an dieser Stelle einen Außensitz für Notfallsitzungen eingerichtet, weswegen wir ab und zu noch hier zusammenkamen, wenn er in der Stadt war. Das letzte Mal war kurz vor Weihnachten gewesen, als wir über den Umgang mit Paulina Gallagher gesprochen hatten.

Ich fand Henry in einem Zimmer im Erdgeschoss, ausgerechnet vor diesem einen Gemälde, das der Grund dafür war, dass ich dieses Haus weitestgehend mied. Ganz gleich, wie viel Zeit verging, es erwartete mich immer mit dem gleichen Gefühl, konserviert in Pinselstrichen, umschlossen von einem goldenen Rahmen. Das Porträt zeigte eine junge Frau mit lockigem Haar und freundlichen braunen Augen. Ich konnte es nie länger als wenige Sekunden ansehen, weil es sich in meinen Gedanken sofort in Erinnerungsbilder zerlegte.

In den letzten Jahren hatte ich alles dafür gegeben, sie zu verdrängen. Henry hingegen stand jedes Mal, wenn er in Cambridge war, stundenlang genau an dieser Stelle und betrachtete das einzige existierende Bild des ursprünglichen Körpers eines Stars. Für Jemma hatte man die Regeln gebogen, weil sie nie geflogen war. Sie hatte ihre Flügel und ihr Leben hergegeben, um das Artefakt zu erschaffen.

Ein paar Sekunden lang verharrte ich auf der Türschwelle.

Vermissen war seltsam und so vieles auf einmal: Traurigkeit, Sehnsucht, Schuld, Zuneigung. Trotzdem war es nie genug, um etwas an dem Umstand zu ändern, der es ausgelöst hatte. »*Ein vergebenes Gefühl*«, hatte Heaven immer gesagt, wenn Cliff sich in Erinnerungen an vergangene Tage oder Menschen verlor. *Ein zermürbendes Gefühl*, dachte ich, seit sie es war, die ich am allermeisten vermisste. Noch mehr als die Frau, deren gemalter Blick in diesem Moment an meiner müden Selbstbeherrschung kratzte.

Müde. Das war alles, was ich war, seit Zoe und ich gestern Abend von Sincere und Hudson überfallen worden waren. Seit Zoe mir mit ihrer Seelenenergie das Leben gerettet hatte, ohne dass einer von uns verstand, wie sie das hinbekommen hatte. Und – was nicht am meisten wiegen durfte, es aber dennoch tat – seit sie bei mir geschlafen hatte, neben mir, und auf unschuldigste, seltsamste Weise auch irgendwie mit mir. Weil unsere Seelen in jener Nacht so eng miteinander verflochten gewesen waren, dass wir uns viel mehr geteilt hatten als ein Bett.

Selbst jetzt noch konnte ich sie spüren. Nicht nur ihre Energie, die durch mein Zentrum floss und es mir überhaupt ermöglicht hatte, das Wohnheim zu verlassen. Auch einfach … sie. Es fühlte sich an, als wäre sie bei mir. Wenn ich die Augen schloss, konnte ich ihren Duft wahrnehmen, ebenso wie die Berührung ihrer Fingerspitzen an meiner Wange, und vor allem die Art, wie sie meinen Namen sagte und damit das Gefühl in mir auslöste, dass er sich zum ersten Mal ganz und gar wie meiner anhörte. Es war absurd und doch erschreckend simpel: Ich fühlte sie, und deswegen fühlte ich mich.

»Hast du vor, dich heute noch mit mir zu unterhalten?« Erst mit seinen Worten bemerkte ich, dass Henry sich zu mir umgedreht hatte.

Wir waren die einzigen im Raum, vermutlich sogar im ganzen Haus. Meist wurde das Gebäude nur für größere Veranstaltungen oder Tagungen genutzt, an einem Nachmittag unter der Woche verirrte sich kaum jemand hierher.

Henry hatte mir vor einer Stunde geschrieben, dass er mich hier sehen wollte. Normalerweise hätte ich alles getan, um mehr Zeit zu schinden, damit ich ihm in meiner Verfassung nicht unter die Augen treten musste. Doch nach allem, was letzte Nacht passiert war, wusste ich, dass ich mit ihm sprechen musste. Ich hätte die Sache zwar liebend gern selbst mit Sincere und Hudson geklärt, aber sosehr es mir auch missfiel, das zuzugeben, wusste ich, dass ich in diesem Fall eventuell im Nachteil sein würde. Vor allem, solang ich mich noch nicht ganz erholt hatte. Ich wollte, dass sie bestraft wurden. Für das, was sie mir genommen, und vor allem für das, was sie Zoe zugefügt hatten. Allein bei dem Gedanken an die Brandwunden auf ihrer Haut überkam mich solche Wut, dass meine Müdigkeit abflachte.

Ehe ich ansetzen konnte, etwas zu sagen, kam Henry mir zuvor. »Du bist wohlauf, wie ich sehe.«

»Überrascht dich das?« Noch während ich sie aussprach, wandelte sich die Frage in ein Begreifen. Henrys Worte, sein prüfender Blick, seine Anwesenheit in Cambridge. Das war kein Zufall. Er wollte mich aus demselben Grund sehen wie ich ihn. »Heißt das … du weißt, was Sincere und Hudson getan haben?«

Henry lächelte mitleidig. »Ich bin der Vorsitzende des Rats, Arthur. Ich weiß alles.«

Es war offensichtlich, was er damit zugab, doch ich wollte es nicht verstehen. Der Gedanke war zu brutal, zu unmenschlich, zu kalt – selbst für meinen Vater. Ich musste es hören. Wort für Wort. Beherrscht machte ich einen Schritt auf ihn zu. »Hudson und Sincere haben von einer Anweisung gesprochen, nachdem sie mich angegriffen haben. Weißt du etwas darüber?«

»Wenn du das noch hören konntest, haben sie sie nicht unbedingt gut erfüllt.«

Es fühlte sich an, als hätte er mir ins Gesicht geschlagen, ohne auch nur die Stimme – geschweige denn die Hand – zu erheben. Darin war Henry immer gut gewesen, aber im Gegensatz zu diesem Satz fühlte sich jede Kränkung, jede herablassende Bemerkung, jeder Ausdruck von Enttäuschung und Verachtung, die ich in den vergangenen Jahrzehnten ertragen hatte, wie ein Streicheln an. Meine Wangen brannten, meine Seele brannte, alles brannte. Asche auf meiner Zunge, ich schluckte mehrmals. »Du gibst es also zu? Dass du … sie damit beauftragt hast, mich umzubringen?«

Henry seufzte. »Hätte ich sie damit beauftragt, dich umzubringen, würdest du wohl kaum hier stehen. Ich habe sie lediglich darauf angesetzt, deine Fortschritte bezüglich deines Auftrags zu kontrollieren.«

Deines Auftrags. Diese zwei Worte pusteten etwas von der Asche fort, darunter glühte Wut. Unkontrolliert machte ich einen weiteren Satz auf ihn zu. »Sie hat einen Namen.«

Er neigte den Kopf, betrachtete meine geballten Fäuste, dann wieder mein angespanntes Gesicht. »Und dieser erscheint dir eine Spur wichtiger zu sein, als ich angenommen hatte. Gibt es etwas, das du mir sagen willst?«

Ein Teil von mir wollte es bejahen, obwohl ich wusste, dass ich nichts zu sagen hatte. Alles, was ich dachte, waren Gefühle, keine Worte. Und keines davon hätte Henry etwas bedeutet. Keines davon durfte *mir* etwas bedeuten. Weil es eben um mehr ging als um meine, Zoes oder auch Henrys Gefühle. Es ging um unser Leben, *unser Überleben*.

Ich senkte den Blick und wich nach hinten. »Nein.«

»Gut. Denn offensichtlich kommst du hervorragend voran. Sie hat dir freiwillig ihre Energie überlassen, nicht wahr? Lichterseelen sind die einzigen, die ihre Kraft von sich aus frei fließen lassen können. Das bedeutet nicht nur, dass wir, was sie betrifft, richtiglagen. Es bedeutet vor allem, dass sie bereits etwas für dich empfindet.«

In Henrys Augen blitzte eine Emotion auf, die ich dort noch nie gesehen hatte: Zufriedenheit. Ich hatte immer gedacht, es gäbe kein größeres Lob für mich, als der Auslöser dafür zu sein. Stattdessen spürte ich, wie ich in mich zusammensank. Ich war nie winziger gewesen als in diesem Augenblick.

Mit ganzer Kraft drängte ich die Schuld beiseite und konzentrierte mich auf eine andere Emotion. Eine, die mir dabei half, mich aufzurichten. »Und wenn sie es nicht getan hätte? Wenn ich nicht *so hervorragend* vorangekommen wäre? Was dann, Henry?«

Er blinzelte nicht mal. »Dann wärst du jetzt tot.«

Fassungslos starrte ich ihm nach, als er an mir vorbeiging und das Zimmer verließ. Ich wusste, dass das Gespräch damit beendet war, aber zum allerersten Mal konnte ich mich damit nicht damit abfinden. Ich *wollte* es nicht.

Ohne nachzudenken, lief ich ihm nach und stellte mich ihm in den Weg. Durch das Kachelfenster in der Tür drang bunt gefärbte Nachmittagssonne, Staub tanzte im diesigen Licht. Henrys Gesicht war in einen kühlen Blauton getunkt, meine Stimme klang nach grellem Rot. »Was du hingenommen hättest, oder? Es hätte dich nicht gekümmert. Wahrscheinlich wäre es dir sogar ganz recht gewesen. Was für eine effektive Art, mich mit meinem eigenen Versagen zu konfrontieren.«

»Werde bitte nicht pathetisch.« Henry verdrehte die Augen, doch seine Wangenmuskeln zuckten verräterisch. Eine Warnung, es darauf beruhen zu lassen, die ich ignorierte.

»Ich bin nicht pathetisch, ich bin wütend! Bist du wirklich bereit, mich einfach so zu opfern?«

Das letzte Wort war kaum heraus, da lagen seine Hände auf mir. Mit zweien drückte er mich mit voller Kraft gegen die Wand, mit der dritten schlug er so fest nach meinem Inneren, dass ich keuchte. Der Bilderrahmen neben mir fiel von der Wand, die Stille des Flurs wurde von einem lauten Knall durchzogen, meine Seele von einem tiefen Riss.

»Ich bin bereit, *alles* zu opfern, Arthur!«, zischte Henry mir direkt ins Gesicht. Seine blauen Augen glühten vor Wut, vor Entschlossenheit, vor einer übernatürlichen Energie, die mir fremd war und Angst machte. »*Alles!* Und das sollte auch für dich gelten.«

Er ließ von mir ab, ich sackte ein Stück an der Wand hinab. Mit seiner Berührung verebbte auch ein Teil meiner eigenen Wut. Alles in mir fühlte sich wund an, wie immer, wenn mein Vater mir zu verstehen gab, dass ich dabei war, ihn aufs Neue zu enttäuschen. Obwohl ich so sehr versuchte, es richtig zu machen. Obwohl ich so sehr versuchte, richtig zu sein. Oder wenigstens genug.

»Du weißt, dass ich das bin«, brachte ich brüchig hervor. »Ich tue doch, was du von mir verlangst.«

Henry richtete seinen verrutschten Krawattenknoten, dann ging er in Richtung Tür. Oranges Licht stach in meine Augen, als er die Tür öffnete. »Wir werden sehen, ob du das tust.«

Henrys Stimme hing in mir fest, während ich an der Cam entlanglief. Mit dem Frühling war auch der Tourismus in Cambridge angestiegen. Etliche Boote zogen durch das gräuliche Wasser, Kameras und lachende Gesichter blickten mir entgegen. Auf den Wiesen saßen Studierende und streckten ihre Nasen abwechselnd in ihre Bücher und in Richtung der weißgelben Sonne. Ihr Licht stach unangenehm in meinen Augen, und ich sehnte mich danach, einem der Herumsitzenden erst ein bisschen Seelenenergie und dann die Sonnenbrille wegzunehmen. Es wäre so einfach gewesen, aber jedes Mal, wenn ich mit dem

Gedanken spielte, war da wieder Zoes strenger Blick vor meinem inneren Auge. Das und ihre eindringliche Stimme: *Wir sind Menschen.*

Ich hasste es, dass sie das plötzlich waren. Also … für mich. Ich hasste es, dass ich mich fragte, warum das Mädchen, das auf einer Bank telefonierte, Tränen in den Augen hatte. Woher der halb verheilte Bluterguss im Gesicht meines Professors kam. Was in dem Typen vorging, der im Seminar neben mir saß und gedankenverloren aus dem Fenster starrte.

Ich hasste es, dass es mich plötzlich interessierte, was die Leute um mich herum sagten, dachten oder … fühlten. Ich hasste es, dass ich überhaupt einen Gedanken an sie verschwendete. Jahrzehntelang waren die Menschen um mich herum lediglich Statisten in dem jeweiligen Stück meiner aktuellen Rolle gewesen. Und jetzt … waren sie mehr. Jetzt war alles mehr. Nichts war mehr egal, und das war so zermürbend, dass ich mit jedem weiteren Schritt zunehmenden Druck auf meiner Brust verspürte. Kein Kopfschmerz, kein Herzschmerz, purer, nervtötender *Seelenschmerz*. Doch obwohl ich wusste, dass es einen Weg gegeben hätte, mich wieder in das tröstliche Nichts zu stürzen, brachte ich es nicht über mich. Weil eben nicht alles schlecht war. Und weil das Gute schon seit einer Ewigkeit nicht mehr so intensiv gewesen war wie jetzt. Und das durch Zoe. *Mit* Zoe.

»Ashton.« Die Stimme erklang so dicht hinter mir, dass ich zusammenzuckte.

Ich drehte mich um und blickte in das Gesicht eines Mannes Anfang fünfzig, das mir vage bekannt vorkam. Blondes, lockiges Haar, ein verkrampftes Lächeln, grünlich braune Augen. Ich brauchte einen Moment, um zu verstehen, warum mir diese so bekannt vorkamen: Sie starrten mir seit über zwei Jahren aus jedem Spiegel entgegen.

Es war eine Weile her, dass ich Ashtons Vater gesehen hatte. Seit ich in diesem Körper lebte, hatte ich den Kontakt zu seiner Familie so flüchtig wie möglich gehalten. Cliff hatte mir mehr als einmal vorgehalten, seine Eltern unnötig zu quälen, weil ich ihr ehemals gutes Verhältnis zu ihrem Sohn von heute auf morgen gekappt hatte. Es war mir egal gewesen, sie waren mir egal gewesen.

Doch jetzt beschleunigte mein Herzschlag, einfach nur, weil er ein paar Meter von mir entfernt stand und mich unsicher ansah. »Callum. Was tust du hier?«

Zögerlich kam er noch ein Stück näher. Das graue Jackett saß an den Schultern etwas zu locker, sein Haar war von silbernen Fäden durchzogen. Er war älter geworden, seit ich ihn zuletzt gesehen hatte. »Ich war geschäftlich in der Nähe und dachte, ich nutze die Gelegenheit, um dich zu besuchen. Eigentlich war ich auf dem Weg zu deinem Wohnheim.«

Ich verbarg die Hände in den Hosentaschen und sah knapp an ihm vorbei. Jedes Fältchen in seinem Gesicht war ein winziger Stich in meiner Brust. »Du hättest anrufen können.«

Er lächelte müde. »Wärst du rangegangen?«

Nein, vermutlich nicht. Das tat ich seit über zwei Jahren nur dann, wenn ich etwas von ihm wollte. Das war auch der einzige Grund, aus dem ich ab und zu bei ihnen vorbeifuhr. *Ich, ich, ich* – das Wort schoss in meinem Inneren umher und hinterließ feine Prellungen in meinem sowieso schon wunden Inneren. Ich zwang mich, den Blick zu heben. »Was kann ich für dich tun?«

»Nichts. Ich wollte nur … Wie geht es dir?«

»Gut. Die Uni ist anstrengend, aber es läuft zufriedenstellend. Alles beim Alten.« Ich scharrte mit der Fußspitze im erdigen Weg.

Callum nickte schwach. »Das sehe ich.«

»Ich hab noch einen Termin, also …« Vielsagend ließ ich den Satz abbrechen, seine Kerben zogen die Fältchen in Callums Gesicht nach.

»Schon gut«, erwiderte er, obwohl es das offensichtlich nicht war. »Ich wollte nur sehen, ob du wohlauf bist.«

Er zögerte, dann hob er die Hand und legte sie auf meine Schulter. Sacht drückte er zu, während sein Blick erneut über mich tastete, als versuchte er, etwas zu finden. Nicht etwas, *jemanden*.

Das Gefühl, das mich überkam, wog viel, ich sackte ein wenig zusammen. Es bestand aus vielen Schichten, und ich brauchte einen Moment, um zu seinem Kern vorzudringen: glühende Schuld.

Callum lächelte mir ein letztes Mal zu – dem, was er glaubte, hoffte, versuchte, in mir zu sehen. Dann drehte er sich um und ging.

Ich wusste nicht sicher, woran es lag, aber ich brachte es nicht über mich, mich abzuwenden. Nicht, wenn Zoes Worte nach wie vor in meinem Kopf herumgeisterten, ebenso wie das Gespräch mit Henry. Zwei Väter innerhalb einer Stunde, zwei so unterschiedliche Gefühlsnetze, die mich einfingen und sich so fest zuzogen, dass ich kaum noch atmen konnte.

»Callum.« Meine Stimme brach, ich atmete durch. »Dad.«

Er erstarrte in der Bewegung, wandte sich langsam zu mir um. Seine Miene war unleserlich, weil sich darin zu viel abspielte. Allen voran Unsicherheit und … Hoffnung.

Vielleicht war ich noch zu geschwächt von allem, was passiert war, aber ich schaffte es nicht, seine Emotionen an mir abprallen zu lassen. Eigentlich ergab das nur Sinn: Zoes Energie durchfloss noch immer mein Zentrum. Wenn jemand es schaffte, mir ein wenig Menschlichkeit zurückzugeben, dann sie.

Ich sah nicht nur, was Callum empfand, ich spürte es auch. Und ich verstand es. Mitgefühl war eine brutale Emotion, sie grub ihre Fingernägel so tief in mein Inneres, dass ich mich am liebsten abgewandt hätte. Ich wäre gern gegangen, aber *es ging nicht*. Weil Zoes Stimme in meinem Kopf mit Nachdruck »*Wir sind Menschen*« flüsterte.

In dem Moment, in dem ich diesen Gedanken zuließ, wandelte er sich in eine Erkenntniskette um. Eine, die ich seit Jahren verdrängt hatte und die in einem Fakt mündete: Callum litt. Er vermisste seinen Sohn, während er glaubte, mit ihm zu sprechen. Er trauerte um jemanden, von dem er dachte, ihn vor sich zu haben. Das war grausam. *Ich* war grausam.

Die Erkenntnis war nichts Neues. Sie war außerdem nichts, das mich in den letzten Jahrzehnten gestört hätte. *Macht steht über Moral* – das war der Satz, mit dem Henry mich großgezogen hatte. Der Satz, den ich zum Mittelpunkt meines Glaubens, meiner Daseinsberechtigung gemacht hatte.

In diesem Augenblick, in dem ich ihn auf meiner Zunge zerbröseln spürte, schmeckte er nur noch fahl. Vielleicht weil Henry mir heute eindrucksvoll bewiesen hatte, was er bedeutete. Für ihn stand seine Macht auch über dem, was ich ihm bedeutete. Für ihn stand *alles* über dem, was ich ihm bedeutete, weil ich ihm … nichts bedeutete. Nicht, solang ich keinen Nutzen für ihn hatte.

Callum hingegen liebte Ashton seit über zwei Jahren, ohne irgendetwas zurückzubekommen. Trotzdem hörte er nicht auf. Vermutlich war es das, was man *bedingungslose Liebe* nannte, und das, was sich jedes Kind von seinen Eltern wünschte. *Ich* wünschte mir das. Der Gedanke war banal, aber er tat mehr weh, als ich in Worte fassen konnte. Weil ich wusste, dass ich es nicht bekommen würde. Ich war ein ungewolltes Kind, in doppelter Hinsicht: Weder Henry noch Callum liebten mich für das, was ich war.

Doch – und es war das erste Mal, dass ich mich traute, das zu denken – während Ersteres vielleicht doch nicht nur meine Schuld war, war Zweiteres das durch und durch.

Callums Verlust war meine Verantwortung. Ich konnte nicht ändern, dass er jemanden ansah, der fort war. Aber ich konnte es leichter machen. Ich konnte diese Rolle, die ich eingenommen hatte, wenigstens einmal richtig spielen. Nicht, um Callum besser manipulieren zu können, sondern um ihn sich besser fühlen zu lassen. Kein eigennütziger Akt, sondern einer der Gnade.

Zögerlich machte ich einen Schritt auf ihn zu. »Erinnerst du dich daran, als wir in Cornwall Urlaub gemacht und die Delfine gesehen haben? Ich war sieben oder acht.«

Er blinzelte mehrmals, ehe sich ein schwaches Lächeln auf seinen Mund schob. »Acht, ja. Natürlich weiß ich das noch. Was ist damit?«

»Ich hab euch das nie gesagt, aber das war ... das *ist* eine meiner kostbarsten Erinnerungen. Alles an diesem Tag war einfach gut.«

Es war keine Lüge: Der Rückblick auf diesen Tag war das, was sich am hellsten in Ashtons Seelengefäß gebrannt hatte. Gerade deshalb hatte ich sie am stärksten übermalt, nur um jetzt bewusst all den dunklen Lack abzukratzen, bis der Glanz durchkam. Er bestand aus puren, intensiven, unerträglich schönen Gefühlen: Hoffnung, Freude ... Liebe.

Ich schluckte schwer, aber ich blinzelte nicht. Weder innerlich, um das schmerzerfüllende Licht, noch äußerlich, um Callums schmerzerfüllten Blick auszublenden. »Und ihr wart das auch. Gut, immer. Ich weiß, dass ich es euch lang nicht gezeigt habe, aber ich liebe euch.«

Callums Kehlkopf hob und senkte sich mehrfach. Sein beherrschter Gesichtsausdruck bekam mit jedem Schlucken mehr Risse, bis er völlig aufbrach. Tränen in seinen Augen, Trauer in seinen Zügen. »Wir vermissen dich«, sagte er rau.

Ich nickte und spürte, wie meine Nasenspitze zu kribbeln begann. Kurz entschlossen überbrückte ich den letzten Abstand zwischen uns. »Nichts daran ist eure Schuld. Ihr habt alles richtig gemacht.« Ich schloss die Augen und umarmte ihn mit all dem Gefühl, das ich finden konnte. Es war so viel, dass ich für ein paar Sekunden sicher war, dass es nicht nur meines war. Dass dieser Körper – Ashtons Körper – sich auf eine Weise an seinen Vater erinnerte, die ich nie begreifen könnte. Der Gedanke brach etwas in mir und heilte gleichzeitig etwas anderes. Eine Wunde, von der ich nicht einmal gewusst hatte, dass ich sie mit mir herumtrug.

Atmen war leichter, als ich mich von Callum löste und einen Schritt zurücktrat. »Ich komme bald nach Hause und besuche euch. Versprochen.«

Er sah mir nach, als ich mich umdrehte und ging, ich spürte es. Mir war klar, dass nichts von alledem etwas besser machte. Sein Sohn war tot. Ich hatte ihn getötet. Ohne Grund, einfach, weil ich es gekonnt und gewollt hatte. Weil es mir so egal gewesen war: Ashtons Leben, das seiner Familie, das seiner Freunde. Das aller anderen. Es gab nichts, was ich daran ändern konnte. Aber ich begriff plötzlich, dass ich es in der Hand hatte, das Leben seiner Eltern ein bisschen leichter zu machen. Das wusch mich nicht rein, es änderte letztlich nicht einmal viel. In wenigen Jahren würde dieser Körper sterben – ganz gleich, ob meine Seele bis dahin weitergezogen war oder nicht. Doch es ging in dieser Sache eben nicht um mich. Nicht darum, mein Gewissen zu erleichtern oder Vergebung zu erlangen. Die gab es für jemanden wie mich ohnehin nicht. Das hieß aber nicht, dass es egal war, was ich tat.

Du bist nicht egal.

Zoes Stimme in meinem Ohr ließ mich mitten auf dem Weg innehalten. Konfettischatten durch die Blätterdächer über mir auf meinem Gesicht, ebenso gesprenkelte Dunkelheit auf meiner Seele. Aber eben *nicht nur* das. Vielleicht lag es wirklich nur an Zoes Einfluss, doch in diesem Moment spürte ich ganz deutlich, dass da auch Licht war. Nicht viel, aber womöglich trotzdem genug.

Genug, um zu erkennen, dass ich immer noch eine Wahl hatte. Für manche meiner Taten war es zu spät, um etwas an ihren Folgen zu ändern, für manche vielleicht noch nicht. Und es wurde Zeit, mich auf diese zu konzentrieren. Allein im letzten Semester hatte ich dabei zugesehen, wie zwei Menschen starben, weil wir so lebten, wie wir lebten. Und ein anderer würde es wahrscheinlich noch tun. Außer … ich entschied mich dafür, das zu verhindern. Oder es zumindest zu versuchen.

Ohne weiter abzuwägen, bog ich nach rechts, fort vom Campus, hin zu Cambridges Stadtkern. Das, was ich gerade entschied, hatte nichts mit Logik zu tun. Es verfolgte keine Absicht, vermutlich würde es nicht mal funktionieren. Es erschien mir einfach … richtig zu sein.

Vielleicht würde ich bald sterben, vielleicht auch nicht. Alles, was ich mit Sicherheit wusste, war: *Jetzt war jetzt.* Und in diesem Jetzt konnte und musste ich selbst entscheiden, wer und wie ich sein wollte.

Es gab keine Chance für mich, jemals so etwas wie ein guter Mensch zu sein. Aber womöglich hatte Cliff doch recht gehabt. Vielleicht war es trotzdem nicht zu spät, um zu versuchen, zumindest etwas besser zu sein.

22

ZOE

Der Regen trieb die Blüten einer Kastanie gegen die Scheiben des Seminarraums. Zwischen den tief hängenden Wolken leuchtete dennoch die Sonne hindurch, und über dem Gebäudedach, das ich durch das Fenster sehen konnte, hing ein schemenhafter Regenbogen. Meine Reflexion wurde von goldenen Sprenkeln und rosafarbenen Pünktchen übersät, und ich konnte nur daran denken, dass mein Inneres sich irgendwie genauso anfühlte. Blühend, rosafarben, goldstichig, ein bisschen verschwommen.

Die gestrige Nacht saß mir immer noch auf der Brust. Einerseits schwer und dunkel, weil das, was auf der Brücke passiert war, sowohl psychisch als auch körperlich Spuren in mir hinterlassen hatte. Die Energie, die ich Ashton gegeben hatte, um ihn zu retten, hatte sich noch nicht vollständig regeneriert. Meine Augen juckten trocken, in meinem Hals kratzte es, und mein Inneres fühlte sich schläfrig an. Doch neben all dem Klammen war da andererseits diese spürbare Wärme, die sich in den Stunden danach in mir eingenistet hatte.

Es war nichts Körperliches zwischen uns passiert in dieser Nacht, dennoch hatte ich niemals etwas Intimeres erlebt als diese dunkelwarmen Stunden in seinem Bett. In seinen Armen, in seiner Nähe. Die Erinnerung daran hatte sich mit glühenden

Fingerspitzen eine Kuhle in mein Inneres gegraben und sich darin eingebettet.

Jedes Mal, wenn ich mit den Gedanken wegdriftete, rutschte ich automatisch in dieses Nest hinein und versank aufs Neue in den Bildern und Gefühlen. In uns.

Es war unmöglich, sich auf etwas anderes zu konzentrieren, schon gar nicht auf die Uni. Das Seminar, in dem ich gerade saß, war das letzte des Tages. Ich hatte in den vergangenen anderthalb Stunden ebenso wenig mitbekommen wie in all den Kursen zuvor und bereute es längst, mich für heute nicht krankgemeldet zu haben – wie Ashton es getan hatte. Bei der Vorstellung, das Bett und ihn einfach nie verlassen zu haben, überkam mich ein so heftiges Sehnsuchtsgefühl, dass ich leicht erschauderte.

Wie absurd es war, dass Emotionen derart in physische Reaktionen hineinkriechen konnten. Ich hatte das nie in diesem Ausmaß erlebt wie mit Ashton. Vielleicht ergab das nur Sinn, weil meine Seele von Anfang an ebenso stark auf ihn reagiert hatte wie mein Körper.

Ich bemerkte erst, dass das Seminar beendet worden war, sobald die Leute um mich herum anfingen, ihre Sachen einzuräumen. Als ich den Blick zur Seite wandte, traf ich direkt auf Mabels. Sie saß am Tisch neben mir und beobachtete mich mit dieser Mischung aus Wachsamkeit, Neugierde und Sorge, die ich nur von ihr kannte.

»Alles okay mit dir?«

Hastig rang ich mir ein Lächeln ab. »Ja, klar.«

Mir war bewusst, warum sie so sensibel darauf reagierte, wenn ich ihr abwesend vorkam. Immerhin hatte sie mir ein ganzes Semester lang dabei zugesehen, wie ich mehr und mehr verschwunden war.

Obwohl der Grund dafür derselbe war, war es jetzt anders. Denn im Gegensatz zu damals sorgte Ashton nicht dafür, dass ich mich auflöste, sondern dafür, dass sich etwas in mir fester zusammenband. Als hätte ich in den letzten Wochen immer mehr von den losen Fäden meines Ichs zu fassen bekommen, einfach weil ich sie unter seinem Blick deutlicher spürte. Weil ich *mich* deutlicher spürte. Ich hätte das Mabel gern exakt so gesagt, aber ich bezweifelte, dass sie das beruhigt hätte. Jeder Satz, der mit *Ashton* anfing, war für sie immer noch ein Alarmsignal.

»Wo warst du eigentlich gestern, als wir versucht haben, dich zu erreichen?«, fragte sie gedämpft, nachdem die meisten unserer Kommilitonen den Raum verlassen hatten. »Ich hab mir Sorgen gemacht. Hättest du mir nicht nachts noch geschrieben, hätte ich vermutlich die Polizei alarmiert.«

Ich verzog entschuldigend den Mund. »Tut mir leid, ich war ziemlich … beschäftigt.«

Nach allem, was passiert war, hatte ich Nox' Anrufe fast ebenso vergessen wie die Tatsache, dass Mabel und ich uns jeden Abend *Gute Nacht* sagten. Erst nach drei war ich aufgewacht, hatte mich daran erinnert und ihr eine kurze Nachricht geschickt, dass es mir gut ging. Dabei stimmte das nicht.

Schlimmer als die zarten Wunden, die Sinceres Berührungen auf mir hinterlassen hatten und die ich heute unter mehreren Schichten Abdeckstift versteckt hielt, war die Sorge um Ashton. Er hatte sich zwar schnell erholt und heute Morgen schon um einiges fitter gewirkt, doch die Angst blieb. Vor allem davor, dass Sincere und Hudson erneut versuchen könnten, ihm etwas anzutun. Ashton hatte erklärt, er würde sich darum kümmern, mir allerdings nicht gesagt, wie er das tun wollte. Er hatte mir lediglich mit einem Augenrollen versprochen, sich nicht mit ihnen anzulegen.

In meinem Kopf überschlugen sich die Ausreden, die ich Mabel für meine Abwesenheit geben könnte: Wir hatten uns erneut im Hickory House eingeschlossen, ich hatte im Geheimzimmer die Zeit vergessen und war eingenickt, ich hatte bei einer Freundin übernachtet, weil ich nicht allein heimlaufen wollte …

Es hätte etliche Möglichkeiten gegeben, aber ich brachte es nicht über mich, eine davon zu wählen. Mabel und ich hatten uns geschworen, immer ehrlich miteinander zu sein. Ich hatte dieses Versprechen in der letzten Zeit gebeugt, um ihr nicht gestehen zu müssen, wie ich mich zunehmend fühlte. Doch jetzt wusste ich, dass das auf Dauer keine Lösung war. Das zwischen Ashton und mir war nicht länger nur ein flüchtiges Gefühl. Seit gestern Nacht war es eine Entscheidung. Eine, die ich mit allem, was ich war, getroffen hatte. Und deswegen wurde es Zeit, dazu zu stehen.

Ich atmete tief durch und sah ihr direkt ins Gesicht. »Ich war mit Ashton zusammen.«

Mabels Züge blieben ausdruckslos, ihre Stimme ebenfalls. »*Zusammen.*«

»Nicht, wie du denkst. Aber irgendwie vielleicht ... doch?«

Entsetzen zog tiefe Falten zwischen ihre Augenbrauen. »Zoe ...«

»Ich weiß«, fiel ich ihr ins Wort und hob abwehrend beide Hände. »Ich weiß, wie absurd das ist. Ich habe nicht vergessen, was er mir angetan hat oder was er dir antun wollte. Auch nicht, wie er das gesamte letzte Semester über war. Nur das, was ich in den vergangenen Wochen von ihm gesehen habe, das war eben mehr als das. Ashton ist *so viel mehr*, als er vorgibt zu sein, und ... ich mag es. Ich mag, was er ist, und ich mag, was ich mit ihm bin. Also ... ja. Mir ist klar, wie absurd das ist. Aber gleichzeitig ist es auch das Einzige, was Sinn ergibt, verstehst du?«

Flehend sah ich sie an. Ich stand dazu, und ich würde auch nicht so tun, als wäre es anders, egal, was Mabel dazu sagte. Trotzdem konnte ich nicht leugnen, dass mir ihre Meinung wichtig war. Mabel hatte ihr Leben aufs Spiel gesetzt, um mich vor Ashton zu schützen. Mir war klar, was ich von ihr verlangte, jetzt dabei zuzusehen, wie ich mich freiwillig aufs Neue in seine Nähe begab.

»Nein«, erwiderte sie dementsprechend scharf, zögerte dann jedoch. Ihr Blick wanderte zu der Glas-Elster, die aus ihrer geöffneten Tasche auf dem Tisch hervorblitzte. Cliff hatte sie ihr vergangenes Weihnachten geschenkt. Auch wenn ich nicht wusste, was es damit auf sich hatte oder warum er sie passend dazu *Pica* nannte, wenn er dachte, niemand könnte ihn hören: Ich nahm jedes Mal wahr, wie Mabels ganze Haltung weicher wurde, sobald ihre Gedanken eine Elster streiften. Als würden die diebischen Vögel ihrem Ruf alle Ehre machen und ihr ein bisschen Anspannung stehlen.

Sichtlich widerwillig sah sie wieder zu mir. »Aber das muss ich auch nicht, damit du es tust. Manchmal ist das Einzige, was übrig bleibt, eben purer *Wahnsinn* – das kann trotzdem unter Umständen der einzig richtige Sinn sein.«

Gut, damit hatte ich nicht gerechnet. Unsicher musterte ich sie. »Wirklich?«

Sie strich sich ein paar der herauswachsenden Ponysträhnen hinters Ohr. »Ich weiß zufällig ziemlich gut, wie sich das anfühlt. Und … um ehrlich zu sein, überrascht es mich nicht wirklich.« Sie schenkte mir ein vielsagendes Grinsen. »Mir ist durchaus aufgefallen, wie ihr euch anseht. Außerdem sagt selbst Cliff, dass das unmöglich alles gespielt sein kann. Er hat Ashton noch nie so bei sich wirkend erlebt wie mit dir. Zumindest nicht seit …« Ihr Lächeln verrutschte und begrub damit das letzte Wort unter sich. Ich hörte es trotzdem, weil es ab und zu auch durch meinen Kopf schwirrte.

»Heaven«, sprach ich aus und wunderte mich selbst darüber, dass der dumpfe Stich dabei ausblieb.

»Tut mir leid.«

»Muss es nicht«, erwiderte ich und stellte fest, dass auch das nicht gelogen war. Bisher hatte mich der Gedanke an Heaven immer irgendwie verunsichert. Wenn Ashton von ihr sprach oder an sie dachte, war in seinem Blick *so viel*, dass ich automatisch davon ausgegangen war, dass andere Menschen daneben immer *weniger* sein würden.

Doch nach allem, worüber wir gesprochen und vor allem ganz unabhängig davon zusammen erlebt hatten, glaubte ich zu begreifen, dass das nicht stimmte. Dass verschiedene Gefühle sich nicht nur nicht gegenseitig aufhoben, sondern sich Gefühle für verschiedene Menschen auch nicht ausschlossen.

»Ich hab kein Problem damit, dass er sie geliebt hat und irgendwie auch noch liebt«, fuhr ich fort und musste lächeln, weil ich es so ehrlich meinen konnte. »Ich meine, die Fähigkeit zu lieben und zu trauern, das ist doch das Menschlichste überhaupt.«

Mabel nickte langsam. Ihre Hand wanderte zu ihrer Jackentasche, vermutlich, um nach dem Gehäuse ihres Taschenspiegels zu tasten.

Ich konnte nicht zählen, wie oft ich sie schon dabei beobachtet hatte, dass sie einen Blick und irgendwie noch so viel mehr hineingeworfen hatte. Es kam mir immer vor, als würde sie die Hand nach etwas ausstrecken, das sie nur dann zu greifen bekam, wenn sie in das leicht gewölbte, alte Glas blickte. Und obwohl wir nie richtig darüber geredet hatten, ahnte ich, dass es mit ihrer Mutter zusammenhing. Vielleicht begriff sie deswegen, was ich meinte: weil sie selbst am besten wusste, wie nah Liebe und Trauer beieinanderlagen. Und dass Trauer ein so wild wucherndes Gefühl war, dass sie einen dazu bringen konnte, den eigenen Charakter zu beschneiden, um ihr genügend Platz zu schaffen. Mabel hatte das jahrelang getan, indem sie Beziehungen jeder Art größtenteils aus dem Weg gegangen war. Ashton hatte das getan, indem er … so gut wie allen Gefühlen aus dem Weg gegangen war. Ich war eine von Mabels ersten Ausnahmen gewesen. Und nach allem, was in den letzten Tagen passiert war, hatte ich diese feine Hoffnung, dass ich auch Ashtons sein könnte.

Mabel seufzte unzufrieden. »Es ist nur … ich will ihn nach wie vor nicht mögen.«

Ich konnte mir ein Lächeln nicht verkneifen. »Heißt das … du magst ihn ein kleines bisschen?«

Sie verzog den Mund, doch ich kannte die Antwort. Ich hatte durchaus bemerkt, wie sich ihre Haltung Ashton gegenüber in den letzten Wochen langsam, aber sicher verändert hatte. Die beiden würden vermutlich vorerst nicht die besten Freunde werden, dafür war Mabel zu argwöhnisch und Ashton zu sehr Ashton, aber es war ein Anfang.

»Ich mag es vor allem, wie du wirkst, seid ihr so viel Zeit miteinander verbringt«, gab sie zögerlich zu. »Es kommt mir vor, als würdest du dich selbst ein bisschen mehr so sehen, wie du bist. Als würdest du endlich erkennen, dass du genau richtig bist, dass es an dir kein Zuviel oder Zuwenig gibt. Wenn du dafür jemanden wie Ashton neben dir brauchst, der dir im direkten Vergleich klarmacht, wie absolut großartig du bist, dann kann ich das akzeptieren.«

Ich biss mir auf die Unterlippe, um nicht allzu glücklich zu grinsen. »Also hab ich deinen Segen?«

»Du brauchst meinen Segen nicht.« Ich sah sie abwartend an, sie stöhnte. »Okay, ja, von mir aus. Solang er gut zu dir ist – und mit *gut* meine ich *das verdammt Beste*, was er hinbekommt –, freue ich mich fur dich.«

»Danke.« Ich beugte mich zu ihr hinüber und zog sie in eine feste Umarmung. Mabel verspannte sich wie immer kurz, ehe sie mich ebenso innig an sich drückte. »Und warum haben du und Nox gestern versucht, mich anzurufen?«, fragte ich, sobald wir uns wieder voneinander lösten. »Habt ihr etwas rausgefunden?«

»Ja, und zwar etwas, das dich angesichts der neusten Umstände vermutlich doppelt freuen wird.« Sie griff nach ihrer Tasche und zog einen Ordner hervor.

Ich wusste sofort, welcher das war. Immerhin hatte ich in den letzten Wochen dabei zugesehen, wie er jedes Mal dicker geworden war, wenn Mabel aus dem Geheimzimmer zurückkehrte. Ihre Finger strichen durch Klarsichtfolien voller Zeitungsartikel, handschriftlicher Notizen und Kassenzettel, ehe sie an einer hängen blieben, in der etliche Schwarz-Weiß-Fotografien steckten.

Sie zog die oberste heraus und legte sie auf den Tisch vor mir. Das Bild war verschwommen, als wäre es stark vergrößert worden, trotzdem erkannte ich das Gesicht eines Mannes in den Fünfzigern. Schütteres dunkles Haar, ernste Züge, ein gehetzt wirkender Blick. Mein Gehirn brauchte einen Moment, um ihm einen Namen zuzuordnen.

»Ist das … Professor Morton?«

»Ganz genau.« Mabel lächelte und tippte auf den Zeitstempel am Rand. Offensichtlich war es von einer Überwachungskamera aufgenommen worden. »Besser bekannt als ein Mitglied der Stare namens *Flemming*, das am 6. Juli 1983 ein Restaurant in Bristol verlässt.«

Das ergibt keinen Sinn, wollte ich sagen. Immerhin war Flemming bereits 1982 von der Brücke gesprungen. Genau in dem Moment begriff ich, warum diese Entdeckung Mabel und Nox so nervös werden lassen hatte. Wenn dieses Foto echt war und wirklich Flemming zeigte, dann war er an jenem Tag nicht gestorben.

Ich hob den Ausdruck näher an meine Augen. »Seid ihr euch sicher, dass er das ist?« Es bestand zwar eine Ähnlichkeit zu dem Mann auf den Bildern, die ich aus dem Hickory House kannte, doch seine Züge waren zu verpixelt, um mit Gewissheit sagen zu können, ob es derselbe war.

»Ziemlich sicher. Wir haben im Geheimzimmer Kreditkartenabrechnungen gefunden, die auf verschiedene Namen liefen. Einige davon wurden schon vor seinem Verschwinden nicht mehr genutzt, andere blieben auch danach noch in Benutzung. Nox hat sich in ein paar Systeme gehackt – es ist gruselig, wie gut er darin ist. Er ist gerade dabei, der Spur dieser Abbuchungen nachzugehen. Aber das hier … das ist der erste Beweis, dass wir uns nicht geirrt haben. Flemming ist nicht von dieser Brücke gesprungen. Oder zumindest nicht dabei gestorben. Er hat ein Jahr später immer noch gelebt.« Mabel konnte es nicht länger verbergen: Die Hoffnung färbte ihre

Stimme heller, ihre Unterlippe bebte unter einem schlecht unterdrückten Lächeln.

Ich wollte nichts lieber, als mich mit ihr darüber zu freuen, traute mich aber nicht. Normalerweise war ich diejenige von uns, die immer eher an das Gute als das Schlechte glaubte. Wo Mabel nur Schatten sah, erinnerte ich sie daran, dass es ein Licht geben musste, das diese erzeugte. Es war schön, dass sie das diesmal von allein schaffte. Ich hatte nur Angst, was passieren würde, wenn wir beide ignorierten, dass die Dunkelheit immer noch da war. Auch und vielleicht gerade dann, wenn man den Silberstreif entdeckte, nach dem man so lang gesucht hatte.

»Er könnte trotzdem ein paar Jahre später gestorben sein«, erinnerte ich sie leise. Selbst wenn Flemming seinen Tod vorgetäuscht haben sollte, lag das vielleicht daran, dass er die letzten Jahre seines Daseins ohne den Einfluss des Rats erleben wollte. Dass er ein paar Jahre lang ein ganz gewöhnliches Leben führen wollte, ehe sein Körper aufgeben würde.

Mabels Ausdruck wurde eine Spur finster, auch wenn in ihren Augen nach wie vor pure Entschlossenheit lag. »Ja. Wahrscheinlich sogar. Aber es ist dennoch eine Spur.«

»Ist es«, bestätigte ich und rang mir ein Lächeln ab.

Die Sackgasse, in der wir uns befanden, war derart eng geschnitten, dass wir nicht wählerisch sein konnten, was den Ausweg anging. So schmal dieser hier auch wirkte – selbst wenn wir unmöglich sagen konnten, ob er in wenigen Metern erneut gegen eine Wand führen würde –, blieb uns nichts anderes übrig, als es zu versuchen.

Ich gab Mabel das Bild zurück. »Davie wäre beeindruckt, Nancy Drew.«

»Ich habe vom Besten gelernt.« Sie grinste schief und warf einen Blick auf ihr Handy. »Wo wir dabei sind, ich muss los. Die Besuchszeit ist bald vorbei, aber ich möchte zumindest kurz nach ihm sehen.«

»Okay, dann grüß ihn lieb von mir. Ich gehe morgen wieder hin. Und gib ein bisschen vor ihm mit deinen neusten Erkenntnissen an, vielleicht weckt das seinen Ehrgeiz und er wacht auf.«

»Ja, vielleicht.« Die Hoffnung in ihrem Blick flatterte müde auf. Doch sie war noch da, und wir waren es auch.

Ich wünschte mir nichts mehr, als dass Davie das spüren konnte. Wo immer er auch war.

Der Regen hatte nachgelassen, als wir das Seminargebäude verließen und uns voneinander verabschiedeten. Die Pfade zwischen den Instituten glitzerten, und ich spürte immer noch auf seltsamste, schönste, intensivste Weise, dass dieser Glanz in mir reflektiert wurde. Automatisch griff ich zu meinem Handy, um Ashton zu fragen, wo er war.

Meine Finger erstarrten über seinem Chat, als mir schon wieder die Anzahl der neuen Nachrichten in einem anderen auffiel. Einem, den ich die letzten Tage über weitestgehend ignoriert hatte. Aus dem einfachen Grund, dass jedes Wort das Potenzial hatte, eine der angenehmen Erinnerungen an das letzte Wochenende auszulöschen.

Widerwillig öffnete ich den Familienchat und scrollte durch die neuen Nachrichten. Im Grunde war es nur um das Übliche gegangen: das Festlegen von Terminen, Diskussionen über irgendwelche Artikel oder Klatsch über entfernte Bekannte. Da ich mich mehrere Tage lang aus dem Gespräch herausgehalten hatte, hatte meine Mutter heute allerdings offensichtlich beschlossen, sich auf mich zu konzentrieren.

Mein Herz pochte schneller, als ich die letzten Nachrichten überflog.

Mum
Zoe, hast du noch vor, mit uns zu reden, oder ist selbst das jetzt schon zu viel verlangt?

Liam
Komm schon, Mum. Vielleicht ist sie einfach mit der Uni beschäftigt.

Mum
Schön wäre es ...

Lyla
Wenn wir ehrlich sind, wissen wir doch alle, womit sie wirklich beschäftigt ist. Können wir ihr das wirklich verübeln? Ich hab mich immer noch nicht davon erholt, dass er wirklich so attraktiv ist – wenn ich Zoe wäre, würde ich das auch genießen, solang es anhält.

Ich blieb mitten auf dem Weg stehen. Meine Füße versanken in einer Regenpfütze, meine Gedanken in tiefem zähem Gefühlsschlamm. Demütigung, Scham und ... Wut. Sehr viel davon. So viel, wie ich noch nie gefühlt hatte. Oder, nein: So viel, wie ich mir *noch nie erlaubt* hatte zu fühlen, weil ich jedes Mal Liams Stimme im Kopf gehabt hatte. Die Art, wie er eine Diskussion mit einem Seufzen und den Worten *»Du hast nur Gefühle, keine Argumente«* unterbrach.

Und ja, vermutlich stimmte das. Doch ich begriff jetzt, dass das nicht bedeutete, keine gleichberechtigte Gesprächspartnerin zu sein. Meine Gefühle waren nicht *nur*. Ich war nicht *nur*. Alles, was ich fühlte, zählte. Es war genug, weil *ich* genug war. Und es wurde Zeit, dass ich ihnen das klarmachte.

Ohne weiter zu zögern, drückte ich auf das Display, um eine Sprachnotiz aufzunehmen. »Ihr wolltet, dass ich mich melde? Fein, hiermit tue ich das. Und ich würde es sehr begrüßen, wenn ihr mir wenigstens dieses eine Mal richtig zuhören könntet.« Ich atmete tief durch, und dann sagte ich es einfach: all das, was ich fühlte. Was ich seit Jahren so sehr fühlte, dass ich mich selbst immer weniger gefühlt hatte, je stärker ich es unterdrückte. »Ich hab's satt, dass ihr mir das Gefühl gebt, mich ständig beweisen zu müssen. Ich hab's satt, dass ich aufpassen muss, was ich esse, anziehe, sage, fühle, *bin*, wenn ich von euch respektiert und geliebt werden will. Es ist mir egal, wenn ich zehn Pfund mehr wiege als Lyla, es ist mir egal, wenn ich zehn Prozent schlechter benotet werde als Liam, es ist mir egal, wenn ich nicht in die Kleider passe, die Mum gern an mir sehen würde, es ist mir egal, wenn ich mich nicht so verhalte, dass Dad mich als *Therapieerfolg* bezeichnen könnte. Es ist mir egal, und ich will … ich will, dass es euch egal ist. Dass ihr endlich aufhört, mich auf das zu reduzieren, was ich nicht bin, und anfangt, zu sehen, *was* ich bin. Denn ganz ehrlich? Ich mag mich. Ich bin launisch und emotional und sensibel und manchmal vielleicht naiv und vorschnell, aber ich mag mich. Und wenn ihr mich so nicht mögen könnt, ist das nicht mein Problem. Ich werde mir nicht länger einreden lassen, dass ich der Fehler bin, den ihr aus mir macht.«

Ohne einen Abschiedsgruß stoppte ich die Sprachnotiz und schickte sie noch im selben Atemzug ab. Kein Zögern, kein Zweifeln, kein innerer Zwiespalt. Ich würde mich nicht länger schlecht fühlen, ich selbst zu sein.

Ich kam keine zehn Schritte weit, bis mein Smartphone in meiner Hand anfing zu klingeln. Mein Herz beschleunigte erneut, als mein Blick auf Liams Namen fiel. Kurz zögerte ich, nahm den Anruf dann aber doch entgegen. »Ich werde mich nicht entschuldigen«, sagte ich entschieden.

»Sollst du auch gar nicht«, erwiderte Liam sofort in einem ungewohnt beschwichtigenden Ton. »Ich wollte mich entschuldigen. Für … na ja, für alles, was wir offenbar getan haben. Mir war nicht klar, dass du dich so fühlst.«

Aus einem ersten Impuls heraus wollte ich einfach da weitermachen, wo ich in meiner Memo aufgehört hatte. Ich wollte ihm sagen, dass es nicht an mir lag, wenn sie mir nie zuhörten. Doch noch bevor ich den Mund öffnen konnte, begriff ich, dass das nicht ganz stimmte. Es lag eben doch auch an mir, wenn ich immer so leise sprach, dass es kaum zu hören war. »Ich hab mich auch nie getraut, es so offen zu sagen«, gab ich zu.

»Hm.« Liam zögerte. Ich hörte ihn tief ausatmen, dann husten, und ahnte, dass er vermutlich doch nicht mit dem Rauchen aufgehört hatte, wie er zuletzt vor Mum behauptet hatte. Es war das erste Mal, dass mir in den Sinn kam, dass meine Geschwister vor unseren Eltern ebenso sehr eine Rolle spielten, wie ich es tat. Wir alle verbargen die Teile von uns, von denen wir dachten, sie könnten den anderen weniger gefallen. Weil uns das so beigebracht worden war, weil wir dazu erzogen wurden, den Schein zu wahren. Es hatte uns nur niemand gesagt, dass es das innere Licht dimmte, wenn man so viel Wert darauf legte, das Äußere zu betonen.

»Du weißt, dass wir dich lieben, Zazu, oder? Und zwar exakt so, wie du bist«, sagte Liam nach einer Weile. Er sprach meinen Spitznamen ganz weich aus, als hätte er die Federn des Vogelvorbilds im Mund. Vielleicht schaffte er es deswegen diesmal, mich ein wenig zum Lächeln zu bringen.

»Ja, aber … mir gefällt nicht, wie ihr das ausdrückt. Ich weiß, dass sich alle Sorgen um mich machen, aber ich bin kein Kind mehr. Ihr könnt mir das Beste wünschen, aber das bedeutet nicht, dass ihr mir euer Bestes aufdrängen dürft.«

»Okay, ja. Aber du wirst immer meine kleine Schwester sein. Das kannst du mir nicht wegnehmen.«

»Das will ich auch nicht.« Ich seufzte. »Ich bin gern deine kleine Schwester. Solang du dich nicht wie ein arroganter Trottel aufführst.«

Er lachte heiser. »Ich werde mir Mühe geben, diesen Zeitraum in Zukunft zu reduzieren.«

»Gut. Danke.«

»Hm.« Noch ein paar Atemzüge Stille, ein unterdrücktes Husten, dann ein neugieriges Räuspern. »Also … nicht, dass mir diese neue Art an dir nicht gefällt, aber woher kommt das so plötzlich? Ist das der Einfluss deines Typen?«

Hitze stieg in meine Wangen, obwohl er das nicht mal sehen konnte. Hören vielleicht schon, meine Stimme schoss etwas höher. »Er ist nicht *mein Typ*.«

»Ach, nein?« Liam grinste hörbar. »Du hast ihn angeguckt, als wäre er es. In jeder Hinsicht.«

»Liam«, sagte ich streng.

»Was? Du kannst mir auch nicht verbieten, ein Auge auf deinen Freund zu haben. Oder ihm ein paar Takte zu erzählen, wenn ich das Gefühl habe, dass es ihm nicht ernst mit dir ist.«

Erschüttert blieb ich wieder stehen, sodass ein Mädchen von hinten in mich hineinlief. Ich hob entschuldigend die Hand und trat einen Schritt beiseite auf die Wiese, senkte die Stimme. »Du hast *was*?«

»Entspann dich. Ich hab es nicht für nötig befunden.« Er lachte. »Mir ist nämlich auch aufgefallen, wie er dich ansieht.«

Noch mehr Hitze in meinen Wangen und irgendwie auch in meinem Bauch. Ehe ich darüber nachdenken oder etwas erwidern konnte, setzte ein Tuten in meinem Ohr ein. »Jemand ruft an«, meinte ich möglichst sachlich. »Ich muss auflegen.«

»Alles klar. Aber du weißt, dass es Mum sein könnte, oder? Ich sehe ihre Stressflecken förmlich vor mir.«

Diesmal war ich diejenige, die grinsen musste. »Selbst wenn – ich fühle mich gerade so ziemlich allem gewachsen.«

»Keine Einwände meinerseits. Bis bald, Zazu. Und meld dich mal.«

»Mach ich.« Ich lächelte noch immer, als ich weiterging und dabei den Anruf wegdrückte, um den anderen entgegenzunehmen. Ohne auch nur einen Blick aufs Display zu werfen, weil es stimmte, was ich Liam gesagt hatte: In diesem Moment fühlte ich mich unbesiegbar.

Das Gefühl hielt drei flüchtige Sekunden lang, dann drang Mabels atemlose Stimme in mein Ohr. »Zoe. Es ist wegen Davie.«

Mein Herz rutschte mir in die Knie. Ich blieb abermals mitten auf dem Weg stehen, meine Tasche rutschte über meine Schulter.

Die Angst war zurück und schüttete sich wie Teer über mir aus. Darunter blieb nur ein Gedanke bestehen … *Nein. Nein, nein, nein.*

»Er ist aufgewacht.«

Die Worte passten so wenig zu dem, was ich mir ausgemalt hatte, dass ich einen Augenblick brauchte, um sie zu begreifen. »Was?«, brachte ich hervor.

Mabel stieß einen hellen Ton aus. »Ja, vor ein paar Stunden. Ich war gerade auf dem Weg ins Krankenhaus, da hat mich seine Mutter angerufen. Sie ist auf dem Weg nach Cambridge. Davie ist … einfach aufgewacht. Und er ist in einer viel besseren Verfassung, als er sein dürfte.«

Ich schüttelte den Kopf. Alles in mir wollte das glauben, aber ich traute mich nicht. Seit Monaten hofften wir jeden Tag auf gute Neuigkeiten – vergebens. Und jetzt, einfach so, das? »Wie … was bedeutet das?«

»Er lag monatelang im Koma. Normalerweise müsste er eine ganze Zeit brauchen, um halbwegs zu Bewusstsein zu kommen. Es gibt verschiedene Stadien, die beim Aufwachen durchlaufen werden, das geht nicht von heute auf morgen. Ganz zu schweigen von seinen kognitiven und motorischen Fähigkeiten, die normalerweise ewig brauchen, wenn sie überhaupt wiedererlangt werden können.« Sie holte tief Luft, als würde sie sich daran hindern müssen, mir all ihre Rechercheergebnisse der letzten Monate vorzutragen. Etwas, das ihr immer half, wenn sie nervös war. »Laut Darleen sagen die Ärzte, Davie wäre ansprechbar und würde sogar schon versuchen, mit ihnen zu reden. Sein Körper ist natürlich noch total schwach, aber sein Bewusstsein, seine … Seele ist ganz klar. Er ist … wieder da.«

Erneut schüttelte ich den Kopf, doch die Gedanken darin ordneten sich trotzdem nicht. »Aber … wie?«

»Sie nennen es ein Wunder.« Mabel klang ebenso überfordert, wie ich mich fühlte, gleichzeitig aber auch einfach glücklich. Ganz gleich, wie das passieren konnte: Es *war* passiert. Davie war aufgewacht. Das bedeutete natürlich nicht, dass er sofort wieder der Alte sein würde – vielleicht würde er das nie wieder ganz sein. Aber er *war* überhaupt wieder. Er war zurück, bei uns.

»Ich … das ist unglaublich.« Ich presste eine Hand auf den Mund, nicht sicher, ob ich lachen oder weinen wollte. »Gott, Mabel, ich freu mich so.«

»Ja.« Sie gab wieder diesen Ton von sich, diesmal erkannte ich, was es war: ein Schluchzen, das aus unterdrücktem Lachen bestand. »Ich mich auch. Das sind wirklich die besten Neuigkeiten seit … überhaupt.«

»Gehst du gleich zu ihm?«

»Darleen ruft mich an, sobald ich kommen kann. Aber er braucht bestimmt noch eine Weile Ruhe. Ich melde mich, wenn ich mehr höre, okay?«

»Unbedingt.«

Mabel stieß die Luft aus. Ich konnte förmlich sehen, wie ein Teil der monatelangen Anspannung dabei mit hinausströmte. »Weißt du … vielleicht kann manches doch gut werden. Auch wenn die Chancen schlecht stehen, auch wenn man schon fast die Hoffnung verliert. Vielleicht wird manchmal am Ende doch irgendwie alles gut, wenn man nur fest genug daran glaubt.« Es klang ein bisschen zögerlich. Mabel war kein spiritueller Mensch, sie war logisch und rational. Zumindest war sie das gewesen, bis sie Cliff kennengelernt hatte. Und mir war bewusst, dass sie genau wegen ihm jetzt so gern anfangen wollte, an ein *Mehr* zu glauben. Weil er eben genau das für sie war und sie genau das verdienten.

»Ganz sicher, Mabel«, erwiderte ich mit aller Entschiedenheit, die ich aufbringen konnte. »Alles wird gut. Das mit Davie ist nur der Anfang.«

In dem Moment, in dem ich auflegte, kam es mir tatsächlich so vor, als könnte das stimmen. Als könnte alles gut werden. Selbst das, von dem man es am wenigsten gedacht hätte.

Mein Herz stolperte, als es an einem Gedanken hängen blieb. Einem Gedanken, der sich so unwahrscheinlich und gleichzeitig so … richtig anfühlte, dass ich spürte, wie er sich in eine Überzeugung umwandelte, ohne dass es einen Grund dafür gab. *Keine Argumente, nur Gefühle.* Und diese Gefühle schoben die Sätze, die ich gerade noch im Kopf gehabt hatte, um, bis sich die Bedeutung gering, aber entscheidend veränderte. Sie drückte Blut in meine Wangen und Tränen in meine Augen, da war Hitze und Feuchte auf meinem Gesicht und eine regenbogenbunte Erkenntnis in mir.

Als könnte alles gut werden.

Selbst der, *von dem man es am wenigsten gedacht hätte.*

23

ZOE

Ich musste dreimal klopfen, bis ich die Schritte hinter der Tür hörte und sie kurz darauf geöffnet wurde.

Ashtons Gesicht wirkte blasser als sonst, doch sein Blick wanderte sofort konzentriert über mich. Auf dem Weg zu seinem Wohnheim hatte es erneut angefangen zu regnen. Mein Haar lag feucht auf den Schultern auf, meine Kleidung klebte an meinem zitternden Körper. Ich wusste, dass ich vermutlich furchtbar aussah, und es war mir auf allerbeste Weise egal.

»Ist etwas passiert?«, fragte er beunruhigt.

»Nein.« Ich zögerte, holte tief Luft. »Oder doch. Mabel hat angerufen. Davie ist aufgewacht.«

»Oh.« Ashton blinzelte mehrmals, dann trat er zur Seite, sodass ich eintreten konnte.

Hinter den Fensterscheiben breitete sich regengraues Abendlicht aus, was die Konturen des Raums leicht verschwimmen ließ. Das Licht war aus, doch auf seinem Nachttisch brannten Kerzen, die wir letztens im Hickory House gefunden hatten. Ashton hatte sie wegwerfen wollen, ich hatte es ihm verboten.

»Eine der besten Entwicklungen der vergangenen Jahrhunderte war die Elektrizität«, hatte er erklärt. *»Glaub mir, ich weiß, wovon ich spreche.«*

»Licht ist zeitlos«, hatte ich unbeeindruckt erwidert und sie

in seine Tasche geworfen. *»Und jemand derart Düsteres wie du darf bei der Quelle wirklich nicht wählerisch sein.«*

Es war erst ein paar Wochen her, und obwohl ich damals schon an diesen Worten gezweifelt hatte, kamen sie mir jetzt durch und durch falsch vor. Ashton war vielleicht kein pures Licht, aber er war ganz sicher nicht *düster*.

Er fuhr sich durch die Locken, deren Wirrheit verriet, dass er vor Kurzem noch im Bett gelegen hatte. »Und … wie geht es ihm?«

»Ganz gut, glaube ich. Er ist um einiges fitter, als er eigentlich sein sollte, wenn man bedenkt, wie lang er im Koma lag. Die Ärzte sagen, es ist ein Wunder.«

»Ab und zu passieren solche.« Er stützte sich mit den Händen am Tisch hinter sich ab. Sein Blick wirkte interessiert, aber neutral. Ein bisschen *zu* neutral.

Ich wusste es einfach. Es gab keine Hinweise, nicht mal eine logische Erklärung. Es gab nur Ashton, mich und dieses Gefühl, das ich für ihn hatte – in einem ganz wörtlichen Sinne. Ich fühlte nicht nur *für* ihn, ich fühlte auch ihn selbst. »Das warst du, oder? Ich kann es mir nicht erklären, aber … ich weiß es. Du hast ihn zurückgebracht.«

Ein paar Sekunden lang starrten wir einander nur an, schließlich senkte Ashton den Blick. »Ich war vorhin bei ihm und hab nach seiner Seele gesucht, ja. Hab versucht, sie zurück an die Oberfläche zu holen und ihm einen Teil meiner Energie zu geben, damit er heilen kann. Aber ich hab so was vorher noch nie gemacht. Es war ziemlich …« Er stockte und rieb sich mit dem Handrücken über die Augen. »Ich wusste nicht, ob es funktionieren würde.«

»Es hat funktioniert. Du hast ihn gerettet.« Ich ging auf ihn zu. Mein Herz beschleunigte sich mit jedem Schritt, während mein Bauchgefühl klarer und ruhiger wurde. Ich hatte mich nicht in ihm geirrt. Dieses Mal hatte ich mich *wirklich nicht geirrt*. »Warum hast du das getan?«

Noch immer wich er meinen Blick aus. Ich fragte mich, ob er mir nicht zeigen wollte, was darin lag – oder ob er es selbst nicht einschätzen konnte. Weil er etwas getan hatte, das ihn selbst überrascht hatte.

»Es kam mir wie … das Richtige vor. Ich war immerhin irgendwie mitschuldig daran, dass er dort lag. Und überhaupt«, er zuckte mit den Schultern, fuhr sich über die Wange, dann durch die Haare, alles, um mich nicht ansehen zu müssen, »er hatte das nicht verdient.«

Ich hielt dicht vor ihm inne und streifte seine Hand mit meiner. Seine Haut war kühler als heute früh, die Ringe unter seinen Augen dunkler. Was auch immer er getan hatte, um Davie zurückzuholen, es hatte ihn Kraft gekostet. »Das war dir bisher doch auch egal«, flüsterte ich.

Er lächelte matt. »Ja. Es hat sich allerdings herausgestellt, dass mir sehr vieles nicht mehr egal ist, seit …« Er hielt abermals inne, mein Herz stolperte.

»Seit?«

Ashton schloss kurz die Augen, hob dann die Lider und damit auch den Blick. Ich verstand sofort, warum er das bisher vermieden hatte. Der Ausdruck darin war emotionsverwirbelt, als würde er alles auf einmal empfinden. Die Verwirrung hatte sanfte Fältchen in seine Stirn gegraben, seine Stimme klang dennoch klar, als er erwiderte: »Seit dir.«

Sanft knabbernde Wärme breitete sich in meinen Wangen aus. Ich spürte, wie sie auch die letzten Reste Zweifel fortnagte. »Du hast das aber nicht für mich getan, oder?«

»Nein. Aber vielleicht … wegen dir.«

Ich nickte, weil ich es verstand. Ihn verstand. Das hatte ich irgendwie schon immer. Vielleicht selbst dann, als ich ihn gar nicht hatte kennen können und als er sich selbst nicht verstanden hatte. Ashton hatte Davie nicht für mich gerettet. Er hatte es für das Ich getan, das er sein wollte. Das er sein *konnte*. Wenn etwas bewies, dass für Ashton Hoffnung bestand, dann diese Entscheidung.

Ich dachte nicht mehr nach. Meine Hand hob sich wie von selbst. Berührte ihn am nackten Unterarm, der unter dem hochgerollten Hemd hervorsah, fuhr über den dünnen Leinenstoff hin zu seinem Hals. Sein Puls pochte schneller als sonst, und er beschleunigte weiter, während ich mit dem Daumen darüberstreichelte. Als ich meine Hand an seine Wange legte, schloss er die Augen.

»Das ist keine gute Idee.« Seine Stimme klang kehlig, fast verzweifelt, als würde er etwas unterdrücken.

Im Grunde taten wir das beide seit Wochen. Ich war das so leid. Ich wollte nichts mehr verheimlichen, verbergen oder ignorieren. Ich wollte wollen, was ich eben wollte. Und ganz gleich, ob es klug war oder nicht, ich wollte … ihn.

»Ich weiß«, flüsterte ich und strich über seinen Wangenknochen. »Es hat sich allerdings herausgestellt, dass mir das immer öfter egal ist, seit …«

Er hob einen Mundwinkel. »Seit?«

»Seit dir.« Ich lehnte den Kopf nach vorn, bis meine Stirn an seiner Halsbeuge zu liegen kam. »Ich hab das Gefühl, dass du mich genau so siehst, wie ich bin. Und dass es dir nichts ausmacht. Dass du nichts tust, um meine Fehler zu verschleiern.«

Mit einer Hand schob er mir vorsichtig mein nasses Haar über die Schulter, ließ sie unter der Jacke auf dem Träger meines Kleides liegen. »Deine Persönlichkeit ist kein Fehler, Anima. Ich dachte, das haben wir geklärt.«

Ich blinzelte zu ihm hoch. »Deine auch nicht.«

Ashton verzog den Mund. »Du …«

»Nein«, fiel ich ihm ruhig ins Wort und löste mich von ihm. »Ich weiß, was du alles getan hast. Und ich beschönige es nicht. Aber du bist mehr als deine Taten, mehr als deine Entscheidungen, mehr als deine Fehler. Du bist mehr. Und du bist genug. Du bist wirklich, wirklich genug, Ashton.« Ich zögerte. »Ich hab dich das nie gefragt, aber … ist der Name eigentlich in Ordnung für dich? Oder wäre es dir lieber, wenn ich dich Arthur nenne?«

Er schüttelte den Kopf. »Mir haben Namen nie so viel bedeutet wie Cliff. Es sind nur Buchstaben. Und den Menschen, den ich mit diesen verknüpfe, gibt es nicht mehr.«

»Weil es Heaven nicht mehr gibt?« Ich wollte meine Hand zurückziehen, Ashton hielt sie fest.

»Weil es so vieles nicht mehr gibt, was es mal gab. So vieles um mich herum, aber auch so vieles in mir. Menschen verändern sich. Dagegen kann auch eine Ewigkeit nichts ausrichten. Hättest du mir vor zehn Jahren gesagt, hättest du mir vor *einem Jahr* gesagt, dass ich heute vor einer Frau stehen und keinerlei Interesse daran haben würde, nach ihrer Energie zu greifen, hätte ich das für sehr abwegig gehalten. Hättest du mir gesagt, dass ich alles, wirklich *verdammt alles* dafür geben würde, sie einfach zu küssen … Ich hätte dich für verrückt erklärt.«

Seine Worte kletterten direkt in meine Brust, und sie waren so warm und schwer, dass sie sofort tiefer sackten. Sehr viel tiefer. Ich schluckte. »Was hättest du gesagt, wenn du erfahren hättest, dass es ihr genauso gehen wird?«

»Dass sie definitiv ein bisschen verrückt sein muss.« Er lachte, es klang verzweifelt und lauter als beabsichtigt. Ich mochte alles daran, weil es so unkontrolliert, ehrlich und echt war.

»Und wenn schon.« Ich lächelte schief. »Die besten Menschen sind das, oder?«

Es war eben wirklich verrückt, natürlich war es das. Aber das änderte nichts daran, dass es auch richtig war. Mein Bauch sagte das, mein Herz sagte das, meine Seele sagte das.

Ich hob die zweite Hand und legte sie an Ashtons Brust, bis ich das Pochen darunter spüren konnte. Sein Puls unter meiner Haut, seine Lippen an meiner Schläfe, sein Atem, der aussetzte, als er sie mein Gesicht hinabwandern ließ.

Kurz bevor sie meinen Mund erreichten, wich ich ein paar Zentimeter zurück. »Nur, bevor wir noch irgendetwas … tun, musst du mir was versprechen, okay?« Ich blinzelte konzentriert zu ihm auf. »Ich weiß nicht, ob du denkst, dass du etwas von Heaven in mir erkennst, aber ich will das nicht. Ich will nichts … von ihr sein.«

Er runzelte die Stirn und lehnte sich ebenfalls zurück. »Wie kommst du denn darauf?«

»Weil ich sehe, wie du aussiehst, wenn du an sie denkst. Du vermisst sie. Und das ist verständlich und absolut okay, aber es ist nicht fair, wenn du nur deswegen meine Nähe suchst.« Ich versuchte, jede Regung in seinen Zügen zu erkennen, konnte jedoch nichts finden. Kein Zusammenzucken, nicht mal ein winziges spöttisches Lächeln.

»Das mit uns hat nichts mit Heaven zu tun«, sagte er ernst. »Ich denke nicht an sie, wenn ich bei dir bin. Ich denke an niemanden, wenn ich bei dir bin. Nur an dich.«

»Bist du dir sicher?«, hakte ich unschlüssig nach. Was ich vorhin zu Mabel gesagt hatte, stimmte. Doch dass ich mich selbst wegen Heaven nicht länger verunsichert fühlte, musste nicht bedeuten, dass er es nicht tat. Es wäre okay, wenn er noch nicht so weit war, aber ich wollte es lieber jetzt wissen und nicht, wenn es schon zu spät war. *Als wäre es das nicht längst*, sagte meine innere Stimme mit sanftem Spott, doch ich verscheuchte sie. »Denn ich kann nicht mit einer Ex-Freundin konkurrieren, die du über hundert Jahre lang geliebt hast.«

»Du sollst nicht mit ihr konkurrieren. Ich würde euch nie miteinander vergleichen.« In seiner Stimme lag nach wie vor keine Spur von Zögern oder Unsicherheit.

»Okay.« Ich nickte langsam, versuchte herauszufinden, warum ich dann noch einen Hauch davon verspürte. »Vielleicht hab ich nur Angst, dass *ich* es irgendwann tun würde. Ich meine, wie soll ich es mit eurer Geschichte aufnehmen können? Was du mit ihr hattest, wird immer mehr sein als alles, was wir potenziell haben könnten, selbst wenn das hier nicht sowieso alles so … kompliziert wäre.«

Ich begriff die Worte erst, als ich sie aussprach. Schnell und verzweifelt, weil ich fürchtete, dass Ashton genervt darauf reagieren würde. Dass er mir sagen würde, dass ich albern oder anstrengend war oder dass er doch noch erkennen würde, dass ich recht hatte. Vierzig Jahre Trennung änderten mit Sicherheit nichts an hundert Jahren Liebe.

»Zeit bedeutet bei diesen Dingen nichts«, erwiderte er ruhig, als hätte er den letzten Gedanken gehört. »So funktioniert das nicht. Und ich denke eh nicht, dass du Menschen oder die Gefühle, die du mit ihnen verbindest, vergleichen kannst. Du kannst hundert Beziehungen haben, ohne dass eine davon besser oder schlechter sein muss. Menschen sind nicht ersetzbar, Gefühle ebenso wenig. Jedes, das du mit einem Menschen findest, ist neu. Und … so wie mit dir hab ich mich wirklich mit noch niemandem gefühlt. Es ist anders, Zoe.«

Mir war klar, dass mein Herz an den letzten Worten hängen blieb, mein Verstand allerdings an ein paar anderen. »Hattest du das? Hundert Beziehungen?«

Er lachte, seine Hand rutschte in meinen Nacken. »Ich hatte *eine*.«

»Oh«, ich grinste schwach, etwas verlegen, aber auch entspannter, »na dann bin ich erfahrener als du.«

»Das musst du unter Beweis stellen.« Ein unschuldiges Lächeln auf seinem Mund, seine Hand auf meinem Schulterblatt, ein bisschen Druck, ich stolperte gegen seine Brust.

»Ich meine es ernst, Ashton«, setzte ich bemüht streng hinterher, obwohl sich in mir längst dieses warme Kribbeln ausbreitete. »Sei dir bitte wirklich sicher, dass du das hier willst. Ich kann nicht die zweite Wahl sein. Das Ersatzstück. Die nächstbeste Möglichkeit. Ich will die erste Wahl sein. Wenigstens … *ein Mal*. Verstehst du das?«

»Ja.«

»Und?«

Seine Finger spielten mit dem Kragen meines Kleides. »*Und* wenn du mich lässt, beweise ich dir, wie besonders du für mich bist. Dass ich Dinge mit dir tun will, die ich seit sehr vielen Jahren mit niemandem getan habe. Lass mich dir auf jede erdenkliche Weise zeigen, wie sehr du gewollt wirst. Von mir.«

Das letzte bisschen Zweifel löste sich unter diesen Worten auf. Unter ihnen und seinem Blick, seinem Daumen auf meinem Nackenwirbel, seinem Mund auf meinem, als ich mich zu ihm vorlehnte und ihn endlich, endlich küsste.

Das hier war wirklich anders als jeder andere Kuss, selbst die, die ich mit Ashton gehabt hatte. Vielleicht, weil ich hierfür keinen noch so kleinen Teil von mir unterdrücken musste, der mir riet, das zu lassen. Alles in mir wollte es. Und ich spürte deutlich, dass alles in ihm – *und an ihm* – es ebenso wollte.

Ich schob ihm das offene Hemd über die Schultern, dann die Finger unter den dünnen Stoff des Shirts. Seine Muskeln spannten sich an, er keuchte leise und begann, die Knopfleiste meines Kleides zu öffnen.

Aus einem Reflex heraus hielt ich seine Hand auf und wich ein Stück zurück. »Ich … ich kann es anlassen.«

»Was?« Verwirrt sah er mich an, aber ich schaffte es nicht, den Blick zu erwidern.

Ich wollte die Worte nicht sagen, aber ich fühlte sie trotz allem noch ganz leicht, und vor Ashton fiel es mir schwer, diese beiden Dinge voneinander zu trennen. »Es ist nur, ich hab etwas zugenommen in den letzten Monaten. Ich weiß nicht, ob es so schön für dich ist, wenn du mich … nackt siehst.«

»Gott, Zoe.« Ashtons Hände umfassten mein Gesicht, er hob es sacht an. »Ich weiß nicht mal, wo ich anfangen soll. Du denkst, ich will mit dir schlafen, aber dich nicht nackt sehen? Wieso sollte ich das nicht wollen?«

»Weil ich unförmig bin?« Meine Stimme kippte und fiel haltlos in dem Versuch, belustigt zu klingen. Wie seltsam, dass es immer Traurigkeit war, die sie in solchen Fällen auffing.

Ashton starrte mich fassungslos an. Ich konnte sehen, wie es in ihm arbeitete, während er herauszufinden versuchte, woher ich das nahm. Und schließlich darauf kam. Immerhin hatte er zwei Tage mit meinen Eltern verbracht. Sein Kiefer bewegte sich, doch sein Tonfall blieb durch und durch ruhig. Und so ernst, dass er eine Gänsehaut auf meinem Körper hinterließ. »Hör mir zu. Lass dir von deiner Mutter oder sonst irgendwem nie wieder einreden, dass du irgendwas anderes wärst als schön.«

»Du musst das nicht sagen.«

»Doch, weil ich dir ansehen kann, dass ein Teil von dir ihnen glaubt.«

Ich wand mich leicht unter seinem Griff, dabei waren seine Worte viel entschiedener. Ich konnte spüren, wie sie mit ganzer Kraft versuchten, diese unangenehmen, selbstkritischen Gefühle in mir zu verschieben. Und obwohl ich mir gewünscht hätte, dass es so einfach wäre, wusste ich, dass es das nicht war. Der Blick eines anderen konnte nicht einfach den ersetzen, den ich selbst auf mich hatte. Ich wollte Ashtons Unterstellung verneinen, aber es ging nicht. Natürlich wusste ich im Grunde, dass ich mehr war als die Meinung anderer. Ich war mehr als die Perspektive auf einem Foto, ich war mehr als der Blickwinkel einer anderen Person. Ich war mehr, und wenn ich bei Ashton war, dann hatte ich irgendwie das Gefühl, dieses Mehr wäre tatsächlich … genug.

Trotzdem war da eben dieser Teil von mir, der immer wieder den Bauch einzog, wenn ich an jemandem vorbeilief, der an jedem Spiegel unruhig innehielt, der vor jedem Kuchenbissen einen Gewissensbiss verspürte. Ich hasste es und wusste, dass es falsch war, konnte es aber dennoch nicht abstellen. Vielleicht noch nicht, vielleicht nie ganz.

Daran konnten eben weder der Blick noch die Worte eines anderen etwas ändern. Doch während ich hier stand und beides spürte – seinen Blick auf, seine Worte in mir –, begriff ich, dass das auch nicht nötig war. Ich musste nur verstehen, dass Wahrnehmung immer auf Perspektiven beruhte. Und dass ich daran arbeiten konnte, meine so anzupassen, dass ich mich selbst schöner fand. Weil ich das verdiente.

»Ich weiß, dass es Unsinn ist«, sagte ich, um uns beide daran zu erinnern.

»Aber für einen Teil von dir fühlt es sich trotzdem wahr an. Ich weiß, wie das ist. Also hör mir zu.« Er umfasste mein Gesicht abermals, zehn Finger auf meiner Haut, sein ganzer Fokus auf mir. »Du bist einer der schönsten Menschen, die ich in meinem Leben gesehen habe – und es war ein langes Leben, es waren viele Menschen. Keiner war wie du, Zoe. Das sage ich nicht, damit es dir besser geht. Das sage ich dir nur, weil es so ist. Und weil ich das von Anfang an bemerkt habe. Ich hab sofort gesehen, wie schön du bist, bevor ich mir überhaupt Gedanken darüber gemacht habe, wie du aussiehst. Was denkst du, warum ich dich am allerersten Abend schon Anima genannt habe?«

»Weil du dachtest, ein paar mickrige Lateinkenntnisse beeindrucken mich?«, spottete ich halbherzig, obwohl mein Inneres sich mit jedem seiner Worte mehr entspannte.

Er schnalzte ungeduldig mit der Zunge. »Weil das *Seele* heißt – und weil ich nie eine gesehen habe, die man auf Anhieb so sehr wahrnimmt wie deine. Sie ist heller, wärmer und … eigener als jede andere.«

»Danke.« Ich lächelte und versuchte, ihn wieder zu küssen, doch diesmal ging er auf Abstand.

In seinen Augen blitzte ein dunkler Ausdruck auf, den ich dort seit sehr langer Zeit nicht mehr gesehen hatte. »Und wenn deine Mutter dich noch einmal *unförmig* nennt, sag mir Bescheid, dann statte ich ihr einen Besuch ab.«

Ich knuffte ihn in die Seite, schwach lächeln musste ich trotzdem. »Ashton, ich gebe dir keine Erlaubnis, die Seele meiner Mutter anzuzapfen.«

»Ich habe dich auch nicht um Erlaubnis gebeten.« Er grinste und zog mich endlich wieder zu sich heran.

Meine Widerworte verblassten unter unserem nächsten Kuss, alles verblasste. Und als seine Hand erneut an die Knöpfe meines Kleides wanderte und er an meinen Lippen murmelte: »Darf ich dir das ausziehen? Bitte«, musste ich mich weder überwinden noch darüber nachdenken. Es fühlte sich ganz natürlich an, »Ja« zu sagen. Nicht, weil ich auf einmal von innen heraus überzeugt war, schön zu sein, sondern weil ich ihm glaubte, dass er mich rundum schön fand. Und das hatte nichts mit meinem Körper zu tun und dafür alles mit mir.

Vielleicht fiel es mir deswegen so leicht, in Ashtons Körper nur seinen Körper zu sehen, obwohl ich wusste, dass er das nicht war. Ganz gleich, wie er aussah, ich liebte vor allem das, was er mit ihm tat. Es waren *seine* Bewegungen, mit denen er mir das Kleid öffnete und über die Schultern streifte. Es waren *seine* Berührungen auf meiner Haut und *seine* Kraft, mit der er mich behutsam zurückdrängte, bis meine Kniekehlen gegen das Bett stießen.

Ich zog ihn mit mir beim Fallen, und vielleicht hatte ich deswegen gar keine Angst vor dem Landen. In den Sekunden, in denen ich in der weichen Decke versank, begriff ich, dass ich im Grunde schon einmal gefallen war. Damals, nicht mit ihm, sondern durch ihn. Ich hatte geglaubt, daran völlig zerbrochen zu sein, aber jetzt kam es mir plötzlich so vor, als wäre ich noch nie so stark und gefestigt gewesen. Das bedeutete nicht, dass ich ihm jemals dankbar dafür sein würde, was er mir angetan hatte. Doch es bedeutete, dass ich ihm verzeihen konnte. Dass ich uns beiden verzeihen konnte, wie unsere gemeinsame Geschichte begonnen hatte. Ihm seine Grausamkeit, mir meine Naivität. Denn ich erkannte, dass wir trotzdem noch bestimmen konnten, wie wir sie fortsetzten. Wie sich der Verlauf entwickelte, wie wir uns entwickelten.

Ashton kam über mich und küsste mich, und ich dachte nicht mehr an damals, nur noch an jetzt. Nur noch an uns. Seine Lippen zeichneten eine Spur über mein Gesicht, hin zu meinem Ohrläppchen. Er biss sacht in die empfindliche Haut, während seine Hand sich unter meinen Rücken schob, um meinen BH zu öffnen. Eine Bewegung, mehr brauchte er dafür nicht.

»Du Lügner«, brachte ich atemlos hervor und hob den Oberkörper an, damit er den störenden Stoff entfernen und vom Bett werfen konnte. »Du bist wirklich überhaupt nicht aus der Übung.«

Er lachte an meinem Hals, ein Schauer huschte über meinen Körper. »Ich hab gesagt, dass ich keine Beziehungen hatte, nicht, dass ich auf jeden Bestandteil davon grundlegend verzichtet habe. Aber …«

»Aber?«

Er wich zurück, sodass wir einander ansehen konnten. »Das hier fühlt sich trotzdem anders an.«

»Ja. Tut es.« Mein Lächeln war so ehrlich, dass ich es bis in den Bauch hinein spüren konnte. So wie den nächsten Kuss, so wie alle Küsse.

Ich zog ihm das Shirt über den Kopf, er mir die Strumpfhose aus. Stoff unter meinen Fingerkuppen, dann seine Haut, seine Muskeln, seine feinen Härchen. *Seine, seine, seine.* Und irgendwie auch meine, weil ich nicht mehr sagen konnte, wo er anfing und ich aufhörte.

Seine Gürtelschlaufe, die ich löste, sein unterdrücktes Fluchen und mein Lachen, als er bei dem Versuch, seine Hose loszuwerden, fast aus dem Bett fiel. Und dann nur noch wir beide, weil das genug war, weil das alles war. Die Kerzen warfen einen flackernden Schein auf uns, unsere Körper Schatten an die Wand. Licht und Dunkelheit, das hier war wirklich, wirklich einfach *alles.*

Ashton lehnte sich an mir vorbei zum Nachttisch, ehe er wieder zurückkam. Plastikrascheln, Herzrasen, Bauchlächeln. Als er mich fragend ansah, wusste ich, dass das ein Schwellenmoment war. Nicht wegen dem, was wir tun würden, sondern wegen dem, was das bedeutete. Wenn wir das hier machten, gab es auf einer weiteren Ebene kein Zurück mehr. Trotzdem zögerte ich nicht im Geringsten. Ich nickte und küsste ihn aufs Kinn, auf den Mundwinkel, auf die Lippen, genau in dem Moment, in dem er in mich drang.

Ashton hatte recht. Ich wusste es, noch bevor er anfing, sich vorsichtig und gleichzeitig tief in mir zu bewegen, ich wusste es, noch bevor er wenige Minuten später seine Hand zwischen uns schob und mich berührte, sodass ich nicht mehr wirklich denken, nur fühlen konnte. Ich wusste es einfach: Das hier war anders. Auf die beste aller Weisen.

Es gab kein Verstecken, keine Bemühungen, möglichst vorteilhaft auszusehen oder zu wirken, kein Baucheinziehen, kein Lächeln-Vortäuschen. Keine Masken, keine Lügen. Nur uns und unsere eigenen, unvollkommenen Seelenwahrheiten.

Nie hatte ich sein Wesen, sein wahres Wesen, stärker gespürt als in diesem Augenblick. Er war roh, impulsiv und intensiv, gleichzeitig beherrscht und kontrolliert. Er passte sich mühelos den Reaktionen meines Körpers an, als würde er jede einzelne spüren, bevor ich es tat.

Irgendwann zog er sich aus mir zurück, schwer atmend, mit erhitzten Wangen und ebenso glühendem Blick, ehe er mich küsste. Auf den Hals, auf die Brüste, auf den Bauch, die Oberschenkel, die Innenschenkel und dann dorthin, wo mein Wollen seinen Ursprung hatte und so heftig pochte, als hätte es ein eigenes Herz.

Seine Lippen strichen federleicht darüber, sodass ich erst keuchte und dann unterdrückt stöhnte, weil ich ihn so sehr wollte. Ich spürte sein Lächeln, ehe er endlich mehr Druck aufwendete. Mich küsste, leckte, immer drängender, bis die Hitze in mir sich so stark aufgebaut hatte, dass ich nicht mehr konnte. Meine Hand fuhr in sein Haar, die andere presste sich auf meinen Mund, um den Schrei abzufangen, den ich nicht zurückhalten konnte.

Ich löste mich auf, als ich kam, gleichzeitig hatte ich noch immer dieses untrügliche Gefühl, nie mehr etwas Ganzes, nie mehr ich selbst gewesen zu sein. Erst als die Wellen in mir abklangen, nahm ich meine Hand aus seinen Locken. Die Wärme zog sich kribbelnd durch meinen ganzen Körper, und ich wusste, Ashton nahm sie wahr – so wie er alles von mir wahrnahm.

Er drückte drei sanfte Küsse auf meinen Oberschenkel, dann erst kam er zu mir hoch. Lächelnd betrachtete er mein erhitztes Gesicht – nichts daran wirkte selbstverliebt, und alles daran wirkte verliebt. Vielleicht wollte ich das nur denken, keine Ahnung, aber in diesem Augenblick war es mir egal, weil ich das Gefühl hatte, dass ich tatsächlich genau das bekommen konnte, was ich wollte.

»Alles gut?«, fragte er leise.

»Bestens.« Ich lächelte, wischte ihm die feuchten Locken aus der Stirn. Alles in mir pochte weiter, auf derart angenehme Weise, dass ich seufzen musste.

Ashton hob belustigt die Augenbrauen. »Brauchst du eine Pause?« Gut, jetzt war da vielleicht doch eine Spur Selbstzufriedenheit in seinen Zügen.

Ich rang mir einen unbeeindruckten Gesichtsausdruck ab und zog ihn an mich heran. »Oh, bitte. Du bist derjenige, der außer Atem ist.« Ich wusste, dass er mein Zittern trotzdem spüren konnte. Allerdings nicht auf eine Weise, die mich dazu bewegen wollte, aufzuhören. Ganz im Gegenteil.

Ashton betrachtete wachsam mein Gesicht, als würde er genau nach diesem Gedanken suchen. Ein leichtes Grinsen schlich sich auf seinen Mund. »Dann hilf mir.«

Mit einem weiteren Kuss umfasste er meine Hüfte, drehte uns herum und zog mich damit auf sich. Meine Wahrnehmung war noch verschwommen, alles bestand irgendwie aus Wärme und Gold. Seine Hände an meiner Taille, als er erneut in mich glitt, sein Mund unter meinem, als er keuchte, weil ich ihn erst küsste und dann anfing, mich zu bewegen.

Nichts hieran war roh, dafür war alles pur. Ich nahm jeden Momentbruchteil klar wahr: den, in dem er unruhiger wurde, die Finger tiefer in meine Seite grub, ehe er sie auf meinen Hintern legte und unser Tempo ein wenig erhöhte. Den, in dem er eine Hand in meinen Nacken legte und zu sich herunterzog, um mich erneut zu küssen. Den, in dem er sich schließlich unter mir anspannte, als er kam.

Wir küssten uns auch danach noch weiter, atemlos und trotzdem ganz bedacht. Es ergab eigentlich keinen Sinn, weil ich gerade erst alles nur *gefühlt* hatte, aber dann wieder doch. Denn für jede Empfindung, die in diesem Moment zwischen uns existierte, hatte ich mich mit vollem Bewusstsein entschieden.

Irgendwann legte ich mich neben ihn, drückte das Gesicht gegen seinen Hals, atmete ihn und diesen Moment ein.

»Was ist los?«

Ich begriff erst, wovon er sprach, als er mit dem Daumen über meine Wange strich. Kalte Nässe auf meiner Haut und darunter, sobald ich verstand, wieso ich weinte. Weil in diesem Augenblick alles so schön war. Und weil es so endlich war.

»Du darfst nicht sterben.«

Er blinzelte, dann lächelte er, verschmitzt und doch ein wenig unecht. »Die Tatsache, dass dir das erst klar wird, nachdem wir Sex hatten, ist schmeichelhaft und kränkend zugleich.«

Ich vergrub das Gesicht fester in seiner Halsbeuge. »Ashton.« Sein Name war ein Vorwurf und ein Flehen und ein Geständnis all der Dinge, die ich mich nicht traute zu denken, aber längst fühlte. Ich wusste, er hörte jede einzelne Silbe heraus.

»Ich weiß.« Seine Lippen bewegten sich an meinem Scheitel, als er sprach. »Es tut mir leid.«

»Ich würde alles tun, um euch zu retten. Ich wünschte …«

»Du kannst nichts tun«, unterbrach er mich leise, aber entschieden. »Und du sollst auch nichts tun. Das ist nicht deine Aufgabe. Ich nehme an … ich verstehe jetzt, was Cliff mal zu mir meinte. Unser Tod ist letztlich eine Folge unseres Lebens. Was auch immer passiert, wir verdienen es.«

Ich hätte ihm gern widersprochen, weil ich zu verstehen glaubte, dass das Leben nicht so einfach war. Man verdiente sich nichts. Keinen Menschen, kein bestimmtes Dasein, kein möglichst schönes Ende. Man konnte nur bei jedem Schritt aufs Neue überlegen, wer und wie man dabei sein wollte. Der Rest war das Universum, Zufall, eine Kette von Ereignissen, von denen man die allermeisten nicht steuern konnte.

Der Gedanke war beruhigend und beunruhigend zugleich, da er mich vor eine bestimmte Erkenntnis schob: dass Ashton sich veränderte – nicht durch mich, sondern mit mir –, könnte ihn womöglich nicht vor seinem persönlichen Ende bewahren. Was auch immer wir gerade gefunden hatten, wenn kein Wunder geschah, würden wir es bald wieder verlieren.

Und weil das so war, wie es war, widersprach ich ihm nicht. Es hätte keine Rolle gespielt, alles, was in diesem Moment zählte, waren wir. Er und ich. Ich schloss die Augen, atmete tief ein und dachte an das, was er vor kurzer Zeit über Davies Wunder gesagt hatte.

Ab und zu passieren solche.

Ab und zu.

Ashton und Zoe.

Von A bis Z.

Einfach alles.

Ein Zeichen, dachte ich mit aller Kraft, *bitte lass das ein Zeichen sein.*

24

ASHTON

Stourbridge Common versank im Nebel, als ich das Parkgelände an der Cam erreichte. Ich hatte das Gefühl, die Luft würde an meinen Hosenbeinen haften bleiben, je länger ich über den schmalen Uferweg lief. Das graugrüne Wasser floss windstill an meiner Seite, mein Herz pochte kaum fühlbar in meiner Brust.

Es war noch recht früh am Morgen, kurz nach acht, doch ich war bereits hellwach. Ohne Kaffee, ohne fremde Energie, ohne Wut oder ein anderes treibendes Hilfsmittel. Stattdessen hatte ich nach dem Aufwachen so etwas wie Friedlichkeit empfunden. In der Sekunde, in der ich das verstanden hatte, war es mir unmöglich erschienen, länger liegen zu bleiben.

Zoe hatte noch geschlafen, als ich mein Zimmer verlassen hatte. Ein paar Sekunden lang war ich neben dem Bett stehen geblieben und hatte sie einfach angesehen – das weißblonde Haar, das ihren Kopf wie einen Heiligenschein umfloss, die ebenso hellen Wimpern, die leicht flackerten, weil sie träumte, ihre Hand, die sich im Kissen vergraben hatte, so wie Stunden zuvor in meinem Haar, in meiner Haut, in meinem Ich. Ich fühlte sie noch immer dort, überall. Keine Kratzer, sondern weiche Fingerabdrücke, die sie auf und in mir hinterlassen hatte und die mich auf eine Weise geprägt hatten, die ich vermutlich noch nicht ganz verstand. Die ich vielleicht nie ganz verstehen würde, weil das, was letzte Nacht geschehen war, im Grunde unverständlich war.

Ich konnte nicht verstehen, warum Zoe mich wollte, trotz allem, was ich ihr angetan hatte. Ich konnte nicht verstehen, warum ich es wollte, trotz allem, was ich ihr noch antun musste.

Alles, was ich wusste, war, dass ich nicht mehr darüber nachgedacht hatte, sobald sie mich das erste Mal geküsst hatte. Ganz sicher nicht mehr, als sie halb nackt vor mir stand. Ganz, ganz sicher nicht mehr, als sie unter mir lag und ich sie spürte – auf jede verdammte Weise.

Alles, was ich gespürt hatte, war Zoe gewesen.

Genau aus diesem Grund hatte ich mit dem Aufwachen begriffen, was ich tun musste. Etwas, das ich vermutlich vor langer Zeit hätte tun sollen, bisher jedoch verdrängt hatte.

Die Bank stand verlassen auf der Anhöhe. Die Holzbeine versanken im knöchelhohen Gras und Nebelschwaden, ihr Rücken war spröde. Feine Risse zogen sich durch die Maserung, doch die Goldplakette glänzte im Morgenlicht.

Im Gedenken an Amelia Victoria Heaven Wallingford
ex hoc momento pendet aeternitas

Kurz starrte ich auf die Inschrift und wartete auf diesen bekannten Stich aus Wut und Trauer. Doch er kam nicht.

Ich fühlte immer noch viel, nur irgendwie weicher. Als hätten die Gefühle ihre Spitzen verloren. Das Schmerzhafte an ihnen war abgestumpft, zurück blieben samtähnliche Wellen, die mich durchliefen, während ich ihren Namen anstarrte. Nicht den ihrer Hülle, sondern ihren echten.

Zögerlich setzte ich mich auf die Bank und wandte den Blick aufs Wasser. So starr, dass mein Sichtfeld links und rechts von mir verschwamm und ich mir einreden konnte, nicht allein zu sein. Andernfalls wäre es mir unmöglich gewesen, den Mund zu öffnen. »Ich hab keine Ahnung, warum ich hier bin. Um ehrlich zu sein, als Cliff und Norah diese Bank errichtet haben, war mein erster Impuls, sie niederzubrennen. Ich hab's nur nicht getan, weil ich im Grunde weiß, dass du diese Geste gemocht hättest. Du hast es immer genossen, erinnert zu werden. Deswegen hast du auch alles dafür getan, um unvergesslich zu sein, nicht?« Ich lächelte schwach. »Hat gut funktioniert.«

Wie von selbst tastete ich nach meinem Portemonnaie in der Jackentasche und zog es hervor. Das Metall der Kette glänzte auf, als das diesige Licht darauftraf. Ich schob den Daumen in einen der Ringe, strich über das kühle Material. »Ich bin wütend auf dich«, fuhr ich heiser fort. »Ich bin wütend, dass du mir nicht die Möglichkeit gegeben hast, mit dir zu gehen. Dass du mich hier zurückgelassen hast, in dem Wissen, dass ich ohne dich durchdrehe.«

Hätte sie mir damals erzählt, dass ihr Körper dabei war, zu versagen, hätte ich nicht gezögert, ihr zu folgen. Ich wäre in jener Nacht bei ihr geblieben, wäre lieber in einem Feuer gestorben, als die nächsten Jahre mit einem in meiner Brust zu leben. Ich hatte Heaven so lang dafür gehasst, dass sie mir das unmöglich gemacht hatte, ebenso wie Cliff, der dafür gesorgt hatte, dass ich es nicht noch nachholte. Doch jetzt, nach allem, was in den vergangenen Wochen und vor allem der letzten Nacht passiert war, verspürte ich zum ersten Mal in vierzig Jahren einen Funken … Dankbarkeit.

»Aber womöglich wusstest du, dass ich noch was vorhabe. Dass ich noch ein bisschen leben und … keine Ahnung, jemanden kennenlernen muss.« Ich verzog den Mund, weil ich eigentlich nicht an so etwas glaubte, an Vorherbestimmung, Schicksal, das Universum. Doch letztlich spielte das sowieso keine Rolle. Es war völlig egal, ob Zoe und ich uns durch eine höhere Fügung getroffen hatten oder einfach durch verdammten Zufall. Fakt war: Wir hatten uns getroffen, und das hatte alles verändert. Das hatte *mich* verändert.

Ich war davon überzeugt gewesen, dass Heavens Tod ein Schwarzes Loch aus mir gemacht hatte. Jetzt glaubte ich zu begreifen, dass das nicht ganz stimmte. Vielleicht war ich kein Schwarzes Loch, sondern ein Neutronenstern. Das würde erklären, warum es sich anfühlte, als würde ich seit einiger Zeit anfangen, mich zu drehen. Und auch, warum man diese Sterne Pulsar nannte: Ich konnte meinen eigenen Puls wieder fühlen. Ich konnte fühlen, dass ich am Leben war.

Mit einem tiefen Atemzug umfasste ich die Ringe in meiner Hand fester. »Ich liebe dich, Heaven. Ich liebe dich seit immer und für immer. Aber ich … glaube, dass es für dich in Ordnung wäre, wenn ich trotzdem noch jemand anderen liebe. Für mich ist es das. Und ich weiß, dass du mir nicht erlauben würdest, mich schlecht für etwas zu fühlen, das mir das Gefühl zurückgibt, am Leben zu sein. Genau dafür hast du mich doch zurückgelassen, oder? Du hast mich losgelassen, damit ich die Chance habe, mich noch mal an etwas oder … jemand anderem festzuhalten. Und ich glaube, um das tun zu können, muss ich dich, muss ich … *uns* ein bisschen mehr loslassen. Du weißt, dass das nicht bedeutet, etwas zu vergessen. Es bedeutet nur, dass ich mir erlaube, mich an mehr zu erinnern. An Gutes. An Neues. Und vielleicht auch an … keine Ahnung, ein neues Ich.«

Meine Augen pochten trocken, und ich fühlte mich zwar albern und unerträglich, aber trotzdem auch irgendwie besser. Mir war klar, dass sie mich nicht hörte. Aber wenn Cliff recht hatte und Seelen nie ganz verloren gingen, sondern ihre Energie auf andere Weise in der Welt umherschwirrte, und wenn Zoe recht hatte und wir alle letztlich aus Supernova-Resten bestanden, dann gab es vielleicht den Hauch einer Chance, dass ein Teil von Heaven das hier fühlte.

Ein letztes Mal blickte ich auf die Ringe in meiner Hand, auf das Versprechen für eine Ewigkeit, das gebrochen worden war – und dann wieder nicht. Dinge mussten nicht für immer anhalten, um ein *Für immer* zu hinterlassen. Zeit war eben nicht das ausschlaggebende Kriterium, wenn es darum ging, wie bedeutend etwas war.

»Mach's gut, Heaven. An diesem Augenblick hängt vielleicht nicht die Ewigkeit, aber … unser Uns.« Ich schloss die Augen, dann holte ich weit aus und warf die Kette mit Schwung in Richtung Cam. Der Fluss nahm das Metall mit einem leisen Plätschern auf, ehe er sich darüber wieder zu einer ruhigen Oberfläche glättete.

Noch während ich mich abwandte und die Anhöhe verließ, begriff ich, dass das hier weitaus mehr als ein Abschied von Heaven gewesen war. Es war auch einer von dem gewesen, woran ich über ein Jahrhundert lang geglaubt hatte: dass unser Leben das einzig Wahre war. Das, was am meisten geschätzt, geliebt und geschützt werden musste.

Ich wollte nicht sterben, nach wie vor nicht. Doch ich erkannte plötzlich, dass es trotzdem etwas gab, womit ich unter keinen Umständen *leben konnte*.

Henry war schon da, als ich das Hickory House erreichte. Ich spürte seine Anwesenheit wie ein feuchtes Tuch im Nacken, kaum dass ich das Tor hinter mir zuwarf und auf die Eingangstür zusteuerte.

Auf meine Nachricht hatte er nur einsilbig reagiert, aber immerhin nicht gezögert, mich zu treffen. Was sicherlich anders gewesen wäre, hätte er geahnt, warum ich ihn sehen wollte. Ich wusste nicht, wo er wohnte, seit er wieder in der Stadt war. Im Grunde wusste ich sehr wenig über meinen Vater, und das schon seit vielen Leben. Womöglich schon immer. Selbst als meine Mutter noch gelebt hatte, war er mir fremd gewesen: ein mächtiger, schweigsamer Mann, dem man nur dann ein Gefühl anmerken konnte, wenn er seine Frau ansah. Wie seltsam, dass ich jemandem so hatte gefallen wollen, obwohl ich ihn im Grunde nie gekannt hatte.

Er saß an Flemmings Schreibtisch in dem Raum, den Zoe und ich die vergangenen Wochen über wiederhergerichtet hatten. Ich nahm ihre Anwesenheit auch jetzt überdeutlich wahr, ebenso wie die von Flemming, auch wenn er es seit Jahrzehnten nicht mehr betreten hatte.

Im Rahmen blieb ich kurz stehen, und für ein paar Sekunden verschwamm Henrys Silhouette im silbrigen Morgenlicht zu einer anderen aus meiner Erinnerung. Flemming, mit Augen, die vor Traurigkeit tief und bodenlos wie Krater aussahen. *»Das Leben ist nicht darauf ausgerichtet, leicht zu sein«*, hörte ich ihn abermals sagen. *»Auch wenn wir alles dafür getan haben, um ebendas zu verdrängen.«*

Zum ersten Mal verstand ich seine Worte wirklich. Das, was ich gleich vorhatte, war nicht leicht. Und genau deswegen wusste ich, dass es das wert war.

Entschlossen machte ich einen Schritt über die Schwelle. Die Dielen knarrten, Henry sah auf, ich öffnete den Mund, bevor sein Blick die Worte auflösen konnte. »Es muss eine andere Losung geben, um ein neues Artefakt zu erschaffen.«

Er sah mich nur an, bestimmt zehn Sekunden lang. Dann lehnte er sich im Stuhl zurück und die Arme auf die Lehnen, sodass die Knöpfe des Jacketts im Licht aufblitzten. »Es gibt keine.« Sein Tonfall klang ruhig, doch in seinen Augen erkannte ich den Funken eines Ausdrucks, der mich irritierte. Er wirkte nicht überrascht, viel eher belustigt. Und … zufrieden?

»Das ist bedauerlich.« Ich zwang mich, das Kinn weiter anzuheben. »Denn die, die du mir gezeigt hast, ist keine. Nicht für mich.«

»Inwiefern?«

Langsam ging ich weiter auf ihn zu, auch wenn mich all meine Instinkte zurückdrängen wollten. Mich und die Buchstaben in meinem Mund. »Ich will es nicht tun.«

»Was willst du nicht tun?« Noch immer regte sich weder sein Tonfall noch seine Mimik.

»Ich will Zoe nicht benutzen, nur damit es uns einen Nutzen verschafft. Ich will ihr Leben nicht schlechter machen, nur damit unseres besser wird. Ich will nicht. Ich kann nicht. Und ich werde nicht.«

Mit dem letzten Punkt atmete ich tief aus und spürte, wie ein Teil meiner Anspannung damit ebenfalls meinen Körper verließ. Oder vielleicht eher meine Seele. Ich hatte eine Ewigkeit lang jeden Tag einen Stein darauf abgelegt, weil ich Henry gefallen wollte. Jetzt, da ich das aufgab, fühlte ich, wie viel darüber hinaus von mir *abfiel*: der Druck, jemand sein zu müssen, den er lieben könnte. Es war schwer genug, ich selbst zu sein, da würde ich meine Zeit nicht länger mit dem Versuch verschwenden, jemand zu sein, der ich nicht war. Wie auch immer er reagieren würde, dieses Mal würde er mich wenigstens für etwas verachten, das ich selbst gewählt hatte. Das ich selbst war. Und das ich selbst mochte.

Ich zwang mich, ihn direkt anzusehen, und wartete darauf, die bekannte Mischung aus Wut, Enttäuschung und Abscheu in seinen Zügen zu erkennen. Doch da war nichts dergleichen. Stattdessen zierte ein Lächeln seinen Mund.

»Faszinierend.«

Ich runzelte die Stirn. »Was?«

Er erhob sich und kam um den Tisch herum. »Ich habe damit gerechnet, dass du schwach wirst, aber nicht in diesem Ausmaß. Ich dachte, es würde ausreichen, dich ein wenig anzulügen, damit du das trotz deiner lächerlichen Gewissensbisse erledigst.«

Mit jedem seiner Schritte und Worte wickelte sich das kalte Tuch in meinem Nacken fester um meinen Hals. Als er vor mir innehielt, konnte ich kaum noch atmen. »Mich anlügen? Was soll das bedeuten?«

Er betrachtete mich mitleidig. »Dachtest du wirklich, um uns alle zu retten, würde es ausreichen, dass sie uns ein wenig ihrer Energie gibt und danach munter von dannen zieht? Bitte, Arthur. Wie alt bist du? Wie gut kennst du unsere Welt?«

Das Gefühl des Erstickens kroch tiefer, in mein Herz, das sofort langsamer schlug. Als wollte es nicht nur aufhören, Blut durch meinen Körper zu transportieren, sondern auch diese Erkenntnis durch mein Bewusstsein.

Noch bevor sie dort ankam, begriff ich, dass seine letzte Frage nicht die entscheidende war. Diese lautete: *Wie gut kenne ich Henry?* Den Mann, der vor mir stand, den ich meinen Vater nannte und doch nie richtig verstanden hatte?

Ich erinnerte mich an seinen Blick, als ich gefragt hatte, was dieses Opfer für Zoe bedeuten würde. Die Wachsamkeit in seinen Augen, die Beiläufigkeit in seiner Antwort, dass sie es schon überleben würde. Er hatte mir gegeben, was ich hören wollte. Er hatte mir gegeben, was ich hören *musste*, um ihm zu gehorchen.

»Sie muss sterben«, schlussfolgerte ich trocken, obwohl meine Gefühle sich verflüssigten. Wut, Hass, Angst, Sorge, alles floss ineinander und schwappte über meinem Kopf zusammen. So heftig, dass ich mich selbst kaum noch hören konnte. »Du willst, dass ich sie opfere.«

»Nein.« Henry machte einen weiteren Schritt auf mich zu. »Ich will, dass *sie* sich opfert. Alles, was ich von dir will, habe ich bereits bekommen. Auch wenn wie gewohnt auf enttäuschende Weise.«

»Du hast gar nichts von mir bekommen«, zischte ich zurück und ballte die Hände zu Fäusten. »Und du bekommst auch von Zoe nichts. Ich lasse nicht zu, dass du ihr wehtust – und ganz sicher nicht, dass du sie *umbringst*!«

»Wie willst du das verhindern?« Er lächelte erneut. Auf eine so herablassende Art, dass ich dagegen ankämpfen musste, es ihm von den Lippen zu schlagen.

Da war kein Funken Angst mehr in mir, kein Hauch von Respekt oder unterwürfiger, kranker Liebe. Zum ersten Mal in all der Zeit glaubte ich zu fühlen, was er seit Anbeginn unseres Daseins spürte, wenn er mich ansah: Ich war angewidert und enttäuscht, ich hasste und verabscheute ihn. Es hätte mich vermutlich traurig stimmen müssen, so über meinen Vater zu denken, doch in diesem Augenblick war ich dankbar dafür. Allein diese Klarheit machte es mir möglich, all meine Entschlossenheit in die nächsten Worte zu packen. »Das wirst du noch sehen. Es ist mein Leben. Und ich entscheide, was ich damit tue.«

Kurz starrten wir einander an, ehe ich mich abwandte. Mit jedem Meter, den ich mich von Henry entfernte, spürte ich, wie ich freier wurde. Als würde meine Seele zum ersten Mal seit Jahrzehnten tatsächlich durchatmen. Das Gefühl blieb, bis ich die Tür erreicht hatte.

Mein Fuß schwebte über der Schwelle, als es passierte. Eine Hand, die so grob nach meinem Inneren griff, dass ich keine Chance hatte, mich dagegen zu wappnen. Ich keuchte und hielt mich im Rahmen fest, grub die Nägel fest in das Holz, bis ein paar einrissen. Ich spürte es kaum, weil ich nur den viel bedeutendere Riss in meinem Inneren wahrnahm.

Es fühlte sich an, als würde man mir ein Brecheisen in die Seele rammen. Schmerzhafter als Sinceres Angriff auf der Brücke, schmerzhafter als alles, was ich je gespürt hatte. Mein Zentrum fühlte sich an, als stünde es kurz davor, zu zerbersten. Je mehr ich versuchte, mich dagegenzustemmen, desto schlimmer wurde es.

Meine Finger verloren ihren Halt, meine Knie gaben nach, meine Sicht flimmerte. Mein Bewusstsein entglitt mir mit jedem Atemzug mehr.

Nur vage nahm ich die Schritte hinter mir wahr, kurz darauf die Stimme dicht in meinem Rücken. »Du solltest es besser wissen, Arthur.« Henrys Worte trieften vor Spott. Der Druck auf meiner Brust erhöhte sich, als würde er seine innere Hand mit jeder Silbe fester gegen mich drücken. »Dieses Leben gehört nicht dir. Keins deiner Leben hat das je. Und deshalb entscheidest du rein gar nichts – im Zweifel nicht einmal, wie es endet.«

Ich wollte etwas sagen, aber meine Zunge ließ sich nicht bewegen. Das Brennen kroch aus meinem Zentrum in jede einzelne Zelle, bis ich in Flammen stand.

In den Sekunden, bevor ich in die Schwärze hineinglitt, fragte ich mich, ob Heaven das Gleiche gespürt hatte, als sie von dem Feuer in ihrem Zimmer umgeben gewesen war. Ich fragte mich, wie sie dem Drang hatte widerstehen können, zu flüchten, wenn sie mich doch geliebt hatte. Denn ich spürte, wie sich mein Inneres in der Hitze auflöste, und alles, was ich denken konnte, war, dass das nicht passieren durfte. Dass ich nicht gehen durfte. Dass ich sie nicht verlassen durfte.

Zoe. Zoe, Zoe, Zoe.

Ihr Name war das letzte bisschen Glanz, das ich sehen und fühlen konnte, bevor die Finsternis auch diesen auslöschte und mich verschluckte.

25

ZOE

Meine Finger glitten über das ausgekühlte Laken, als ich aufwachte. Träge blinzelte ich in das blasse Morgenlicht, das sich durch einen Spalt im Vorhang hindurchzwängte.

Ich musste mich nicht umsehen, um zu wissen, dass Ashton nicht mehr hier war. Das Zimmer war bis auf mich verlassen, trotzdem irgendwie voll, weil ich mich so … viel fühlte.

Langsam drehte ich den Kopf zur Seite, betrachtete die abgebrannten Kerzen auf dem Nachttisch, das Wachs auf dem Holz, die angetrockneten Teebeutel in den Keramikbechern, aus denen wir danach getrunken hatten. Danach. Meine Wangen begannen zu pochen, als ich an das *Davor* dachte. Nicht nur meine Wangen. Alles, schon wieder.

Ich seufzte und tastete erneut über das Laken, das noch nach Ashton roch, nach uns, obwohl er vermutlich schon eine Weile fort war. Vielleicht hätte mich das beunruhigen sollen, aber ich fühlte nicht einen Hauch von Sorge, dass das etwas zu bedeuten hatte. Denn ich war eben vollständig davon überzeugt, dass alles andere etwas bedeutet hatte.

Als ich bei seinem Kissen angekommen war, bemerkte ich den Zettel darauf. Dünne Bleistiftworte auf einem herausgerissenen Karopapierstück.

Untersteh dich, das hier zu bereuen. Und dann, ganz klein und fast unleserlich darunter: *Bitte.*

Eine Viertelstunde später verließ ich sein Zimmer. Der Zettel lag wieder auf dem Kopfkissen, jetzt mit einem weiteren kleinen Wort.

Niemals.

Ich lächelte immer noch, als ich kurz darauf Trinity Hall erreichte und auf das Gebäude zusteuerte, in dem mein erster Kurs des Tages stattfand. Die Rosen begannen allmählich zu blühen und zersetzten das ockerfarbene Bild mit roten und rosafarbenen Tupfern. Mabels Silhouette hob sich dunkel vor einem solchen Busch ab, sodass ich sie sofort entdeckte.

Sie mich auch, ehe sie im nächsten Moment auf mich zueilte. »Da bist du ja endlich. Ich hab so oft versucht, dich anzurufen.«

»Mein Akku ist leer«, erklärte ich und musterte ihren gehetzt wirkenden Gesichtsausdruck. Ihr Haar war zu einem Dutt gebunden, ihre dichten Wimpern wirkten wirrer als sonst, als hätte sie sich mehrmals über die müden Augen gerieben. Ihre Lippen waren ungewohnt farblos. Sie sah aus, als wäre sie übereilt aufgestanden. Oder hätte gar nicht erst geschlafen. »Was ist los? Das Seminar fängt doch erst in zehn Minuten an.«

»Ja, aber ich hab nicht vor, hinzugehen. Und du wahrscheinlich auch nicht, sobald ich dir erzählt habe, was Nox mir gerade berichtet hat.«

»Was?«, hakte ich verständnislos nach, aber da umfasste Mabel schon meinen Unterarm und zog mich zu einer Bank, die unter einer Buche mit tief hängenden Ästen stand.

Sie stellte ihre Tasche auf der Sitzfläche ab und wartete, bis ein paar Studierende an uns vorbeigeeilt waren, dann senkte sie ihre Stimme. »Ich hab dir doch erzählt, dass Nox vorgehabt hat, die Kreditkartenabrechnungen weiter zu verfolgen. Die Spur der meisten hat sich wenige Jahre nach Flemmings angeblichem

Tod verloren, aber er hat etwas gefunden. Es werden bis heute noch Zahlungen abgebucht. Von einer Karte. Sie läuft auf den Namen Stuart Robert Nusbaum.«

Ich runzelte die Stirn, während ich versuchte, ihr zu folgen. »Ein seltsamer Name.«

Mabels Mundwinkel zuckten, eher ein nervöser Reflex als ein echtes Lächeln. Ihre Wangen glühten dunkel, obwohl es noch früh am Morgen und recht kühl war, ihr Gesicht war mit Tintenklecksen übersät, was bedeuten musste, dass sie heute noch nicht in einen Spiegel geblickt hatte. »Er wird noch viel seltsamer, wenn man ein bisschen was weglässt.«

Sie zog einen Zettel aus ihrer Manteltasche und hielt ihn mir hin. Ich brauchte einen Moment, ehe ich begriff, was sich darauf befand: Sie hatte den vollen Namen aufgeschrieben und anschließend einige der Buchstaben wieder durchgestrichen. Zurück blieben nur noch sieben. Sieben Buchstaben, die ein Wort ergaben, das fremd klang und dennoch ein Gefühl von Wiedererkennen in mir auslöste.

»Sturnus«, las ich vor. Erst in diesem Moment verstand ich, wo ich es schon einmal gehört hatte. An jenem allerersten Abend, an dem Mabel und ich zu einer Party der Stare gegangen waren und diesen Begriff als Codewort am Einlass hatten nennen müssen. »Wie in … *Sturnus vulgaris*?«

Diesmal lächelte Mabel wirklich. »Das kann kein Zufall sein, oder? Das muss einfach ein Zeichen sein.«

»Und wofür? Einen seltsamen Humor?«

Sie hob die Schultern, steckte den Zettel wieder ein und holte stattdessen ihr Handy heraus. »Ich erkläre ihn höchstpersönlich zum witzigsten Menschen der Welt, wenn ich die Chance habe, ihn kennenzulernen.«

»Das heißt … du denkst, er lebt?« Seit Flemmings angeblichem Tod waren vierzig Jahre vergangen. Da er ohne das Artefakt nicht einfach springen konnte, müsste er mittlerweile in den Neunzigern sein – wenn er denn noch lebte. Das war selbst für normale Menschen ein hohes Alter, für einen Seelenspringer hingegen … ein unmögliches.

Ich konnte Mabel ansehen, dass ihre Gedanken ebenfalls mit argumentbeladenen Händen versuchten, die Hoffnung in ihr zusammenzupressen. Widerwillig zerrte sie ihre Mundwinkel hinab. »Ich hab keine Ahnung, ob *Flemming* lebt. Aber derjenige, der diese Karte benutzt, tut es. Es wird jeden Monat Geld abgebucht. Von ein- und derselben Einrichtung.«

»Was für eine?«

Mabel entsperrte ihr Handy und hielt mir das Display hin.

Als ich erkannte, welche Website sie aufgerufen hatte, musste ich lachen. »Ein Seniorenheim? Das muss ein Scherz sein.«

Ich griff nach ihrem Smartphone und scrollte weiter. Die *Redwood Residence* lag in der Nähe von Margate, einem Ort an der Küste, in einer ländlichen Gegend. Die Fotos zeigten ältere Menschen in aufgeräumten, aber gemütlich wirkenden Zimmern mit Blick auf einen bunt blühenden Garten. Daneben pflegende Personen mit blassblauen Kitteln und lächelnden Gesichtern. Es wirkte freundlich und recht gewöhnlich – in diesem Zusammenhang war es dennoch der ungewöhnlichste Ort, den ich mir vorstellen konnte.

Das ergab keinen Sinn. Wenn Flemming wirklich einen Weg gefunden hätte, ein neues Artefakt zu erschaffen, wieso sollte er dann freiwillig in den Körper eines Neunzigjährigen schlüpfen? Es sei denn natürlich, er hatte es nicht getan und war schlichtweg in dem gealtert, mit dem er Cambridge vor vier Jahrzehnten verlassen hatte. Doch … wie? Das widersprach allem, was wir über die Seelenspringer und ihre Hüllen wussten.

Ich schüttelte den Kopf. Es gab nur eine Person, die uns diese Fragen beantworten konnte. Und noch einige mehr, wenn sie wirklich lebte. Ich sperrte das Display und gab Mabel ihr Handy zurück. »Wann fahren wir los?«

Sie grinste, als hätte sie auf diese Worte gewartet. »Sofort. Nox besorgt uns gerade einen Wagen. Den, den er offiziell nutzt, kann der Rat zurückverfolgen. Er will auf Nummer sicher gehen, dass niemand mitbekommt, wohin wir wollen.«

Mein Gewissen pochte unangenehm auf. »Heißt das, er stiehlt ihn?«

Mabel rümpfte die Nase. »Ich hab bewusst nicht nachgefragt.« Genau da leuchtete ihr Handy auf. »Er steht vorm Trinity College«, erklärte sie mit Blick auf die Nachricht und nickte mir zu. »Dann los?«

Ich lächelte und hakte mich bei ihr unter. Unsere Körper zitterten beide ein bisschen, aber es störte mich nicht. Aus dem einfachen Grund, dass es an der sanft knabbernden Hoffnung lag, die sich an unseren Seelen zu schaffen machte. »Dann los.«

Nox erwartete uns unmittelbar vor dem Ausgang des Campus. Mit verschränkten Armen, einer Sonnenbrille auf der Nase und einem schiefen Lächeln lehnte er an einem grauen Wagen und sah uns entgegen. Seine Körperhaltung wirkte auffallend entspannt, der Ausdruck in seinen Zügen hingegen zerknirscht. Für einen kurzen Augenblick dachte ich, er hätte Gewissensbisse, weil das Auto hinter ihm mit Sicherheit auf nicht legale Weise seinen Weg hierhergefunden hatte. Dann erst fiel mein Blick auf die junge Frau, die ein paar Schritte entfernt neben der Motorhaube stand.

Norahs Fuchshaar schimmerte in der Morgensonne, ihr Gesicht hingegen wirkte auf grimmige Weise entschlossen.

Mabel entdeckte sie im selben Moment und blieb stehen, obwohl wir noch ein paar Meter entfernt waren. »Was …«

»Sorry«, fiel Nox ihr sofort ins Wort und hob die Hände. »Sie war letzte Nacht bei mir, und … na ja, für ihr Alter ist sie ziemlich neugierig und penetrant.«

»Vorsicht, Nox. Übertreib es nicht«, erwiderte Norah trocken, doch das Schmunzeln in ihren Mundwinkeln war ebenso deutlich zu erkennen wie der rosafarbene Schleier auf ihren Wangen.

Mein Mund öffnete sich. Mit einem Mal ergab alles hieran Sinn: Nox' seltsam entspannte Haltung, Norahs ungewohnte

Verlegenheit. Offenbar hatte sein *Erinnerungsplan* tatsächlich funktioniert, und die beiden hatten sich dazu hinreißen lassen, ein paar dieser Erinnerungen aufzufrischen. Ich musste mir das Lächeln verkneifen, weil mich das so freute. Zwar kannte ich die beiden noch nicht lang, aber ein paar Minuten in ihrer Gesellschaft reichten aus, um zu wissen, dass sie zusammengehörten. Es wirkte, als wären sie auf derart tiefgehende und vielschichtige Art miteinander verbunden, dass es schlichtweg unmöglich war, sie auseinanderzudenken.

Ich deutete von Norah zu Nox. »Heißt das …«

»Es heißt, dass ich mitten in der Nacht aufgewacht bin und ihn dabei erwischt habe, wie er sich in fremde Onlinekonten gehackt hat«, unterbrach Norah mich entschieden. Die Art, wie ihre Sommersprossen in der Rötung ihrer Wangen untergingen, verriet alles Weitere. »Er hat mir erzählt, was ihr da tut. Und ich habe ihm klargemacht, dass ich ihn das nicht allein durchziehen lasse.«

Mabel warf Nox einen halbwegs anklagenden Blick zu, doch dieser hob nur die Schultern. »Ach, kommt, es spielt jetzt keine Rolle mehr, oder? Entweder ist es eine Spur, die uns weiterbringt, oder …«

Er brach mit einem Räuspern ab, wir hörten den Rest des Satzes dennoch alle. *Oder das war's.* Die Worte wehten kühl zwischen uns hin und her, ich spürte, wie sie mit kalten Fingerspitzen in meine Gedanken krabbelten.

Entschieden schüttelte ich den Kopf, ehe sie es schafften, alles einzufrieren. Nach dem Neuanfang heute Nacht weigerte ich mich, an ein Ende zu denken.

»Finden wir es heraus. Lasst uns fahren.«

Die *Redwood Residence* wirkte eher wie ein Feriendomizil als wie ein Seniorenheim. Wir befanden uns nur rund zwei Stunden entfernt von London, doch hier draußen wirkte es, als wäre das Gebäude vor uns das einzige auf der Welt.

Ein weiß gestrichenes, mehrstöckiges Haus mit kleinen Balkonen, fliederfarbenen Fensterrahmen und einer breiten Holztür. Ringsherum nur sommerweiches Gras, das in der Nachmittagssonne goldgrün wirkte, und ein in der Ferne angrenzender Wald, dessen Bäume das Anwesen in eine Kugel aus Blättern und Harz einschlossen. In der Luft lag der frische Geruch eines Sees, der laut der Internetseite im Parkgelände hinter dem Anwesen anschloss, und der etlicher Pflanzen, die im Vorgarten zwischen Gatter und Tür wucherten: Rosenbüsche, Azaleen, Pfeifensträucher. Ein einnehmendes Bunt, das seine Duftfinger nach uns ausgestreckt hatte, kaum dass wir den Wagen auf dem Besucherparkplatz abgestellt und verlassen hatten.

Ich hätte mir keinen helleren Ort vorstellen können, an dem man die eigenen letzten Jahre verbringen könnte. Und obwohl es auf den ersten Blick so paradox erschien, wen wir hier vermuteten, ergab es gleichzeitig wieder Sinn. Wenn man ein Leben voller Schatten geführt hatte, irgendwie sogar ein Leben *im* Schatten, sehnte man sich wohl umso stärker danach, es in möglichst intensivem Glanz zu beenden.

Ich zuckte schwach zusammen, als Mabels Handy erneut zu klingen begann. Sie verzog den Mund, lehnte den Anruf aber ohne zu zögern ab und stellte das Gerät auf lautlos. Ein paar Sekunden lang starrte sie auf das Display, auf dem sie vermutlich noch Cliffs leuchtenden Namen sehen konnte, dann steckte sie es in ihre Hosentasche.

Auf dem mehrstündigen Weg hierher hatte Mabel bereits mehrere dieser Anrufe weggedrückt und auch auf Cliffs beunruhigte Nachrichten nur knapp geantwortet. Aus irgendeinem Grund schien ihr Freund zu ahnen, dass etwas vor sich ging, von dem er nichts wusste. Womöglich, weil er niemanden von uns vieren erreichen konnte, womöglich auch nur, weil er Mabel gut genug kannte, um in den letzten Wochen gespürt zu haben, dass sie etwas vor ihm verbarg.

»Sag es ihm doch, zumindest ein bisschen was«, hatte ich ihr

im Auto zugeflüstert, als sie mit zusammengepressten Lippen auf eine Nachricht von ihm gestarrt hatte. Doch sie hatte nur den Kopf geschüttelt und das Handy wieder gesperrt. Und ich verstand, wieso: Mabel log nicht gern oder gut, aber sie brachte es eben auch nicht über sich, ihm die Wahrheit zu sagen. Nicht, bevor wir nicht wussten, wie diese letztlich aussah.

Ich hatte mein Smartphone an Nox' Powerbank angeschlossen, ehe wir ausgestiegen waren. Spätestens wenn wir dieses Gebäude wieder verließen, würde ich Ashton schreiben. Ich wollte und konnte ihn nicht mehr anlügen. Nicht nach allem, was letzte Nacht passiert war. Ich würde ihm erzählen, was wir hier herausgefunden hatten. Die Frage war nur, ob das eine gute oder schlechte Neuigkeit sein würde.

Ich warf einen letzten Blick über die Schulter zu Nox und Norah, die mit beunruhigten Gesichtsausdrücken neben dem Wagen standen. Wir hatten uns darauf geeinigt, dass Mabel und ich zunächst allein reingehen würden. Wenn Flemming wirklich dort war, bedeutete das, dass er es vierzig Jahre lang geschafft hatte, sich vor dem *Bund der Stare* zu verstecken. Wir konnten nicht wissen, wie er darauf reagieren würde, ein paar seiner Mitglieder wiederzusehen. Bemüht aufmunternd lächelte ich ihnen zu, ehe ich Mabel durch das Tor folgte.

Im Eingangsbereich empfing uns sanfte Klaviermusik. Es roch nach einem Raumspray mit Rosenduft und ein paar echten Exemplaren, die rund um das eine Spaltbreit geöffnete Fenster blühten. Direkt daneben befand sich ein Empfangstresen, hinter dem eine zierliche Frau stand und auf einen Computerbildschirm starrte. Sie trug keinen Pflegekittel, sondern ein zitronengelbes Kleid. Die Farbe wirkte ebenso freundlich wie das Lächeln, mit dem sie uns begrüßte.

»Wir würden gern jemanden besuchen.« Mabels ruhiger Tonfall stand im starken Kontrast zu dem Zittern, das von ihrem Körper ausging. Sie wappnete sich für etwas. »Sein Name ist Stuart … Nusbaum.«

Die Frau strahlte uns an. »Oh. Er bekommt nie Besuch, wie schön. Sind Sie mit ihm verwandt?«

Meine Atmung entspannte sich ein bisschen. Ein Teil von mir hatte damit gerechnet, dass dieser falsch klingende Name eine ebenso falsche Spur sein könnte. Ich zwang mich dennoch zu einer gelassenen Stimme. *Das bedeutet noch gar nichts.* »Er ist der Bruder unserer Großmutter. Wir haben erst kürzlich erfahren, dass er hier lebt.« Ich lächelte und stellte mich darauf ein, die Geschichte ein bisschen auszuschmücken, doch Mabel räusperte sich bereits.

»Können wir zu ihm?«

Die Frau nickte und blickte auf ihre Armbanduhr. »Sicher. Gerade ist Kaffee-Zeit. Er sitzt sicher im Wintergarten, da ist er am liebsten.«

Sie deutete uns zu folgen, als sie den Empfangsbereich verließ, und den Flur hinunterlief. Die apricotfarbenen Wände waren mit Landschaftsaquarellen dekoriert, an den Türen hingen Namensschilder, die von Kränzen aus getrockneten Blumen umrahmt wurden. Alles an diesem Seniorenheim wirkte freundlich, sanft und liebevoll. Die Vorstellung, dass ein Mitglied des mächtigsten und im Grunde unmenschlichsten Geheimbundes der Welt ausgerechnet hier lebte, war so verrückt, dass ich den unangebrachten Drang verspürte, nervös zu lachen.

Mabels Hand streifte im Gehen meine, kühl und ein wenig feucht. Beruhigend drückte ich sie und warf ihr ein Lächeln zu, das sie nur halbherzig erwiderte. Im nächsten Moment erreichten wir eine breite Doppeltür aus dunklem Holz. Die Frau öffnete sie mit beiden Händen und ließ uns eintreten.

Die Halle war nicht allzu groß, wirkte durch die breitseitige Verglasung der Front allerdings geräumig und offen. Es war tatsächlich eine Art Wintergarten: Etliche Pflanzen wuchsen in Tontöpfen, hingen von der Decke oder standen auf dem Boden in Terrakottakästen um etwa zwei Dutzend Sitzgelegenheiten herum. In der Luft roch es nach ihrem Grün und Erde, aber auch nach frisch gekochtem Kaffee und dem Gebäck, das auf einem Wagen neben der Tür zu finden war. »Dort hinten, direkt am Fenster.« Sie lächelte uns noch einmal zu, ehe sie den Raum wieder verließ.

Mabel und ich folgten ihrem Wink und sahen zum Ende des kleinen Saals. In einer rundum verglasten Ausbuchtung standen drei Tische. Besetzt war nur der, der sich am dichtesten an der Scheibe befand, welche den Blick auf den sommerblühenden Garten freigab.

Der Mann, der dort saß, musste Ende achtzig, Anfang neunzig sein. Seine Statur war schmal, seine Schultern gingen fast im Stoff eines karierten Hemdes unter. Selbst aus ein paar Metern Entfernung fielen mir die tiefen Lachfältchen um seine Augen auf, ebenso wie die stille Nachdenklichkeit, mit der er nach draußen sah.

Als er seine Tasse anhob, um einen Schluck zu trinken, verrutschte sein Hemdsärmel. Meine Hand schoss zur Seite und umklammerte Mabels Arm.

Das Tattoo lugte nur zur Hälfte unter dem Stoff hervor, mein Gehirn setzte es dennoch sofort zusammen. Ein Vogel, schwarzes Gefieder, feine Pünktchen auf einzelnen Federn, ein spitzer Schnabel mit einem Zweig darin. Das war ein Star. *Der* Star. Das Symbol der Verbindung.

Mabel hatte recht gehabt: Das hier war definitiv kein Zufall. Er war es. Gott, er war es wirklich. Mein Herzschlag beschleunigte und drückte meine Mundwinkel nach oben, gleichzeitig spürte ich, wie sich Tränen in meinen Augen sammelten. Flemming war am Leben. Er war wirklich am Leben.

»Erst die Fakten prüfen, dann interpretieren«, murmelte Mabel gepresst, als könnte sie meine Gedanken hören. Ich konnte ihr trotzdem ansehen, dass sie am liebsten ebenfalls angefangen hätte zu lächeln. Oder zu weinen. Stattdessen straffte sie die Schultern und ging auf den Tisch zu.

»Mr. Nusbaum?«, fragte sie sachlich, sobald wir nur noch wenige Schritte entfernt waren.

»Hm?« Er sah auf und blinzelte mehrmals. Seine Augen wirkten auf eine Weise müde, die nur Zeit auslösen konnte. Die Fältchen daneben waren nicht die einzigen, sein ganzes Gesicht war von ihnen weichgezeichnet worden.

Ich setzte an, etwas Nettes und Unverfängliches zu sagen, aber Mabel war eben Mabel. »Wir wissen, wer Sie sind. Und ... was Sie sind«, sagte sie geradeheraus, holte tief Luft und fügte hinzu: »Flemming.«

Ich rechnete mit vielem, vor allem damit, dass er uns verständnislos anstarren oder uns wütend, vielleicht sogar ängstlich wegschicken würde. Ganz sicher nicht damit, dass sich innerhalb von Sekunden ein Schmunzeln in seinen Grübchen einnisten würde, die zwischen all den Falten kaum noch sichtbar waren. Er wirkte nicht überrascht, eher so, als hätte er insgeheim hiermit, mit uns, gerechnet. Er wirkte beinahe ... erleichtert.

Freundlich deutete er auf die Stühle ihm gegenüber. »Wollt ihr euch nicht erst einmal setzen?«

Mabel und ich tauschten einen unsicheren Blick, ließen uns dann jedoch beide kommentarlos sinken. Dass er so nett auf ihren Vorstoß reagierte, konnte nur zwei Sachen bedeuten: Entweder er war nicht mehr in der geistigen Verfassung, um zu begreifen, was sie gerade gesagt hatte – oder ... er hatte kein Interesse daran, es zu leugnen.

Von draußen fiel weißgoldenes Licht durch die Glaskacheln zu uns herein. Ein paar dieser Strahlen wurden von den Pflanzenfingern ringsherum abgefangen, andere benetzten unsere Züge. Ich traute mich trotzdem kaum zu blinzeln, weil der Mann uns so wachsam musterte.

»Ihr seid keine Seelenspringerinnen.« Sein Fokus wanderte von Mabel zu mir, seine Augen weiteten sich leicht. »Oh, sieh an, eine Lichterseele.«

»Bitte?« Irritiert erwiderte ich seinen neugierigen Blick, der von meinen Augen über meinen Hals und ein wenig tiefer glitt.

Genau dorthin, wo mein Inneres noch immer fühlbar warm pochte. Fast stärker als mein Herz.

Ein Lächeln zierte seinen breiten Mund. »Ich habe noch nie eine gesehen. Faszinierend.«

Hilfe suchend sah ich zu Mabel, die nur mit den Schultern zuckte. Ich hob bemüht freundlich die Mundwinkel. »Danke, nehme ich an.«

Mabel räusperte sich, ehe er antworten konnte. Sie legte die Unterarme auf dem Tisch ab und neigte sich zu ihm vor, um die Stimme senken zu können. »Hören Sie. Wir wissen davon. Vom *Bund der Stare*. Davon, dass Sie ein Mitglied dieser Verbindung waren, und davon, dass Sie es geschafft haben, auszutreten. Und zwar, indem Sie Ihren Tod vorgetäuscht haben, im Jahr 1982. Richtig?«

Ihr letztes Wort klang wie eine Bitte. Ein Flehen, uns zu sagen, dass wir uns nicht geirrt hatten. Dass das alles hier nicht irgendein Missverständnis, ein Irrtum oder eine weitere Sackgasse war.

Er schwieg eine Weile, betrachtete die Schatten, die sich zwischen uns auf dem Holz abzeichneten, dann das Licht, das unsere Gesichter besprenkelte. Als er antwortete, klang seine Stimme ernster als zuvor. »Schickt euch der Rat? Ich kann fühlen, dass eure Seelen nicht manipuliert wurden, aber ich verstehe nicht, wieso normale Menschen daran interessiert sein sollten, mich zu finden.«

Mabel stieß erleichtert die Luft aus, in dem Moment, in dem ich sie tief einsog. *Er ist es. Er ist es wirklich.*

»Wir kommen nicht wegen des Rats, keine Sorge«, erklärte sie ruhig, während ihr Fuß nervös zu wippen begann.

»Nun, in diesem Fall wäre ich vermutlich auch schon exekutiert.« Er nippte an seinem Kaffee und verzog schwach den Mund, als würde dieses letzte Wort einen bitteren Geschmack auf seiner Zunge hinterlassen. »Ich bin damals untergetaucht, weil ich wusste, dass dieses Wissen meinen Tod bedeuten würde.

Henry hat schon immer gern dafür gesorgt, dass der Weg, den er vorzeichnet, der einzig begehbare bleibt. Damit niemand auf die Idee kommt, ihn zu verlassen.«

»Die Bedingungen haben sich geändert«, erwiderte ich eine Spur zu hitzig. Henrys Name reichte aus, um brennende Wut in mir auszulösen. »Der Weg, auf dem sich die Stare derzeit befinden, führt geradewegs in einen Abgrund. Das Artefakt ist zerstört worden.«

Die Tasse rutschte halb aus seiner Hand zurück auf den Tisch, etwas Kaffee schwappte über den Rand. »Das ist unmöglich«, flüsterte er erschrocken.

Mabel schüttelte den Kopf. »Es stimmt, ich habe es selbst zerschlagen. Ich wusste nicht, dass sie dann alle in ein paar Jahren sterben werden.«

Er runzelte die Stirn. »Und trotzdem lebst du noch ... Wie kommt das?«

»Sie haben mich geschützt. Cliff und Ash... Arthur. Und Norah, aber ich weiß nicht, wie ihr echter Name ist.«

»Tilda.« Der Schock in seinen Zügen wich einem weichen, fast liebevollen Ausdruck. »Cliff, Arthur, Nox, Tilda und Heaven. Das waren unsere fünf Jüngsten. Sie waren immer zusammen, bis ... Heaven starb.« Etwas Trübes schlich sich in seine wässrig grünen Augen. Er versuchte nicht, es fortzublinzeln. »Ihr Tod hat alles verändert. Nicht nur für eure Freunde, auch für mich. Ich habe begriffen, dass unsere Unsterblichkeit letztlich eine Lüge war. Dass unser gesamtes Dasein eine Lüge war. Wir haben ein ewiges Sterben gelebt.« Er strich mit dem Daumen in den übergelaufenen Kaffee, doch sein Blick ließ mich ahnen, dass er etwas anderes darin sah. Blut, Seelenenergie oder einfach Zeit. Eine Ewigkeit, die vor Langem schon verronnen und für ihn verloren gegangen war. »Wir haben die Existenzen von so vielen Menschen zerstört und dabei unsere eigene gleich mit. Wie viel Schuld kann eine Seele auf sich laden, bis sie völlig daran zerbricht, hm? Ich wollte das nicht mehr. Also habe ich nach einer Möglichkeit gesucht, um mein Leben auf die Weise zu beenden, auf die ich es wollte.«

»Indem sie es … einfach gewöhnlich zu Ende leben?«, hakte ich mit Blick auf seinen alternden Körper nach.

Er lachte leise. »So gewöhnlich wie möglich.«

»Aber wie? Wie haben Sie das geschafft? Das ist noch immer Professor Mortons Körper, oder? Sie haben ihn nicht gewechselt?« Mabel scannte aufmerksam sein Äußeres. Ich konnte ihr ansehen, dass sie es innerlich mit all dem abglich, was sie in den vergangenen Wochen studiert hatte.

»Das wäre unmöglich gewesen ohne das Artefakt.«

»Dann gibt es keine Möglichkeit, ein neues zu erschaffen?« Mein Magen zog sich zusammen, ich presste eine Hand darauf. Natürlich: Dass wir Flemming gefunden hatten, bedeutete nicht, dass er uns eine Chance offenbaren konnte, die anderen zu retten.

»Nein. Das Artefakt hat seine Kraft daraus gezogen, dass wir alle damals einen Bruchteil unserer Seelen geopfert haben. Neben denen, die sich ihm ganz hingegeben haben, natürlich. Indem wir unsere Körper verließen, haben wir einen winzigen Splitter von uns hinzugefügt. Unsere Fähigkeit, die Körper zu wechseln, war unwiederbringlich an diesen einen Gegenstand gebunden.«

Mabel schluckte schwer. Ich wusste, dass wir dasselbe dachten, dennoch fokussierte sie sich auf den letzten Hoffnungsschimmer. Flemming saß vor uns. Und zwar in dem Körper, den er vor über vierzig Jahren besetzt hatte und der abgesehen von gewöhnlichen Alterserscheinungen … gesund wirkte. Er könnte eine Ausnahme sein, natürlich. Vielleicht hatte er immer auf eine extrem gute Seelenbalance geachtet, vielleicht hatte er einfach Glück gehabt, dass die Energie seinen Körper nicht stärker abnutzte. Wenn das der Fall wäre, dann …

Oder das war's.

Das Echo Nox' ungesagter Worte schwebte erneut zwischen uns, am liebsten hätte ich mir die Ohren zugehalten. Besonders, als ich hörte, dass Mabels Stimme einen flehenden Tonfall annahm. »Aber Sie *leben*. Wie… Wieso?«

Flemming lehnte sich zurück und berührte die Stelle, an der sein Zentrum liegen musste. »Nun, ein Teil von mir musste dafür sterben. Der Teil, der nie mir gehört hat.«

»Der Rest der anderen Seele?«, erwiderte Mabel erstaunt. »Heißt das, Sie haben eine Möglichkeit gefunden, ihn zu entfernen?«

Ein schlichtes Nicken seinerseits, und es fühlte sich an, als würde eine Tonne Gewicht von meiner Brust genommen. Ich atmete so laut auf, dass Mabel flüchtig zu mir sah. Diesmal erlaubten wir es uns beide zu lächeln, ehe ich mich an Flemming wandte. »Und können die anderen das auch tun?«

»Ob sie es tun *wollen*, ist die wichtigere Frage.« Er seufzte. »Aber ja … theoretisch, solang die Seele intakt ist und der Körper noch nicht irreparabel beschädigt … ist es möglich. Man muss diese zusätzliche Energie herausnehmen, indem man den Wirtskörper quasi … entkernt. Keine Energie mehr, die einen von innen heraus zerfrisst, keine Energie mehr, die man von außen aufnehmen muss, um die Balance zu halten. Dadurch ist es fast so, als würde die Hülle nur noch einem selbst gehören. Soweit das eben möglich ist. Der Prozess ist kompliziert und schmerzhaft, aber das Ergebnis hat mich hierhergebracht. Das war es wert.«

Mabel lehnte sich noch weiter vor. »Und würden Sie uns dabei helfen, den anderen ebenfalls eine solche Chance zu ermöglichen?« Es war deutlich, dass sie ihn am liebsten direkt an der Hand gepackt und ins Auto gesetzt hätte, um ihn nach Cambridge zu bringen. Doch wir wussten mittlerweile beide, dass es nicht darum ging, wozu jemand imstande war. Es ging immer darum, was jemand entschied zu tun. Entschied zu *sein*.

Flemming musterte uns erneut, ein wenig nachdenklich, vielleicht auch etwas irritiert. Und gerührt. »Ich hätte nie damit gerechnet, dass mich ausgerechnet zwei Außenstehende um Hilfe bitten würden. Vielleicht ist das ein Zeichen, dass für die Stare doch noch Hoffnung besteht, echte Leben zu führen. Ohne aufrichtige, bedingungslose Emotionen sind sie das nämlich nicht. Das ist die Wahrheit, die Henry und der Rat nie begriffen haben, wisst ihr? Der wahre Glanz der Ewigkeit ist Liebe. Wer wäre ich, ihnen die Chance darauf zu verwehren?«

»Danke.« Mabels Stimme zitterte vor Erleichterung. »Nox und No… Tilda sind hier und warten draußen. Sie können ihnen vertrauen, die beiden würden Sie nie an den Rat verraten. Alles, was sie, was wir, wollen, ist, dass sie das tun können, was Sie getan haben. Überleben.«

Er winkte ab. »Ich habe sowieso nichts mehr zu verlieren, nicht wahr? Selbst wenn Henry und der Rat doch noch hiervon erfahren: Was sollten sie mir antun können? Was sollten sie mir nehmen können?« Er lachte tief und warm auf. »Ich bin alt. Mir bleiben noch ein paar Jahre, vielleicht weniger. Ich habe alles erlebt, was ein erfülltes Dasein auszeichnet. Und dafür habe ich nicht mehr gebraucht als diese paar Jahrzehnte, in denen ich nur ich selbst sein konnte. In denen ich frei wählen konnte, was und … wen ich liebe.« Er strich sich über den Finger, an dem ein schmaler goldener Ring saß. Ich erinnerte mich flüchtig, dass Professor Morton nie verheiratet gewesen war, und begriff, was das bedeutete. Er versank gerade nicht in Erinnerungen an all seine Existenzen, sondern in denen, die er in seinem ganz eigenen, letzten richtigen Leben gesammelt hatte. Weil dieses im Endeffekt vielleicht, trotz all der schwierigen und schmerzhaften Augenblicke, das echteste von allen gewesen war.

»Dann … dürfen wir sie reinholen, damit Sie ihnen erklären, was zu tun ist?«

Flemming blinzelte, konzentrierte sich auf uns. »Wisst ihr … als ich diesen besonderen Namen anlegte, den finalen in einer Reihe aus wirklich falschen Namen, wollte ich ein letztes Schlupfloch zu meinem alten Dasein aufrechterhalten. Einen schmalen Tunnel, so geheim wie mein zweites Büro im Hickory

House. Eine Verbindung, von der ich sicher war, dass nur ich sie wahrnehmen würde.« Er lächelte schwach und zog den Ärmel seines karierten Hemdes höher, sodass der Star darunter zum Vorschein kam. Mit liebevollem Ausdruck strich er über die Tinte. Durch die Fältchen seiner Haut schien es fast, als würde der Vogel unter der Berührung zum Leben erwachen. »Vielleicht hat ein Teil von mir trotzdem gehofft, dass ich mich irren würde. Dass einer der Stare versuchen würde, von der anderen Seite hindurchzukriechen. Ich wollte meine Familie zurücklassen. Und trotz allem, was geschehen ist, trotz allem, was wir getan haben … würde ich noch immer alles tun, um sie zu retten.« Er rollte den Ärmel wieder herunter und nickte uns zu. »Also ja. Bringt sie rein. Wir haben viel zu besprechen.«

26

ZOE

Es war bereits nach sieben, als wir wieder fuhren. Mabel und ich hatten zwei Stunden lang draußen auf die anderen gewartet. Während der Himmel sich über uns blassviolett gefärbt und das Anwesen in einen sanften Blauschatten gelegt hatte, war die Anspannung nach und nach von uns abgefallen. Ich hatte deutlich gespürt, wie wir beide langsam begriffen, was da eben passiert war. Und was es bedeutete. Wir hatten Flemming gefunden. Wir hatten einen Weg gefunden, die Stare vor einem schnellen, grausamen Tod zu bewahren. Wir hatten eine Möglichkeit gefunden, sie zu retten. Und dadurch irgendwie auch uns.

Mabel starrte mit glasigen Augen auf das Haus, bestimmt eine Stunde lang, als traute sie sich noch nicht, diese Erkenntnis in ein Gefühl umzuwandeln. Vielleicht wollte sie auch einfach warten, bis sie Cliff davon erzählen konnte. Sobald Nox und Norah im Heim verschwunden waren, hatte sie ihm eine kurze Nachricht geschrieben und versprochen, ihm alles zu erzählen, sobald wir zurück in Cambridge waren.

Ich selbst prüfte mein Handy erst wieder, nachdem wir alle gemeinsam ins Auto stiegen. Nox und Norah erzählten keine Details über ihr Gespräch mit Flemming, nur, dass sie in den nächsten Tagen noch einmal herfahren würden. Aber als ich sie fragte: »Wird es funktionieren?«, tauschten die beiden einen langen Blick und nickten dann beinahe synchron. Schwach, aber nicht auf unsichere Art – eher auf verwirrte. Weil das alles eben ein Wunder war. Aber … wie Ashton gesagt hatte: Ab und zu passierten solche.

Bei dem Gedanken an ihn nahm ich mein Handy vom Strom und schaltete es ein. Gerade als ich Ashtons Chat aufrufen wollte, blinkte er von selbst auf.

Ashton
Hast du Zeit? Ich muss dich sehen.

Ich konnte nicht sehen, wann die Nachricht ursprünglich geschickt worden war, aber als ich zu tippen begann, kam er sofort online.

Zoe
Ich bin auf dem Weg zurück zur Uni, aber es dauert noch ein bisschen. Was ist los?

Er zögerte keine Sekunde mit der Antwort.

Ashton
Kannst du dann sofort zu mir kommen? Es ist wichtig, ich brauche dich.

In meinem Hals bildete sich ein Kloß. Das klang nicht nach Ashton. Das leichte Gefühl in meiner Brust verblasste, ich konnte fühlen, wie es erneut von Sorgensteinen überlagert wurde.

Zoe
Ja, klar. Bin in zwei Stunden da.

Ashton
Beeil dich. Bitte.

Ich verspürte einen unangenehmen Stich, als ich daran dachte, dass dieses Wort heute früh auf dem Zettel gestanden hatte. Obwohl ich es beide Male nur geschrieben gesehen hatte, spürte ich instinktiv, dass die Buchstaben aus ganz unterschiedlichen Emotionen heraus geformt worden waren.

Zoe
Muss ich mir Sorgen machen?

Ich starrte auf meinen Bildschirm, doch Ashton antwortete nicht mehr. Er blieb offline, und als ich ihm noch einmal schrieb, kam meine Nachricht nicht mal mehr durch.

Die ganze verbliebene Fahrt über wuchs die nagende Unruhe in mir, bis ich es kaum noch aushielt, still zu sitzen. Denn was diese Frage anging, war eine fehlende Antwort das lauteste Ja, das man schreien konnte.

In Ashtons Zimmer brannte Licht, als ich in seinem Wohnheim ankam. Ich fixierte den schmalen Streifen unter seiner geschlossenen Tür, ehe ich anklopfte und gleichzeitig abermals unseren Chat kontrollierte. Seit seiner letzten Nachricht war er weder online gekommen, noch hatte er auf meine Anrufe reagiert. Auch jetzt blieb es in seinem Zimmer still, als ich wiederholt gegen das Holz schlug.

Ich hatte mich vor dem Campus von Trinity Hall von den anderen getrennt. Nox und Norah wollten zu ihm nach Hause, um alles zusammenzutragen, was sie für das weitere Prozedere brauchen würden. Wir hatten abgesprochen, dass wir uns bei ihnen treffen würden, sobald wir den anderen alles erzählt hatten. Mabel Cliff und ich Ashton. Ich hatte mich so danach gesehnt, ihm diese Neuigkeiten erzählen zu können, doch jetzt wurde die Freude über das Gespräch mit Flemming völlig von der pochenden Sorge in meiner Brust verdrängt.

Abermals klopfte ich, vergebens. Kurz zögerte ich noch, dann öffnete ich die Tür einen Spalt. »Ashton?«

Unsicher schob ich mich in sein Zimmer und schaute mich um. Sein Bett war verlassen, die Decke so zusammengelegt, wie ich sie heute früh hinterlassen hatte. Bei dem Gedanken an das, was letzte Nacht darin passiert war, wurde mir aufs Neue warm. Das Gefühl blieb, bis mein Blick beim Schreibtisch auf der anderen Zimmerseite angelangt war. Und bei der Person, die auf dem Stuhl davorsaß. So reglos und stumm, dass ich für einen winzigen Moment dachte, es wäre eine Puppe.

Erst als sie den Kopf bewegte, zuckte ich zusammen und wich reflexartig einen halben Schritt nach hinten. Das war nicht Ashton.

Der Mann war älter, Mitte dreißig vielleicht. Sein Haar war ordentlich nach hinten gekämmt, das Hemd, das er trug, bis zu den Unterarmen hochgekrempelt. Sekundenlang starrte ich ihn an, ehe ich begriff, woher ich ihn kannte. Das war der Typ, dem ich damals beim Kuchenverkauf begegnet war.

Mein Mund öffnete sich zu einem fast lautlosen »Oh«, erst dann erlangte ich die Kontrolle über meine Stimme zurück. »Ich … kenne Sie.«

»Wir sind uns begegnet, aber ich habe es bisher versäumt, mich vorzustellen.« Der Mann lächelte, ohne sich sonst zu bewegen. Er hatte die Beine überschlagen und die Arme auf den Lehnen des Stuhls abgelegt. Alles an ihm wirkte entspannt, als würde ihn nichts an dieser Situation, Ashtons Abwesenheit und meiner Anwesenheit, überraschen.

Das konnte nur bedeuten, dass er das hier geplant hatte. Was wiederum bedeutete, dass er Ashton kennen musste. Dass er wusste, wer ich war. Und das seit unserer ersten Begegnung. Mir fiel nur eine Person ein, auf die all das zutreffen konnte.

»Henry«, flüsterte ich.

Sein Lächeln wurde breiter. »Du bist klüger, als ich erwartet hätte. Lichterseelen neigen angeblich dazu, mehr zu fühlen, als zu denken.«

Mein Bewusstsein stolperte über das Wort, das ich heute zum zweiten Mal hörte, aber ich schaffte es nicht, mich ihm zu widmen. Nicht, solang ich nicht wusste, was hier vor sich ging. »Ich verstehe nicht ... wo ist Ashton? Er hat mir geschrieben, dass wir uns hier treffen, ich ...« Ich stockte, als ich das Handy bemerkte, das vor Henry auf dem Schreibtisch lag. Mir wurde eiskalt. »Er hat mir nicht geschrieben.«

»Nein.« Er stand auf und strich sein Hemd glatt, ehe er auf mich zukam. »Dazu ist er momentan nicht in der Lage.«

Alles in mir schrie danach, aus dem Zimmer zu flüchten, doch ich rührte mich nicht. Meine Angst vor ihm war nichts im Vergleich zu der Sorge um Ashton, die mich in diesem Moment überkam. »Was bedeutet das? Was haben Sie mit ihm gemacht?«

Er blieb etwa einen Meter vor mir stehen. »Ich zeige es dir. Vorher muss ich dich allerdings bitten, dich nicht zu wehren, wenn ich dir dein Bewusstsein nehme.«

Seine Stimme klang so ruhig und freundlich, dass ich einen Moment brauchte, um sie mit seinen Worten in Zusammenhang zu bringen. Fassungslos starrte ich ihn an. »Was?«

»Ich möchte deiner Energie nicht schaden. Wir benötigen sie noch.«

Wut flackerte in mir auf, ich ballte die Hände zu Fäusten. »Sie bekommen gar nichts von mir! Und ich gehe nirgendwohin!«

Seine Mundwinkel zuckten, als würde ihn meine Entschiedenheit eher belustigen als beeindrucken – und ein wenig nerven. »Ich töte ihn, wenn du es nicht tust«, erwiderte er gelassen. »Ein Anruf, mehr ist dafür nicht nötig.«

Die Hitze in mir flaute ab, wurde zu einem kühlen Schwappen, das meinen ganzen Körper flutete. Wie konnte er so etwas auch nur denken, geschweige denn aussprechen? Ich wusste, dass Ashton und sein Vater ein schwieriges Verhältnis hatten, aber ich war davon ausgegangen, dass sie sich im Grunde liebten. So, wie es bei mir und meiner Familie war, ganz gleich, wie uneinig wir uns manchmal waren. »Aber … er ist Ihr Sohn.«

Henry hob die Schultern. »Wenn Arthur dir von mir erzählt hat, sollte dir mittlerweile klar sein, dass das nichts bedeutet. Ich neige nicht zu Sentimentalität. Nicht, was ihn angeht.«

Am liebsten hätte ich geglaubt, dass er bluffte. Dass er mich nur dazu bringen wollte, ihm zu gehorchen, und deshalb so tat, als würde ihm Ashton so wenig bedeuten. Doch ein Blick in seine eisblauen Augen machte deutlich, dass das nicht stimmte. Eine solche Kälte hatte ich noch nie gesehen. Sie kroch unter meine Haut und legte sich über all meine Muskeln, in denen der Flucht- und Kampfreflex pochte. Ich wollte nicht tun, was er sagte. Aber es war unmöglich, meine eigene Sicherheit über Ashtons zu stellen.

Also schluckte ich nur und nickte schwach. Henrys zufriedenes Lächeln war das Letzte, das ich sah, bevor ich seine Hand spürte. Direkt in meiner Brust, als würde er die Tür zu meiner Seele mühelos aufstoßen. Ich musste dem Impuls widerstehen, mich dagegenzustemmen, und mich zwingen, es einfach zuzulassen. Ihn einfach so hereinzulassen.

Es fühlte sich an, als würde er einen Knopf in mir drücken, dessen Existenz ich zuvor nie wahrgenommen hatte. Eine winzige Bewegung in meinem Inneren und ich spürte, wie mein Bewusstsein begann, sich aufzulösen. Sachter, sekundenkurzer Druck, und jedes Licht verblasste. Zurück blieb allesverschlingende Dunkelheit, die teerartig in mir ausgekippt wurde. Und noch während mein ganzes Ich hineinfiel und darin versank, beschlich mich die Befürchtung, dass es vielleicht nie wieder ganz auftauchen würde.

27

ZOE

Feines Licht tanzte über meine geschlossenen Lider und zog mich mit goldgepudertem Griff aus meiner eigenen Dunkelheit.

Ich holte tief Luft und stutzte, als mir ein staubbesetzter und gleichzeitig chemischer Duft in die Nase stieg. Der Geruch kam mir vage bekannt vor, dennoch konnte ich ihn nicht einordnen.

Mühsam bewegte ich den Kopf, nahm den bitteren Geschmack auf meiner Zunge und den harten Boden unter meinem Körper wahr. Meine Glieder fühlten sich träge an, als würde ich aus einer Narkose aufwachen. Vorsichtig bewegte ich meine Zehen und Finger, sie kribbelten widerwillig.

Gemeinsam mit meinen Sinnen kehrten ebenso zähflüssig die Erinnerungen an die vergangenen Stunden zurück. Der Besuch im Heim, Flemmings Offenbarung, die Heimfahrt. Ashtons Nachrichten und dann sein Zimmer, in dem ich nur seinen Vater vorfand. Henry, der meine Seele betäubt und mich hierhergebracht hatte. Wo auch immer dieses *Hier* war.

»Wo bin ich?« Meine Stimme schlingerte, jede Silbe klang verwaschen.

»Im *Whipple Museum of the History of Science*«, antwortete eine tiefe Stimme links von mir.

Der Name rief schwache Erinnerungen in mir hervor: Fenster, die orangegelbe Lichtkegel nach draußen warfen, eine breite

Holztür, das Wappen Cambridges und der Schriftzug LABORATY OF PHYSICAL CHEMISTRY darüber. Das Museum lag wenige Gehminuten vom St Catharine's College entfernt. Offiziell gehörte es zur Universität, aber ich war erst einmal mit Mabel hier gewesen, um Davie zu einer Ausstellungseröffnung zu begleiten, über die er einen Artikel schreiben wollte.

Ich zwang mich, die schweren Lider zu heben. Das goldene Deckenlicht stach mir sofort in die Augen, ich stöhnte und schloss sie wieder. Sekunden verstrichen, bis ich es schaffte, sie erneut zu öffnen und meinen Blick zu fokussieren. Wir befanden uns in einem Raum, in dem etliche Planetenmodelle ausgestellt wurden. Ich lag auf dem Boden neben einem blauen Wandbild mit Sternenkonstellationen, Henry stand ein paar Meter entfernt an einer Vitrine mit einem antiken Modell des Sonnensystems.

Mit ganzer Mühe schaffte ich es, mich aufzusetzen. »Wieso … hier?« Mein Kopf schwirrte zu sehr, um einen ganzen Satz zu bilden.

Henry drehte sich zur Seite und betrachtete nachdenklich die verschieden großen Kugeln. »Ich mochte diesen Ort schon immer. Es ist faszinierend, wie sehr Menschen stets versucht haben, sich die Welt zu erklären. All die Instrumente, die seit dem Mittelalter entwickelt wurden, in dem verzweifelten Versuch, das Universum begreifbar zu machen. Es hat etwas Mitleiderregendes, hier zu sein.«

»Mitleiderregend?«, hakte ich heiser nach und versuchte, aufzustehen. Vergebens. Meine Knie waren zu weich, um sich beugen zu lassen, meine Arme zitterten zu stark.

Henry nickte. »Du kannst dich noch so sehr bemühen, es gibt Dinge, die wirst du nie begreifen.«

Ich öffnete den Mund, um nachzufragen, und schloss ihn doch wieder. Es war egal, was Henry über die Menschheit dachte. Der Einzige, der mich gerade interessierte, war nicht hier. Mein Blick schwirrte abermals durch den Raum, durch das Glas der

Vitrinen, die in der Mitte des Zimmers und damit direkt vor mir standen. Zwischen verschieden großen Planeten erkannte ich schwache Schemen von Aufstellern und die Durchgänge in weitere Ausstellungsräume, aber keine andere Person.

»Wo ist Ashton?«

»Nebenan. Ich wollte warten, bis du wach bist.«

»Ich bin wach«, zischte ich und versuchte erneut, aufzustehen. Diesmal funktionierte es, obwohl mich Schwindel durchzuckte, kaum dass ich mich an der Wand hochzog. »Ich will zu ihm.«

Henry machte keine Anstalten, mich aufzuhalten, als ich einen taumelnden Schritt an ihm vorbei machte. Er deutete lediglich auf den Türbogen am Ende des Raums.

Das ergibt keinen Sinn, wisperte eine Stimme in mir, aber ich ignorierte sie und ging schwankend durch den Saal und trat hinüber in den nächsten. Statt Planeten gab es hier verschiedene Modelle des menschlichen Körpers, ansonsten sah er gleich aus. Das Licht der Deckenlampen wurde in den Vitrinen reflektiert, die Fenster waren mit dunklen Stoffen verhangen, durch die offenen Türrahmen hindurch drang das Ächzen von Holz und Glas, getragen vom leicht muffigen Museumsatem.

Ich sah ihn erst beim zweiten Hinsehen: den Körper, der an die hintere Wand gelehnt dasaß. Seine schwarze Kleidung betonte die Blässe seiner Haut und das Gold seiner Locken, das ungewöhnlich stumpft wirkte. Geschlossene Lider, leicht geöffnete Lippen, völlige Reglosigkeit.

Mein Herz sackte in meine Knie, mein Körper folgte, kaum dass ich bei ihm angekommen war. »Ash.« Ich legte eine Hand an seine Wange und zuckte zurück, sobald ich die unnatürliche Kälte seiner Haut wahrnahm. Meine Finger zitterten, als ich auch noch die andere hob und sein Gesicht komplett umfasste. »Ashton, wach auf.«

Ich ließ die Daumen über seine Wangen kreisen und hätte fast vor Erleichterung angefangen zu weinen, weil seine Lider tatsächlich zu flattern begannen. Es dauerte eine halbe Minute, bis sie sich richtig öffneten, eine weitere, bis sein Blick sich schärfte und auf mich fokussierte. Ein weicher Ausdruck huschte über seine Züge, ein Augenlächeln, das mich unter normalen Umständen ebenfalls zum Lächeln gebracht hätte. So entlockte es mir nur einen unterdrückten Schluchzer. »Ash.«

Er blinzelte mehrmals, bewegte leicht den Kopf. Ich konnte ihm ansehen, wie sein Bewusstsein sich mühsam zurück an die Oberfläche kämpfte und dabei die Erinnerungen an die letzten Stunden mit sich zog. Wie auch immer er hergekommen war, es trieb ihm besorgte Furchen in die Stirn. Sie vertieften sich, während er mich wieder ansah. »Du hättest nicht herkommen dürfen.« Seine Stimme klang kratzig, tonlos.

»Er hat mir keine Wahl gelassen. Er hat gesagt, er will dir etwas antun.« Ich musste seinen Namen nicht sagen, die Art, wie sich Ashtons Iriden verfinsterten, machte deutlich, dass er wusste, von wem ich sprach.

»Nicht mir«, flüsterte er, hustete, richtete sich ein Stück auf. »Es geht um dich. Es ging ihm immer nur um dich und ich … ich …« Seine Stimme brach, sein Blick auch. Einfach so, unter meinem, als würde er es nicht ertragen können, mich anzusehen.

Ich schluckte, weil die Bitterkeit auf meine Zunge gelangte, ehe sie meine Gedanken erreichen konnte. Ehe ich verstehen konnte, was all das bedeutete.

»Was mein Sohn dir zu sagen versucht, ist, dass er dich benutzt hat«, schaltete Henry sich dazwischen. Ich hatte ihn nicht kommen gehört, doch als ich einen Blick über meine Schulter warf, stand er nur noch wenige Meter von uns entfernt. »Ich habe ihn vor Monaten damit beauftragt, dein Vertrauen zu gewinnen. Nur deshalb hat er deine Nähe gesucht. Alles, was er dir gesagt hat, war eine Lüge. Alles, was ihr hattet, war eine Illusion. Er hat dich manipuliert, damit du dich in ihn verliebst. Damit wir dich für unsere Zwecke benutzen können.«

Die Bitterkeit schlug immer höhere Wellen in meinem Inneren und durchspülte all meine Gedanken. Ich ließ die Hände sinken und rutschte ein Stück von Ashton weg. »Ist das wahr?«

Mein Flehen in dieser kurzen Frage war überdeutlich. Es schlug Ashton ins Gesicht, er verzog es leicht. Ich wünschte, er würde lächeln oder die Augen verdrehen oder irgendetwas tun, um mir zu zeigen, dass sein Vater log. Dass das nicht wahr war. Dass alles, was wahr war, wir waren. Doch er tat es nicht. Stattdessen starrte er mich mit großen, ungewöhnlich dunklen Augen an und schluckte. Mehrmals. Dann erst sagte er, leise und rau: »Zoe.« Noch ein Schlucken. »Anima.«

Er versuchte, eine Hand nach mir auszustrecken, doch ich rutschte weiter fort. Das langsame Pochen meines Herzens klang ebenso hohl wie meine Stimme. »Ist es wahr? Hast du dich an mich … rangemacht, damit ich Gefühle für dich entwickle? Damit ihr mich für sonst was benutzen könnt?«

Ashton schloss die Augen und kam auf die Knie. »Ich wusste nicht, dass er dich umbringen will.«

Es fühlte sich an, als hätte er mir ins Gesicht geschlagen. Oder, nein: eher direkt in die Seele. Sie zuckte zusammen, ihr Beben ließ mich erschaudern. Ich fühlte mich gedemütigt und so *dumm*, dass ich nicht wusste, ob ich lachen oder weinen sollte. »Das war nicht die Frage.«

»Okay.« Er nickte und atmete tief durch, kalter Atem streifte meine Haut. »Ja, das war der Plan. Deswegen hab ich mich bei dem Projekt reingeschlichen und deine Nähe gesucht. Aber … irgendwann hab ich nicht mal mehr daran gedacht. Ich hab nur noch an dich gedacht. Ohne Absicht oder Hintergedanken. Und als mir das klar geworden ist, hab ich beschlossen, es nicht zu tun, okay? Ich habe mich entschieden. Für dich. Für dein Leben. Für dich in meinem Leben, egal, wie kurz es noch sein mag. Das ist die Wahrheit.«

Meine Sicht wurde durch die Tränen verzerrt, die in meine Augen stiegen. Ich nahm trotzdem wahr, wie Ashton mich ansah: eindringlich, bittend, aufrichtig. Aber wie sollte ich wissen, ob das stimmte? Ich war erneut auf eine seiner Masken hereingefallen, nicht wahr? Ich hatte gedacht, weil sie anders aussah als jene, die ich monatelang angehimmelt hatte, wäre das nun sein echtes Gesicht. Doch was, wenn ich das nie gesehen hatte? Was, wenn Ashton Hunderte falsche Persönlichkeiten besaß, was, wenn das hier nur eine weitere war, zusammengeklebt durch etliche Lügen, die ich so schön fand, dass ich sie für wahr halten wollte?

»Du hast mich so oft angelogen. Wieso sollte ich dir das jetzt glauben?«

»Weil du mich kennst, Zoe.« Er griff erneut nach meiner Hand und meinem Blick, diesmal ließ ich beides zu. »Du kennst mich. Du weißt, was die Wahrheit ist.«

Weiß ich nicht, widersprach mein Verstand, und hätte mich am liebsten dazu gebracht, ihm meine Finger zu entziehen. Doch ich brachte es nicht über mich. Allein, weil da dieses Gefühl in meiner Brust saß, das sich mit enormer Kraft gegen die kühle Mischung aus Wut, Demütigung und Schmerz stemmte. Hoffnung, Zuversicht und … ja, Liebe. Diese seltsam zarte, aufrichtige Liebe, die in den letzten Wochen gewachsen war, trotz allem, was Ashton mir vor nicht allzu langer Zeit angetan hatte. Diese seltsam widerstandsfähige, sture Liebe, die auch jetzt nicht verblasste, trotz allem, was ich eben erst erfahren hatte.

Mir war bewusst, dass Liebe ein naives Gefühl war. Und dass es mich ebenfalls naiv machte, entgegen aller Vernunft und rationaler Überlegungen darauf zu setzen. Vor wenigen Monaten hatte ich mir geschworen, mein Bauchgefühl nie wieder über meine Kopfgedanken zu stellen. Doch das Ding war, dass ich auch jetzt an Ashtons Worte denken musste: dass ich am Ende immer mein engster Mensch sein würde. Genau aus diesem Grund musste ich mir selbst auch am meisten vertrauen. Nicht Henry, nicht Ashton, niemanden außer mir. Das bedeutete, ich musste mir zuhören. Auch jetzt, wenn mir das, was mein Ich deutlich flüsterte, nicht hundertprozentig gefiel. Ganz gleich, wie naiv Liebe war, sie war trotzdem das, worauf ich setzen wollte. Auch wenn das bedeutete, dass ich ab und zu enttäuscht wurde.

Unabhängig davon, was Ashtons Wahrheit war, meine war, dass ich ihn liebte. Ich liebte ihn, egal, wie dumm oder leichtsinnig das war. Ich liebte ihn trotz allem, was er getan hatte. Ich liebte ihn trotz allem, was er nicht war, für das, was er eben war. Ich liebte ihn, weil er mich sein ließ, wie ich war – in doppelter Hinsicht. Er akzeptierte jede meiner Facetten, und er half mir dabei, dasselbe zu schaffen. Ich war mehr ich, wenn ich bei ihm war. Und er sollte er sein können, wenn er bei mir war.

Mit einem tiefen Atemzug schloss ich die Augen und verschränkte meine Finger mit seinen. »Ich glaube dir.«

Ashton holte hörbar Luft, doch Henry kam ihm mit einer Antwort zuvor. »Was?«, fragte er ungewohnt laut. »Wie kannst du das tun?«

Langsam wandte ich ihm den Blick zu. »Weil Ashton recht hat. Ich kenne ihn. Ich kenne ihn, mit all seinen Fehlern, und ich liebe ihn.« Da war kein Aber, kein Trotzdem. Da waren nur er und ich. So unperfekt und kompliziert, wie wir eben waren. Es war immer genug gewesen. Er und ich, wir waren wirklich genug.

Henry stieß ein unechtes Lachen aus. »Ich nehme es zurück. Du bist dümmer, als ich erwartet hätte.«

Ich biss die Zähne zusammen und löste mich von Ashton, um aufzustehen. Meine Knie fühlten sich nach wie vor wackelig an, doch meine Stimme klang fest und entschieden, als ich auf Henry zuging. »Und Sie sind erbärmlicher, als ich mir vorstellen konnte. Ich werde mich von Ihnen nicht manipulieren lassen. Wenn Sie mich brechen wollen, müssen Sie mit meinem Genick vorliebnehmen.«

Ich bemerkte erst, dass Ashton ebenfalls aufgestanden war, als seine Hand sich an meinen Ellbogen legte und zurück neben sich zog. »Das kann er nicht«, stellte er gedehnt fest, während er seinen Vater taxierte. Henrys Züge waren zu einer unleserlichen Maske erstarrt, doch selbst ich konnte erkennen, wie es dahinter raste. »Du kannst sie nicht umbringen, das würde dir nichts bringen. Aber wozu das dann alles? Wozu versuchst du, sie davon zu überzeugen, dass ich sie ausgenutzt habe?« Ashton schob sich ein Stück vor mich, ließ den Blick über seinen Vater wandern. Schließlich sog er zischend die Luft ein. »Du hast mich angelogen. Du wolltest nie, dass ich sie auf irgendeine Weise opfere. Genau das hier war von Anfang an dein Plan. Nur ... wieso?«

Henry verdrehte die Augen und strich sich das Haar aus der Stirn. »Weil eine Lichterseele nur in zwei Fällen ihr gesamtes Ausmaß an Energie austreten lässt. In einem davon verliert sie den Glauben an das Gute. An das Licht. An die ... nennen wir es *Liebe*. Und damit eine Liebe als wirklich echt und tiefschürfend gilt, muss sie im besten Falle beidseitig bestehen.«

Ein Ruck ging durch Ashtons Körper, er machte einen weiteren Satz auf seinen Vater zu. Am liebsten hätte ich ihn zurückgehalten, doch ich traute mich nicht. »Du hast mich also genauso benutzt wie sie«, stellte Ashton tonlos fest. »Du wolltest nicht nur, dass sie sich in mich verliebt, sondern auch, dass ich mich in sie verliebe.«

Ein mitleidiges Lächeln schlüpfte auf Henrys Mund. »Und es hat funktioniert, nicht wahr? Besser, als ich erwartet hätte. Du scheinst Heaven schnell vergessen zu haben, kaum dass du ein bisschen Zeit mit einem anderen, beliebigen Mädchen verbracht hast. Oder hast du sie letztlich genau dafür benutzt? Um über Heaven hinwegzukommen?«

Ich spürte einen zaghaften Stich in meiner Brust, obwohl ich wusste, dass es nicht stimmte. Ich *fühlte*, dass es nicht stimmte – und dass Ashton sich dessen ebenso sicher war wie ich.

Er stieß ein Schnauben aus und hielt dicht vor Henry inne. Ihre Körper wurden in das Licht einer der Lampen getunkt, die Atmosphäre zwischen ihnen schien ebenso orangerot zu glühen.

»Zoe und Heaven haben nichts miteinander zu tun. Versuch nicht, diese Karte zu spielen, Henry. Sieh es einfach ein: Du hast verloren. Du kannst weder sie noch mich davon überzeugen, dass unsere Gefühle in irgendeiner Form nicht echt sind. Du kannst ihr weder das Herz noch die Seele brechen. Weil ich das verdammt noch mal nicht zulasse.«

»Womöglich hast du recht«, gab Henry gedehnt zu. Er neigte den Kopf, sodass er über Ashtons Schulter hinweg zu mir sehen konnte. Ich erkannte einen Ausdruck von Herablassung und Triumph in seinen Augen, der mir in den Magen schlug, ohne dass ich begriff, woher er rührte. Henry wirkte nicht, als hätte er verloren. Er wirkte, als hätte er all das vorhergesehen und ... geplant? »Aber letztlich spielt das keine Rolle«, fuhr er fort und konzentrierte sich wieder auf Ashton. »Denn es gibt noch eine zweite Möglichkeit. Ich hatte gedacht, wir könnten das vermeiden, aber gut. Deine Entscheidung, mein Sohn. Über ein Jahrhundert lang habe ich versucht, dir beizubringen, dass dein Versagen Konsequenzen hat. Und manchmal sind sie eben endgültig.«

Henry lächelte Ashton bedauernd an. Zwei, drei Sekunden lang passierte gar nichts, und gerade, als ich etwas sagen wollte, kam Ashton mir zuvor. Nur dass kein Wort seine Lippen verließ, sondern etwas anderes.

Ein Schrei – so grell und schmerzerfüllt, dass ich begriff, dass er nicht nur aus seinem Mund kam, sondern direkt aus seiner Seele.

28

ASHTON

Der Schmerz kam so plötzlich, dass ich es nicht schaffte, mich dagegen zu wappnen. Ebenso wenig wie gegen das, was ihn auslöste: der grobe Griff meines Vaters, mit dem er nach meiner Seele langte.

Aus meinem Mund löste sich ein Schrei, der in meinen Ohren widerhallte. Sie schrillten, wie alles in meiner Brust. Ich presste beide Hände darauf und stemmte mich so fest ich konnte gegen Henrys Kraft. Ich verstand nicht, warum er das tat – ich verstand überhaupt nicht mehr, was er vorhatte. Wie auch, wenn alles, was er mir darüber gesagt hatte, offensichtlich eine Lüge gewesen war? Ich wusste, dass ich keine Chance hatte, mich gegen ihn zu wehren. Die Erkenntnis fuhr so brutal durch meine Gedanken, dass ich abermals unterdrückt aufschrie.

»Hören Sie auf!« Zoes Stimme klang laut und entschieden, und tatsächlich brachte sie Henry dazu, innezuhalten.

Er löste den Blick von mir und damit auch seine Hand aus meiner Seele. Zoe machte einen wankenden Schritt nach vorn, neben uns. Ich hätte sie am liebsten an mich heran- und von Henry fortgezogen, aber ich brauchte all meinen Fokus, um mich zu sammeln.

»Was soll das alles?«, fragte sie hektisch. »Wozu brauchen Sie mich überhaupt?« Ich konnte fühlen, wie ihr Inneres raste. Sie versuchte, Zeit zu schinden.

»Er will ein neues Artefakt erschaffen«, brachte ich heiser hervor und presste eine Hand auf mein bebendes Zentrum.

Zoe runzelte die Stirn. »Aber das ist unmöglich. Eure Seelen haben einen Splitter von sich in dem damaligen hinterlassen. Die Fähigkeit zum Springen war an dieses eine Artefakt gebunden.«

Verwirrt sah ich von ihr zu Henry, dessen Mund ein harter Zug umspielte. »Stimmt das?«

»Hm.« Henry musterte Zoe nachdenklich. »Ich habe zwar keine Ahnung, wie du an diese Informationen gekommen bist, aber … ja.«

Ein ungutes Gefühl überkam mich. Er hatte mich schon wieder angelogen. Nur … warum? »Aber wozu dann das alles? Wofür brauchst du eine Lichterseele? Ich dachte, es geht dir um unsere Unsterblichkeit.«

Henry betrachtete das Körpermodell, das neben ihm stand. Sein Blick schwirrte zu dem rot-blau bemalten Herzen. »Die Unsterblichkeit hat ihren Geschmack bereits in dem Moment verloren, in dem ich sie verloren habe. Sie bedeutet mir nichts mehr. Alles, was dem Gedanken an dieses Leben Bedeutung verliehen hat, war sie.«

Sekunden vergingen, ehe ich begriff, wovon er sprach. *Von wem.* »Redest du von … Jemma?«

Henry funkelte mich gereizt an. »Von wem sonst? Sie hätte damals nicht sterben dürfen. Das war alles anders geplant.«

»Was meinst du?«

Er verschränkte die Arme vor der Brust. »Das bedeutet, dass deine Mutter in jener Nacht eine Entscheidung getroffen hat, als sie erkannt hat, welche ich getroffen hatte.«

Es hätte mich mehr überraschen sollen, aber nach allem, was in den vergangenen Stunden geschehen war, war das unmöglich. Henry hatte mit jeder aufgedeckten Lüge auch ein Stück von sich gezeigt. Zurückgeblieben war jetzt nur noch sein wahres

Gesicht, ähnlich hässlich wie die Wahrheit, die sich darin spiegelte. »Du wolltest nicht, dass sie sich opfert«, stellte ich fest. »Du wolltest mich opfern.«

Er gab sich keine Mühe, es abzustreiten. Wieso auch? Meine Gefühle waren ihm immer ebenso egal gewesen wie – offenbar – meine gesamte Existenz. »Ja«, sagte er ruhig. »Aber als deine Mutter das erfahren hat, ist sie dazwischengegangen. Sie hat ihre Seele für deine gegeben. Ein Opfer der Liebe.« Er spuckte mir das Wort regelrecht vor die Füße, und ich begriff, dass sich darin der Ursprung des Hasses mir gegenüber verbarg. »Ich habe anderthalb Jahrhunderte lang nach einem Weg gesucht, um ihre Seele zurückzubringen. Und ich habe eine gefunden. In jener Nacht konnte ich einen Teil ihrer Seele abfangen, ehe sie sich ganz in unser Artefakt einschließen konnte. Einen Splitter ihrer Energie, ihres Wesens, ihres … Seins.« Er hob die Hand zu der Brosche, die an seinem Kuvert steckte. Als er den Star leicht bewegte, leuchtete sein gläserner Bauch im Deckenlicht auf.

Mein Mund öffnete sich, als ich begriff, dass sich darin etwas befand. Etwas von … der Seele meiner Mutter?

»Aber … was bringt Ihnen das?«, schaltete Zoe sich verwirrt dazwischen. »Was haben Sie davon, ihre Frau zurückzuholen, wenn Sie doch eh davon ausgehen, in ein paar Jahren sterben zu müssen?«

»Ich würde sterben für *ein paar Tage* mit ihr«, fuhr er sie ungehalten an. Sein Blick brannte fast ebenso sehr wie mein Inneres. »Ich sterbe sowieso seit so vielen Jahren, weil sie nicht hier ist. Ich will noch einmal leben, bevor ich es endgültig tue.« Er atmete tief durch, straffte die Schultern und strich über die Brosche. »Alles, was ich brauche, um den Rest von ihr zurückzuholen, ist Energie. Viel Energie. Die purste Energie, die es gibt. Ich werde jeden Tropfen davon in mich aufnehmen und ihn gemeinsam mit dem, was von Jemma übrig ist, in einen geeigneten Wirt geben. Es wird funktionieren. Es muss funktionieren.«

Sein Blick glitt abermals an mir vorbei zu Zoe, ich machte einen Schritt zwischen sie.

»Nur über meine Leiche.« Ich wusste, wie leer diese Worte klangen, aber ich meinte sie so. Es gab nichts, was ich nicht tun würde, um ihn davon abzuhalten. Es gab nichts, was ich nicht opfern würde, um Zoe zu schützen.

»Richtig, mein Sohn.« Mit bedauerndem Blick musterte er mich. »Ein Teil von mir hat das hier an dem Tag kommen sehen, an dem du geboren wurdest. An jenem Morgen hab ich einen toten Star vor unserem Haus gefunden. Deine Mutter meinte, es wäre ein Zeichen dafür, dass der Vogel seine Seele für dich geopfert hat. Das war der Grund dafür, dass wir unserem Bund diesen Namen gaben. Ich wusste, was es wirklich war. Ein Zeichen dafür, was du bist. Ein Unglücksbringer. Jemma wäre beinahe gestorben, um dich auf die Welt zu bringen. Und während der Zeremonie ist sie tatsächlich gestorben, um dich leben zu lassen. Die Frage war immer: du oder sie. Deine Mutter hat ihre Wahl getroffen. Und ich meine.«

Ehe ich etwas sagen konnte, spürte ich erneut diesen Druck auf meinem Inneren. Noch gröber diesmal, noch fester, als würde er allmählich die Geduld verlieren. Ich konnte nicht verhindern, dass mein Körper von der Wucht seiner Kraft nach hinten gedrückt wurde. Ich taumelte gegen ein Modell aus Glas in meinem Rücken, so haltlos, dass es umfiel. Das Geräusch des Zerspringens rammte sich in meine Ohren, die Splitter in meine Knie, als ich zusammensackte, während in mir hochzüngelnde Flammen wüteten.

Nur verschwommen nahm ich Henrys Stimme wahr. »Die zweite Möglichkeit, eine Lichterseele zu brechen, besteht nicht darin, ihr den Glauben an die Liebe zu nehmen, sondern einfach das, worauf sich diese Liebe bezieht. Was in diesem Fall – überraschenderweise – du zu sein scheinst.«

Ich wollte etwas erwidern, ich wollte mich gegen ihn wehren und auf ihn stürzen, doch ich schaffte es nicht einmal, aufzustehen. Die Kontrolle über meine Muskeln entglitt mir ebenso stark wie die über meine Seele, je länger Henry gegen sie drückte.

»Nicht! Bitte, bitte nicht.« Zoes Stimme kippte in ein Weinen, der Druck in mir wuchs. Wie absurd es war, dass ihr Schmerz mehr wehtat als mein eigener.

Ich presste die Hände auf den glatten Boden, spürte trotzdem nur, wie mein Inneres zersplitterte. Die Wände meiner Seele wurden mit feinen Rissen durchzogen, und ich wusste instinktiv: Sollten sie brechen, wäre es vorbei. Dann würde meine Energie in meinen Körper strömen und ihn innerhalb kürzester Zeit völlig zerfressen, selbst wenn Henry doch noch von mir abließ.

Verzweiflung stieg in mir auf. Nicht meinetwegen, sondern weil ich wusste, dass mein Versagen auch für Zoe den sicheren Tod bedeuten würde.

Ich stieß ein Knurren aus und drängte mich gegen Henrys Einfluss, drückte ihn ein Stück von mir weg. Das Atmen fiel mir leichter, aber ich wusste, dass das nur von kurzer Dauer sein würde. Gerade als ich spürte, wie meine Kraft wieder nachließ, war da etwas anderes.

In meiner Brust breitete sich Wärme aus. Golden und schimmernd floss sie durch mein Inneres, umspülte die Wände meiner Seele und versiegelte die feinen Risse darin.

Ich keuchte, mein Bewusstsein klärte sich widerwillig. Und ich begriff, das war nicht *etwas*. Es war *jemand*. Selbst wenn ich das noch nie vorher gespürt hätte, wäre mir bewusst gewesen, wer. Niemand anderes konnte sich so anfühlen wie sie.

Ich riss die Augen auf und wandte den Kopf zur Seite. Zoe war ein paar Schritte in den Raum hineingetreten und hatte die Hände zu Fäusten geballt. Ich bemerkte trotzdem, dass sie zitterten, so wie ihre Unterlippe. Auf ihrer Stirn waren tiefe Furchen der Anstrengung zu sehen, aber ihr Blick lag fest und konzentriert auf mir.

Ich konnte nicht sehen, was sie machte, aber ich fühlte es. Ich fühlte ihre Energie, die mich durchströmte, so wie damals auf der Brücke. Einfach, weil sie es so wollte. Gott, sie war so verdammt mächtig. Und mit ihr … war ich vielleicht mächtiger als Henry. Oder zumindest genug, um ihn aufhalten zu können.

Es war unpassend und seltsam, doch in diesem Augenblick verstand ich, dass ich mich geirrt hatte: Wir waren keine Glühwürmchen, wie Heaven uns immer genannt hatte. Wir konnten nicht nur im Dunkeln wir selbst sein. Denn Zoe war hell, und mit und in ihrem Licht hatte ich auf intensivste Weise das Gefühl, wirklich ich selbst zu sein. Und das war genug. Es musste genug sein.

Ich schloss die Augen und atmete tief durch, ehe ich mein Inneres ein wenig für sie öffnete, damit ihre Energie sich mit meiner verbinden konnte.

Henry bemerkte es zu spät. Erst als ich mit aller Entschiedenheit nach der Hand schlug, die er auf mein Zentrum presste, keuchte er. Im selben Moment stand ich auf, während sein Blick angespannt von mir zu Zoe schwankte. Schließlich presste er die Lippen aufeinander. »Ich bin stärker als du«, stieß er gepresst hervor. »Egal, wie viel Energie sie dir gibt, deine Seele ist schwächer als meine.«

»Das werden wir sehen.« Ich machte einen Schritt auf ihn zu. Meine Hand schloss sich fest um die Scherbe, die ich im Aufstehen ergriffen hatte. Ihre Spitze schürfte meine Haut auf, ich spürte es kaum. Mein Körper war noch betäubt, meine Muskeln fühlten sich weich an, doch mein Inneres gewann mit jeder Sekunde an Stärke. Und ich konnte Henry ansehen, dass er das ebenfalls spürte.

»Warte!« Henry hob die Hände und fuhr sich mit der Zungenspitze über die Unterlippe. Zum ersten Mal seit ich ihn kannte, war da aufrichtige Nervosität in seinem Blick. »Was, wenn ich dir sage, dass es einen Weg gäbe, Heaven zurückzuholen? So wie deine Mutter? Wir könnten sie wiederbekommen, Arthur. Die Liebe deines Lebens.«

Seine Worte lösten kein Gefühl in mir aus, nicht einmal den Hauch eines Zögerns. Selbst wenn mir nicht bewusst gewesen wäre, dass er erneut log – es spielte keine Rolle. »Ich hab sehr viele Leben gelebt. Und Heaven war die Liebe etlicher davon. Aber sie ist nicht die Liebe *dieses* Lebens. Das kann sie gar nicht sein, weil sie tot ist und ich nicht. Ich lebe. Und leben bedeutet, eine Wahl zu haben. Das hier ist meine.« Ich sah zu Zoe. »Sie ist meine.« Es war die Wahrheit. Und genau weil es so war, gab es nur noch eine Sache, die ich jetzt tun konnte.

Henry verzog den Mund zu einem enttäuschten, abfälligen Lächeln. Doch erneut löste diese offene Zurschaustellung von Missbilligung keinerlei Emotion in mir aus. Es überraschte mich nicht mal, als er erneut nach meinem Zentrum schlug. So heftig, dass meine inneren Wände sofort erzitterten. Ich stemmte mich nicht dagegen, stattdessen ließ ich zu, dass ihr Beben in meinen Körper überging. Ließ zu, dass Henry mein Schwanken wahrnahm, ließ zu, dass er dachte, ich würde aufgeben. Erst in dem Moment, in dem er auf mich zukam, drückte ich mich mit all meiner Kraft gegen ihn, machte einen Satz nach vorn und hob gleichzeitig die Hand.

Für ein paar Sekunden löste sich alles um mich herum und in mir auf. Da war nur noch eine Sache, die ich wahrnahm: das satte Geräusch, das ertönte, als ich die Scherbe quer über Henrys Hals zog und seine Haut teilte.

Das war der Wahrheitskern unseres Daseins, den wir immer gern vergaßen. Weil er so simpel und banal war, dass er so wenig zu unserer Lebensart zu passen schien: Ganz gleich, wie mächtig und ewig unsere Seelen auch waren, am Ende waren auch sie an Körper gebunden. Deswegen waren wir nicht unsterblich. Deswegen waren wir nicht unbesiegbar. Niemand von uns, nicht einmal Henry.

Das Keuchen, das er von sich gab, klang so überrascht und menschlich, dass ich mir am liebsten die Ohren zugehalten hätte. Doch ich zwang mich, es nicht zu tun. Jede Entscheidung, die man traf, hatte Konsequenzen. Und diese konnte man nicht verdrängen, man musste sie aushalten, ganz gleich, wie unerträglich sie waren.

Also zwang ich mich, alles wahrzunehmen. Die Geräusche, die Henry von sich gab, das überraschte Stöhnen, das in einen schmerzerfüllten Ton hineinkroch, als er begriff, was ich getan hatte. Die Art, wie er mich anstarrte, während er auf die Knie sackte und eine Hand auf die klaffende Wunde presste. Das Blut floss schwarzrot zwischen seinen Fingern hindurch, seine Wangen wurden innerhalb von Sekunden blasser.

Seine Seele hingegen bäumte sich auf. Ich nahm wahr, dass sein Zentrum heftig pochte, als versuchte es, auszubrechen. Henrys Blick schwirrte zu Zoe, und ich wusste, woran er dachte. Daran, dass ihr Körper die einzige Möglichkeit war, seine Seele zu retten. Ich war bereit, mich mit ganzer Kraft gegen ihn zu werfen, sollte er es versuchen, doch er tat es nicht. Er … tat gar nichts.

Sein Blick löste sich von Zoe, glitt an uns vorbei in die Weite des Raums. Ein seltsames Erstaunen weitete seine Augen. Seine Lippen bewegten sich stumm, und ich wusste nicht, ob ich es nur denken wollte, aber ich glaubte, den Namen meiner Mutter darin zu erkennen.

Ich drehte mich nicht um. Ich wusste, dass das, was er sah, nicht da war. Oder vielleicht doch – aber auf eine Weise, die nur er wahrnehmen konnte. Ich glaubte nicht an das Leben nach dem Tod, ich glaubte nicht daran, dass wir am Ende die Seelen wiedertrafen, die wir einst geliebt hatten. Doch in diesem Augenblick, in dem Henry ins Nichts starrte und aussah, als würde er darin sein persönliches Alles wiederfinden, erlaubte ich mir die Hoffnung, mich zu irren.

Henry fiel im selben Moment zu Boden, in dem ich neben ihn sank. Ein letzter, rasselnder Atemzug, dann glitt sein Blick ins Leere.

Meine Hand musste nicht über sein Zentrum streichen, damit ich es wusste. Ich *fühlte*, dass er tot war. Da war dieser Druck, der von meinem Inneren verschwunden war und dessen Abwesenheit dennoch keine Erleichterung bedeutete.

Vorsichtig wischte ich Henry das feuchte Haar aus der Stirn. Blut blieb an meiner Haut hängen, und mir war klar, dass dieses Gefühl nicht einfach wieder verschwinden würde. Das, was gerade passiert war, würde Spuren hinterlassen. Für die Zeit, die mir noch blieb, würde ich diese Wunde mit mir herumtragen. Doch selbst das kam mir in Ordnung vor.

Eine Blutseele war besser als ein Schatten. Schmerz war besser als Taubheit. Selbst wenn es sich jetzt gerade nicht so anfühlte. Nicht gut, ganz sicher nicht besser, aber immerhin erträglich. Besonders, als ich wahrnahm, wie Zoe sich neben mich setzte.

Ihre zitternden Finger schoben sich in mein Sichtfeld, als sie behutsam über Henrys Gesicht strich, um seine Augen zu schließen. »Es tut mir so leid«, flüsterte sie und griff nach meiner Hand. Das Blut darauf benetzte auch ihre, doch Zoe zuckte nicht zurück. Das hatte sie letztlich nie getan, nicht einmal vor meinen unschönsten, dunkelsten Seiten.

Ich drückte schweigend ihre Finger und betrachtete das leblose Gesicht vor uns. Es war nicht länger das meines Vaters, war es im Grunde nie gewesen, trotzdem spürte ich bei diesem Anblick ein seltsames Gefühl aufsteigen.

Zum ersten Mal glaubte ich für ein paar Sekunden, so etwas wie eine Ähnlichkeit zwischen Henry und mir zu erkennen. Nicht in unserem Aussehen, natürlich nicht. Aber in unseren Seelen. Alles, was er getan hatte, diente dem Zweck, Jemma zurückzubekommen. Ihr Verlust hatte sein Inneres ausgehöhlt, bis es nur noch aus Hass und Wut und Sehnsucht bestanden hatte. Ich verstand, wie er sich gefühlt hatte, weil es mir jahrelang auch so ergangen war. Vielleicht würde ich mich noch immer so fühlen, wenn ich Zoe nicht getroffen hätte. Und vielleicht wäre all das heute nicht passiert, hätte Henry jemanden wie sie kennengelernt. Vielleicht konnte man sich manchmal nicht selbst vor den Schatten retten, vielleicht brauchte man manchmal tatsächlich einen anderen Menschen, der einen daran erinnerte, dass in jeder Dunkelheit ein Funken Licht lag. Selbst in der, die sich in einem selbst ausgebreitet hatte.

Mein Blick wanderte zu Zoe. Ihre Wangen waren bleich, ihr Mund unnatürlich bläulich, doch in ihren Augen lag dieser vertraute Glanz. Trotz all der Energie, die sie mir geliehen hatte, strahlte ihre Seele auch jetzt noch. Sie war hell und schön, und sie atmete. Sie lebte. Allein das machte es möglich, ebenfalls damit zu leben, was ich gerade getan hatte. Solange ich eben noch konnte.

Als hätte sie meinen letzten Gedanken gehört, drehte sie mir ihr Gesicht zu. Ein zaghaftes Lächeln umspielte ihren Mund, obwohl in ihren Augen Tränen schimmerten. »Ich muss dir was erzählen«, sagte sie leise.

»Will ich es hören?«

Sie hob die Schultern und drückte meine Finger fester. »Kommt drauf an. Willst du denn bei mir bleiben? Ich kann dir keine Ewigkeit bieten, aber wie wäre ein ganz gewöhnliches letztes Leben?«

Ich verstand ihre Worte nicht, gleichzeitig war ich aber auch zu erschöpft, um es zu versuchen. Nach allem, was passiert war, wurde mir in diesem Augenblick bewusst, dass jeder Atemzug, den ich nehmen konnte, jede Sekunde, die ich noch hatte, ein eigenes kleines Wunder war.

Abermals betrachtete ich den leblosen Körper vor mir. *Familia ante omnia.* Der Spruch hatte seine Bedeutung verloren, noch ehe ich Henry getötet hatte. Doch das, was darunter schimmerte, war vielleicht das, worauf es ankam: *Omnia vincit amor. Liebe besiegt alles.*

Auch wenn ich wusste, dass Henry nie so etwas für mich empfunden hatte, war es trotzdem der Grund für alles, was er getan hatte. Und der Grund dafür, dass ich dazu in der Lage war, ihn letztlich aufzuhalten.

Vielleicht konnte ich ihn für all das, was passiert war, nicht verurteilen, nicht einmal hassen. Vielleicht konnte ich nur Mitleid dafür empfinden, dass er niemanden gefunden hatte, der ihn an den Glanz unserer Ewigkeit erinnert hatte – ganz gleich, wie lang oder kurz sie letztlich war. Denn womöglich war das der springende Punkt: Jedes Leben bildete am Ende eine eigene Ewigkeit.

Ich führte Zoes Hand an meinen Mund, küsste sie auf den einen Fingerknöchel, an dem kein Blut haftete. Das war es, worauf ich mich konzentrieren würde, solang es ging. Auf das Gute, das Heile, das Helle. Auf Zoe. Auf das Ich, das ich durch sie lernen konnte zu sein.

Ich atmete ein und spürte, wie unsere Seelen sich unweigerlich nacheinander ausstreckten. Und ich wusste, sie würden einander nicht mehr loslassen. Sie waren verwoben, und sie würden es bleiben. Bis zum Ende.

»Nichts lieber als das, Anima.«

EPILOG

ZOE

Drei Monate später

Der Herbst kam über Cambridge. Die Blätter färbten sich in tiefen Orange-, Gelb- und Rottönen, das Gras in den Höfen wurde kurzer und goldzersetzt, der Himmel schälte sich nur selten aus einem trüben Grau heraus. Es wurde von Tag zu Tag kühler, aber mir mit jedem einzelnen wärmer.

Mein Blick wanderte von der Cam über die Brücke, die sich wenige Meter von uns entfernt darüberspannte, hin zu den graubauchigen Wolken, die tief über den Spitzen der Universitätsgebäude auf der anderen Uferseite hingen.

Weit und breit war kein einziger Star am Himmel zu sehen, schon seit Tagen nicht mehr. Ich wusste, dass das an der zunehmenden Kälte liegen konnte, aber da ich immer noch ich war, hegte ich die Überzeugung, dass das ein Zeichen war. Eins dafür, dass endlich Ruhe einkehrte.

Die meisten der menschlichen Stare hatten Cambridge mittlerweile verlassen. Mit einigen hatten wir noch Kontakt, mit vielen aber auch nicht. Nach den Ereignissen im Museum hatten wir Henrys Körper in einem Wald jenseits der Stadt begraben, danach hatten Ashton und die anderen dem Rat und dem

Rest der Stare die Wahrheit erzählt. Die über Henrys eigene Pläne und die darüber, dass es keine Möglichkeit geben würde, ein neues Artefakt zu erschaffen. Seit klar war, dass die Entkernung der aktuellen Körper der einzige Weg war, zu überleben, hatte sich die Verbindung geteilt.

Es gab jene, die sich dafür entschieden, die letzten Jahre so weiterzuleben, wie sie ihr Dasein bisher geführt hatten. Inklusive des Nährens an fremden Seelen und des ständigen Risikos, die eigenen Hüllen dadurch unwiderruflich zu schädigen. Und es gab die, die sich dazu entschlossen hatten, ihre Körper mithilfe Flemmings Beschreibung und unter Nox' Anleitung von der ursprünglichen Seele zu befreien. Die sich für ein letztes, gewöhnliches Leben entschieden. Eines, in dem nichts nur gut oder von Macht gezeichnet sein würde, das dafür aber ganz allein ihres war.

Bis auf Ashton und Cliff studierten keine Mitglieder der Verbindung mehr in Cambridge. Norah lebte zwar bislang noch bei Nox in der Stadt, doch der Rest hatte auch diese schon hinter sich gelassen.

»Sie verlassen das brennende Nest«, hatte Nox gespottet, und nicht einmal Ashton war wegen dieses Bildes zusammengezuckt. Sein Blick war nur ein wenig weicher geworden, wie immer, wenn er an Heaven dachte. Auf eine ganz andere Weise als die, mit der er mich manchmal ansah, wenn er dachte, ich würde es nicht bemerken. Kein Besser oder Schlechter, nur anders. Unser Anders.

Ich blickte nach oben in sein Gesicht, das sich dicht über meinem befand. Kaum dass wir uns gesetzt hatten, hatte er mich zwischen seine Beine gezogen, sodass er die Arme um mich legen konnte. »Weißt du, was ganz bald ist?«

»Der Anfang des neuen Semesters, auf das ich jetzt schon keine Lust mehr habe nach den Noten aus dem letzten?«

Seine Belustigung klang ein bisschen angeknackst. Dabei spielte es letztlich keine Rolle, durch wie viele seiner Prüfungen er gefallen war. Er hatte ohnehin vor einigen Wochen entschieden, baldmöglichst das Fach zu wechseln. Noch wusste er nicht sicher, wohin, aber die Tatsache, dass er anfing, darüber nachzudenken, bedeutete mehr als alles andere.

»Auch. Vor allem aber hat vor rund einem Jahr das hier alles so richtig begonnen. Das mit ihnen.« Ich deutete mit einem Nicken auf Mabel und Cliff, die ein paar Meter entfernt am Ufer saßen. Ihr Kopf an seiner Schulter, seine Hand an ihrem Rücken, beide versinkend in einem dieser wortlosen Gespräche, die ich nur von ihnen kannte. »Und irgendwie auch das mit uns«, fügte ich hinzu und stupste Ashton mit dem Finger gegens Kinn, das er von hinten auf meiner Schulter abgelegt hatte.

»Der Anfang vom Ende«, spottete Ashton und zog mich enger zu sich heran.

Ich schmiegte mich mit dem Rücken an seine Brust und stutzte, als mir das leichte Zittern seines Oberkörpers auffiel. Erneut warf ich einen Blick auf sein Gesicht. Die Wangenmuskulatur war angespannt, seine Lippen bebten verräterisch. »Ist dir etwa kalt?«

Er schnaubte. »Ich bitte dich«, erwiderte er, drückte mich allerdings gleichzeitig noch ein kleines bisschen fester an sich.

Es wunderte mich nicht, trotzdem war es immer noch irritierend, dass seine Haut plötzlich dermaßen normal auf die Außentemperatur reagierte. Sein Hemd war zu dünn für den Oktoberatem, und seine Jacke hatte er nicht einmal geschlossen. Ich vermutete, dass er es aus Trotz nicht nachholte, obwohl er spürbar fror.

Sosehr sich Ashton auch mit seinem neuen Dasein arrangiert hatte, hatte er sich noch nicht ganz damit abgefunden, welche Bedingungen im Detail dadurch galten. Beispielsweise, dass er ohne die Energiezufuhr von außen mit der auskommen musste, die seine eigene Seele und sein eigener Körper ihm boten. Keine Temperaturbeeinflussung, kein Stimmungsheben, kein Austricksen des Immunsystems oder Hormonhaushalts. In den letzten Wochen war er mehr als einmal mit einer Erkältung aufgewacht, was ihn jedes Mal dazu brachte, ausgiebig zu fluchen. Immerhin hatte ich ihn schon mehrmals morgens dabei beobachtet, wie er heimlich welche von den Vitaminen schluckte, die ich ihm mitgebracht hatte. Und obwohl er es vor Cliff nicht zugeben wollte, hatte er tatsächlich vor einem Monat endgültig aufgehört zu rauchen.

Mein nächstes Ziel war es, ihn dazu zu bringen, im Winter mit einem Schal herumzulaufen. Für alles andere blieb uns noch Zeit. Zwar nicht unendlich viel, aber genug für ein Leben. Genug für uns.

Ich grinste. »Schon blöd, wenn man an normale körperliche Reaktionen gebunden ist, hm?«

»Manche davon gefallen mir ja ganz gut«, murmelte er und strich mit dem Mund über mein Ohrläppchen, sodass ich erschauderte. Was er mit Sicherheit vorhergesehen hatte, weil er mich in den vergangenen Monaten in jeder, wirklich jeder Hinsicht kennengelernt hatte.

Ich biss mir auf die Lippe, um ein Seufzen zu unterdrücken, als er beiläufig eine Hand unter den Saum meines Pullovers schob. Nicht nur, weil ich die Berührung als warmes Kribbeln in meiner Magengrube und deutlich tiefer spüren konnte, auch, weil ich es liebte, dass da nicht der Hauch eines Reflexes war, den Bauch unter seiner Hand einzuziehen. Es war nicht so, als wären all diese Impulse einfach verschwunden, aber je mehr Zeit ich mit Ashton und dadurch irgendwie mit mir selbst verbrachte, desto unterdrückbarer wurden sie.

»Gib dir keine Mühe«, raunte er mir zu, ehe er mich sanft auf den Hals küsste. Genau dorthin, wo mein Puls – und für ihn vermutlich trotz der neuen Umstände immer noch etwas anderes – heftig pochte. »Ich kann fühlen, wie nervös du bist.«

»Und ich dachte, du lässt jetzt endgültig die Finger von fremden Seelen«, murmelte ich zurück, gab es aber auf, meine körperliche Reaktion auf ihn unterdrücken zu wollen. Denn letztlich war es ja genau das, was ich am meisten an ihm liebte: dass ich mit ihm immer ich selbst sein konnte.

»Ich kann nichts dafür, dass sie mir immer noch so entgegenspringt.« Er knabberte sacht an meiner Haut. Diesmal seufzte ich, und er lächelte hörbar. »Und das mit deiner und meiner Seele, das war eben Liebe auf den ersten Blick.«

Ich prustete. »Jetzt übertreibst du aber, mein Guter. Den Kitsch kaufe ich dir nicht ab.«

»Kein Kitsch«, erwiderte er unbeeindruckt. »Ein Fakt. Ich hab es dir doch schon oft gesagt: Ich fand deine Seele schön, noch bevor ich überhaupt bei deinem Aussehen ankam.«

»Hm.« Ich lehnte den Kopf gegen seine Brust. »Also, für mich war es definitiv dein Aussehen, das mich angezogen hat.«

»Bitte?« Er drückte mich ein Stück an den Schultern nach vorn, bis ich mich zu ihm umdrehte.

Ich verkniff mir ein Grinsen. »Na, dein Charakter war es wohl kaum. Bis du mit mir zusammen warst, war der wirklich grottig.«

Er schnaubte, ehe er mich wieder an sich heranzog. »Du bist grausam.«

Jetzt erlaubte ich es mir, zu lachen, und drückte ihm einen Kuss von unten gegens Kinn. »Und du liebst mich.«

Ashton seufzte, was ein weiteres Mal Gänsehaut in meinem Nacken auslöste. »Tu ich.«

»Das klingt jedes Mal überrascht.«

»Ich würde lügen, wenn ich sagen würde, dass es mich nicht immer noch irritiert.«

Wir lächelten beide, ich spürte es. Ich spürte wirklich alles hieran, an uns. Das Helle, das Dunkle, das Schöne, das Schwierige. Nichts an uns war schlicht oder immer einfach. Das war es von Anfang an nicht gewesen, und ich wusste, dass es das auch nie werden würde. Doch es machte mir keine Angst, weil mir klar war, dass es das wert war.

Jeder Stein auf dem Weg, der uns hierhergeführt hatte, war

nötig gewesen, um uns an genau dieser Stelle herauskommen zu lassen. Auch wenn sich dieser Moment wie so viele in den letzten Wochen nach Innehalten anfühlte, wusste ich doch, dass wir noch lang nicht angekommen waren. Nicht in der Welt, nicht in uns. Es gab im Leben vermutlich nie ein Ziel, sondern immer nur den Weg. Und ich wollte ihn genau auf diese Weise mit genau diesen Menschen begehen. Solang es eben ging.

Der letzte Satz war noch immer ständig in meinen Gedanken, auch wenn wir es geschafft hatten, den Staren die Chance auf ein normales Leben zu geben. Denn das Universum versprach eben niemandem so etwas wie Normalität. Es versprach uns *gar nichts*.

Es gab keine Garantie dafür, dass uns noch Jahrzehnte blieben. Weder zusammen noch überhaupt auf dieser Welt. Manchmal machte mir das Angst, aber dann erinnerte ich mich daran, was Cliff mir damals in der Wohnheimküche gesagt hatte. Dass das Gefühl, jemanden zu lieben und verlieren zu können, zwar das schlimmste, aber auch das schönste sei. Ich verstand jetzt, was er damit gemeint hatte.

Also versuchte ich jedes Mal, wenn sich diese kühle Panik in meinen Nacken legte, dankbar dafür zu sein, dass ich etwas hatte, das ich nicht verlieren wollte. Nicht nur Ashton, auch meine Familie und meine Freunde.

Ganz besonders Mabel und Davie, dessen Zustand sich langsam, aber stetig verbesserte. Ein paar Wochen, nachdem er aufgewacht war, hatten wir ihm die ganze Wahrheit erzählt. Obwohl es einiges an Überzeugungsarbeit gebraucht hatte, hatte er sich schließlich damit arrangiert. Er versuchte auch, mit Ashton und Cliff klarzukommen, doch das würde vermutlich noch ein bisschen länger dauern.

Immerhin gab sich Ashton in seiner Nähe deutlich mehr Mühe, harmlos und freundlich zu wirken, als vor meiner Familie. Jedes Mal, wenn wir sie besuchten, konnte ich ihm deutlich anmerken, dass er sich zurückhalten musste, um ihnen nicht die Meinung zu sagen, sobald sie in ihre gewohnten Verhaltensmuster abrutschten. Dabei bemühten sie sich mittlerweile ebenfalls deutlich mehr, und vor allem meine Geschwister kamen mir so gut wie immer zu Hilfe, wenn sie merkten, dass ich mich unwohl fühlte. Und, was das Wichtigste war: Ich selbst kam mir auch mehr zu Hilfe. Nicht immer so entschieden, wie ich es mir selbst gewünscht hätte, doch auch das war etwas, wofür mir noch Zeit blieb.

So wie Ashton Zeit dafür blieb, Ashtons Familie näherzukommen. Es war seine eigene Entscheidung gewesen, wieder mehr Kontakt zu ihnen zu suchen. *»Jetzt, da ich weiß, dass das hier mein letzter Körper sein wird, muss ich es zum ersten Mal richtig machen«*, hatte er schulterzuckend gesagt, als wir sie erstmals gemeinsam besucht hatten.

Ich hatte die Nervosität unter seiner vorgetäuschten Gelassenheit dennoch gespürt. Seine Masken waren mir mittlerweile so vertraut, dass ich sein wahres Ich unter jeder davon durchschimmern sah.

Mir war klar, dass Ashton den Schmerz, den er dieser Familie zugefügt hatte, niemals wiedergutmachen könnte. Und mir war auch klar, dass ihm selbst das ebenfalls bewusst war. Aber er versuchte nicht länger, sich dieser Verantwortung zu entziehen, auch wenn ihm jedes Telefonat, jedes Gespräch, jeder Besuch sichtlich zusetzte. Er konfrontierte sich Mal um Mal aufs Neue mit seiner eigenen Grausamkeit, machte es für sich schwerer und für sie leichter. Er versuchte wirklich, *besser* zu sein. Mehr konnte letztendlich vermutlich niemand von sich verlangen.

Ich hoffte, dass er irgendwann auch etwas Gutes aus diesem Kontakt ziehen konnte. Denn wenn Ashtons Mutter ihm eine Hand auf den Hinterkopf legte und sanft an seinen Locken zupfte, um ihn daran zu erinnern, dass er dringend zum Friseur musste, oder wenn Ashtons Vater ihn sonntags abholte, um mit ihm golfen zu gehen, nur damit sie im Endeffekt stundenlang auf einer Parkbank saßen und redeten, dann galt das nicht nur dem Sohn, den sie verloren hatten. Das galt auch dem Sohn, der er ihnen sein konnte.

Ich wusste, dass weder Ashtons noch meine Familie je seine eigene ersetzen könnte, aber darum ging es auch nicht. Wir mussten einander nichts ersetzen, wir konnten uns gemeinsam etwas Neues aufbauen. Und im Grunde glaubte ich, dass Ashton auch klar war, dass Henrys Verlust für ihn nicht bedeutete, keine Familie mehr zu haben.

Er hatte Cliff, er hatte Norah, er hatte Nox. Er hatte sogar irgendwie Mabel, die sich mittlerweile keine Mühe mehr gab, zu verbergen, dass sie anfing, ihn gernzuhaben. Und er hatte mich. Wirklich, er hatte mich so sehr, und ich liebte es. So, wie ich seine Finger auf meiner Haut liebte, die noch immer sanfte Kreise unter meinem Pullover zeichneten.

»Kommt ihr endlich?« Nox' Stimme riss uns aus den Gedanken und auseinander. Ohne dass ich es bemerkt hatte, waren er und Norah ebenfalls angekommen und hatten sich neben Mabel und Cliff ans Ufer gesetzt.

Ashton zog mit einem frustrierten Seufzen seine Hand zurück und ließ es zu, dass ich aufstand. Die Art, wie er mich kurz darauf auf die Schläfe küsste, flüsterte: *später.* Das reichte aus, um angenehme Wärme in meinen Körper zu treiben, als würde meine eigene Seele sich genüsslich rekeln und ihre glühenden Fingerspitzen in alle Muskeln ausstrecken.

»Wir haben uns heute hier versammelt, weil ihr mir bitte einen Gefallen tun müsst«, setzte Cliff an, sobald wir uns auf seine andere Seite gesetzt hatten. Er hielt eine große Brötchentüte in die Höhe, ehe er sich ein Gebäckteil daraus nahm und die Tüte an mich weitergab. »Esst ein letztes Rosinenbrötchen mit mir.« Der feierliche Ernst in seiner Stimme wurde durch das sichtbare Lächeln in seinen Augen relativiert. »Ich habe beschlossen, zu akzeptieren, dass ich den Geschmack von Rosinen nicht mag. Es wird Zeit, mich auf das zu konzentrieren, was ich wirklich will. Was ich wirklich bin.«

Ich reichte Ashton eins und legte ein weiteres in meinen Schoß, ehe ich die Tüte über Cliff hinweg an meine beste Freundin weitergab. »Dann ist das ein Abschied?«

Cliff sah zu Mabel, das Lächeln kroch von seinen Augen auf seinen Mund. »Ich glaube, es ist ein Neuanfang.«

Ihre Wangen gewannen an Farbe, sie verschränkte ihre Hand mit seiner. »Ganz genau.«

»Ein allerletzter«, bestätigte auch Nox und griff nach einem Brötchen, ehe er den anderen Arm um Norah legte. So selbstverständlich, als gäbe es für ihn keine Möglichkeit, einen solchen Neuanfang zu bestreiten, ohne sie an seiner Seite zu wissen. Die Art, wie sie kommentarlos den Kopf an seine Schulter lehnte, machte offensichtlich, dass es ihr nicht anders ging.

Letzten Monat hatten sie uns verkündet, dass sie vorhatten, für eine Weile nach Paris zu ziehen. *»Ich habe eine wahrhaftige Ewigkeit in England verbracht«*, hatte Nora erklärt. *»Wenigstens ein halbes Leben lang will ich auch mal woanders wohnen.«*

»Und für dich ist das in Ordnung?«, hatte ich Nox gefragt und ihn damit zum Lachen gebracht.

»Glaub mir, solang sie es erlaubt, würde ich ihr auch auf den Mond folgen.«

Niemand von uns hatte an seinen Worten gezweifelt, schließlich sahen wir alle seit Monaten dabei zu, wie sie einander ansahen. Wie sie miteinander waren. Immerhin hatten sie über ein Jahrhundert gehabt, um herauszufinden, dass sie das wollten – einander.

Ich wusste, dass mir selbst nicht vergleichbar viel Zeit bleiben würde, aber das brauchte ich auch gar nicht.

Ashton seufzte. Sein Arm streifte meinen, als er das Brötchen anhob. »Na dann. Machen wir das Beste daraus, einverstanden?«

Mit einem Lächeln nickte ich ihm zu. »Einverstanden.«

Wir sahen uns an, und ich fühlte, dass wir dasselbe dachten. Das Beste bedeutete nicht immer, dass es gut war. Nur, dass es echt war. Und nachdem alles so kompliziert begonnen hatte, war das mittlerweile meine klarste Wahrheit: Ich wollte etwas Echtes, und ich wollte es mit ihm.

Hell und Dunkel.

Glanz und Schatten.

Alles eben.

Von A bis Z.

DANKSAGUNG

Vom ersten Ideenfunken an hat sich diese Reihe in meinem Kopf angefühlt wie ein langer Herbsttag. Irgendwie golden und gemütlich, aber auch ein bisschen winterkühl und düster – etwas, das ich sehr geliebt habe. Und natürlich wäre es mir ohne einige Menschen nicht möglich gewesen, sie zu schreiben.

Ich danke meiner Agentur, erzähl:perspektive, ohne die es diese Bücher – vor allem das zweite – sicher nicht gegeben hätte. Klaus: Danke, dass du mich Ashton nicht hast umbringen lassen, ich glaube, das hätte ich mir doch nicht verziehen.

Ein großes Dankeschön außerdem an das Team von reverie, das in diesen Geschichten etwas gesehen und ihnen ein so schönes Kleid geschenkt hat. Und ganz besonders natürlich an Sara: für deine Freundlichkeit, deine Geduld und deine Bereitschaft, auch meine wirrsten Gedanken nachzuvollziehen und ein bisschen zu entflechten.

Danke, unendlich oft danke an meine Freundinnen, die mich beim Schreiben dieser Reihe mehr als einmal daran erinnern mussten, dass es am Ende bestimmt doch Bücher werden. Ich werde euch für immer dafür bewundern, dass ihr es auch in den unromantischsten Schreibphasen mit mir aushaltet. Eine Widmung reicht nicht aus, um das auszudrücken, aber vielleicht ist es ein Anfang. Silja, Theresa, Marie, Almedina: Ich meine es so, wenn ich sage, dass ich ohne euch nicht über Freundschaft schreiben könnte. Vielleicht könnte ich gar nicht schreiben, weil ich ohne euch so viel weniger zu erzählen hätte. Charleen, Fam, Lena, Mounia, Rebekka, Sarah, Tess: Ihr seid einer meiner liebsten Bestandteile dieses (Schreib-)Lebens. Ich bin mehr als froh, dass wir uns in dieser zeitweise so seltsamen Welt gefunden haben.

Kevin: danke für so ziemlich alles. Ganz gleich, wie sehr ich in meinen Welten versinke, du bist die beste Erinnerung daran, warum es sich lohnt, in diese hier zurückzukehren.

Meiner Familie: danke für die Reisen an Orte, die mir beigebracht haben zu träumen, für die Bücher, die dasselbe getan haben, und für eure Unterstützung bei allem, was daraus entstanden ist.

Und zu guter Letzt wie immer der allergrößte und vielleicht wichtigste Dank an alle, die das hier lesen. Es bedeutet mir alles, meine Geschichten mit euch teilen zu dürfen. Danke für eure Unterstützung, eure Nachrichten, eure Rezensionen, danke, dass ihr das alles real werden lasst. Ich hoffe, ihr hattet eine düsterschöne Zeit in Cambridge, und ich hoffe, wir lesen uns bald wieder.

CONTENT NOTE

Dieses Buch enthält potenziell triggernde Inhalte:

explizite Darstellung oder Erwähnung körperlicher, seelischer oder sexualisierter Gewalt
Tod/Verlust
Mord
Suizid
Koma
Körperbildstörung
Bodyshaming